中国精神读本

主编 王蒙　　执行主编 王绍光

总策划 沙烨

浙江文艺出版社
Zhejiang Literature & Art Publishing House

果麦文化　出品

序 言
——中国精神从历史中锤炼

历史从不是史实和考据的简单堆砌，历史时刻塑造着我们的集体记忆。这集体记忆来自我们对历史事件的梳理和珍惜，并在精神层面成为共同前行的动力。而新的历史也在我们前行的过程中不断被创造。

如同记忆，历史也容易被忘却和扭曲。当人们生活在富足的暖里，先辈们的苦难、牺牲和热血就像多年前看过的老电影，至多只留下一些依稀的印象。有些人尚心存感恩，另一些甚至冷嘲热讽。

但历史终究是不能忘却的——那里有我们共和国的初心。从民族到个体，我们如果不知道"我从哪里来"，又怎么能回答"我是谁"和"我要到哪里去"？

我们的历史和文明曾让我们有泱泱大国的自信。但这自信在1840年那场遭遇后被彻底摧毁。那是一个迟暮的农业文明和一个新兴的工业文明的遭遇。那是一个松散的传统社会和一个强盛的现代国家的遭遇。我们有过敌人，但从没被如此地降维攻击。我们被迫成为毒品的倾销地，给出白银拿回了鸦片。"双管横陈，何人对拥无眠"，凄美的词句背后是民族的沦丧！

门户一开，各国相欺。在炮口下，我们割让土地和人民。我们身处数千年来未有之变局，面对数千年来未有之强敌。"累卵之危，岂有过此"，我们面临着国家和文明的整体灭亡。

在这最危险的时候，中华儿女们前仆后继，经历难以想象的苦难和牺牲，用热血和生命谱写了中华民族涅槃重生的壮丽史诗。他们是文学家、诗人，也是革命者、战士！他们如地火般奔突，烧尽旧社会的腐朽。他们痛心民族分裂，呼喊"中华民族是整个的"！他们以国家为念，"投身革命即为家"。他们心系人民利益，为的是建立"咱们的中国"！

当地火终于燎原，中国人民站起来后，他们没有止步。他们捍卫边境，是"最可爱的人"。他们支援边疆，好儿女志在远方。他们投身建设，"有也上，无也上"。他们在中国的土地上，摸索出社会主义的道路，建筑起中华民族尊严的纪念碑。

从1840年的鸦片战争到20世纪七八十年代的新中国改革开放，这一百四十年的历程，见证了一个五千年古老文明的觉醒，和一个年轻现代国家的诞生；这一百四十年的历程，诉说了我们为什么选择今天的道路，和我们奋斗的目的；这一百四十年的历程里，有我们最应该珍惜的时刻，流淌着我们的精神血脉。

中华民族伟大复兴的道路不会一帆风顺，伟大征程还会继续。"实现中国梦必须弘扬中国精神。"从历史中锤炼出的这股精神将让我们在新的征途中继续创造历史。

从甲午战争到改革开放，本书收录了一百多名政治家、文学家、革命家、诗人的代表作。我们用第一手的文字，显现人物的思想，还原历史的真实。从他们的文字中，我们直观地看到一个苦难、无望的中国，一个挣扎、战斗的中国，一个拼搏、奋进的中国！这些文字优美、有力量、感染人心。贯穿这所有文字的，是这些先辈对祖国深沉而无怨无悔的爱。

本书编写过程历时一年有余，选篇由编委会集体商定，王绍光为每篇撰写了导读。绍光的文字精炼，读后令人常感太史公之妙。感谢王蒙对本书编写工作的指导，也感谢企业家共同发起人的鼎力支持。

面对历史的浩瀚星空，选篇不可能完美，每一个选择也必定是挂一漏万。但总要有人往前走，这是我们的一小步。

为了不能忘却的历史。为了更加灿烂和光明的未来！

沙烨

2019年7月

修订于2019年8月

目 录

I

V

高阳台·和嶰筠前辈韵

林则徐

玉粟收余，金丝种后，蕃航别有蛮烟。

双管横陈，何人对拥无眠？

不知呼吸成滋味，爱挑灯，夜永如年。

最堪怜，是一丸泥，捐万缗钱。

春雷欻破零丁穴，笑蜃楼气尽，无复灰然。

沙角台高，乱帆收向天边。

浮槎漫许陪霓节，看澄波，似镜长圆。

更应传，绝岛重洋，取次回舷。

【导读】

林则徐，福建侯官人，出生于1785年，自幼随担任塾师的父亲读书，"以童年擅文名"，倾倒于经世之学；13岁中秀才；19岁中举人；26岁中进士，踏入仕途。从微不足道的小京官一路升至一品大员。1838年中，道光帝让各地将军、督抚讨论如何处理鸦片大量流入给中国带来严重经济、社会问题，时任湖广总督的林则徐明确表态支持严禁，受到道光帝的嘉许与八次召见。年底，林则徐被任命为钦差大臣，前往广东禁烟。在前往广东的途中，时任两广总督邓廷桢（号嶰筠，1776—1846）便派差弁远迎林则徐，向林表示了"协力同心，除中国大患之源"的决心，发出了"所不同心者有如海"的誓言。次年6月3日至25日，林则徐与邓廷桢乘船至虎门，亲自监督销毁鸦片。邓廷桢于此扬眉吐气之时，挥笔填《高阳台》（词牌名）词一阕：

> 鸦度冥冥，花飞片片，春城何处轻烟？
> 膏腻铜盘，枉猜绣榻闲眠。
> 九微夜爇星星火，误瑶窗，多少华年。
> 更那堪，一道银潢，长贷天钱。
>
> 星槎恰到牵牛渚，叹十三楼上，暝色凄然。
> 望断红墙，青鸾消息谁边？
> 珊瑚网结千丝密，乍收来，万斛珠圆。
> 指沧波，细雨归帆，明月空舷。

　　林则徐这首词便是为与邓廷桢相和而作，词中慷慨激昂之气则更胜一筹。

己亥杂诗三首

龚自珍

五

浩荡离愁白日斜，吟鞭东指即天涯。
落红不是无情物，化作春泥更护花。

一二五

九州生气恃风雷，万马齐喑究可哀。
我劝天公重抖擞，不拘一格降人才。

三一二

古愁莽莽不可说，化作飞仙忽奇阔。
江天如墨我飞还，折梅不畏蛟龙夺。

龚自珍，号定盦，1792年出生于浙江仁和（今属杭州市）一个世代官宦学者家庭，外祖父是著名文字学家段玉裁；5岁随父母居北京，自幼接受了严谨的训诂训练；13岁考究古今官制；15岁开始通读《四库全书提要》；但其仕途并不顺利，26岁才中举人；37岁第6次会试，才勉强中了第95名，殿试为三甲第19名，连翰林院也没考上，只能担任内阁中书、宗人府主事和礼部主事等官职。从年轻时，龚自珍便具有救时补弊的情怀，并结交了一批忧国忧民之士。在京10年，龚自珍虽困厄闲曹，仍屡屡上书，指斥时弊，但都未被采纳，甚至被同僚视为"瘤疾"。1839年（己亥年）春，47岁的他又忤其长官，因此决计辞官南归，于6月4日离京；同年秋，又北上接还眷属。这一年，百感交集的龚自珍写下了许多激扬深情的诗文，集成《己亥杂诗》。该诗集是中国诗史上罕见的七绝组诗，被柳亚子称为"三百年来第一流"，从农历四月廿三日写起，至十二月廿六日，共315首，或议时政，或述见闻，或思往事，题材广泛，内容繁杂，故称杂诗，其实是对其一生的小结；这里选出其中最具代表性的三首。1841年春，龚自珍执教于江苏丹阳云阳书院；9月26日，突患急病暴卒，年仅49岁。

密陈办理禁烟不能歇手片

林则徐

再，臣渥受厚恩，天良难昧，每念一身之获咎犹小，而国体之攸关甚大，不敢不以见闻所及，敬为圣主陈之。

查此次英逆所憾在粤省，而滋扰乃在浙省，虽变动若出于意外，其穷蹙正在于意中。盖逆夷所不肯灰心者，以鸦片获利之重，每岁易换纹银出洋多至数千万两，若在粤得以复兴旧业，何必远赴浙洋。现闻其于定海一带，大张招帖，每鸦片一斤只卖洋钱一元；是即在该国孟阿拉等处出产之区，尚且不敷成本。其所以甘心亏折急于觅销者，或云以给雇资，或云以充食用。并闻其在夷洋各埠，赁船雇兵而来，费用之繁，日以数万金计。即炮子火药，亦不能日久支持。穷蹙之形，已可概见。又夷人向来过冬以毡为暖，不着皮衣，盖其素性然也。浙省地寒，势必不能忍受。现有夷信到粤，已言定海阴湿之气，病死者甚多。大抵朔风戒严，自然舍去舟山，扬帆南窜。而各国夷商之在粤者，自六月以来，贸易为英夷所阻，亦各气愤不平，均欲由该国派来兵船，与之讲理。是该逆现有进退维谷之势，能不内怯于心？惟其虚憍性成，愈穷蹙时，愈欲显其桀骜，试其恫喝；甚且别生秘计，冀得阴售其奸。如一切皆不得行，仍必帖然俯伏。臣前次屡经体验，颇悉其情。即此时不值与之海上交锋，而第固守藩篱，亦足使之坐困也。

夫自古顽苗逆命，初无损于尧、舜之朝，我皇上以尧、舜之治治中外，知鸦片之为害甚于洪水猛兽，即尧、舜在今日，亦不能不为驱除。圣人执法惩奸，实为天下万世计，而天下万世之人，亦断无以鸦片为不必禁之理。若谓夷兵之来系由禁烟而起，则彼之以鸦片入内地者，早已包存祸心，发之于此时，与发之于异日，其轻重当必有辨矣。臣愚以为鸦片之流毒于内地，犹痈疽之流毒于人心也。痈疽生则以渐而成脓，鸦片来则以渐而致寇，原属意计中事。若在数十年前查办，其时吸者尚少，禁令易行，犹如未经成脓之痈，内毒或可解散。今则毒流已久，譬诸痈疽作痛，不得不亟为拔脓。而逆夷滋扰浙洋，即与溃脓无异。然惟脓溃而后疾去，果其如法医治，托里扶元，待至脓尽之时，自然结痂收口。若因肿痛而别筹消散，万一毒邪内伏，诚恐患在养痈矣。

溯自查办鸦片以来，幸赖乾断严明，天威震叠。趸船二万余箱之缴，系英夷领事义律自行递禀求收，现有汉夷字原禀可查，并有夷纸印封可验。继而在虎门毁化烟土，先期出示，准令夷人观看，维时来观之夷人，有撰为夷文数千言以纪其事者，大意谓天朝法令，足服人心。今夷书中具载其文，谅外域尽能传诵。迨后各国来船，遵具切结，写明"如有夹带鸦片，人即正法，船货没官"，亦以汉夷字合为一纸。自具结之后，查验他国夷船，皆已绝无鸦片，惟英逆不遵法度，且肆鸱张，是以特奉谕旨断其贸易。然未有浙洋之事，或尚可以仰恳恩施。今既攻占城池，戕害文武，逆情显著，中外咸闻，非惟难许通商，自当以威服叛。第恐议者以为内地船炮非外夷之敌，与其旷日持久，何如设法羁縻。抑知夷性无厌，得一步又进一步，若使威不能克，即恐患无已时。且他国效尤，更不可不虑。〔朱批：汝云英夷试其恫吓，是汝亦效英夷恫吓于朕也。无理，可恶！〕臣之愚昧，务思上崇国体，下慑夷情，实不敢稍存游移之见也。即以船炮而言，本为防海必需之物，虽一时难以猝办，而为长久计，亦不得不先事筹维。且广东利在通商，自道光元年至今，粤海关已征银三千余万两。收其利者，必须预防其害。若前此以关税十分之一制炮造船，则制夷已可裕如，何至尚形棘手？〔朱批：一片胡言。〕臣节次伏读谕旨，以税银何足计较，仰见圣主内本外末，不言有无，诚足昭垂奕祀。但粤东关税既比他省丰饶，则以通夷之银量为防夷之用，从此制炮必求极利，造船必求极坚，似经费可以酌筹，即裨益实非浅鲜矣。

臣于夷务办理不善，正在奏请治罪，何敢更献刍荛。然苟有裨国家，虽顶踵捐糜，亦不敢自惜。倘蒙格外天恩，宽其一线，或令戴罪前赴浙省随营效力，以赎前愆，臣必当殚竭血诚，以图克服。

至粤省各处口隘，防堵加严，察看现在情形，逆夷似无可乘之隙，借堪仰慰宸怀。

谨缮片密陈，伏祈圣鉴。谨奏。

【导读】

1839年6月，经道光帝同意，林则徐在虎门等地公开销烟。1840年6月英国发动鸦片战争；7月5日，英军占领浙江定海；8月9日，英舰驶抵天津大沽口，直接威胁京城安全。面对强敌紧逼，道光皇帝惊慌失措、出尔反尔，派直隶总督琦善南下广州，接替林则徐与英军进行谈判。9月24日，林则徐发出四件奏折，包括《密陈办理禁烟不能歇手片》。面对道光帝的严词斥责，他不得不自请"从重治罪"，然而出于"每念一身之获咎犹小，而国体之攸关甚大"，他坚持禁烟主张，力驳"禁烟招战"论，并大谈制船炮建海防的重要性。十天后，他遭革职查办；后被发配新疆伊犁。

赴戍登程口占示家人（其二）

林则徐

力微任重久神疲，再竭衰庸定不支。

苟利国家生死以，岂因祸福避趋之？

谪居正是君恩厚，养拙刚于戍卒宜。

戏与山妻谈故事，试吟断送老头皮。

【导读】

1840年10月，林则徐被革去官职，次年6月28日，道光帝下旨将他流放伊犁，其间督办其他事务，"效力赎罪"。1842年2月下旬，事务办妥后仍遣戍伊犁；3月，途经洛阳小住，作有《同游龙门香山寺记》；4月到7月因患疟疾，暂留西安调治。8月11日，林则徐从西安再次出发，此后每日备纪行程，写成《荷戈纪程》（亦称《壬寅日记》），直到12月10日抵达流放地伊犁，行程约有8000里路，途经100余个驿站。赴戍途中，林则徐写作大量诗篇，抒发爱国忧时情怀。《赴戍登程口占示家人》共二首，写作于在西安与家人分别之时。诗作淳厚雍容、平和大度，无半点为个人荣辱担忧的凄凄切切；其中的千古名句"苟利国家生死以，岂因祸福避趋之"本来就是林则徐的座右铭，常不去口。这一典故出自《左传·昭公四年》："何害？苟利社稷，死生以之。"这也是林则徐一生的写照，时人称赞："迹其生平，无愧此语。"

养晦堂记

曾国藩

　　凡民有血气之性，则翘然而思有以上人。恶卑而就高，恶贫而觊富，恶寂寂而思赫赫之名。此世人之恒情。而凡民之中有君子人者，率常终身幽默，暗然退藏。彼岂与人异性？诚见乎其大，而知众人所争者之不足深较也。

　　盖《论语》载，齐景公有马千驷，曾不得与首阳饿莩絜论短长矣。余尝即其说推之，自秦汉以来，迄于今日，达官贵人，何可胜数？当其高据势要，雍容进止，自以为材智加人万万。及夫身没观之，彼与当日之厮役贱卒，污行贾竖，营营而生，草草而死者，无以异也。而其间又有功业文学猎取浮名者，自以为材智加人万万。及夫身没观之，彼与当日之厮役贱卒，污行贾竖，营营而生，草草而死者，亦无以甚异也。然则今日之处高位而获浮名者，自谓辞晦而居显，泰然自处于高明。曾不知其与眼前之厮役贱卒，污行贾竖之营营者，行将同归于澌尽，而毫毛无以少异。岂不哀哉！

　　吾友刘君孟容，湛默而严恭，好道而寡欲。自其壮岁，则已泊然而外富贵矣。既而察物观变，又能外乎名誉。于是名其所居曰"养晦堂"，而以书抵国藩为之记。

　　昔周之末世，庄生闵天下之士湛于势利，泪于毁誉，故为书戒人以暗默自藏，如所称董梧、宜僚、壶子之伦，三致意焉。而扬雄亦称："炎炎者灭，隆隆者绝。高明之家，鬼瞰其室。"君子之道，自得于中，而外无所求。饥冻不足于事畜而无怨，举世不见是而无闷。自以为晦，天下之至光明也。若夫奔命于烜赫之途，一旦势尽意索，求如寻常穷约之人而不可得，乌睹所谓焜耀者哉？余为备陈所以，盖坚孟容之志，后之君子，亦观省焉。

【导读】

　　曾国藩，1811年出生于湖南湘乡一户殷实人家，5岁启蒙，22岁中秀才，23岁中举人，24岁后接连两次会试落第，与同乡刘蓉（1816—1873）等居于长沙湘乡会馆；27岁再次入京赴考，殿试获三甲第42名，赐同进士出身；此后留京师14年，步步高升。《养晦堂记》是曾国藩1850年为挚友刘蓉的居所而写的堂记。此时，39岁的他官至二品，而刘蓉留在湖南，仍是一个童生。此前，曾国藩已在诗中以"卧龙"比拟处江湖之远的刘蓉；刘蓉则将曾国藩拟为麒麟。刘蓉悠游林下，以隐士自居，将居所名为"养晦堂"，取韬光养晦之意，曾国藩借这篇文章盛赞好友的君子之气与豁达胸襟。其实，刘蓉并不是不问世事的隐士，像卧龙岗上的诸葛亮一样，他时刻关注着天下大事。1842年鸦片战争结束后，刘蓉便去信曾国藩，劝其筹谋"内修外攘之计"。1851年，太平天国运动爆发；当曾国藩对办团练之命坚辞不出时，刘蓉去信劝他，不能仅"托文采庇身"，而应以"救世治乱"为己任。湘军组建后，刘蓉出山相助，是曾国藩最得力的幕僚，也是他的儿女亲家，后被破格提拔为陕西巡抚。《清史稿》对刘蓉的评语是"抱负非常……优于谋略而短于专将"。

筹议海防折（节选）

李鸿章

同治十三年十一月初二日

奏为钦奉谕旨，详细筹议海防紧要应办事宜，恭折密陈，仰祈圣鉴事：

同治十三年九月二十九日承准军机大臣密寄："奉上谕：'总理各国事务衙门奏，海防亟宜切筹，将紧要应办事宜，撮叙数条，请饬详议一折。沿江沿海防务，经总理各国事务王大臣并各该省将军、督抚等随时筹画，而备御究未可恃。亟应实力讲求，同心筹办，坚苦贞定，历久不懈，以纾目前当务之急，以裕国家久远之图。该王大臣所陈练兵、简器、造船、筹饷、用人、持久各条，均系紧要机宜。着李鸿章等详细审议，将逐条切实办法，限于一月内覆奏。此外别有要计，亦即一并奏陈，不得以空言塞责'等因。钦此。"旋又准总理衙门钞奏知照，以丁日昌续拟海洋水师章程六条，请饬汇入该衙门前奏，一并妥筹覆奏。奉朱批："依议。钦此。"仰见朝廷思患预防力图自强之至意，钦服莫名。

臣查各国条约已定，断难更改。江海各口，门户洞开，已为我与敌人公共之地。无事则同居异心，猜嫌既属难免；有警则我虞尔诈，措置更不易周。值此时局，似觉防无可防矣。惟交涉之事日繁，彼族恃强要挟，在在皆可生衅。自有洋务以来，叠次办结之案，无非委曲将就。至本年日本兴兵台湾一事，经总理衙门王大臣与该使多方开谕，几于管秃唇焦，犹赖圣明主持于上，屡饬各疆臣严密筹防，调兵集船，购利器，筑炮台，一时并举，虽未即有把握，而虚声究已稍壮。该酋外怵公论，内慑兵威，乃渐帖耳就款，于国体民情尚无窒碍，未必非在事诸臣挽救之力。臣于台事初起时，即缄商总理衙门，谓明是和局而必阴为战备，庶和可速成而经久。洋人论势不论理，彼以兵势相压，我第欲以笔舌胜之，此必不得之数也。夫临事筹防，措手已多不及；若先时备豫，倭兵亦不敢来，乌得谓防务可一日缓哉！

兹总理衙门陈请六条，目前当务之急与日后久远之图，业经综括无遗，洵为救时要策。所未易猝办者，人才之难得、经费之难筹、畛域之难化、故习之难除，循是不改，虽日事设防，犹画饼也。然则今日所急，惟在力破成见以求实际而已。

何以言之？历代备边多在西北，其强弱之势、客主之形皆适相埒，且犹有中外界限。今则东南海疆万余里，各国通商传教，来往自如，聚集京师及各省腹地，阳托和好之名，阴怀吞噬之计，一国生事，诸国构煽，实为数千年来未有之变局。轮船电报之速，瞬息千里；军器机事之精，工力百倍；炮弹所到，无坚不摧，水陆关隘，不足限制，又为数千年来未有之强敌。外患之乘，变幻如此，而我犹欲以成法制之，譬如医者疗疾不问何症，概投之以古方，诚未见其效也。庚申（咸丰十年）以后，夷势骎骎内向，薄海冠带之伦，莫不发愤慷慨，争言驱逐。局外之訾议，既不悉局中之艰难；及询以自强何术，御侮何能，则茫然靡所依据。自古用兵未有不知己知彼而能决胜者，若彼之所长己之所短尚未探讨明白，但欲逞意气于孤注之掷，岂非视国事如儿戏耶！臣虽愚闷，从事军中十余年，向不敢畏缩，自甘贻忧君父。惟洋务涉历颇久，闻见稍广，于彼己长短相形之处，知之较深。而环愿当世饷力人才实有未逮，又多拘于成法，牵于众议，虽欲振奋而末由。《易》曰："穷则变，变则通。"盖不变通则战守皆不足恃，而和亦不可久也。

谨就总理衙门原议，逐条详细筹拟切实办法，附以管见，略为引伸。丁日昌所陈间有可采，一并汇入核拟，以备刍荛之献。仍请敕下在廷王大臣详晰谋议，请旨定夺。总之，居今日而欲整顿海防，舍变法与用人，别无下手之方。伏愿我皇上顾念社稷生民之重，时势艰危之极，常存歉然不自足之怀，节省冗费，请求军实，造就人才，皆不必拘执常例；而尤以人才为亟要，使天下有志之士无不明于洋务，庶练兵、制器、造船各事可期逐渐精强。积诚致行，尤需岁月迟久乃能有济。目前固须力保和局，即将来器精防固，亦不宜自我开衅。彼族或以万分无礼相加，不得已而一应之耳。

所有遵旨详议缘由，谨缮折密陈，并将议覆各条，缮具清单，恭呈御览。伏乞皇上圣鉴训示。谨奏。

【导读】

李鸿章，1823年出生于安徽合肥，父亲与曾国藩同年考取同榜进士。他21岁中举人，24岁中进士，选入翰林院，受业曾国藩门下。1858年，李鸿章入曾国藩幕府；1860年，经曾国藩奏荐"才可大用"，回安徽募勇；1862年，编成淮勇五营，自成一军，是为淮军；随后经曾国藩推荐，任江苏巡抚，开始掌握地方实权，并以此为基础建立起庞大的淮系政治集团。镇压太平天国与捻军起义后，1870年，李鸿章出任直隶总督，兼任北洋通商大臣，进入权力中枢，参与执掌清廷外交、军事、经济大权，成为清末权势最为显赫的封疆大吏。1874年春，日本借口琉球船民被害，入侵台湾，勒索50万两白银才罢休。此次危机激发海防议兴，包括李鸿章、左宗棠等在内的地方大员纷纷上折，纵论国防要务，史称第一次海防大筹议。《筹议海防折》是李鸿章的奏折，主张重海防，与左宗棠塞防与海防并重的主张相左。李鸿章主张放弃新疆无疑大错特错，但文中的一些观点仍有可取之处，如应依据"力破成见，以求实际"的原则来选择国防重点。又如，李鸿章把当时中外形势的特点概括为"数千年未有之变局"和"数千年未有之强敌"，在很多人还抱残守缺的年代，称得上振聋发聩、催人深思。

上清帝第一书（节选）

康有为

奏为国势危蹙，祖陵奇变，请下诏罪己，及时图治，恭折仰祈圣鉴事：

……窃见方今外夷交迫，自琉球灭、安南失、缅甸亡，羽翼尽翦，将及腹心。比者日谋高丽，而伺吉林于东；英启藏卫，而窥川、滇于西；俄筑铁路于北，而迫盛京；法煽乱民于南，以取滇、粤；教民、会党遍江楚河陇间，将乱于内。臣到京师来，见兵弱财穷，节颓俗败，纪纲散乱，人情偷惰，上兴土木之工，下习宴游之乐，晏安欢娱，若贺太平。顷河决久不塞，兖豫之民，荡析愁苦，沿江淮间，地多苦旱，广东大水，京师大风，拔木百余，甚至地震山倾，皆未有之大灾也。

……上下内外，咸知天时人事，危乱将至，而畏惮忌讳，钳口结舌，坐视莫敢发，臣所为忧愤迫切，瞻望宫阙而惓惓痛哭也。

……

窃维国事蹙迫，在危急存亡之间，未有若今日之可忧也。方今中外晏然，上下熙熙，臣独以为忧危，必以为非狂则愚也。夫人有大疡恶疾不足为患，惟视若无病，而百脉俱败，病中骨髓，此扁鹊、秦缓所望而大惧也。自古为国患者，内则权臣女谒，外则强藩大盗而已。今皇太后、皇上端拱在上，政体清明，内无权臣女谒阉寺之弄柄，外无强藩大盗之发难，宫府一体，中外安肃，宋、明承平时所无也。臣独汲汲私忧者何哉？诚以自古立国，未有四邻皆强敌，不自强政治而能晏然保全者也。

近者洋人智学之兴，器艺之奇，地利之辟，日新月异。今海外略地已竟，合而伺我，真非常之变局也。日本虽小，然其君臣自改纪后，日夜谋我，内治兵饷，外购铁舰，大小已三十艘，将蓻朝鲜而窥我边。俄筑铁路，前岁十月已到洪罕，今三路分筑，二三年内可至珲春，从其彼德罗堡都城运兵炮来，九日可至，则我盛京国本，祸不旋踵。英之得缅甸，一日而举之，与我滇为界矣，滇五金之矿，垂涎久矣。其窥藏卫也，在道光十九年，已阴图其地，至今仍作衅焉。法既得越南，开铁路以通商，设教堂以诱众，渐得越南之人心，又多使神父煽诱我民，今遍滇、粤间，皆从天主教者，其地百里，无一蒙学，识字者寡，决事以巫，有司既不教民，法人因而诱之。又滇、越、暹罗间，有老挝、万象诸小国，及猓苗诸种，法人日煽之，比闻诸夷合尊法神父为总统焉。法与英仇，畏英属地之多也，近亦遍觅外府，攻马达加斯加而不得，取埃及而不能，乃专力越南以窥中国，数年之后，经营稍定，以诸夷数十万与我从教之民，内外并起，分两路以寇滇、粤，别以舟师扰我海疆，入我长江，江楚教民从焉，不审何以御之？

夫敌国并立，无日不训讨军实而虞敌之至也。迩者德法之争，十三日失和，十七日德以兵二十四万渡礼吴河而压法境矣。兵势之速如此，而我兵不素练，器不素备，急乃徐购募以应之，虽使廉颇、韩信为将，庸有幸乎？又美人逐我华工，英属澳大利亚随之，将来南洋诸岛纷纷效尤，我民出洋者千数百万，中国漏卮于洋货久矣，稍借此补其尾闾，若不保护，还无所业，必为盗贼，金田之役，将复起矣。

昔甲申之事，法仅以一二舟师惊我海疆，我沿海设防，内外震动，皇太后、皇上宵旰忧劳，召问诸臣，一无所措，乃旁皇募兵购炮，所费数千万计，而安南坐失矣。且是时犹有左宗棠、彭玉麟、杨岳斌、鲍超、冯子材、曾国荃、岑毓英、刘锦堂、王德榜等，皆知兵宿将，布列边外，其余偏裨亦多百战之余，然已兵威不振，人心畏怯如是。今则二三宿将重臣渐皆凋谢，其余旧将皆已耄老，数年后率已尽，即偏裨之曾列戎行者亦寡，而强邻四逼于外，教民蓄乱于内，一旦有变，其何以支？我既弱极，则德、奥、意、丹、葡、日诸国亦狡焉思启，累卵之危，岂有过此，臣所为日夜忧惧也。

窃观内外人情，皆酣嬉偷惰，苟安旦夕，上下拱手，游宴从容，事无大小，无一能举。有心者叹息而无所为计，无耻者嗜利而借以营私，大厦将倾而处堂为安，积火将然而寝薪为乐，所谓安其危而利其灾者。譬彼病痿，卧不能起，身手麻木，举动不属。非徒痿也，又感风痰，百窍迷塞，内溃外入，朝不保夕，此臣所谓百脉败溃，病中骨髓，却望而大忧者也。今兵则水陆不练，财则公私匮竭，官不择才而上且鬻官，学不教士而下患无学，此数者，人皆忧之痛恨焉，而未以为大忧者也。

　　……夫有土此有财，而以政事纬之。地利既辟，于是通商惠工，敬教劝学，授材任能，岂有以中国地方万里之大，人民四万万之众，物产二十六万种之多，而患贫弱哉？故臣皆不以为大忧也。臣所大忧者，患我皇太后、皇上无欲治之心而已。

　　……

　　……如使皇太后、皇上忧危惕厉，震动人心，赫然愿治，但如同治、光绪初年之时，本已立则末自理，纲已举则目自张，风行草偃，臣下动色，治理之效，必随圣心之厚薄久暂而应之。臣所欲言者三，曰变成法、通下情、慎左右而已。

　　夫法者，皆祖宗之旧，敢轻言变者，非愚则妄。然今天下法弊极矣。六官，万务所集也，卿贰多而无所责成，司员繁而不分委任，每日到堂，拱立画诺，文书数尺，高可隐身，有薪炭数斤之微，银钱分厘之琐，遍行数部者，卿贰既非专官，又多兼差，未能视其事由，劳苦已甚，况欲整顿哉？故虽贤智，亦皆束手，以为周公为今冢宰，孔子为今司寇，亦无能为，法弊至此，求治得乎？

　　州县下民所待治也，兵、刑、赋、税、教、养合责于一人，一盗佚、一狱误、一钱用而被议矣。责之如是其重，而又选之极轻，以万余金而卖实缺焉，禄之极薄，以数百金而责养廉矣。其下既无周人虞、衡、牧、稻之官，又无汉人三老、啬夫之化，而求其教养吾民，何可得哉？以故外省奉行文书，皆欺饰以免罪；京朝委成胥吏，率借例以行奸。他若吏部以选贤才也，仍用签除；武举以为将帅也，乃试弓石；翰林以储公卿也，犹讲诗字；其他紊于法意，而迂于治道，舛乱看决，难遍以疏举。是以皇太后、皇上虽有求治之心，而无致治之效也。

今论治者，皆知其弊，然以为祖宗之法，莫之敢言变，岂不诚恭顺哉？然未深思国家治败之故也。今之法例，虽云承列圣之旧，实皆六朝、唐、宋、元、明之弊政也。我先帝抚有天下，不用满洲之法典，而采前明之遗制，不过因其俗而已，然则世祖章皇帝已变太祖、太宗之法矣。夫治国之有法，犹治病之有方也，病变则方亦变。若病既变而仍用旧方，可以增疾；时既变而仍用旧法，可以危国。董子曰："为政不和，解而更张之，乃可以理。"《吕览》曰："治国无法则乱，守而弗变则悖。"《易》曰："穷则变，变则通。"设今世祖章皇帝既定燕京，仍用八贝勒旧法，分领天下，则我朝岂能一统久安至今日乎？故当今世而主守旧法者，不独不通古今之治法，亦失列圣治世之意也。

……

【导读】

康有为，广东南海人，出生于1858年。他自幼博闻强记、过目成诵，但偏好经世致用，厌恶八股制艺。结果，这位神童从14岁起参加童子试，却每每名落孙山。他16岁"始见《瀛寰志略》、地球图，知万国之故、地球之理"；20岁出头到访过香港、上海，所见所闻激发起他救国救民的雄心壮志，也催生了他深究"西人治术"之本的强烈愿望，开始广泛接触西方文化。30岁那年，他为参加顺天乡试赴京。当时，因中法战争失败，清政府刚刚被迫与法国签订了一系列不平等条约，这让康有为痛感再不发奋图强、鼎新革故，中国将离灭亡不远。为此，他秉笔直书，写下六千余字的《上清帝第一书》，历数处于"累卵之危"的种种险象，呼吁清政府改弦更张，并提出"变成法、通下情、慎左右"三项具体建议。梁启超在《南海康先生传》中说，这是康有为"委身国事时代"的开端。

出潼关渡河

谭嗣同

平原莽千里，到此忽嵯峨。

关险山争势，途危石坠窝。

崤函罗半壁，秦晋界长河。

为趁斜阳渡，高吟击楫歌。

【导读】

谭嗣同，湖南浏阳人，出生于1865年，其父是清朝封疆大吏谭继洵。虽贵为大户公子，但他"幼丧母，为父妾所虐，备极孤孽苦"，且科举屡次失意。少年时即常随父官游，成人后更奔走于祖国大地，北至新疆，南至台湾，广泛接触到底层民众，并领略了名山大川的壮美。诗题中所说的"潼关"位于陕西省渭南市潼关县北，处秦岭、黄河之间，道路狭窄，形势险要，乃关中东大门，自古便是兵家必争之地。该诗作于1889年春由兰州赴京途中，其刚健有力的笔触展现了这位24岁青年的开阔胸襟、豪迈气魄、高远志向以及对国家面临帝国主义列强侵扰的忧虑。光绪二十四年（1898），谭嗣同参加戊戌变法，失败后被杀，年仅33岁，为"戊戌六君子"之一。

《盛世危言》自序

郑观应

《中庸》曰："君子而时中。"孟子曰："孔子圣之时者也。"时之义大矣哉。《易》："穷则变，变则通，通则久。"虽有智慧，不如乘势；虽有镃基，不如待时。故中也者，圣人之所以法天象地，成始而成终也；时也者，圣人之所以赞地参天，不遗而不过也。中，体也，本也，所谓不易者，圣之经也。时中，用也，末也，所谓变易者，圣之权也。无体何以立？无用何以行？无经何以安常？无权何以应变？

六十年来，万国通商，中外汲汲，然言维新，言守旧，言洋务，言海防，或是古而非今，或逐末而忘本，求其洞见本原，深明大略者有几人哉？孙子曰："知己知彼，百战百胜。"此言虽小，可以喻大。应虽不敏，幼猎书史，长业贸迁，愤彼族之要求，惜中朝之失策。于是学西文，涉重洋，日与彼都人士交接，察其习尚，访其政教，考其风俗利病得失盛衰之由。乃知其治乱之源、富强之本，不尽在船坚炮利，而在议院上下同心，教养得法。兴学校，广书院，重技艺，别考课，使人尽其才。讲农学，利水道，化瘠土为良田，使地尽其利。造铁路，设电线，薄税敛，保商务，使物畅其流。凡司其事者，必素精其事：为文官者必出自仕学院，为武官者必出自武学堂。有升迁而无更调，各擅所长，名副其实，与我国取士之法不同。善夫张靖达公云："西人立国具有本末，虽礼乐教化远逊中华，然其驯致富强亦具有体用。育才于学堂，论政于议院，君民一体，上下同心，务实而戒虚，谋定而后动，此其体也。轮船火炮，洋枪水雷，铁路电线，此其用也。中国遗其体而求其用，无论竭蹶步趋，常不相及。

就令铁舰成行，铁路四达，果足恃欤！"诚中的之论也。

然我国深仁厚泽，初定制度尽善尽美，不知今日海禁大开，势同列国，风气一变，以至于此。《易》曰："先天而天弗违，后天而奉天时。""知进退存亡而不失其正者，其惟圣人乎？"年来当道讲求洋务，亦尝造枪炮、设电线、建铁路、开矿、织布以起而应之矣。惟所用机器，所聘工师，皆来自外洋。上下因循，不知通变。德相卑士麦谓我国只知选购船炮，不重艺学，不兴商务，尚未知富强之本，非虚言也。彼西人之久居于中国者，亦曾著《局外旁观》《变法自强》《中西关系论略》《中美关系续论》《四大政》《七国新学备要》《自西徂东》等书。日本人论中外交涉，更有《隔靴搔痒论》十三篇。事杂言庞，莫甚于兹矣。

夫寰海既同，重译四至，缔构交错，日引月长，欲事无杂，不可得也。异族狎居，尊闻狃习，彼责此固，我笑子胶，欲言无庞，不可得也。虽然，众非之中必有一是焉，江海不以大涵而拒细流，泰、华不以穷高而辞块壤。今使天下之大，万民之众，凡有心者各竭其知，凡有口者各腾其说，以待辐轩之采。不必究其言出谁何，而第问其有益乎时务与否，应亦盛世所弗禁也。

蒙向与中外达人哲士游，每于耳酣酒热之余，侧闻绪论，多关安危大计，且时阅中外日报所论安内攘外之道，有触于怀，随笔札记。历年既久，积若干篇，犹虑择焉不精，语焉未详，待质高明以定去取。而朋好见辄持去，猥付报馆及《中西闻见录》中。曾将全作邮寄香港就正王紫诠广文，不料竟为付梓，旋闻朝鲜、日本亦经重刊。窃惧丑不自匿，僭且招尤，复情沈谷人太史、谢绥之直刺，将原稿三十六篇删并二十篇，仍其名曰《易言》，改杞忧生为慕雍山人，意期再见雍熙之世。迄今十有九年，时势又变：屏藩尽撤，强邻日逼，西藏、朝鲜危同累卵。而我国学校未兴，教育未备，工艺之精，商务之盛，瞠乎后于日本，感激时事，耿耿不能下脐。自顾年老才庸，粗知易理，亦急拟独善潜修，韬光养晦，爰检旧箧，将先后所论洋务五十五篇，请家玉轩京卿、陈次亮部郎、吴瀚涛大令、杨然青茂才，先后参定，付诸手民，定名曰《盛世危言》。

自知愤激之词，不免狂戆僭越之罪。且管窥蠡测，亦难免举长略短，蹈舍己芸人之讥。惟圣明在上，广开言路，登贤进良，直言无隐。窃愿比诸敢谏之木，进善之旌，俾人人洞达外情，事事讲求利病。如蒙当世巨公，曲谅杞人忧天之愚，正其偏弊，因时而善用之，行睹积习渐去，风化大开，华夏有磐石之安，国祚衍无疆之庆，安见空言者不可见诸行事，而牛溲马勃，毋亦医国者所畜为良药也钦！

光绪十八年岁次壬辰暮春之初，罗浮山人香山郑观应自序于五羊城居易山房。

【导读】

郑观应，1842年出生于广东香山，16岁科举落榜后，到上海外国洋行当买办；32岁时，当上太古轮船公司的总买办，跻身上海名流，与洋务派李鸿章、盛宣怀等人过从甚密；后脱离买办生涯，到中国当时最大的近代企业担任要职，如上海机器织布局、上海电报局、轮船招商局、汉阳铁厂、粤汉铁路公司等。1885年5月下旬，事业遭受严重挫折的郑观应回到澳门隐居。早在经商之时，郑观应就开始从技艺、政治两方面探索富强救国之道，1873年刊行《救世揭要》，1880年（一说1883年）出版《易言》36篇本，并开始酝酿《盛世危言》，1884年便有兵部尚书彭玉麟为其作序。隐居澳门后，郑观应对前两部书进行了精心修订与扩充，在1894年出版了具有巨大历史影响力的《盛世危言》。该书有20余种版本，经作者手订的有1894年五卷本、1895年十四卷本、1900年八卷本，所收篇目不尽相同。这篇《自序》写于1892年。《盛世危言》一问世便好评如潮，连光绪皇帝也"不时披览"，并命总理衙门刷印2000部散发给大臣们阅看。不仅康有为、梁启超、孙中山受其影响，青年毛泽东也说"这本书我非常喜欢"。

变则通通则久论

康有为

天不能有阳而无阴，地不能有刚而无柔，人不能有常而无变。昔孔子之作六经，终以《易》《春秋》，《春秋》发明改制，《易》取其变易，天人之道备矣。若知守常而不知变，是天有阳而可无阴，地有刚而可无柔也。孔子改制，损益三代之法，立三正之义，明三统之道以待后王，犹虑三不足以穷万变，恐后王之泥之也。乃作为《易》而专明变易之义，故参伍错综，进退消息，观其会通，以行其典礼。圣人盖深观天道以著为人事，垂法后王，思患而豫防之，孔子之道至此而极矣。

夫天不变者也，然朝夕之晷，无刻不变矣，况昼夜之显有明晦，冬夏之显有寒暑乎？如使天有昼而无夜，有夏而无冬，万物何从而生？故天惟能变通而后万物成焉。且如极星，所谓不动者也。然唐、虞时在二十四度，今则二十三度二十九分耳，日至所谓定时也，然高冲卑冲，终无实测焉。若夫风云虹蜺珥朓蚀流，日月星辰无刻不变，故至变者莫如天。

夫天久而不弊者，为能变也。地不变者也，然沧海可以成田，平陆可以为湖，火山忽流，川水忽涸，故至变者莫如地。夫地久而不弊者，为能变也。夫以天地不变且不能久，而况于人乎？且人欲不变，安可得哉！自少至老，颜貌万变，自不学而学，心智万变，积微成智，闷若无端，而流变之微，无须臾之停也。伊尹曰：用其新去其陈，病乃不存，此道家养生之术，治身如此，治国何独不然。故千年一大变，百年一中变，十年一小变，三代之文明不得不变太古，秦汉之郡县不得不变三代，此千年之大变者也。盖春秋之世，陆浑莱戎潞狄，尚杂沓中夏，不数百年而至汉武，则已开通西域矣。唐时羁縻州仅北漠，元世则西平印度、破波斯，直至钦察，俱兰马八之境，当今之意大利亚矣。其地变则其治亦变矣。魏文口分世业，府兵之制，至唐之中叶，不能不变为两税彉骑，两税之后不能不变为一条鞭，彉骑之后不能不变为禁军。汉试士诸生，家法文吏笺奏，隋、唐不能不变为诗赋，宋不能不变为经义。肉刑之制，汉文不能不变为杖笞，隋文不能不变为徒流，此百年之变也。若夫时有不宜，地有不合，则累朝律例典礼，未有数十年不修改者，此十年之变也。若泥守不变，非独久而生弊，亦且滞而难行。董仲舒曰：为政不能善治更张，乃可为理，譬病症既变而仍用旧方，陆行既尽而不舍车徒，盛暑而仍用重裘，祁寒而仍用绤绤，非惟不适，必为大害。故能变则秦用商鞅而亦强，不能变则建文用方孝孺而亦败，当变不变，鲜不为害。法《易》之变通，观《春秋》之改制，百王之变法，日日为新，治道其在是矣。

【导读】

康有为于1888年第一次"上书"皇帝时，还是一介布衣，他请国子监代奏，却被掌握国子监实权的户部尚书翁同龢断然拒绝，不仅上书未达，而且为此落榜乡试。事后，好友刑部侍郎沈子培劝他"勿言国事，宜以金石陶遣"。1893年，康有为乡试中举；1895年，他再度进京参加会试，途中遭遇日本士兵搜船，令他"颇愤"，并感叹道："早用吾言，必无此辱也。"得知清政府与日本签订丧权辱国的《马关条约》后，他于5月初将《上清帝第二书》（即所谓"公车上书"文本）上呈都察院。当时，康有为参加了新贡士的复试、殿试与朝考，《变则通通则久论》是他的朝考卷。《上清帝第二书》洋洋洒洒近两万字，涉及迁都、练兵、变通新法等方方面面的改革，内容十分庞杂；而这篇千余字的短文集中于一个论点，即变则通，通则久。两篇文章可谓一脉相承。

论世变之亟

严复

　　呜呼！观今日之世变，盖自秦以来未有若斯之亟也。夫世之变也，莫知其所由然，强而名之曰运会。运会既成，虽圣人无所为力，盖圣人亦运会中之一物。既为其中之一物，谓能取运会而转移之，无是理也。彼圣人者，特知运会之所由趋，而逆睹其流极。唯知其所由趋，故后天而奉天时；唯逆睹其流极，故先天而天不违。于是裁成辅相，而置天下于至安。后之人从而观其成功，遂若圣人真能转移运会也者，而不知圣人之初无有事也。即如今日中倭之构难，究所由来，夫岂一朝一夕之故也哉！

　　尝谓中西事理，其最不同而断乎不可合者，莫大于中之人好古而忽今，西之人力今以胜古；中之人以一治一乱、一盛一衰为天行人事之自然，西之人以日进无疆，既盛不可复衰，既治不可复乱，为学术政化之极则。盖我中国圣人之意，以为吾非不知宇宙之为无尽藏，而人心之灵，苟日开瀹焉，其机巧智能，可以驯致于不测也。而吾独置之而不以为务者，盖生民之道，期于相安相养而已。夫天地之物产有限，而生民之嗜欲无穷，挚乳浸多，镃镃日广，此终不足之势也。物不足则必争，而争者人道之大患也。故宁以止足为教，使各安于朴鄙颛蒙，耕凿焉以事其长上，是故春秋大一统。一统者，平争之大局也。秦之销兵焚书，其作用盖亦犹是。降而至于宋以来之制科，其防争尤为深且远。取人人尊信之书，使其反复沉潜，而其道常在若远若近、有用无用之际。悬格为招矣，而上智有不必得之忧，下愚有或可得之庆，于是举天下之圣智豪杰，至凡有思虑之伦，吾顿八纮之网以收之，即或漏吞舟之鱼，而已暴鳃断鳍，颓然老矣，尚何能为推波助澜之事也哉！嗟乎！此真圣人牢笼天下，平争泯乱之至术，而民智因之以日窳，民力因之以日衰。其究也，至不能与外国争一旦之命，则圣人计虑之所不及者也。虽然，使至于今，吾为吾治，而跨海之汽舟不来，缩地之飞车不至，则神州之众，老死不与异族相往来。富者常享其富，贫者常安其贫。明天泽之义，则冠履之分严；崇柔让之教，则嚣凌之氛泯。偏灾虽繁，有补苴之术；崔苻虽夥，有剿绝之方。此纵难言郅治乎，亦用相安而已。而孰意患常出于所虑之外，乃有何物泰西其人者，盖自高颡深目之伦，杂处此结衽编发之中，则我四千年文物声明，已涣然有不终日之虑。逮今日而始知其危，何异齐桓公以见痛之日，为受病之始也哉！

夫与华人言西治，常苦于难言其真。存彼我之见者，弗察事实，辄言中国为礼义之区，而东西朔南，凡吾王灵所弗届者，举为犬羊夷狄，此一蔽也。明识之士，欲一国晓然于彼此之情实，其议论自不得不存是非善否之公。而浅人怙私，常訾其誉仇而背本，此又一蔽也。而不知徒塞一己之聪明以自欺，而常受他族之侵侮，而莫与谁何。忠爱之道，固如是乎？周孔之教，又如是乎？公等念之，今之夷狄，非犹古之夷狄也。今之称西人者，曰彼善会计而已，又曰彼擅机巧而已。不知吾今兹之所见所闻，如汽机兵械之伦，皆其形下之粗迹，即所谓天算格致之最精，亦其能事之见端，而非命脉之所在。其命脉云何？苟扼要而谈，不外于学术则黜伪而崇真，于刑政则屈私以为公而已。斯二者，与中国理道初无异也。顾彼行之而常通，吾行之而常病者，则自由不自由异耳。

夫自由一言，真中国历古圣贤之所深畏，而从未尝立以为教者也。彼西人之言曰：唯天生民，各具赋畀，得自由者乃为全受。故人人各得自由，国国各得自由，第务令毋相侵损而已。侵人自由者，斯为逆天理，贼人道。其杀人伤人及盗蚀人财物，皆侵人自由之极致也。故侵人自由，虽国君不能，而其刑禁章条，要皆为此设耳。中国理道与西法自由最相似者，曰恕，曰絜矩。然谓之相似则可，谓之真同则大不可也。何则？中国恕与絜矩，专以待人及物而言。而西人自由，则于及物之中，而实寓所以存我者也。自由既异，于是群异丛然以生。粗举一二言之：则如中国最重三纲，而西人首明平等；中国亲亲，而西人尚贤；中国以孝治天下，而西人以公治天下；中国尊主，而西人隆民；中国贵一道而同风，而西人喜党居而州处；中国多忌讳，而西人众讥评。其于财用也，中国重节流，而西人重开源；中国追淳朴，而西人求欢虞。其接物也，中国美谦屈，而西人务发舒；中国尚节文，而西人乐简易。其于为学也，中国夸多识，而西人尊新知。其于祸灾也，中国委天数，而西人恃人力。若斯之伦，举有与中国之理相抗，以并存于两间，而吾实未敢遽分其优绌也。

自胜代末造，西旅已通。迨及国朝，梯航日广。马嘉尼之请不行，东印度之师继至。道咸以降，持驱夷之论者，亦自知其必不可行，群喙稍息，于是不得已而连有廿三口之开。此郭侍郎《罪言》所谓："天地气机，一发不可复遏。士大夫自怙其私，求抑遏天地已发之机，未有能胜者也。"自蒙观之，夫岂独不能胜之而已，盖未有不反其祸者也，惟其遏之愈深，故其祸之发也愈烈。不见夫激水乎？其抑之不下，则其激也不高。不见夫火药乎？其塞之也不严，则其震也不迅。三十年来，祸患频仍，何莫非此欲遏其机者阶之厉乎？且其祸不止此。究吾党之所为，盖不至于灭四千年之文物，而驯致于瓦解土崩，一涣而不可复收不止也。此真泯泯者智虑所万不及知，而闻斯之言，未有不指为奸人之言，助夷狄恫喝而扇其焰者也。

夫为中国之人民，谓其有自灭同种之为，所论毋乃太过？虽然，待鄙言之。方西人之初来也，持不义害人之物，而与我构难，此不独有识所同疾，即彼都人士，亦至今引为大诟者也。且中国蒙累朝列圣之庥，幅员之广远，文治之休明，度越前古。游其宇者，自以谓横目冒彛之伦，莫我贵也。乃一旦有数万里外之荒服岛夷，鸟言夔面，飘然戾止，叩关求通，所请不得，遂而突我海疆，虏我官宰，甚而至焚毁宫阙，震惊乘舆。当是之时，所不食其肉而寝其皮者，力不足耳。谓有人焉，伈伈俔俔，低首下心，讲其事而咨其术，此非病狂无耻之民，不为是也。是故道咸之间，斥洋务之污，求驱夷之策者，智虽囿于不知，术或操其已促，然其人谓非忠孝节义者徒，殆不可也。然至于今之时，则大异矣。何以言之？盖谋国之方，莫善于转祸而为福，而人臣之罪，莫大于苟利而自私。夫士生今日，不睹西洋富强之效者，无目者也。谓不讲富强，而中国自可以安；谓不用西洋之术，而富强自可致；谓用西洋之术，无俟于通达时务之真人才，皆非狂易失心之人不为此。然则印累绶若之徒，其必矫尾厉角，而与天地之机为难者，其用心盖可见矣。善夫！姚郎中之言曰："世固有宁视其国之危亡，不以易其一身一瞬之富贵。"故推鄙夫之心，固若曰：危亡危亡，尚不可知；即或危亡，天下共之。吾奈何令若辈志得，而自退处无权势之地乎？孔子曰："苟患失之，无所不至。"故其端起于士大夫之怙私，而其祸可至于亡国灭种，四分五裂，而不可收拾。由是观之，仆之前言，过乎否耶？噫！今日倭祸特肇端耳。俄法英德，旁午调集，此何为者？此其事尚待深言也哉？尚忍深言也哉！《诗》曰："其何能淑，载胥及溺。"又曰："瞻乌爰止。"心摇意郁，聊复云云，知我罪我，听之阅报诸公。

【导读】

严复，1854年出生于福建侯官，"早慧，嗜为文"，12岁时因父亲病故、家道中落，放弃科举入仕之途，考入马尾船政学堂，接触近代科学；毕业后登舰实习。1877年至1879年，作为中国第一批海军留学生，严复赴英学习。除完成海军相关学业外，他还花大量时间涉猎西方哲学、社会科学著作，"期于穷求洋人秘奥，冀备国家将来驱策"。回国后，先后在船政学堂和北洋水师学堂任教，长达20年；但这段经历在他看来"味同嚼蜡"，曾有"当年误习旁行书（即外文），举时相视如髦蛮"的诗句，对自己热衷西学似有悔意，以至转向科举，从1885年至1893年，先后4次参加乡试，却均遭落第。好在准备考试的过程磨炼了他的文字技巧。1894年，中日甲午战争爆发，清廷海军惨败，邓世昌、林永升等同窗及半数北洋水师学堂毕业生殉国，这激发了他的危机感和爱国心，成为其思想发展的一个分水岭。1895年2月至5月间，严复在天津《直报》上接连发表《论世变之亟》《原强》《辟韩》《救亡决论》4篇文章，大旨在尊民贬君，尊今叛古，被史华兹称作"原则纲领"。这几篇文章让维新派额手称颂，保守派则深恶痛绝。

京师强学会序

康有为

俄北瞰，英西睒，法南瞵，日东眈，处四强邻之中而为中国，岌岌哉！况磨牙涎舌，思分其余者，尚十余国。辽台茫茫，回变扰扰，人心皇皇，事势儳儳，不可终日。

昔印度，亚洲之名国也，而守旧不变，乾隆时英人以十二万金之公司，通商而墟五印矣。昔土耳其，回部之大国也，疆土跨亚、欧、非三洲，而守旧不变，为六国执其政，剖其地，废其君矣。其余若安南，若缅甸，若高丽，若琉球，若暹罗，若波斯，若阿富汗，若俾路芝，及为[国]于太平洋群岛、非洲者，凡千数百计，今或削或亡，举地球守旧之国，盖已无一瓦全者矣。

我中国孱卧于群雄之间，鼾寝于火薪之上，政务防弊而不务兴利，吏知奉法而不知审时，士主考古而不主通今，民能守近而不能行远。孟子曰："国必自伐，而后人伐之。"蒙盟、奉吉、青海、新疆、卫藏土司围微之守，咸为异墟；燕、齐、闽、浙、江、淮、楚、粤、川、黔、滇、桂膏腴之地，悉成盗粮：吾为突厥黑人不远矣。

西人最严种族，仇视非类：法之得越南也，绝越人科举富贵之路，昔之达宦，今作贸丝也；英之得印度百年矣，光绪十五年而始举一印人以充议员，自余土著，畜若牛马。若吾不早图，倏忽分裂，则桀黠之辈，王、谢沦为左衽；忠愤之徒，原、却夷为皂隶。伊川之发，骈阗于万方；钟仪之冠，萧条于千里。三州父子，分为异域之奴；杜陵弟妹，各衔乡关之戚。哭秦庭而无路，餐周粟而匪甘。矢成梁之家丁，则螳臂易成沙虫；

觅泉明之桃源，则寸埃更无净土。肝脑原野，衣冠涂炭。嗟吾神明之种族，岂可言哉！岂可言哉！

夫中国之在大地也，神圣绳绳，国最有名。义理、制度、文物，驾于四溟。其地之广于万国等在三，其人之众等在一，其纬度处温带，其民聪而秀，其土腴而厚，盖大地万国未有能比者也；徒以风气未开，人才乏绝，坐受陵侮。昔曾文正与倭文端诸贤，讲学于京师，与江忠烈、罗忠节诸公，讲练于湖湘，卒定拨乱之功。普鲁士有强国之会，遂报法仇。日本有尊攘之徒，用成维新。盖学业以讲求而成，人才以摩厉而出。合众人之才力，则图书易庀；合众人之心思，则闻见易通。《易》曰："君子以朋友讲习。"《论语》曰："百工居肆以成其事，君子学以致其道。"

海水沸腾，耳中梦中，炮声隆隆。凡百君子，岂能无沦胥非类之悲乎！图避谤乎？闭户之士哉！有能来言尊攘乎？岂惟圣清，二帝、三王、孔子之教，四万万之人将有托耶！

【导读】

本文首刊于1896年1月的《强学报》第1号。一般史书称的"公车上书"是指康有为、梁启超等人于1895年组织18省1200名举人联名上书一事。实际上，这一年发生的公车们（即入京参与会试之举人）的上书达几十起，而康有为组织的只是其中一次，参与者只有广东的80位举人，且所谓"上书"根本没有发出。直到当年5月初康有为中进士、被授工部主事后，他于5月底呈递的《上清帝第三书》才首次到达御前，并受到光绪帝的重视，下发各省"将军督抚议"。《上清帝第三书》使康有为开始名噪政坛，但仅仅一个月后，《上清帝第四书》却又受到体制内重重阻碍，未达天听。作为一个天生的政治活动家，康有为转而致力于在体制外打造力量，扩大自己的影响力。8月，他在北京创办《万国公报》，"每日刊送千份于朝士大夫"，以期使之"渐知新法之益"；后又筹设京师强学会，写作了本文，刊登在《强学报》第1号上。强学会又称强学书局，成员多为京官，包括袁世凯，其主要活动是集会讲演、购置图书仪器、译书办报等。它是近代中国的第一个政治性社团，梁启超称其"实兼学校和政党而一之焉"。

赠梁任父同年

黄遵宪

寸寸河山寸寸金，侬离分裂力谁任。

杜鹃再拜忧天泪，精卫无穷填海心。

【导读】

　　黄遵宪，字公度，1848年出生于广东梅州一个富商与官僚家庭。目睹时事急剧变化，他少年时期就认识到"识时贵知今，通情贵阅世"，读书注重经世致用。他在28岁中举后，恰值清廷任命何如璋为首任驻日钦差，何与黄的父亲为世交，并早就闻知黄通达时务，便邀他同行。他由此走上外交官的道路，先后担任驻日使馆参赞、驻美旧金山总领事、驻英国使馆参赞、新加坡总领事，达18年之久，直到甲午战争爆发，才调回国。其间，他曾告假归乡两年，于1887年完成其名著《日本国志》。1895年梁启超在"公车上书"中崭露头角，并参与发起强学会，引起黄遵宪注意。1896年1月，强学会被查禁，黄遵宪"愤学会之停散，谋再振之，亦以报馆为倡始"，他"自捐金一千元，为开办费"。3月，他"以书招新会梁任公"担任《时务报》主笔。黄遵宪与梁启超一见如故，结为好友。4月中旬便有《赠梁任父同年》6首，这里选的是其中一首。这一年，梁启超23岁，黄遵宪48岁，他们因共同的理想走到一起，终生不渝。直到1905年去世前一周，黄遵宪还致信梁启超，讨论维新的前途和策略。

天演论·察变

严复

　　赫胥黎独处一室之中，在英伦之南，背山而面野。槛外诸境，历历如在几下。乃悬想二千年前，当罗马大将恺彻未到时，此间有何景物。计惟有天造草昧，人功未施，其借征人境者，不过几处荒坟，散见坡陀起伏间。而灌木丛林，蒙茸山麓，未经删治如今者，则无疑也。怒生之草，交加之藤，势如争长相雄，各据一抔壤土，夏与畏日争，冬与严霜争，四时之内，飘风怒吹，或西发西洋，或东起北海，旁午交扇，无时而息。上有鸟兽之践啄，下有蚁蠪之啮伤，憔悴孤虚，旋生旋灭，菀枯顷刻，莫可究详。是离离者亦各尽天能，以自存种族而已。数亩之内，战事炽然，强者后亡，弱者先绝。年年岁岁，偏有留遗，未知始自何年，更不知止于何代。苟人事不施于其间，则莽莽榛榛，长此互相吞并，混逐蔓延而已，而诘之者谁耶？英之南野，黄芩之种为多，此自未有记载以前，革衣石斧之民所采撷践踏者，兹之所见，其苗裔耳。邃古之前，坤枢未转，英伦诸岛乃属冰天雪海之区，此物能寒，法当较今尤茂。此区区一小草耳，若迹其祖始，远及洪荒，则三古以还年代方之，犹瀼渴之水，比诸大江，不啻小支而已。故事有决无可疑者，则天道变化，不主故常是已。特自皇古迄今，为变盖渐，浅人不察，遂有天地不变之言。实则今兹所见，乃自不可穷诘之变动而来。京垓年岁之中，每每员舆正不知几移几换而成此最后之奇。且继今以往，陵谷变迁，又属可知之事，此地学不刊之说也。假其惊怖斯言，则索证正不在远。试向立足处所，掘地深逾寻丈，将逢蠇灰，以是（蠇灰），知其地之古必为海。盖蠇灰为物，乃蠃蚌脱壳积叠而成，若用显镜察之，其掩旋尚多完具者，使是地不前为海，此恒河沙数蠃蚌者胡从来乎？沧海扬尘，非诞说矣。且地学之家，历验各种僵石，知动植庶品，率皆递有变迁。特为变至微，其迁极渐，即假吾人彭、聃之寿，而亦由暂观久，潜移弗知；是犹蟪蛄不识春秋，朝菌不知晦朔，遽以不变名之，真瞽说也。故知不变一言，决非天运，而悠久成物之理，转在变动不居之中。是当前之所见，经廿年、卅年而革焉可也，更二万年、三万年而革亦可也，特据前事推将来，为变方长，未知所极而已。虽然天运变矣，而有不变者行乎其中。不变惟何？是名"天演"。以天演为体，而其用有二：曰物竞，曰天择。此万物莫不然，而于有生之类为尤著。物竞者，物争自存也，以一物以与物物争，或存或亡，而其效则归于天择。天择者，物争焉而独存。则其存也，必有其所以存，必其所得于天之分，自致一己之能，与其所遭值之时与地，及凡周身以外之物力，有其相谋相剂者焉。夫而后独免于亡，而足以自立也。而自其效观之，若是物特为天之所厚而择焉以存也者，夫是之谓天择。天择者择于自然，虽择而莫之择，犹物竞之无所争，而实天下之至争也。斯宾塞尔曰："天择者，存其最宜者也。"夫物既争存矣，而天又从其争之后而择之，一争一择，而变化之事出矣。

复案：物竞、天择二义，发于英人达尔文。达著《物种由来》一书，以考论世间动植物类所以繁殖之故。先是言生理者，皆主异物分造之说。近今百年格物诸家，稍疑古说之不可通，如法人兰麻克、爵弗来，德人方拔、万俾尔，英人威里士、格兰特、斯宾塞尔、倭恩、赫胥黎，皆生学名家，先后间出，目治手营，穷探审论，知有生之物，始于同，终于异，造物立其一本，以大力运之。而万类之所以底于如是者，咸其自己而已，无所谓创造者也。然其说未大行也，至咸丰九年，达氏书出，众论翕然。自兹厥后，欧、美二洲治生学者，大抵宗达氏。而矿事日辟，掘地开山，多得古禽兽遗蜕，其种已灭，为今所无。于是虫鱼禽兽人之间，衔接逸演之物，日以渐密，而达氏之言乃愈有征。故赫胥黎谓，古者以大地为静居天中，而日月星辰，拱绕周流，以地为主；自歌白尼出，乃知地本行星，系日而运。古者以人类为首出庶物，肖天而生，与万物绝异；自达尔文出，知人为天演中一境，且演且进，来者方将，而教宗抟土之说，必不可信。盖自有歌白尼而后天学明，亦自有达尔文而后生理确也。斯宾塞尔者，与达同时，亦本天演著《天人会通论》，举天、地、人、形气、心性、动植之事而一贯，其说尤为精辟宏富。其第一书开宗明义，集格致之大成，以发明天演之旨；第二书以天演言生学；第三书以天演言性灵；第四书以天演言群理；最后第五书，乃考道德之本源，明政教之条贯，而以保种进化之公例要术终焉。呜乎！欧洲自有生民以来，无此作也。斯宾氏迄今尚存，年七十有六矣。其全书于客岁始蒇事，所谓体大思精，殚毕生之力者也。达尔文生嘉庆十四年，卒于光绪八年壬午。赫胥黎于乙未夏化去，年七十也。

【导读】

受甲午战败和《马关条约》的刺激，严复意识到只有"多看西书"才能找到"治国明民之道"。于是，他"致力于译述以警世"，其第一个译作对象便是赫胥黎（Thomas Henry Huxley，1825—1895）于1893年刚出版的《进化论与伦理学》（*Evolution and Ethics*），"未数月而脱稿"，其后经过多次修改，包括吕增祥、吴汝纶对翻译文字的润饰。译作以《天演论悬疏》（即《〈天演论〉导言》）为标题于1897年12月至1898年2月连载于《国闻汇编》。1898年4月，《天演论》正式出版。《察变》是《天演论》第一篇，从自然现象说起，谈到人事历史。严复认为在"变动不居之中"不变的规律即为"天演"，也即"物竞"与"天择"，而"天择"即"存其最宜者"。《天演论》一问世便引起巨大反响；"物竞天择，适者生存"成为那个时代最让国人震撼的口号，唤醒了救亡图存的斗志，对当时的思想界影响极大，梁启超、康有为、孙中山、蔡元培、鲁迅、夏丏尊等一代知识分子无不阅读《天演论》。1912年末，毛泽东在湖南省立图书馆自学期间，第一次读到《天演论》，直到晚年仍反复提及，可见印象极其深刻。

劝学篇·益智

张之洞

自强生于力，力生于智，智生于学。孔子曰："虽愚必明，虽柔必强，未有不明而能强者也。"人力不能敌虎豹，然而能擒之者，智也。人力不能御大水、堕高山，然而能阻之、开之者，智也。岂西人智而华人愚哉？

欧洲之为国也，多群虎相伺，各思吞噬，非势均力敌不能自存，故教养富强之政，步天测地、格物利民之技能，日出新法，互相仿效，争胜争长。且其壤地相接，自轮船、铁路畅通以后，来往尤数，见闻尤广，故百年以来焕然大变，三十年内进境尤速。如家处通衢，不问而多知；学有畏友，不劳而多益。

中华春秋，战国、三国之际，人才最多。累朝混一以后，儽然独处于东方，所与邻者类皆陬澨蛮夷、沙漠蕃部，其治术、学术无有胜于中国者，惟是循其旧法随时修饬，守其旧学不逾范围，已足以治安而无患。迨去古益远，旧弊日滋，而旧法、旧学之精意渐失，今日五洲大通，于是相形而见绌矣。假使西国强盛开通，适当我圣祖、高宗之朝，其时朝廷恢豁大度，不欺远人，远识雄略，不囿迂论，而人才众多，物力殷阜，吾知必已遣使通问，远游就学，不惟采其法，师其长，且可引为外惧，借以儆我中国之泄沓，戢我中国之盈侈，则庶政百能未必不驾而上之。乃通商用兵，待至道光之季，其时西国国势愈强，中国之才愈陋，虽被巨创，罕有儆悟，又有发匪之乱，益不暇及。林文忠尝译《四洲志》《万国史略》矣，然任事而不终；曾文正尝遣学生出洋矣，然造端而不寿；文文忠创同文馆，遣驻使，编西学各书矣，然孤立而无助。迂谬之论，苟简之谋，充塞于朝野，不惟不信不学，且诟病焉。一儆于台湾生番，再儆于琉球，三儆于伊犁，四儆于朝鲜，五儆于越南、缅甸，六儆于日本，祸机急矣，而士大夫之茫昧如故，骄玩如故。天自牖之，人自塞之，谓之何哉！

夫政刑兵食，国势邦交，士之智也；种宜土化、农具、粪料，农之智也；机器之用、物化之学，工之智也；访新地，创新货，察人国之好恶，较各国之息耗，商之智也；船械营垒、测绘工程，兵之智也。此教养富强之实政也，非所谓奇技淫巧也，华人于此数者，皆主其故常，不肯殚心力以求之。若循此不改，西智益智，中愚益愚，不待有吞噬之忧，即相忍相持，通商如故，而失利损权，得粗遗精，将冥冥之中举中国之尽为西人之所役矣；役之不已，吸之朘之不已，则其究必归于吞噬而后快。是故智以救亡，学以益智。士以导农工商兵，士不智，农工商兵不得而智也。政治之学不讲，工艺之学不得而行也。大抵国之智者，势虽弱，敌不能灭其国；民之智者，国虽危，人不能残其种。【印度属于英，浩罕、哈萨克属于俄，阿非利加分属于英、法、德，皆以愚而亡。美国先属于英，以智而自立；古巴属于西班牙，以不尽愚而复振。】求智之法如何？一曰去妄，二曰去苟。固陋虚骄，妄之门也；侥幸怠惰，苟之根也。二蔽不除，甘为牛马土芥而已矣。

【导读】

张之洞，祖籍河北南皮，1837年出生于贵州兴义府一个世代官家，自幼聪慧，4岁发蒙，13岁中秀才，15岁乡试第一，中举人，26岁及第进士，高中探花，开始十八载翰林院仕途生涯。1881年，44岁的张之洞补授山西巡抚，跃居封疆大吏，开始涉足洋务活动。此后，他平步青云，先升任两广总督（1884），后调任湖广总督（1889），并曾署理两江总督（1894—1896），与曾国藩、李鸿章、左宗棠并称"晚清中兴四大名臣"。甲午惨败，举国震惊，康有为、梁启超倡言变法，发起成立强学会，张之洞捐银五千两，列名入会，以后又成为上海强学会的发起人。随着维新变法的深入，坚守纲常名教的张之洞与该运动的矛盾日渐凸显。1898年4月，维新、守旧两派斗争最后摊牌前夕，张之洞开始起草《劝学篇》，"日撰一首，率以灯下为之，黎明而就，次日复改，易稿至六七"。全书共24篇，4万余字，"内篇务本，以正人心；外篇务通，以开风气"；《益智》列外篇第一。这里，"本"指纲常名教，不能动摇；"通"西学、西艺、西政，可以变通举办。《劝学篇》意在两线作战：一方面批评守旧派"不知通"；另一方面批评维新派"不知本"。

请废八股以育人才折（代徐致靖拟）

康有为

　　翰林院侍读学士臣徐致靖跪奏，为请特颁明诏，废八股以育人才，易风气而救危局，恭折仰祈圣鉴事：

　　窃顷以时事艰难，国势危急，人才乏绝，廷臣条陈纷纷，多有请变科举、废八股者，而礼臣守旧拘牵议驳，致皇上依违不决。臣窃思维中国人民四万万，倍于欧洲十六国，此地球未有之国势也。而愚暗无才，虽使区区小国，亦得凭凌而割削之。中国神皋奥区，地当温带，人民智慧，而愚暗无才至此者，推原其故，皆八股累之。

　　泰西人民自童至冠，精力至充之时，皆教之图算、古今万国历史、天文地理及化光电重、格致法律、政治公法之学，其农工商贾，亦皆有专门之学，故人人有学，人人有才，即其兵亦皆由学出，识字绘图测量阅表，略通天文地理格致医学始能充当。而我自童时至壮年，困之以八股之文，禁其用后世书，以使之不读史书掌故及当今之务，锢之以搭截枯窘虚缩之题，钩渡挽入口气破承开讲八比之格，使之侮圣而不言义理，填词而等于俳优。束之极隘，驱天下出于一途；标之甚高，使清班必由此出。得之累资格，则可任台司封疆；失之为举贡，亦分任守令教佐。上之为师傅，则宗室亲藩之学识锢焉；下之为蒙师，则农工商兵之学识锢焉。故自皇上聪明天纵之外，使举天下无人不受不学侮圣之传，以成其至陋极愚之蔽，目不通古今，耳不知中外，故至理财无才，治兵无才，守令无才，将相无才，乃至市井无才商，田亩无才农，列肆无才工，晦盲迁谬，西人乃贱吾为无教，藐吾为野蛮，纷纭胁割，予取予求，而莫敢谁何，皆八股之迷误人才有以致之也。

夫八股取士，非我祖宗之制，实前明敝陋之法也。我圣祖仁皇帝即位伊始，深知其敝，特诏废之，此真大圣人之盛谟也。后虽复行，而海禁未开，天下无事，尚不觉其为害。今又二百年，法敝更其，出题既多重复，文艺尤多陈因，侮圣填曲，捐书绝学，而当万国极智之民，是犹两军相交，吾兵有耳目手足枪炮而掩蔽束缚捐弃之，而以拒强敌也。故言科举不可变、八股不可废者，与为敌国作反间者无以异也。愿皇上深思明辨而勇断之也。彼礼官所守者旧例，无论如何条奏必据例议驳。以皇上之明，岂能曲从一二人硁硁拘执之见，而误天下大计哉。伏望皇上上法圣祖，特旨明谕天下，罢废八股，自岁科试以至乡会试及各项考试，一律改用策论，以发明圣道，讲求时务，则天下数百万童生、数十万生员、万数举人，皆改而致力于先圣之义理，以考究古今中外之故，务为有用之学，风气大开，真才自奋，皇上亦何惮而不为哉！臣愚以为新政之最要而成效最速者，莫过于此。谨恭折渎陈，伏乞皇上圣鉴训示。谨奏。

光绪二十四年五月初四日

【导读】

康有为37岁中进士，他的《自编年谱》记载这件事时，显得对科举名次非常在意，却又声称自己参加科举是"迫于母命，屈折就试"，这种矛盾的表现折射出他在科举路上磕磕绊绊的经历。这位天资聪慧、自命不凡的人，童子试考了三次才中秀才；18岁开始参加乡试，又屡次受挫，直到36岁才中举人。对折腾自己大半生的八股文，他有多么厌恶可想而知。早在明末清初，思想家顾炎武、黄宗羲早已开始声讨八股之弊；康熙帝看透科举考试中的八股文"空疏无用，实于政事无涉"，曾一度废止八股文。到康氏生活的时代，面临黑云压城城欲摧的危局，八股之害已昭然若揭。康氏在上清帝第二、第三书中已批评了八股取士，但他的头几次上书都太长，四面出击而没有重点，即使为政者拿到手也难以操作。戊戌变法期间，康有为改变策略，将自己的改革方案按专题单篇上奏，废八股、办学校是其变法的重中之重。这一年，康氏奏议共有74篇，涉及这方面改革的不下14篇。《请废八股以育人才折》由康氏代礼部右侍郎、维新派领袖徐致靖（正是因为徐的保荐，康氏受到了光绪的召见）草拟，其矛头直指阻碍改革的"守旧礼官"，说这些人"与为敌国作反间者无以异也"。收到此折后，光绪次日即发废科举、改策论明谕，可见影响之大。

爱国论（节选）

梁启超

泰西人之论中国者，辄曰："彼其人无爱国之性质，故其势涣散，其心荛懦，无论何国何种之人，皆可以掠其地而奴其民。临之以势力，则帖耳相从；啖之以小利，则争趋若鹜。"盖彼之视我四万万人，如无一人焉。惟其然也，故日日议瓜分，逐逐思择肉，以我人民为其圈下之隶，以我财产为其囊中之物，以我土地为其版内之图，扬言之于议院，腾说之于报馆，视为固然，无所忌讳。询其何故，则曰支那人不知爱国故。哀时客曰：呜呼！我四万万同胞之民，其重念此言哉！

哀时客又曰：呜呼，异哉！我同胞之民也，谓其知爱国耶，何以一败再败，一割再割，要害尽失，利权尽丧，全国命脉，朝不保夕，而我民犹且以酺以嬉，以歌以舞，以鼾以醉，晏然以为于己无与？谓其不知爱国耶，顾吾尝游海外，海外之民以千万计，类皆激昂奋发，忠肝热血，谈国耻，则动色哀叹，闻变法，则额手踊跃，睹政变，则扼腕流涕，莫或使之，若或使之！呜呼，等是国也，等是民也，而其情实之相反若此！

哀时客请正告全地球之人曰：我支那人非无爱国之性质也。其不知爱国者，由不自知其为国也。中国自古一统，环列皆小蛮夷，无有文物，无有政体，不成其为国，吾民亦不以平等之国视之，故吾国数千年来，常处于独立之势。吾民之称禹域也，谓之为天下，而不谓之为国。既无国矣，何爱之可云？今夫国也者，以平等而成；爱也者，以对待而起。《诗》曰："兄弟阋于墙，外御其侮。"苟无外侮，则虽兄弟之爱，亦几几忘之矣。故对于他家，然后知爱吾家；对于他族，然后知爱吾族。游于他省者，遇其同省之人，乡谊殷殷，油然相爱之心生焉；若在本省，则举目皆同乡，泛泛视为行路人矣。惟国亦然，必对于他国，然后知爱吾国。欧人爱国之心，所以独盛者，彼其自希腊以来，即已诸国并立，此后虽小有变迁，而诸国之体无大殊，互相杂居，互相往来，互比较而不肯相下，互争竞而各求自存，故其爱国之性，随处发现，不教而自能，不约而自同。我中国则不然。四万万同胞，自数千年来，同处于一小天下之中，未尝与平等之国相遇，盖视吾国之外，无他国焉。故吾曰：其不知爱国者，由不自知其为国也。故谓其爱国之性质，隐而未发则可，谓其无爱国之性质则不可。

于何证之？甲午以前，吾国之士夫，忧国难，谈国事者，几绝焉。自中东一役，我师败绩，割地偿款，创巨痛深，于是慷慨爱国之士渐起，谋保国之策者，所在多有。非今优于昔也，昔者不自知其为国，今见败于他国，乃始自知其为国也。

哀时客粤人也，请言粤事。吾粤为东西交通第一孔道，澳门一区，自明时已开互市，香港隶英版后，白人足迹益繁，粤人习于此间，多能言外国之故，留心国事，颇有欧风；其贸迁于海外者，则爱国心尤盛。非海外之人优于内地之人也，蛰居内地者，不自知其为国，今远游于他国，乃始自知其为国也。故吾以为苟自知其为国，则未有不爱国者也。呜呼！我内地同胞之民，死徙不出乡井，目未睹凌虐之状，耳未闻失权之事，故习焉安焉，以为国之强弱，于己之荣辱无关，因视国事为不切身之务云尔。

试游外国，观甲国民在乙国者，所享之权利何如，乙国民在丙国者，所得之保护何如，而我民在于彼国，其权利与保护何如，比较以观，当未有不痛心疾首，愤发蹈厉，而思一雪之者。彼英国之政体，最称大公者也。而其在香港，待我华民，束缚驰骤之端，不一而足，视其本国与他国旅居之民，若天渊矣。日本唇齿之邦，以扶植中国为心者也，然其内地杂居之例，华人不许与诸国均沾利益。其甚者如金山、檀香山之待华工，苟设厉禁，严为限制，驱逐迫逼，无如之何！又如古巴及南洋荷兰属地诸岛贩卖"猪仔"之风,至今未绝;适其地者,所受凌虐,甚于黑奴,殆若牛马,惨酷之形,耳不忍闻,目不忍睹。夫同是圆颅方趾冠带之族,而何以受侮若是?则岂非由国之不强之所致耶?孟子曰:"人必自侮,然后人侮之。"吾宁能怨人哉!但求诸己而已。国苟能强,则已失之权力固可复得,公共之利益固可复沾,彼日本是也。日本自昔无治外之权,自变法自强后,改正条约,而国权遂完全无缺也。故我民苟躬睹此状,而熟察其所由,则爱国之热血,当填塞胸臆,沛乎莫之能御也。

夫爱国者,欲其国之强也,然国非能自强也,必民智开,然后能强焉,必民力萃,然后能强焉。故由爱国之心而发出之条理,不一其端,要之必以联合与教育二事为之起点。一人之爱国心,其力甚微,合众人之爱国心,则其力甚大,此联合之所以为要也;空言爱国,无救于国,若思救之,必藉人才,此教育之所以为要也。……

……

哀时客曰:呜呼!国之存亡,种种盛衰,虽曰天命,岂非人事哉?彼东西之国,何以浡然日兴?我支那何以苶然日危?彼其国民,以国为己之国,以国事为己事,以国权为己权,以国耻为己耻,以国荣为己荣;我之国民,以国为君相之国,其事其权,其荣其耻,皆视为度外之事。呜呼!不有民,何有国?不有国,何有民?民与国,一而二,二而一者也。今我民不以国为己之国,人人不自有其国,斯国亡矣!国亡而人权亡,而人道之苦,将不可问矣!泰西人曰:支那人无爱国之性质。呜呼!我四万万之同胞之民,其重念此言哉!其一雪此言哉!……

……

哀时客曰:吾尝游海外,海外之国,其民自束发入学校,则诵爱国之诗歌,相语以爱国之故事,及稍长,则讲爱国之真理;父诏其子,兄勉其弟,则相告以爱国之实业。衣襟所佩者,号为爱国之章;游燕所集者,称为爱国之社。所饮之酒,以爱国为命名;所玩之物,以爱国为纪念。兵勇朝夕,必遥礼其国王;寻常饔飧,必祈祷其国运。乃至如法国歌伎,不纳普人之狎游,谓其世为国之仇也;日本孩童,不受俄客之赠果,谓其将为国之患也。其爱国之性，发于良知，不待教而能，本于至情，不待谋而合。鸣呼，何其盛欤！哀时客又曰：吾少而居乡里，长而游京师，及各省大都会，颇尽识朝野间之人物。问其子弟，有知国家为何物者乎？无有也。其相语则曰：如何而可以入学，如何而可以中举也。问其商民，有知国家之危者乎？无有也。其相语则曰：如何而可以谋利，如何而可以骄人也。问其士夫，有以国家为念者乎？无有也。其相语则曰：如何而可以得官，可以得差，可以得馆地也。问其官吏，有以国事为事者乎？无有也。其相语则曰：某缺肥，某缺瘠，如何而可以逢迎长官，如何而可以盘踞要津也。问其大臣，有知国耻、忧国难、思为国除弊而兴利者乎？无有也。但入则坐堂皇，出则鸣八驺，颐指气使，穷侈极欲也。父诏其子，兄勉其弟，妻勖其夫，友劝其朋，官语其属，师训其徒，终日所营营而逐逐者，不过曰：身也，家也，利与名也。于广座之中，若有谈国事者，则指而目之曰：是狂人也，是痴人也。其人习而久之，则亦且哑然自笑，爽然自失，自觉其可耻，钳口结舌而已。不耻言利，不耻奔竞，不耻媟渎，不耻愚陋，而惟言国事之为耻，习以成风，恬不为怪，遂使四万万人之国，与无一人等。……

国者何？积民而成也。国政者何？民自治其事也。爱国者何？民自爱其身也。故民权兴则国权立，民权灭则国权亡。为君相者而务压民之权，是之谓自弃其国；为民者而不务各伸其权，是之谓自弃其身。故言爱国必自兴民权始。

今世之言治国者，莫不以练兵理财为独一无二之政策，吾固不以练兵理财为足以尽国家之大事也，然吾不敢谓练兵理财为非国家之大事也。即以此二者论之，有民权则兵可以练，否则练而无所用也；有民权则财可以理，否则理而无所得也。何以言之？国之有兵，所以保护民之性命财产也，故言国家学者，谓凡国民皆有当兵之义务。盖人人欲自保其性命财产，则人人不可不自出其力以卫之，名为卫国，实则自卫也，故谓之人自为战。人自为战，天下之大勇，莫过于是。不观乡民之械斗者乎？岂尝有人焉为之督责之、劝告之者，而摩顶放踵，一往不顾，比比皆是，岂非人人自卫其身家之所致欤？西国兵家言曰："凡选兵不可招募他国人。"盖他国应募而为兵者，其战事于己之财产性命，无有关系，则其爱国之心不发，而战必不力。夫中国之兵，虽本国人自为之，而实与他国应募者无以异也。西人以国为斯民之公产，王侯将相者，通国之公仆隶也；中国以国为一人之私产，辄曰王者富有四海，臣妾亿兆。臣妾云者，犹曰奴虏云耳。故彼其民为公益公利自为斗也，而中国则奴为其主斗也。驱奴虏以斗贵人，则安所往而不败也？不观夫江南自强军乎？每岁糜巨万之饷以训练之，然逃亡者项背相望，往往练之数月，甫成步武，而褰裳以去，故每阅三年，则旧兵散者殆尽，全军皆新队矣。未战时犹且如是，况于临阵哉？其余新练诸军，情形莫不如是。能资之于千日，而不能得其用于一时。彼中东之役，其前车矣！今试问新练诸军，一旦有事，能有以异于中东之役乎？吾知其必不能也。何也？奴为主斗，未有能致其命者。前此有然，后此亦莫不然也。此吾所谓虽练而无所用也。

国之有财政，所以为一国之人办公事也。办事不可无费用，则仍醵资于民以充其费。苟醵之于民者悉用之于民，所醵虽多，未有以为病者也。不观乎乡民乎？岁时伏腊，迎神祭赛，户户而醵之，人人而摊派之，莫或以为厉己也。何也？吾所出者知其所用在何处，则群焉信之，欣然而输之。……

吾闻之西人之言曰："使中国而能自强，养二百万常备兵，号令宇内，虽合欧洲诸国之力，未足以当其锋也。"又曰："以中国之人之地，所产出之财力，可以供全欧洲列国每岁国费两倍有余。"嗟乎！凭借如此之国势，而积弱至此，患贫至此，其醉生梦死者，莫或知之，莫或忧之，其稍有智识者，虽曰知之，虽曰忧之，而不知所以救。补苴罅漏，撷拾皮毛，日夜孳孳，而曾无丝毫之补救，徒艳羡西人之富强，以为终不可几而已，而岂知彼所谓英、法、德、美诸邦，其进于今日之治者，不过百年数十年间事耳。而其所以能进者，非有他善巧，不过以一国之人，办一国之事，不以国为君相之私产，而以为国民之公器，如斯而已。……

梁启超，广东新会人，出生于1873年，父亲是清末秀才，因屡试不第，留乡教书。梁启超自幼聪颖好学，才思敏捷，有"神童"之称，11岁中秀才，16岁参加广东乡试，中举人第8名。次年入京会试落第，归途中"购得《瀛环志略》读之，始知有五大洲各国"。当年秋天，朋友引荐康有为，他"一见大服"，顿觉时下流行的训诂词章学乃雕虫小技，而康氏好比"大海潮音，作狮子吼"，"遂执业为弟子"，成就了一段举人拜秀才为师的佳话。从此，康、梁两人的名字联系到一起。22岁时，在康有为策划的"公车上书"前后崭露头角；1898年，25岁的梁启超在戊戌变法中名满天下。变法失败以后，梁启超逃出北京，东渡日本，开始了他的流亡生活。他于光绪二十四年十一月（1898年12月）在横滨创办《清议报》，这篇以"哀时客"为笔名写于1899年的《爱国论》就发表在《清议报》上。毛泽东对这一时期的梁启超评价很高："他最辉煌的时期是办《时务报》和《清议报》的几年"；他的文章"立论锋利，条理分明，感情奔放，痛快淋漓。加上他的文章一反骈体、桐城、八股之弊，清新平易，传诵一时。他是当时最有号召力的政论家"。

呵旁观者文

梁启超

天下最可厌可憎可鄙之人，莫过于旁观者。

旁观者，如立于东岸，观西岸之火灾，而望其红光以为乐。如立于此船，观彼船之沉溺，而睹其凫浴以为欢。若是者，谓之阴险也不可，谓之狠毒也不可。此种人无以名之，名之曰无血性。嗟乎，血性者，人类之所以生，世界之所以立也。无血性则是无人类无世界也。故旁观者，人类之蟊贼，世界之仇敌也。

人生于天地之间，各有责任。知责任者，大丈夫之始也。行责任者，大丈夫之终也。自放弃其责任，则是自放弃其所以为人之具也。是故人也者，对于一家而有一家之责任，对于一国而有一国之责任，对于世界而有世界之责任。一家之人各各自放弃其责任，则家必落。一国之人各各自放弃其责任，则国必亡。全世界人人各各自放弃其责任，则世界必毁。旁观云者，放弃责任之谓也。

中国词章家有警语二句，曰："济人利物非吾事，自有周公孔圣人。"中国寻常人有熟语二句，曰："各人自扫门前雪，不管他人瓦上霜。"此数语者，实旁观派之经典也，口号也。而此种经典口号，深入于全国人之脑中，拂之不去，涤之不净。质而言之，即"旁观"二字，代表吾全国人之性质也。是即"无血性"三字，为吾全国人所专有物也。呜呼，吾为此惧！

旁观者，立于客位之意义也。天下事不能有客而无主。譬之一家，大而教训其子弟，综核其财产，小而启闭其门户，洒扫其庭除，皆主人之事也。主人为谁？即一家之人是也。一家之人，各尽其主人之职而家以成。若一家之人，各自立于客位，父诿之于子，子诿之于父，兄诿之于弟，弟诿之于兄，夫诿之于妇，妇诿之于夫，是之谓无主之家。无主之家，其败亡可立而待也。惟国亦然。一国之主人为谁？即一国之人是也。西国之所以强者无他焉，一国之人各尽其主人之职而已。中国则不然，入其国，问其主人为谁，莫之承也。将谓百姓为主人欤？百姓曰："此官吏之事也，我何与焉？"将谓官吏为主人欤？官吏曰："我之尸此位也，为吾威势耳，为吾利源耳，其他我何知焉？"若是乎一国虽大，竟无一主人也。无主人之国，则奴仆从而弄之，盗贼从而夺之，固宜。《诗》曰："子有庭内，弗洒弗扫。子有钟鼓，弗鼓弗考。宛其死矣，他人是保。"此天理所必至也，于人乎何尤？

夫对于他人之家、他人之国而旁观焉，犹可言也。何也？我固客也。（侠者之义，虽对于他国他家，亦不当旁观，今姑置勿论。）对于吾家吾国而旁观焉，不可言也。何也？我固主人也。我尚旁观，而更望谁之代吾责也？大抵家国之盛衰兴亡，恒以其家中国中旁观者之有无多少为差。国人无一旁观者，国虽小而必兴；国人尽为旁观者，国虽大而必亡。今吾观中国四万万人，皆旁观者也。谓余不信，请征其流派。

一曰浑沌派。此派者，可谓之无脑筋之动物也。彼等不知有所谓世界，不知有所谓国，不知何者为可忧，不知何者为可惧。质而论之，即不知人世间有应做之事也。饥而食，饱而游，困而睡，觉而起。户以内即其小天地，争一钱可以陨身命。彼等既不知有事，何所谓办与不办？既不知有国，何所谓亡与不亡？譬之游鱼居将沸之鼎，犹误为水暖之春江；巢燕处半火之堂，犹疑为照屋之出日。彼等之生也，如以机器制成者，能运动而不能知觉。其死也，如以电气殛毙者，有堕落而不有苦痛。蠕蠕然度数十寒暑而已。彼等虽为旁观者，然曾不自知其为旁观者。吾命之为旁观派中之天民。四万万人中属于此派者，殆不止三万五千万人。然此又非徒不识字不治生之人而已。天下固有不识字不治生之人而不浑沌者，亦有号称能识字能治生之人而实大浑沌者。大抵京外大小数十万之官吏，应乡会岁科试数百万之士子，满天下之商人，皆于其中有十有九属于此派者。

二曰为我派。此派者,俗语所谓遇雷打尚按住荷包者也。事之当办,彼非不知。国之将亡,彼非不知。虽然,办此事而无益于我,则我惟旁观而已。亡此国而无损于我,则我惟旁观而已。若冯道当五季鼎沸之际,朝梁夕晋,犹以五朝元老自夸;张之洞自言瓜分之后,尚不失为小朝廷大臣,皆此类也。彼等在世界中,似是常立于主位而非立于客位者。虽然,不过以公众之事业,而计其一己之利害。若夫公众之利害,则彼始终旁观者也。吾昔见日本报纸中有一段最能摹写此辈情形者,其言曰:

> 吾尝游辽东半岛;见其沿道人民,察其情态,彼等于国家存亡危机,如不自知者。彼等之待日本军队,不见为敌人,而见为商店之主顾客。彼等心目中不知有辽东半岛割归日本与否之问题,惟知有日本银色与纹银兑换补水几何之问题。

此实写出魑魅魍魉之情状,如禹鼎铸奸矣。推为我之敝,割数千里之地,赔数百兆之款,以易其衙门咫尺之地,而曾无所顾惜,何也?吾今者既已六七十矣,但求目前数年无事,至一瞑之后,虽天翻地覆,非所问也。明知官场积习之当改而必不肯改,吾衣领饭碗之所在也。明知学校科举之当变而不肯变,吾子孙出身之所由也。此派者,以老聃为先圣,以杨朱为先师,一国中无论为官为绅为士为商,其据要津握重权者,皆此辈也。故此派有左右世界之力量。一国聪明才智之士,皆走集于其旗下,而方在萌芽卵孵之少年子弟,转率仿效之,如麻风肺病者传其种于子孙,故遗毒遍于天下,此为旁观派中之最有魔力者。

三曰呜呼派。何谓呜呼派?彼辈以咨嗟太息痛哭流涕为独一无二之事业者也。其面常有忧国之容,其口不少哀时之语。告以事之当办,彼则曰:"诚当办也,奈无从办起何?"告以国之已危,彼则曰:"诚极危也,奈已无可救何?"再穷诘之,彼则曰:"国运而已,天心而已。""无可奈何"四字是其口诀,"束手待毙"一语是其真传。如见火之起，不务扑灭，而太息于火势之炽炎。如见人之溺，不思拯援，而痛恨于波涛之澎湃。此派者，彼固自谓非旁观者也，然他人之旁观也以目，彼辈之旁观也以口。彼辈非不关心国事，然以国事为诗料；非不好言时务，然以时务为谈资者也。吾人读波兰灭亡之记、埃及惨状之史，何尝不为之感叹，然无益于波兰、埃及者，以吾固旁观也。吾人见菲律宾与美血战，何尝不为之起敬，然无助于菲律宾者，以吾固旁观也。所谓呜呼派者，何以异是？此派似无补于世界，亦无害于世界者，虽然，灰国民之志气，阻将来之进步，其罪实不薄。此派者，一国中号称名士者皆归之。

四曰笑骂派。此派者，谓之旁观，宁谓之后观，以其常立于人之背后，而以冷言热语批评人者也。彼辈不惟自为旁观者，又欲逼人使不得不为旁观者：既骂守旧，亦骂维新；既骂小人，亦骂君子；对老辈则骂其暮气已深，对青年则骂其躁进喜事；事之成也，则曰竖子成名；事之败也，则曰吾早料及。彼辈常自立于无可指摘之地，何也？不办事故无可指摘，旁观故无可指摘。己不办事，而立于办事者之后，引绳批根以嘲讽掊击，此最巧黠之术，而使勇者所以短气，怯者所以灰心也，岂直使人灰心短气而已！而将成之事，彼辈必以笑骂沮之；已成之事，彼辈能以笑骂败之。故彼辈者，世界之阴人也。夫排斥人未尝不可，己有主义欲伸之，而排斥他人之主义，此西国政党所不讳也。然彼笑骂派果有何主义乎？譬之孤舟遇风于大洋，彼辈骂风骂波骂大洋骂孤舟，乃至遍骂同舟之人。若问此船当以何术可达彼岸乎？彼等瞠然无对也。何也？彼辈借旁观以行笑骂，失旁观之地位，则无笑骂也。

五曰暴弃派。呜呼派者，以天下为无可为之事；暴弃派者，以我为无可为之人也。笑骂派者，常责人而不责己；暴弃派者，常望人而不望己也。彼辈之意，以为一国四百兆人，其三百九十九兆九亿九万九千九百九十九人中，才智不知几许，英杰不知几许，我之一人岂足轻重。推此派之极弊，必至四百兆人，人人皆除出自己，而以国事望诸其余之三百九十九兆九亿九万九千九百九十九人。统计而互消之，则是四百兆人，卒至实无一人也。夫国事者，国民人人各自有其责任者也。愈

052

贤智，则其责任愈大。即愚不肖亦不过责任稍小而已，不能谓之无也。他人虽有绝大智慧、绝大能力，只能尽其本身分内之责任，岂能有分毫之代我？譬之欲不食而使善饭者为我代食，欲不寝而使善睡者为我代寝，能乎否乎？夫我虽愚不肖，然既为人矣，即为人类之一分子也。既生此国矣，即为国民之一阿屯也。我暴弃己之一身，犹可言也，污蔑人类之资格，灭损国民之体面，不可言也。故暴弃者实人道之罪人也。

六曰待时派。此派者，有旁观之实而不自居其名者也。夫待之云者，得不得未可必之词也。吾待至可以办事之时然后办之，若终无其时，则是终不办也。寻常之旁观则旁观人事，彼辈之旁观则旁观天时也。且必如何然后为可以办事之时，岂有定形哉？办事者，无时而非可办之时；不办事者，无时而非不可办之时。故有志之士，惟造时势而已，未闻有待时势者也。待时云者，欲觇风潮之所向，而从旁拾其余利，向于东则随之而东，向于西则随之而西，是乡愿之本色，而旁观派之最巧者也。

以上六派，吾中国人之性质尽于是矣。其为派不同，而其为旁观者则同。若是乎，吾中国四万万人，果无一非旁观者也。吾中国虽有四万万人，果无一主人也。以无一主人之国，而立于世界生存竞争最剧最烈、万鬼环瞰、百虎眈视之大舞台，吾不知其如何而可也。六派之中，第一派为不知责任之人，以下五派为不行责任之人。知而不行，与不知等耳。且彼不知者犹有冀焉，冀其他日之知而即行也。若知而不行，则是自绝于天地也。故吾责第一派之人犹浅，责以下五派之人最深。

虽然，以阳明学知行合一之说论之，彼知而不行者，终是未知而已。苟知之极明，则行之必极勇。猛虎在于后，虽跛者或能跃数丈之涧；燎火及于邻，虽弱者或能运千钧之力。何也？彼确知猛虎大火之一至，而吾之性命必无幸也。夫国亡种灭之惨酷，又岂止猛虎大火而已。吾以为举国之旁观者直未知之耳，或知其一二而未知其究竟耳。若真知之，若究竟知之，吾意虽钳其手缄其口，犹不能使之默然而息，块然而坐也。安有悠悠日月，歌舞太平，如此江山，坐付他族，袖手而作壁上之观，面缚以待死期之至，如今日者耶？嗟乎，今之拥高位，秩厚禄，与夫号称先达名士有闻于时者，皆一国中过去之人也。如已退院之僧，如已闭房之妇，彼自顾此身之寄居此世界，不知尚有几年，故其于国也，有过客之观，其苟且以偷逸乐，袖手以终余年，固无足怪焉。若我辈青年，正一国将来之主人也，与此国为缘之日正长。前途茫茫，未知所届。国之兴也，我辈实躬享其荣；国之亡也，我辈实亲尝其惨。欲避无可避，欲逃无可逃。其荣也，非他人之所得攘；其惨也，非他人之所得代。言念及此，夫宁可旁观耶？夫宁可旁观耶？吾岂好为深文刻薄之言以骂尽天下哉？毋亦发于不忍旁观区区之苦心，不得不大声疾呼，以为我同胞四万万人告也。

旁观之反对曰任。孔子曰："天下有道，丘不与易也。"孟子曰："如欲平治天下，当今之世，舍我其谁也！"任之谓也。

【导读】

戊戌变法失败后，梁启超仍活跃于政治舞台，此后30余年以"多变"著称。康有为批评他"流质易变"，梁氏也自谓"病在无恒"。但他不是小人为钻营而善变，在其多变的一生中，始终不变的是，努力通过改良来实现救国图强的目的。在康、梁等人被迫逃亡海外后，清政府发出一系列上谕，通缉捕拿新党。就在写作《呵旁观者文》前一周，清廷再度颁布上谕，悬赏白银十万两，缉拿康、梁。身在夏威夷的梁启超心念故国，壮怀激烈，想到的依然是"当今之世，舍我其谁也"。此时，他不过27岁。

少年中国说（节选）

梁启超

日本人之称我中国也，一则曰老大帝国，再则曰老大帝国。是语也，盖袭译欧西人之言也。呜呼！我中国其果老大矣乎？梁启超曰：恶是何言，是何言，吾心目中有一少年中国在！

欲言国之老少，请先言人之老少。老年人常思既往，少年人常思将来。惟思既往也，故生留恋心；惟思将来也，故生希望心。惟留恋也，故保守；惟希望也，故进取。惟保守也，故永旧；惟进取也，故日新。惟思既往也，事事皆其所已经者，故惟知照例；惟思将来也，事事皆其所未经者，故常敢破格。老年人常多忧虑，少年人常好行乐。惟多忧也，故灰心；惟行乐也，故盛气。惟灰心也，故怯懦；惟盛气也，故豪壮。惟怯懦也，故苟且；惟豪壮也，故冒险。惟苟且也，故能灭世界；惟冒险也，故能造世界。老年人常厌事，少年人常喜事。惟厌事也，故常觉一切事无可为者；惟好事也，故常觉一切事无不可为者。老年人如夕照，少年人如朝阳；老年人如瘠牛，少年人如乳虎。老年人如僧，少年人如侠。老年人如字典，少年人如戏文。老年人如鸦片烟，少年人如泼兰地酒。老年人如别行星之陨石，少年人如大洋海之珊瑚岛。老年人如埃及沙漠之金字塔，少年人如西比利亚之铁路。老年人如秋后之柳，少年人如春前之草。老年人如死海之潴为泽，少年人如长江之初发源。此老年与少年性格不同之大略也。梁启超曰：人固有之，国亦宜然。

……

呜呼，我中国其果老大矣乎？立乎今日以指畴昔，唐虞三代，若何之郅治；秦皇汉武，若何之雄杰；汉唐来之文学，若何之隆盛；康乾间之武功，若何之烜赫。历史家所铺叙，词章家所讴歌，何一非我国民少年时代良辰美景、赏心乐事之陈迹哉！而今颓然老矣，昨日割五城，明日割十城，处处雀鼠尽，夜夜鸡犬惊。十八省之土地财产，已为人怀中之肉；四百兆之父兄子弟，已为人注籍之奴，岂所谓"老大嫁作商人妇"者耶？呜呼！凭君莫话当年事，憔悴韶光不忍看！楚囚相对，岌岌顾影，人命危浅，朝不虑夕。国为待死之国，一国之民为待死之民，万事付之奈何，一切凭人作弄，亦何足怪！

梁启超曰：我中国其果老大矣乎？是今日全地球之一大问题也。如其老大也，则是中国为过去之国，即地球上昔本有此国，而今渐渐灭，他日之命运殆将尽也。如其非老大也，则是中国为未来之国，即地球上昔未现此国，而今渐发达，他日之前程且方长也。欲断今日之中国为老大耶？为少年耶？则不可不先明"国"字之意义。夫国也者，何物也？有土地，有人民，以居于其土地之人民，而治其所居之土地之事，自制法律而自守之；有主权，有服从，人人皆主权者，人人皆服从者。夫如是，斯谓之完全成立之国，地球上之有完全成立之国也，自百年以来也。完全成立者，壮年之事也。未能完全成立而渐进于完全成立者，少年之事也。故吾得一言以断之曰：欧洲列邦在今日为壮年国，而我中国在今日为少年国。

夫古昔之中国者，虽有国之名，而未成国之形也。或为家族之国，或为酋长之国，或为诸侯封建之国，或为一王专制之国。虽种类不一，要之，其于国家之体质也，有其一部而缺其一部，正如婴儿自胚胎以迄成童，其身体之一二官支，先行长成，此外则全体虽粗具，然未能得其用也。故唐虞以前为胚胎时代，殷周之际为乳哺时代，由孔子而来至于今为童子时代，逐渐发达，而今乃始将入成童以上少年之界焉。其长成所以若是之迟者，则历代之民贼有窒其生机者也。譬犹童年多病，转类老态，或且疑其死期之将至焉，而不知皆由未完全、未成立也，非过去之谓，而未来之谓也。

且我中国畴昔，岂尝有国家哉？不过有朝廷耳。我黄帝子孙，聚族而居，立于此地球之上者既数千年，而问其国之为何名，则无有也。夫所谓唐、虞、夏、商、周、秦、汉、魏、晋、宋、齐、梁、陈、隋、唐、宋、元、明、清者，则皆朝名耳。朝也者，一家之私产也；国也者，人民之公产也。朝有朝之老少，国有国之老少。朝与国既异物，则不能以朝之老少而指为国之老少明矣。文武成康，周朝之少年时代也；幽厉桓赧，则其老年时代也。高文景武，汉朝之少年时代也；元平桓灵，则其老年时代也。自余历朝，莫不有之。凡此者，谓为一朝廷之老也则可，谓为一国之老也则不可。一朝廷之老且死，犹一人之老且死也，于吾所谓中国者何与焉。然则，吾中国者，前此尚未出现于世界，而今乃始萌芽云尔。天地大矣，前途辽矣，美哉，我少年中国乎！

……

龚自珍氏之集有诗一章，题曰《能令公少年行》。吾尝爱读之，而有味乎其用意之所存。我国民而自谓其国之老大也，斯果老大矣；我国民而自知其国之少年也，斯乃少年矣。西谚有之曰："有三岁之翁，有百岁之童。"然则国之老少，又无定形，而实随国民之心力以为消长者也。吾见乎玛志尼之能令国少年也，吾又见乎我国之官吏士民能令国老大也，吾为此惧。夫以如此壮丽浓郁翩翩绝世之少年中国，而使欧西、日本人谓我为老大者，何也？则以握国权者皆老朽之人也。非哦几十年八股，非写几十年白折，非当几十年差，非挨几十年俸，非递几十年手本，非唱几十年诺，非磕几十年头，非请几十年安，则必不能得一官、进一职。其内任卿贰以上、外任监司以上者，百人之中，其五官不备者，殆九十六七人也。非眼盲则耳聋，非手颤则足跛，否则半身不遂也。彼其一身饮食、步履、视听、言语，尚且不能自了，须三四人在左右扶之捉之，乃能度日，于此而乃欲责之以国事，是何异立无数木偶而使之治天下也。且彼辈者，自其少壮之时，既已不知亚细、欧罗为何处地方，汉祖、唐宗是那朝皇帝，犹嫌其顽钝腐败之未臻其极，又必搓磨之、陶冶之，待其脑髓已涸，血管已塞，气息奄奄，与鬼为邻之时，然后将我二万里山河，四万万人命，一举而界于其手。呜呼！老大帝国，诚哉其老大也！而彼辈者，积其数十年之八股、白折、当差、挨俸、手本、唱诺、磕头、请安，千辛万苦，千苦万辛，乃始得此红顶花翎之服色，中堂大人之名号，乃出其全副精神，竭其毕生力量，以保持之。如彼乞儿拾金一锭，虽轰雷盘旋其顶上，而两手犹紧抱其荷包，他事非所顾也，非所知也，非所闻也。于此而告之以亡国也，瓜分也，彼乌从而听之？乌从而信之？即使果亡矣，果分矣，而吾今年既七十矣，八十矣，但求其一两年内，洋人不来，强盗不起，我已快活过了一世矣。若不得已，则割三头两省之土地奉申贺敬，以换我几个衙门；卖三几百万之人民作仆为奴，以赎我一条老命，有何不可？有何难办？鸣呼，今之所谓老后、老臣、老将、老吏者，其修身齐家治国平天下之手段，皆具于是矣。西风一夜催人老，凋尽朱颜白尽头。使走无常当医生，携催命符以祝寿，嗟乎痛哉！以此为国，是安得不老且死，且吾恐其未及岁而殇也。

梁启超曰：造成今日之老大中国者，则中国老朽之冤业也；制出将来之少年中国者，则中国少年之责任也。彼老朽者何足道，彼与此世界作别之日不远矣，而我少年乃新来而与世界为缘。如僦屋者然，彼明日将迁居他方，而我今日始入此室处。将迁居者，不爱护其窗棂，不洁治其庭庑，俗人恒情，亦何足怪。若我少年者，前程浩浩，后顾茫茫。中国而为牛、为马、为奴、为隶，则烹脔鞭棰之惨酷，惟我少年当之。中国如称霸宇内，主盟地球，则指挥顾盼之尊荣，惟我少年享之。于彼气息奄奄，与鬼为邻者何与焉？彼而漠然置之，犹可言也；我而漠然置之，不可言也。使举国之少年而果为少年也，则吾中国为未来之国，其进步未可量也；使举国之少年而亦为老大也，则吾中国为过去之国，其渐亡可翘足而待也。故今日之责任，不在他人，而全在我少年。少年智则国智，少年富则国富，少年强则国强，少年独立则国独立，少年自由则国自由，少年进步则国进步。少年胜于欧洲，则国胜于欧洲；少年雄于地球，则国雄于地球。红日初升，其道大光；河出伏流，一泻汪洋；潜龙腾渊，鳞爪飞扬；乳虎啸谷，百兽震惶；鹰隼试翼，风尘吸张；奇花初胎，矞矞皇皇；干将发硎，有作其芒；天戴其苍，地履其黄；纵有千古，横有八荒；前途似海，来日方长。美哉，我少年中国，与天不老！壮哉，我中国少年，与国无疆！

"三十功名尘与土，八千里路云和月。莫等闲，白了少年头，空悲切。"此岳武穆《满江红》词句也，作者自六岁时即口受记忆，至今喜诵之不衰。自今以往，弃"哀时客"之名，更自名曰"少年中国之少年"。作者附识。

【导读】

这也许是梁启超流传最广的一篇文章。梁氏的文章之所以能风行一时，当然与其鼓吹的理念有关，但同样重要的是，他创造了一种易于接受、易于传播的"新文体"。新文体的出现是梁氏辛勤耕耘报坛的硕果。他23岁创办和主编了《时务报》；此后27年，他创办、主编和担任笔政的报刊有12种，其中《清议报》《新民丛报》风行海内外，他本人成为那些年舆论界的"执牛耳者"。梁氏一生留下上千万字的著述，其中影响最大的几乎都发表于报刊。为了传播思想、影响舆论，梁氏写作时"务为平易畅达，时杂以俚语、韵语及外国语法，纵笔所至不检束"；这种文体"条理明晰，笔锋常带感情，对于读者，别有一种魔力焉"，以至于"学者竞效之，号新文体"。青年毛泽东一度为梁氏的文章所折服，说一些文章"我读了又读，直到差不多背得出来了"。胡适也坦承：梁氏的文章"使读的人不能不跟着他走，不能不跟着他想"。梁氏开启的"文界革命"在近代汉语书面体系转换的进程中起到了承前启后的作用，是他对中国文化发展的伟大贡献之一。而据他自己说，新文体的代表作首推《少年中国说》和《呵旁观者文》。

哀 女 界

柳亚子

莽莽尘球，芸芸万类，中有一怪物也，颅一而肢四，自翘于动植间，无以名之，名之曰人。曰人，人也者，其天之骄子乎？虽然，弱肉强食之丑态，吾未见其愈于禽兽也。以蟪蛄朝菌之数十寒暑，梦梦以生，梦梦以死，又梦梦以有竞争，梦梦以有压制。甲为压制者，即乙为被压制者，未必甲为正而乙为负也。目论之士，欲自文其种性之劣，则造为优胜劣败之谈，掩耳盗铃，夫复何益？夫华严天国之不能以梦见，而污浊人世长此终古，则必有受其弊者。独罗瑟女士之言曰："万物并育而不相害，何事罪恶，而乃组织不平等之世界？"傅尊纱德夫人之言曰："女子者，文明之母也。凡处女子于万重压制之下，教成其奴隶根性既深，则全国民皆奴隶之分子而已。大抵女权不昌之国，其邻于亡也近。"何其言之有隐痛也！阳当扶而阴当抑，男当尊而女当卑，则不平等之毒、压制之毒，顺风扬波，必将以女界为尾闾矣。吾哀众生，吾又哀女界。

"苍天何事太朦胧，一任伤心不管侬。粉面黛眉成傀儡，画楼雕阁是牢笼。并刀夜映肤如雪，翠被朝看泪染红。姊妹同胞二万万，江山正好夕阳中。"嗟嗟，抱此痛者，岂独我二万万女子哉！豺狼当道，荆棘漫天，横刀出门，税驾何地？茫茫寰宇之中，法律一致，言论一致，安有一片干净土为女子仰首伸眉之新世界乎？彼西方大陆，与东海岛国，固以女权自号于众者，自我支那民族之眼光视之，亦必啧啧称羡，以为彼天堂而我地狱矣。虽然，彼所谓女权者又安在也？选举无权矣，议政无权矣，有腼面目为半部分之国民，而政治上之价值乃与黑奴无异。虽有弥勒约翰、斯宾塞尔，其如群首之反对乎！一犬吠影，百犬吠声，煮鹤焚琴，毒流奕祀。吾言及此，吾欲置铃木力于查里斯第一之断头台，吾欲赠伯伦知理以亚历山大第二之爆裂丸，则女界革命庶几其兴乎！不然则亦压制耳，奴隶耳。沧海桑田，变迁瞬息，此耻其终不可湔哉？

伪学横行，自由终死，悲歌慷慨，无涕可挥。呜呼！吾今且勿大言高论，以澄清五洲女界为己任矣。"取镜照人，回面而发见自己之丑。"彼欧美扶桑，剥削女子之公权，不使有一毫势力于政界，是诚可耻，顾私权犹完全而无缺。试一观吾祖国之女界，则固日日香花祈祝，求为欧美扶桑之一足趾而不可得者也。遍翻上古之典籍，近察流俗之舆论，岂以人类待女子者，而女子亦遂腼然受之。大抵三从七出，所以禁锢女子之体魄；无才是德，所以遏绝女子之灵魂。盖蹂躏女权，实以此二大谛为本营，而余皆其偏师小队。夫中国伦理政治，皆以压制为要义，而人人为压制者，亦即人人为被压制者，其利害犹可互剂而相平，独施于女子则不然。准三从之义，女子之权利犹不能与其自孕育之子平等，乌论他人？而无才是德之言，则古今女杰木兰、红玉之流皆不免为名教之罪人矣。束缚驰骤，致全国女界皆成冢中枯骨，绝无生气，变本加厉，有所谓穿耳刖足之俗，遂由奴隶而为玩物。谭嗣同曰："世俗之待女子，忍为蜂蚁豺虎之所不为。中国虽亡，而罪当有余。"吾读其言而不知泪涔涔之何自来也。谁非我至尊至贵可亲可爱之同胞，而何至于此！

廿纪风尘，盘涡东下，漫漫长夜，渐露光明。"女权！""女权！"之声始发现于中国人之耳膜，女界怪杰方发愤兴起以图之，而同胞志士亦袪负心之辱，深同病之怜，著书立说，鼓吹一世，欲恢复私权，渐进而开参预政治之幕。儿女英雄提携互誓，此亦人心之未死者矣。乃返顾世俗，阻力方坚。独夫民贼创之于上，鲰生狗曲和之于下，邑犬狂吠，信吠所怪哉！夫以恢复权利之着手，固不得不忍气吞声以求学问，而群魔之阻挠即因之以起。裴景福、丁仁长之禁广东女学，德某之禁常州女学，近则湖北已成之女学校，且为张之洞所解散。彼固以二千年惨酷野蛮待女子之手段为神圣不可侵犯，而不使女子有冲决罗网之一日也。虽然，彼异族走狗固何足骂，我独悲堂堂华夏之胄亦为此丧心病狂之逆行：有权力者，实行其破坏女学阻遏女权之政策；无权力者，则冷嘲热骂以播谣诼于社会。司马昭之心路人皆知之，是与女界为直接之公敌，与祖国为间接之公敌也。世无张献忠，谁能行择种留良之手段，勿使此辈蟊贼遗孽于新社会哉！

吾恶真野蛮，抑吾尤恶伪文明。吾见今日温和派之以狡狯手段侵犯女界者矣。彼之言曰："女权非不可言，而今日中国之女子，则必不能有权，苟实行之，则待诸数十年后。"呜呼！是何其助桀辅桀之甚，设淫辞而助之攻也！夫权利云者，与有生俱生，苟非被人剥夺，即终身无一日之可离。必曰如何而后可以有权，如何即无权，此岂有量才之玉尺而比较至累黍不差乎？中国女子即学问不足，抑岂不可与男子平等？必如论者所言，将中国男子亦在不能有权之列，而翻怪独夫民贼仅夺国民之公权，而不夺其私权，为放任太过矣。夫女子之无学，岂女子之罪哉！奴隶视之，玩物待之，女权既丧，学焉将安用之？况如"无才是德"所云，且明禁女子之求学乎！昔以女权之亡，而女学遂湮，今日欲复女权，又曰女学不兴，不能有权，则女界其终无自由独立之一日矣。欲光复中国于已亡以后，不能不言女学，而女权不昌，则种种压制、种种束缚，必不能达其求学之目的。今乃曰女权之行，必待数十年后，大好江山又不知几易主矣。七年之病而不求三年之艾，更迁缓时日以阻之，其将索我国民于枯鱼之肆哉！牛山之木，萌蘖初生，牛羊又从而牧之，是以若彼濯濯焉。际女权幼稚之秋，而摧之折之，温和派其勿以牛羊自命也。

吾敢披发裂喉，大声疾呼，以告我二万万同胞男子曰：咄咄！公等日匍匐于曼殊贱种之下，受其压制、受其戮辱、受其鞭笞、受其愚弄二百六十一年。国仇民贼而父母事之，帝天待之，不敢有一毫抵抗力，奴性既深，奴风日煽。时至今日，犹欲以己所身受之状，反而使压力于女界，女界诚何辜，而为公等奴隶为异种重僵哉！公等虽不肖，非所谓黄帝之子孙耶？彼二万万女子非他，固亦轩辕之遗胤，而公等之诸姑伯姊也。

公等于异族则媚之，于同胞则排之，腼颜事仇，不知廉耻，虽擢公等之发，不能数公等之罪。特恐虏运既终，贩卖方始，中原大陆将演第二次亡国之惨剧，公等乃与平日所奴视之女子同烬于枪烟炮雨之中，而公等之特权卒归于乌有也。夫岂如及今可为之日好自图之，扶植女子共谋进步，以造福于女界，即以造福于中国。他日义旗北指，羽檄西驰，革命军中必有玛尼他、苏菲亚为之马前卒者，巾帼须眉相将携手以上二十世纪之舞台，而演驱除异族、光复河山，推倒旧政府、建设新中国之活剧，而公等亦得享自由独立之幸福以去。公等其愿就死亡乎？其愿享幸福乎？造因于今，结果于后，公等其自择之。

吾更敢披发裂喉，大声疾呼，以告我二万万同胞女子曰：嗟嗟！公等之束缚驰骤二千年于兹矣。奴隶于礼法、奴隶于学说、奴隶于风俗、奴隶于社会、奴隶于宗教、奴隶于家庭，如饮狂泉，如入黑狱。公等之抱异质、怀大志而不堪诽谤，不堪钳束，郁郁以去，不知几千万人哉。天命方新，无往不复，洪涛更簸，劫灰忽燃。公等何幸而遇今日，公等又何不幸而仅仅遇今日！今日何日？此公等沉九渊、飞九天，千钧一发之界线也。公等而不甘以三重奴隶终乎，则请自奋发，请自鼓励，请自提倡，请自团结；实力既充，自足以推倒魔障，彼独夫民贼与鲰生狗曲为公等敌者，岂足当公等剑头之一快也？非然者，落花飞絮，飘泊堪怜，姕凤囚鸾，鞭笞谁惜，亡国灭种，沦胥以尽。公等之末路，我悲从中来，又岂能为公等说哉！

抑吾又有进言于公等者，当某氏之兴，满珠王气渐消沉矣，湘淮诸将甘为胡奴，竭力以覆义军，而中国复灭。公等其知之否耶？今英雄女杰，欲恢复女界之权利者，不乏其人，顾出一言行一事，他人犹未置可否，而公等团体中之蟊贼先反对之，诽谤之，其顽固野蛮、自暴自弃或有更甚于男子者，他日大功终败，又岂能专责男子之负心也！呜呼，公等其慎之！

金一有言曰："凡身领压制之况味，受压制之痛苦之人，必痛心切齿于压制政体，不愿世间有此等恶现象。"旨哉斯言，其伤心语哉！吾非女子，而压制之惨亦身受之矣。神州陆沉，胡骑如织，身为亡国遗民，抱鲁仲连之遗恨，坐视异族之杀我同胞，卖我祖国，而赤手空拳，徒呼负负，头颅大好，抚影自豪，我亦劫余之身哉！

居地球之上，其不幸者莫如我中国人，而中国女界，又不幸中之最不幸者。睹斯惨状，同病之感，我又乌能已于言？我独怪奴颜婢膝于大廷，而归骄其妻妾者之尚有人也。世界无公理，国民有铁血，人以强权侵我之自由，吾即以强权自拥护其自由，而哓哓奚为？铁乎！血乎！汝为文明之敌，抑亦文明之母乎？吾以是二者自赠，勉达我前途之希望；吾更以是二者赠女界，使勉达其前途之希望。摆伦乎！乐欢脱乎！哥修士孤乎！吾以是自期，吾又不愿女界之以是期我也。呜呼！近弹棋之局，心最难平；抚宝剑之鞘，壶真欲缺。吾悬是文于十年以后，待女子世界之成立，选举代议，一切平等，而吾"哀女界"之名词，乃有销灭之一日。

【导读】

柳亚子（1887—1958），原名慰高，字安如，江苏吴江人，出身"书香门第、耕读世家"。剖析自己时，柳氏曾说，"我的身世，虽然不像曹雪芹笔下的贾宝玉尊贵，但论性情，却也有些像他"。像宝玉一样，他一直十分关注与性别相关的议题。15岁中秀才那年，他结识同乡金天翮（又名金一，1874—1947），在金氏影响下，柳氏"以《新民丛报》为枕中鸿宝焉。读卢梭《民约论》，倡天赋人权之说，雅慕其人。更名曰人权，字亚卢，谓亚洲之卢梭也"。他从这时起，"就主张男女平权"。1903年，金天翮出版了中国近代鼓吹女权思想的第一本专著《女界钟》，书成后金氏请16岁的柳亚子为其作跋，这是他关于妇女解放的第一篇文章。次年，丁初我在上海主编发行《女子世界》，此后三年共发行18期，柳亚子为其中12期撰文，包括发表在第9期（1904年9月）上的《哀女界》，时年17岁，署名亚卢。此后几十年，柳氏还发表了大量文字倡导妇女解放。

鹭江秋感

连横

延平霸业久销亡，两岛难恃一苇航。

西北妖氛传露布，东南大局失云章。

满域风雨思乡泪，匝地干戈吊国殇。

入夜笳声吹到枕，梦魂无定赋故乡。

【导读】

连横著有《台湾通史》《台语辞源》《台湾语典》等，以及多种文集、诗集，是深明家国大义的学者和诗人。他1878年出生于台南，祖籍福建漳州，先人于清康熙年间渡海投奔民族英雄郑成功；到连横时，七代人一直恪守明朝遗民"生降死不降"的誓约。日占台南后，连家遭毁，国残家破让17岁的连横痛感"此恨绵绵，何时能已"。19岁首次返回大陆时，他改名"连横"，取自"合纵连横"，亦有仿效齐国救国壮士田横之意。他于1933年举家回大陆定居，3年后病逝于上海；临终前，犹谆嘱其子："今寇焰逼人，中日终必有一战，光复台湾即其时也，汝其勉之。"还为尚未出生的孙儿取名为"战"，希望他为祖国而战。《鹭江秋感》是连横1904年至1905年间在厦门办报时所写。诗中的"延平"指曾被南明永历朝廷封为延平郡王的郑成功，是他终生崇拜的英雄；在厦门期间，他多次瞻仰郑成功留下的遗迹；在其作品中，他也处处宣扬"延平霸业"。

《民报》发刊词

孙中山

近时杂志之作者亦夥矣。姱词以为美，嚣听而无所终，摘埴索涂不获，则反覆其词而自惑。求其斟时弊以立言，如古人所谓对症发药者，已不可见，而况夫孤怀宏识、远瞩将来者乎？夫缮群之道，与群俱进，而择别取舍，惟其最宜。此群之历史既与彼群殊，则所以掖而进之之阶级，不无后先进止之别。由之不贰，此所以为舆论之母也。

余维欧美之进化，凡以三大主义：曰民族，曰民权，曰民生。罗马之亡，民族主义兴，而欧洲各国以独立。洎自帝其国，威行专制，在下者不堪其苦，则民权主义起。十八世纪之末，十九世纪之初，专制仆而立宪政体殖焉。世界开化，人智益蒸，物质发舒，百年锐于千载，经济问题继政治问题之后，则民生主义跃跃然动，二十世纪不得不为民生主义之擅场时代也。是三大主义皆基本于民，递嬗变易，而欧美之人种胥冶化焉。其他旋维于小己大群之间而成为故说者，皆此三者之充满发挥而旁及者耳。

今者中国以千年专制之毒而不解，异种残之，外邦逼之，民族主义、民权主义殆不可以须臾缓。而民生主义，欧美所虑积重难返者，中国独受病未深，而去之易。是故或于人为既往之陈迹，或于我为方来之大患，要为缮吾群所有事，则不可不并时而弛张之。嗟夫！所陟卑者其所视不远，游五都之市，见美服而求之，忘其身之未称也，又但以当前者为至美。近时志士舌敝唇枯，惟企强中国以比欧美。然而欧美强矣，其民实困，观大同盟罢工与无政府党、社会党之日炽，社会革命其将不远。吾国纵能媲迹于欧美，犹不能免于第二次之革命，而况追逐于人已然之末轨者之终无成耶！夫欧美社会之祸，伏之数十年，及今而后发见之，又不能使之遄去。吾国治民生主义者，发达最先，睹其祸害于未萌，诚可举政治革命、社会革命毕其功于一役。还视欧美，彼且瞠乎后也。

翳我祖国，以最大之民族，聪明强力，超绝等伦，而沉梦不起，万事堕坏；幸为风潮所激，醒其渴睡，旦夕之间，奋发振强，励精不已，则半事倍功，良非夸嫚。惟夫一群之中，有少数最良之心理能策其群而进之，使最宜之治法适应于吾群，吾群之进步适应于世界，此先知先觉之天职，而吾《民报》所为作也。抑非常革新之学说，其理想输灌于人心而化为常识，则其去实行也近。吾于《民报》之出世觇之。

【导读】

孙中山，1866年出生于广东香山，"生而为贫困之农家子"，"早知稼穑之艰难"；10岁入私塾读书；12岁随母赴檀香山投靠长兄，就读教会学校，接受英语、历史、代数、生理等较为系统的西学教育；20岁开始在香港学医；26岁毕业后在澳门、广州行医。1894年初，28岁的孙中山撰写了《上李鸿章书》，提出改革主张，并希求面见，但未被接纳。当年7月，甲午战争爆发；11月，孙中山前往檀香山创办"兴中会"，提出"驱除鞑虏，恢复中国，创立合众政府"的革命纲领；次年，兴中会总会在香港成立，并策动广州起义。起义失败后，孙中山奔走海外，经过10年的活动，决定改进"兴中会"，筹组革命党。1905年8月20日，中国同盟会在日本东京成立，孙中山担任总理，其誓词为"驱除鞑虏，恢复中华，建立民国，平均地权"。《民报》是同盟会机关刊物，创刊号于当年11月26日发行。发刊词首次提出"民族、民权、民生"三大主义，是孙中山在中国旧民主主义革命阶段政治思想的基本内容，形成一个比较完整的民主主义革命纲领。

感 愤

秋瑾

莽莽神州叹陆沉，救时无计愧偷生。

抟沙有愿兴亡楚，博浪无椎击暴秦。

国破方知人种贱，义高不碍客囊贫。

经营恨未酬同志，把剑悲歌涕泪横。

【导读】

秋瑾，祖籍浙江绍兴，自称鉴湖女侠，1875年底出生于官宦世家，16岁前随为官的祖父、父亲在福建、台湾、湖南等地居住。她天资聪慧，11岁已习作诗，"偶成小诗，清丽可喜"；并时常"捧着杜少陵、辛稼轩等诗词集，吟哦不已"。她21岁尊父命嫁给"状貌若妇人女子"的纨绔子弟王子芳，与其格格不入。27岁随捐官的丈夫移居北京后，她结识了倾向维新的吴芝瑛等女友，开始接触《新民丛报》等进步书报，从此眼界大开，并第一次与丈夫公开冲突，离家出走，发出"身不得，男儿列；心却比，男儿烈"的感慨。1904年，她毅然与家庭决裂，东渡日本留学。在日本，她结识了许多革命党人，加入了各种革命团体，思想发生了巨大飞跃，从因婚姻不幸哀哀戚戚的深闺少妇，变为争取妇女解放的时代先驱，继而成为民主革命的坚强战士。1907年，秋瑾在绍兴策划武装起义时，不幸事泄被捕，于农历六月初六英勇就义，时年32岁。秋瑾一生写下许多诗词。其早期作品婉约细腻，反映的无非是闺阁少女少妇的闲情、孤寂、感伤；但1903年以后，其诗风大变，一派飒爽劲健、敢于牺牲、淋漓悲壮、荡人心魂的豪迈气概。《感愤》作于1907年初，发表在秋瑾创办的《中国女报》上。

与 妻 书

林觉民

意映卿卿如晤：

　　吾今以此书与汝永别矣，吾作此书时，尚是世中一人；汝看此书时，吾已成为阴间一鬼。吾作此书，泪珠和笔墨齐下，不能竟书而欲搁笔，又恐汝不察吾衷，谓吾忍舍汝而死，谓吾不知汝之不欲吾死也，故遂忍悲为汝言之。

　　吾至爱汝，即此爱汝一念，使吾勇于就死也。吾自遇汝以来，常愿天下有情人都成眷属；然遍地腥云，满街狼犬，称心快意，几家能够？司马青衫，吾不能学太上之忘情也。语云：仁者"老吾老以及人之老，幼吾幼以及人之幼"。吾充吾爱汝之心，助天下人爱其所爱，所以敢先汝而死，不顾汝也。汝体吾此心，于啼泣之余，亦以天下人为念，当亦乐牺牲吾身与汝身之福利，为天下人谋永福也，汝其勿悲！

　　汝忆否？四五年前某夕，吾尝语曰："与使吾先死也，无宁汝先吾而死。"汝初闻言而怒，后经吾婉解，虽不谓吾言为是，而亦无辞相答。吾之意盖谓以汝之弱，必不能禁失吾之悲，吾先死，留苦与汝，吾心不忍，故宁请汝先死，吾担悲也。嗟夫！谁知吾卒先汝而死乎？

　　吾真真不能忘汝也！回忆后街之屋，入门穿廊，过前后厅，又三四折，有小厅，厅旁一室，为吾与汝双栖之所。初婚三四个月，适冬之望日前后，窗外疏梅筛月影，依稀掩映；吾与并肩携手，低低切切，何事不语？何情不诉？及今思之，空余泪痕。又回忆六七年前，吾之逃家复归也，汝泣告我："望今后有远行，必以告妾，妾愿随君行。"吾亦既许汝矣。前十余日回家，即欲乘便以此行之事语汝，及与汝相对，又不能启口，且以汝之有身也，更恐不胜悲，故惟日日呼酒买醉。嗟夫！当时余心之悲，盖不能以寸管形容之。

吾诚愿与汝相守以死，第以今日事势观之，天灾可以死，盗贼可以死，瓜分之日可以死，奸官污吏虐民可以死，吾辈处今日之中国，国中无地无时不可以死。到那时使吾眼睁睁看汝死，或使汝眼睁睁看我死，吾能之乎？抑汝能之乎？即可不死，而离散不相见，徒使两地眼成穿而骨化石，试问古来几曾见破镜能重圆？则较死为苦也，将奈之何？今日吾与汝幸双健。天下人人不当死而死与不愿离而离者，不可数计，钟情如我辈者，能忍之乎？此吾所以敢率性就死不顾汝也。吾今死无余憾，国事成不成，自有同志者在。依新已五岁，转眼成人，汝其善抚之，使之肖我。汝腹中之物，吾疑其女也，女必像汝，吾心甚慰。或又是男，则亦教其以父志为志，则吾死后尚有二意洞在也。甚幸，甚幸！吾家后日当甚贫，贫无所苦，清静过日而已。

吾今与汝无言矣。吾居九泉之下，遥闻汝哭声，当哭相和也。吾平日不信有鬼，今则又望其真有。今人又言心电感应有道，吾亦望其言是实，则吾之死，吾灵尚依依旁汝也，汝不必以无侣悲。

吾平生未尝以吾所志语汝，是吾不是处；然语之又恐汝日日为吾担忧。吾牺牲百死而不辞，而使汝担忧，的的非吾所思。吾爱汝至，所以为汝体者惟恐未尽。汝幸而偶我，又何不幸而生今日之中国！吾幸而得汝，又何不幸而生今日之中国！卒不忍独善其身。嗟夫！巾短情长，所未尽者，尚有万千，汝可以模拟得之。吾今不能见汝矣！汝不能舍吾，其时时于梦中得我乎？一恸。

辛未三月二十六夜四鼓，意洞手书。

家中诸母皆通文，有不解处，望请其指教，当尽吾意为幸。

林觉民，福建闽县（今属福州市）人，生于1887年，从小过继给叔父为子。他天性聪慧、才华超众，但厌恶科举。13岁时，他奉养父之命，参加童生考试，却在试卷上写下"少年不望万户侯"后扬长而去。15岁时，林觉民进入全闽大学堂学习，通过阅读进步书刊，接触到各种新潮学说，确信"中国非革命无以自强"。18岁时，由养父做主，他与陈意映结婚。尽管也是家长包办，但与秋瑾不同，他们婚后夫妻情投意合；即使20岁赴日留学后，林觉民也时刻挂念远方的妻儿。在日本，他加入了同盟会，力主以革命的方式实现共和。清末十年是革命的年代、英雄的年代、牺牲的年代，有全国影响的暗杀有二三十起，起义也有一二十起。许多有为青年都甘愿为革命献出自己宝贵的生命。这篇《与妻书》就是林觉民1911年4月底参加广州起义前几天写的。与秋瑾一样，林觉民明知"吾辈此举，事必败，身必死"，但却决心以身报国，因为他坚信："此举若败，死者必多，定能感动同胞……使吾同胞一旦尽奋而起，克复神州，重兴祖国，则吾辈虽死之日，犹生之年也，宁有憾哉！"起义失败后，被两广总督张鸣岐形容为"面貌如玉，肝肠如铁，心地如雪"的他受伤被捕，从容就义，为"黄花岗七十二烈士"之一，年仅24岁。

非留学篇（节选）

胡适

吾所谓留学者，废时伤财事倍而功半者，又何也？请先言废时。留学者不可无预备，以其所受学者，将在异言之国，则不得不习其语言文字。而西方语言文字与吾国大异，骤习之不易收效。即如习英文者，至少亦须四五年，始能读书会语。所习科学，又不得不用西文课本，事倍功半，更不待言。此数年之时力，仅预备一留学之资格，既来异国，风俗之异，听讲之艰，在在困人。彼本国学子，可以一小时肄习之课，在我国学子，须以一二倍工夫为之，始克有济。夫以倍蓰之日力，乃与其国学子习同等之课，其所成就，或可相等，而所暴殄之日力，何可胜计，废时之弊，何待言矣！次请论伤财。在国内之学校，其最费者，莫如上海诸校。然吾居上海六年，所费每年自百元至三百元不等。平均计之，约每年二百五十墨元，绰有余裕矣。今以官费留学，每月得八十元，每年乃费美金九百六十元，合墨银不下二千元，盖八倍于上海之费用。以吾一年留学之费，可养八人在上海读书之资。其为伤财，更何待言。夫以四五年或六七年之功，预备一留学生，及其既来异邦，乃以倍蓰之日力，八倍之财力，供给之，然后造成一归国之留学生，而其人之果能有益于社会国家与否，犹未可知也。吾故曰：留学者，废时伤财事倍而功半者也。

吾所谓留学者，救急之计而非久远之图者，何也？吾国文化中滞，科学不进，此无可讳者也。留学之目的，在于植才异国，输入文明，以为吾国造新文明之张本，所谓过渡者是也。以己所无有，故不得不求于人，吾今日之求之于人，正所以为他日吾自有之之预备也。求学于人之可耻，吾已言之。求学于人之事倍功半，吾亦已言之。夫诚知其耻，诚知其难，而犹欲以留学为储才长久之计，而不别筹善策，是久假而不归也。是明知其难，而安其难，明知其耻，而犹觍颜忍受不思一洗其耻也。若如是，则吾国文明终无发达之望耳。读者疑吾言乎？则请征之事实。五六年前，留学生远不如今日之众也，而其时译书著书之多，何可胜计，如严几道、梁卓如、马君武、林琴南之流，其绍介新思想、输入新文明之苦心，都可敬佩也。至于今日，留学人数骤增矣，然数年以来，乃几不见有人译著书籍者，国内学生，心目中惟以留学为最高目的，改其所学，恒用外国文为课本，其既已留学而归，或国学无根柢，不能著译书；或志在金钱仕禄，无暇为著书之计。其结果所及，不惟无人著书，乃并一册之译本哲学科学书而亦无之。嗟夫！吾国人其果视留学为百年久远之计矣乎？不然，何著译界之萧条至于此极也！夫书籍者，传播文明之利器也。吾人苟欲输入新智识为祖国造一新文明，非多著书多译书多出报不可。若学者不能以本国文字求高深之学问，则舍留学外，则无他途，而国内文明永无增进之望矣。吾每一念及此，未尝不寒而栗。为吾国学术文明作无限之杞忧也。吾故曰：留学者，救急之策而非久远之图也。

【导读】

　　胡适，安徽绩溪人，原名胡洪骍，后受《天演论》影响改名为"适"，1891年出生于一个殷实人家；幼年就读于家乡私塾；13岁到上海接受新式教育，先后进梅溪学堂、澄衷学堂与中国公学。中国公学一批立志改革社会的同学组织起"竞业学会"，发行《竞业旬报》，胡适在上面发表了几十篇文章。1910年，胡适赴美留学，入康奈尔大学农学院；1912年，转入该校文学院，修哲学、经济、文学。1913年，胡适接任《留美学生年报》编辑。次年1月，该年报发表胡适的4篇文章和一首诗，《非留学篇》是其中一篇。到1914年时，留美学生已达1461人，其中庚款公费生303人。这些学生除学杂费外，每月生活费80美元，在胡适看来"实在是个了不起的大数目"。这篇文章发表时，胡适恰好看到湖南一年之留学费，感叹道："此一省所送已达此数，真骇人闻听！吾《非留学篇》之作，岂得已哉！"在这篇文章中，胡适批判了当时留学政策的失误以及留学生群体的一些积弊，并提出了初步的改良方案。

或多难以固邦国论

周恩来

夫有非常之时势，然后有非常之英雄；有非常之英雄，然后建非常之功业。人有非常之功业，而名以立；国有非常之功业，而邦以兴。是故时势也，英雄也，功业也，立名之基础，兴邦之利器也。然而立名事末，兴邦事伟。既有非常之时势，要必有非常之功业，建之于国，以固邦本，始克成非常之英雄耳。且夫天下承平，四海晏乐，烽火不举，兵革不兴，非非常之时势也。强弱相侵，杀戮频仍，家国有荆棘之感，宗社有禾黍之悲，大厦将倾，扶危有待众木。国运既替，光复必俟后人。是诚所谓非常之时势矣！

间尝读史，至晋刘琨"或多难以固邦国"一语，不禁深致服膺。知有非常之时势，适足以兴固邦本，挽已坠之家国也。当夫西汉末造，中原纷扰，新莽窃篡，光武以一余裔，卒致中兴之志。战国之际，越并于吴，为人奴隶，供人驱使，勾践以亡国之君，乃达沼吴之念。斯二君者，处国破家亡、宗社邱墟之际，乃能转危为安，重整山河，何哉？盖子舆氏有言：生于忧患，死于安乐。彼富贵利达之徒，值上下相安之日，以为国家无事，遂泄泄沓沓，耽于宴乐，百政不举，田亩荒芜，终至盗贼蜂起，弊害丛生。内患既开，外侮斯乘。当是时也，忧时之君，爱国之士，目击受他人之凭陵践踏已甚，乃发愤图强，卧薪尝胆。一旦羽毛丰满，登高而呼，久困之民必揭竿而随，不达再兴之域、邦固之境，未之有也。故普败于法，而俾斯麦乃能挽已颓之大厦，重整旧邦，生聚教训，不十年乃复兴。一战胜奥，再战胜法，浸浸乎有驾凌全欧之势。义亡于奥，而加里波的乃能拯久替之国运，唤醒国魂，义旗高举，未数载乃光复旧疆，重兴罗马，使数千年之古国复立于今之新世界中。由是以观古今东西，处非常之时势者，均可以成非常之功业。多难兴邦，刘子诚不我诬也。

然而返察吾国，自海禁大开，强邻逼处。鸦片之役，英人侵我；越南之战，法人欺我；布楚之约，俄人噬我；马关之议，日人凌我；及乎庚子，诸国协力以谋我。瓜分豆剖，蚕食鲸吞，岌岌乎不可终日。此固非常之时势也，而人民之鼾睡如故。逮乎辛亥，国建共和。昏昏蒙人，离我而立。蠢蠢藏番，畔我藩篱。（这是作者当时的看法，后已有改变——编注）列强借口以进兵，俄英从中而播动。土地丧失，国亡即在目前，此固非常之时势也。而人民乃不此之急，阋墙自私，酿成湖口之变。未几事平，鼾睡又复如故。至于今日，同种东邻，乘欧战方殷之际，忽来哀的美敦之书。政府无后盾，国民无先驱；忍耻受辱，逐条承认；五项要求，犹言后议。事急矣！时逼矣！非常之势，多难之秋，至斯亦云极矣！而全国人民，优游者有之，无识者有之。举目河山，将非我有；沉沉大陆，鼾睡依然。虽其中不乏爱国之士，发愤以图强，立志以自振；但时易境迁，如火如荼，转成为无声无臭矣！呜呼！卧榻岂容人鼾睡，宋太祖之言犹在耳。厝薪久已见微明，贾长沙之语岂忘心。莽莽神州，已倒之狂澜待挽；茫茫华夏，中流之砥柱伊谁？弱冠请缨，闻鸡起舞，吾甚望国人之勿负是期也。不然多难既不足以固邦国，时势亦不足以造英雄。兴汉心无，沼吴志没。加里波[的]之不作，俾斯麦之已亡。衰草斜阳，行将会铜驼于荆棘。中原故趾，当必见披发于伊川。则刘子所谓或字之义者，殆在是欤？悲夫！

【导读】

周恩来，幼名大鸾，后进家塾读书时，取学名恩来，1898年出生于江苏淮安，原籍浙江绍兴，祖父周起魁曾任山阳县知事。周恩来自幼博览群书，聪颖好学。13岁时，在一次修身课上，老师提问"读书为了什么"时，周恩来回答道："为了中华之崛起。"他15岁时考取仿照欧美近代教育制度开办的天津南开学校，19岁时以优异的成绩从南开学校毕业；求学期间的52篇作文曾被编订成册，约7万余字，涉及论、记、启、书、序、感言等多种文体，《或多难以固邦国论》便是其中一篇，针对的是袁世凯"忍耻受辱，逐条承认"日本提出的"二十一条"一事。他在文中大声疾呼："莽莽神州，已倒之狂澜待挽。茫茫华夏，中流之砥柱伊谁？弱冠请缨，闻鸡起舞，吾甚望国人之勿负是期也。"

告癸丑以来死义诸君文

章太炎

民国五年八月某日，某某等谨以荼香量币告癸丑以来死义诸君：

呜呼哀哉！自袁氏得位，冯恃淮泗宗贼馀丑，以乱天常。始虽假号，其有僭逆之心久矣。群伦侧目，未敢正言，独诸先觉之士，扶义发难，冀得折其牙角。武力不当，咸死锋刃，既而屏营伏窜，毙于虞候者，先后盖四五万人。元凶建号，西南始义，胜兵用命，狂狡燔沮，犹有淫威馀烈，制人死命。天夺其魄，而后假定一时。追念诸君伏节死义之初，岂遽知有今日事哉！

某等以为武昌之师，以戈异族，云南之师，以荡帝制，事虽暂济，而皆不可谓有成功，何则也？异族帝制之势，非一人能成之，其支党盘结于京师者，不可胜计。京师未拔，正阳之阃未摧，虽仆一姓、毙一人，余孽犹鸟兽屯聚其间，故用力如转山，而收效如豪毛，遽以是为成功者，是夸诞自诬之论也。人情偷息，忨此小康，未暇计后日隐患，某等虽长虑却顾，不敢自逸，无若众论之欢呿何？自南京政府解散，提契版图而致诸大酋，终有癸丑之变。祸患绵亘，首尾四岁，以诒诸君子忧，繄岂小人偷息之咎，某等亦与有罪焉。今者兵未逾江，元凶自陨，于彼所丧一人耳，罪魁叛将与其尝受伪命之吏，根柢相连，不可锄治。彼讼言帝制者，乱人也；阴佐帝制而阳称疾不视事者，又乱人也；以其野心与帝制异议，而欲保介袁氏遗业以桡大法，而为罪人托命之主者，复乱人也。三乱不除，则袁氏未死，国会犹朝露，元首若赘旒。然而二三躁竞之士，饕窃天功，以为己力，欲弭兵以修文政，他日复诒后生之忧，其罪将弥甚于某等也。

乃者国人不知祸乱之几，某等不能正告，而诸君子死难于前；迄于今兹，涉历稍深矣，监前事之败，而知后来之覆，某等无所逃其责。终以庸众愒息，莠言相扇，忧危之论，不足以儆愚子，而更以好事方命为诮，是使诸君子徒死于前，而异日才俊之士，又将累累与诸君子相枕为积尸也。呜呼！死者则已矣，其有知邪？且无知邪？其灵爽犹足以振起顽懦，生者当知之。知袁氏未死也，知死者之望犹觖也，知死者之不欲徒以生命贸人一夕之娱戏也，以是备豫不虞，训于师干，而教之无忘戒守，祸其可以少已。不然，虽日享月祀，荐之馨香，树之表旗，丰碑高垄以安之，写金刻石以像之，坛堂祠庙以奉之，诚不足以妥君子之灵，而所以为负滋大。不及再稔，故丧未除，新丧又见告矣。斯亦非诸君子之所遗恨，长盺而不已者邪？呜呼哀哉！

【导读】

章太炎，1869年出生于浙江余杭一个书香旧家，原名学乘，字枚叔，后易名为炳麟，因仰慕顾炎武为人，遂改名绛，号太炎；自幼接受乾嘉汉学的启蒙教育，后赴杭州入诂经精舍从俞樾受业，打下深厚的朴学根基。1894年甲午战败后，章太炎"遭世衰微，不忘经国"，开始投身政治斗争，先参加维新运动，后投身反清革命，曾遭通缉入狱。辛亥革命后，章太炎返国，宣传"革命军兴，革命党消"，虽一度任孙中山总统府枢密顾问，但很快转向拥护袁世凯。在袁世凯"攘窃国柄，以遂私图"的迹象越来越明显及宋教仁遇刺后，他参与反袁斗争。1913年7月，黄兴在南京树起讨袁大旗，章太炎发表《讨袁檄》声援，并于8月上旬孤身入京师。次年年初登门大骂袁世凯包藏祸心，结果被软禁。直至袁世凯暴亡后，他才于1916年6月8日重获自由。8月13日，孙中山、黄兴等数十人在上海发起组织悼念癸丑（1913）以后烈士大会，章太炎出席大会并做演讲，当天他写下这篇文章，沉重自责与袁妥协的那段历史："某等亦与有罪焉。"

某报序言

熊十力

报章者，国民喉舌之司，所以监督政府，指导社会，责任重矣。故其议论时事，则有春秋之志焉。太史公曰："春秋以道名分，名者所以正物。"世之衰也，庶物凌乱，各逾其轨，而成攘夺戕杀之局。名正，则分定，物得其所，而莫不发舒，斯文明矣。仲尼救卫之乱，先以正名，春秋志也。正名之要，莫大乎明是非。春秋寓褒贬，别善恶，而乱贼惧，致世太平，有以也。世之乱，先乱其是非。前清之世，朝廷无是非，而草野有之；小人无是非，而君子有之。故乱矣，而未至于极也。民国以来，上无道揆，下无法守，朝不信道，工不信度，君子犯义，小人犯刑，上无礼，下无学，贼民兴，上下交征利，不夺不餍，是故上下之间，无是非可言。然而彼亦一是非，此亦一是非矣。嗜欲之薰蒸，害气之充周，视眩而听荧，曹好而党恶，图私利，忘大祸，修小怨，结繁冤，一夫唱之，万夫和之，不崇朝，而喧阗流沔，溢于四海，恶业既滋，不可瘳矣。载胥及溺，何是非足云。常谓谈吾国今日事，当如佛祖说法，随说随扫，不立一说。民国五年之间，各种制度，各种人物，无一不经试验，而无一可加然否。自三五以降，吾国之不道，而至于无是非，未有如今日。故乱极而不知反也。夫吾国变乱所成，原因复杂，勿论其他，而士大夫业报纸者，淆乱是非，实为戎首。以朋党之实，冒政党之名；入主出奴，则爱憎成乎心；利用势力，则得失昏其智。师成心者，偏执不反；智昏者，怙恶不悛。偏执长忿，怙恶流毒。黑白不分，搏击快意，习为挑拨，工于饰伪，流言孔章，而无在不与国民真意相反。虽托于舆论，群情固莫之许，真士目以横议；而阴鸷之流，卑鄙之夫，反有以受报纸之责言为快意者矣。至此，而后举国上下，敢于为非。即有一二自爱不甘为非者，而以在漩涡之中，四周压力所迫，欲不为非而不得矣。至此，而后举国无是非可言也。抑至此，而或有一二独秉真心者，欲有所言，则言未发而祸已至矣。呜呼恫哉！吾辈试静坐凝目而思，自世变以来，业新闻者之造孽于国，当不在枭桀与悍帅之下矣。或曰，今之世，众狙朝三暮四，群非而无一是，即欲断以《春秋》之法，将何所施。曰恶，是何言。夫群力交推，众流汇集，屈伸相报，胜负迭乘，而随时皆有可精之义、可执之中，故曰颐而不可乱也。其在乘权处势者，有见于此，而择善固执，足以立臻荡平。否则士大夫主持清议，甄别淑慝，亦可以作社会之气，而夺奸盗之魄。故曰："不知《春秋》，前有谗而不见，后有贼而不知。"言是非不可不辨也。本报将持斯志，以与国人扬榷之。

【导读】

熊十力，湖北黄冈人，原名继智，先世系书香门第，后逐渐衰落，父亲是位乡村塾师，家境贫寒。他1885年出生，自幼在家随长兄亦耕亦读，显露出独特的才思。17岁时，入湖北新军第三十一标当兵；26岁时，参加武昌起义，并任湖北督军府参谋；之后随孙中山参加护法运动；失败后，决然脱离政界，专心于"求己之学"。33岁，熊十力将其近两年的25则读书笔记汇集起来，编成《熊子贞心书》，其中便收有他31岁时所写的《某报序言》，这是一篇针对社会败坏而发的忧时之论。35岁，入南京支那内学院研习佛学，后受聘为北京大学特约讲师，接替梁漱溟讲授佛教唯识学。47岁，熊十力积十年之功所写的《新唯识论》出版，标志其营造多年的哲学体系正式确立。熊十力奠定了现代新儒学思潮的哲学基础，被称为中国现代哲学史上最具原创力和影响力的哲学家。

我之爱国主义

陈独秀

伊古以来所谓为爱国者（Patriot），多指为国捐躯之烈士，其所行事，可泣可歌，此宁非吾人所服膺所崇拜？然我之爱国主义则异于是。

何以言之？世之所重于爱国者何哉？岂非以大好河山，祖宗丘墓之所在，子孙食息之所资，画地而守，一群之所托命，此而不爱，非属童昏，即欲效犹太人流离异国，威福任人已耳？故强敌侵入之时，则执戈御侮；独夫乱政之际，则血染义旗。卫国保民，此献身之烈士所以可贵也。

今日之中国，外迫于强敌，内逼于独夫（兹之所谓独夫者，非但专制君主及总统；凡国中之逞权而不恤舆论之执政，皆然），非吾人困苦艰难，要求热血烈士为国献身之时代乎？然自我观，中国之危，固以迫于独夫与强敌，而所以迫于独夫强敌者，乃民族之公德私德之堕落有以召之耳。即今不为拔本塞源之计，虽有少数难能可贵之爱国烈士，非徒无救于国之亡，行见吾种之灭也。

世有疑吾言者乎？试观国中现象，若武人之乱政，若府库之空虚，若产业之凋零，若社会之腐败，若人格之堕落，若官吏之贪墨，若游民盗匪之充斥，若水旱疫疠之流行：凡此种种，无一不为国亡种灭之根源，又无一而为献身烈士一手一足之所可救治。外人之讥评吾族，而实为吾人不能不俯首承认者，曰"好利无耻"，曰"老大病夫"，曰"不洁如豕"，曰"游民乞丐国"，曰"贿赂为华人通病"，曰"官吏国"，曰"豚尾客"，曰"黄金崇拜"，曰"工于诈伪"，曰"服权力不服公理"，曰"放纵卑劣"：凡此种种，无一而非亡国灭种之资格，又无一而为献身烈士一手一足之所可救治。

一国之民，精神上，物质上，如此退化，如此堕落，即人不我伐，亦有何颜面、有何权利生存于世界？一国之民德、民力，在水平线以上者，一时遭逢独夫强敌，国家濒于危亡，得献身为国之烈士而救之，足济于难；若其国之民德、民力，在水平线以下者，则自侮自伐，其招致强敌独夫也，如磁石之引针，其国家无时不在灭亡之数，其亡自亡也，其灭自灭也；即幸不遭逢强敌独夫，而其国之不幸，乃在遭逢强敌独夫以上，反以遭逢强敌独夫，促其觉悟，为国之大幸。

夫所贵乎爱国烈士者，救其国之危亡也，否则何取焉？今其国之危亡也，亡之者虽将为强敌，为独夫，而所以使之亡者，乃其国民之行为与性质。欲图根本之救亡，所需乎国民性质行为之改善，视所需乎为国献身之烈士，其量尤广，其势尤迫。故我之爱国主义，不在为国捐躯，而在笃行自好之士，为国家惜名誉，为国家弭乱源，为国家增实力。我爱国诸青年乎！为国捐躯之烈士，固吾人所服膺，所崇拜，会当其时，愿诸君决然为之，无所审顾；然此种爱国行为，乃一时的而非持续的，乃治标的而非治本的。吾之所谓持续的治本的爱国主义者：

曰勤：

《传》曰："民生在勤，勤则不匮。"今日西洋各国国力之发展，无不视经济力为标准。而经济学之生产三要素：曰土地，曰人力，曰资本。夫资本之初源，仍出于土地与人力。土地而不施以人力，仍不得视为财产，如石田童山是也。故人力应视为最重大之生产要素。一社会之人力至者，其社会之经济力必强；一个人之人力至者，其个人之生计，必不至匮乏：此可断言者也。

皙族之勤勉，半由于体魄之强，半由于习惯之善。吾华惰民，即不终朝闲散，亦不解时间上之经济为何事，可贵有限之光阴，掷之闲谈而不惜焉，掷之博奕而不惜焉，掷之睡眠宴饮而不惜焉。西人之与人约会也，恒以何时何分为期，华人则往往约日相见；西人之行路也，恒一往无前，华人则往往瞻顾徘徊于中道，若无所事事。劳动神圣，皙族之恒言；养尊处优，吾华之风尚。中人之家，亦往往仆婢盈室；游民遍国，乞丐载途。美好丈夫，往往四体不勤，安坐而食他人之食。自食其力，乃社会有体面者所羞为，宁甘厚颜以仰权门之余沥。呜乎！人力废而产业衰，产业衰而国力隳，爱国君子，必尚乎勤！

曰俭：

奢侈之为害，自个人言之，贪食渔色，戕害其生，奢以伤廉，堕落人格。吾见夫世之倒行逆施者，非必皆丧心病狂，恒以生活习于奢华，不得不捐耻昧心，自趋陷阱。自国家社会言之，俗尚奢侈，国力虚耗。在昔罗马、西班牙之末路，可为殷鉴。消费之额，不可超过生产，已为经济学之定则。况近世工商业兴，以机械代人力，资本之功用，卓越前世。国民而无贮蓄心，浪费资财于不生产之用途，则产业凋敝，国力衰微，可立而俟。

吾华之贫，宇内仅有。国民生事所需，多仰外品。合之赔款国债，每岁正货流出，穷于计算，若再事奢侈，不啻滴尽吾民之膏血，以为外国工商业纪功之碑，增加高度。人人节衣省食，以为国民兴产殖业之基金，爱国君子，何忍而不出此？

曰廉：

呜乎！金钱罪恶，万方同慨。然中国人之金钱罪恶，与欧美人之金钱罪恶不同，而罪恶尤甚。以中国人专以造罪恶而得金钱，复以金钱造成罪恶也。但有钱可图，便无恶不作。古人云："文官不爱钱，武官不怕死，则天下治矣。"不图今之武官，既怕死又复爱钱。若龙济光、张勋辈，岂真有何异志与共和为敌；只以岁蚀军饷数百万，累累者不肯轻弃，遂不恤倒行逆施耳。袁氏叛国，为之奔走尽力者遍天下，岂有一敬其为人，或真以帝制足以救国者；盖悉为黄金所驱使。（严复明白宣言曰：余非帝制派，惟有钱而无不与耳。）袁氏殁，其子辈于白昼众目之下，悉盗公物去，视彼监守边郡，秘窃宝器者，益无忌惮矣。

夫借债造路，丧失利权，为何等痛心之事；只以图便交通，忍而出此。乃竟有路未寸成，而借款数千万悉入私囊者，人之无良，一至于此！又若金州画界，胶州画界，利敌贿金，蒙蔽溢与，其罪恶更有甚焉！至于革命乃何等高尚之事功，革命党为何等富于牺牲精神之人物，宜不类乎贪吏矣；而恃其师旅之众，强取横夺，满载而归者，所在多有。此外文武官吏，及假口创办实业之奸人，盗取多金，荣归乡里，俨然以巨绅自居者，不可胜数，社会亦优容之而不以为怪。甚至以尊孔尚德之圣人自居者，亦复贪声载道。呜乎！"贪"之一字，几为吾人之通病；此而不知悔改，更有何爱国之可言！

曰洁：

西洋人称世界不洁之民族，印度人、朝鲜人与吾华，鼎足而三。华人足迹所至，无不备受侮辱者，非尽关国势之衰微，其不洁之习惯，与夫污秽可憎之辫发与衣冠，吾人诉之良心而言，亦实足招尤取侮。公共卫生，国无定制；痰唾无禁，粪秽载途。沐浴不勤，臭恶视西人所畜犬马加甚；厨灶不治，远不若欧美厕所之清洁。试立通衢，观彼行众，衣冠整洁者，百不获一，触目皆囚首垢面，污秽逼人，虽在本国人，有不望而厌之者，必其同调；欲求尚洁之皙人不加轻蔑，本非人情。

然此犹属外观之污秽，而其内心之不洁，尤令人言之恐怖。经数千年之专制政治，自秦政以讫洪宪皇帝，无不以利禄奔走天下，吾国民遂沉迷于利禄而不自觉。卑鄙龌龊之国民性，由此铸成。吾人无宗教信仰心，有之则做官耳，殆若欧美人之信耶稣，日本人之尊天皇，为同一之迷信。大小官吏，相次依附，存亡荣辱，以此为衡。婢膝奴颜，以为至乐。食力创业，乃至高尚至清洁适于国民实力伸张之美德，而视为天下之至贱，不屑为也。农弃畎亩以充厮役，工商弃其行业以谋差委，士弃其学以求官，驱天下生利之有业者，而为无业分利之游民，皆利禄之见为之也。闻今之北京求官谋事者，数至二十万众。此二十万众中，其多数本已养成无业游民之资格，吾知其少数中未必无富有学识经验之人，可以自力经营相当事业者；而必欲投身宦海，自附于摇尾磕头之列，毋亦利禄之心重，而不知食力创业为可贵也。不能食力者，必食他人之食；不思创业者，自绝生利之途。民德由之堕落，国力由之衰微。此于一群之进化，关系匪轻，是以爱国志士，宜使身心俱洁。

曰诚：

浮词夸诞，立言之不诚也；居丧守节，道德之不诚也；时亡而往拜，圣人之不诚也。吾人习于不诚也久矣。以近事言之，袁氏之称帝也，始终表里坚持赞成反对者，吾皆敬其为人；乃有分明心怀反对者也，而表面竟附赞成之列。朝犹劝进，夕举义旗，袁氏不德，固应受此揶揄，而国民之诈伪不诚，则已完全暴露。其上焉者谓为从权以伺隙，其下焉者诡曰逢恶以速其亡。吾心固反对帝制者也，不知若略迹论心，即筹安六人，去杨、刘外，何尝有一人诚心赞成帝制？惟其非诚心赞成而赞成之者，其人格远在诚心赞成而赞成之者之下：明知故犯，其罪加等！此何等事，而云从权逢恶，则一旦强敌压境夺国，不知其从权逢恶也，更演何丑态，作何罪孽？此外人所以谓法兰西革命为悲剧的革命，而华人革命乃滑稽剧也。

若张勋、倪嗣冲、陈宧、汤芗铭、龙济光、张作霖、王占元辈，本诚心赞成帝制者也，乃袁势一去，或叛袁独立，或仍就共和政府之军职，视昔之称扬帝制痛骂共和也，前后竟若两人。孙毓筠非供奉洪宪皇帝之御容，称以今上圣主万岁者乎？乃帝制取消时，与其书书，竟有袁逆之称。其他请愿劝进之妄人，今又复正襟厉色以言民权共和者，滔滔皆是。反覆变诈，一至于斯，诚不知人间有羞耻事也！呜呼！不诚之民族，为善不终，为恶亦不终。吾见夫国中多乐于为恶之人，吾未见有始终为恶之硬汉。诈伪圆滑，人格何存？吾愿爱国之士，无论维新守旧、帝党共和，皆本诸良心之至诚，慎厥终始，以存国民一线之人格。

曰信：

人而无信，不独为道德之羞，亦且为经济之累。政府无信，则纸币不行，内债难得，其最大之恶果，为无人民信托之国家银行，金融大权，操诸外人之手。人民无信，则非独资无由创业。当此工商发达时代，非资本集合，必不适于营业竞争。而吾国人之视集资创业也，不啻为骗钱之别名。由是全国资金，皆成死物，绝无流通生长之机缘。以视欧美人之资财，衣食之余，悉贮之银行，经营产业，息息流通，递加生长也，其社会金融之日就枯竭，殆与人身之血不流行，坐待衰萎以死，同一现象。是故民信不立，国之金融，决无起死回生之望。政府以借债而存，人民以盗窃而活，由贫而弱，由弱而亡，讵不滋痛！

之数德者，固老生之常谈，实救国之要道。人或以为视献身义烈为迂远，吾独以此为持续的治本的真正爱国之行为。盖今世列强并立，皆挟其全国国民之德智力以相角，兴亡之数，不待战争而决。其兴也有故，其亡也有由。唯其亡之已有由矣，虽有为国献身之烈士，亦莫之能救。故今世爱国之说与古不同，欲爱其国使立于不亡之地，非睹其国之亡始爱而殉之也。夫国亡身殉，其义烈固自可风，若严格论之，自古以身殉国者，未必人人皆无制造亡国原因之罪。故爱其国使立于不亡之地，爱国主义，莫隆于斯。

一九一六，十，一

【导读】

陈独秀，字仲甫，1879年出生于安徽安庆一个"小户人家"，3岁丧父，随祖父习四书五经，17岁中秀才，此后两次乡试不中。世纪之交，他在东北目睹了沙俄帝国的暴行，他"才知道有个国家，才知道国家乃是全国人的大家，才知道人人有应当尽力于这大家的大义"。带着新的认识，陈独秀于1901年至1903年间两度赴日留学，参加了"留学生界团体

088

中揭橥民族主义之最早者"的"青年会";回国后,在安庆创立"爱国学社",附设《爱国新报》;1904年,又开办《安徽俗话报》,发表大量爱国文章,如《瓜分中国》《本国大略》《亡国篇》等。然而,10年后,他第一次使用笔名"独秀"发表的文章《爱国心与自觉心》却引起轩然大波,因为反袁运动刚刚失败,他错误地认为:"恶国家甚于无国家",亡国"无所惜",并说"海外之师至,吾民必且有垂涕而迎之"。比陈独秀年轻10岁的李大钊认识更深刻,既反袁,也反帝,随即撰文《厌世心与自觉心》批评陈"厌世之辞,嫌其太多;自觉之义,嫌其太少"。写作于1916年10月的《我之爱国主义》少了"偏激之词""牢骚之语",既反"独夫",也反"强敌",倡导青年做"持续的治本的爱国主义者"。

大江歌罢掉头东

周恩来

大江歌罢掉头东，邃密群科济世穷。

面壁十年图破壁，不酬蹈海亦英雄。

【导读】

1917年6月，周恩来参加南开学校第十次毕业典礼，获国文最佳，以平均分89.72的成绩毕业。离别南开后，为了赴日考官费留学生，他从同学、师友处筹集到一笔不多的旅费，并于当年9月，从天津登轮东渡日本。旅日求学期间，周恩来囊中羞涩、孤寂苦闷，"搬到一租金低廉的住处，改包饭为零买，每天废止朝食"；为了考取官费留学生，他埋头苦读，发奋用功。尽管如此，在求学道路上，他仍遭遇不少挫折：因日文成绩不理想，周恩来接连在投考东京高等师范学校和东京第一高等学校中失利，十分懊恼。他在当时的日记中这样写道："这叫作自暴自弃，还救什么国呢？爱什么家呢？不考官立学校，此羞终不可洗。"后因得知母校南开学校将创办大学部，才决定回国学习。周恩来一生诗作并不多，但既有新诗也有旧体诗，以他当年负笈东渡临行前写下的这首七言诗《大江歌罢掉头东》最为著名。诗中借达摩面壁修禅和张僧繇画龙点睛这两个典故，表达自己的人生信念和追求。这首诗气势雄伟，意境宏阔，艺术表达上别具一格。写作此诗时，周恩来年仅19岁。

就任北京大学校长之演说

蔡元培

　　五年前，严几道先生为本校校长时，余方服务教育部，开学日曾有所贡献于同校。诸君多自预科毕业而来，想必闻知。士别三日，刮目相见，况时阅数载，诸君较昔当必为长足之进步矣。予今长斯校，请更以三事为诸君告。

　　一曰抱定宗旨。诸君来此求学，必有一定宗旨，欲求宗旨之正大与否，必先知大学之性质。今人肄业专门学校，学成任事，此固势所必然。而在大学则不然，大学者，研究高深学问者也。外人每指摘本校之腐败，以求学于此者，皆有做官发财思想，故毕业预科者，多入法科，入文科者甚少，入理科者尤少，盖以法科为干禄之终南捷径也。因做官心热，对于教员，则不问其学问之浅深，惟问其官阶之大小。官阶大者，特别欢迎，盖为将来毕业有人提携也。现在我国精于政法者，多入政界，专任教授者甚少，故聘请教员，不得不聘请兼职之人，亦属不得已之举。究之外人指摘之当否，姑不具论。然豗谤莫如自修，人讥我腐败，而我不腐败，问心无愧，于我何损？果欲达其做官发财之目的，则北京不少专门学校，入法科者尽可肄业法律学堂，入商科者亦可投考商业学校，又何必来此大学？所以诸君须抱定宗旨，为求学而来。入法科者，非为做官；入商科者，非为致富。宗旨既定，自趋正轨。诸君肄业于此，或三年，或四年，时间不为不多，苟能爱惜分阴，孜孜求学，则其造诣，容有底止。若徒志在做官发财，宗旨既乖，趋向自异。平时则放荡冶游，考试则熟读讲义，不问学问之有无，惟争分数之多寡；试验既终，书籍束之高阁，毫不过问，敷衍三四年，潦草塞责，文凭到手，即可借此活动于社会，岂非与求学初衷大相背驰乎？光阴虚度，学问毫无，是自误也。且辛亥之役，吾人之所以革命，因清廷官吏之腐败。即在今日，吾人对于当轴多不满意，亦以其道德沦丧。今诸君苟不于此时植其基，勤其学，则将来万一因生计所迫，出而任事，担任讲席，则必贻误学生；置身政界，则必贻误国家。是误人也。误己误人，又岂本心所愿乎？故宗旨不可以不正大。此余所希望于诸君者一也。

二曰砥砺德行。方今风俗日偷，道德沦丧，北京社会，尤为恶劣，败德毁行之事，触目皆是，非根基深固，鲜不为流俗所染。诸君肄业大学，当能束身自爱。然国家之兴替，视风俗之厚薄。流俗如此，前途何堪设想。故必有卓绝之士，以身作则，力矫颓俗。诸君为大学学生，地位甚高，肩此重任，责无旁贷，故诸君不惟思所以感己，更必有以励人。苟德之不修，学之不讲，同乎流俗，合乎污世，己且为人轻侮，更何足以感人。然诸君终日伏首案前，芸芸攻苦，毫无娱乐之事，必感身体上之苦痛。为诸君计，莫如以正当之娱乐，易不正当之娱乐，庶于道德无亏，而于身体有益。诸君入分科时，曾填写愿书，遵守本校规则，苟中道而违之，岂非与原始之意相反乎？故品行不可以不谨严。此余所希望于诸君者二也。

三曰敬爱师友。教员之教授，职员之任务，皆以图诸君求学便利，诸君能无动于衷乎？自应以诚相待，敬礼有加。至于同学共处一堂，尤应互相亲爱，庶可收切磋之效。不惟开诚布公，更宜道义相励，盖同处此校，毁誉共之。同学中苟道德有亏，行有不正，为社会所訾謷，己虽规行矩步，亦莫能辩，此所以必互相劝勉也。余在德国，每至店肆购买物品，店主殷勤款待，付价接物，互相称谢，此虽小节，然亦交际所必需，常人如此，况堂堂大学生乎？对于师友之敬爱，此余所希望于诸君者三也。

余到校视事仅数日，校事多未详悉，兹所计划者二事：一曰改良讲义。诸君既研究高深学问，自与中学、高等不同，不惟恃教员讲授，尤赖一己潜修。以后所印讲义，只列纲要，细微末节，以及精旨奥义，或讲师口授，或自行参考，以期学有心得，能裨实用。二曰添购书籍。本校图书馆书籍虽多，新出者甚少，苟不广为购办，必不足供学生之参考。刻拟筹集款项，多购新书，将来典籍满架，自可旁稽博采，无虞缺乏矣。今日所与诸君陈说者只此，以后会晤日长，随时再为商榷可也。

【导读】

　　蔡元培，字鹤卿、孑民，1868年出生于浙江绍兴；21岁参加乡试，中举人；次年，入京参加会试，中贡士；24岁，通过殿试，中进士，被授为翰林院庶吉士；26岁，授以翰林院编修，登上科举巅峰。时值中日甲午战争，蔡元培开始广泛阅读西学书籍。维新变法失败后，对清政府彻底失望的他毅然弃官从教，返乡任绍兴中西学堂监督、嵊县剡山书院院长、上海南洋公学特班总教习等，后又在上海组织中国教育会并任会长。1904年，蔡元培组织光复会；次年加入同盟会；1907年赴德，开始四年留学生涯，其间完成多部译著。辛亥革命爆发后，应孙中山之召，他回国任临时政府教育总长；后因不满袁世凯的统治，再度赴德、法，从事编译工作。1916年中，袁世凯死后，黎元洪继任总统，其教育总长范源濂电邀蔡元培回国担任北京大学校长。12月21日，蔡元培抵京；次年元月4日赴北大上任；9日，在隆重的开学大典上，49岁的蔡元培第一次向全校师生发表演说（即本篇演说），痛批当时北大乌烟瘴气的校风，力图改变学生的观念，确立"大学者，研究高深学问者也"之宗旨。此后，他大刀阔斧，多管齐下，几年内使北大焕然一新，成为全国学术中心和新文化运动的摇篮。

神州风雨楼

李大钊

丙辰春，再至江户。幼蘅将返国，同人招至神田酒家小饮，风雨一楼，互有酬答。辞间均见"风雨楼"三字，相约再造神州后，筑高楼以作纪念，应名为神州风雨楼。遂本此意，口占一绝，并送幼蘅云。

壮别天涯未许愁，
尽将离恨付东流。
何当痛饮黄龙府，
高筑神州风雨楼。

【导读】

李大钊（1889—1927），字守常，笔名孤松、猎夫，河北乐亭人。李大钊是中国共产主义运动的先驱，中国共产党的主要创始人之一。青年李大钊曾于新式学堂（永平府中学）学习，在那里接触到新学，被康有为、梁启超等人的文章吸引。18岁，考入北洋法政专门学校，"习法政诸学及英、日语学，随政治知识之日进，而再建中国之志亦日益腾高"。24岁，李大钊东渡日本，次年春天考入早稻田大学政治本科。旅日期间，李大钊广泛阅读社会科学书籍，开始接触马克思主义。27岁那年，李大钊秘密组织留日学生，在东京发起成立了神州学会，以"唤起国民自觉图谋国家富强为宗旨"。当年春天，李大钊为即将返国的留日同学送别，在神田酒家小饮席间，同人互赠诗作，李大钊口占绝句《神州风雨楼》，表达其"再造神州"的豪情壮志。这首诗发表在1917年4月1日出版的《言治》季刊第一册上，署名李大钊。

"今"

李大钊

我以为世间最可宝贵的就是"今",最易丧失的也是"今"。因为他最容易丧失,所以更觉得他可以宝贵。

为甚么"今"最可宝贵呢?最好借哲人耶曼孙所说的话答这个疑问:"尔若爱千古,尔当爱现在。昨日不能唤回来,明天还不确实,尔能确有把握的就是今日。今日一天,当明日两天。"

为甚么"今"最易丧失呢?因为宇宙大化刻刻流转,绝不停留。时间这个东西,也不因为吾人贵他爱他稍稍在人间留恋。试问吾人说"今"说"现在",茫茫百千万劫,究竟哪一刹那是吾人的"今",是吾人的"现在"呢?刚刚说他是"今"是"现在",他早已风驰电掣的一般,已成"过去"了。吾人若要糊糊涂涂把他丢掉,岂不可惜?

有的哲学家说,时间但有"过去"与"未来",并无"现在"。有的又说,"过去""未来"皆是"现在"。我以为"过去未来皆是现在"的话倒有些道理。因为"现在"就是所有"过去"流入的世界,换句话说,所有"过去"都埋没于"现在"的里边。故一时代的思潮,不是单纯在这个时代所能凭空成立的。不晓得有几多"过去"时代的思潮,差不多可以说是由所有"过去"时代的思潮一[起]凑合而成。吾人投一石子于时代潮流里面,所激起的波澜声响,都向永远流动传播,不能消灭。屈原的《离骚》,永远使人人感泣。打击林肯头颅的枪声,呼应于永远的时间与空间。一时代的变动,绝不消失,仍遗留于次一时代,这样传演,至于无穷,在世界中有一贯相联的永远性。昨日的事件与今日的事件,合构成数个复杂事件。此数个复杂事件与明日的数个复杂事件，更合构成数个复杂事件。势力结合势力，问题牵起问题。无限的"过去"都以"现在"为归宿，无限的"未来"都以"现在"为渊源。"过去""未来"的中间全仗有"现在"以成其连续，以成其永远，以成其无始无终的大实在。一掣现在的铃，无限的过去、未来皆遥相呼应。这就是过去、未来皆是现在的道理。这就是"今"最可宝贵的道理。

现时有两种不知爱"今"的人：一种是厌"今"的人，一种是乐"今"的人。

厌"今"的人也有两派：一派是对于"现在"一切现象都不满足，因起一种回顾"过去"的感想。他们觉得"今"的总是不好，古的都是好。政治、法律、道德、风俗全是"今"不如古。此派人惟一的希望在复古。他们的心力全施于复古的运动。一派是对于"现在"一切现象都不满足，与复古的厌"今"派全同，但是他们不想"过去"，但盼"将来"。盼"将来"的结果，往往流于梦想，把许多"现在"可以努力的事业都放弃不做，单是耽溺于虚无缥缈的空玄境界。这两派人都是不能助益进化，并且很足阻滞进化的。

乐"今"的人大概是些无志趣无意识的人，是些对于"现在"一切满足的人，觉得所处境遇可以安乐优游，不必再商进取，再为创造。这种人丧失"今"的好处，阻滞进化的潮流，同厌"今"派毫无区别。

原来厌"今"为人类的通性。大凡一境尚未实现以前，觉得此境有无限的佳趣，有无疆的福利，一旦身陷其境，却觉不过尔尔，随即起一种失望的念，厌"今"的心。又如吾人方处一境，觉得无甚可乐，而一旦其境变易，却又觉得其境可恋，其情可思。前者为企望"将来"的动机，后者为反顾"过去"的动机。但是回想"过去"，毫无效用，且空耗努力的时间。若以企望"将来"的动机，而尽"现在"的努力，则厌"今"思想却大足为进化的原动。乐"今"是一种惰性（Inertia），须再进一步，了解"今"所以可爱的道理，全在凭他可以为创造"将来"的努力，决不在得他可以安乐无为。

热心复古的人，开口闭口都是说"现在"的境象若何黑暗，若何卑污，罪恶若何深重，祸患若何剧烈。要晓得"现在"的境象倘若真是这样黑暗，这样卑污，罪恶这样深重，祸患这样剧烈，也都是"过去"所遗留的宿孽，断断不是"现在"造的。全归咎于"现在"是断断不能受的。要想改变他，但当努力以创造未来，不当努力以回复"过去"。

照这个道理讲起来，大实在的瀑流永远由无始的实在向无终的实在奔流。吾人的"我"，吾人的生命，也永远合所有生活上的潮流，随着大实在的奔流，以为扩大，以为继续，以为进转，以为发展。故实在即动力，生命即流转。

忆独秀先生曾于《一九一六年》文中说过，青年欲达民族更新的希望，"必自杀其一九一五年之青年，而自重其一九一六年之青年"。我尝推广其意，也说过人生惟一的蕲向，青年惟一的责任，在"从现在青春之我，扑杀过去青春之我，促今日青春之我，禅让明日青春之我"。"不仅以今日青春之我，追杀今日白首之我，并宜以今日青春之我，豫杀来日白首之我。"实则历史的现象，时时流转，时时变易，同时还遗留永远不灭的现象和生命于宇宙之间，如何能杀得？所谓杀者，不过使今日的"我"不仍旧沉滞于昨天的"我"。而在今日之"我"中，固明明有昨天的"我"存在。不止有昨天的"我"，昨天以前的"我"，乃至十年二十年百千万亿年的"我"都俨然存在于"今我"的身上。然则"今"之"我"，"我"之"今"，岂可不珍重自将，为世间造些功德？稍一失脚，必致遗留层层罪恶种子于"未来"无量的人，即未来无量的"我"，永不能消除，永不能忏悔。

我请以最简明的一句话写出这篇的意思来：

吾人在世，不可厌"今"而徒回思"过去"，梦想"将来"，以耗误"现在"的努力。又不可以"今"境自足，毫不拿出"现在"的努力，谋"将来"的发展。宜善用"今"，以努力为"将来"之创造。由"今"所造的功德罪孽，永久不灭。故人生本务，在随实在之进行，为后人造大功德，供永远的"我"享受，扩张，传袭，至无穷极，以达"宇宙即我，我即宇宙"之究竟。

一九一八年四月十五日

【导读】

1917年11月7日，俄国爆发伟大的十月革命，建立了世界上第一个社会主义国家。紧接而来的1918年是李大钊人生的重大转折点。1月，自第4卷起，《新青年》改为同人刊物，不再接受外稿，由陈独秀、李大钊、钱玄同、高一涵、胡适、沈尹默、刘半农、鲁迅、周作人轮流编辑，采用新式标点，只发表白话文。同月，蔡元培发起成立北京大学进德会，李大钊为甲种会员。2月，经章士钊推荐，29岁的李大钊出任北京大学图书馆馆长。3月至4月，李大钊几次寄信给留日时结识的林伯渠，介绍十月革命情况。6月，发起建立少年中国学会（毛泽东后来成为会员）。10月，毛泽东到北大图书馆工作。11月，李大钊发表《庶民的胜利》《Bolshevism 的胜利》（Bolshevism，即布尔什维主义——编注），开始转变为马克思主义者。《"今"》发表在4月出版的《新青年》第4卷第4期上；一个月以后，在第4卷第5期上（同期发表鲁迅的《狂人日记》），李大钊又发表了《新的、旧的》一文。这两篇文章与他此前在《新青年》上发表的《青春》（1916）、《青年与老人》（1917）一脉相承，充满了勃勃朝气和革命进取精神，批判了热心复古和盲目乐今的观点，号召人们打破精神枷锁，为改造现实而斗争。

我是少年

郑振铎

一

我是少年！我是少年！

我有如炬的眼，

我有思想如泉。

我有牺牲的精神，

我有自由不可捐。

我过不惯偶像似的流年，

我看不惯奴隶的苟安。

我起！我起！

我欲打破一切的威权。

二

我是少年！我是少年！

我有喷腾的热血和活泼进取的气象。

我欲进前！进前！进前！

我有同胞的情感，

我有博爱的心田。

我看见前面的光明，

我欲驶破浪的大船，

满载可怜的同胞，

进前！进前！进前！

不管它浊浪排空，狂飙肆虐，

我只向光明的所在，进前！进前！进前！

【导读】

郑振铎，笔名西谛，原籍福建长乐，1898年出生于浙江永嘉，其父亲早逝，依靠叔父的支持勉强读完初中。他19岁考入北京铁路管理学校后，结识了瞿秋白、耿济之、许地山等人，并在21岁时与他们一起创办了《新社会》旬刊；在其发刊词中，郑振铎大声疾呼，要创造一个“没有一切阶级一切战争的和平幸福的社会”。次年，他与周作人、沈雁冰、叶绍钧、许地山、郭绍虞等12人发起成立文学研究会，这是我国第一个新文学社团，以“研究介绍世界文学，整理中国旧文学，创造新文学”为宗旨。在众多的新文学社团中，文学研究会和随后发起成立的创作社影响与贡献最大，也最有代表性。《我是少年》发表在1919年11月1日出版的《新社会》创刊号上，是郑振铎发表的第一首新诗。叶圣陶曾评价《我是少年》一诗“可以说是当时年轻一代觉醒的呼声”，“标志着他的一生，换句话说，他的整个生活就是这首诗。他始终充满着激情，充满着活力，给人一种不可抗拒的感染”。新中国成立后，郑振铎历任国家文物局局长、中国科学院考古研究所所长、中国科学院文学研究所所长、文化部副部长等职；1958年，在率领中国文化代表团出访阿富汗等国途中，因飞机失事以身殉职。

新 生 活
——为《新生活》杂志第一期做的

胡适

那样的生活可以叫做新生活呢？

我想来想去，只有一句话。新生活就是有意思的生活。

你听了，必定要问我，有意思的生活又是什么样子的生活呢？

我且先说一两件实在的事情做个样子，你就明白我的意思了。

前天你没有事做，闲得不耐烦了，你跑到街上一个小酒店里，打了四两白干，喝完了，又要四两，再添上四两。喝得大醉了，同张大哥吵了一回嘴，几乎打起架来。后来李四哥来把你拉开，你气忿忿地又要了四两白干，喝得人事不知，幸亏李四哥把你扶回去睡了。昨儿早上，你酒醒了，大嫂子把前天的事告诉你，你懊悔得很，自己埋怨自己："昨儿为什么要喝那么多酒呢？可不是糊涂吗？"

你赶上张大哥家去，作了许多揖，赔了许多不是，自己怪自己糊涂，请张大哥大量包涵。正说时，李四哥也来了，王三哥也来了。他们三缺一，要你陪他们打牌。你坐下来，打了十二圈牌，输了一百多吊钱。你回得家来，大嫂子怪你不该赌博，你又懊悔得很，自己怪自己道："是呵，我为什么要陪他们打牌呢？可不是糊涂吗？"

诸位，像这样子的生活，叫做糊涂生活，糊涂生活便是没有意思的生活。你做完了这种生活，回头一想："我为什么要这样干呢？"你自己也回不出究竟为什么。

诸位，凡是自己说不出"为什么这样做"的事，都是没有意思的生活。

反过来说，凡是自己说得出"为什么这样做"的事，都可以说是有意思的生活。

生活的"为什么"，就是生活的意思。

人同畜生的分别，就在这个"为什么"上。你到万牲园里去看那白熊一天到晚摆来摆去不肯歇，那就是没有意思的生活。我们做了人，应该不要学那些畜生的生活。畜生的生活只是糊涂，只是胡混，只是不晓得自己为什么如此做。一个人做的事应该件件事回得出一个"为什么"。

我为什么要干这个？为什么不干那个？回答得出，方才可算是一个人的生活。

我们希望中国人都能做这种有意思的新生活。其实这种新生活并不十分难，只消时时刻刻问自己为什么这样做，为什么不那样做，就可以渐渐地做到我们所说的新生活了。

诸位，千万不要说"为什么"这三个字是很容易的小事。你打今天起，每做一件事，便问一个为什么——为什么不把辫子剪了？为什么不把大姑娘的小脚放了？为什么大嫂子脸上搽那么多的脂粉？为什么出棺材要用那么多叫化子？为什么娶媳妇也要用那么多叫化子？为什么骂人要骂他的爹妈？为什么这个？为什么那个？——你试办一两天，你就会晓得这三个字的趣味真是无穷无尽，这三个字的功用也无穷无尽。

诸位，我们恭恭敬敬地请你们来试试这种新生活。

【导读】

1915年，胡适从康奈尔大学转入哥伦比亚大学哲学系；1917年夏，仍是博士候选人的他回国，被聘为北京大学教授；1918年加入《新青年》编辑部，大力提倡白话文，宣扬个性解放、思想自由，成为新文化运动的重要人物。由于新文化派的《新青年》《新潮》《每周评论》相继遭禁刊，1919年8月，北京大学出版部主任李辛白创办了《新生活》，这个面向社会大众的刊物成为五四运动后新文化派阐释新文化与新生活关系的重要媒体。筹办刊物时，李辛白找到胡适，对他说："你们办的报是为大学中学的学生看的，你们说的话是老百姓看不懂的。我现在要办个报给老百姓看，名字就叫作《新生活》。今天来找你，是要你给我的报做一篇短文章。"胡适交出的就是这篇文章，发表在1919年8月24日出版的《新生活》第1期首页上。为了写得明白晓畅、通俗易懂，起草此文颇费周章，胡适"删了又删，改了又改"。一年后李辛白告诉胡适："这一年之中，恐怕还只有你那篇文章是老百姓看得懂的！"胡适本人对这篇文章也很珍视。15年后，胡适在1934年1月25日的日记中写道："我的文章传播最广的要算那篇《新生活》……现在小学中学的新[教]科书里都选此篇。"

和平的春里

康白情

遍江北底野色都绿了。

柳也绿了。

麦子也绿了。

细草也绿了。

水也绿了。

鸭尾巴也绿了。

茅屋盖上也绿了。

穷人底饿眼儿也绿了。

和平的春里远燃着几团野火。

【导读】

康白情，四川安岳人，1896年出生，其父为晚清贡生。20岁时，离开四川，考入北京高等师范学校；次年，考入北京大学，就读于哲学系；22岁时，与傅斯年、俞平伯等人筹办《新潮》月刊，成立"新潮社"，并开始创作新诗。康白情是新诗草创时期的"弄潮诗人"，他的《草儿》与俞平伯的《冬夜》都是当时最有影响的新诗集。他在新诗创作和新诗理论两方面都做出过一定实绩，是新文化运动的骨干。因此，胡适曾指出，"在少年新诗中，康白情和俞平伯起来最早"。《和平的春里》是康白情

24岁时在津浦铁路车上所写，全诗明快自然，最后两句笔锋一转，点出"和平的春里"还有饿绿了眼的穷人和野火。25岁时，他去美国加利福尼亚大学留学。28岁时，因失去资助，他不得不提前回国，曾在军阀刘湘麾下任旅长。其后，从事过多种职业，皆不如意，余生颇为潦倒。新中国成立后，康白情曾在大学任教；1958年被错划为"右派分子"，退职离校；1959年病逝于返乡途中。

改造中国不能照抄西洋人走过的老路

张闻天

中国今日虽受天灾人祸的种种摧残，但元素还没有消尽，中国现在一般觉醒的解放的人虽一时不能站起来，但有站起来的可能性是不成问题的。所以如今日而一般觉醒的解放的人，能急起直追，合力互助向光明自由的路上走去，中国实富有进步的可能性。如其延迟不进，各走各的路，就是灭亡的路数。

中国这样一天一天混乱下去，觉醒的人也一天一天多起来了。（固然，也有许多分子，由悲观的思想入享乐的魔道的，但这总是少数，并且不过是一时变态的现象，不足为病。）但我们底问题是：这些人怎样能够群起而急起直追呢，并且我们到底向哪一条路追上去呢？我敢直截了当地和你们说：我这里所谓急起直追，不是说照抄西洋镜，是走向西洋人以为理想而我们也认为理想的目的。即我们所谓急起直追是直追那西洋的大多数平民的共同的理想，这理想就是社会主义。所以我底问题就是怎样我们能够大家起来实行社会主义呢？

但我们现在细看社会上一般有力的人的趋向，完全想照抄西洋人走过的老路。他们都以为非赶快在中国完成资本主义不可，非立刻把资本主义成长起来和外国底资本家对抗不可。他们不晓得资本主义在中国越是发达，中国纷乱越是会延长期间。延长纷乱的期间我们就会受无穷的痛苦，受许多不必要的痛苦。造化些，或者能够再翻身，不造化些就永禁在枉死城中，不得翻身。

人类不欲生则已，如要生存，哪有不向可生存的方向走的呢？如看不到那所走的方向是灭亡，是痛苦，那也罢了，如已经看到了，而还是走上去的，那不是由于他底不愿生存，便是由于他底神经错乱。中国今日那般资本家，其欲生存恐十百倍于我们而还是向灭亡的路走去，当然是由于神经错乱了。他们看见美国资本主义底下工商业的发达，就十分羡慕，以为如欲开发中国富源，非提倡资本主义不可。现在他们竟向资本主义走了。他们要握到政权是为了资本主义，他们提倡教育，创办大学，无一不是为了资本主义。唉！资本主义在中国，有这般资本家努力，其日日的发荣滋长是必然的了。

愚蠢的人类，竟是这样做了。社会上对于这般引他们到灭亡上去的人恭维之为"有造于社会""教育家"，易卜生所谓"社会的栋梁"；对于提倡社会主义的人，竟目之为"过激派""捣乱派"。这真是又好气，又好笑的呵！

但是我们也就像那般想谋官做的小政客也去附和资本家吗？我们底情意决不能许我们这样，我们底理知，也决不能许我们这样。我们应该自己相信，社会假使没有我们这批人，社会就会灭亡；我们是黑暗社会的一线生机，决不能自暴自弃把所负的重大责任抛弃了。并且我们还应该相信，我们这样前进不息，我们底目的终会实现的。我们不应灰心，倒退下去。

闲话说了许多，我们的问题还是：怎样我们大家起来实行社会主义呢？这问题真苦了不少的青年。我对于这问题的解答还很幼稚，不过不妨说出来，就正于大家并求讨论。

我不相信大多数的人民在现在会大家起来实行社会主义的，大多数的人只能等有觉悟的人实行了来享受的。有觉悟者事事要谋之于目不识丁、眼光不出十里的人，不但得不到益处，并且包管你失败。他们差不多完全处于被动地方，不到他们不能生存的地步，他们不会合拢起来反抗的。如有一线生存的可能，他们永世也不想翻身。所以如以他们底自觉为实行的标准，那非等到资本主义十分发达，一切旧制度完全破灭之后不可。那时他们真有创造新制度的能力与否，还是疑问。更进一步说，就是在那时，他们还是非有领导的人不可的。但我不是说，有觉悟者不必去管大多数的人，有觉悟者是要时时管到他们的，是以他们底幸福和快乐为前提的。不过有觉悟者以他们底幸福、快乐为前提是一事，达到那前提的步骤却又是一事，固然，这步骤不能太违反于那前提的。

我们实行社会主义的第一步是什么呢？我老实说了罢，就是由我上边所说过的从旧制度之下解放出来，觉醒转来并且有同样改造的目的的（即实行社会主义的目的）个人团结成死党。这党内我以为有四个必要条件：（一）有一定的党纲；（二）有健全而且严密的组织；（三）每个党员对于党内所决定的条件有绝对奉行的义务；（四）党员间应有十分的谅解和同情，但发现某党员以本党为个人名利的手段时，应毫不容情地驱逐之。

等到有了健全而且严整的团体后，第二步就实行社会活动，如宣传本党底党纲，联络世界有同样志趣的团体实行互助，或投身革命运动、劳动运动，或批判现社会指出其矛盾之所在。……

我以为这些步骤是绝对不能乱的。中国各团体的失败就是步骤错乱的缘故。如有许多会，并无一定宗旨而就想实行社会活动；有许多会，虽有宗旨，而不过徒有其空条文，不发生效力。还有许多，自己会内没有一定的组织就去和别的会联络。这都是根本的错误，我们非矫正不可的。

我们底结论于是如下：中国混乱的原因是由于中国社会组织逐渐崩坏而一时不能产生新的社会组织出来。这新社会组织的产生全靠从旧制度中解放出来，觉醒转来的个人团结成死党去实行社会活动，去解决这混乱。（我底结论大概和汉俊先生没有多大差别的。不过汉俊先生一定要马克思怎样才怎样，我觉得太受拘束了。譬如我们是社会主义者，虽与马克思所主张有许多共同的地方，但不必一定说马克思主义者。因为马克思是死人，他底学说虽可随人家解释，但到底太呆板了。社会主义却是活的东西，很有伸缩余地的。）

这篇东西，本想详细说一下，但时间太局蹐，说了这句，忘了那句，况明天又要上工，再没有修改的时间。匆匆发表，这真是很对不起读者的，不过就这一点，也可以表示我个人思想的变迁了。

我们对于这种不合理的社会，情意上早感到不安，因不安也早产生了改造的决心。不过用什么方法来改造呢？应该改造成什么样呢？这些问题常常横在我胸前而一日不能去的。无抵抗主义呢？反抗主义呢？无政府主义呢？社会主义呢？如江河流水，不绝地引起我底烦闷，但永久不决定是不能生活的。那么，取其长，舍其短，自然不能不走社会主义一条路了。自今日起，我希望能够在实现社会主义的历程中做一个小卒。

【导读】

张闻天，江苏南汇（今属上海）人，于1900年出生于殷实的农家。他原名应皋，字闻天，取意于《诗经》中的"鹤鸣于九皋，声闻于天"一句。他17岁时考入南京河海工程专门学校，五四运动那年加入了少年中国学会，并开始在报刊上发表文章，其中《社会问题》一文明确表示要用马克思的"唯物的历史观"来研究人类社会，是在中国传播马克思主义最早的文献之一。本篇《改造中国不能照抄西洋人走过的老路》选自张闻天22岁时发表在《民国日报》副刊《觉悟》（"五四"时期著名四大副刊之一）上的《中国底乱源及其解决》一文，他在文中表示"自今日起，我希望能够在实现社会主义的历程中做一个小卒"。同年8月他自费留美勤工俭学，一年多后从美国返回上海，任中华书局编辑。25岁在上海入党后，他赴莫斯科中山大学学习，因其理论学习成绩优异而受到共产国际的重用，31岁时回国便出任中宣部部长，后又担任中华苏维埃共和国人民委员会主席，一度成为党的总负责人。张闻天在马克思主义理论方面造诣颇深，并曾三次主动让贤。1976年，张闻天在江苏无锡突发心脏病逝世，享年76岁。

美国化的清华

闻一多

用美国退回赔款办的预备留美底学校，他的目的当然是吸收一点美国文化。所以清华若真做到美国化底程度，是一桩大幸事。实在我常听到我们这里一般美国教授们抱怨中国留美学生——清华当然在内——太不懂美国，太没受着美国文化底好处。他们的意思当然是说清华底教育，虽不算失败，但总有些令人不满意。我说他们的话是一半对，一半不对。怎样讲呢？中国人在他们美国人眼里，随便受他们的同化到什么地步，总不会同一个美国本地人一样，但是这个人在中国人眼里，总太像一个外国人；这仿佛是一个中国人穿着洋服，说着洋话，站在一群中国人里，俨然是一个洋人，但是走到一群洋人里，总是没有他们自己那样洋。一个留学生真是个"四不像"了，但是正好，他们应该是这样的。清华学生是要受点美国化，当然，不是要变成美国人。这是一般有知识的人底意见。但是我个人的意见比这还不如。

我这意见讲出来，恐怕有点骇人，也有点得罪人。但是这种思想在我脑筋酝酿了好久，到现在我将离开清华，十年底母校，假若我要有点临别的赠言，我只有这几句话可以对他讲。

我说：清华太美国化了！清华不应该美国化，因为所谓美国文化者实不值得我们去领受！美国文化到底是什么？据我个人观察，清华所代表的一点美国化所得来的结果是：笼统地讲，物质主义；零碎地数，经济、实验、平庸、肤浅、虚荣、浮躁、奢华——物质的昌盛，个人的发达……或者清华不能代表美国，清华里的美国人[是]不是真正的美国人，我不知道。不过清华里的事事物物（我又拿我那十年底经验底招牌来讲话），我是知道得清清楚楚的。我敢于说我讲的关于清华的话，是没有错的。我现在没工夫仔细将清华底精神分析出来，以同所谓美国化者对照；我只好举其荦荦大者数端。

（一）**经济** 除了经济，美国文化还有什么？我们看近来清华要学这个的该有多少？再看别的不学这个的，谁不是以"吃饭"作标准去挑他们的学业？再看从美国回来当买办、经理的该有多少？再听一般人底论调，总是这个有什么"用"？那个有什么"用"？他们除了衣食住底"用"外，还知道什么？他们的思想在哪里？他们的主义在哪里？他们对于新思潮的贡献在哪里？他们的人格理想在哪里？他们的精神生活又在哪里？

（二）**实验** 很好！清华学生真有干练敏捷之才！五四运动证明了，童子军证明了，世界基督教学生同盟大会证明了，几次的灾区服务证明了。但是也只是efficient（有能力的——编注）而已啊！

（三）**平庸（mediocrity）** 清华学生不比别人好，何尝比别人坏呢？很整齐，很灵敏，很干净，很有礼貌，——很过得去。多数不吃烟，不喝酒，不打牌，不逛胡同，——很有规矩。表面上看来清华学生真令人喜欢，但是也只是令人喜欢，不能[引]起人底敬爱，因为他们没有惊人之长。

（四）**肤浅** 清华学生真浮浅极了！哪里谈得上学问？哪里谈得上知识？一个个见了人，笑笑弥弥的，真是 a very good fellow（一个很好的人——编注），但是真有什么诚意待人吗？外观讲得真好，形势极其整齐，正同这几间大洋楼——礼堂、图书馆…… —— 一种风味。随便在哪，面子总不能不顾。讲新也新得不彻底，讲旧也旧得不彻透。浅啊！浅极了！真是些小孩子们啦！

（五）**虚荣** 人说我们"急公好义"，我们捐罢，把饭钱都捐了罢，反正菜不够吃，总是要添的。人说我们能自治，学生会、法庭都干起来罢；回头会也没有人到，费也没有人交，什么也都忘掉了。运动啊，演说啊，演戏啊，一切的啊，都是出风头底好工具。

"Our Tsing Hua's pride does still abide, and ever more shall stay!"
（"我们清华的骄傲犹在，而且会继续保持下去！"——编注）

（六）**浮躁**　这更不用讲了。这本来是少年底气象，男儿好身手底本色！不独举动浮躁，行为也浮躁，语言也浮躁。Mob spirit（群氓精神——编注）！！

（七）**奢华**　谁说清华学生不浪费？厨房、售品所不用讲，每星期还非看电影不可。贵胄公子，这一点安逸不能不讲。清华底生活看着寻常，其实比一般中等社会人都高；在平时还不觉得，到出洋时，真不差似中了状元，三、四、五、六百块，阔给你瞧瞧！

以上所述的这些，哪样不是美国人底特色？没有出洋时已经这样了；出洋回来以后，也不过戴上几个硕士、博士、经理、工程师底头衔而已；那时这些特色只有变本加厉的。美国化呀！够了！够了！物质文明！我怕你了，厌你了，请你离开我罢！东方文明啊！支那底国魂啊！"盍归乎来！"让我还是做我东方的"老憨"吧！理想的生活啊！

"Oh！Raise up, return to us again,

And give us manners, virtue, freedom, power."（"哦！站起来，再回到我们身边，给予我们礼仪、美德、自由和权力。"——编注）

【导读】

闻一多，原名闻家骅，湖北浠水人，1899年出生于一个开明的书香世家，5岁入私塾接受蒙学教育，13岁考入清华留美预备学校，并改名"一多"。五四运动那年，他从写旧体诗转向写白话诗，自信自己的诗"在胡适、俞平伯、康白情三人之上"。23岁赴美留学前，写下《美国化的清华》，"作为临别赠言"，送给"十年的母校"，对清华学校的"美国化"提出了尖锐的批评。在美国，闻一多先后入芝加哥美术学院、科罗拉多大学美术系、纽约艺术学院专攻美术专业，但诗歌占据了他主要的精神空间。24岁时，他的第一部诗集《红烛》在国内出版，其中不少诗篇记录了他对祖国的深情思念。26岁回国后，闻一多在多间学校任教；他一面教学，一面进行诗歌创作，推动新诗格律化，系统地提出了新格律诗的理论。29岁出版的第二部诗集《死水》是现代格律诗的典范。但此后他的兴趣逐渐转向学术研究，先后在东南大学、武汉大学、青岛大学、清华大学、西南联大任教。抗日战争后期，他开始走出书斋，参加爱国民主斗争。1946年，著名社会教育家、民主战士李公朴被刺逝世，闻一多以民主周刊社名义为李公朴被刺事件主持记者招待会，会后在回家途中被国民党特务暗杀，年仅47岁。

诗 两 首

徐玉诺

夜声

在黑暗而且寂寞的夜间，

什么也不能看见；

只听得……杀杀杀……时代吃着生命的声响。

一九二二，四，十四夜

将来之花园

我坐在轻松松的草原里，

慢慢地把破布一般折叠着的梦开展；

这就是我的工作呵！

我细细心心地把我心中更美丽，更新鲜，

更适合于我们的花纹织在上边；

预备着……后来……

这就是小孩子们的花园！

一九二二，五，三

　　徐玉诺，又名言信，河南鲁山人，于1894年出生在一个贫寒的农家，从小便跟随父亲做卖瓜子等小生意，备尝"生活的苦味"。22岁时考入开封河南省立第一师范学校，受到新思潮的影响，并开始文学创作。27岁那年，徐玉诺的小说《良心》经郭绍虞推荐，发表在《晨报》副刊上。当年又在该报发表了多篇小说、诗歌与短剧，很快进入了文学创作高峰期，并经郑振铎介绍加入文学研究会。28岁那年，与文学研究会同人出版诗歌合集《雪朝》。同年8月，包括《诗两首》的个人诗集《将来之花园》问世，闻一多称其"或可与（冰心的）《繁星》并肩"。他的作品"替社会鸣不平"，被誉为"是用热血和清泪写成的文字"，在1920年代的文坛独树一帜，受到鲁迅、茅盾、叶圣陶等人的称赞；王瑶曾评价说，徐玉诺在"五四"文坛上的出现，"犹如彗星的一闪，但即此一闪，就有光、有热，而且在中国新诗的发展史上留下了他的痕迹"。31岁后，徐玉诺生活困苦，甚至流离失所，少有创作，直到新中国成立后才重返文坛，但作品不多，于1958年病逝。

寄生树与细草

郭沫若

寄生树站在一株古木的高枝上，在空气中洋洋得意。它倨傲地俯瞰着下面的细草说道：

"你们可怜的小草儿，你看我的位置是多么高，你们是多么矮小！"

细草们没有回答。

寄生树又自言自语地唱道：

"啊哈哟，我是大自然中的天骄。有大树做我庇护，有大树供我养料。我是神不亏而精不劳，高瞻乎宇宙，君临乎小草，披靡乎浮云，揖友乎百鸟。啊哈哟，我是大自然中的天骄。"

一场雷雨，把大树劈倒了。寄生树和古木的高枝倒折在草上。细草儿们为它哀哭了一场。寄生树渐渐枯死了。每逢下雨的时候，细草们便追悼它，为它哀哭。

寄生树被老樵夫捡拾在大箩筐里，卖到瓦窑里去烧了。每逢下雨的时候，细草们还在追悼它，为它哀哭。

【导读】

郭沫若，原名郭开贞，笔名沫若，四川乐山人，1892年生于一个地主兼商人的家庭。幼年时由母亲教诵诗词，培养了他对文学的兴趣。21岁东渡日本，次年考入东京第一高等学校预备班医科，希望"学点实际本领，来报国济民"。27岁时发表第一篇小说《牧羊哀话》，并在《时事新报》的文艺副刊《学灯》上发表两首新诗，受到编辑宗白华的激励，很快"便得到了一个诗的创作爆发期"，创作了《凤凰涅槃》《天狗》等作品，以崭新的内容与形式、天马行空的想象震撼了当时的读者。28岁时，郭沫若与田汉、宗白华三人的通信集《三叶集》出版，翌年与郁达夫、田汉等人创立了文学社团"创造社"，初期主张"为艺术而艺术"，重视文学的美感作用，同时也注重文学表现"时代的使命"。29岁时出版诗集《女神》，开一代诗风，成为中国现代新诗的奠基之作。寓言诗《寄生树与细草》发表在1923年出版的《创造周报》第10号上，当时新文化阵营开始分化，它讽刺的是依附于军阀的无耻文人。南昌起义失败后，他流亡日本长达10年，从事古代史和古文字学研究。抗日战争爆发后回国参加救亡运动，写下大量诗歌和历史剧。新中国成立后，郭沫若任中国科学院院长、中国文联主席等要职。

国事遗嘱

孙中山

余致力国民革命凡四十年，其目的在求中国之自由平等。积四十年之经验，深知欲达到此目的，必须唤起民众及联合世界上以平等待我之民族，共同奋斗。

现在革命尚未成功，凡我同志，务须依照余所著《建国方略》《建国大纲》《三民主义》及《第一次全国代表大会宣言》，继续努力，以求贯彻。最近主张开国民会议及废除不平等条约，尤须于最短期间促其实现。是所至嘱！

孙文　三月十一日补签

中华民国十四年二月二十四日

【导读】

中国同盟会成立以后，继兴中会此前发起的两次起义外，又策动了9次起义，最终武昌起义成功，建立中华民国，同盟会改称国民党。但辛亥革命成果很快被袁世凯窃取，孙中山发动二次革命，并另组中华革命党。袁世凯死后，中国出现南北对立；1919年，五四运动爆发，同年10月，孙中山改组中华革命党，成立中国国民党。两年后，中国共产党成立。1924年1月，中国国民党举行第一次全国代表大会，孙中山重新解释三民主义，确立联俄、联共、扶助农工三大政策，完成党内改组；6月，黄埔军校开学；9月，孙中山发表《中国国民党北伐宣言》；10月，冯玉祥北京政变成功，邀请代表南方广州军政府的孙中山北上商议；12月31日，孙中山扶病至北京；次年1月，被确诊为肝癌晚期。孙中山指定于右任、汪精卫、李大钊、陈友仁、李石曾和吴稚晖为"中央政治委员会委员"，由已成立的政治委员会全权处理国民党的日常事务。随着孙中山病情加重，不时陷入昏迷，政治委员会开始为其准备遗嘱。关于遗嘱的起草者，至今仍众说纷纭。3月11日，由宋庆龄扶手，孙中山在遗嘱上签字；次日，孙中山与世长辞，享年59岁。

七子之歌

闻一多

邶有七子之母不安其室。七子自怨自艾，冀以回其母心。诗人作《凯风》以愍之。吾国自《尼布楚条约》迄旅大之租让，先后丧失之土地，失养于祖国，受虐于异类，臆其悲哀之情，盖有甚于《凯风》之七子。因择其与中华关系最亲切者七地，为作歌各一章，以抒其孤苦亡告，眷怀祖国之哀忱，亦以励国人之奋兴云尔。国疆崩丧，积日既久，国人视之漠然。不见夫法兰西之Alsace-Lorraine（阿尔萨斯-洛林，法国地名——编注）耶？"精诚所至，金石能开。"诚如斯，中华"七子"之归来其在旦夕乎！

澳门

你可知"妈港"不是我的真名姓？……
我离开你的襁褓太久了，母亲！
但是他们掳去的是我的肉体，
你依然保管着我内心的灵魂。
三百年来梦寐不忘的生母啊！
请叫儿的乳名，叫我一声"澳门"！
　母亲！我要回来，母亲！

香港

我好比凤阙阶前守夜的黄豹，
母亲呀，我身分虽微，地位险要。
如今狰恶的海狮扑在我身上，
啖着我的骨肉，咽着我的脂膏；
母亲呀，我哭泣号啕，呼你不应。
母亲呀，快让我躲入你的怀抱！
　　母亲！我要回来，母亲！

台湾

我们是东海捧出的珍珠一串，
琉球是我的群弟我就是台湾。
我胸中还氤氲着郑氏的英魂，
精忠的赤血点染了我的家传。
母亲，酷炎的夏日要晒死我了；
赐我个号令，我还能背城一战。
　　母亲！我要回来，母亲！

威海卫

再让我看守着中华最古的海，
这边岸上原有圣人的丘陵在。
母亲，莫忘了我是防海的健将，

我有一座刘公岛作我的盾牌。
快救我回来呀，时期已经到了。
我背后葬的尽是圣人的遗骸！

　　母亲！我要回来，母亲！

广州湾

东海和硇洲是一双管钥，
我是神州后门上的一把铁锁。
你为什么把我借给一个盗贼？
母亲呀，你千万不该抛弃了我！
母亲，让我快回到你的膝前来，
我要紧紧地拥抱着你的脚踝。

　　母亲！我要回来，母亲！

九龙

我的胞兄香港在诉他的苦痛，
母亲呀，可记得你的幼女九龙？
自从我下嫁给那镇海的魔王，
我何曾有一天不在泪涛汹涌！
母亲，我天天数着归宁的吉日，
我只怕希望要变作一场空梦。

　　母亲！我要回来，母亲！

旅顺，大连

我们是旅顺，大连，孪生的兄弟。
我们的命运应该如何地比拟？——
两个强邻将我们来回地蹂躏，
我们是暴徒脚下的两团烂泥。
母亲，归期到了，快领我们回来。
你不知道儿们如何地想念你！
　　母亲！我们要回来，母亲！

【导读】

　　1922年7月，闻一多赴美留学，先后入芝加哥美术学院、科罗拉多大学美术系、纽约艺术学院专攻美术专业，但诗歌占据了他主要的精神空间。在异邦所受到的歧视，所感到的孤独，以及对亲人、故国的思念，让他思如泉涌，达到诗歌创作的一个高峰。他告诉亲人："我将乘此多作些爱国思乡的诗。这些作品若出于至性至情，价值甚高。恐怕比那些无病呻吟的情诗又高些。"1923年9月，经郭沫若介绍，他在国内出版了第一部诗集《红烛》，其中不少诗篇记录了他对祖国的深情思念。其后，他又写了《我是中国人》《爱国心》《长城下的哀歌》《南海之神》等爱国诗篇。《七子之歌》是1925年3月的作品。当时中国国势衰弱，军阀混战，备受帝国主义欺凌。澳门、香港、台湾、威海卫、广州湾、九龙、旅顺、大连均被割让或控制。闻一多借《诗经·凯风》中7个儿子怀念母亲的故事，抒发自己眷怀祖国之哀忧。3个月后，26岁的闻一多结束了3年留美生活，带着满腔热情与无限憧憬回到上海；然而，迎接他的却是血淋淋的"五卅"惨案。回国后，他发表了一系列"惊心动魄的爱国诗"，包括《七子之歌》。

战士和苍蝇

鲁迅

Schopenhauer（叔本华——编注）说过这样的话：要估定人的伟大，则精神上的大和体格上的大，那法则完全相反。后者距离愈远即愈小，前者却见得愈大。

正因为近则愈小，而且愈看见缺点和创伤，所以他就和我们一样，不是神道，不是妖怪，不是异兽。他仍然是人，不过如此。但也惟其如此，所以他是伟大的人。

战士死了的时候，苍蝇们所首先发见的是他的缺点和伤痕，嘬着，营营地叫着，以为得意，以为比死了的战士更英雄。但是战士已经战死了，不再来挥去他们。于是乎苍蝇们即更其营营地叫，自以为倒是不朽的声音，因为它们的安全，远在战士之上。

的确的，谁也没有发见过苍蝇们的缺点和创伤。

然而，有缺点的战士终竟是战士，完美的苍蝇也终竟不过是苍蝇。

去罢，苍蝇们！虽然生着翅子，还能营营，总不会超过战士的。你们这些虫豸们！

三月二十一日

【导读】

中国民主革命的先行者孙中山先生于1925年3月12日在北京逝世，死后却遭到反动政客的污蔑。《战士和苍蝇》写于1925年3月21日，最初发表在3月24日《京报》副刊《民众文艺周刊》第14号上，后被编入《华盖集》。这篇不到400字的杂感，颇能体现鲁迅所说"嬉笑怒骂，皆成文章"的主张。鲁迅曾在《这是这么一个意思》文末对该文做过声明："其实我做那篇短文的本意，并不是说现在的文坛。所谓战士者，是指中山先生和民国元年前后殉国而反受奴才们讥笑糟蹋的先烈；苍蝇则当然是指奴才们。"

灯下漫笔（节选）

鲁迅

　　有一时，就是民国二三年时候，北京的几个国家银行的钞票，信用日见其好了，真所谓蒸蒸日上。听说连一向执迷于现银的乡下人，也知道这既便当，又可靠，很乐意收受，行使了。至于稍明事理的人，则不必是"特殊知识阶级"，也早不将沉重累坠的银元装在怀中，来自讨无谓的苦吃。想来，除了多少对于银子有特别嗜好和爱情的人物之外，所有的怕大都是钞票了罢，而且多是本国的。但可惜后来忽然受了一个不小的打击。

　　就是袁世凯想做皇帝的那一年，蔡松坡先生溜出北京，到云南去起义。这边所受的影响之一，是中国和交通银行的停止兑现。虽然停止兑现，政府勒令商民照旧行用的威力却还有的；商民也自有商民的老本领，不说不要，却道找不出零钱。假如拿几十几百的钞票去买东西，我不知道怎样，但倘使只要买一枝笔、一盒烟卷呢，难道就付给一元钞票么？不但不甘心，也没有这许多票。那么，换铜元，少换几个罢，又都说没有铜元。那么，到亲戚朋友那里借现钱去罢，怎么会有？于是降格以求，不讲爱国了，要外国银行的钞票。但外国银行的钞票这时就等于现银，他如果借给你这钞票，也就借给你真的银元了。

　　我还记得那时我怀中还有三四十元的中交票，可是忽而变了一个穷人，几乎要绝食，很有些恐慌。俄国革命以后的藏着纸卢布的富翁的心情，恐怕也就这样的罢；至多，不过更深更大罢了。我只得探听，钞票可能折价换到现银呢？说是没有行市。幸而终于，暗暗地有了行市了：六折几。我非常高兴，赶紧去卖了一半。后来又涨到七折了，我更非常高兴，全去换了现银，沉垫垫地坠在怀中，似乎这就是我的性命的斤两。倘在平时，钱铺子如果少给我一个铜元，我是决不答应的。

但我当一包现银塞在怀中，沉垫垫地觉得安心、喜欢的时候，却突然起了另一思想，就是：我们极容易变成奴隶，而且变了之后，还万分喜欢。

假如有一种暴力，"将人不当人"，不但不当人，还不及牛马，不算什么东西；待到人们羡慕牛马，发生"乱离人，不及太平犬"的叹息的时候，然后给与他略等于牛马的价格，有如元朝定律，打死别人的奴隶，赔一头牛，则人们便要心悦诚服，恭颂太平的盛世。为什么呢？因为他虽不算人，究竟已等于牛马了。

我们不必恭读《钦定二十四史》，或者入研究室，审察精神文明的高超。只要一翻孩子所读的《鉴略》，——还嫌烦重，则看《历代纪元编》，就知道"三千余年古国古"的中华，历来所闹的就不过是这一个小玩艺。但在新近编纂的所谓"历史教科书"一流东西里，却不大看得明白了，只仿佛说：咱们向来就很好的。

但实际上，中国人向来就没有争到过"人"的价格，至多不过是奴隶，到现在还如此，然而下于奴隶的时候，却是数见不鲜的。中国的百姓是中立的，战时连自己也不知道属于哪一面，但又属于无论哪一面。强盗来了，就属于官，当然该被杀掠；官兵既到，该是自家人了罢，但仍然要被杀掠，仿佛又属于强盗似的。这时候，百姓就希望有一个一定的主子，拿他们去做百姓，——不敢，是拿他们去做牛马，情愿自己寻草吃，只求他决定他们怎样跑。

假使真有谁能够替他们决定，定下什么奴隶规则来，自然就"皇恩浩荡"了。可惜的是往往暂时没有谁能定。举其大者，则如五胡十六国的时候，黄巢的时候，五代时候，宋末元末时候，除了老例的服役纳粮以外，都还要受意外的灾殃。张献忠的脾气更古怪了，不服役纳粮的要杀，服役纳粮的也要杀，敌他的要杀，降他的也要杀：将奴隶规则毁得粉碎。这时候，百姓就希望来一个另外的主子，较为顾及他们的奴隶规则的，无论仍旧，或者新颁，总之是有一种规则，使他们可上奴隶的轨道。

"时日曷丧，予及汝偕亡！"愤言而已，决心实行的不多见。实际上大概是群盗如麻，纷乱至极之后，就有一个较强，或较聪明，或较狡猾，或是外族的人物出来，较有秩序地收拾了天下。厘定规则：怎样服役，怎样纳粮，怎样磕头，怎样颂圣。而且这规则是不像现在那样朝三暮四的。于是便"万姓胪欢"了；用成语来说，就叫作"天下太平"。

任凭你爱排场的学者们怎样铺张，修史时候设些什么"汉族发祥时代""汉族发达时代""汉族中兴时代"的好题目，好意诚然是可感的，但措辞太绕弯子了。有更其直捷了当的说法在这里——

一，想做奴隶而不得的时代；

二，暂时做稳了奴隶的时代。

这一种循环，也就是"先儒"之所谓"一治一乱"；那些作乱人物，从后日的"臣民"看来，是给"主子"清道辟路的，所以说："为圣天子驱除云尔。"

现在入了哪一时代，我也不了然。但看国学家的崇奉国粹，文学家的赞叹固有文明，道学家的热心复古，可见于现状都已不满了。然而我们究竟正向着哪一条路走呢？百姓是一遇到莫名其妙的战争，稍富的迁进租界，妇孺则避入教堂里去了，因为那些地方都比较的"稳"，暂不至于想做奴隶而不得。总而言之，复古的，避难的，无智愚贤不肖，似乎都已神往于三百年前的太平盛世，就是"暂时做稳了奴隶的时代"了。

但我们也就都像古人一样，永久满足于"古已有之"的时代么？都像复古家一样，不满于现在，就神往于三百年前的太平盛世么？

自然，也不满于现在的，但是，无须反顾，因为前面还有道路在。而创造这中国历史上未曾有过的第三样时代，则是现在的青年的使命！

【导读】

20世纪20年代初，在胡适的倡导下，"整理国故"流行起来，遭到鲁迅、郭沫若、成仿吾、茅盾等人的反对。分歧点不在"国故"，而在于"整理"成为诱导年轻人"蹩进研究室"、远离社会现实的理据。1924年底，《京报副刊》发起"青年必读书十部"征答活动。胡适、徐志摩、梁启超等"名流"争先恐后开列书单，无非是些古老典籍，而鲁迅仅回答"从来没有留心过，所以现在说不出"，结果"署名和匿名的豪杰之士的骂信，收了一大堆"。从1925年2月起，鲁迅连续写出五六篇文章回击。在《通讯（致旭生）》中，鲁迅剑指当时的复古思潮，说"'反改革'的空气浓厚透顶了，满车的'祖传''老例''国粹'等等，都想来堆在道路上，将所有的人家完全活埋下去"；并认为"现在的办法，首先还得用那几年以前《新青年》上已经说过的'思想革命'"。4月下旬他连续写出《春末闲谈》和《灯下漫笔》，前者揭露"进研究室主义"不过是一种类似细腰蜂毒针的"麻痹术"，为的是"阔人的地位即永久稳固"；后者则提醒国人，"大小无数的人肉的筵宴，即从有文明以来一直排到现在"，"有许多人还想一直排下去。扫荡这些食人者，掀掉这筵席，毁坏这厨房，则是现在的青年的使命！"

五月三十日的下午

茅盾

　　这是一个闷热的下午，这是一个暴风雨的先驱的闷热的下午！我看见穿着艳冶夏装的太太们，晃着满意的红喷喷大面孔的绅士们；我看见"太太们的乐园"依旧大开着门欢迎它的主顾；我只看见街角上有不多几个短衣人在那里切切议论。

　　一切都很自然，很满意，很平静——除了那边切切议论的几个短衣人。

　　谁肯相信半小时前就在这高耸云霄的"太太们的乐园"旁曾演过空前的悲壮热烈的活剧？有万千"争自由"的旗帜飞舞，有万千"打倒帝国主义"的呼声震荡，有多少勇敢的青年洒他们的热血要把这块灰色的土地染红！谁还记得在这里竟曾向密集的群众开放排枪！谁还记得先进的文明人曾卸下了假面具露一露他们的狠毒丑恶的本相！忘了，一切都忘了；可爱的驯良的大量的市民们绅士们体面商人们早把一切都忘了！

　　那边路旁不知是什么商铺的门槛旁，斜躺着几块碎玻璃片带着枪伤。我看见一个纤腰长裙金黄头发的妇人踹着那碎玻璃，姗姗地走过，嘴角上还浮出一个浅笑。我又看见一个鬓戴粉红绢花的少女倚在大肚子绅士的臂膊上也踹着那些碎玻璃走过，两人交换一个了解的微笑。

　　呵！可怜的碎玻璃片呀！可敬的枪弹的牺牲品呀！我向你敬礼！你是今天争自由而死的战士以外唯一的被牺牲者么？争自由的战士呀！你们为了他们而牺牲的，许也只受到他们微微地一笑和这些碎玻璃片一样罢？微笑！恶意的微笑！卑怯的微笑！永不能忘却的微笑！我觉得我是站在荒凉的沙漠里，只有这放大的微笑在我眼前晃；我惘惘然拾取了一片碎玻璃，我吻它，迸出了一句话道："既然一切医院都拒绝我去向受伤的死的战士敬礼，我就对你——和死者伤者同命运的你，致敬礼罢！"我捧着这碎片狂吻。

忽地有极漂亮的声音在我耳边响道："他们简直疯了！他们想拼着头颅撞开地狱的铁门么？"我陡地转过身去，我看见一位翘着八字须的先生（许是什么博士罢）正斜着眼睛看我。他，好生面熟，我努力要记起他的姓名来。他又冲着我的面孔说道："我不是说地狱门不应该打开，我是觉得犯不着撞碎头颅去打开——而况即使拼了头颅未必打得开。难道我们没有别的和平的方法么？而况这很有过激化的嫌疑么？我们是爱和平的民族，总该用文明手段呀。实在最好是祈祷上苍，转移人心于冥冥之中。再不然，我们有的是东方精神文明，区区肉体上的屈辱何必计较——哈，你想不起我是谁么？"

实在抱歉，我听了这一番话，更想不起他是谁了，我只有向他鞠躬，便离开了他。

然而他那番话，还在我耳旁作怪地嗡嗡地响；我又恍惚觉得他的身体放大了，很顽强地站在我面前，挡住我的去路；又看见他幻化为数千百，在人丛里乱钻；终于我看见街上熙熙攘攘往来的，都是他的化身了，而张牙舞爪的吃人的怪兽却高踞在他们头上狞笑！突然幻象全消，现出一片真景来：那边站满"华人"的水泥行人道上，跳上一匹马，驮了一个黄发碧眼的武装的人，提着木棍不分皂白乱打。棍子碰着皮肉的回音使我听去好像是："难道我们没有别的和平的方法么？……我们有的是东方精神文明，区区肉体上的屈辱何必计较！"和平方法呀！这未尝不是一个好名词。可惜对于无条件被人打被人杀的人们不配！挨打挨杀的人们嘴里的和平方法有什么意义？人家不来同你和平，你有什么办法呢？和平方法是势力相等的办交涉时的漂亮话，出之于被打被杀者的嘴里是何等卑怯无耻呀！人家何尝把你当作平等的人。爱谈和平方法的先生们呀，你们脸是黄的，发是黑的，鼻梁是平的，人家看来你总是一个劣等民族，只有人家高兴给你和平，没有你开口要求的份儿哩！"以眼还眼，以牙还牙！"信奉这条教义的谟罕默德的子孙们现在终于又挺起身子了！这才有开口向人家讲和平办法的资格呵！像我们现在呢，也只有一个办法："以眼还眼，以牙还牙！"不甘心少，也不要多！

"以眼还眼，以牙还牙！"这两句话不断地在我脑海里回旋；我在人丛里忿怒地推挤，我想找几个人来讨论我的新信仰。忽然疏疏落落地下起雨来了，暮色已经围抱着这都市，街上行人也渐渐稀少了。我转入一条小弄，雨下得更密了。路灯在雨中放着安静的冷光。这还是一个闷热的黄昏，这使我满载着郁怒的心更加烦躁。风挟着细雨吹到我脸上，稍感着些凉快；但是随风送来的一种特别声浪忽地又使我的热血在颞颥部血管里乱跳；这是一阵歌吹声，竹牌声，哗笑声！他们离流血的地点不过百步，距流血的时间不过一小时，竟然歌吹作乐呵！我的心抖了，我开始诅咒这都市，这污秽无耻的都市，这虎狼在上而豕鹿在下的都市！我祈求热血来洗刷这一切的强横暴虐，同时也洗刷这卑贱无耻呀！

雨点更粗更密了，风力也似乎劲了些：这许就是闷热后必然有的暴风雨的先遣队罢？

一九二五年五月三十夜于上海

【导读】

茅盾，原名沈德鸿，字雁冰，1896年生于浙江乌镇，"茅盾"是他1927年发表第一篇小说《幻灭》时开始使用的笔名，也是他120多个笔名中使用频率最高的。他从5岁起，由父母启蒙，开始认字和写字，教材是父亲亲自挑选的；9岁时，父亲因病去世，由寡母抚养长大；12岁时，入乌镇高等小学读书，在作文方面崭露头角。17岁时考取北京大学预科，三年后毕业，到上海商务印书馆编译所工作。1920年，24岁的他接手主编《小说月报》，对其进行全面革新，使它从鸳鸯蝴蝶派的大本营变为新文学的重要阵地；同年，加入上海共产主义小组，并为李达主编的《共产党》杂志供稿。中国共产党成立后，茅盾担任中共上海地方委员会委员。1920年代早期，除了创作、译编大量作品，参与新文学运动外，茅盾还以饱满的热情、旺盛的斗志，投身于上海的工人运动。震惊中外的"五卅"反帝爱国运动爆发后，茅盾一面与陈独秀、蔡和森、李立三、恽代英等人一起发动全市的"三罢"（罢工、罢市、罢学）运动，一面夜以继日地写作揭露事件的真相。《五月三十日的下午》发表于1925年6月14日《文学周报》第177期，是茅盾早期散文代表作。

血染南京路别录

吴君（化名）

这是我生平仅见的惨剧。现在我执着笔，心中还在别别地跳着。重大的消息，自有人向诸君报告，这里只是我个人的见闻，将它忠实地记录下来，决不掺杂半点意见。

那时我正驾了自由车，走过永安公司。前面有许多人聚拢着，南京路差不多要断绝交通了。同时我听见人家议论纷纷："看啊！学生演说，巡捕房干涉。""工人的事，本来要学生管什么？""唉，日本人太欺侮我们啊！"……我好容易挨过了云南路，就停下来回头瞧热闹了。可怕啊！三条头、二条头、一条头、末条头，头绪纷纭，围着一般学生，驱逐着他们到行里去。学生不肯去，就动手了。嘿！学生们真不识相啊！拿了一面竹竿布旗，去扰乱租界秩序；还敢用旗杆做武器和有枪有阶级的先生格斗，该死！学生拿旗杆打巡捕没有打着，水果店里忽跳出一条好汉，拿了扁担向人丛中乱舞。砰的一声枪响，好像是年初一的第一响开门炮，接着就是劈劈拍拍地大响起来了！印度阿三究属勇敢，放了一枪又一枪。华捕到底没用，有些懒洋洋地放了一枪，面容上就现出灰白色了！

……但是无辜的行人却死得未免冤枉。最可怜是一个三十多岁的妇人，左手抱一小孩，刚走过同昌斜对门，左臂上吃着一粒卫生丸，就此跌下去了！

这时候的秩序，的确被人扰乱了！爱看热闹而又胆小的朋友，纷纷向横弄堂和商店里乱窜。某水果店的摊头完全推翻，玻璃敲碎。……翠芳居等，适当战场之冲，马上装栅板。有的说是罢市，实在是避卫生丸而已！这时候的学生们也有懂得识相的了，脱下御日帽，抛掉小白旗，连忙赶到南京路商联会、各路商总联会总商会等处求救去了。

竟芳照相馆近在隔壁，摄了几张新闻照片，可惜开枪时没有拍，或者怕流弹打进Camera（照相机——编注）吧。不多一会儿，死的伤的都有人连扛带拖地装入汽车，呜呜地送进医院去了。维持秩序的巡捕用手一挥，一堆堆的人群四散开了。压积着的电车汽车陆续开过，大马路上除了比平常热闹些外，似乎没有什么两样。几块殷殷的血迹，好在堆积并不比马粪大，不至于有碍交通，所以不劳穿红衣服的人来打扫，斑点也就渐渐地淡去了。

【导读】

1925年5月30日，在上海租界抗议日本资本家枪杀中国工人的民众遭到英国巡捕的血腥镇压，导致数十人死伤。"五卅"惨案发生后，西报大肆渲染民众的"排外""赤化""暴动"，华文报刊则噤若寒蝉。激愤于各报"对于如此惨酷的足以使人类震动的大残杀案，竟不肯说一句应该说的话"，郑振铎等于6月3日创办了《公理日报》，揭露帝国主义在华暴行。6月4日，中共中央委派瞿秋白创办《热血日报》，大量报道上海及全国各地人民反帝爱国风潮。《血染南京路别录》刊登在6月7日出版的《国闻周报》上，是亲历者"吴君"5月31日写下的"惨剧当日的情形"。胡政之为这期周报写下题为《静穆的悲哀》的社评，其第一段话是"中华民国国民真不值钱。一年到头天灾、地变、大兵、土匪，不知道要冤枉送掉多少性命。却是像'五卅''六一'这几天不明不白送命在外国人枪弹之下的，究竟还是破天荒第一次"。他接着指出"上海报界之冷静，正和乡下人不敢得罪乡约们的情形一样，却是越可见静穆的悲哀，才真是彻骨的苦痛"。

136

北 京

蒋光慈

北京，北京是中国的首都，
这里充满着冠冕的人物；
我，我是一个天涯的飘泊者，
本不应在此地徘徊而踟蹰。

从前我未到北京，
听说北京是如何的伟大惊人。
今年我到了北京，
我饱尝了北京的污秽的灰尘。

这里有红门绿院，
令我想象王公侯伯的尊严；
这里有车马如川，
令我感觉官僚政客的觍颜。

东交民巷的洋房崭然，
东交民巷有无上的威权。
请君看一看东交民巷的围墙上，
那里有专门射击中国人的炮眼。

中央公园在北京中央，
来往的人们都穿着绮裙罗裳；
请君看一看游客的中间，
找不着一个破衣褴褛的儿郎。

北京的富家翁固然很多，
北京的穷孩子也真不少；
请君看一看洋车队伍的中间，
大半都是穷孩子两个小手拉着跑。

北京，北京是中国的首都，
这里充满着冠冕的人物；
我，我是一个天涯的飘泊者，
本不应在此地徘徊而踟蹰。

从前我未到北京，
听说北京是如何的繁华有趣；
今年我到了北京，
我感觉着北京是灰黑的地狱。

这里有恶浪奔腾，
冲激得我神昏而不定；
这里又暮气沉沉，
掩袭得我头痛而心惊。

　　　　　　　　一九二五，八，二十八，于北京旅次

蒋光慈，曾使用笔名蒋光赤，1901年出生于安徽霍邱的一个贫民家庭，他自幼聪颖，家里四兄妹中，仅他一人上学。小学时已接触进步思想；中学时因反抗校长欺压穷苦学生被开除；转学后，担任芜湖学生联合会副会长，在本地响应五四运动，与曾在芜湖开展过革命活动的陈独秀、恽代英等结有深厚的友谊。1920年赴上海，经陈望道、陈独秀、李汉俊介绍，加入上海社会主义青年团；次年，与刘少奇、任弼时等人赴苏联留学，并在苏联转为中国共产党党员。留苏期间，受俄罗斯进步文学与苏联文学的熏陶，开始进行文学创作。23岁回国后，一边在大学任教，一边参加革命活动，同时笔耕不辍，其第一部诗集《新梦》在24岁那年出版，被钱杏邨称为"中国革命文学著作的开山祖"。1925年，受党委派，他前往张家口任冯玉祥将军苏联顾问的翻译；诗歌《北京》写于"北京旅次"，发表在1925年9月11日出版的《猛进》周刊第28期，署名蒋光赤。28岁那年，他参与筹备并加入中国左翼作家联盟，成为左翼文坛一员闯将，其文学创作始终与革命交错在一起，"许多的青年，因着他的创作的鼓动，获得了对于革命的理解，走向革命"。1931年8月，蒋光慈在上海病逝，终年不足30岁。

我要回到上海去

蒋光慈

我要回到上海去，
我与上海已有半年的别离；
这半年呵！我固然奔波瘦了。
上海的景象也有许多更移的。
我要回去看一看，
它是否还像我的旧游地。

听说南京路堆满了许多殷红的血迹，
听说英国人枪杀中国学生工人当玩意；
我要回去看一看——
上海人究竟还有多少没有死；
那殷红的血迹是否已被风雨洗了去，
那无人性的枪声是否还是拍拍地不止。

听说我的许多朋友入了监狱，
听说有许多热烈的男儿愤得投江死。
我要回去看一看——
他们究竟没有受伤的还有谁，
乘空问一问他们那枪弹是什么味，
他们未被打断的还有几条腿。

听说上海大学被洋兵占了去，

听说我的学生被称为过激；

我要回去看一看——

我教书的老巢是否还如昔；

那学生被驱逐了向何处去，

那洋兵是不是凶狠的狗彘。

我要回到上海去！

我要回到上海去！

我要回去看一看——

那黄浦江的水是否变成了红的；

那派来屠杀的兵舰在吴淞口一来一往的，

我要数一数它们到底有多少只。

我要回到上海去！

我要回到上海去！

我要回去看一看——

那红头阿三手里的哭丧棒是否还是打人不顾死；

那一些美丽的，美丽的外国花园，

是否还是门口写着中国人与狗不准进去。

我要回到上海去！

我要回到上海去！

我要回去看一看——

那些被难烈士的坟土是否还在湿；

乘空摸一摸未死人的心上是否还有热气，

或者他们还是卑劣的，卑劣的如猪一般的睡。

我要回到上海去，

我与上海已有半年的别离；

这半年呵！我固然奔波瘦了，

上海的面目难道还是从前一样的？

我要回去看一看——

它是否还像我的旧游地。

一九二五，九，十二，于北京

【导读】

　　蒋光慈只活了不到30岁，在文坛活跃的时间也只有短短几年，但他不仅是革命文学的最早倡导者，而且相当高产，在文艺理论、诗歌与小说方面颇多建树。经过蒋光慈等人的努力，1928年至1929年，革命文学"就变成了文艺作家的口头禅了"，"执了中国文坛的牛耳，光慈的读者崇拜者，也在这两年里突然增加了起来"。不少人在其作品的影响下走上革命之路，包括当时曾在中国从事革命斗争的朝鲜革命家金日成也深受其影响。蒋光慈的首部诗集《新梦》开了无产阶级革命诗歌创作的先河，并在短期内几次再版。他的第二部诗集《哀中国》于1927年出版，收入了《北京》与《我要回到上海去》，这部诗集充满了作者深重的忧患意识和热烈深沉的情感，出版后即遭到国民党政府查封，未能再版。与《北京》一样，《我要回到上海去》也写于"北京旅次"，载于《猛进》周刊第29期。蒋光慈去世后，郁达夫不无惋惜地说："以他的热情、以他的技巧、以他那一种抱负来写东西，则将来一定是可以大成的无疑。无论如何，他的早死，终究是中国文坛上的一个损失。"

聪明人和傻子和奴才

鲁迅

奴才总不过是寻人诉苦。只要这样，也只能这样。有一日，他遇到一个聪明人。

"先生！"他悲哀地说，眼泪联成一线，就从眼角上直流下来。"你知道的。我所过的简直不是人的生活。吃的是一天未必有一餐，这一餐又不过是高粱皮，连猪狗都不要吃的，尚且只有一小碗……"

"这实在令人同情。"聪明人也惨然说。

"可不是么！"他高兴了。"可是做工是昼夜无休息的：清早担水晚烧饭，上午跑街夜磨面，晴洗衣裳雨张伞，冬烧汽炉夏打扇。半夜要煨银耳，侍候主人耍钱；头钱从来没分，有时还挨皮鞭……"

"唉唉……"聪明人叹息着，眼圈有些发红，似乎要下泪。

"先生！我这样是敷衍不下去的。我总得另外想法子。可是什么法子呢？……"

"我想，你总会好起来……"

"是么？但愿如此。可是我对先生诉了冤苦，又得你的同情和慰安，已经舒坦得不少了。可见天理没有灭绝……"

但是，不几日，他又不平起来了，仍然寻人去诉苦。

"先生！"他流着眼泪说，"你知道的。我住的简直比猪窠还不如。主人并不将我当人；他对他的叭儿狗还要好到几万倍……"

"混账！"那人大叫起来，使他吃惊了。那人是一个傻子。

"先生，我住的只是一间破小屋，又湿，又阴，满是臭虫，睡下去就咬得真可以。秽气冲着鼻子，四面又没有一个窗……"

"你不会要你的主人开一个窗的么？"

"这怎么行？……"

"那么，你带我去看去！"

傻子跟奴才到他屋外，动手就砸那泥墙。

"先生！你干什么？"他大惊地说。

"我给你打开一个窗洞来。"

"这不行！主人要骂的！"

"管他呢！"他仍然砸。

"人来呀！强盗在毁咱们的屋子了！快来呀！迟一点可要打出窟窿来了！……"他哭嚷着，在地上团团地打滚。

一群奴才都出来了，将傻子赶走。

听到了喊声，慢慢地最后出来的是主人。

"有强盗要来毁咱们的屋子，我首先叫喊起来，大家一同把他赶走了。"他恭敬而得胜地说。

"你不错。"主人这样夸奖他。

这一天就来了许多慰问的人，聪明人也在内。

"先生。这回因为我有功，主人夸奖了我了。你先前说我总会好起来，实在是有先见之明……"他大有希望似的高兴地说。

"可不是么……"聪明人也代为高兴似的回答他。

一九二五年十二月二十六日

【导读】

鲁迅，1881年出生于浙江绍兴，原名周樟寿，后改名周树人，"鲁迅"为笔名，是20世纪中国最重要的思想家与文学家之一。他6岁入塾，从小受到传统文化与民间文化的熏陶；12岁时，祖父因科场舞弊案入狱；15岁时，父亲病逝；17岁考入江南水师学堂，次年改入江南陆师学堂附设的矿路学堂；21岁，由江南督练公所官费派往日本学习，原在仙台学医，后弃医从文，开始文学翻译和写作。求学期间，他广泛接触西方文化，目睹了中国思想文化的变迁，逐渐形成自己独立的思想。1918年，37岁的鲁迅在《新青年》上发表《狂人日记》，乃中国现代文学史上第一篇白话小说，开辟了我国文学发展的一个新时代。鲁迅一生笔耕不辍，留下了大量著述，"显示了文学革命的实绩"，深刻影响着后人，尤其是在关注和思考本民族的发展与人类共同面临的问题方面，鲁迅做出了自己独特的贡献。散文诗《聪明人和傻子和奴才》发表于《语丝》周刊第60期，它揭示了"聪明人"的伪善、"奴才"的逆来顺受、"傻子"的正直。通过这篇寓言故事，鲁迅提出了如何做人、做什么人的命题。

一 句 话

闻一多

有一句话说出就是祸，
有一句话能点得着火。
别看五千年没有说破，
你猜得透火山的缄默？
说不定是突然着了魔，
突然青天里一个霹雳，
爆一声：

　　"咱们的中国！"

这话叫我今天怎么说？
你不信铁树开花也可，
那么有一句话你听着：
等火山忍不住了缄默，
不要发抖，伸舌头，顿脚，
等到青天里一个霹雳，
爆一声：

　　"咱们的中国！"

1925年6月，闻一多留学归来。在海外时，他"天天望见一次家乡"。然而，当他回到故土后，却坠入一个可怕的深渊。被军阀弄得破碎不堪的祖国、被天灾人祸蹂躏的祖国、被列强肆意践踏的祖国，让他在美国所想象的美丽的祖国形象破灭了。于是，他在《发现》中饱含热泪地呼喊："这不是我的中华，不对，不对！"同期写作的《一句话》则表现出诗人对祖国光明前途的信心。席卷全国的"五卅"反帝爱国运动的浪潮让诗人大声喊出了"五千年没有说破"的一句话，"能点得着火"的一句话："咱们的中国！"呼唤伟大的祖国在斗争中赢得新生。全诗洗练有力，气撼山河，极富感染力和召唤力。朱自清曾在《爱国诗》中如此评价闻一多："在抗战以前，他差不多是唯一有意大声歌咏爱国的诗人。""突然青天里一个霹雳，爆一声：'咱们的中国！'"在臧克家读来，这"已经成为一个应验的预言"。

革命时代的文学
——四月八日在黄埔军官学校讲

鲁迅

今天要讲几句的话是就将这"革命时代的文学"算作题目。这学校是邀过我好几次了，我总是推宕着没有来。为什么呢？因为我想，诸君的所以来邀我，大约是因为我曾经做过几篇小说，是文学家，要从我这里听文学。其实我并不是的，并不懂什么。我首先正经学习的是开矿，叫我讲掘煤，也许比讲文学要好一些。自然，因为自己的嗜好，文学书是也时常看看的，不过并无心得，能说出于诸君有用的东西来。加以这几年，自己在北京所得的经验，对于一向所知道的前人所讲的文学的议论，都渐渐地怀疑起来。那是开枪打杀学生的时候罢，文禁也严厉了，我想：文学文学，是最不中用的，没有力量的人讲的；有实力的人并不开口，就杀人，被压迫的人讲几句话，写几个字，就要被杀；即使幸而不被杀，但天天呐喊、叫苦、鸣不平，而有实力的人仍然压迫、虐待、杀戮，没有方法对付他们，这文学于人们又有什么益处呢？

在自然界里也这样，鹰的捕雀，不声不响的是鹰，吱吱叫喊的是雀；猫的捕鼠，不声不响的是猫，吱吱叫喊的是老鼠；结果，还是只会开口的被不开口的吃掉。文学家弄得好，做几篇文章，也许能够称誉于当时，或者得到多少年的虚名罢，——譬如一个烈士的追悼会开过之后，烈士的事情早已不提了，大家倒传诵着谁的挽联做得好：这实在是一件很稳当的买卖。

但在这革命地方的文学家，恐怕总喜欢说文学和革命是大有关系的，例如可以用这来宣传、鼓吹、煽动、促进革命和完成革命。不过我想，这样的文章是无力的，因为好的文艺作品，向来多是不受别人命令，不顾利害，自然而然地从心中流露的东西；如果先挂起一个题目，做起文章来，那又何异于八股，在文学中并无价值，更说不能否感动人了。为革命起见，要有"革命人"，"革命文学"倒无须急急，革命人做出东西来，才是革命文学。所以，我想：革命，倒是与文章有关系的。革命时代的文学和平时的文学不同，革命来了，文学就变换色彩。但大革命可以变换文学的色彩，小革命却不，因为不算什么革命，所以不能变换文学的色彩。在此地是听惯了"革命"了，江苏浙江谈到革命二字，听的人都很害怕，讲的人也很危险。其实"革命"是并不稀奇的，惟其有了它，社会才会改革，人类才会进步，能从原虫到人类，从野蛮到文明，就因为没有一刻不在革命。生物学家告诉我们："人类和猴子是没有大两样的，人类和猴子是表兄弟。"但为什么人类成了人，猴子终于是猴子呢？这就因为猴子不肯变化——它爱用四只脚走路。也许曾有一个猴子站起来，试用两脚走路的罢，但许多猴子就说："我们底祖先一向是爬的，不许你站！"咬死了。它们不但不肯站起来，并且不肯讲话，因为它守旧。人类就不然，他终于站起，讲话，结果是他胜利了。现在也还没有完。所以革命是并不稀奇的，凡是至今还未灭亡的民族，还都天天在努力革命，虽然往往不过是小革命。

大革命与文学有什么影响呢？大约可以分开三个时候来说：

（一）大革命之前，所有的文学，大抵是对于种种社会状态，觉得不平，觉得痛苦，就叫苦，鸣不平，在世界文学中关于这类的文学颇不少。但这些叫苦鸣不平的文学对于革命没有什么影响，因为叫苦鸣不平，并无力量，压迫你们的人仍然不理，老鼠虽然吱吱地叫，尽管叫出很好的文学，而猫儿吃起它来，还是不客气。所以仅仅有叫苦鸣不平的文学时，这个民族还没有希望，因为止于叫苦和鸣不平。例如人们打官司，失败的方面到了分发冤单的时候，对手就知道他没有力量再打官司，事情已经了结了；所以叫苦鸣不平的文学等于喊冤，压迫者对此倒觉得放心。有些民族因为叫苦无用，连苦也不叫了，他们便成为沉默的民族，渐渐更加衰颓下去，埃及、阿拉伯、波斯、印度就都没有什么声音了！至于富有反抗性、蕴有力量的民族，因为叫苦没用，他便觉悟起来，由哀音而变为怒吼。怒吼的文学一出现，反抗就快到了；他们已经很愤怒，所以与革命爆发时代接近的文学每每带有愤怒之音；他要反抗，他要复仇。苏俄革命将起时，即有些这类的文学。但也有例外，如波兰，虽然早有复仇的文学，然而他的恢复，是靠着欧洲大战的。

（二）到了大革命的时代，文学没有了，没有声音了，因为大家受革命潮流的鼓荡，大家由呼喊而转入行动，大家忙着革命，没有闲空谈文学了。还有一层，是那时民生凋敝，一心寻面包吃尚且来不及，哪里有心思谈文学呢？守旧的人因为受革命潮流的打击，气得发昏，也不能再唱所谓他们底文学了。有人说："文学是穷苦的时候做的"，其实未必，穷苦的时候必定没有文学作品的；我在北京时，一穷，就到处借钱，不写一个字，到薪俸发放时，才坐下来做文章。忙的时候也必定没有文学作品，挑担的人必要把担子放下，才能做文章；拉车的人也必要把车子放下，才能做文章。大革命时代忙得很，同时又穷得很，这一部分人和那一部分人斗争，非先行变换现代社会底状态不可，没有时间也没有心思做文章；所以大革命时代的文学便只好暂归沉寂了。

（三）等到大革命成功后，社会底状态缓和了，大家底生活有余裕了，这时候就又产生文学。这时候底文学有二：一种文学是赞扬革命，称颂革命，——讴歌革命，因为进步的文学家想到社会改变，社会向前走，对于旧社会的破坏和新社会的建设，都觉得有意义，一方面对于旧制度的崩坏很高兴，一方面对于新的建设来讴歌。另有一种文学是吊旧社会的灭亡——挽歌——也是革命后会有的文学。有些的人以为这是"反革命的文学"，我想，倒也无须加以这么大的罪名。革命虽然进行，但社会上旧人物还很多，决不能一时变成新人物，他们的脑中满藏着旧思想旧东西；环境渐变，影响到他们自身的一切，于是回想旧时的舒服，便对于旧社会眷念不已，恋恋不舍，因而讲出很古的话，陈旧的话，形成这样的文学。这种文学都是悲哀的调子，表示他心里不舒服，一方面看见新的建设胜利了，一方面看见旧的制度灭亡了，所以唱起挽歌来。但是怀旧，唱挽歌，就表示已经革命了，如果没有革命，旧人物正得势，是不会唱挽歌的。

不过中国没有这两种文学——对旧制度挽歌，对新制度讴歌；因为中国革命还没有成功，正是青黄不接，忙于革命的时候。不过旧文学仍然很多，报纸上的文章，几乎全是旧式。我想，这足见中国革命对于社会没有多大的改变，对于守旧的人没有多大的影响，所以旧人仍能超然物外。广东报纸所讲的文学，都是旧的，新的很少，也可以证明广东社会没有受革命影响；没有对新的讴歌，也没有对旧的挽歌，广东仍然是十年前底广东。不但如此，并且也没有叫苦，没有鸣不平；止看见工会参加游行，但这是政府允许的，不是因压迫而反抗的，也不过是奉旨革命。中国社会没有改变，所以没有怀旧的哀词，也没有崭新的进行曲，只在苏俄却已产生了这两种文学。他们的旧文学家逃亡外国，所作的文学，多是吊亡挽旧的哀词；新文学则正在努力向前走，伟大的作品虽然还没有，但是新作品已不少，他们已经离开怒吼时期而过渡到讴歌的时期了。赞美建设是革命进行以后的影响，再往后去的情形怎样，现在不得而知，但推想起来，大约是平民文学罢，因为平民的世界，是革命的结果。

现在中国自然没有平民文学，世界上也还没有平民文学，所有的文学，歌呀，诗呀，大抵是给上等人看的；他们吃饱了，睡在躺椅上，捧着看。一个才子出门遇见一个佳人，两个人很要好，有一个不才子从中捣乱，生出差迟来，但终于团圆了。这样地看看，多么舒服。或者讲上等人怎样有趣和快乐，下等人怎样可笑。前几年《新青年》载过几篇小说，描写罪人在寒地里的生活，大学教授看了就不高兴，因为他们不喜欢看这样的下流人。如果诗歌描写车夫，就是下流诗歌；一出戏里，有犯罪的事情，就是下流戏。他们的戏里的脚色，止有才子佳人，才子中状元，佳人封一品夫人，在才子佳人本身很欢喜，他们看了也很欢喜，下等人没奈何，也只好替他们一同欢喜欢喜。在现在，有人以平民——工人农民——为材料，做小说做诗，我们也称之为平民文学，其实这不是平民文学，因为平民还没有开口。这是另外的人从旁看见平民的生活，假托平民底口吻而说的。眼前的文人有些虽然穷，但总比工人农民富足些，这才能有钱去读书，才能有文章；一看好像是平民所说的，其实不是；这不是真的平民小说。平民所唱的山歌野曲，现在也有人写下来，以为是平民之音了，因为是老百姓所唱。但他们间接受古书的影响很大，他们对于乡下的绅士有田三千亩，佩服得不得了，每每拿绅士的思想，做自己的思想，绅士们惯吟五言诗，七言诗；因此他们所唱的山歌野曲，大半也是五言或七言。这是就格律而言，还有构思取意，也是很陈腐的，不能称是真正的平民文学。现在中国底小说和诗实在比不上别国，无可奈何，只好称之曰文学；谈不到革命时代的文学，更谈不到平民文学。现在的文学家都是读书人，如果工人农民不解放，工人农民的思想，仍然是读书人的思想，必待工人农民得到真正的解放，然后才有真正的平民文学。有些人说："中国已有平民文学"，其实这是不对的。

诸君是实际的战争者，是革命的战士，我以为现在还是不要佩服文学的好。学文学对于战争，没有益处，最好不过作一篇战歌，或者写得美的，便可于战余休憩时看看，倒也有趣。要讲得堂皇点，则譬如种柳树，待到柳树长大，浓荫蔽日，农夫耕作到正午，或者可以坐在柳树底下吃饭，休息休息。中国现在的社会情状，止有实地的革命战争，一首诗吓不走孙传芳，一炮就把孙传芳轰走了。自然也有人以为文学于革命是有伟力的，但我个人总觉得怀疑，文学总是一种余裕的产物，可以表示一民族的文化，倒是真的。

人大概是不满于自己目前所做的事的，我一向只会做几篇文章，自己也做得厌了，而捏枪的诸君，却又要听讲文学。我呢，自然倒愿意听听大炮的声音，仿佛觉得大炮的声音或者比文学的声音要好听得多似的。我的演说只有这样多，感谢诸君听完的厚意！

在北京居住15年后，鲁迅于1926年9月初赴厦门大学任教授。因受胡适、陈西滢羽翼的排挤及校方的作为，4个月后辞职。1927年1月中旬，鲁迅抵穗，到中山大学任教。当时，大革命处于高潮。在中大学生会举行的欢迎会上，鲁迅兴奋地说："现在不是沉静的时候了，有声的发声，有力的出力，现在是可以动了，是活动的时候了。"初到广州，他陷入重围，"访问的，研究的，谈文学的，侦探思想的，要做序，题签的，请演说的，闹得个不亦乐乎"。共产党与国民党都争相与他接触。4月8日，在共产党员应修人的陪同下，鲁迅到黄埔军校做了这篇讲演，说明了先要有革命人，才会有革命文学的道理。鲁迅告诉军校学生："中国现在的社会情状，止有实地的革命战争，一首诗吓不走孙传芳，一炮就把孙传芳轰走了。"然而，仅仅几天后，"四一二"反革命政变爆发，广州也发生"四一五"反革命事变，与鲁迅交往密切的毕磊等200余名学生被捕。鲁迅闻讯后，强烈要求校方进行营救，失败后毅然辞职。4月23日，毕磊惨遭杀害；4月26日，鲁迅在悲愤中编订完散文诗集《野草》，其"题辞"说："地火在地下运行，奔突；熔岩一旦喷出，将烧尽一切野草，以及乔木，于是并且无可朽腐。"

就 义 诗

杨超

满天风雨满天愁，革命何须怕断头？
留得子胥豪气在，三年归报楚王仇！

【导读】

　　杨超，1904年出生于河南省新县，5岁时随家迁居江西省德安县，7岁开始读书，酷爱古代诗词。虽然出身于地主家庭，家里雇有10余个长工，但他1921年考入南昌心远中学后，便开始阅读马克思主义著作，与同学方志敏等组织革命团体"改造社"，并因积极参加革命活动被学校开除。他于1923年在南京东南大学附属中学读书时加入中国社会主义青年团；1925年"五卅"运动爆发后，就读北京大学的杨超积极参加反帝爱国活动，结识了共产党人恽代英、萧楚女，并加入了中国共产党。1926年由党派回江西担任中共江西省委委员，后赴德安担任中共县委书记。这位壮怀激烈的革命者还兼有诗人文采，写过百余首诗词。1927年4月，蒋介石背叛革命，杨超辗转南昌、武昌、河南等地工作；10月，党任命他为特派员再回江西，不幸在九江被特务逮捕。1927年12月27日被枪杀于南昌德胜门外下沙窝，年仅23岁。临刑前，杨超面不改色，引吭高诵这首诗，借伍子胥复仇的故事，展现其视死如归的英雄气概。全诗4句28个字，字字如金石之声，铿锵有力。

给孩子们

梁启超

（这几张可由思成保存，但仍须各人传观，因为教训的话于你们都有益的。）

思成和思永同走一条路，将来互得联络观摩之益，真是最好没有了。思成来信问有用无用之别，这个问题很容易解答，试问唐开元、天宝间李白、杜甫与姚崇、宋璟比较，其贡献于国家者孰多？为中国文化史及全人类文化史起见，姚、宋之有无，算不得什么事，若没有了李、杜，试问历史减色多少呢？我也并不是要人人都做李、杜，不做姚、宋，要之，要各人自审其性之所近何如，人人发挥其个性之特长，以靖献于社会，人才经济莫过于此。思成所当自策厉者，惧不能为我国美术界作李、杜耳。如其能之，则开元、天宝间时局之小小安危，算什么呢？你还是保持这两三年来的态度，埋头埋脑做去便对了。

你觉得自己天才不能副你的理想，又觉得这几年专做呆板工夫，生怕会变成画匠。你有这种感觉，便是你的学问在这时期内将发生进步的特征，我听见倒喜欢极了。孟子说："能与人规矩，不能使人巧。"凡学校所教与所学总不外规矩方面的事，若巧则要离了学校方能发见。规矩不过求巧的一种工具，然而终不能不以此为教，以此为学者，正以能巧之人，习熟规矩后，乃愈益其巧耳。（不能巧者，依着规矩可以无大过。）你的天才到底怎么样，我想你自己现在也未能测定，因为终日在师长指定的范围与条件内用功，还没有自由发掘自己性灵的余地。况且凡一位大文学家、大美术家之成就，常常还要许多环境与附带学问的帮助。中国先辈屡说要"读万卷书，行万里路"。你两三年来蛰居于一个学校的图案室之小天地中，许多潜伏的机能如何便会发育出来，即如此次你到波士顿一趟，便发生许多刺激，区区波士顿算得什么，比起欧洲来真是"河伯"之与"海若"，若和自然界的崇高伟丽之美相比，那更不及万分之一了。然而令你触发者已经如此，将来你学成之后，常常找机会转变自己的环境，扩大自己的眼界和胸次，到那时候或者天才会爆发出来，今尚非其时也。今在学校中只有把应学的规矩，尽量学足，不惟如此，将来到欧洲回中国，所有未学的规矩也还须补学，这种工作乃为一生历程所必须经过的，而且有天才的人绝不会因此而阻抑他的天才，你千万别要对此而生厌倦，一厌倦即退步矣。至于将来能否大成，大成到怎么程度，当然还是以天才为之分限。我生平最服膺曾文正两句话："莫问收获，但问耕耘。"将来成就如何，现在想他则甚？着急他则甚？一面不可骄盈自慢，一面又不可怯弱自馁，尽自己能力做去，做到哪里是哪里，如此则可以无入而不自得，而于社会亦总有多少贡献。我一生学问得力专在此一点，我盼望你们都能应用我这点精神。

【导读】

梁启超一生笔耕不辍，留下了浩繁的文字，其《饮冰室合集》长达40册148卷，共1400万余字。与此同时，他也留下了2000多封书信，占其著作总量的十分之一以上，这其中既有写给同志、同好的，也有写给家人的。在他留下的400余封家书中，除了几封写给原配夫人外，其余全部都是写给孩子的。原配夫人李蕙仙与通房侍妾王桂荃一共生育15个子女，6个夭折，9个成年。令人称道的是，梁启超的9个孩子在文学、建筑、考古、军事、经济、社会等方面各有建树，"一门三院士，九子皆才俊"，可谓家教有方。1927年2月16日这封信是梁启超回复长子梁思成的，同时也让其他孩子传阅，主要谈治学之方。梁思成1924年赴美留学，他在信中向父亲诉说自己在校学习多年，一直苦练画画，与自己理想不符的苦闷。梁启超首先就从事工作之有用无用谈起，教导子女发挥其所长、贡献社会即可，埋头苦干，做好当下最重要。其言谆谆，如沐春风，虽为家书，逻辑严密，颇具说服力，读来严肃又不失亲切。

再谈香港

鲁迅

　　我经过我所视为"畏途"的香港，算起来九月二十八日是第三回。

　　第一回带着一点行李，但并没有遇见什么事。第二回是单身往来，那情状，已经写过一点了。这回却比前两次仿佛先就感到不安，因为曾在《创造月刊》上王独清先生的通信中，见过英国雇用的中国同胞上船"查关"的威武：非骂则打，或者要几块钱。而我是有十只书箱在统舱里，六只书箱和衣箱在房舱里的。

　　看看挂英旗的同胞的手腕，自然也可说是一种经历，但我又想，这代价未免太大了，这些行李翻动之后，单是重行整理捆扎，就须大半天；要实验，最好只有一两件。然而已经如此，也就随他如此罢。只是给钱呢，还是听他逐件查验呢？倘查验，我一个人一时怎么收拾呢？

　　船是二十八日到香港的，当日无事。第二天午后，茶房匆匆跑来了，在房外用手招我道：

　　"查关！开箱子去！"

　　我拿了钥匙，走进统舱，果然看见两位穿深绿色制服的英属同胞，手执铁签，在箱堆旁站着。我告诉他这里面是旧书，他似乎不懂，嘴里只有三个字：

　　"打开来！"

　　"这是对的，"我想，"他怎能相信漠不相识的我的话呢。"自然打开来，于是靠了两个茶房的帮助，打开来了。

　　他一动手，我立刻觉得香港和广州的查关的不同。我出广州，也曾

158

受过检查。但那边的检查员，脸上是有血色的，也懂得我的话。每一包纸或一部书，抽出来看后，便放在原地方，所以毫不凌乱。的确是检查。而在这"英人的乐园"的香港可大两样了。检查员的脸是青色的，也似乎不懂我的话。他只将箱子的内容倒出，翻搅一通，倘是一个纸包，便将包纸撕破，于是一箱书籍，经他搅松之后，便高出箱面有六七寸了。

"打开来！"

其次是第二箱。我想，试一试罢。

"可以不看么？"我低声说。

"给我十块钱。"他也低声说。他懂得我的话的。

"两块。"我原也肯多给几块的，因为这检查法委实可怕，十箱书收拾妥帖，至少要五点钟。可惜我一元的钞票只有两张了，此外是十元的整票，我一时还不肯献出去。

"打开来！"

两个茶房将第二箱抬到舱面上，他如法泡制，一箱书又变了一箱半，还撕碎了几个厚纸包。一面"查关"，一面磋商，我添到五元，他减到七元，即不肯再减。其时已经开到第五箱，四面围满了一群看热闹的旁观者。

箱子已经开了一半了，索性由他看去罢，我想着，便停止了商议，只是"打开来"。但我的两位同胞也仿佛有些厌倦了似的，渐渐不像先前一般翻箱倒箧，每箱只抽二三十本书，抛在箱面上，便画了查讫的记号了。其中有一束旧信札，似乎颇惹起他们的兴味，振了一振精神，但看过四五封之后，也就放下了。此后大抵又开了一箱罢，他们便离开了乱书堆：这就是终结。

我仔细一看，已经打开的是八箱，两箱丝毫未动。而这两个硕果，却全是伏园的书箱，由我替他带回上海来的。至于我自己的东西，是全部乱七八糟。

"吉人自有天相，伏园真福将也！而我的华盖运却还没有走完，噫吁嚱……"我想着，蹲下去随手去拾乱书。拾不几本，茶房又在舱口大声叫我了：

"你的房里查关，开箱子去！"

我将收拾书箱的事托了统舱的茶房，跑回房舱去。果然，两位英属同胞早在那里等我了。床上的铺盖已经掀得稀乱，一个凳子躺在被铺上。我一进门，他们便搜我身上的皮夹。我以为意在看看名刺，可以知道姓名。然而并不看名刺，只将里面的两张十元钞票一看，便交还我了。还嘱咐我好好拿着，仿佛很怕我遗失似的。

其次是开提包，里面都是衣服，只抖开了十来件，乱堆在床铺上。其次是看提篮，有一个包着七元大洋的纸包，打开来数了一回，默然无话。还有一包十元的在底里，却不被发见，漏网了。其次是看长椅子上的手巾包，内有角子一包十元，散的四五元，铜子数十枚，看完之后，也默然无话。其次是开衣箱。这回可有些可怕了。我取锁匙略迟，同胞已经捏着铁签作将要毁坏铰链之势，幸而钥匙已到，始庆安全。里面也是衣服，自然还是照例的抖乱，不在话下。

"你给我们十块钱，我们不搜查你了。"一个同胞一面搜衣箱，一面说。

我就抓起手巾包里的散角子来，要交给他。但他不接受，回过头去再"查关"。

话分两头。当这一位同胞在查提包和衣箱时，那一位同胞是在查网篮。但那检查法，和在统舱里查书箱的时候又两样了。那时还不过捣乱，这回却变了毁坏。他先将鱼肝油的纸匣撕碎，掷在地板上，还用铁签在蒋径三君送我的装着含有荔枝香味的茶叶的瓶上钻了一个洞。一面钻，一面四顾，在桌上见了一把小刀。这是在北京时用十几个铜子从白塔寺买来，带到广州，这回削过杨桃的。事后一量，连柄长华尺五寸三分。然而据说是犯了罪了。

"这是凶器，你犯罪的。"他拿起小刀来，指着向我说。

我不答话，他便放下小刀，将盐煮花生的纸包用指头挖了一个洞。接着又拿起一盒蚊烟香。

“这是什么？”

“蚊烟香。盒子上不写着么？”我说。

“不是。这有些古怪。”

他于是抽出一枝来，嗅着。后来不知如何，因为这一位同胞已经搜完衣箱，我须去开第二只了。这时却使我非常为难，那第二只里并不是衣服或书籍，是极其零碎的东西：照片，钞本，自己的译稿，别人的文稿，剪存的报章，研究的资料……。我想，倘一毁坏或搅乱，那损失可太大了。而同胞这时忽又去看了一回手巾包。我于是大悟，决心拿起手巾包里十元整封的角子，给他看一看。他回头向门外一望，然后伸手接过去，在第二只箱上画了一个查讫的记号，走向那一位同胞去。大约打了一个暗号罢，——然而奇怪，他并不将钱带走，却塞在我的枕头下，自己出去了。

这时那一位同胞正在用他的铁签，恶狠狠地刺入一个装着饼类的坛子的封口去。我以为他一听到暗号，就要中止了。而孰知不然。他仍然继续工作，挖开封口，将盖着的一片木板摔在地板上，碎为两片，然后取出一个饼，捏了一捏，掷入坛中，这才也扬长而去了。

天下太平。我坐在烟尘陡乱，乱七八糟的小房里，悟出我的两位同胞开手的捣乱，倒并不是恶意。即使议价，也须在小小乱七八糟之后，这是所以“掩人耳目”的，犹言如此凌乱，可见已经检查过。王独清先生不云乎？同胞之外，是还有一位高鼻子，白皮肤的主人翁的。当收款之际，先看门外者大约就为此。但我一直没有看见这一位主人翁。

后来的毁坏，却很有一点恶意了。然而也许倒要怪我自己不肯拿出钞票去，只给银角子。银角子放在制服的口袋里，沉垫垫地，确是易为主人翁所发现的，所以只得暂且放在枕头下。我想，他大概须待公事办毕，这才再来收账罢。

皮鞋声橐橐地自远而近，停在我的房外了，我看时，是一个白人，颇胖，大概便是两位同胞的主人翁了。

“查过了？”他笑嘻嘻地问我。

的确是的，主人翁的口吻。但是，一目了然，何必问呢？或者因为看见我的行李特别乱七八糟，在慰安我，或在嘲弄我罢。

他从房外拾起一张《大陆报》附送的图画，本来包着什物，由同胞撕下来抛出去的，倚在壁上看了一回，就又慢慢地走过去了。

我想，主人翁已经走过，"查关"该已收场了，于是先将第一只衣箱整理，捆好。

不料还是不行。一个同胞又来了，叫我"打开来"，他要查。接着是这样的问答——

"他已经看过了。"我说。

"没有看过。没有打开过。打开来！"

"我刚刚捆好的。"

"我不信。打开来！"

"这里不画着查过的符号么？"

"那么，你给了钱了罢？你用贿赂……"

"……"

"你给了多少钱？"

"你去问你的一伙去。"

他去了。不久，那一个又忙忙走来，从枕头下取了钱，此后便不再看见，——真正天下太平。

我才又慢慢地收拾那行李。只见桌子上聚集着几件东西，是我的一把剪刀，一个开罐头的家伙，还有一把木柄的小刀。大约倘没有那十元小洋，便还要指这为"凶器"，加上"古怪"的香，来恐吓我的罢。但那一枝香却不在桌子上。

船一走动，全船反显得更闲静了，茶房和我闲谈，却将这翻箱倒箧的事，归咎于我自己。

"你生得太瘦了，他疑心你是贩鸦片的。"他说。

我实在有些愕然。真是人寿有限，"世故"无穷。我一向以为和人们抢饭碗要碰钉子，不要饭碗是无妨的。去年在厦门，才知道吃饭固难，不吃亦殊为"学者"所不悦，得了不守本分的批评。胡须的形状，有国粹和欧式之别，不易处置，我是早经明白的。今年到广州，才又知道虽颜色也难以自由，有人在日报上警告我，叫我的胡子不要变灰色，又不要变红色。至于为人不可太瘦，则到香港才省悟，先前是梦里也未曾想到的。

的确，监督着同胞"查关"的一个西洋人，实在吃得很肥胖。

香港虽只一岛，却活画着中国许多地方现在和将来的小照：中央几位洋主子，手下是若干颂德的"高等华人"和一伙作伥的奴气同胞。此外即全是默默吃苦的"土人"，能耐的死在洋场上，耐不住的逃入深山中，苗瑶是我们的前辈。

九月二十九之夜。海上

【导读】

鲁迅与香港有过三次接触。第一次是1927年1月17日，他由厦门赴广州路过香港，停泊一夜。第二次是同年2月中旬，18日至20日，他应邀在香港做两次讲演：18日讲题为《无声的中国》；19日的讲题为《老调子已经唱完》，由原是广东人而又深刻理解鲁迅讲话神韵的许广平担任翻译，把鲁迅浓重的浙江口音传神地译成粤语，吸引了大批听众。对鲁迅的到来，港英当局千方百计地限制其影响，"后来又不许将讲稿登报，经交涉的结果，是削去和改窜了许多"。对这次经历，鲁迅写下《略谈香港》，说"香港总是一个畏途"。同年，9月27日，鲁迅乘"山东轮"离开广州，前往上海，28日又一次路过香港。这次，他遭到洋人与同胞"查关"的百般刁难，各类人等百态尽露。鲁迅以小见大，窥见"香港虽只一岛，却活画着中国许多地方现在和将来的小照：中央几位洋主子，手下是若干颂德的'高等华人'和一伙作伥的奴气同胞。此外即全是默默吃苦的'土人'"。愤懑的鲁迅第二天在海上便写就了《再谈香港》，最初发表在11月19日出版的《语丝》周刊155期上。

凤凰涅槃

郭沫若

天方国古有神鸟名"菲尼克司"（Phoenix），满五百岁后，集香木自焚，复从死灰中更生，鲜美异常，不再死。

按此鸟殆即中国所谓凤凰：雄为凤，雌为凰。《孔演图》云："凤凰火精，生丹穴。"《广雅》云："凤凰……雄鸣曰即即，雌鸣曰足足。"

序 曲

除夕将近的空中，
飞来飞去的一对凤凰，
唱着哀哀的歌声飞去，
衔着枝枝的香木飞来，
飞来在丹穴山上。

山右有枯槁了的梧桐，
山左有消歇了的醴泉，
山前有浩茫茫的大海，
山后有阴莽莽的平原，

山上是寒风凛冽的冰天。

天色昏黄了，
香木集高了，
凤已飞倦了，
凰已飞倦了，
他们的死期将近了。

凤啄香木，
一星星的火点迸飞。
凰扇火星，
一缕缕的香烟上腾。

凤又啄，
凰又扇，
山上的香烟弥散，
山上的火光弥满。

夜色已深了，
香木已燃了，
凤已啄倦了，
凰已扇倦了，
他们的死期已近了！

啊啊！
哀哀的凤凰！
凤起舞，低昂！
凰唱歌，悲壮！

凤又舞，

凰又唱，

一群的凡鸟，

自天外飞来观葬。

凤　歌

即即！即即！即即！

即即！即即！即即！

茫茫的宇宙，冷酷如铁！

茫茫的宇宙，黑暗如漆！

茫茫的宇宙，腥秽如血！

宇宙呀，宇宙，

你为什么存在？

你自从哪儿来？

你坐在哪儿在？

你是个有限大的空球？

你是个无限大的整块？

你若是有限大的空球，

那拥抱着你的空间

他从哪儿来？

你的外边还有些什么存在？

你若是无限大的整块，

这被你拥抱着的空间

他从哪儿来？

你的当中为什么又有生命存在？

你到底还是个有生命的交流？
你到底还是个无生命的机械？

昂头我问天，
天徒矜高，莫有点儿知识。
低头我问地，
地已死了，莫有点儿呼吸。
伸头我问海，
海正扬声而呜咽。

啊啊！
生在这样个阴秽的世界当中，
便是把金刚石的宝刀也会生锈！
宇宙呀，宇宙，
我要努力地把你诅咒：
你脓血污秽着的屠场呀！
你悲哀充塞着的囚牢呀！
你群鬼叫号着的坟墓呀！
你群魔跳梁着的地狱呀！
你到底为什么存在？

我们飞向西方，
西方同是一座屠场。
我们飞向东方，
东方同是一座囚牢。
我们飞向南方，
南方同是一座坟墓。
我们飞向北方，

北方同是一座地狱。
我们生在这样个世界当中，
只好学着海洋哀哭。

凰　歌

足足！足足！足足！
足足！足足！足足！
五百年来的眼泪倾泻如瀑。
五百年来的眼泪淋漓如烛。
流不尽的眼泪，
洗不净的污浊，
浇不熄的情炎，
荡不去的羞辱，
我们这缥缈的浮生，
到底要向哪儿安宿？

啊啊！
我们这缥缈的浮生
好像那大海里的孤舟。
左也是漂漫，
右也是漂漫，
前不见灯台，
后不见海岸，
帆已破，
樯已断，
楫已漂流，

柁已腐烂，

倦了的舟子只是在舟中呻唤，

怒了的海涛还是在海中泛滥。

啊啊！

我们这缥缈的浮生

好像这黑夜里的酣梦。

前也是睡眠，

后也是睡眠，

来得如飘风，

去得如轻烟，

来如风，

去如烟，

眠在后，

睡在前，

我们只是这睡眠当中的

一刹那的风烟。

啊啊！

有什么意思？

有什么意思？

痴！痴！痴！

只剩些悲哀，烦恼，寂寥，衰败，

环绕着我们活动着的死尸，

贯串着我们活动着的死尸。

啊啊！

我们年青时候的新鲜哪儿去了？

我们年青时候的甘美哪儿去了？

我们年青时候的光华哪儿去了？

我们年青时候的欢爱哪儿去了？

去了！去了！去了！

一切都已去了，

一切都要去了。

我们也要去了，

你们也要去了。

悲哀呀！烦恼呀！寂寥呀！衰败呀！

凤凰同歌

啊啊！

火光熊熊了。

香气蓬蓬了。

时期已到了。

死期已到了。

身外的一切！

身内的一切！

一切的一切！

请了！请了！

群 鸟 歌

岩鹰：

哈哈，凤凰！凤凰！

你们枉为这禽中的灵长！

你们死了吗？你们死了吗？

从今后该我为空界的霸王！

孔雀：

哈哈，凤凰！凤凰！

你们枉为这禽中的灵长！

你们死了吗？你们死了吗？

从今后请看我花翎上的威光！

鸱枭：

哈哈，凤凰！凤凰！

你们枉为这禽中的灵长！

你们死了吗？你们死了吗？

哦！是哪儿来的鼠肉的馨香？

家鸽：

哈哈，凤凰！凤凰！

你们枉为这禽中的灵长！

你们死了吗？你们死了吗？

从今后请看我们驯良百姓的安康！

鹦鹉：

哈哈，凤凰！凤凰！

你们枉为这禽中的灵长！

你们死了吗？你们死了吗？

从今后请听我们雄辩家的主张！

白鹤：

哈哈，凤凰！凤凰！

你们枉为这禽中的灵长！

你们死了吗？你们死了吗？

从今后请看我们高蹈派的徜徉！

凤凰更生歌

鸡鸣：

昕潮涨了，

昕潮涨了，

死了的光明更生了。

春潮涨了，

春潮涨了，

死了的宇宙更生了。

生潮涨了，

生潮涨了，

死了的凤凰更生了。

凤凰和鸣：

我们更生了。

我们更生了。

一切的一，更生了。

一的一切，更生了。

我们便是他，他们便是我。

172

我中也有你，你中也有我。

我便是你。

你便是我。

火便是凰。

凤便是火。

翱翔！翱翔！

欢唱！欢唱！

我们新鲜，我们净朗，

我们华美，我们芬芳，

一切的一，芬芳。

一的一切，芬芳。

芬芳便是你，芬芳便是我。

芬芳便是他，芬芳便是火。

火便是你。

火便是我。

火便是他。

火便是火。

翱翔！翱翔！

欢唱！欢唱！

我们热诚，我们挚爱。

我们欢乐，我们和谐。

一切的一，和谐。

一的一切，和谐。

和谐便是你，和谐便是我。

和谐便是他，和谐便是火。

火便是你。

火便是我。

火便是他。

火便是火。

翱翔！翱翔！

欢唱！欢唱！

我们生动，我们自由，

我们雄浑，我们悠久。

一切的一，悠久。

一的一切，悠久。

悠久便是你，悠久便是我。

悠久便是他，悠久便是火。

火便是你。

火便是我。

火便是他。

火便是火。

翱翔！翱翔！

欢唱！欢唱！

我们欢唱，我们翱翔。

我们翱翔，我们欢唱。

一切的一，常在欢唱。

一的一切，常在欢唱。

是你在欢唱？是我在欢唱？

是他在欢唱？是火在欢唱？

欢唱在欢唱！

欢唱在欢唱！

只有欢唱！

只有欢唱！

欢唱！

欢唱！

欢唱！

一九二〇年一月二十日初稿

一九二八年一月三日改削

【导读】

1918年，郭沫若考入日本福冈九州帝国大学医科。但在学习医学的同时，他常常沉浸在艺术想象的天国里，并结识了张资平、成仿吾、郁达夫等留日文艺青年。1919年，五四运动的消息传到日本后，郭沫若在上海《黑潮》杂志上发表了几篇诗文，并开始以"沫若"为笔名在《时事新报》的文艺副刊《学灯》上发表几首新诗，受到编辑宗白华的激励，很快进入"一个诗的创作爆发期"。1919年9月，郭沫若开始接触美国诗人惠特曼的诗作，深受震撼，当年便创作出《立在地球边上放号》《地球，我的母亲》《匪徒颂》等雄浑、豪放、宏朗的新诗。《凤凰涅槃》创作于1920年1月20日，诗中凤凰集香木自焚而后再生的故事，象征着旧中国的毁灭与新中国的重生。从1919年下半年到1920年上半年，郭沫若激情澎湃，一共创作了几十首新诗；一年后，结集取名为《女神》，以单行本奉献给读者，为诗坛树起了一座丰碑。

我 们

殷夫

我们的意志如烟囱般高挺，
我们的团结如皮带般坚韧，
我们转动着地球，
我们抚育着人类的运命！
我们是流着汗血的，
却唱着高歌的一群。
目前，我们陷在地狱一般黑的坑里，
在我们头上耸着社会的岩层。
没有快乐，幸福，……
但我们却知道我们将要得胜。
我们一步一步地共同劳动着，
向着我们的胜利的早晨走近。

我们是谁？
我们是十二万五千的工人农民！

殷夫，1910年出生于浙江象山，原名徐白，笔名殷夫、白莽。他中学期间便参加了声援"五卅"运动的斗争；16岁加入共产主义青年团；17岁在"四一二"政变后被捕入狱3个月，在狱中写出长达500多行的诗作《在死神未到之前》。当年秋季，他考入同济大学德文预科班，转为共产党党员，并于次年加入左翼文学团体"太阳社"。18、19岁时，殷夫又两度入狱，但他愈战愈勇；这两年也是他诗歌创作的高产期。那些热情澎湃、富有感染力的抒情诗被称为"红色鼓动诗"；其中发表于1929年底的《我们》，讴歌群体力量，笔力雄伟、刚健拙朴，充满恢宏的革命气概和昂扬的时代精神。同在19岁那年，他翻译了匈牙利诗人裴多菲的名作《自由与爱情》，流传至今。殷夫20岁时加入中国左翼作家联盟，并任团中央刊物《列宁青年》编辑。1931年1月17日，殷夫与另外4位左联青年作家柔石、胡也频、李伟森、冯铿聚会时被捕，于同年2月7日全部被秘密杀害。殷夫牺牲时，年仅21岁，是5人中最年轻的一位。鲁迅先生在为"左联五烈士"所作的悼文中悲愤地写道："忍看朋辈成新鬼，怒向刀丛觅小诗。"

星星之火，可以燎原

毛泽东

　　在对于时局的估量和伴随而来的我们的行动问题上，我们党内有一部分同志还缺少正确的认识。他们虽然相信革命高潮不可避免地要到来，却不相信革命高潮有迅速到来的可能。因此他们不赞成争取江西的计划，而只赞成在福建、广东、江西之间的三个边界区域的流动游击，同时也没有在游击区域建立红色政权的深刻的观念，因此也就没有用这种红色政权的巩固和扩大去促进全国革命高潮的深刻的观念。他们似乎认为在距离革命高潮尚远的时期做这种建立政权的艰苦工作为徒劳，而希望用比较轻便的流动游击方式去扩大政治影响，等到全国各地争取群众的工作做好了，或做到某个地步了，然后再来一个全国武装起义，那时把红军的力量加上去，就成为全国范围的大革命。他们这种全国范围的、包括一切地方的、先争取群众后建立政权的理论，是于中国革命的实情不适合的。他们的这种理论的来源，主要是没有把中国是一个许多帝国主义国家互相争夺的半殖民地这件事认清楚。如果认清了中国是一个许多帝国主义国家互相争夺的半殖民地，则一，就会明白全世界何以只有中国有这种统治阶级内部互相长期混战的怪事，而且何以混战一天激烈一天，一天扩大一天，何以始终不能有一个统一的政权。二，就会明白农民问题的严重性，因之，也就会明白农村起义何以有现在这样的全国规模的发展。三，就会明白工农民主政权这个口号的正确。四，就会明白相应于全世界只有中国有统治阶级内部长期混战的一件怪事而产生出来的另一件怪事，即红军和游击队的存在和发展，以及伴随着红军和游击队而来的，成长于四围白色政权中的小块红色区域的存在和发展（中国以外无此怪事）。五，也就会明白红军、游击队和红色区域的建立和发展，是半殖民地中国在无产阶级领导之下的农民斗争的最高形式，和半殖民地农民斗争发展的必然结果；并且无疑义地是促进全国革命高潮的最重要因素。六，也就会明白单纯的流动游击政策，不能完成促进全国革命高潮的任务，而朱德毛泽东式、方志敏式之有根据地的，有计划地建设政权的，深入土地革命的，扩大人民武装的路线是经由乡赤卫队、区赤卫大队、县赤卫总队、地方红军直至正规红军这样一套办法的，政权发展是波浪式地向前扩大的，等等的政策，无疑义地是正确的。必须这样，才能树立全国革命群众的信仰，如苏联之于全世界然。必须这样，才能给反动统治阶级以甚大的困难，动摇其基础而促进其内部的分解。也必须这样，才能真正地创造红军，成为将来大革命的主要工具。总而言之，必须这样，才能促进革命的高潮。

犯着革命急性病的同志们不切当地看大了革命的主观力量，而看小了反革命力量。这种估量，多半是从主观主义出发。其结果，无疑地是要走上盲动主义的道路。另一方面，如果把革命的主观力量看小了，把反革命力量看大了，这也是一种不切当的估量，又必然要产生另一方面的坏结果。因此，在判断中国政治形势的时候，需要认识下面的这些要点：

（一）现在中国革命的主观力量虽然弱，但是立足于中国落后的脆弱的社会经济组织之上的反动统治阶级的一切组织（政权、武装、党派等）也是弱的。这样就可以解释现在西欧各国的革命的主观力量虽然比现在中国的革命的主观力量也许要强些，但因为它们的反动统治阶级的力量比中国的反动统治阶级的力量更要强大许多倍，所以仍然不能即时爆发革命。现时中国革命的主观力量虽然弱，但是因为反革命力量也是相对地弱的，所以中国革命的走向高潮，一定会比西欧快。

（二）一九二七年革命失败以后，革命的主观力量确实大为削弱了。剩下的一点小小的力量，若仅依据某些现象来看，自然要使同志们（作这样看法的同志们）发生悲观的念头。但若从实质上看，便大大不然。这里用得着中国的一句老话："星星之火，可以燎原。"这就是说，现在虽只有一点小小的力量，但是它的发展会是很快的。它在中国的环境里不仅是具备了发展的可能性，简直是具备了发展的必然性，这在五卅运动及其以后的大革命运动已经得了充分的证明。我们看事情必须要看它的实质，而把它的现象只看作入门的向导，一进了门就要抓住它的实质，这才是可靠的科学的分析方法。

（三）对反革命力量的估量也是这样，决不可只看它的现象，要去看它的实质。当湘赣边界割据的初期，有些同志真正相信了当时湖南省委的不正确的估量，把阶级敌人看得一钱不值；到现在还传为笑谈的所谓"十分动摇""恐慌万状"两句话，就是那时（一九二八年五月至六月）湖南省委估量湖南的统治者鲁涤平的形容词。在这种估量之下，就必然要产生政治上的盲动主义。但是到了同年十一月至去年二月（蒋桂战争尚未爆发之前）约四个月期间内，敌人的第三次"会剿"临到了井冈山的时候，一部分同志又有"红旗到底打得多久"的疑问提出来了。其实，那时英、美、日在中国的斗争已到十分露骨的地步，蒋桂冯混战的形势业已形成，实质上是反革命潮流开始下落，革命潮流开始复兴的时候。但是在那个时候，不但红军和地方党内有一种悲观的思想，就是中央那时也不免为那种表面上的情况所迷惑，而发生了悲观的论调。中央二月来信就是代表那时候党内悲观分析的证据。

（四）现时的客观情况，还是容易给只观察当前表面现象不观察实质的同志们以迷惑。特别是我们在红军中工作的人，一遇到败仗，或四面被围，或强敌跟追的时候，往往不自觉地把这种一时的特殊的小的环境，一般化扩大化起来，仿佛全国全世界的形势概属未可乐观，革命胜利的前途未免渺茫得很。所以有这种抓住表面抛弃实质的观察，是因为他们对于一般情况的实质并没有科学地加以分析。如问中国革命高潮是否快要到来，只有详细地去察看引起革命高潮的各种矛盾是否真正向前发展了，才能作决定。既然国际上帝国主义相互之间、帝国主义和殖民地之间、帝国主义和它们本国的无产阶级之间的矛盾是发展了，帝国主义争夺中国的需要就更迫切了。帝国主义争夺中国一迫切，帝国主义和整个中国的矛盾，帝国主义者相互间的矛盾，就同时在中国境内发展起来，因此就造成中国各派反动统治者之间的一天天扩大、一天天激烈的混战，中国各派反动统治者之间的矛盾，就日益发展起来。伴随各派反动统治者之间的矛盾——军阀混战而来的，是赋税的加重，这样就会促令广大的负担赋税者和反动统治者之间的矛盾日益发展。伴随着帝国主义和中国民族工业的矛盾而来的，是中国民族工业得不到帝国主义的让步的事实，这就发展了中国资产阶级和中国工人阶级之间的矛盾，中国资本家从拼命压榨工人找出路，中国工人则给以抵抗。伴随着帝国主义的商品侵略、中国商业资本的剥蚀和政府的赋税加重等项情况，便使地主阶级和农民的矛盾更加深刻化，即地租和高利贷的剥削更加重了，农民则更加仇恨地主。因为外货的压迫、广大工农群众购买力的枯竭和政府赋税的加重，使得国货商人和独立生产者日益走上破产的道路。因为反动政府在粮饷不足的条件之下无限制地增加军队，并因此而使战争一天多于一天，使得士兵群众经常处在困苦的环境之中。因为国家的赋税加重，地主的租息加重和战祸的日广一日，造成了普遍于全国的灾荒和匪祸，使得广大的农民和城市贫民走上求生不得的道路。因为无钱开学，许多在学学生有失学之忧；因为生产落后，许多毕业学生无就业之望。如果我们认识了以上这些矛盾，就知道中国是处在怎样一种皇皇不可终日的局面之下，处在怎样一种混乱状态之下。就知道反帝反军阀反地主的革命高潮，是怎样不可避免，而且是很快会要到来。中国是全国都布满了干柴，很快就会燃成烈火。"星火燎原"的话，正是时局发展的适当的描写。只要看一看许多地方工人罢工、农民暴动、士兵哗变、学生罢课的发展，就知道这个"星星之火"，距"燎原"的时期，毫无疑义地是不远了。

上面的话的大意，在去年四月五日前委给中央的信中，就已经有了。那封信上说：

"中央此信（去年二月七日）对客观形势和主观力量的估量，都太悲观了。国民党三次'进剿'井冈山，表示了反革命的最高潮。然至此为止，往后便是反革命潮流逐渐低落，革命潮流逐渐升涨。党的战斗力组织力虽然弱到如中央所云，但在反革命潮流逐渐低落的形势之下，恢复一定很快，党内干部分子的消极态度也会迅速消灭。群众是一定归向我们的。屠杀主义固然是为渊驱鱼，改良主义也再不能号召群众了。群众对国民党的幻想一定很快地消灭。在将来的形势之下，什么党派都是不能和共产党争群众的。党的六次大会所指示的政治路线和组织路线是对的：革命的现时阶段是民权主义而不是社会主义，党（按：应加'在大城市中'五个字）的目前任务是争取群众而不是马上举行暴动。但是革命的发展将是很快的，武装暴动的宣传和准备应该采取积极的态度。在大混乱的现局之下，只有积极的口号积极的态度才能领导群众。党的战斗力的恢复也一定要在这种积极态度之下才有可能。……无产阶级领导是革命胜利的唯一关键。党的无产阶级基础的建立，中心区域产业支部的创造，是目前党在组织方面的重要任务；但是在同时，农村斗争的发展，小区域红色政权的建立，红军的创造和扩大，尤其是帮助城市斗争、促进革命潮流高涨的主要条件。所以，抛弃城市斗争，是错误的；但是畏惧农民势力的发展，以为将超过工人的势力而不利于革命，如果党员中有这种意见，我们以为也是错误的。因为半殖民地中国的革命，只有农民斗争得不到工人的领导而失败，没有农民斗争的发展超过工人的势力而不利于革命本身的。"

这封信对红军的行动策略问题有如下的答复：

"中央要我们将队伍分得很小，散向农村中，朱、毛离开队伍，隐匿大的目标，目的在于保存红军和发动群众。

这是一种不切实际的想法。以连或营为单位，单独行动，分散在农村中，用游击的战术发动群众，避免目标，我们从一九二七年冬天就计划过，而且多次实行过，但是都失败了。因为：（一）主力红军多不是本地人，和地方赤卫队来历不同。（二）分小则领导不健全，恶劣环境应付不来，容易失败。（三）容易被敌人各个击破。（四）愈是恶劣环境，队伍愈须集中，领导者愈须坚决奋斗，方能团结内部，应付敌人。只有在好的环境里才好分兵游击，领导者也不如在恶劣环境时的刻不能离。"

这一段话的缺点是：所举不能分兵的理由，都是消极的，这是很不够的。兵力集中的积极的理由是：集中了才能消灭大一点的敌人，才能占领城镇。消灭了大一点的敌人，占领了城镇，才能发动大范围的群众，建立几个县联在一块的政权。这样才能耸动远近的视听（所谓扩大政治影响），才能于促进革命高潮发生实际的效力。例如我们前年干的湘赣边界政权，去年干的闽西政权，都是这种兵力集中政策的结果。这是一般的原则。至于说到也有分兵的时候没有呢？也是有的。前委给中央的信上说了红军的游击战术，那里面包括了近距离的分兵：

"我们三年来从斗争中所得的战术，真是和古今中外的战术都不同。用我们的战术，群众斗争的发动是一天比一天扩大的，任何强大的敌人是奈何我们不得的。我们的战术就是游击的战术。大要说来是：'分兵以发动群众，集中以应付敌人。''敌进我退，敌驻我扰，敌疲我打，敌退我追。''固定区域的割据，用波浪式的推进政策。强敌跟追，用盘旋式的打圈子政策。''很短的时间，很好的方法，发动很大的群众。'这种战术正如打网，要随时打开，又要随时收拢。打开以争取群众，收拢以应付敌人。三年以来，都是用的这种战术。"

这里所谓"打开"，就是指近距离的分兵。例如湘赣边界第一次打下永新时，二十九团和三十一团在永新境内的分兵。又如第三次打下永新时，二十八团往安福边境，二十九团往莲花，三十一团往吉安边界的分兵。又如去年四月至五月在赣南各县的分兵，七月在闽西各县的分兵。至于远距离的分兵，则要在好一点的环境和在比较健全的领导机关两个条件之下才有可能。因为分兵的目的，是为了更能争取群众，更能深入土地革命和建立政权，更能扩大红军和地方武装。若不能达到这些目的，或者反因分兵而遭受失败，削弱了红军的力量，例如前年八月湘赣边界分兵打郴州那样，则不如不分为好。如果具备了上述两个条件，那就无疑地应该分兵，因为在这两个条件下，分散比集中更有利。

中央二月来信的精神是不好的，这封信给了四军党内一部分同志以不良影响。中央那时还有一个通告，谓蒋桂战争不一定会爆发。但从此以后，中央的估量和指示，大体上说来就都是对的了。对于那个估量不适当的通告，中央已发了一个通告去更正。对于红军的这一封信，虽然没有更正，但是后来的指示，就没有那些悲观的论调了，对于红军行动的主张也和我们的主张一致了。但是中央那个信给一部分同志的不良影响是仍然存在的。因此，我觉得就在现时仍有对此问题加以解释的必要。

关于一年争取江西的计划，也是去年四月前委向中央提出的，后来又在于都有一次决定。当时指出的理由，见之于给中央信上的，如下：

"蒋桂部队在九江一带彼此逼近，大战爆发即在眼前。群众斗争的恢复，加上反动统治内部矛盾的扩大，使革命高潮可能快要到来。在这种局面之下来布置工作，我们觉得南方数省中广东湖南两省买办地主的军力太大，湖南则更因党的盲动主义的错误，党内党外群众几乎尽失。闽赣浙三省则另成一种形势。第一，三省敌人军力最弱。浙江只有蒋伯诚的少数省防军。福建五部虽有十四团，但郭旅已被击破；陈卢两部均土匪军，战斗力甚低；陆战队两旅在沿海从前并未打过仗，战斗力必不大；只有张贞比较能打，但据福建省委分析，张亦只有两个团战力较强。且福建现在完全是混乱状态，不统一。江西朱培德、熊式辉两部共有十六团，比闽浙军力为强，然比起湖南来就差得多。第二，三省的盲动主义错误比较少。除浙江情况我们不大明了外，江西福建两省党和群众的基础，都比湖南好些。以江西论，赣北之德安、修水、铜鼓尚有相当基础；赣西宁冈、永新、莲花、遂川，党和赤卫队的势力是依然存在的；赣南的希望更大，吉安、永丰、兴国等县的红军第二第四团有日益发展之势；方志敏的红军并未消灭。这样就造成了向南昌包围的形势。我们建议中央，在国民党军阀长期战争期间，我们要和蒋桂两派争取江西，同时兼及闽西、浙西。在三省扩大红军的数量，造成群众的割据，以一年为期完成此计划。"

上面争取江西的话，不对的是规定一年为期。至于争取江西，除开江西的本身条件之外，还包含有全国革命高潮快要到来的条件。因为如果不相信革命高潮快要到来，便决不能得到一年争取江西的结论。那个建议的缺点就是不该规定为一年，因此，影响到革命高潮快要到来的所谓"快要"，也不免伴上了一些急躁性。至于江西的主观客观条件是很值得注意的。除主观条件如给中央信上所说外，客观条件现在可以明白指出的有三点：一是江西的经济主要是封建的经济，商业资产阶级势力较小，而地主的武装在南方各省中又比哪一省都弱。二是江西没有本省的军队，向来都是外省军队来此驻防。外来军队"剿共""剿匪"，情形不熟，又远非本省军队那样关系切身，往往不很热心。三是距离帝国主义的影响比较远一点，不比广东接近香港，差不多什么都受英国的支配。我们懂得了这三点，就可以解释为什么江西的农村起义比哪一省都要普遍，红军游击队比哪一省都要多了。

所谓革命高潮快要到来的"快要"二字作何解释，这点是许多同志的共同的问题。马克思主义者不是算命先生，未来的发展和变化，只应该也只能说出个大的方向，不应该也不可能机械地规定时日。但我所说的中国革命高潮快要到来，决不是如有些人所谓"有到来之可能"那样完全没有行动意义的、可望而不可即的一种空的东西。它是站在海岸遥望海中已经看得见桅杆尖头了的一只航船，它是立于高山之巅远看东方已见光芒四射喷薄欲出的一轮朝日，它是躁动于母腹中的快要成熟了的一个婴儿。

【导读】

毛泽东，1893年出生于湖南湘潭，6岁开始做农活，8岁在私塾开蒙，17岁离开闭塞的家乡，到县城、省城读书，接触到康、梁的改良思想和孙中山的革命思想。武昌起义后，加入革命军，半年后退出；后进入湖南省立第一师范学校读书；1918年毕业前，与蔡和森等发起成立新民学会。当年8月，为组织赴法勤工俭学到北京，结识李大钊，开始接受俄国十月革命的影响。1919年回长沙后，响应五四运动，发起湖南学生联合会；次年创建湖南共产主义小组；1921年7月作为湖南代表到上海出席中共一大；其后几年，在湖南、广东、上海从事革命活动，推动工农运动。1927年，蒋介石、汪精卫背叛革命后，毛泽东提出枪杆子里面出政权的思想；9月在湘赣边界发起秋收起义。1928年4月，率部在江西宁冈同朱德、陈毅率领的部队会师，合编为工农革命军第四军，任党代表，朱德任军长；10月提出"工农武装割据"的思想和"农村包围城市"的战略。1929年，同朱德、陈毅率红四军主力向赣南、闽西进军，推动了这两块根据地的形成。1930年新年，毛泽东收到第一纵队司令员林彪的元旦贺信，觉得他对时局的估量比较悲观，且有一定代表性，便于1月5日给他回信，也就是这篇文章。

五 月

丁玲

是一个都市的夜，一个殖民地的夜，一个五月的夜。

恬静的微风，从海上吹来，踏过荡荡的水面；在江边的大厦上，飘拂着那些旗帜：那些三色旗，那些星条旗，那些太阳旗，还有那些大英帝国的旗帜。

这些风，这些淡淡的含着碱性的风，也飘拂在那些酒醉的异国水手的大裤脚上，他们正从酒吧间、舞厅里出来，在静的柏油路上蹒跚着大步，徜徉归去。

这些风，这些醉人的微风，也飘拂在一些为香脂涂满了的颊上，那个献媚的娇脸，还鼓起那轻扬的、然而也倦了的舞裙。

这些风，静静的柔风，爬过了一些花园，飘拂着新绿的树丛，飘拂着五月的花朵，又爬过了凉台，蹿到一些淫猥的闺房里。一些脂粉的香、香水的香、肉的香。好些科长、部长、委员，那些官们，好些银行家、轮船公司的总办，纱厂的、丝厂的、其他的一些厂主们，以及一些鸦片吗啡的贩卖者，所有白色的、黄色的资本家和买办们，老板和公子们都在这里坦露了他们的丑态，红色的酒杯，持在善于运用算盘的手上。成天劳瘁于策划剥削和压迫的脑子，又充满了色情，而倒在滑腻的胸脯上了。

这些风，也吹着码头上的苦力，那些在黄色的电灯下，掮着、推着粮食袋，煤炭车，在跳板上，在鹅石路上，从船上到堆栈，从堆栈到船上，一趟，两趟，三十趟，四十趟，无休止地走着，手脚麻了、软了，风吹着他们的破衫，吹着滴下的汗点，然而，他们不觉得。

这些风也吹着从四面八方，从湖北、安徽，从陕西、河南，从大水里逃来的农民们，风打着他们饥饿的肚子，和呜咽着妻儿们的啼声。还有那些被炮火毁去家室的难民，那些因日本兵打来，在战区里失去了归宿的一些贫民，也麇集在一处，在夜的凉风里打抖，虽说这已经是倦人的五月的风。

这些风，轻轻地也吹散着几十处、几百处从烟筒里喷出的滚滚的浓烟，这些污损了皎皎的星空的浓烟。风带着煤烟的气味，也走到那些震耳的机器轧响的厂房里，整千整万的劳力在这里消耗着，血和着汗，精神和着肉体，呻吟和着绝叫，愤怒和着忍耐，风和着臭气、和着煤烟在这挤紧的人群中，便停住了。

在另外的一些地方，一些地下室里，风走不到这里来，弥漫着使人作呕的油墨气。蓝布的工人衣，全染污成黑色。在微弱的灯光底下，熟练地从许多地方，捡着那些铅字，挤到一块地方去。全世界的消息都在这里跳跃着，这些五月里的消息，这些惊人的消息呀！这里用大号字排着的有：

东北义勇军的发展：这些义勇军都是真正从民众里面，由工人们、农民们组织成的。他们为打倒帝国主义，为反对政府的不抵抗，为争取民族的解放，和劳苦大众的利益而组织在一块，用革命战争回答着帝国主义的侵略。他们一天天地加多，四方崛起。不仅在东北，这些义勇军，这些民众的军队，在许多地方都出现了。而在好些地方，那些终年穿着破乱的军服的兵士，不准打帝国主义，只用来做军阀混战的炮灰的兵士，都从愤怒里站起来，掉转了枪口，打死了长官，成千地反叛了。

这里也排着有杀人的消息：南京枪毙了二十五个，湖南抓去了一百多，杀了一些，丢在牢里一些。河北有示威，抓去了一些人，杀了，丢在牢里了。广州有同样的消息，湖北、安徽也同样，上海每天都戒严，马路上布防着武装的警察，外国巡捕和便衣包探，四处街口都有搜查的，女人们走过，只穿着夹袍的，也要被摸遍全身。然而传单还是发出了，示威的事还是常常遇到，于是又抓人，杀了些，也丢在牢里一些。

这里还排着各省会和乡村的消息：几十万、几百万的被水毁了一切的灾民，流离四方，饿着、冻着，用农民特有的强硬的肌肉和忍耐，挨过了冬天，然而还是无希望。又聚在一块，要求赈谷，那些早就募集了而没有发下的；要求工作，无论什么苦工都可以做，他们不愿意摊着四肢不劳动。然而要求没有人理，反而派来了弹压的队伍，于是他们也蜂起了，还有那些在厂里的工人，在矿区里的工人，为了过苛的待遇，打了工头，也罢工了。

还有的消息，安慰着一切有产者的，是"剿匪总司令"已经又到了南昌，好多新式的飞机、新式的大炮和机关枪，也跟着运去了；因为那里好些地方的农民、灾民，都和"共匪"打成了一片，造成一种非常大的对统治者的威胁，所以第四次的"围剿"又成为很迫切的事了。不仅这样，而且从五月起，政府决定每月增加两百万元，做"剿匪"军用。虽说所有的兵士已经七八个月没有发饷了，虽说有几十万的失业工人，千万的灾民，然而这与他们有什么关系呢，他们要保护的是帝国主义的殖民地，是资产阶级的利益。

另外却又有着惊人的长的通讯稿和急电：漳州"失守"了。没有办法，队伍退了又退，旧的市镇慢慢从一幅地图上失去又失去。然而新的市镇却在另一幅地图上标出来，沸腾着工农的欢呼，叫啸着红色的大纛，这是新的国家呀！

铅字排着又排着，排完了苏联的五年计划的成功，又排着日俄要开战了，日本搜捕了在中东路工作的苏联的办事人员，拘囚拷问。日本兵舰好多陆续离了上海而开到大连去了。上海的停战协定签了字，于是更多的日本兵调到东北，去打义勇军，去打苏联，而中国兵也才好去"剿匪"。新的消息也从欧洲传来，杜美尔的被刺，一个没有实权的总统，凶手是俄国人，口供是反苏维埃，然而却又登着那俄人曾是共产党，莫斯科也发出电报，否认同他们的关系。

铅字排着又排着，排完了律师们的启事，游戏场的广告，春药，返老还童、六〇六，九一四……又排到那些报屁股了，绮靡的消闲录，民族英雄的吹嘘，麻醉，欺骗……于是排完了，工人们的哈欠压倒了眼皮，可是大的机器还在转动，整张的报纸从一个大轮下卷出，而又折叠在许多人的手中了。

屋子里还映着黄黄的灯光，而外边在曙色里慢慢地天亮了。

太阳还没有出来，满天已放着霞彩，早起的工人，四方散开着。电车从厂里开出来了，铁轮在铁轨上滚，震耳的响声洋溢着。头等车厢空着，三等车里挤满了人。舢板在江中划去又划来。卖菜的，做小生意的，下工的，一夜没有睡、昏得要死的工人的群，上工的，还带着瞌睡，男人，女人，小孩，在脏的路上，在江面上慌忙地来来去去。这些路，这些江面是随处都留有血渍的，一些新旧的血渍，那些牺牲在前面的无产者战士的血渍。

太阳已经出来了。上海市又翻了个身，在叫啸、喧闹中苏醒了，如水的汽车在马路上流，流到一些公司门口。算盘打得震耳地响，数目字使人眼花。另一些地方在开会，读遗嘱，静默三分钟，随处是欺骗。

然而上海市要真的翻身了。那些厂房里的工人，那些苦力，那些在凉风里抖着的灾民和难民，那些惶惶的失业者，都默默地起来了，团聚在一起，他们从一些传单上，从那些工房里的报纸上，从那些能读报讲报的人的口上，从每日加在身上的压迫的生活上，懂得了他们自己的苦痛，懂得了许多欺骗，懂得应该怎样干，于是他们无所畏惧地向前走去，踏着那些陈旧的血渍。

一九三二年五月

【导读】

丁玲，原名蒋伟大，字冰之，1904年出生于湖南常德，4岁丧父，其母为进步女性，与陶斯咏、向警予同学，独立抚养了丁玲姐弟。五四运动时，丁玲和好友王剑虹（瞿秋白夫人）等积极投入运动，并对文学产生兴趣，开始写作。1922年，到上海共产党人创办的女校和大学读书。1927年发表处女作《梦珂》，开始走上文学创作之路。1924年到北京，次年与青年诗人胡也频结婚。1928年发表《莎菲女士的日记》，一举成名。1930年5月加入左联；第二年，胡也频被国民党当局杀害后，不屈的她出任左联机关刊物《北斗》主编及左联党团书记，并于1932年3月加入中国共产党。两个月后，她写出了《五月》。丁玲最初是以写小说出道的，熟悉小说文体的创作，但散文同样出色。不过，与早期作品如《素描》《离情》《不算情书》《仍然是烦恼着》等不同，《五月》跳出了个人情怀抒写，转向反映时代生活，拓展了散文题材，成为她最早引起广泛注意的散文作品。从此，丁玲的散文很少描写个人的无病呻吟或自然界的风花雪月，而是关注着人民大众的疾苦和时代风云的变幻。用她自己的话说，"我是为人民，为民族的解放，为国家的独立，为人民的民主，为社会的进步而从事写作的"。

白马湖之冬

夏丏尊

在我过去四十余年的生涯中，冬的情味尝得最深刻的，要算十年前初移居白马湖的时候了。十年以来，白马湖已成了一个小村落，当我移居的时候，还是一片荒野。春晖中学的新建筑巍然蠢立于湖的那一面，湖的这一面的山脚下是小小的几间新平屋，住着我和刘君心如两家。此外两三里内没有人烟。一家人于阴历十一月下旬从热闹的杭州移居于这荒凉的山野，宛如投身于极带中。

那里的风，差不多日日有的，呼呼作响，好像虎吼。屋宇虽系新建，构造却极粗率，风从门窗隙缝中来，分外尖削，把门缝窗隙厚厚地用纸糊了，椽缝中却仍有透入。风刮得厉害的时候，天未夜就把大门关上，全家吃毕夜饭即睡入被窝里，静听寒风的怒号，湖水的澎湃。靠山的小后轩，算是我的书斋，在全屋子中是风最小的一间，我常把头上的罗宋帽拉得低低地在洋灯下工作至深夜。松涛如吼，霜月当窗，饥鼠吱吱在承尘上奔窜。我于这种时候，深感到萧瑟的诗趣，常独自拨划着炉灰，不肯就睡，把自己拟诸山水画中的人物，作种种幽邈的遐想。

现在白马湖到处都是树木了，当时尚一株树木都未种，月亮与太阳都是整个儿的，从上山起直要照到下山为止。在太阳好的时候，只要不刮风，那真和暖得不像冬天。一家人都坐在庭间曝日，甚至于吃午饭也在屋外，像夏天的晚饭一样。日光晒到哪里，就把椅凳移到哪里，忽然寒风来了，只好逃难似的各自带了椅凳逃入室中，急急把门关上。在平常的日子，风来大概在下午快要傍晚的时候，半夜即息。至于大风寒，

192

那是整日夜狂吼，要二三日才止的。最严寒的几天，泥地看去惨白如水门汀，山色冻得发紫而黯，湖波泛深蓝色。

下雪原是我所不憎厌的。下雪的日子，室内分外明亮，晚上差不多不用燃灯。远山积雪，足供半个月的观看，举头即可从窗中望见。可是究竟是南方，每冬下雪不过一二次，我在那里所日常领略的冬的情味，几乎都从风来。白马湖的所以多风，可以说是有着地理上的原因的。那里环湖原都是山，而北首却有一个半里阔的空隙，好似故意张了袋口欢迎风来的样子。白马湖的山水和普通的风景地相差不远，唯有风却与别的地方不同。风的多和大，凡是到过那里的人都知道的。风在冬季的感觉中，自古占着重要的因素，而白马湖的风尤其特别。

现在，一家僦居上海多日了，偶然于夜深人静时听到风声的时候，大家就要提起白马湖来，说："白马湖不知今夜又刮得怎样厉害哩！"

【导读】

夏丏尊，浙江绍兴上虞人，于1886年出生，15岁中秀才，后到上海、绍兴读书。1905年东渡日本，先在东京弘文学院补习日语，后考入东京高等工业学校，1907年辍学回国。次年，应沈钧儒邀请到浙江两级师范学堂任教。1921年冬，应同乡经亨颐之邀，夏丏尊回到上虞的白马湖，参与创办春晖中学，并在与校园隔湖相望的象山脚下，盖起六间"平屋"。不久，志同道合的丰子恺、朱光潜、王任叔（巴人）、朱自清等成为同事，其中多人加入了"文学研究会"。当时知识界的诸多名流也到校讲学考察。一时白马湖湖畔，群贤毕至，创造了中国近代教育史、文学史上一段佳话，被人誉为"北有南开，南有春晖"。1925年，因种种原因，夏丏尊离开了春晖中学，与友人发起"立达学会"，在上海创办了立达学园。尽管如此，他对这所中学与白马湖仍满怀深情，1933年写下了这篇朴实无华、自然醇厚的《白马湖之冬》；1946年去世后，也安眠在白马湖畔。

历史之重要

章太炎

国学不尚空言，要在坐而言者，起而可行。十三经文繁义赜，然其总持则在《孝经》《大学》《儒行》《丧服》。《孝经》以培养天性，《大学》以综括学术，《儒行》以鼓励志行，《丧服》以辅成礼教。其经文不过万字，易读亦易记。经术之归宿，不外乎是矣。经术乃是为人之基本，若论运用之法，历史更为重要。处斯乱世，尤当斟酌古今，权衡轻重。今日学校制度，不便于讲史。然史本不宜于学校讲授，大约学问之事，书多而文义浅露者，宜各自阅览。书少而文义深奥者宜教师讲解。历史非科学之比，科学非讲解一步，即不能进一步。历史不然，运用之妙在乎读者各自心领神会而已。正史二十四，约三千余卷；《通鉴》全部，六百卷。如须讲解，但讲《通鉴》，五年尚不能了，全史更无论矣。如能自修，则至迟四年可毕廿四史。今学校注重讲授，而无法讲史，故史学浸衰。惟道尔顿制，实于历史之课最宜。然今之教员，未必人人读毕全史。即明知道尔顿制便于学生，其如不便于教员何？《吕氏春秋》有《诬徒》篇，今日学校之弊，恐不至"诬徒"不止，诚可叹也。

政治之学，非深明历史不可。历史类目繁多，正史之外，有编年，有别史，有论制度之书，有述地理之书，有载奏议之书。荀悦《汉纪》，别史类也。《通典》《通考》，贯穿古今，使人一看了然，论制度之类也。志表之属，断代为书，亦使人了如指掌，亦论制度之类也。地理书却不易看，自正史地理志外，有《元和郡县志》《元丰九域志》《明清一统志》《读史方舆纪要》之属，山川形势，古今沿革，非细读不能明了。奏议往往不载于正史，但见于文集，亦有汇集历代名臣奏议为专书者。今之学者，务欲速成，鲜有肯闭门读书十年者。然全看二十四史，一日不辍，亦不过四年。若但看四史，四史之后，看《通鉴》，宋、元、明鉴之类，则较正史减三分之一。一日看两卷，则五百日可毕。而纪事之书，已可云卒业矣。至于典章制度之书，《通典》古拙，不必看。看《通考》已足。施于政治，《通考》尚有用不着之处。"三通"不过五百卷，一日看两卷，二百五十日可毕。地理书本不多，《读史方舆纪要》为最有用，以其有论断也，旁及地理、挂图，且读且看，有三四月之功夫，尽可卒业。奏议书流畅易看，至多不过一年亦毕矣。如此合计纪事之书一年有半，制度之书八月，地理之书半年，奏议之书十月。有三年半之功程，史事已可烂熟。即志在利禄者，亦何惜此三年半之功夫，以至终身无可受用乎？历代知名将相，固有不读书者，近若曾、左、胡辈，亦所谓名臣者矣。然其所得力，曾在《通鉴》《通考》，左在《通考》，胡在《读史方舆纪要》而已，况程功之过于是者乎？

夫人不读经书，则不知自处之道；不读史书，则无从爱其国家。即如吾人今日，欲知中华民国之疆域，东西南北究以何为界，便非读史不可。有史而不读，是国家之根本先拔矣。古人有不喜人讲史者，王安石变法，惟恐人之是古非今，不得自便。今人之不喜人看史，其心迹殆与王安石无异。又好奇说者，亦不喜人看史。历史著进化之迹，进化必以渐，无一步登天之理。是故诡激之流，惟恐历史之足以破其说也。至于浅见之人，谓历史比于家谱，《汉书》即刘氏之谱，《唐书》即李氏之谱，不看家谱，亦无大害。此不知国史乃以中国为一家，刘氏、李氏，不过一时之代表而已。当时一国之政，并非刘氏、李氏一家之事也。不看家谱，不认识其同姓，族谊亦何由而敦？不讲历史，昧于往迹，国情将何由而洽？又或谓历史有似账簿，米盐琐屑，阅之无谓，此不知一家有一家之产业，一国有一国之产业，无账簿则产业何从稽考？以此而反对读史，其居心诚不可测矣。信如所言，历史是账簿是家谱，亦岂可不看。身不能看，惟恐人之能看，则沮人以为不足看也。政界之人如此，学界之人亦如此。学生又不便以讲诵家谱、账簿，束置高阁，四万万人都不知国家之根本何在，失地千万里，亦不甚惜，无怪其然也。日本外交官在国际联盟会称东三省本是满洲之地，中国外交官竟无以驳正，此岂非不看家谱、账簿，而不知旧有之产业乎？

昔人读史，注意一代之兴亡。今日情势有异，目光亦须变换，当注意全国之兴亡。此读史之要义也。经与史关系至深，章实斋云六经皆史，此言是也。《尚书》《春秋》，本是史书。《周礼》著官制，《仪礼》详礼节，皆可列入史部。西方希腊以韵文纪事，后人谓之史诗，在中国则有《诗经》。至于《周易》，人皆谓是研精哲理之书，似与历史无关，不知《周易》实历史之结晶，今所称社会学是也。乾坤代表天地，《序卦》云："有天地然后有万物。"是故乾坤之后，继之以屯。屯者，草昧之时也，即鹿无虞，渔猎之征也。匪寇婚媾，掠夺婚姻之征也。进而至蒙，如人之童蒙，渐有开明之象矣。其时娶女盖已有聘礼，故曰"见金夫不有躬"，此谓财货之胜于掠夺也。继之以需，则自游牧而进于耕稼，于是有饮食燕乐之事。饮食必有讼，故继之以讼。以今语译之，所谓"面包问题"、"生存竞争"也。于是知团结之道，故继之以师，各立朋党，互相保护，故继之以比。然兵役既兴，势必不能人人耕稼，不得不小有积蓄。至于小畜，则政府之滥觞也，然后众人归往强有力者以为团体之主，故曰："武人为于大君"，"履帝位而不疚"。至于履，社会之进化已及君主专制之时矣。泰者上为阴下为阳，上下交通，故为泰。否者，上为阳下为阴，上下乖违，故为否。盖帝王而顺从民意，上下如水乳之交融，所谓泰也。帝王而拂逆民意，上下如冰炭之不容，所谓否也。民为邦本之说，自古而知之矣。自屯至否，社会变迁之情状，亦已了然，故曰："《周易》者，历史之结晶也。"然六经之中正式之史，厥维《春秋》。后世史籍，皆以《春秋》为本。《史记》有《礼书》《乐书》，《汉书》则礼、乐皆有志，其意即以包括礼经一门。《司马相如传》辞赋多而叙事少，试问辞赋何关于国家大计？而史公必以入录耶？班固曰，赋者古诗之流也，盖《史记》之录辞赋，亦犹六经之有《诗》矣。史公《自序》曰："有能绍明世，正《易传》，继《春秋》，本《诗》《书》《礼》《乐》之际，意在斯乎？小子何敢让焉。"班固亦有类此之语。由今观之，马、班之言，并非夸诞。良史之作，固当如是也。

史与经本相通，子与史亦相通。诸子最先为道家，老子本史官也。故《艺文志》称道家者流，出于史官。史官博览群籍，而熟知成败利钝，以为君人南面之术。他如法家，韩非之书称引当时史事甚多，纵横家论政治，自不能不关涉历史。名家与法家相近，惟农家之初，但知种植而已。要之九流之言，注重实行，在在与历史有关。墨子、庄子皆有论政治之言，不似西洋哲学家之纯谈哲学也。今日学士大夫，治经者有之，治诸子者有之，而治史则寡。不知不讲历史，即无以维持其国家。历史即是账簿、家谱之类，持家者亦不得不读也。

复次，今日有为学之弊，不可盲从者二端，不可不论。夫讲西洋科学，尚有一定之轨范，决不能故为荒谬之说，其足以乱中国者，乃在讲哲学讲史学，而恣为新奇之议论。在昔道家，本君人南面之术，善用其术，则可致治，汉人之重黄、老，其效可见矣。一变而为晋人之清谈，即好为新奇之议论，于是社会遂有不安之状。然刘伶之徒，反对礼教，尚是少数。今之哲学，与清谈何异？讲哲学者，又何其多也？清谈简略，哲学详密，此其贻害且十百于清谈。古人有言，"智欲圆而行欲方"，今哲学家之思想，打破一切，是为智圆而行亦圆，徇己逐物，宜其愈讲而愈乱矣。余以为欲导中国入于正轨，要自今日讲平易之道始。三十年后，庶几能收其效。否则推波助澜，载胥及溺而已。

又，今之讲史学者，喜考古史，有二十四史而不看，专在细微之处，吹毛索瘢，此大不可也。昔蜀之谯周，宋之苏辙，并著《古史考》，以驳正太史公。夫上下数千年之事，作史者一人之精力，容有不逮。后之人考而正之，不亦宜乎？无如今之考古者，异于谯周、苏辙，疑古者流，其意但欲打破历史耳。古人之治经史，于事理所必无者，辄不肯置信，如姜嫄履大人迹而生后稷，刘媪交龙于上而生高祖，此事理所必无者也。信之则乖于事实。又同为一事，史家记载有异，则辨正之，如《通鉴考异》

197

之类，此史学者应有之精神也。自此以外，疑所不当疑，则所谓有疑疾者尔。日本人谓尧、舜、禹皆是儒家理想中人物，犹自以其开化之迟，而疑中国三千年前已有文化如此。不知开化本有迟早，譬如草木之华，先后本不一时，但见秋菊之晚开，即不信江梅之早发，天下宁有此理？日本人复疑大禹治水之功，以为世间无此神圣之人。不知治河之功，明、清两代尚有之，本非一人之力所能办。大臣之下，固有官吏兵丁在，譬如汉高祖破灭项羽，又岂一身之力哉？此而可疑，何事不可疑？犹记明人笔乘，有丘为最高、渊为最深之言，然则孔、颜亦在可疑之列矣。当八国联军时，刚毅不信世有英、法诸国，今之不信尧、禹者，无乃刚毅之比乎？夫讲学而入于魔道，不如不讲。昔之讲阴阳五行，今乃有空谈之哲学、疑古之史学，皆魔道也。必须扫除此种魔道，而后可与言学。

【导读】

1917年后，章太炎逐渐脱离民主革命运动，开始专心讲学。1923年，他创办《华国月刊》，欲通过发扬国故，挽救人心。可以说，在1916年的前、后20年，章太炎呈现出两种形象：革命家与"退居于宁静的学者"。1936年6月章太炎逝世，国民党只强调其一生"以讲学为事，岿然儒宗，士林推重"，缄口不提其革命家的一面。作为章氏的学生，鲁迅抱病写了《关于太炎先生二三事》以为纪念。对早年章太炎，鲁迅的评价是"革命之志，终不屈挠者，并世亦无第二人：这才是先哲的精神，后生的楷范"；而章太炎"既离民众，渐入颓唐"的晚年，则被鲁迅讽刺为"拉车屁股向后"。不过，"九一八"事件后，章太炎公开主张抗日，反对国民党当局镇压学生爱国运动，并希望继承明末清初顾炎武讲学以救时的传统，"以振民志"。1933年3月4日，日军侵占承德，章太炎发表《呼吁抗战电》。《历史之重要》是他3月15日在无锡师范学校的演讲，告诫学子："人不读经书，则不知自处之道；不读史书，则无从爱其国家。"

三十五年过去了!

刘半农

国立北京大学自从创办到现在,已整整三十五年了。我们在校中做事的,读书的,碰到了这样一个大纪念日,自然应当兴高采烈地庆祝一下。

但是,严重的国难还依然严重,国内分裂的现象又已重演于目前,一九三六年的世界大恐慌,也一天天地紧逼上来。我们处身于这样的局面之中,只须稍稍一想,马上就可以收回了兴高采烈,立时变做了愁眉苦脸。

不错,瞧我们的校徽罢!"北大"两个篆文,外面一道圈子,是不是活画了个愁眉苦脸?

但我并不在这里说笑话。我以为这愁眉苦脸的校徽,正在指示我们应取的态度,应走的道路。我们唯有在愁眉苦脸中生活着,唯有在愁眉苦脸中咬紧了牙齿苦干着,在愁眉苦脸中用沉着强毅的精神挣扎着,然后才可以找到一条光明的出路。要不然,"覆巢之下无完卵",就是醉生梦死者应得的报应。

瞧瞧欧战以后的德国人罢!他们真能在愁眉苦脸之中蛮干。他们痛苦时只是抬起头来喘口气,喘完了气还是低着头干。而我们呢?在我们的账簿上,只怕除去呼口号,贴标语,开会,游行示威,发通电之外,所余下的也就近于零了罢!

回想三十五年前,清政府因为甲午一役,受了日本人的大挫折,才有开办大学的决议。而大学开办了三十五年,其结果曾不能损及日本人之一草一木,反断送了辽东千里,外加热河一省,这责任当然不能全由大学师生担负,而大学师生回想当年所以开办大学之故,再摸摸自己身上这三十五年中所受到的血渍未干的新创，请问还是应当兴高采烈呢？还是应当愁眉苦脸呢？

当然，我们不能不承认现在的北大已有相当的根底，更不能不承认已往三十五年中的北大已有相当的成绩。我们到国内各处去旅行，几乎没一处不碰到北大的旧同学。这些同学们或做中央的委员部长，或做各省县的厅长局长县长，做大中小学校长教员的更多。他们各以其学问经验用之于所办的事业，自然对于国家各有各的贡献。把这一笔总账算起来，自然也不能不算伟大。所以，若然我们要说一句自为譬慰的话，也就不妨说：要是这三十五年中没有北大，恐怕中国的情形还要更糟。可是这样的话，要是校外的人拿来恭维我们，我们还应当谦逊不遑，要是我们自己这样说，那就是不求上进，没有出息的表征。

我们应当取极严厉的态度责备我们自己。我们应当把已往所得的光荣——若然有的话——看作没有，应当努力找寻自己的耻辱，而力求所以雪耻之道。

我们这学校并不是研究飞机大炮的，所以，我们造不出飞机大炮，并不是我们的耻辱。但是，我们研究自然科学，而我们在自然科学上还没有很重要的发明，那是我们的耻辱。我们研究社会科学，而我们对于本国社会的情状，亦许还没有外国学者调查得清楚，那是我们的耻辱。我们研究本国文史，而我们所考据的东西，亦许有时还不比上外国学者所考据的精确，那是我们的耻辱。

大家都呼号着要雪国耻，我以为国耻应当一部分一部分地雪。做商的应当雪商耻，做工的应当雪工耻，我们头顶三十五年老招牌的北大，应当努力于雪学术耻。

单有坚甲利兵而没有其他种种事业以为其后盾，决不足以立国。我们的职任，既不在于为国家研究坚甲利兵，就应当在我们的本分上做工夫！要是能把本分上的工夫做得好，其功业亦决不在于为国家研究坚甲利兵之下。

前几年，"读书""救国"两问题的冲突，真闹到我们透气不得。

到了今年五月二十二日，这问题就被事实解决了。虽然我们回想到了这样的事实就要心痛，但心痛的结果可以指示出一条我们应步的路，那还不得不认为"塞翁失马，安知非福"。

同学们，同事们，三十五年已经过去了，愁眉苦脸的校徽正在昭示着我们应当愁眉苦脸地去做，我们在今天一天上，自然不妨强为欢笑，兴高采烈，从明天起，就该切切实实，愁眉苦脸去再做上三十五年再说！

廿二年十二月十七日，北平

【导读】

刘半农，名复，字半农，1891年出生于江苏江阴，其父为清光绪年间秀才，后当塾师。刘半农自幼在私塾读书，10岁时入父亲等人创办的翰林小学，14岁入常州中学。辛亥革命爆发后，曾参加革命并在新军中从事文牍工作；后因不满当时军队内部混乱，转赴上海任中华书局编译员，开始创作及翻译小说。1916年辞去中华书局职务；1917年出任北京大学预科教员；1918年参加《新青年》编辑工作，成为五四新文化运动的主将之一。1920年，赴欧洲留学，先后在伦敦大学学院、巴黎大学与法兰西学院深造，攻实验语音学，1925年34岁时获法国国家文学博士学位；随即回国在北京大学国文系任教。刘半农关心中国俗文学整理研究，也是中国现代文学史上第一批白话诗人，擅长用口语及白描手法摹写具体社会生活和自然景物，常能捕捉到清晰、素朴的诗意。1933年，日本军国主义的步步紧逼让刘半农忧心如焚。他去拜访周作人时，发现周家挂起了太阳旗，遂拂袖而去，要与他断交。这篇于1933年底在北大成立三十五周年纪念会上所做的《三十五年过去了！》的演讲，表达其"雪国耻"的忧愤心境，而对于北大的同学与同事，刘半农则提出"我们头顶三十五年老招牌的北大，应当努力于雪学术耻"。

辛亥革命与"英雄结"

谢六逸

辛亥那一年，我在贵州省贵阳城内的一所中学校里读书。

有一天我正在临帖——《灵飞经》，写到什么"叩齿三十六通"之类的时候，我家的一位远房叔父走进我的书房里来了。

我举目一看，他今天的装束和平时完全不同。

京戏里扮演英雄或草寇时，在那额头上的正中，巍巍然耸着一种象征的东西，像一个俗写的"个"字，普通是尖形的，在那"个"字的三画上面还缀着"水钻珠"之类。在四川戏里，那时是用圆形的，仿佛是缩小若干倍的慈菇叶（现在想已改圆为尖了罢）。这种象征的东西名叫"英雄结"。那天我叔父头上的装饰首先映入我的眼睛的就是这个。

他的身上穿着黑缎的紧身短袄，胸前有一排密的长扣，是白色的，两袖又是白色的纽扣。裤子和上身一色，脚上"登"着短统的"快靴"。除此而外，还有一领褐色的大氅，不过是挂在手弯里的，没有披上。这样的装束，正像《盗御马》中的朱光祖，只缺少花鼻子和唇上的两角朝天的短髭。

见了这种打扮，我愣住了。

"你看我像不像一个英雄？我穿的是'汉装'，'兴汉灭满'，你懂不懂？现在革命了。昨晚'新军营'投降，大小官儿都逃了。"

我想起来一点不差，我在半夜确乎听得城外的枪声，但并不怎么热闹。

跟着叔父又告诉我，咱们的一伙儿要到距离城市五六里的黔灵山上去"开山堂"，简单说，就是在天花板上倒悬着无数雪亮的锋锐的尖刀之下，大家"歃血为盟"。

在那西南一省的辛亥革命，他所给我的印象，就是"秘密结社"。

过了几天，大街小巷的人，都改了朱光祖式的装束了。抱在母亲怀中吮着乳头的婴儿们，头上也有一个"英雄结"。

大家的头发还未即剪去，有的盘在头顶上，有的包在黑色的绉巾里面。佩上了一朵"英雄结"，的确像"汉族"，不过是戏台上的"汉族"罢了。我呢，当时是一个和尚头，戴着"英雄结"似乎不像样。而且临写"叩齿三十六通"时也不大方便，所以未尝领受这种荣誉。

又过了几天，"英雄结"就和"英雄结"互相杀戮起来了。大街上常有死尸横陈，城门上悬挂人头。后来有一个姓刘的人从兴义县带来一支人马（姓刘的就是为贵州省的军阀行"奠基礼"的人物），于是那些秘密结社的"龙头"（又叫作"大爷"）就逃散了。"英雄结"也渐从大家的额头上隐灭了。

贵州省的辛亥革命的意义就是"英雄结"。

自己年近四十，然而"叩齿三十六通"还没有临得像样。因此觉得辛亥革命和现在并没有什么了不起的差异。

别的不说，如果以"文坛"喻"擂台"（借用茅盾先生的说法），也就少不了老少英雄和草寇。所异者就是"英雄结"没有实际树立在额头上，然而是无形地刻画在那里的。正如用明矾水在白纸上写了字，晾干了什么也没有，等到放进水里就有字迹出现了。无形的"英雄结"就是象征"自尊心"和"地位欲"的。如果微风吹动那无形的"英雄结"之时，"英雄"就要勃然大怒，挥拳"打擂"了。

一九三三年九月二日

【导读】

　　谢六逸，1898年出生于贵州贵阳，祖父朝燮、父森初，都是科举出身的县知事，在湖南、贵州为官；母亲王敬全，亦通诗文。谢六逸自幼在家受"庭训"时，"诗文已自成篇"。辛亥革命那一年入贵州省立模范中学念书，1917年以优异成绩考取官费留日，在早稻田大学政治经济科就读，但志趣却在文学。1921年初，文学研究会成立，他是第一批会员，并为其刊物积极撰稿。1922年回国后，先在上海编辑文学刊物，1926年受聘复旦大学中文系，1929年创办复旦大学新闻系，并担任系主任，直至1937年。在此期间，他出版了十余种学术专著，并创作了多部散文集，成为集作家、学者、教授于一身的文化名人。上海沦陷后，他回到贵阳，在多个学校兼课，"靠拼命养活一家人"。1945年8月8日，谢六逸在贵阳因心脏病突发，猝然离世，年仅47岁。谢六逸所作《辛亥革命与"英雄结"》，于1933年在《中学生》杂志第38期上发表，署名宏徒，谈及辛亥革命时贵州省的情况，它使人想起鲁迅笔下的辛亥革命：这场革命只是换了招牌，社会的"内骨子是依旧的"。

文学家可为而不可为

茅盾

有两种人要做文学家。

一种是自命风雅的人，觉得政治是龌龊的，做生意是卑鄙的，而有涯之生恰值有闲之年，于是笑傲风月，寄感遣愁，做做文学家吧。这一类的清高文人，其实很少真能"清高"者；所谓身在山林，心萦魏阙的人，古来就很多，现在是更不用说了。

又一种是相反的。他们知道你不管政治，政治却要管你；他们知道在万般商品化的社会里，文学也有商品化的危险，而且已在逐渐商品化了；他们知道文学不是个人得意时作消遣失意时发牢骚的玩意儿，文学是表现时代，解释时代，而且推动时代的武器；他们要做文艺家，正因为关心着政治的腐败、社会的混乱，以及文学商品化的危险。

这两种人，是两种人生观，两种世界观。在现代中国，这两种人同时出现于文坛。而且在现代中国，因为政治的腐败、斗争的剧烈，所以这两种人的前者自然而然会成为保守派，成为现状维持者，成为麻醉剂、烟幕弹；而后一种人就会走上了前进的路，成为现状的反抗者，成为革命化。

全中国现在到处产生着属于后者一类的文学青年！

然而文坛的现象还不是那么简单。介于上述的两种人——两种文学观之间，还有许多脸相。许多阶段，例如推崇文艺的神圣尊严独立，力斥那些把文学作为个人消遣发牢骚的观念——所谓艺术至上主义者，就是新式的"清高"文人，他们客观上和旧式的"清高"文人就有"异曲同工"之妙。反之，戴着最最革命者的面具，对于现实的罪恶不发一弹——或者只放几声空大炮，可是对于在文艺道上艰苦地挣扎觅路者却明枪暗箭，一齐都来，诸如此类的"战术"，也是新旧"清高"派所目逆而心许的。

"志在文学"的青年走进了这迷宫式的文坛，就不知如何是好了。是那么样盘旋曲折，到处有陷坑、滚板！于是不免要长叹一声道：文学家不可为也。

假使万幸而躲过滚板，跳过陷坑，居然摸上了到光明之路，那时候，文学家也许做成了，但是做人可就难了；小头目想收罗你为爪牙，贩子们想把你当作猪猡，于是乎你感到文学家的"不自由"了。假使你一定要维持自己的自由，一顶反动的帽子就会加到你头上，甚至会有被绑票的资格。

不过据说，立志要做文学家的青年还是很多。如果他们只知文学家可为而立此志，那实在太昧于时势，如果他们知其不可为而为之，那就可敬。这种人，在绝顶聪明者看来，就是傻瓜。绝顶聪明者看透了文学家不可为而仍可为；他们往往从左边走上了文坛就待价而沽，或者就从右边下去，把文坛当作功名利禄的垫脚板。在他们，做了文学家以后，做人就更加容易了！也就是这些绝顶聪明人使得现文坛幻出了种种眩目的花样色彩，叫初进文学界的青年傻瓜莫名其妙。

可是文坛的继续开展却有赖于那些知其不可为而为之的傻瓜！

【导读】

在大革命处于高潮的1925年至1927年间，茅盾几乎全身心地投入到政治活动中，曾在国民党中央宣传部、国民党上海特别市党部、中央军事政治学校武汉分校工作，编辑过国民党政治委员会机关报《政治周报》、国民党湖北省党部机关报（实际上由共产党掌握）《汉口民国日报》。大革命失败后，茅盾受到蒋介石的通缉，先在上海家中蛰居10个月，后又避难日本21个月，在充满矛盾和苦闷的情况下，开始小说创作，并开始使用笔名"茅盾",《蚀》(《幻灭》《动摇》《追求》三部曲)、《虹》奠定了他在现代文学史上当之无愧的长篇小说巨匠地位。1930年4月回到上海后,他加入了左联;此后多次与鲁迅等革命作家一起签名公开信,抗议反革命暴行或日帝侵略罪行。当时的《申报自由谈》《太白》等都是茅盾和鲁迅共同战斗的阵地。由于《小说月报》在"一·二八"事变中遭日军轰炸停刊,左联机关刊物《萌芽》《文学导报》《文学月报》《北斗》等相继被查禁,在茅盾与郑振铎的发起下,一份新的大型文学杂志《文学》于1933年7月1日在上海问世。创刊号气势不凡,一炮打响,几天便售出万册,应读者要求又多次添印。《文学家可为而不可为》便发表在《文学》创刊号上。

一千三百圆

巴金

一个朋友在西关宴客邀了我去，同去的连主人一共是七位。

我早就听说西关是很热闹的地方。那里还是许多旧式大家庭的根据地。马路宽阔，但也有不少的窄巷和石板铺的小路。在那些密集的房屋里面隐藏着种种神秘的事情。每天下午马路上出现了许多服饰华丽的年轻女人，后面还跟着女佣。据说这些女人都是大富人家的姨太太。她们的主人害怕她们逃走，专门雇了女佣来监视她们。

我们的汽车停在大马路上。我们下了车，走进一条窄巷，路是石板铺砌的，两旁是些矮小的房屋。

我们转了一个弯，走到一座大酒楼的门前。这样漂亮的酒楼立在这条街上就像一个奇迹，叫人不能相信。

酒楼里面很宽敞，是旧式的建筑，有楼，有阁，有廊，有厅，有天井，有树木，又像一个大公馆。我们在里面走了一转，就登楼，在一个名称很美的房间里坐了下来。

主人点了菜。我们嗑着瓜子饮茶谈话。楼房很大，还开着电风扇。露台上摆了好几盆鲜花。檐下垂着竹帘，遮住了阳光。从外面不时送来鸟声。这个地方倒还清静。

一个五十多岁的黄脸女人拿着一把伞在楼房门口出现了。她起先在门外徘徊了一阵，然后走进来，对我们说了几句话。我不懂她的意思。一个本地的客人和她问答了几句，她便走了。

他们在笑，我想我懂得他们笑的原因。等一会儿那个女人又来了，在她后面跟着一个年轻姑娘和一个中年妇人。

姑娘相貌平常，却打扮得很漂亮。她坐下来，并不说一句话。她垂下眼皮，手里拿一把折扇不停地挥着。她在众人的陌生的眼光下有点害羞。

没有人讲话，主人也显得不好意思了。后来还是那个本地的客人和那个老妇人问答了几句。他们的谈话我也懂得一点。他问她多少价钱，老妇人回答说，一千三百圆。我现在才知道这是怎么一回事情。姑娘不过是一个候补姨太太，等待合意的主顾来把她买去。

大家没有话说了。于是那个老妇人接了两毫银角（这是她应得的数目），把姑娘带走了。走出房门，姑娘还回转身向我们微微鞠躬。

过了一会儿，我们正在吃菜的时候，那个老妇人又来了。这次她带了两个姑娘进来。一个年纪很轻，据她说只有十六岁，颈后拖着一根辫子。一个年纪大一点，头发剪短了，据说只有十八岁，实际的年龄恐怕已经超过二十了。

这两个姑娘就在旁边的靠背椅上坐下。两个人都不停地摇着折扇，大概因为手闲着没有事情做的缘故吧，或者是被人看得有些不好意思了。她们也不说话，只有那个本地客人直接问起她们的姓名时，她们才开了口。

她们的相貌显然比先前的一个漂亮，身价也就贵了许多。年纪小的一个要价一千五百圆，年纪较大的索价到一千八百圆。一个朋友嫌身价太高，老妇人就得意地说她们两个都读过书认识字。她还到外面去找了纸笔来，放在茶几上。年纪较大的姑娘便侧着身子拿起笔写出自己的姓氏。她写完就把笔递给垂着辫子的姑娘，那个少女也写了自己的姓名。

老妇人把两张纸条都送到我们的席上来。我们依次传观。第一张纸上的字比较好一点，是"黄旭贞"三个端端正正的字。另一张是那个十六岁的姑娘写的，她的姓名是"李盼好"。

虽然两个姑娘都会写自己的姓名，结果依旧是各人拿了两毫银角走了。走出楼房门口，她们也回转身给我们行礼。

客人们继续在谈笑。他们还说，他们选定在西关吃饭，是为了给我找小说材料。他们的话也许是真的。他们都是研究自然科学的人，对于文学并没有兴趣。他们只知道我会写小说，却不曾读过我的作品，即使有机会读到它们，也未必会赞美。我自然感激他们。但是他们完全不了解我。我的心里并不快乐，方才见到的一切似乎放了一块石头在我的心上。我不敢想象那三个少女离开房间时行礼的一瞬间的心情。难道她们已经习惯了这种事情？

在这样的环境中训练出来的姨太太将是怎样的一种人呢？这样的一个问题在我的脑子里产生了。然而朋友们却热闹地谈着"放白鸽"的事情，以为这样做姨太太的女人的心地都是很"坏"的。

自然买卖人口并不是一件新奇的事情。我知道它也是我们的畸形的社会制度的一个产物。每天每天在各个地方都有许多这样的被称为"女人"的生物让人们当作商品来买卖。

我的祖父买过姨太太，我的叔叔买过姨太太，我的舅父也买过姨太太，我的一些同辈还准备学他们长辈的"榜样"。关于这件事我知道得很多，很多。但是公开地在茶馆酒楼把女人当一件商品来招揽主顾，当面讲价钱（而且据说在讲定身价付了定钱以后，还得由主顾把她的全身仔细检验一遍），这在我还是第一次看见。对这样的事情我不能没有愤怒！

一九三三年六月在广州

【导读】

1932年至1933年间，巴金游历了北京、天津、青岛、厦门、晋江、普陀、香港、广州等地。就沿途所见、所闻、所思、所感，他陆续写成了一系列散文，并相继发表在《读书中学》《大陆杂志》《生活》《申报》《大公报》等报刊上，后来又以《旅途随笔》为名，作为"创作文库"之五，于1934年8月由生活书店出版，是他的第一个随笔集。由于这些散文笔触横跨中国南北，兼及城市与乡村，被赞为"现实真实社会现象的写照"、"敏感的心灵的反应的记录"。《一千三百圆》收录于《旅途随笔》，它创作于1933年6月18日，记录了作者在酒楼中亲眼所见的姨太太买卖过程。"一千三百圆"是一个"相貌平常"的姑娘的价格。这篇散文传达出巴金对当时社会制度下"被称为'女人'的生物让人们当作商品来买卖"的厌恶。

吾国文化运动之过去与将来

蔡元培

　　吾人一说到文化运动，就不能不联想到欧洲的文艺复兴，因为他实在是文化运动上最显著的一个例证。在空间上发起于意大利，次第到英、法、德诸国，渐渐地普及于全欧。在时间上发端于十三、十四世纪之间，极盛于十六世纪，对于最近几世纪，也还有不少的影响。在内容上，以思想自由为原则，所以产生适合人情的文艺，注重实证的科学，提倡人权的理论。后来宗教改革，美、法共和，也是要推源于此的。

　　因而观察我国的文化运动，也可用欧洲的文艺复兴，作一种参证。我国当战国时代，诸子百家，同时并起，可以当欧洲的希腊。后来汉武帝用董仲舒议，罢黜百家，儒家言俨然有国教的资格，与欧洲中古时代的基督教相当。此后由印度输入佛教，民间的多神信仰，又仿佛教而编为道教，然亦不能夺儒家之席，而渐被其同化。到宋、明时代，儒者又把佛道两家抽象的理论，融合到儒家学说里面去，就叫理学，这正与欧洲中古时代的烦琐哲学相当。直至清代，学者始渐悟空谈理义之无谓，乃用归纳法，治诂训考订，名曰汉学，即含有复古的意义；而经子并治，恢复到董仲舒以前的状况了。到戊戌政变时代，有昌言改制利用西学的运动，但仍依托孔教，正如文艺复兴时代，美术的形式，虽融入希腊风，但所取材料，还不脱基督教经典，也是过渡时期所不能免的现象。直至辛亥革命，思想开放，政治上虽并不能实行同盟会的主张，而孙先生重科学、扩民权的大义，已渐布潜势力于文化上。至《新青年》盛行，五四运动勃发，而轩然起一大波，其波动至今未已。那时候以文学革命为出发点，而以科学及民治为归宿点（《新青年》中称为赛先生与德先生就是英文中Science与Democracy两字简译）。文学革命的工作，是语体文，语体诗，古代语体小说的整理与表彰，西洋小说的翻译，传说、民歌的搜集，话剧的试验，都是以现代的人说现代的话，打破摹仿盲从的旧习，正犹民族复兴以后，意、法、英、德各民族，渐改拉丁文著书的习惯，而用本民族的语言。正是民族思想解放的特征。在这个时候，知识阶级，已觉悟单靠得学位，图饭碗，并不算是学者，渴望有一种研究的机关。十几年来，次第成立的，有中央研究院、北平研究院，最近有中山文化教育馆的研究部。各大学如北京、清华、燕京等亦往往设研究所，最近教育部且通令各大学建设研究机关；而其他学术团体除科学社成立在先外，如普通性质的中华学艺社，专门性质的地质、生物、物理、化学、农学、工程、经济、社会等学会，都在这个时间次第成立了。一方面那时候的学者都感觉到我们四万万同胞中识字的有常识的人实在太少了，有这些没有受过教育的大多数人，无论有何等完善的宪法，是不过供少数知识阶级的工具，于全民是没有关系的。大家认孙先生于宪政时期以前设一个训政时期，是最妥当的；而且自命为知识阶级的，尤不可不负训政的责任。除各级党部尽力于民众训练外，其他特别组织如河北的定县，山东的邹平，江苏的徐公桥、黄墟、无锡、善人桥等，均以开通民智改良敝俗为全民政治的准备。这种运动的方向，是很对的。我们读孙先生的三民主义，完全用语体文记录出来，是给我们一种作文的标准。孙先生说："我们要学外国，是要迎头赶上去，不要向后跟着他。譬如学科学，迎头赶上去，便可以减少两百多年的光阴。"孙先生又说："以人民管理政事，便是民权……现在是什么世界呢，就是民权世界。"我们用这两种标准，来检点十余年来的文化运动，明明合于标准的，知道没有错误；我们以后还是照这方向努力运动，也一定不是错误，我们可以自信的了。

【导读】

从1917年1月至1927年7月，蔡元培断断续续执掌北大十年半；其实，他真正在校时间只有五年半；其余时间，要么在外地，要么在外国。作为国民党"四大元老"之一，1924年，他在国民党一大上当选为候补中央监察委员；次年，国民党二大又将他选为中央监察委员（共12人）。1926年后，游走学政两界的蔡元培将重心移向了政治一端。1927年春，国民党右派发动"反共清党"活动，由蔡元培担任主席的国民党"清党"委员会难脱其咎。在其后一年，他深度卷入国民党高层政治，是蒋介石、宋美龄的证婚人。1928年8月之后，60岁的蔡元培逐步辞去除中央研究院院长之外的所有职位，与蒋介石渐行渐远。1930年，蒋、冯、阎中原大战爆发，蔡元培参加了促蒋下野的和平运动，为蒋所忌恨；1932年底，蔡元培与宋庆龄等人发起组织中国民权保障同盟，营救革命进步人士；1933年6月，同盟总干事杨杏佛遭特务杀害，蔡元培"哭之恸""极愤慨"。1934年5月，孙科创立的中山文化教育馆成立《中山文化教育馆季刊》编委会，作为教育馆的常务理事，蔡元培于6月13日草就《吾国文化运动之过去与将来》，发表在同年8月出版的创刊号上。

故都的秋

郁达夫

秋天，无论在什么地方的秋天，总是好的；可是啊，北国的秋，却特别地来得清，来得静，来得悲凉。我的不远千里，要从杭州赶上青岛，更要从青岛赶上北平来的理由，也不过想饱尝一尝这"秋"，这故都的秋味。

江南，秋当然也是有的；但草木凋得慢，空气来得润，天的颜色显得淡，并且又时常多雨而少风；一个人夹在苏州上海杭州，或厦门香港广州的市民中间，浑浑沌沌地过去，只能感到一点点清凉，秋的味，秋的色，秋的意境与姿态，总看不饱，尝不透，赏玩不到十足。秋并不是名花，也并不是美酒，那一种半开，半醉的状态，在领略秋的过程上，是不合适的。

不逢北国之秋，已将近十余年了。在南方每年到了秋天，总要想起陶然亭的芦花，钓鱼台的柳影，西山的虫唱，玉泉的夜月，潭柘寺的钟声。在北平即使不出门去罢，就是在皇城人海之中，租人家一椽破屋来住着，早晨起来，泡一碗浓茶，向院子一坐，你也能看得到很高很高的碧绿的天色，听得到青天下驯鸽的飞声。从槐树叶底，朝东细数着一丝一丝漏下来的日光，或在破壁腰中，静对着像喇叭似的牵牛花（朝荣）的蓝朵，自然而然地也能够感觉到十分的秋意。说到了牵牛花，我以为以蓝色或白色者为佳，紫黑色次之，淡红者最下。最好，还要在牵牛花底，教长着几根疏疏落落的尖细且长的秋草，使作陪衬。

北国的槐树，也是一种能使人联想起秋来的点缀。像花而又不是花的那一种落蕊，早晨起来，会铺得满地。脚踏上去，声音也没有，气味也没有，只能感出一点点极微细极柔软的触觉。扫街的在树影下一阵扫后，灰土上留下来的一条条扫帚的丝纹，看起来既觉得细腻，又觉得清闲，潜意识下并且还觉得有点儿落寞，古人所说的梧桐一叶而天下知秋的遥想，大约也就在这些深沉的地方。

秋蝉的衰弱的残声，更是北国的特产；因为北平处处全长着树，屋子又低，所以无论在什么地方，都听得见它们的啼唱。在南方是非要上郊外或山上去才听得到的。这秋蝉的嘶叫，在北平可和蟋蟀耗子一样，简直像是家家户户都养在家里的家虫。

还有秋雨哩，北方的秋雨，也似乎比南方的下得奇，下得有味，下得更像样。

在灰沉沉的天底下，忽而来一阵凉风，便息列索落地下起雨来了。一层雨过，云渐渐地卷向了西去，天又青了，太阳又露出脸来了；着着很厚的青布单衣或夹袄的都市闲人，咬着烟管，在雨后的斜桥影里，上桥头树底去一立，遇见熟人，便会用了缓慢悠闲的声调，微叹着互答着地说：

"唉，天可真凉了——"（这"了"字念得很高，拖得很长。）

"可不是么？一层秋雨一层凉啦！"

北方人念"阵"字，总老像是"层"字，平平仄仄起来，这念错的歧韵，倒来得正好。

北方的果树，到秋来，也是一种奇景。第一是枣子树；屋角，墙头，茅房边上，灶房门口，它都会一株株地长大起来。像橄榄又像鸽蛋似的这枣子颗儿，在小椭圆形的细叶中间，显出淡绿微黄的颜色的时候，正是秋的全盛时期；等枣树叶落，枣子红完，西北风就要起来了，北方便是尘沙灰土的世界，只有这枣子、柿子、葡萄，成熟到八九分的七八月之交，是北国的清秋的佳日，是一年之中最好也没有的Golden Days（黄金时节——编注）。

有些批评家说，中国的文人学士，尤其是诗人，都带着很浓厚的颓废色彩，所以中国的诗文里，颂赞秋的文字特别地多。但外国的诗人，又何尝不然？我虽则外国诗文念得不多，也不想开出账来，做一篇秋的诗歌散文钞，但你若去一翻英德法意等诗人的集子，或各国的诗文的Anthology（选集——编注）来，总能够看到许多关于秋的歌颂与悲啼。各著名的大诗人的长篇田园诗或四季诗里，也总以关于秋的部分，写得最出色而最有味。足见有感觉的动物，有情趣的人类，对于秋，总是一样地能特别引起深沉、幽远、严厉、萧索的感触来的。不单是诗人，就是被关闭在牢狱里的囚犯，到了秋天，我想也一定会感到一种不能自已的深情；秋之于人，何尝有国别，更何尝有人种阶级的区别呢？不过在中国，文字里有一个"秋士"的成语，读本里又有着很普遍的欧阳子的《秋声》与苏东坡的《赤壁赋》等，就觉得中国的文人，与秋的关系特别深了。可是这秋的深味，尤其是中国的秋的深味，非要在北方，才感受得到底。

南国之秋，当然是也有它的特异的地方的，譬如廿四桥的明月，钱塘江的秋潮，普陀山的凉雾，荔枝湾的残荷等等，可是色彩不浓，回味不永。比起北国的秋来，正像是黄酒之与白干，稀饭之与馍馍，鲈鱼之与大蟹，黄犬之与骆驼。

秋天，这北国的秋天，若留得住的话，我愿意把寿命的三分之二折去，换得一个三分之一的零头。

一九三四年八月，在北平

【导读】

郁达夫，名文，字达夫，1896年出生于浙江富阳一个破落的书香之家。他3岁丧父，7岁入私塾，9岁便能赋诗，17岁随被派往日本考察司法的长兄赴日，次年开始官费留学生活，1918年考入东京帝国大学经济学部，1922年夏毕业回国之前，曾于1921年与郭沫若、成仿吾、张资平等人成立"创造社"，并于同年出版第一本小说集《沉沦》，是中国第一本现代白话短篇小说集。归国后，曾在多地大学任教、编辑文学刊物。

他1930年3月参与创建左联，却在11月被左联除名；他1933年初加入了由宋庆龄、蔡元培领导的中国民权保障同盟，但4月便不顾鲁迅反对避居杭州。此后4年，他进入政治上的消沉期。从1933年11月到1935年之间，郁达夫游览了许多名山胜景，写了大量的游记散文，构成其人生经历和文学创作上的一个特殊阶段。1934年，38岁的郁达夫任浙江省政府参议；这年8月中旬，郁达夫到北平故地重游，写下了现代散文史上的名篇《故都的秋》，面对风雨飘摇的局面，含蓄地表达了自己对古都的深情与忧虑。抗战期间，郁达夫在新加坡参与救亡活动，1945年8月29日，被日军杀害于苏门答腊丛林。

上 景 山

许地山

无论哪一季，登景山最合宜的时间是在清早或下午三点以后。晴天，眼界可以望到天涯底朦胧处；雨天可以赏雨脚底长度和电光底迅射；雪天，可以令人咀嚼着无色界底滋味。

在万春亭上坐着，定神看北上门后底马路（从前路在门前，如今路在门后）尽是行人和车马，路边底梓树都已掉了叶子。不错，已经立冬了，今年天气可有点怪，到现在还没冻冰。多谢芰荷底业主把残茎都去掉，教我们能看见紫禁城外护城河底水光还在闪烁着。

神武门上是关闭得严严地。最讨厌的是楼前那枝很长的旗竿，侮辱了全个建筑底庄严。门楼两旁树它一对，不成吗？禁城上时时有人在走着，恐怕都是外国的旅人。

皇宫一所一所排列着非常整齐。怎么一个那不讲纪律底民族，会建筑这么严整的宫廷？我对着一片黄瓦这样想着。不，说不讲纪律未免有点过火，我们可以说这民族是把旧的纪律忘掉，正在找一个新的啊。新的找不着，终究还要回来的。北京房子，皇宫也算在里头，主要的建筑都是向南的，谁也没有这样强迫过建筑者，说非这样修不可。但纪律因为利益所在，在不言中被遵守了。夏天受着解愠的薰风，冬天接着可爱的暖日，只要守着盖房子底法则，这利益是不用争而自来的。所以我们要问在我们的政治社会里有这样的薰风和暖日吗？

最初在崖壁上写大字铭功底是强盗底老师，我眼睛看着神武门上底几个大字，心里想着李斯。皇帝也是强盗底一种，是个白痴强盗。他抢了天下把自己监禁在宫中，把一切宝物聚在身边，以为他是富有天下。这样一代过一代，到头来还是被他底糊涂奴仆，或贪婪臣宰，讨、瞒、偷、换，到连性命也不定保得住。这岂不是个白痴强盗？在白痴强盗底下才会产出大盗和小偷来。一个小偷，多少总要有一点跳女墙钻狗洞的本领，有他底禁忌，有他底信仰和道德。大盗只会利用他的奴性去请托攀缘，自赞赞他，禁忌固然没有，道德更不必提。谁也不能不承认盗贼是寄生人类底一种，但最可杀的是那班为大盗之一的斯文贼。他们不像小偷为延命去营鼠雀底生活；也不像一般的大盗，凭着自己的勇敢去抢天下。所以明火打劫底强盗最恨底是斯文贼。这里我又联想到张献忠。有一次他开科取士，檄诸州举贡生员后至者妻女充院，本犯剥皮，有司教官斩，连坐十家。诸生到时，他要他们在一丈见方底大黄旗上写个帅字，字画要像斗底粗大，还要一笔写成。一个生员王志道缚草为笔，用大缸贮墨汁将草笔泡在缸里，三天，再取出来写。果然一笔写成了。他以为可以讨献忠底喜欢，谁知献忠说，"他日图我必定是你"，立即把他杀来祭旗。献忠对待念书人是多么痛快。他知道他们是寄生底寄生。他底使命是来杀他们。

东城西城底天空中，时见一群一群旋飞的鸽子。除去打麻雀、逛窑子、上酒楼以外，这也是一种古典的娱乐。这种娱乐也来得群众化一点。它能在空中发出和悦的响声，翩翩地飞绕着，教人觉得在一个灰白色的冷天，满天乱飞乱叫底老鸹底讨厌。然而在刮大风底时候，若是你有勇气上景山底最高处，看看天安门楼屋脊上底鸦群，噪叫底声音是听不见，它们随风飞扬，直像从什么大树飘下来底败叶，凌乱得有意思。

万春亭周围被挖得东一沟，西一窟，据说是管宫底当局挖来试看煤山是不是个大煤堆，像历来的传说所传底，我心里暗笑信这说底人们。是不是因为北宋亡国底时候，都人在城被围时，拆毁艮岳底建筑木材去充柴火，所以计划建筑北京底人预先堆起一大堆煤，万一都城被围底时，人民可以不拆宫殿。这是笨想头。若是我来计划，最好来一个米山。米在万急的时候，也可以生吃，煤可无论如何吃不得。又有人说景山是太行的最终一峰。这也是瞎说。从西山往东几十里平原，可怎么不偏不颇在北京城当

220

中出了一座景山：若说北京底建设就是对着景山底子午，为什么不对北海底琼岛？我想景山明是开紫金城外底护河所积底土，琼岛也是垒积从北海挖出来底土而成的。

从亭后底树缝里远远看见鼓楼。地安门前后底大街，人马默默地走，城市底喧嚣声，一点也听不见。鼓楼是不让正阳门那样雄壮地挺着。它底名字，改了又改，一会是明耻楼，一会又是齐政楼，现在大概又是明耻楼吧。明耻不难，雪耻得努力。只怕市民能明白那耻底还不多，想来是多么可怜。记得前几年"三民主义""帝国主义"这套名词随着北伐军到北平底时候，市民看些篆字标语，好像都明白各人蒙着无上的耻辱，而这耻辱是由于帝国主义底压迫。所以大家也随声附和唱着打倒和推翻。

从山上下来，崇祯殉国底地方依然是那么半死的槐树。据说树上原有一条链子锁着，庚子联军入京以后就不见了。现在那枯槁的部分，还有一个大洞，当时的链痕还隐约可以看见。义和团运动的结果，从解放这棵树，发展到解放这民族。这是一件多么可以发人深思底对象呢？山后的柏树发出幽恬底香气，好像是对于这地方底永远供物。

寿皇殿锁闭得严严地，因为谁也不愿意努尔哈赤底种类再做白痴的梦。每年底祭祀不举行了，庄严的神乐再也不能听见，只有从乡间进城来唱秧歌的孩子们，在墙外打的锣鼓，有时还可以送到殿前。

到景山门，回头仰望顶上方才所坐底地方，人都下来了。树上几只很面熟却不认得底鸟在叫着。亭里残破的古佛还坐在结那没人能懂底手印。

【导读】

许地山，笔名落华生，1893年生于台湾台南一个爱国志士的家庭。台湾被割让后，随父母返大陆，在颠沛动荡中完成初、中级教育。1917年入燕京大学文学院学习，曾积极参加五四运动，与郑振铎、瞿秋白等创办《新社会》旬刊。1920年毕业后，转入燕大神学院学习；当年底，与周作人、郑振铎、沈雁冰等12人发起成立文学研究会，创办《小说月报》，成为我国现代文学史上第一个规模大、影响广的新文学刊物。1921年初，以"落华生"为笔名发表第一篇小说《命命鸟》，引起文坛热议。1922年从燕大神学院毕业后出国留学，在哥伦比亚大学、牛津大学研究宗教史、哲学、民俗学等；回国途中短期逗留印度，研究梵文及佛学。1927年起先后任燕京大学助教、副教授、教授，并在北京大学、清华大学兼课，直到1935年因与燕大校长司徒雷登不合，去香港大学任教。在此期间，他专心于宗教比较学研究，文学创作渐少。《上景山》发表于1934年12月《太白》第1卷第6期，这篇游记散文平实蕴藉，冲淡隽永，在风景的描写中深藏忧愤之情，是许地山后期散文的代表作之一。"七七事变"后，他积极投身抗日救亡运动。1941年，许地山因心脏病猝然与世长辞。

中国人失掉自信力了吗

鲁迅

从公开的文字上看起来：两年以前，我们总自夸着"地大物博"，是事实；不久就不再自夸了，只希望着国联，也是事实；现在是既不夸自己，也不信国联，改为一味求神拜佛，怀古伤今了——却也是事实。

于是有人慨叹曰：中国人失掉自信力了。

如果单据这一点现象而论，自信其实是早就失掉了的。先前信"地"，信"物"，后来信"国联"，都没有相信过"自己"。假使这也算一种"信"，那也只能说中国人曾经有过"他信力"，自从对国联失望之后，便把这他信力都失掉了。

失掉了他信力，就会疑，一个转身，也许能够只相信了自己，倒是一条新生路，但不幸的是逐渐玄虚起来了。信"地"和"物"，还是切实的东西，国联就渺茫，不过这还可以令人不久就省悟到依赖它的不可靠。一到求神拜佛，可就玄虚之至了，有益或是有害，一时就找不出分明的结果来，它可以令人更长久的麻醉着自己。

中国人现在是在发展着"自欺力"。

"自欺"也并非现在的新东西，现在只不过日见其明显，笼罩了一切罢了。然而，在这笼罩之下，我们有并不失掉自信力的中国人在。

我们从古以来，就有埋头苦干的人，有拼命硬干的人，有为民请命的人，有舍身求法的人，……虽是等于为帝王将相作家谱的所谓"正史"，也往往掩不住他们的光耀，这就是中国的脊梁。

这一类的人们，就是现在也何尝少呢？他们有确信，不自欺；他们在前仆后继的战斗，不过一面总在被摧残，被抹杀，消灭于黑暗中，不能为大家所知道罢了。说中国人失掉了自信力，用以指一部分人则可，倘若加于全体，那简直是诬蔑。

要论中国人，必须不被搽在表面的自欺欺人的脂粉所诓骗，却看看他的筋骨和脊梁。自信力的有无，状元宰相的文章是不足为据的，要自己去看地底下。

九月二十五日

【导读】

1927年9月离开广州后，46岁的鲁迅在上海度过了他一生的最后九年。这九年，他经历了南京国民政府成立、东北易帜、实行"训政"、"九一八"事变，更目睹了近在咫尺的"一·二八"事变。日本占领东北全境后，国内悲观论调一时甚嚣尘上。国民党政府一方面坚持"不抵抗主义"，一方面把希望寄托在"国联"的调停上，后来有些国民党官僚政客和社会"名流"竟然在北京等地多次举行"法会"，祈祷"解救国难"。1934年4月，南京政府考试院院长戴季陶和下野军阀段祺瑞等发起，在杭州灵隐寺举行"时轮金刚法会"，请第九世班禅喇嘛"为国内消灾患，为世界祈和平"。8月27日，当时颇有影响的《大公报》也发表了题为《孔子诞辰纪念》的社评，散布"中国人失去了自信力"的论调。本文写于"九一八"事变三周年之际，凭着对社会现状的洞悉，鲁迅一针见血地指出：有些中国人不仅丧失了"自信力"，而且发展出"自欺力"，"然而，在这笼罩之下，我们有并不失掉自信力的中国人在。我们从古以来，就有埋头苦干的人，有拼命硬干的人，有为民请命的人，有舍身求法的人，……这就是中国的脊梁"。

一九三四年十月十日在上海

巴金

大都市的月亮没有光辉。宽广的马路两旁玻璃橱窗里射出来辉煌的灯光，高楼大厦上的霓红灯射出来刺目的红绿颜色。

人走在人行道上看不见月色。他满眼都是电车，汽车黄包车。大都市的确很热闹。

但是渐渐地大都市有些疲倦了。各种车子也少起来。法租界的大马路也显得清静了。

两个喝醉了的外国水手从一家白俄开的跳舞场里出来，嘴里含糊地说着放肆的话。跳舞场门口有着红、绿、蓝、黄四色的霓红灯，里面奏着爵士音乐。

"米昔！米昔！"马路上有三个黄包车夫拖着空车向着外国水手跑过去，口里乱嚷着。那两个醉得脸通红的白皮肤的人正走下人行道，就给他们围住了。

他们并不跳上车。年纪轻一点的水手忽然飞起一只脚踢在一个车夫的屁股上，用很清楚的中国话骂着："狗！"

于是车子全散开，让这两个人带笑地走了。

中年的黄包车夫拖了空车慢慢地跨过街心，因为这一踢使他的屁股上那个地方还在痛。羞辱和痛苦压住他的心。他抬起头望着天空，祷告似的喃喃说：

"天啊，为什么我的鼻子不高起来？我的眼睛不落下去？我的头发不黄，眼珠不绿，皮肤不白呢？"

225

天是不会开口的，它看见任何不公平的事情也不会开口。

中年车夫只得埋下头，继续往前面走了。

"外国人究竟肯花钱啊！"他又这样地想道，因为他从外国客人那里拿到过较多的车钱。然而他马上想起了另一件事情：两天以前他拉着一个外国客人到处跑了两个钟头，只得到四角钱和两记重重的耳光，连鼻血也给打出来了。

"他们肯花钱啊！"这一次他再想到这个就有些发恼。他那时生时灭的对于不公平事情的愤恨又渐渐地在他的胸膛里燃烧起来了。

他慢慢地拖了空车走着，忽然他的左膀给一只有力的手抓住了。同时他的耳边响起了一句清楚的中国话："走，快走！"

他连忙掉头一看，一个高大的人站在他的身边，高鼻子，黄头发，绿眼珠，白皮肤，从那深陷的眼睛里射出来一股轻蔑的眼光，这眼光代替嘴说出了一个字："狗！"

中年车夫没有反抗，也没有迟疑，马上放下车子让那个人坐上去，于是拉起车往前跑了。

那个白皮肤的人在车上不停地用皮鞋踢踏板，口里哼着下流的西洋小调，一面给车夫指路，一面催车夫跑得再快些。然而车夫已经用尽力气了。

在马路旁边一个巷子里车子停了下来。白皮肤的人轻蔑地掷了一个双角在地上，并不看车夫一眼。

石阶上有几家小店，都挂着酒吧间的洋招牌，但都上了铺板。有一家的门半开，从里面送出来男女的笑声，白皮肤的人刚跨进去就给一个有着小孩面孔的红衣姑娘接住了。

车夫放下车子，就坐在踏板上休息。他想到自己那个被卖掉的女儿，三年来他没有得到她任何的消息。

那家小店的门依旧半开，车夫看见了里面的景象。几个黄皮肤的小姑娘坐在高大的白皮肤的人的怀里，她们的小脸上露出来不自然的媚笑。

车夫心痛了好一会儿，终于疲倦地站起来，拉起车子走了。在路上他抬起头望着天空祷告似的喃喃说：

"天啊，为什么我们的鼻子不高起来？我们的眼睛不落下去？我们的头发不黄？眼珠不绿，皮肤不白呢？"

在那个为白皮肤的人开设的下等酒吧间里面，一个中国小姑娘在膀子上生满了毛的外国水手的怀中哭了。

中国女子的哭常常是有泪无声的。她今年才十四岁呢，然而父母却把她的不曾发育完全的身体卖到这里来，给那些可以做她父亲的人蹂躏了。

她的身体十分娇小，坐在那个高大的外国水手的怀里简直像一只小猫，怪不得他叫她做可爱的小猫了。

年轻女孩向来多幻想，但是现实生活把她的幻想一个一个地打破了。她常常像痴呆一般地坐在高大的白皮肤的人的怀里，让他们玩弄。有时候她却又不能不记起她的父母，她离开他们的时候，母亲正在生病，父亲靠拉车度日。这是三年前的事情了，她以后就跟他们断绝了音信。在这个世界上她就成了孤孤单单的一个人。

那个水手色情地抓住她的娇小的身子在抚弄。他快活地想："在地中海旁边我们的国家里也不曾见过这样可爱的东西呀！是这样的一种滋味！那些黄皮肤的野蛮人，吃饭不用刀叉，喝茶不放糖，说话就像吵闹，把人当做马来骑，像猪一般活在污秽里，身躯短小，形容萎顿，为了一块钱就会卖掉朋友，卖掉父亲！想不到在他们里面居然有着这样的宝贝！上海的确好过非洲殖民地，也好过号称小巴黎的西贡啊！"

小姑娘给文明人的毛手抚弄着。她抬起泪眼望天，但是天却给屋顶遮住了。她望着新近油漆过的天花板，祷告似的在心里念着：

"天啊，为什么我的鼻子不高起来？我的眼睛不落下去？我的头发不黄，眼珠不绿，皮肤不白呢？为什么我就不能够变做一个像他那样的人呢？为什么我就不早死呢？"

她不能够念下去了，那一张沉重的大嘴压下来，喷了她一脸的酒气，闷得她透不过气来。

对面一条马路的转角，一个高等跳舞场开在那里，五六个高等华人拥了两三位名媛走出来，坐上两部汽车开走了。

"做一个中国人是多么幸福啊！父母给我们留下那么多的财产，社会给我们留下那么多的苦力！……"

那个白净脸的年轻绅士，棉纱大王的儿子在汽车里满意地想道。

一九三四年十月在上海

【导读】

巴金的这篇散文于1934年发表在《新生周刊》第1卷第36期上，原题为《一九三×年·双十节·上海》。本文写的是民国双十国庆之夜巴金在上海的见闻，包含对殖民都会中诸种丑恶社会现象的批判与反思。巴金一生出版了42部散文集，另有包含散文成分的合集9部，共51部。他的散文内容丰富，形式多样，既记录自己的生活，又谈论自己的思想和创作，被誉为散文大家。唐弢称赞巴金的散文"文字清丽流畅……感情在叙述的情节中回荡，事态随着情绪的湍流展开，虚实相间，挥洒自如……具有一种内在的魅力和光彩"。

可爱的中国（节选）

方志敏

朋友！中国是生育我们的母亲。你们觉得这位母亲可爱吗？我想你们是和我一样的见解，都觉得这位母亲是蛮可爱蛮可爱的。以言气候，中国处于温带，不十分热，也不十分冷，好像我们母亲的体温，不高不低，最适宜于孩儿们的偎依。以言国土，中国土地广大，纵横万数千里，好像我们的母亲是一个身体魁大、胸宽背阔的妇人，不像日本姑娘那样苗条瘦小。中国许多有名的崇山大岭，长江巨河，以及大小湖泊，岂不象征着我们母亲丰满坚实的肥肤上之健美的肉纹和肉窝？中国土地的生产力是无限的；地底蕴藏着未开发的宝藏也是无限的；废置而未曾利用起来的天然力，更是无限的。这又岂不象征着我们的母亲，保有着无穷的乳汁，无穷的力量，以养育她四万万的孩儿？我想世界上再没有比她养得更多的孩子的母亲吧。至于说到中国天然风景的美丽，我可以说，不但是雄巍的峨嵋，妩媚的西湖，幽雅的雁荡，与夫"秀丽甲天下"的桂林山水，可以傲睨一世，令人称羡；其实中国是无地不美，到处皆景，自城市以至乡村，一山一水，一丘一壑，只要稍加修饰和培植，都可以成流连难舍的胜景；这好像我们的母亲，她是一个天姿玉质的美人，她的身体的每一部分，都有令人爱慕之美。中国海岸线之长而且弯曲，照现代艺术家说来，这象征我们母亲富有曲线美吧。咳！母亲！美丽的母亲，可爱的母亲，只因你受着人家的压榨和剥削，弄成贫穷已极；不但不能买一件新的好看的衣服，把你自己装饰起来；甚至不能买块香皂将你全身洗擦洗擦，以致现出怪难看的一种憔悴褴褛和污秽不洁的形容来！啊！我们的母亲太可怜了，一个天生的丽人，现在却变成叫化的婆子！站在欧洲、美洲各位华贵的太太面前，固然是深愧不如，就是站在那日本小姑娘面前，也自惭形秽得很呢！

听着！朋友！母亲躲到一边去哭泣了，哭得伤心得很呀！她似乎在骂着："难道我四万万的孩子，都是白生了吗？难道他们真像着了魔的狮子，一天到晚地睡着不醒吗？难道他们不知道自己伟大的团结力量，去与残害母亲、剥削母亲的敌人斗争吗？难道他们不想将母亲从敌人手里救出来，把母亲也装饰起来，成为世界上一个最出色、最美丽、最令人尊敬的母亲吗？"朋友，听到没有母亲哀痛的哭骂？是的，是的，母亲骂得对，十分对！我们不能怪母亲好哭，只怪得我们之中出了败类，自己压制自己，眼睁睁地望着我们这位挺慈祥美丽的母亲，受着许多无谓的屈辱，和残暴的蹂躏！这真是我们做孩子们的不是了，简直连一位母亲都爱护不住了！

朋友，看呀！看呀！那名叫"帝国主义"的恶魔的面貌是多么难看呀！在中国许多神怪小说上，也寻不出一个妖精鬼怪的面貌，会有这些恶魔那样的狞恶可怕！满脸满身都是毛，好像他们并不是人，而是人类中会吃人的猩猩！他们的血口，张开起来，好似无底的深洞，几千几万几千万的人类，都会被它吞下去！他们的牙齿，尤其是那伸出口外的獠牙，十分锐利，发出可怕的白光！他们的手，不，不是手呀，而是僵硬硬的铁爪！那么难看的恶魔，那么狞狞可怕的恶魔！一、二、三、四、五，朋友，五个可怕的恶魔，正在包围着我们的母亲呀！朋友，看呀，看到了没有？呸！那些恶魔将母亲搂住呢！用他们的血口，去亲她的嘴、她的脸，用他们的铁爪，去抓破她的乳头、她的可爱的肥肤！呀，看呀！那个戴着粉白的假面具的恶魔，在做什么？他弯身伏在母亲的胸前，用一支锐利的金管子，刺进，呀！刺进母亲的心口，他的血口，套到这金管子上，拼命地吸母亲的血液！母亲多么痛呵，痛得嘴唇都成白色了。噫，其他的恶魔也照样做吗？看！他们都拿出各种金的、铁的或橡皮的管子，套住在母亲身上被他们铁爪抓破流血的地方，都拼命吸起血液来了！母亲，你有多少血液，不要一下子就被他们吸干了吗？

嘎！那矮矮的恶魔，拿出一把屠刀来了！做什么？呸！恶魔！你敢

230

割我们母亲的肉？你想杀死她？咳哟！不好了！一刀！拍的一刀！好大胆的恶魔，居然向我们母亲的左肩上砍下去！母亲的左臂，连着耳朵到颈，直到胸腔，都被砍下来了！砍下了身体的那么一大块——五分之一的那么一大块！母亲的血在涌流出来，她不能哭出声来，她的嘴唇只是在那里一张一张地动，她的眼泪和血在竞着涌流！朋友们！兄弟们！救救母亲呀！母亲快要死去了！

啊！那矮的恶魔怎么那样凶恶，竟将母亲那么一大块身体，就一口生吞下去，还在那里眈眈地望着，像一只饿虎向着驯羊一样地望着！恶魔！你还想砍，还想割，还想把我们的母亲整个吞下去？！兄弟们！无论如何不能与它干休！它砍下而且生吞下去母亲的那么一大块身体！母亲现在还像一个人吗，缺了五分之一的身体？美丽的母亲，变成一个血迹模糊肢体残缺的人了。兄弟们，无论如何，不能与它干休，大家冲上去，捉住那只恶魔，用铁拳痛痛地捶它，捶得它张开口来，吐出那块被生吞下去的母亲身体，才算，决不能让它在恶魔的肚子里消化了去，成了它的滋养料！我们一定要回来一个完整的母亲，绝对不能让她的肢体残缺呀！

呸！那是什么人？他们也是中国人，也是母亲的孩子？那么为什么去帮助恶魔来杀害自己的母亲呢？你们看！他们在恶魔持刀向母亲身上砍的时候，很快地就把砍下来的那块身体，双手捧到恶魔血口中去！他们用手拍拍恶魔的喉咙，使它快吞下去；现在又用手去摸摸恶魔的肚皮，增进它的胃之消化力，好让快点消化下去。他们都是所谓高贵的华人，怎样会那么恭顺地秉承恶魔的意旨行事？委曲求欢，丑态百出！可耻，可耻！傀儡，卖国贼！狗彘不食的东西！狗彘不食的东西！你们帮助恶魔来杀害自己的母亲，来杀害自己的兄弟，到底会得到什么好处？！我想你们这些无耻的人们呵！你们当傀儡、当汉奸、当走狗的代价，至多只能伏在恶魔的肛门边或小便上，去吸取它把母亲的肉、母亲的血消化完了排泄出来的一点粪渣和尿滴！那是多么可鄙弃的人生呵！

朋友，看！其余的恶魔，也都拔出刀来，馋涎欲滴地望着母亲的身体，难道也像矮的恶魔一样来分割母亲吗？啊！不得了，他们如果都来操刀而割，母亲还能活命吗？她还不会立即死去吗？那时，我们不要变成了无母亲的孩子吗？咳！亡了母亲的孩子，不是到处更受人欺负和侮辱吗？朋友们，兄弟们，赶快起来，救救母亲呀！无论如何，不能让母亲死亡的呵！

朋友，你们以为我在说梦呓吗？不是的，不是的，我在呼喊着大家去救母亲呵！再迟些时，她就要死去了。

朋友，从崩溃毁灭中，救出中国来，从帝国主义恶魔生吞活剥下，救出我们垂死的母亲来，这是刻不容缓的了。但是，到底怎样去救呢？是不是由我们同胞中，选出几个最会做文章的人，写上一篇十分娓娓动听的文告或书信，去劝告那些恶魔停止侵略呢？还是挑选几个最会演说、最长于外交辞令的人，去向他们游说，说动他们的良心，自动地放下屠刀不再宰割中国呢？抑或挑选一些顶善哭泣的人，组成哭泣团，到他们面前去，长跪不起，哭个七日七夜，哭动他们的慈心，从中国撒手回去呢？再或者……我想不讲了，这些都不会丝毫有效的。哀求帝国主义不侵略和灭亡中国，那岂不等于哀求老虎不吃肉？那是再可笑也没有了。我想，欲求中国民族的独立解放，决不是哀告、跪求哭泣所能济事，而是唤起全国民众起来斗争，都手执武器，去与帝国主义进行神圣的民族革命战争，将他们打出中国去，这才是中国唯一的出路，也是我们救母亲的唯一方法，朋友，你们说对不对呢？

……

不错，目前的中国，固然是江山破碎，国弊民穷，但谁能断言，中国没有一个光明的前途呢？不，决不会的，我们相信，中国一定有个可赞美的光明前途。中国民族在很早以前，就造起了一座万里长城和开凿了几千里的运河，这就证明中国民族伟大无比的创造力！中国在战斗之中一旦斩去了帝国主义的锁链，肃清自己阵线内的汉奸卖国贼，得到了自由与解放，这种创造力，将会无限地发挥出来。到那时，中国的面貌将会被我们改造一新。所有贫穷和灾荒，混乱和仇杀，饥饿和寒冷，疾病和瘟疫，迷信和愚昧，以及那慢性的杀灭中国民族的鸦片毒物，这些等等都是帝国主义带给我们可憎的赠品，将来也要随着帝国主义的赶走而离去中国了。

朋友，我相信，到那时，到处都是活跃跃的创造，到处都是日新月异的进步，欢歌将代替了悲叹，笑脸将代替了哭脸，富裕将代替了贫穷，康健将代替了疾苦，智慧将代替了愚昧，友爱将代替了仇杀，生之快乐将代替了死之悲哀，明媚的花园，将代替了凄凉的荒地！这时，我们民族就可以无愧色地立在人类的面前，而生育我们的母亲，也会最美丽地装饰起来，与世界上各位母亲平等地携手了。

　　这么光荣的一天，决不在辽远的将来，而在很近的将来，我们可以这样相信的，朋友！

【导读】

　　方志敏，1899年出生于江西上饶一个世代务农的家庭，从小天资聪颖，少年时期，在家乡断断续续读了5年私塾；17岁进县城读高等小学；1919年，怀着"实业救国"的梦想考入江西省甲种工业学校；后因领头闹学潮，遭校方"除名"。1921年秋，考入基督教南伟烈学校，接触到马克思主义著作和《新青年》《先驱》等革命书刊，思想上发生深刻变化；次年，因无力支付学费而退学。1922年夏，方志敏漂泊到上海。在沪的不到两个月里，他在上海大学旁听过，担任过《民国日报》的校对，发表过一篇小说《谋事》，加入了中国社会主义青年团。这次上海之行成为他人生重要的转折。1924年3月加入中国共产党后，方志敏全身心投入到革命事业中：大革命时期，他是杰出的农民运动领袖；土地革命时期，他以"两条半枪闹革命"，开创了赣东北革命根据地，被毛泽东评价为"方志敏式"的农村革命根据地；1934年1月，在中共六届五中全会上增补为中央委员。1935年1月，方志敏率领红十军团北上途中，被国民党军队包围，不幸被俘。在生命的最后6个多月里，方志敏留下了16篇文稿，共计约14万字，《可爱的中国》是其中一篇。1935年8月6日，方志敏被秘密处决，时年36岁。

钢铁假山

夏丏尊

案头有一座钢铁的假山，得之不费一钱，可是在我室内的器物里面，要算是最有重要意味的东西。

它的成为假山，原由于我的利用，本身只是一块粗糙的钢铁片，非但不是什么"吉金乐石"片，说出来一定会叫人发指，是"一·二八"之役日人所掷的炸弹的裂块。

这已是三年前的事了。日军才退出，我到江湾立达学园去视察被害的实况，在满目凄怆的环境中徘徊了几小时，归途拾得这片钢铁块回来。这种钢铁片，据说就是炸弹的裂块，有大有小，那时在立达学园附近触目皆是。我所拾的只是小小的一块。阔约六寸，高约三寸，厚约二寸，重约一斤。一面还大体保存着圆筒式的弧形，从弧线的圆度推测起来，原来的直径应有一尺光景，不知是多少磅重的炸弹了。另一面是破裂面，巉削凹凸，有些部分像峭壁，有些部分像危岩，锋棱锐利得同刀口一样。

江湾一带曾因战事炸毁过许多房子，炸杀过许多人。仅就立达学园一处说，校舍被毁的过半数。那次我去时瓦砾场上还见到未被收殓的死尸。这小小的一块炸弹裂片，当然参与过残暴的工作，和刽子手所用的刀一样，有着血腥气的。论到证据的性质，这确是"铁证"了。

我把这铁证放在案头上作种种的联想，因为锋棱锐利摆不平稳，每一转动，桌上就起擦损的痕迹。最初就想配了架子当作假山来摆。继而觉得把惨痛的历史的证物，变装为古董性的东西，是不应该的。一向传来的古董品中，有许多原是历史的遗迹，可是一经穿上了古董的衣服，就减少

234

了历史的刺激性，只当作古董品被人玩耍了。

这块粗糙的钢铁，不久就被我从案头收起，藏在别处，忆起时才取出来看。新近搬家整理物件时被家人弃置在杂屑篓里，我寻了许久才发见。为永久保藏起见，颇费过些思量。摆在案头吧，不平稳，而且要擦伤桌面。藏在衣箱里吧，防铁锈沾惹坏衣服，并且拿取也不便。想来想去，还是去配了架子当作假山来摆在案头好。于是就托人到城隍庙一带红木铺去配架子。

现在，这块钢铁片，已安放在小小的红木架上当作假山摆在我的案头了。时间经过三年之久，全体盖满了黄褐色的铁锈，凹入处锈得更浓。碎裂的整块的，像沈石田的峭壁，细杂的一部分，像黄子久的皴法，峰岗起伏的轮廓有些像倪云林。客人初见到这座假山的，都称赞它有画意，问我从什么地方获得。家里的人对它也重视起来，不会再投入杂屑篓里去了。

这块钢铁片现在总算已得到了一个处置和保存的方法了，可是同时却不幸地着上了一件古董的衣裳。为减少古董性显出历史性起见，我想写些文字上去，使它在人的眼中不仅是富有画意的假山。

写些什么文字呢？诗歌或铭吗？我不愿在这严重的史迹上弄轻薄的文字游戏，宁愿老老实实地写几句记实的话。用什么来写呢？墨色在铁上是显不出的，照理该用血来写，必不得已，就用血色的朱漆吧。今天已是二十四年的一月十日了，再过十八日，就是今年的"一·二八"，我打算在"一·二八"那天来写。

【导读】

1925年，离开了春晖中学后，夏丏尊与匡互生、朱自清等人发起组织"立达学会"，在上海江湾创办立达学园。"立达"取自《论语》中"己欲立而立人，己欲达而达人"。学会51位成员大部分为文化教育界知名人士，如周建人、陈望道、叶圣陶、郑振铎、丰子恺、陈抱一、朱自清、胡愈之、周予同、刘大白、朱光潜、李叔同、楚图南、钱君匋等人，他们都无条件到学园义务授课，鲁迅也曾到学园讲演。夏丏尊教国文，也教文艺思潮。1932年"一·二八"日寇入侵上海，十九路军奋起英勇抵抗，战争就在大场和江湾一带，日机肆意轰炸，立达学园的农场、鸡场、蜂场全被炸毁，校舍也被炸毁大半。夏丏尊从满目疮痍的瓦砾场上捡回一块重约一斤的弹片，当作假山摆在案头，为的是让后人记住这残暴侵略的"铁证"，因为它"有些部分像峭壁，有些部分像危岩"。这些后来被夏丏尊写在《钢铁假山》一文中，以一种独特的方式纪念战争历史。该文发表于1935年《中学生》杂志第52期，收录于他的散文集《平屋杂文》。

念奴娇·昆仑

毛泽东

横空出世，莽昆仑，阅尽人间春色。

飞起玉龙三百万，搅得周天寒彻。

夏日消溶，江河横溢，人或为鱼鳖。

千秋功罪，谁人曾与评说？

而今我谓昆仑：不要这高，不要这多雪。

安得倚天抽宝剑，把汝裁为三截？

一截遗欧，一截赠美，一截还东国。

太平世界，环球同此凉热。

【导读】

1934年10月，红军主力从江西瑞金出发，用367天的时间，走过了赣、闽、粤、湘、黔、桂、滇、川、康、甘、陕等11个省，先后翻越20多座大山，飞渡近20条江河，击溃敌人无数次围追堵截，行程二万五千里，终于在1935年10月到达陕北革命根据地。一个月前，张国焘率领左路军坚持南下。在无法说服张国焘的情况下，毛泽东只得率领中央红军继续北上，9月17日突破天险腊子口，次日在翻越岷山的时候，毛泽东极目四望，第一次看到雪峰如海的昆仑山。两天后，毛泽东在甘南小镇哈达铺读到一张报纸，意外地发现一个令人振奋的消息：陕北有刘志丹的红军和面积不小的苏区。他当即决定：到陕北创建根据地，实现北上抗日的目标。确定了长征的落脚点让毛泽东豁然开朗、如释重负。带着"柳暗花明又一村"的喜悦，毛泽东在10月写下了这首词和《七律·长征》《清平乐·六盘山》。然而，雄才大略的毛泽东很清醒，长征虽然胜利在望，但日本帝国主义正加快侵略中国的步伐，企图独占中国。这样，在他眼中，昆仑就成了帝国主义的象征，它既"白龙万千，纵横飞舞"，又"危害中国，好看不好吃"。毛泽东"试为评之"，于是赋出这首雄压千古的佳作。

神奇的四川

徐懋庸

久闻四川是个神奇的世界，那里的人民过年过得特别快，从同一纪元算起，在同一时期内，别地方的人们到二十四年，四川人至少已到四十多年了。关于这事，我们非四川人，向来只听到零星的一些传说，不知究竟如何。我在最近出版的《汗血月刊》第四卷第四号上，偶然看到了详情。

四卷四号的《汗血月刊》，是"各省现实政治调查专号"，里面的精彩文字，据编者说，"首推叶翔之君的《四川现实政治调查》"一文。叶君调查得四川各军征收粮税的情形如下：

（甲）二十一军——二十一军征粮，前为一年四征，现已改为一年分上下两季征收，但粮额加重，无异是以四年预征全数，在一年中分两次收取，附加甚重，正粮与附加税的比率，竟达一与二十之比，如泸县每粮一石，共须附加十三元六角一分，现已预征至四十余年。

（乙）二十军——二十军征粮，一年六征，每粮一石，正额二十四元，附加须五十三元，现已预征至民国五十三年。

（丙）二十九军——二十九军征粮，一年六征，每粮一石，附加洋八元九角，现已预征至民国七十三年。

（丁）二十八军——二十八军征粮，一年六征，现已预征至民国七十八年。

（戊）其他各军——二十四军征粮，一年八征，现已预征至民国六十余年。二十三军在以前的征粮情形，最可骇人，约预征在民国一百年以上。新编第六师，已预征至民国五十八年。新新二十三师，现已预征至民国五十七年。

这样一篇细账，给他省的人们看看是颇有意思的。我的在浙东的老家，并无分寸的土地，然而不知道为什么却有粮税，作为家长的我的伯父，常常因为无力纳粮，被捉去坐监。每逢粮差下乡，便是我家最忧恐的时候。然而，我们所未纳的却是旧粮，有的还是前清时候欠下的，比起四川的情形来，的确不可同日而语了。四川各军的预征粮税，据说在民五以后，自民五至今，已征到一百余年，这样加速度地下去，说不定在民国一百年之前预征到一千余年，"人生不满百，常怀千岁忧"，这两句古诗，也可为四川农民咏了。

然而，四川毕竟是天府之国，土地的出息那么大，在"正供"和"附加"的重征之下，经得起预征四五十年到一百年之多，较之一天只会生一个金蛋经不起破腹预支的鸭子，确实强得多了。但这也许是四川各军的洪福齐天所致罢，这样的天赋，实在也太grotesque（荒唐——编注）了。

不过，据叶翔之君说来，这个神奇的四川，也必至达到两种结果："一是军方不顾民困，再深刻的搜刮，必至官逼民反，酿成民变。二是收入不敷支出（那样的收入还不敷支出！），军方负债更重，促成金融的崩溃，而军队本身亦同时瓦解。"

所以在同一期《汗血月刊》上，吴致华先生"仿鲁迅的调子"叫道："救救川人！"

【导读】

徐懋庸，原名徐茂荣，1910年底出生于浙江上虞一个贫困的工匠家庭。6岁上小学，自幼天赋过人，国文成绩突出。高小毕业后，他13岁起任小学教员；15岁参加上虞进步青年组织；16岁参加大革命；1927年"四一二"反革命政变后遭通缉，他避居上海，进入半工半读的劳动大

240

学中学部，学会了法语、日语与英文，1930年9月毕业后，返回浙江，在中学任教，开始翻译外国文学作品。1933年春，23岁的他再赴上海，常为《申报》副刊《自由谈》写稿，崭露头角，结识鲁迅，其杂文的笔触、风格亦酷似鲁迅。1934年春，加入中国左翼作家联盟，任常委、宣传部长、书记，编辑《新语林》《芒种》《太白》等刊物，并负责与鲁迅联系。那时，徐懋庸以杂文著称。与鲁迅一样，他把杂文当作匕首投枪，具有强烈的战斗性，对时弊、秽丑恶习和杂色人等进行猛烈攻击。主要杂文集有《不惊人集》《打杂集》《打杂新集》等。《神奇的四川》发表于1935年《太白》第1卷第9期，它引用国民党上海市党部喉舌《汗血月刊》上一篇《四川现实政治调查》，斥责军方横征暴敛。这篇杂文点到为止，遒劲有力。

灰色的手

万迪鹤

　　我跑了几个地方都见不着人，天色已经晚了。走了一条马路又一条马路，晚间的都市是更加辉煌夺目了，绚烂的灯光，扰攘不宁的嚣声，腐烂的意味，和迷人的香气，在空间播送着。

　　跑到电车里去，头等里面的洋太太们颈子上的粉和口红，也浓得快要滴下来了，在这疯狂了一般的世纪末，她们的装束也利用人类疯狂的心理，利用强烈的色调来刺激了。

　　这是些什么人呢？是贵妇？或者是洋娼吧？听说白俄在上海流落的很多，她们是贵妇又是洋娼，大约是这一类的人了。

　　她们的祖国已经变成另一个世界了，她们仇恨那个没有贵妇人的祖国。她们身上是循环着贵族的血，她们不愿意回她们的祖国，在异地她们一面出卖自己的肉体，一面幻想着贵妇人的豪华，她们甘心过着飘泊、破落、糜烂、死亡的生活。人类在历史上演着可笑的悲剧，这是最后的一回了。

　　我看着她们的样子，个个都是硕大无朋的腰身。胸前袋着两个很大的乳房，手指甲剔得白净，涂得血红，手背手膀上的黄汗毛非常之多，那肥大的腰间锁了一条宽带，使人看了想到勒在马肚上的一条宽带了，身上香水和汗臭混和着，她们见了一个穷中国小子碰了她一下，或者站在她跟前来，她们会马上用贵妇人的身份鄙夷的眼光望着。

　　我从车上跳下来，走了一段路，到了个僻静一点的马路上，我在那个人行道上漫步着。

　　忽然一只手伸到我面前来了，一双干枯的手指，那一张面孔是灰色

242

的，面上满是青筋，那面孔看去有五十多岁，青灰色的面孔上满是皱纹，那饥饿的颜色和灰白的头发，在我前面也渐次显明了。

"做做好事！做做好事！一个铜板！把一个铜板！"

这声音是颤抖的，这是听得很熟悉的，这是饥饿的声音，也是在恐惧当中发出的声音。

"做做好事，我一天没有吃饭，做做好事！"

我摸我的口袋，我口袋里已不剩零钱了，我正在预备告诉他，说我是没有带零钱的当儿，一个巡捕手里捏了木棒赶了过来照头一棒，当他意识到逃走的当儿，已经来不及了，我看见他一跄一跌地歪过去了，靠那短墙站着。

"不要打，不要打，我走就是，我走！"

看看他已经支持不住了。

这地方有一个大的赌博公司，这地方每到晚上灯光亮了的时候，有许多的巡捕在这地方走来走去，这是用来保障公司和赌客的安全的，凡是小贩、车夫、游民、叫化，一律驱逐，然而这老头儿一个钱没有讨到手，却受了这样沉重的一击了。

"嗳，不要打，不要打！"

这声音，这微微颤抖的声音，是被压迫者无可奈何的呼声，为什么不能够强硬些？为什么不是愤怒的呢？

我不愿意听这种声音了。

我一直往前面走着，我怕听见这种声音。

然而我耳朵里老是有这样的声音。

"嗳，不要打，不要打！"

我很快地往前面走去，但是这个印象老是纠缠了我，而且没有多少时光，又遇见一只手了，一只没有血色干枯的手，它拳曲着，一上一下地动摇。

"做做好事，先生，做做好事！"

这个三十来岁的女的，带了一群孩子，一共三个孩子，最小的一个抱在怀里正在睡觉，另一个小的拉住她的衣角。对面街角里也有这么的一个妇人，也在那边叫讨。

虽然这是在租界上，但这都是我们中国人，有的是从我的故乡逃出来的，有的是从别一些他们的故乡逃出来的，连年的兵灾，水患，和捐税的重压，将她们的家分散了，丈夫也许去当了兵，也许就死在这些灾祸里面，于是她们就家败人亡，活着的往都市里挣扎，所有的这些人，我早经知道，而且看见得太多了。

我不能仔细地思索，我应该不要去看，我应该把自己的双眼蒙住了跑过去，我不是来施舍的善人，我没有钱，即使有钱，我也救济不了这许多。

我很快地走过去了，那妇人很失望地跑回她的原位，我看见她又靠墙根坐下去了，孩子在哭，她叹息了。

我刚刚撇掉了她走不多远，又一个跑上来了。

"先生，先生，一文钱不落虚空，做好事！"

老是干枯柴棒样的手指，老是青灰色的面孔，老是颤抖的声音，老是乞怜的无可奈何的调子。

为什么在我身边的老是这些声音呢？为什么老是这样可怜的样子呢？为什么老是只听见这种无可奈何的调子呢？

【导读】

万迪鹤，1906年出生于湖北，父亲务农，家境贫寒，自幼靠族人资助上学。18岁，他考入上海同济大学中文系；从同济大学毕业后，曾公费留学日本。1933年在上海《文学》月刊发表短篇小说处女作《达生篇》，接着又在该刊发表多篇短篇小说。此后几年，他在上海文坛颇为活跃，出版有长篇小说《中国大学生日记》（1934年12月初版）、短篇小说集《火葬》（1935年4月初版）、短篇小说集《达生篇》（1936年11月初版）等。其中，《中国大学生日记》描写大学"内容是如何腐烂，庄严的衣裳怎样盖着一个最丑最丑的骨架"，有评论家说，可媲美《官场现形记》。抗战爆发后，举家迁居重庆乡间。他患着严重的肺病，还要靠微薄的稿酬养活一家六口，终因病贫交加而凄凉离世。他去世第二天，《新华日报》刊登消息《文艺作家又弱一个：万迪鹤病逝赖家桥》："文学家万迪鹤，患肺病三年有余，因贫穷无法疗养，4月12日上午八时，殁于巴县赖家桥，享年36岁。"在郭沫若、叶圣陶、碧野等诸多朋友们帮助下，他才得以下葬。《灰色的手》于1936年发表在《作家》第1卷第4期上。

梅岭三章

陈毅

一

断头今日意如何？
创业艰难百战多。
此去泉台招旧部，
旌旗十万斩阎罗。

二

南国烽烟正十年，
此头须向国门悬。
后死诸君多努力，
捷报飞来当纸钱。

三

投身革命即为家，

血雨腥风应有涯。

取义成仁今日事，

人间遍种自由花。

【导读】

  陈毅，1901年出生于四川乐至，5岁读私塾，9岁上小学。1911年秋，为躲避乱局，陈毅到外婆家寄读，在青海寺学堂打下格律诗词的基础。小学毕业后，考入成都甲种工业学校，学习染织专业。1919年秋，抵法国勤工俭学。"刚到巴黎，觉得是到了天国一样"，但深入社会后，"才知欧洲资本界，是罪恶的渊薮"。从此，开始接受马克思主义，并在斗争中结识周恩来、蔡和森等。1921年底回国，后加入社会主义青年团、共产党；1923年到北京领导学运，同时加入了文学研究会，创作了大量诗歌、散文、杂文、小说，还有译作和评论；1926年回四川展开兵运，结识朱德；1927年任武汉中央军事政治学校中共委员会书记；南昌起义后，与朱德一起率军转战闽、粤、赣、湘；1928年4月底与毛泽东率领的部队在井冈山会师。1934年10月，红军长征开始后，身负重伤的陈毅受命与项英一起留在苏区坚持斗争。面对重兵围剿，1935年3月，他们领导部队突破重围，转入分散游击作战；4月以后的两年多时间里，他们与中央失去联系，在赣粤边界展开了艰苦卓绝的三年游击战争。1936年12月，陈毅在梅岭遭围困达20天之久，写下了这组气壮山河的"绝笔诗"——《梅岭三章》。

我的母亲

邹韬奋

说起我的母亲，我只知道她是"浙江海宁查氏"，至今不知道她有什么名字！这件小事也可表示今昔时代的不同。现在的女子未出嫁的固然很"勇敢"地公开着她的名字，就是出了嫁的，也一样地公开着她的名字。不久以前，出嫁后的女子还大多数要在自己的姓上面加上丈夫的姓；通常人们的姓名只有三个字，嫁后女子的姓名往往有四个字。在我年幼的时候，知道担任商务印书馆出版的《妇女杂志》笔政的朱胡彬夏，在当时算是有革命性的"前进的"女子了，她反抗了家里替她订的旧式婚姻，以致她的顽固的叔父宣言要用手枪打死她，但是她却仍在"胡"字上面加着一个"朱"字！近来的女子就有很多在嫁后仍只用自己的姓名，不加不减。这意义表示女子渐渐地有着她们自己的独立的地位，不是属于任何人所有的了。但是在我的母亲的时代，不但不能学"朱胡彬夏"的用法，简直根本就好像没有名字！我说"好像"，因为那时的女子也未尝没有名字，但在实际上似乎就用不着。像我的母亲，我听见她的娘家的人们叫她作"十六小姐"，男家大家族里的人们叫她作"十四少奶"，后来我的父亲做了官，人们便叫她作"太太"，她始终没有用她自己名字的机会！我觉得这种情形也可以暗示妇女在封建社会里所处的地位。

我的母亲在我十三岁的时候就去世了。我生的那一年是在九月里生的，她死的那一年是在五月里死的，所以我们母子两人在实际上相聚的时候只有十一年零九个月。我在这篇文里对于母亲的零星追忆，只是这十一年里的前尘影事。

我现在所能记得的最初对于母亲的印象，大约在两三岁的时候。我记得有一天夜里，我独自一人睡在床上，由梦里醒来，朦胧中睁开眼睛，模糊中看见由垂着的帐门射进来的微微的灯光。在这微微的灯光里瞥见一个青年妇人拉开帐门，微笑着把我抱起来。她嘴里叫我什么，并对我说了什么，现在都记不清了，只记得她把我负在她的背上，跑到一个灯光灿烂人影憧憧往来的大客厅里，走来走去"巡阅"着。大概是元宵吧，这大客厅里除有不少成人谈笑着外，有二三十个孩童提着各色各样的纸灯，里面燃着蜡烛，三五成群地跑着玩。我此时伏在母亲的背上，半醒半睡似的微张着眼看这个，望那个。那时我的父亲还在和祖父同住，过着"少爷"的生活；父亲有十来个弟兄，有好几个都结了婚，所以这大家族里有着这么多的孩子。母亲也做了这大家族里的一分子。她十五岁就出嫁，十六岁那年养我，这个时候才十七八岁。我由现在追想当时伏在她的背上睡眼惺忪所见着她的容态，还感觉到她的活泼的、欢悦的、柔和的、青春的美。我生平所见过的女子中，我的母亲是最美的一个，就是当时伏在母亲背上的我，也能觉到在那个大客厅里许多妇女里面，没有一个及得到母亲的可爱。我现在想来，大概在我睡在房里的时候，母亲看见许多孩子玩灯热闹，便想起了我，也许蹑手蹑脚到我床前看了好几次，见我醒了，便负我出去一饱眼福。这是我对母爱最初的感觉，虽则在当时的幼稚脑袋里当然不知道什么叫作母爱。

后来祖父年老告退，父亲自己带着家眷在福州做候补官。我当时大概有了五六岁，比我小两岁的二弟已生了。家里除父亲、母亲和这个小弟弟外，只有母亲由娘家带来的一个青年女仆，名叫妹仔。"做官"似乎怪好听，但是当时父亲赤手空拳出来做官，家里一贫如洗。我还记得，父亲一天到晚不在家里，大概是到"官场"里"应酬"去了，家里没有米下锅；妹仔替我们到附近施米给穷人的一个大庙里去领"仓米"，要先在庙前人山人海里面拥挤着领到竹签，然后拿着竹签再从挤得水泄不通的人群中，带着粗布袋挤到里面去领米；母亲在家里横抱着哭涕着的二弟踱来踱去，我在旁坐在一只小椅上呆呆地望着母亲，当时不知道这就是穷的景象，只诧异着母亲的脸何以那样苍白，她那样静寂无语地好像有着满腔无处诉的心事。妹仔和母亲非常亲热，她们竟好像母女，共患难，直到母亲病得将死的时候，她还是不肯离开她，以孝女自居，寝食俱废地照顾着母亲。

母亲喜欢看小说，那些旧小说，她常常把所看的内容讲给妹仔听。她讲得娓娓动听，妹仔听着忽而笑容满面，忽而愁眉双锁。章回的长篇小说一下讲不完，妹仔就很不耐地等着母亲再看下去，看后再讲给她听。往往讲到孤女患难，或义妇含冤的凄惨的情形，她两人便都热泪盈眶，泪珠尽往颊上涌流着。那时的我立在旁边瞧着，莫名其妙，心里不明白她们为什么那样无缘无故地挥泪痛哭一顿，和在上面看到穷的景象一样地不明白其所以然。现在想来，才感觉到母亲的情感的丰富，并觉得她的讲故事能那样地感动着妹仔，如果母亲生在现在，有机会把自己造成一个教员，必可成为一个循循善诱的良师。

我六岁的时候，由父亲自己为我"发蒙"，读的是《三字经》，第一天上的课是："人之初，性本善；性相近，习相远。"一点儿莫名其妙！一个人坐在一个小客厅的炕床上"朗诵"了半天，苦不堪言！母亲觉得非请一位"西席"老夫子总教不好，所以家里虽一贫如洗，情愿节衣缩食，把省下的钱请一位老夫子。说来可笑，第一个请来的这位老夫子，每月束脩只需四块大洋（当然供膳宿），虽则这四块大洋，在母亲已是一件很费筹措的事情。我到十岁的时候，读的是"孟子见梁惠王"，教师的每月束脩已加到十二元，算增加了三倍。到年底的时候，父亲要"清算"我平日的功课，在夜里亲自听我背书，很严厉，桌上放着一根两指阔的竹板。我的背向着他立着背书，背不出的时候，他提一个字，就叫我回转身来把手掌展放在桌上，他拿起这根竹板很重地打下来。我吃了这一下苦头，痛是血肉的身体所无法避免的感觉，当然失声地哭了，但是还要忍住哭，回过身去再背。不幸又一处中断，背不下去，经他再提一字，再打一下。呜呜咽咽地背着那位前世冤家的"见梁惠王"的"孟子"！我自己呜咽着背，同时听得见坐在旁边缝纫着的母亲也唏唏嘘嘘地泪如泉涌地哭着。我心里知道她见我被打，她也觉得好像刺心的痛苦，和我表着十二分的同情，但她却时时从呜咽着的、断断续续的声音里勉强说着"打得好"！她的饮泣吞声，为的是爱她的儿子；勉强硬着头皮说声"打得好"，为的是希望她的儿子上进。由现在看来，这样的教育方法真是野蛮之至！但于我不敢怪我的母亲，因为那个时候就只有这样野蛮的教育法；如今想起母亲见我被打，陪着我一同哭，那样的母爱，仍然使我感念着我的慈爱的母亲。背完了半本"梁惠王"，右手掌打得发肿有半寸高，偷向灯光中一照，通亮，好像满肚子装着已成熟的丝的蚕身一样。母亲含着泪抱我上床，轻轻把被窝盖上，向我额上吻了几吻。

当我八岁的时候，二弟六岁，还有一个妹妹三岁。三个人的衣服鞋袜，没有一件不是母亲自己做的。她还时常收到一些外面的女红来做，所以很忙。我在七八岁时，看见母亲那样辛苦，心里已知道感觉不安。记得有一个夏天的深夜，我忽然从睡梦中醒了起来，因为我的床背就紧接着母亲的床背，所以从帐里望得见母亲独自一人在灯下做鞋底，我心里又想起母亲的劳苦，辗转反侧睡不着，很想起来陪陪母亲。但是小孩子深夜不好好地睡，是要受到大人的责备的，就说是要起来陪陪母亲，一定也要被申斥几句，万不会被准许的（这至少是当时我的心理），于是想出一个借口来试试看，便叫声母亲，说太热睡不着，要起来坐一会儿。出乎我意料，母亲居然许我起来坐在她的身边。我眼巴巴地望着她额上的汗珠往下流，手上一针不停地做着布鞋——做给我穿的。这时万籁俱寂，只听到嘀嗒的钟声和可以微闻得到的母亲的呼吸。我心里暗自想念着，为着我要穿鞋，累母亲深夜工作不休，心上感到说不出的歉疚，又感到坐着陪陪母亲，似乎可以减轻些心里的不安成分。当时一肚子里充满着这些心事，却不敢对母亲说出一句。才坐了一会儿，又被母亲赶上床去睡觉，她说小孩子不好好地睡，起来干什么！现在我的母亲不在了，她始终不知道她这个小儿子心里有过这样的一段不敢说出的心理状态。

母亲死的时候才二十九岁，留下了三男三女。在临终的那一夜，她神志非常清楚，忍泪叫着一个一个子女嘱咐一番。她临去最舍不得的就是她这一群的子女。

我的母亲只是一个平凡的母亲，但是我觉得她的可爱的性格，她的努力的精神，她的能干的才具，都埋没在封建社会的一个家族里，都葬送在没有什么意义的事务上，否则她一定可以成为社会上一个更有贡献的分子。我也觉得，像我的母亲这样被埋没葬送掉的女子不知有多少！

一九三六年一月十日深夜

【导读】

邹韬奋，1895年出生于福建永安。那时，喜欢看小说、讲故事的邹母刚满16岁。韬奋5岁由父亲发蒙；9岁时母亲节衣缩食为他请了一位老师；12岁时母亲去世。母亲勤劳慈爱的风范给他留下终生难忘的记忆。1909年，他考入福州工业学校；又到上海南洋公学附属小学读书；以后他一直在南洋公学上到大学电机工程系二年级，因为父亲希望他"将来能做一个工程师"。但早在小学阶段，他已确定"自己宜于做一个新闻记者"。1919年，他转入上海圣约翰大学，主修西洋文学，并于当年开始向《申报》副刊《自由谈》等报刊投稿。不过，直到1926年，31岁的他才开始从事自己梦寐以求的新闻出版工作。他将接手的《生活》周刊从职业教育、青年修养类刊物改造成讨论社会时政问题的周刊，一炮打响。1932年，他创办生活书店；1933年初，参加中国民权保障同盟，成为执行委员；同年6月，另一位执行委员杨杏佛被国民党特务暗杀，韬奋也在黑名单上，7月被迫离国到欧美和苏联"考察"，直到1935年8月才回国。归国后不久，41岁的韬奋饱含深情地写出了这篇《我的母亲》，以寄托他流落海外时对母亲的思念。

我迎着风狂和雨暴

蒲风

哦！我复投身于炎夏的烘炉。

我归来，我又复迎着风狂和雨暴！

哦哦！祖国，头尾三年，

我离开了你的怀抱；

如今，我归来——

太空掀起了滚滚云涛，

黯澹里有闪电照耀；

闷热冲起自地心，

响雷在天空，响雷也轰动在心头。

我看惯，在小岛，魔鬼在跃跳，

在海外，我听惯太平洋的嘶吼！

如今，我带回了发动机的热和力，

我要把魔鬼当柴烧，

我要配足马力哟，

我的力的总能

要像那五大海洋的怒潮！

我不问被残杀了多少东北同胞，

我要问热血的中国男儿还多少。

我要汇合起亿万的铁手来呵，

我们的铁手需要抗敌，
我们的铁手需要战斗！

战斗吧，祖国！
战斗吧，为着祖国！
不要怕别人的军舰握住咽喉，
我们要鼓起气力把这些秽物逐出胸头！
——滚开那些秽物吧，
扬子江，大沽口，珠江，
我们要掀起铁流群的歌奏！
天津，上海，威海卫，烟台，
青岛，福州，厦门，汕头，
我们要让每一粒细砂也都怒吼。
从云南，从塞北，从四川，
我们的热血男儿哟，谁愿意落后！
铁的纪律维系我们的行列，
来吧，我们的胜利
建立在我们的顽强的苦斗！

哦哦！北方早已卷起了云潮！
哦哦！四方的雷电同在响奏！
——别让闷热冷却在地心呵，
我归来，我正迎着风狂和雨暴，
怒吼吧，祖国，
这正是时候！

一九三六年七月一日

【导读】

蒲风，原名黄日华，1911年出生于广东梅县，4岁丧父，由母亲抚养长大。读中学时，加入共青团；大革命失败后，16岁的他流亡印尼，开始诗歌写作，1930年夏归国。1931年考入中国公学，加入中国左翼作家联盟。"九一八"事变后，20岁的蒲风与进步诗友发起"中国诗歌会"，出版刊物《新诗歌》，其宗旨是，"用我们的诗和歌，去配合反帝、抗日、反封建的革命斗争"。1934年，国民党在上海疯狂地进行"文化围剿"，不少战友陆续被捕，蒲风受到威胁，流亡日本。在此期间，他积极参加左联在日活动，创作了受到鲁迅赞誉的长篇诗作《六月流火》，其中"铁流"一节歌颂了接近尾声的红军长征。1936年夏，中日战争一触即发之际，蒲风回到祖国。《我迎着风狂和雨暴》就是此时创作的，他诗歌生涯也以这个时点分为两个时期：此前有《茫茫夜》《六月流火》《生活》3本诗集；此后有《钢铁的歌唱》《抗战三部曲》《在我们的旗帜下》等10多本诗集。1940年，他参加新四军，继续开展诗歌活动；1942年8月，病逝于安徽省天长县，终年31岁。在日本期间已与蒲风相识的郭沫若，为此写下纪念条幅："以血和生命写，把自己写成了杰作。"

实行对日抗战（节选）

朱德

　　过去的错误政策我们不必再批评，而且单是批评过去的错误也是不中用的。现在怎样来抗战是我们全国同胞唯一的急务！

　　东三省已失掉了，热河也不为我们所有了，冀东的汉奸政权形成了，华北亦弄至岌岌可危的形势。一误岂可再误？过去的这种无可比拟的损失终于惊醒了我国同胞，认清让步、妥协与退却只是死路一条，只是亡国灭种的饮鸩止渴的自杀政策。抗战，只有在抗战中找出路，求生存，不能踌躇，也不容徘徊，这是每个中国同胞应有的决心！

　　现在国际形势与国内形势都是有利于对日抗战的。国际舆论一致地责斥日本的强盗行径。国内自从西安事变后，与中华民国有着同样长久生命的内战终于在中国共产党民族统一战线政策的影响下被结束了，国内和平实现了，国共合作的谈判亦有了初步的成功，南京政府的政治路线亦开始了新的转向——这一切，都是在向着我们团结御侮对日抗战的总目标迈进，都是在抗日阵线中的初步成绩。只要这样地继续下去，勇敢地大踏步地继续下去，终会给予中华民族以新的激动力来实现它的民族解放的神圣任务的！

　　但是，这些新的转变还只是开始，所取得的这些成绩还是非常的不够，向民主方面的迈进还是非常的迟缓曲折。我们的敌人正是看清了中国的统一战线的迅速成功对它的灭亡中国是绝大不利的。因此，它就在卢沟桥放了先发制人的侵略华北的号炮。这个号炮便是对我们的警钟。时间再不等待我们了，中央政府与我们全国同胞应该在这短促而紧张的时间里，勇敢而更勇敢地执行抗日的民族统一战线的新政策，由政府领导着在全国范围内发扬民主的精神，给民众以充分救国的自由，实现更广泛更坚强的上下一致的团结，动员民众，武装民众，扩大人民对日抗战的力量！这样，只有这样，才能给日本帝国主义的野蛮的侵略以重大的回击，才能挽救华北的垂危的命运，才能进一步地收复一切失地，实现真正民族解放的神圣任务！

自从"九一八"以来，红军便坚持着和平团结共御外侮的方针，从它在中央苏区提出的三个停战条件起，经过西安事变的勇敢的解决直到现在为止，红军一贯地坚持着这个抗日方针。现在，红军的这个抗日民族统一战线的方针终于获得全国各界的谅解与拥护了。红军终于被认为是保卫中国与实行彻底民族解放的重要力量了，红军与各抗日友军的亲密合作与国共两党的精诚合作再也不会被日本强盗的挑拨离间与种种恫吓所破坏了。相反地，在它愈逼愈紧的形势下，我们亦应团结得愈紧。红军在这十年的斗争里，锻炼了成千成万不畏牺牲、不避艰难的干部；提高了它的政治认识与政治信仰，红军中的每个战斗员以及饲养员、炊事员都有着深刻的政治认识，知道怎样执行他的抗日的政治任务；创立了灵活的、巧妙的、任何强敌都为之战栗的游击战术；建立了完善的、系统的政治工作制度；在广大群众中播下了新的为民族解放而斗争的种子。我们不是在自傲，而且亦不应该自傲，我们只是把这些在革命中所获得的宝贵经验说明出来，热诚地贡献给一切抗日的友军与全国的同胞。这些宝贵经验对今后的抗日战争将会有极重要的作用，将会收结更多的革命的果实。不但每个红军战斗员应该继续学习，作更广深的运动，全国每个抗日的民众与抗日的士兵，亦值得采纳与运用的。

红军没有任何地盘的野心，没有任何权利的狂欲。他的职志是抗日救国，是彻底地为民族解放，是实现真正独立自由的民主共和国。为了这个神圣任务的实现，他愿意放弃十年来有着光荣声誉的"红军"这个名字，改编为国民革命军，服从中央政府的指挥，以便在中央政府的领导下，无阻碍、无隔阂地实现全国上下一致的对日抗战！

卢沟桥的炮声响了！红军已作了随时出发的准备。听从着中央政府的命令，我们愿意开到抗日的前线上去，愿意担负任何艰难、任何危险的战线与日贼周旋，愿意与宋哲元、冯治安将军领导下的英勇搏战的二十九军赤诚合作，把日贼驱逐出去，保卫我中华民国的华北！我们不但对于宋哲元、冯治安诸将军与二十九军的将士表示最热烈、最诚恳的敬意，并且忠诚地愿意以我们的一切力量来援助为国为民而抗战的二十九军，来与一切抗日的友军携手！向着我们的万恶敌人——日本帝国主义冲去！

【导读】

朱德，1886年出生于四川仪陇一个佃农家庭，5岁开始上山拾柴、割草、干杂活；6岁起，断断续续上私塾到18岁，读完四书五经与一些史籍；20岁进入高等小学堂和中学堂学习新学。21岁考入四川高等学堂附属体育学堂学习一年后，回家乡担任体育教习一年。23岁从军，考入云南陆军讲武堂，并秘密加入同盟会。辛亥革命后，在蔡锷部下担任军官，因骁勇善战，到1922年，已官至云南省警务处处长兼省会警察厅厅长。这时，36岁的他却决定抛弃高官厚禄，到欧洲去寻找拯救中国的道路。当年11月，经周恩来介绍，朱德加入了中国共产党。在德国留学三年后，他又到苏联学习一年。1926年中回国，马上返四川，与陈毅一起投入兵运工作。1927年1月，老同学朱培德任命朱德为国民革命军第三军军官教育团团长，兼任南昌市公安局局长；8月参与领导南昌起义；1928年4月率部同毛泽东领导的部队会师，创建井冈山革命根据地，任中国工农红军总司令。1937年全面抗战爆发后，朱德于7月26日在中共中央机关刊物《解放》周刊第一卷第12期上发表了《实行对日抗战》一文，这里是节选的第三节。8月22日，中国工农红军改编为国民革命军第八路军，朱德任总指挥。

抗日军政大学校歌

凯丰

黄河之滨，

集合着一群中华民族优秀的子孙。

人类解放，救国的责任，

全靠我们自己来担承。

同学们，努力学习，

团结、紧张、严肃、活泼，

我们的作风；

同学们，积极工作，

艰苦奋斗，英勇牺牲，

我们的传统。

像黄河之水，汹涌澎湃，

把日寇驱逐于国土之东。

向着新社会前进前进！

我们是抗日者的先锋！

【导读】

    凯丰，原名何克全，1906年2月2日出生于江西萍乡一个中等之家，自幼在家族祠堂接受私塾教育，后到萍乡中学读书，受到进步思想影响，参加学生运动。1925年夏考入武昌高等师范学校，经常阅读革命报刊，开始撰写政论文章；1927年3月加入共产主义青年团。大革命失败后，凯丰于1927年底赴莫斯科；留学苏联期间，与王明、博古等人一起被称为"二十八个半布尔什维克"。1930年秋奉派回国后，任团中央宣传部部长。1933年春，到中央革命根据地，任团中央书记。1934年1月，被增补为中共中央委员和中央政治局候补委员。长征途中，出席遵义会议时，凯丰错误地与博古等人一道攻击毛泽东；但此后认识到毛泽东的正确性之后，他一直坚定地拥护毛泽东的领导。红军长征到达陕北之后，党中央决定创办中国人民抗日军事政治大学（简称"抗大"）。1937年4月，毛泽东为抗大题写了"团结、紧张、严肃、活泼"八个大字，作为抗大的校训。11月，受毛泽东之托，时任中共中央宣传部部长的凯丰为抗大谱写了这首激越、催人奋进的《抗日军政大学校歌》。1955年3月23日，中共中央宣传部副部长兼马列学院院长凯丰因病医治无效，在北京逝世，享年49岁。

又当投笔请缨时

郭沫若

又当投笔请缨时，别妇抛雏断藕丝。

去国十年余泪血，登舟三宿见旌旗。

欣将残骨埋诸夏，哭吐精诚赋此诗。

四万万人齐蹈厉，同心同德一戎衣。

一九三七年七月

从日本乘船回国途中

【导读】

选自组诗《归国杂吟》之二，卢沟桥事变发生后，已在日本十年的郭沫若归心似箭，下决心立即回国，投身民族解放的伟大事业。由于当时日本对他实行"宪兵与刑士的双重监视"，回国准备只能秘密进行。7月24日，他步鲁迅《惯于长夜过春时》原韵，写下这首七律，并暗示妻子自己即将离开。次日凌晨，他穿着和服与木屐，身上只带了五角电车费和一支笔，离别妻子与熟睡的四儿一女，确认没人跟踪后，赶到码头乘船回国。在船上，他写下七绝《黄海舟中》，表达了置生死于度外，义无反顾参加抗战的决心。8月初，在上海文艺界救亡协会欢迎郭沫若回国的宴会上，他含泪朗诵了此诗，勉励全国同胞同心同德，齐心抗日。

我们为什么抗战（节选）

郭沫若

——为保卫自己的祖国

——为保卫世界的文化

——为保卫全人类的福祉

东方有一大群疯狗，这一大群疯狗便是日本国的飞扬跋扈的军人。

日本的军人，尤其他们的领导者，他们自幼年时便受着偏颇的军事教育，他们的头脑异常简单，除掉侵略、占领、轰炸、屠杀之外，没有其他的字汇。他们自中东之战、日俄之战，屡次的战役获得了战胜的甘饵以来，他们只知道战争的利得而不知道战争的惨祸，这，早昏迷了他们作为人而存在的良心，他们是把人的血液当成为醇酒了。

欧洲大战对于日本也有了偏惠，世界的均势渐渐地失掉平衡，日本的军人便愈加跋扈起来，他们在他们的本国是早已施行了军事的统制的。连那号称为自由主义者的日本的唯一的元老，西园寺公爵，都早已失掉了他的政治上的发言权，而且连生存权都时时要受着危害，其他是可以不言而喻的。

和平的日本，理智的日本，建设的日本，是早已窒息了。

日本就在这一大群的狂暴军人的统制之下，在吐放着他们的毒气。他们的野心是没有止境的，他们不仅是想吞灭我们全体的中国，而且是想统一我们整个的世界。这，我们是明确地知道的。就是全世界的具眼的人士也是早已知道。

我们晓得，人类的福祉是在人类生活得到理智的统制时的和平状态之下所建设起来的。人类自脱离了兽域以来，他的目标是正确地向着人类的协和，泯除着各个民族各个社会的偏狭的传统，尤其个人所禀赋着的先天的兽性而前进着的。以往的人类文化是这样建设了起来，今后的人类文化也当这样建设起来。

我们中华民族素来是嗜好和平的民族，我们的祖宗替我们建设了四千年的文化，以仁义为大本的文化。这文化我们作为礼物赠送给了日本，使日本人早于千年以前脱掉原始的界域，和我们达到同一的水准了。

然而，日本人，在狂暴的军部统制之下的日本人，所回答我们的礼物是什么呢？是毁坏文明、摧残人类福祉的飞机大炮，毒气细菌！

日本的狂暴军部是世界文化、人类福祉的最大的威胁，这，是明而且白的事体。

不仅我们中国民族是达到了生死存亡的关头，就是整个人类都是达到了生死存亡的关头了。

过往无数的志士仁人为谋人类福祉，费尽无数心血所创建的文化利器，都为日本军阀所逆用，用来毁灭我们全人类了。

我们中国民族本着他爱好和平的素质，我们被逼迫到忍无可忍的地步，我们现在提着正义的剑，起来了。我们不仅是为要争取我们的生存权，为要保卫我们的祖国而抗战，我们并且是为要保卫全世界的文化，全人类的福祉而抗战。

我们知道，我们的力量很薄弱，但我们的意志却很坚强。我们也明确地知道，日本军部的强悍是因有日本经济为粮台，而日本的经济基础是奠设在我们中国身上的。我们中国能制日本经济的死命，同时也就是能制日本军部的死命。古语云："时日曷丧，余及汝偕亡。"我们要拚弃我们的一切，至少是要达到与日本军部同归于尽的一步。

我们就牺牲了自己的生存权，牺牲了自己的祖国，而使全世界的文化，全人类的福祉得到保障，我们能遂行着这种使命，我们是感觉着无上的光荣的。

全世界爱好和平的朋友，保卫文化的战士，请你们一致起来和我们携手，为全世界的文化而战，为全人类的福祉而战，歼灭这东方的一大群疯狗！

一九三七年八月十七日草于上海飞机大炮的轰击中

【导读】

1921年8月，郭沫若的第一部诗集《女神》出版，收录57首诗作，其《序诗》公开宣称"我是个无产阶级者"，"我愿意成个共产主义者"。《女神》使其名声大振；闻一多称"郭君为现代第一诗人"。同年与成仿吾、郁达夫等成立左翼文艺团体"创造社"，成为新文化运动旗手之一。1926年7月，郭沫若投笔从戎，随军北伐，一度被委任为"总司令行营政治部主任"。1927年3月，九江、安庆开始"清党"后，郭沫若以无畏的胆识撰写《请看今日之蒋介石》一文，揭露其背叛革命的行径，产生了巨大影响。随即参加南昌起义，并加入了中国共产党。因遭国民党通缉，1928年2月被迫流亡日本。在日十年，郭沫若专心学术研究，涉猎极广、著述颇丰、成果斐然。然而，1937年7月，卢沟桥事变后，郭沫若立即决定回国，迫使国民党撤销对他的通缉令。《我们为什么抗战》写于回国后的第20天，亦即上海"八一三"事件后第4天。

爱护同胞

丰子恺

　　我们中华民族，现在虽受暴敌的残害，但内部因此而发生一种从来未有的好现象，就是同胞的愈加亲爱。这可使我们欣慰而且勉励。这好现象的制造者，大都是热情的少年。我现在就把我所亲见的两桩事告诉全国的少年们。

　　我于故乡失守的前一天，带了家族老幼十人和亲戚三人（自三岁至七十岁），离开浙江石门湾。转徙流离，备尝艰苦。三个多月之后，三月十二日，幸而平安地到了湖南的湘潭。本地并没有我的朋友。长沙的朋友代我在湘潭乡下觅得一间房子。所以我来到湘潭，预备把家眷在这房子里暂时安顿的。我到了湘潭，先住在一所小旅馆里。次晨冒着雪，步行到乡下去接洽那间房子。我以前没有到过湘潭，路头完全不懂。好容易走出市梢，肚子饿起来，就在一所小店里吃一碗面。面店里的人听我的口音不是本地人，同我攀谈起来。我一面吃面，一面把流离的经过和下乡的目的告诉他们。我的桌子旁边围集了许多人，对我发许多质问和许多太息。最后知道我下乡不懂得路，大家指手划脚地教我。内中有一位十三四岁的少年，身穿制服，似是学生，一向目不转睛地静听我讲，这时忽然立起来，对我说："我陪你去！"旁的大人们都欢喜赞善。于是我就得了一位小向导，两人一同下乡去。

　　冒雪走了约半小时，小向导指着一所大屋对我说："前面就是你接洽房屋的地方，你自己去找人吧！"我谢了他，请他先回。他点点头，但不回身，站在雪中看我去敲门。

我走进屋子，找到长沙友人所介绍的友人，才知道所定的房屋，已于前几天被兵士占据，而附近再没有空的房子可给我住。那位朋友说："现在湘潭有人满之患，房屋很不易找，你须得在旅馆里住上十天八天，才有希望呢，一下子是找不到的。"言下十分惋惜，但是爱莫能助。我们又谈了些闲话，大约坐了半小时，我方告别。走出门，心中很焦灼。另找房屋，我没有本地的朋友可托，即使有之，我们十余人住在旅馆里等，每天要花八九块钱（每人每日连伙食六角），十天八天是开销不起的。不住旅馆，这一大群老幼怎么办呢？正在进退两难，踌躇满志的时候，抬起头来，看见我的小向导还是站在雪中，扬声问道："房子找到么？"原来他替我担心，要等了回音才可安心回去。我只得对他直说。他连声说："怎么办呢？怎么办呢？"但也是爱莫能助。我十分感激他的爱护同胞的诚意，想安慰他，假意说道："我城里还有朋友，可以再托他们到别处去找，谢谢你的好意！我们一同回去吧。"这位少年始终替我担心。直到分别，他的眉头没有展开。后来我终于无法在湘潭找屋，当日乘轮赴长沙。轮船离开湘潭的时候，匆忙中还想起这位爱护同胞的少年，在心中郑重地向他告别。

还有一桩事，是在长沙所见的。初到长沙这几天，我在街上四处漫跑，借以认识这城市的面目。有一个下雨的下午，我跑到轮船埠附近，看见前面聚着一簇人，似乎发生什么事件。挤进去一看，但见许多人围着一个孩子，在那里谈论。探听一下，才知道这孩子是从上海附近的昆山逃出来的难民，今年才九岁。原来跟着父母同走，半途上父母都被敌人炸死，只剩他一个。幸有同乡人收领，带他到湘潭。但这同乡人自己的生活也很困难，最近而且生病了。这孩子自知难于久留，向同乡借了几毛钱，独自来长沙，做乞丐度日。他身上非常褴褛。一件夹袄经过数月的流离，已经破碎不堪。脚上的鞋子两头都已开花，脚趾都看见了。春寒料峭，他站在微雨中浑身发抖。周围都是湖南人。你一句，我一声地盘问他。在他多半听不懂，不能回答。我两方面的话都懂得，就站出来当翻译。因此旁人得知其详，大家摸出铜板或角票来送他。我也送了他两毛钱。群众渐渐散去，我替他合计一下已得布施二元三角和数十铜板。九岁的孩子，言语不通，叫他怎样处置这钱呢？我正为他担忧，最后散去的四位少年就来替他设法。他们都是十四五至十六七岁的人，本来混在群众里观看，曾经出过钱，现在又出来替他处置这钱。有一位少年说："他自己不会买物，我们替他代买吧。"另一位说："先替他买一件棉袄。"又一位少年说："再替他买一双鞋子。"又一位少年说："一双球鞋就行。晴天雨天都可穿。"于是大家替他打算价钱，商量买的地方。更进一步，为他设法住的地方。有的说送他进难民收容所。有的说送他到某人家里。随后，四位少年就带他同走。我正惭愧无法帮忙，少年们举手对我告别，说道："你老人家回去吧，我们会给他想法子的！"我目送这五个人转了弯，不见了，然后独自回寓。我以前曾给《爱的教育》画插图。今天所见的，真像是《爱的教育》中的插图之一。

上述的两桩事，可以证明我们中国人因了暴敌的侵凌，而内部愈加亲爱，愈加团结起来。我从浙江石门湾跑到长沙，走了三千里路。当初预想，此去离乡背井，举目无亲，一定不堪流离失所之苦。岂知不但一路平安无事，而且处处受到老百姓的同情，和兵士的帮助，使我在离乡三千里外，毫无"异乡"之感。原来今日的中国，已无乡土之别，四百兆都是一家人了。我们本来分居各省，对于他省地理不甚熟悉。为了抗战，在报纸上习见各省的地名，常闻各地的情状，对于本国地理就很熟悉，视全国如一大厦，视各省如各房室了。我们本来各操土音，对于他省的方言不甚理解。为了流离，各地人民杂处，各种方言就互相混杂。浙江白迁就湖南白，湖南白迁就浙江白，到后来也不分彼此，互相理解了。况且同是受暴敌的侵凌，相逢何必曾相识？所以我国民族观念之深和团结力之强，于现今为最烈！这是很可庆慰的事，也是应该更加勉励的事。少年们富有热情，且出于天真，故其言行最易动人。希望大家利用这国难的机会，努力爱护同胞，团结内部。古语云："众志成城。"我们四百兆人团结所成的城，是任何种炮火所不得攻破的！

一九三八年

267

【导读】

　　丰子恺，1898年出生于浙江石门，9岁入私塾，12岁进小学；16岁到杭州省立第一师范学校读书，深受图画与音乐老师李叔同、国文老师夏丏尊的影响；21岁毕业后，与同学创办上海专科师范学校，任教图画；1921年曾到日本游学10个月。1922年，丰子恺到白马湖春晖中学任教，与夏丏尊、朱自清、朱光潜等共事；授课之余，他开始从事英文、日文的翻译与漫画创作。1924年，朱自清与俞平伯合办的刊物《我们的七月》登出图画《人散后，一钩新月天如水》，引起郑振铎的注意，此后他主编的《文学周报》开始连续刊载丰子恺的画作。1925年，丰子恺与夏丏尊等人一起在上海创办了立达学园；1928年，立达学园因经费困难停办洋画科，丰子恺主要靠著述维持生活。到抗战前，他已出版约60种书籍，包括《子恺漫画》《音乐的常识》《护生画集》《缘缘堂随笔》等脍炙人口的名著。1933年，故乡缘缘堂落成，他同时在杭州租别寓，经常往来于沪、杭、石门之间。1937年"八一三"事变后，石门被炸，丰子恺率眷逃难，经桐庐，入江西省；1938年3月，先迁长沙，再赴武汉宣传抗战。此文发表于1938年4月20日《少年先锋》第五期。

抗战的火苗

臧克家

抗战的火苗，
已经到处燃烧，
几千年来黄帝的一脉血
澎湃到了最高潮！

我们望着头上的敌机，
投给它个鄙夷的微笑
哼，你可能把这二千万方里地
轰炸成一个池沼！

开进我们的海口来吧，
你们军舰的鱼群，
什么时候乘着顺风驶到，
便叫你们冒着逆风遁逃。

十列车，百列车，敌人的陆军
我们欢迎，
欢迎你们来输送利器，
来输送不值钱的性命。

你们的肉脖颈

试过中国的"大刀片"，

你们不知道

中国的人心比大刀更快！

（你们不知道

中国的民气比氯气还利害！）

"战神将把最后的胜利给谁？"

不必单问我，

你去问每个中国人，

不论工，农，商，学，兵，

一个老妪，

或是一个幼童。

他们会异口同声回答你，

他们的心是最灵验的龟蓍。

八月十六日

【导读】

臧克家，1905年出生于山东诸城一个"以官宦始，以叛逆终"的封建家庭，18岁以前一直生活在农村，对农民的悲惨处境十分了解。1923年考入山东省立第一师范学校，开始接触进步思潮，写作新诗。北伐期间，他考入中央军事政治学校武汉分校，并赴前线作战。大革命失败后，逃亡东北，再潜回家乡。1930年，考入国立青岛大学，受教授闻一多赏识，开始发表诗作。1933年出版的第一部诗集《烙印》让他声名鹊起。东北沦陷、华北告急已让他痛心万分，写下不少悲愤的诗歌。全面抗战爆发后，臧克家毫不犹豫地重披戎装。1938年1月，他去第五战区抗敌青年军团宣传科工作；4月8日至16日，台儿庄战场硝烟未尽，他便三进三出，对血战台儿庄的主力部队进行实地采访。1938年7月1日，第五战区战时文化工作团在河南潢川成立，臧克家担任团长。全团"救亡热情十分高涨，劲头十足"，踏遍了鄂、豫、皖的许多地方，每到一处，"都要出墙报，写标语，演小戏，唱救亡歌曲，朗诵抗战诗篇并创作文艺作品，向民众宣传抗战必胜的道理"。《抗战的火苗》就是这时的作品。全面抗战八年，臧克家在正面战场坚持达四年半之久，一共出版了15种富有战斗精神的作品集。

一
九
三
八

鲁迅先生记

萧红

　　鲁迅先生家里的花瓶，好像画上所见的西洋女子用以取水的瓶子，灰蓝色，有点从瓷釉而自然堆起的纹痕，瓶口的两边，还有两个瓶耳，瓶里种的是几棵万年青。

　　我第一次看到这花的时候，我就问过：

　　"这叫什么名字？屋里既不生火炉，也不冻死？"

　　第一次，走进鲁迅家里去，那是快近黄昏的时节，而且是个冬天，所以那楼下室稍微有一点暗，同时鲁迅先生的纸烟，当它离开嘴边而停在桌角的地方，那烟纹的卷痕一直升腾到他有一些白丝的发梢那么高。而且再升腾就看不见了。

　　"这花，叫'万年青'，永久这样！"他在花瓶旁边的烟灰盒中，抖掉了纸烟上的灰烬，那红的烟火，就越红了，好像一朵小花似的，和他的袖口相距离着。

　　"这花不怕冻？"以后，我又问过，记不得是在什么时候了。

　　许先生说："不怕的，最耐久！"而且她还拿着瓶口给我摇着。

　　我还看到了那花瓶的底边是一些圆石子，以后，因为熟识了的缘故，我就自己动手看过一两次，又加上这花瓶是常常摆在客厅的黑色长桌上；又加上自己是来在寒带的北方，对于这在四季里都不凋零的植物，总带着一点惊奇。

　　而现在这"万年青"依旧活着，每次到许先生家去，看到那花，有时仍站在那黑色的长桌上，有时站在鲁迅先生照像的前面。

花瓶是换了，用一个玻璃瓶装着，看得到淡黄色的须根，站在瓶底。

有时候许先生一面和我们谈论着，一面检查着房中所有的花草。看一看叶子是不是黄了？该剪掉的剪掉，该洒水的洒水，因为不停地动作是她的习惯。有时候就检查着这"万年青"，有时候就谈着鲁迅先生，就在他的照像前面谈着，但那感觉，却像谈着古人那么悠远了。

至于那花瓶呢？站在墓地的青草上面去了，而且瓶底已经丢失，虽然丢失了也就让它空空地站在墓边。我所看到的是从春天一直站到秋天；它一直站到邻旁墓头的石榴树开了花而后结成了石榴。

从开炮以后，只有许先生绕道去过一次，别人就没有去过。当然那墓草是长得很高了，而且荒了，还说什么花瓶，恐怕鲁迅先生的瓷半身像也要被荒了的草埋没到他的胸口。

我们在这边，只能写纪念鲁迅先生的文章，而谁去努力剪齐墓上的荒草？我们是越去越远了，但无论多么远，那荒草是总要记在心上的。

一九三八年

【导读】

萧红，本名张廼莹，1911年出生于黑龙江呼兰一个地主家庭，8岁丧母，10岁读初小，16岁高小毕业，初中开始在校刊上发表诗文。1930年，萧红初中毕业，因抗拒"父母之命，媒妁之言"而背叛家庭，生活陷入混乱与困顿。1933年初，她发表处女作短篇小说《王阿嫂的死》，反响极好，一发而不可收，开始职业作家的生涯。1934年秋，萧红到上海，第一次见到鲁迅；鲁迅对她极为赏识，不仅关心她的生活，并将她的书稿介绍到陈望道主编的《太白》、郑振铎主编的《文学》，以及良友公司的赵家璧那里。在鲁迅的帮助下，萧红的作品陆续见诸上海多家杂志，成为一颗闪亮的文学新星。1935年底，小说《生死场》出版，鲁迅亲自为它校对、作序，诩其为"力透纸背"之作，震动了文坛。1936年10月鲁迅逝世，当时只身在日本的萧红极度哀伤，写下《海外的悲悼》；1937年1月返回上海后，马上到万国公墓拜谒，并作《拜墓诗》；淞沪会战爆发后，萧红于9月底撤到武汉。《鲁迅先生记》首次发表于武汉《战斗旬刊》第一卷第四期"鲁迅先生周年祭特辑"，当时的标题为《万年青》。此后，萧红还发表了多篇回忆鲁迅的文章。她1942年初去世时，年仅31岁。

入会誓词

老舍

我是文艺界中的一名小卒，十几年来日日操练在书桌上与小凳之间，笔是枪，把热血洒在纸上。可以自傲的地方，只是我的勤苦；小卒心中没有大将的韬略，可是小卒该作的一切，我确是作到了。以前如是，现在如是，希望将来也如是。在我入墓的那一天，我愿有人赠给我一块短碑，刻上：文艺界尽责的小卒，睡在这里。

在动摇的时代，维持住文艺的生命，到十几年，是不大容易的。思想是多么容易落伍，情感是多么容易拒新恋旧；眼角的皱纹日多，脊背的弯度日深；身老，心老，一个四十岁的人很容易老气横秋，翻回头来呆看昔日的光景，而把明日付与微叹了。我没有特出的才力，没有高超的思想，我所以能还在文艺界之营里吃粮持戈者，端赖勤苦。我几乎永远不发表对文艺的意见，因为发号施令不是我的事，我是小卒。可是别人的意见，我向来不轻轻放过；必定要看一看，想一想。我虽不言，可是知道别人说了什么。对关于自己的批评，我永远谦诚地读念；对也好，不对也好，别人所见到的总足以使自己警戒；一名小卒也不能浑吃闷睡，而须眼观六路耳听八方啊！我的制服也许太破旧了，我的言谈也许是近于唠里唠叨，可是我有一颗愿到最新式的机械化部队里去作个兄弟的心哪。

全国文艺界抗敌协会成立了，这是新的机械化部队。我这名小卒居然也被收容，也能随着出师必捷的部队去作战，腰间至少也有几个手榴弹呀！我没有特长，只希望把这几个手榴弹打碎些个暴敌的头颅。你们发令吧，我已准备好出发。生死有什么关系呢，尽了一名小卒的职责就够了！

假若小卒入伍也要誓词，这就算是一篇吧，谁管誓词应当是什么样儿呢。

【导读】

老舍，原名舒庆春，1899年出生于北京一个满族贫民家庭。1918年北京师范学校毕业，其后5年在北京、天津担任中小学教员。1921年发表处女作，短篇小说《她的失败》。作为基督徒，经教会推荐，他1924年9月赴英国伦敦大学东方学院华语学系任教，直到1929年6月，其间完成了长篇小说《老张的哲学》《赵子曰》《二马》的创作。1930年春回国后，一边在大学任教，一边写作，进入创作高峰，发表包括《骆驼祥子》在内的一批名作。然而，战争改变了一切。1937年11月15日国民党炸毁黄河铁桥后，老舍只身弃家南下。1938年3月27日，中华全国文艺界抗敌协会（简称"文协"）在汉口召开成立大会，到会100余人，标志着中国文艺界抗日民族统一战线的形成。会议通过了文协会章与成立宣言；在会上，老舍宣读了他与吴组缃起草的《中华全国文艺界抗敌协会宣言》，并即兴赋七律《贺全国文艺界抗敌协会成立》。会后，老舍当选为理事兼总务部主任。本文是老舍加入文协时写的誓词，其中提到，愿有人在自己碑上刻文："文艺界尽责的小卒，睡在这里。"今日，这句话镌刻在老舍先生位于八宝山的墓碑上。

青 年 颂

胡乔木

人们唱历史上的英雄豪杰，
我们唱自己这一代青年：
谁能比我们的快乐洋洋？
雨后的繁花笑满了青山。
谁能比我们大无畏的勇敢？
长江水从西天飞跑到东天。
要呼吸我们就自由地呼吸：
谁愿为做奴隶来到人间？

在荒凉的沙漠和寂寞的冰山，
我们要烧起熊熊的烈焰，
我们要围着它挽手跳舞，
直到它烧尽人间的锁链。
我们是五月太阳的儿女，
生来就要做黑暗的反叛。
生命好，但是光明更好，
地狱里的欢欣也混合着凄酸。

在昆仑山的最高峰顶，
打着火把指点着东南——

这就是祖国，啊，梦中的祖国：

被损害的人民，被污辱的江山！

没工夫流泪；我们要宣誓：

凭着你头上的蔚蓝天，

为你生，就决心为你而死，

死在你怀中我们也甘愿！

人们唱历史上的英雄豪杰，

我们唱自己这一代青年：

提起枪我们跨上快马，

迎着暴风雨直奔前线。

我们的呐喊震摇山谷，

我们战斗着不知道疲倦；

我们的力量翻转地球，

我今天的世界变作明天。

【导读】

　　胡乔木，本名胡鼎新，1912年出生于江苏盐城，父亲"耽嗜文史"，酷爱吟咏。幼承父亲训教与熏陶，胡乔木擅长诗文，有"神童"美誉。小学时，已接触鲁迅、郭沫若的作品；中学已倾心社会主义。1930年考入清华大学物理系，不久加入北方左联与共青团。1931年被列入缉捕名单，回到南方，并加入共产党。1933年考入浙江大学外文系，一年后因领导学潮被责令退学。1935年，到上海参加左翼文化运动，任中国社会科学家联盟书记、中国左翼文化界总同盟书记、中共江苏省临时工委委员；1937年5月奉调去延安。1937年至1938年在陕西三原县安吴堡担任青年训练班（培训了1.2万青年）副主任时，他写出《安吴青训班班歌》，由冼星海谱曲；1940年，青训班改名后，他写出《延安泽东青年干部学校校歌》，再邀冼星海作曲。1939年，胡乔木担任《中国青年》主编时，他满怀激情地创作了《青年颂》，发表在5月25日边区文协出版的《文艺突击》新1卷1期上，毛泽东为该刊题字。李焕之为《青年颂》谱曲后，它在延安和抗日根据地广为传唱，产生过相当大的影响，激励了一代青年人为"烧尽人间的锁链"而奋斗。1941年2月起任毛泽东秘书，直至1966年6月。

血肉筑成的滇缅路（节选）

萧乾

　　挖土铺石凭的还仅仅是一股傻力气，桥梁和崖石才是人类血肉的吞噬者。异于有钢架的火车桥，公路的桥梁时常是在不知不觉中便开过去了。有一天，也许你会跨过这已坦夷如平地的横断山脉，请侧耳细听，车轮下咯吱吱压着的有人骨啊！长城的修筑史已来不及搜集了，我们却该知道滇缅路上那些全凭人力搭成的桥梁是怎样筑成的。并不是"上帝说有桥，于是就有了桥"，每座桥都有它不平凡的来历。修胜备桥的桥基时，先得筑坝，把来势凶猛的江水迎头拦住。然后用田塍上那种水车，几十只几百只脚昼夜不停地踩，硬把江水一点点地淘干。然后还要筑围坝，最后下桥基。下桥基的那晚，刚好大雨滂沱。下一次，给水冲掉一次。这时，山洪暴涨了。为了易于管理，一千多桥工是全部搭棚聚住在平坝上的。江水泛滥到他们的棚口，后来侵袭到他们的膝踝。可怕的魔手啊，水在不息地涨，终于涨到这千多人的胸脯。那是壮烈凄绝的一晚：千多名路工手牵着手，男女老幼紧紧拉成一条受难者的链索，对（液体的坟土！）绝望地哭喊。眼看它涌上了喉咙，小孩子们多已没了顶，大人嚎啕的气力也殆尽。身量较高的，声嘶力竭地嚷："松不得手啊！"因为那样水势将更猖獗了。——半夜，水退了。早晨，甚至太阳也冒了芽。但点查人数的结果，昨夜洪流卷去了三四十个伙伴。

　　如果有人要为滇缅路建一座万人冢，不必迟疑，它应该建在惠通桥畔。怒江在全国河流中踞势之险峻，脾气之古怪，读者或已闻名了。《禹贡》里的"黑水"据说就是它，老家在西藏泡河老，经西康循他念他翁山和柏舒拉岭而入滇，是中国西南部一条巨蟒。它的东岸屏他念他翁余脉的怒山，西岸便是害得汽车呜咽喘嘘三小时的高黎贡山（属喜马拉雅山系，来头自也很大！），山巅虽然有时披雪，躺在山麓下的怒江，温度却时常在一〇五度，有时热到一一八度。江流多险滩，水质比重又轻；既无舟楫之便，即想利用江水冲运木料也不易。当惠通桥未修成时，每年死在渡江竹筏上的人畜不计其数。一九三一年有侨商捐修了一座铁索桥，造福往来商旅，功德无量。惠通桥工程虽浩大，还仅是沿用旧墩，加强原有载重力而已。但其艰险情形，听了已够令人咋舌的了。

惠通桥的铁工是印度人，木工是粤人，石工多是当年修筑滇越铁路的云南人（他们个个都有一段经历）。但还有并无专技却不容泯没的一工，那是"负木料者"。为了使桥身坚固，非使用栗木不可，十个月修桥，有半年时间都用在搬运木料上。如果栗木遍地皆是，自然就没有什么神话意味了。然而栗木稀少得有如神话中的"奇宝"。它们长在蛮老凹（属龙陵），藏在原始的深山密箐中。七八天的路程，摸着悬崖，在没人的鬼剑草丛中钻出钻入，崎岖得不可想象。半年来，有近百人经常在蔽不见日的古森林中，披荆斩棘地四下寻觅，砍伐下来，每天又有几百人抬运。好沉重的栗木啊！每十五个人搬运一根：七个抬，八个保驾。这样搬了一千根，才筑成了这座驮得动钢铁的桥。

筑桥自然先得开路。怒江对岸鹰嘴形的惠通崖也不是好惹的家伙。那是高黎贡山的胯骨。一百二十个昼夜，动员了数万工人才沿那段悬崖炸出一条路。那真是活生生一幅人与自然的搏斗图，而对手是那么顽强坚硬。一个修路的工头在向我描述由对岸望到悬崖上的工人时说："那直像是用面浆硬粘在上面一样，一阵风就会吹下江去。"说起失足落江时，他形容说："就像只鸟儿那么嗖地飞了下去。"随之怒江起个漩涡，那便是一切了。但这还是"美丽"点的死呢，惨莫惨于炸石的悲剧了。一声爆响，也许打断一条腿，也许四肢五脏都掷到了半空。由下关到畹町，所有悬崖陡壁都是这么斩开的啊！

一个没声响但是更贪婪的死神，是那穿黑袍的"瘴毒"，正如阴曹地府里有牛头马面，当地人也为这神秘病疫起了许多名称。如龙陵、芒市段的双坡、放马厂、芭蕉窝等地，据说是流行着：（一）泥鳅痧——症象同一般发痧，腹痛，土治法是把胸脯刮出红筋。但红筋若翻过肩膀，生望便濒绝了。（二）哑瘴——发烧，把手放到脑顶上都觉发烫。随后又发冷。渐渐神志昏迷，不能讲话。据说患者延至三天必死。（三）肛疗——一位路工指导员曾染此症，病象是骤冷骤热，呕吐昏晕。死后发见肛门内有菜子状疹豆。（四）羊皮痧——头痛，皮肤起红点；燃之以火，嗶啪作响。及红点一黑，人即完事。另外，还有无数种神秘病症。总之，永昌以南的路工死于瘴毒的数目很可惊人。如云龙一县即死五六百，筑梅子箐石桥的腾越二百石工，只有一半生还。

虽然有些人武断地否认瘴毒的存在，直谓为"恶性疟疾"，而许多云南朋友又把这"如一股旋风，腾地而起"的"五彩虹氤"说得那么神秘。我不谙医学，不便妄作论断。但只要看看边地筑路工人的生活情形，即知死亡以种种方式大量侵入，原是极其自然的。这些老少英雄们很多是来自远方的，像蒙化、顺宁、腾冲。公路并不经过他们的家乡——时常须走七八天的路才能抵达。他们负了干粮（还有没粮可带的穷人，白天筑路，晚上沿门讨饭。）爬山越巅地走到工作地点，便在附近的山坳里扎了营。地势是低洼潮湿的，四面为巉岩围起。一路上，山箐里这些"棚"中腾起缕缕炊烟。棚子其实只有两根木棍作支架，上面散铺着树叶，低矮到仅容一个人"钻"进去。遇到阴雨，那和露宿实在分别不大，而赶工的时期刚好就在雨季。那小棚是寝室、厨房，又是便溺坑。白族路工炊饭的燃料是捏成饼形的牛粪。

一九三九年三月

【导读】

　　萧乾，1910年出生于北京一个蒙古族贫民家庭，幼年失怙，寄人篱下，小学、中学靠的是半工半读。1929年进入了燕京大学国文专修班；1930年考进辅仁大学英文系；1932年转学燕京大学新闻系，1935年毕业。大学期间已开始发表短篇小说，并写出了第一篇新闻特写《平绥琐记》。1935年至1939年间，先后在天津、上海、香港三地任《大公报》文艺副刊编辑。1939年春，29岁的萧乾从香港经河内赶到昆明，去采访正在修筑中的滇缅公路，写出数篇通讯，刊登在港版及渝版《大公报》上。本文选自其中一篇《血肉筑成的滇缅路》第二节。日军大举进攻中国后，英美等国通往中国的海上运输全部被卡断，大量的援华物资不能运进中国。在滇缅之间修筑一条公路，这是中国抗战史上的一项壮举：无数用保甲制度征来的民工凭一双双肉手，在崇山峻岭上辟出长达近千公里的道路。然而，萧乾在文章的第三节，把铺土、铺石、铺血肉的无数民工称作"历史的原料"。直到新中国成立后，萧乾才认识到，"这不止是用字不当的问题，它正说明一个没带地图的旅人的愚盲"。

黄河大合唱（节选）

光未然

保卫黄河（轮唱）

（朗诵词）

但是，

中华民族的儿女啊，

谁愿像猪羊一般

任人宰割？

我们抱定必胜的决心，

保卫黄河！

保卫华北！

保卫全中国！

（歌　词）

风在吼。

马在叫。

黄河在咆哮。

黄河在咆哮。

河西山冈万丈高。

河东河北

高粱熟了。

万山丛中，

抗日英雄真不少！

青纱帐里，

游击健儿逞英豪！

端起了土枪洋枪，

挥动着大刀长矛，

保卫家乡！

保卫黄河！

保卫华北！

保卫全中国！

怒吼吧，黄河！（大合唱）

（朗诵词）

听啊：

珠江在怒吼！

扬子江在怒吼！

啊！黄河！

掀起你的怒涛，

发出你的狂叫，

向着全中国被压迫的人民，

向着全世界被压迫的人民，

发出你战斗的警号吧！

（歌　词）

怒吼吧，黄河！

怒吼吧，黄河！

怒吼吧，黄河！

掀起你的怒涛，

发出你的狂叫！

向着全世界的人民，

发出战斗的警号！

啊——！

五千年的民族，

苦难真不少！

铁蹄下的民众，

苦痛受不了！

受不了……

但是，

新中国已经破晓；

四万万五千万民众

已经团结起来，

誓死同把国土保！

你听，你听，你听：

松花江在呼号；

黑龙江在呼号；

珠江发出了英勇的叫啸；

扬子江上

燃遍了抗日的烽火！

啊！黄河！

怒吼吧，怒吼吧，怒吼吧！

向着全中国受难的人民

发出战斗的警号！

向着全世界劳动的人民，

发出战斗的警号！

【导读】

光未然，原名张光年，1913年出生于湖北老河口，11岁国民小学毕业后，考入当地商科职业学校；1927年加入共青团，1929年转为共产党员；1931年到武汉华中大学求学，并开始以"光未然"为笔名创作抗日诗歌和街头短剧。1936年5月，他写出了抗日诗篇《五月的鲜花》，经音乐家阎述诗谱曲后，很快在全国传唱。抗战爆发后，光未然在共产党主导的国民政府军事委员会政治部三厅任职，与冼星海共事，并成功合作过《新中国》《新时代的歌手》《保卫大武汉》等歌曲。1938年秋，光未然带领着抗敌演剧第三队到陕西活动，在宜川县东渡黄河时，目睹黄河船夫们与狂风恶浪搏斗的情景，深受震撼，产生了创作冲动。1939年1月，光未然不慎坠马受伤，辗转到延安治疗。2月26日，已到延安的冼星海前去探望，二人相见，开始商议再次合作，光未然决定把正在构思的长诗《黄河吟》直接写成一部大合唱的歌词。3月11日，他完成了400多行气势磅礴的诗句；20天后，冼星海谱写出这部不朽的经典之作。4月13日，《黄河大合唱》第一次在延安陕北公学大礼堂公开亮相；几天之内迅速传遍了延安；此后，它从根据地唱到国统区，唱到全世界。

在赣江上

冯至

在赣江上，从赣州到万安，是一段艰难的水程。船一不小心，便会触到礁石上。多么精明的船夫，到这里也不敢信托自己，不能不舍掉几元钱，请一位本地以领船为业的人，把整个的船交在他的手里。这人看这段江水好似他祖传下来的一块田，一所房屋，水里块块的礁石无不熟识；他站在船尾把住舵，让船躲避着礁石，宛转自如，像是蛇在草里一般地灵活。等到危险的区域过去了，他便在一个适当的地方下了船，向你说声"发财"。

我们从赣江上了船，正是十月底的小阳天气，顺水又吹着南风，两个半天的工夫，便走了不少的路程。但到下午三点多钟，风向改变了，风势也越来越紧，领船的人把船舵放下，说："前面就是天柱滩，黄泉路，今天停在这里吧。"从这话里听来，大半是前边的滩过于险恶，他虽然精于这一带的情形，也难保这只风里的船不触在礁石上。尤其是顾名思义，天柱滩，黄泉路，这些名称实在使人有些懔然。

才四点钟，太阳还高高的，船便泊了岸，船夫抛下了锚。四下一望，没有村庄。大家在船里蜷伏了大半天，跳下来，同往常一样，总是深深地呼吸几下，全身感到轻快。不过这次既看不见村庄，水上也没有邻船，一片沙地接连着没有树木的荒山，不管同船的孩子们怎样在沙上跳跃，可是风势更紧了，天空也变得不那样晴朗，心里总有些无名的恐惧：水里嶙峋的礁石好像都无情地挺出水面一般。

我个人呢，妻在赣州病了两个月，现在在这小船里，她也只是躺着，不能坐起。当她病得最重，不省人事的那几天，我坐在病榻旁，摸着她冰凉的手，好像被她牵引着，到阴影的国度里旅行了一番。这时她的身体虽然一天天地健康起来，可是她的言谈动作，有时还使我起一种渺茫的感觉。我在沙地上绕了两个圈子，山河是这般沉静，便没精打采地回到船上去了。

"这是什么地方？"她问。

"没有村庄，不知道这地方叫什么。"

……

风吹着水，水激动着船，天空将圆未圆的月被浮云遮去。同船的孩子们最先睡着了。我也在些起伏不定的幻想里忘却这周围的小世界。

睡了不久，好像自己迷失在一座森林里，焦躁地寻不到出路，远远却听见有人在讲话。等到我意识明了，觉得身在船上的时候，树林化作风声，而讲话的声音却依然在耳，这一个荒凉的地方哪里会有人声呢？这时同船的K君轻轻咳嗽了一下。

"我们邻近停着小船吗？"我小声问。

"不远的地方好像看见过一只，"K君说，"你听，有人在讲话，好像是在岸上。"

"现在已经十二点半了——"K君擦着一枝火柴，看了表，说出这句话，更加增加我的疑虑。

此外全船的人们还是沉沉地睡着。

我也怀着但愿无事的侥幸心理又入了半睡状态。不知过了多少分钟，船上的狗大声吠起来了；船上的人都被狗惊醒，而远远的讲话声音不但没有停住，反倒越听越近。我想，这真有些蹊跷了。

船上的狗吠，船外的语声，两方面都不停息；又隔了一些时，勇敢的K君披起衣服悄悄地走出船舱。这时全船的人都惊醒着，屏息无声，只有些悉索的动作；人人尽可能地把身边一点重要的物件，往不为人注意的地方放：柴堆里，炉灰里，舱篷的隙缝里……大家安排好了，静候着一件非常的事。

前后都是滩，风把船拘在这里，不能进也不能退，好像是在个魔术师手里。我守着大病初愈的妻，不知做什么事才好。忽然黑暗的船舱出现了一道光，是外边河上从舱篷缝里射进来的；这光慢慢地移动，从舱前移到舱后，分明是那河上放光的物体从我们船后已移到我们船头了。这光在舱后消逝了不久，又有一道光射到舱前，仍然是那样地移动。

全船在静默里骚动着，妻的心房跳动得很快，只是小孩子们睡得沉沉的。

K君走进来了，轻轻地说，远远两只划子，一只在前，一只在后，船头都燃着一堆火，从我们的船旁划过。每只划子上坐着两个人，这不是窥探我们船上的虚实吗？

我听了K君的话，也走到舱外。暗银色的月光照彻山川，两团火光在急流的水上越走越远了。这是他们去报告他们的伙伴呢，还是探明了船上人多，没有敢下手呢？

我望着那两团火光，尽在发呆，狗吠停止了，划子上的语声也听不见了。除去这满船的疑猜和恐惧外，面前是个非人间的、广漠的、原始般的世界。

最后船夫走到我身边；他大半被这满船客人的骚动搅得不能安静地躺在被里了。他说，不要怕，这地方一向是平静的。

"那么夜里这两只划子是做什么的呢？"

"那是捉鱼的。白天江上来往的船只多，不便捉鱼。夜静了，正是捉鱼的好时候。鱼见了火光便都跟随着火光聚拢起来；你看，那两只划子的下面不知有多少鱼呢……"

我恍然大悟，顿时想到"渔火"那两个字。

……

第二天早晨，风住了，船刚要起锚，对岸划来一只划子，上边有两个渔夫。他们好像是慰问我们昨夜的虚惊，卖给我们两条又肥又美的鳜鱼。

妻，幼年生长在海边，惯于鱼虾，对着这欢蹦乱跳的鱼，脸上浮现出病后的第一次健康的微笑。

一九三九年写于昆明

【导读】

冯至，原名冯承植，1905年出生于河北涿州。1916年小学毕业后，考入北京四中，并开始写诗。1921年考入北京大学，主修德语文学；1923年开始在《创造季刊》发表诗作。1927年出版第一部诗集《昨日之歌》，被鲁迅赞誉为"中国最为杰出的抒情诗人"，其艺术特色是"在平淡的日常生活里发现了诗"（朱自清）。当年北大毕业后，在哈尔滨和北京任教。1930年赴德国留学，攻读德国文学，兼修美术史和哲学。1935年获文学博士学位后于9月归国，翌年任同济大学教授，并与戴望舒、孙大雨、梁宗岱、卞之琳等创办抒情诗刊《新诗》。然而，淞沪战火将他们的美好愿景化为泡影。1937年9月，随同济大学撤退到浙江金华；年底继续撤退到江西南昌。1938年初，沿纵贯江西的赣江，顺水而下，到赣州复课；10月又从赣州溯江北上，向广西、云南方向转移。《在赣江上》是冯至到达昆明后于1939年9月创作的。事后他说，"在抗战期中最苦闷的岁月里，多赖那朴质的原野供给我无限的精神食粮，当社会里一般的现象一天一天地趋向腐烂时，任何一棵田埂上的小草，任何一棵山坡上的树木，都曾给予我许多启示"。

战

老舍

东亚文化之母，

这五千年和蔼的古邦，

没有过铁血的崇拜，

没有过侵略的疯狂，

就是从佛土摹得一点迷信，

也不过要群生普渡，爱及牛羊。

可是今天我们血流成海，

整个的民族拿起刀枪：

离弃了祖坟所在的田园村舍，

任秋风秋雨打坏了豆蔓瓜秧；

诀别了红衫蓝裤的小儿女，

驱着辕马耕牛走上战场；

黄风自荒沙大漠上吹起，

血腥从北国荡到珠江；

静美的农村，繁华的城市，

斑斑的血迹，连天的火光；

工农商军齐在呐喊，

炮火与杀声撼动着礼乐之邦。

为何呐喊？

谁的主张？

五千载的博衣大带，

怎么一日改换武装？

啊，全民族的呐喊！

全民族的主张！

有口的谁肯沉默！

有心的谁肯投降！

不从血里把和平建起，

和平的古国今朝就灭亡！

走，我们迎上前去，

力壮的拖炮，力小的担筐！

再见，亲爱的妻女，

再见，年迈的爹娘！

也许迎敌在黄河的渡口，

也许殉难在没有想到过的地方；

今朝我们无泪可洒，

舍身为国，先舍了故乡！

听，机关枪在黑夜狂笑，

看，东海的倭寇在烧掠村庄！

迎上去，我们为这个而战，

为不做奴隶，为国家的兴亡！

在平日，我们汗滴禾下土；

今天啊，用血洗净被辱的故乡！

千百代的祖先埋在这里，

谁能不死，走，拼死去保住祖邦！

炮声压不下我们的歌唱，

草笠上的露珠闪着金光；

青天作幕，守住我们每一寸国土，

为国雪耻，管什么冷暖风霜！

我们高唱，歌声悲壮，

为自由，为自由，齐赴沙场；

历史的光荣，当仁不让，

要作今天的岳武穆、文天祥！

对着患难，我们把胸挺起，

在礼教中长起，为正义而刚强；

并非好武，

不是疯狂，

对不许我们自由活着的，

我们毫不迟疑的拿起刀枪！

【导读】

在旅居英国、新加坡五年多后，老舍于1930年初回到祖国。在接下来的七年里，他一边在大学任教，一边进行文学创作，其中《骆驼祥子》和《月牙儿》等作品成为其传世之作。在事业有成的同时，他结了婚，妻子贤淑，儿女可爱，家庭美满。然而，战争打破了这一切。从抗战一开始，他便告别妻儿，"由济南跑到武汉，而后跑到重庆"。他中断了长篇小说的写作，因为"抗战第一，我想我该放下长篇，而写些有关抗战的短文"；作为一个作家，他"只有一支笔"，这是他谋生的"本钱"，也是他"抗敌的武器"。为了宣传抗战，他不遗余力地推动"文章下乡，文章入伍"，除诗歌、杂文外，还写出了大量戏剧、鼓词、坠子、相声、拉洋片等通俗文艺作品。1939年下半年，他随作家战地访问团慰问抗日军民，足迹遍及西北大地；在9月9日至23日间，两度到访延安，曾与毛泽东会面。《战》这首诗发表在10月10日出版的《抗战文艺》第4卷第5期、第6期合刊上。臧克家说，《战》表达了"老舍的坚决抗战的意志，不怕牺牲的精神，唱出了整个中国人民的心声，读了令人气壮"。

294

白杨礼赞

茅盾

白杨树实在是不平凡的，我赞美白杨树！

当汽车在望不到边际的高原上奔驰，扑入你的视野的，是黄绿错综的一条大毡子。黄的，那是土，未开垦的处女土，几十万年前由伟大的自然力堆积成功的黄土高原的外壳；绿的呢，是人类劳力战胜自然的成果，是麦田。和风吹送，翻起了一轮一轮的绿波——这时你会真心佩服昔人所造的两个字"麦浪"，若不是妙手偶得，便确是经过锤炼的语言精华。黄与绿主宰着，无边无垠，坦荡如砥，这时如果不是宛若并肩的远山的连峰提醒了你（这些山峰凭你的肉眼来判断，就知道是在你脚底下的），你会忘记了汽车是在高原上行驶。这时你涌起来的感想也许是"雄壮"，也许是"伟大"，诸如此类的形容词；然而同时你的眼睛也许觉得有点倦怠，你对当前的"雄壮"或"伟大"闭了眼，而另一种的味儿在你心头潜滋暗长了——"单调"。可不是？单调，有一点儿罢？

然而刹那间，要是你猛抬眼看见了前面远远地有一排——不，或者甚至只是三五株，一株，傲然地耸立，像哨兵似的树木的话，那你的恹恹欲睡的情绪又将如何？我那时是惊奇地叫了一声的！

那就是白杨树，西北极普通的一种树，然而实在不是平凡的一种树！

那是力争上游的一种树，笔直的干，笔直的枝。它的干呢，通常是丈把高，像是加以人工似的，一丈以内，绝无旁枝；它所有的丫枝呢，一律向上，而且紧紧靠拢，也像是加以人工似的，成为一束，绝无横斜逸出；它的宽大的叶子也是片片向上，几乎没有斜生的，更不用说倒垂了；

它的皮，光滑而有银色的晕圈，微微泛出淡青色。这是虽在北方的风雪的压迫下却保持着倔强挺立的一种树！哪怕只有碗来粗细罢，它却努力向上发展，高到丈许，二丈，参天耸立，不折不挠，对抗着西北风。

这就是白杨树，西北极普遍的一种树，然而决不平凡的树！

它没有婆娑的姿态，没有屈曲盘旋的虬枝，也许你要说它不美丽——如果美是专指"婆娑"或"横斜逸出"之类而言，那么，白杨树算不得树中的好女子；但是它却伟岸，正直，朴质，严肃，也不缺乏温和，更不用提它的坚强不屈与挺拔，它是树中的伟丈夫！当你在积雪初融的高原上走过，看见平坦的大地上傲然挺立这么一株或一排白杨树，难道你就只觉得树只是树？难道你就不想到它的朴质，严肃，坚强不屈，至少也象征了北方的农民大众？难道你竟一点也不联想到，在敌后的广大土地上，到处有坚强不屈，就像这白杨树一样傲然挺立的守卫他们家乡的哨兵？难道你又不更远一点想到这样枝枝叶叶靠紧团结，力求上进的白杨树，宛然象征了今天在华北平原纵横决荡，用血写出新中国历史的那种精神？

白杨不是平凡的树，它在西北极普通。不被人重视，就跟北方农民相似；它有极强的生命力，磨折不了，压迫不倒，也跟北方的农民相似。我赞美白杨树，就因为它不但象征了北方的农民，尤其象征了今天我们民族解放斗争所不可缺的朴实、坚强，力求上进的精神。

让那些看不起民众、贱视民众、顽固的倒退的人们去赞美那贵族化的楠木（那也是直干秀颀的），去鄙视这极常见、极易生长的白杨罢，但是我要高声赞美白杨树！

【导读】

在全面抗战爆发之前的十年是茅盾创作的丰收期，他出版了《子夜》《林家铺子》《春蚕》等名著。全面抗战爆发、上海沦陷后，他辗转长沙、武汉、香港、广州等地开展文化救亡活动。从1939年3月到1940年

10月，茅盾在西北待了一年半。这期间，他去了迪化（今乌鲁木齐）与延安，途经兰州、西安。一路上曾经历风雪华家岭、翻越六盘山，也曾乘车在"望不到边际的高原上奔驰"。西北大地上"傲然地耸立，像哨兵似的"白杨树给他留下不灭的印象。让他印象更深的是，在延安半年感受到的昂扬斗志与勃勃生机。由于中共希望加强国统区文化战线的力量，茅盾被派往重庆。不料抵渝后只有一个多月就爆发了"皖南事变"，形势骤然紧张，组织决定让茅盾去香港躲避。临行前，为防不测，茅盾被秘密送到离重庆约20公里的南温泉，等待出发。一静下来，茅盾便决定写出酝酿已久的"西北见闻录"，一口气写了好几篇，如《兰州杂碎》《风雪华家岭》《白杨礼赞》《西京插曲》《秦岭之夜》，《白杨礼赞》是其中一篇，它成为茅盾文学宝库里的一颗明珠。在南温泉住了20多天后，他于2月下旬离开重庆，经贵阳、桂林，最后到了香港。

救 荒 行

刘玉轩

　　民国辛巳岁，农作时方东。兵燹犹煽祸，海疆断交通。运输力不及，闹荒遍闽中。米麦苦不足，非是年弗丰。家家成瓮鳖，处处嗷哀鸿。望米如望梅，眼穿将无同。藜藿争挖取，吃尽余残丛。吁嗟我民众，十室已九空。四方散壮者，在家剩叟童。束手坐待毙，椎心怨苍穹。呼天天不应，血泪纷流红。如何司命者，袖如耳徒充。弗思救民命，只知饱厥躬。蒿目惊饿殍，鬼啸生悲风。我怀古循吏，听卑而居崇。救荒急发赈，人力夺天工。民饥犹己饥，艰苦奏肤功。帝尧曾命舜，圣谟尚隆隆。四海若困穷，天禄乃永终。敢上流民图，再拜告巨公。

【导读】

　　刘玉轩，名训瑞，1869年生于福建闽清；少年聪颖好学，光绪十三年（1887），18岁时中秀才，后又毕业于福建政法专门学校。他曾上北京求职，签发本省县丞，但赴任时清朝已被推翻。民国成立，有人向省督军推荐他任县知事，因目睹国力薄弱，外强侵迫，他无意仕途，立志投身教育事业。之后30余年，他陆续在闽清县任劝学所总董、教育局局长、文泉中学校长、国文教师。同时还在故宅设收藏古今书籍数千册的"玳琅书楼"，供人们阅览，兼任《闽清县志》总纂。生于乱世，目睹外强入侵、军阀混战、饿殍遍野，忧国忧民的他时常吊古伤今而发为吟咏，留下3000多篇诗文。日本发动侵华战争后，年届古稀的他拍案而起，大声疾呼，写出大量爱国诗篇。这首《救荒行》写于1941年，描绘当年的饥荒惨状；虽相隔千年之久，它仍能与杜甫的"三吏""三别"形成一种互文关系。

土地的誓言

端木蕻良

对于广大的关东原野，我心里怀着挚痛的热爱。我无时无刻不听见她呼唤我的名字，我无时无刻不听见她召唤我回去。我有时把手放在我的胸膛上，我知道我的心还是跳跃的。我的心还在喷涌着血液，因为我常常感到它在泛滥着一种热情。当我躺在土地上的时候，当我仰望天上的星星，手里握着一把泥土的时候，或者当我回想起儿时的往事的时候，我想起那参天碧绿的白桦林，标直漂亮的白桦树在原野上呻吟；我看见奔流似的马群，听见蒙古狗深夜的嗥鸣和皮鞭滚落在山涧里的脆响；我想起红布似的高粱，金黄的豆粒，黑色的土地，红玉的脸庞，黑玉的眼睛，斑斓的山雕，奔驰的鹿群，带着松香气味的煤块，带着赤色的足金；我想起幽远的车铃，晴天里马儿戴着串铃在溜直的大道上跑着，狐仙姑深夜的谰语，原野上怪诞的狂风……这时我听到故乡在召唤我，故乡有一种声音在召唤着我。她低低地呼唤着我的名字，声音是那样的急切，使我不得不回去。我总是被这种声音所缠绕，不管我走到哪里，即使我睡得很沉，或者在睡梦中突然惊醒的时候，我都会突然想到是我应该回去的时候了。我必须回去，我从来没想过离开她。这种声音是不可阻止的，是不能选择的。这种声音已经和我的心取得了永远的沟通。当我记起故乡的时候，我便能看见那大地的深层，在翻滚着一种红熟的浆液，这声音便是从那里来的。在那亘古的地层里，有着一股燃烧的洪流，像我的心喷涌着血液一样。这个我是知道的，我常常把手放在大地上，我会感到她在跳跃，和我的心的跳跃是一样的。它们从来没有停息，它们的热血一直在流，在热情的默契里它们彼此呼唤着，终有一天它们要汇合在一起。

土地是我的母亲，我的每一寸皮肤，都有着土粒；我的手掌一接近土地，心就变得平静。我是土地的族系，我不能离开她。在故乡的土地上，我印下无数的脚印。在那田垄里埋葬过我的欢笑，在那稻棵上我捉过蚱蜢，在那沉重的镐头上有我的手印。我吃过我自己种的白菜。故乡的土壤是香的。在春天，东风吹起的时候，土壤的香气便在田野里飘扬。河流浅浅地流过，柳条像一阵烟雨似的窜出来，空气里都有一种欢喜的声音。原野到处有一种鸣叫，天空清亮透明，劳动的声音从这头响到那头。秋天，银线似的蛛丝在牛角上挂着，粮车拉粮回来，麻雀吃厌了，这里那里到处飞。禾稻的香气是强烈的，碾着新谷的场院辘辘地响着，多么美丽，多么丰饶……没有人能够忘记她。我必定为她而战斗到底。土地，原野，我的家乡，你必须被解放！你必须站立！夜夜我听见马蹄奔驰的声音，草原的儿子在黎明的天边呼唤。这时我起来，找寻天空中北方的大熊，在它金色的光芒之下，是我的家乡。我向那边注视着，注视着，直到天边破晓。我永不能忘记，因为我答应过她，我要回到她的身边，我答应过我一定会回去。为了她，我愿付出一切。我必须看见一个更美丽的故乡出现在我的面前——或者我的坟前，而我将用我的泪水，洗去她一切的污秽和耻辱。

"九一八"十周年写

【导读】

端木蕻良，原名曹汉文，1912年出生于辽宁昌图。1928年入读天津南开中学，开始接受进步思想的影响；东北沦陷后，因组织"抗日救国团"，被学校开除。1932年进清华大学历史系，加入北平左翼作家联盟，并开始文学创作，发表短篇小说《母亲》。1933年，在鲁迅的激励下，21岁的他写出了30万字的长篇小说《科尔沁旗草原》，史诗般地呈现了东北农村在"九一八"之前的危运。1935年，参加"一二·九"运动后，为躲避当局抓捕，端木前往上海，靠写作为生。1936年9月写出"百衰图"系列小说的第一篇，纪念"九一八"五周年。全面抗战初期，在武汉、临汾、西安、重庆等地投身抗日救亡活动，编刊物、搞创作，参与发起中华全国文艺界抗敌协会。1938年5月，在武汉与萧红结婚，1940年初双双去了香港，曾担任文协香港分会理事，主编"大时代文艺丛书"，编辑《时代文学》。1941年9月1日，《时代文学》推出"九一八"十周年纪念专号；16日，端木发表《民主建国与复土抗战》；这篇《土地的誓言》发表于9月18日当天的《华商报》上。当时，抗战处于艰难的战略相持期，这位客居香港的东北作家，只能隔着辽阔的国土，遥望北国故乡，怀念铁蹄下的关东原野。

我把我当作一个兵士

何其芳

我把我当作一个兵士，
我准备打一辈子的仗。

当我因为碰上了工作中的困难而烦恼，
当我因为疲乏而感到生活是平凡而且单调，
我就想我是一个兵士，
一个简简单单的兵士。

我想我是在攻打着一个城堡，
我想我是在黑夜里放哨，
我想我不应该有片刻的松懈，
因为在我的队伍中一个兵士有一个兵士的重要。

我把我当作一个兵士，
我准备打一辈子的仗。

一九四一年十二月八日

【导读】

　　何其芳，1912年生于重庆万州，从17岁起，就在文学刊物上发表诗文，早期作品往往带有逃避现实的色彩。1931年，进入北京大学哲学系，1935年毕业。1936年3月，与卞之琳、李广田出版诗歌合集《汉园集》，人称"汉园三诗人"，在诗坛上引起轰动。然而，当年在四川与山东的农村"看到无数的人都辗转于饥寒死亡之中"后，他的"反抗思想""像果子一样成熟"了。他感觉四周都是"狞笑的陷阱"，满眼全是"资本主义的罪恶"，开始反省自己以前的"画梦"，表示"要埋葬我自己"。1938年，他奔赴延安，任教于鲁迅艺术学院，当年便写出了《我歌唱延安》这篇传诵一时，影响广泛的散文，并加入中国共产党。延安的生活艰苦卓绝，但何其芳却看到了光明和快乐，因为他确立了革命人生观和艺术观。1941年5月16日，延安《解放日报》创刊；当年12月8日，何其芳在该报上发表《诗六首》，《我把我当作一个兵士》是其中的一首。它实际上是何其芳此后人生的写照。如周扬所说："其芳同志在走上革命道路之后，就把个人融入到集体的事业中，在党的领导下，不懈地攻打着一个个的'城堡'。……他数十年如一日，完成了一个光荣战士的应有职责。"

战斗是享受

丁玲

　　连午睡都不想睡，挂牵着什么似的站在屋门边看天色，不知为什么总怕下雨。可是下午风暴来了，黄沙漫天卷来，盖过了土围子的雉堞，盖过了山脚下的小小树林，盖过了对面的大山，风把人要吹倒似的，乌云挟着雨点飞驰地压过来。于是远近的群山振动了，轰隆轰隆地响着雷鸣。急遽的电光，切破天空。激涨的河流，像要摆脱地面，发狂地飞腾叫啸，大的雨点，倾泻下来，压倒了新抽芽的瓜藤，绑在棍子上的西红柿像生长在湖里的小树。雨把窗纸都舐走了，雨从那空处溅过，屋瓦上一处一处流下水来。不到一刻功夫半截屋子成了池塘。人一下把悄悄担心着会下雨的心情忘记了，反变得非常开朗和喜悦，隔壁房子里的歌声，像调不好的二胡弦子的声音，也不使人感到讨厌了。只想冒着冷雨冲出去，在从山上流下来的黄色瀑布里迎着水流往上走，让那些无知的水来冲激着自己；要去迈步在那被淹的小路上，看曾掩藏在那里的小蛇又躲到什么地方。但人却再不能走到河边了，河身已经吞没了所有的沙滩，那些曾散步过的地方，洗过脚的地方，拣过石子的地方，都流着污浊的浪涛。这里连躲在石崖下战栗的生物也找不到了。人像在原始时代，抵抗着洪水，而顺着头发和面孔流下去的凉水却多使人抖擞，击打而来的劲风，多使人感到存在，使人傲岸啊！可是风雨终会停止的，但等不到它停止，当空间还洒着霏霏细雨的时候，不知从什么地方跳来一些人，起先还少，慢慢增多了，有一二十人，这些人都赤裸着身体，冲到涨着大水的激流里，他们飞速地跑，敏捷地从河里捞取一些木材，他们彼此叫唤着，冲到河的深处，激流大涛几乎

305

把他们卷走，但他们却又举着一截大木从翻滚的水中走来了。两岸的人便惊叹着（河的两岸已经站了好些人）。这些人不知道寒冷，这时是很冷的呵！这些人不知道惊险，拿生命去和水搏斗，就只因为是捞取那一点点木材吗？他们那么快乐地嘶叫，互相鼓舞，不甘落后地奋勇，就只是一点点小利而使他们那样高兴的吗？他们是在享受着他们最高的快乐，最大的胜利的快乐，而这快乐是站在两岸的人不能得到的，是不参加战斗，不在惊涛骇浪中搏斗，不在死的边沿上去取得生的胜利的人无从领略到的。只有在不断的战斗中，才会感到生活的意义，生命的存在，才会感到青春在生命内燃烧，才会感到光明和愉快呵！

【导读】

　　1932年加入中国共产党后，丁玲的创作倾向发生转变，写出《水》《田家冲》等描写现实斗争生活的作品。用孙犁的话说，在20世纪30年代"她的影响，她的吸引力，对当时的文学青年来说，是能使万人空巷的，举国若狂的。这不只因为她写小说，更因为她献身革命"。从1933年5月到1936年9月，她被国民党拘禁了3年多。被营救出狱后，她随即奔赴陕北，成为最早到达陕北的知名作家之一。经由陕北9年风风雨雨的洗礼，她从一个希望"化大众"的左翼文青，转变成自觉"大众化"的革命战士。《战斗是享受》写于1941年，表达了"文艺整风前丁玲的思想境界"（陈明语）。

风雨中忆萧红

丁玲

本来就没有什么地方可去，一下雨便更觉得闷在窑洞里的日子太长。要是有更大的风雨也好，要是有更汹涌的河水也好，可是仿佛要来一阵骇人的风雨似的，那么一块肮脏的云成天盖在头上，而水声也是不断地哗啦哗啦在耳旁响，微微地下着一点看不见的细雨，打湿了地面，那轻柔的柳絮和蒲公英都飘舞不起而沾在泥上了。这会使人有遐想，想到随风而倒的桃李，和在风雨中更迅速迸出的苞芽，即使是很小的风雨或浪潮，都更能显出百物的凋谢和生长，丑陋和美丽。

世界上什么是最可怕的呢？绝不是艰难险阻，绝不是洪水猛兽，也绝不是荒凉寂寞。而难于忍耐的却是阴沉和絮聒；人的伟大也不是能乘风而起，青云直上，也不只是能抵抗横逆之来，而是能在阴霾的气压下，打开局面，指示光明。

时代已经非复少年时代，谁还有悠闲的心情在闷人的风雨中煮酒烹茶与琴诗为侣呢？或者是温习一些细腻的情致重读着那些曾经被它们迷醉过被感动过的小说，或者低徊冥思那些天涯的故人，流着一点温柔的泪？那些天真，那些纯洁，那些无疵的赤子之心，那些轻微的感伤，那些精神上的享受都飞逝了，早已飞逝得找不到影子了。这个飞逝得很好，但现在是什么呢？是听着不断的水的絮聒，看着脏布也似的云块，痛感着阴霾，连寂寞的宁静也没有，然而却需要阿特拉斯的力背负着宇宙的时代所给予的创伤，毫不动摇地存在着，存在便是一种大声疾呼，便是一种骄傲，便是对絮聒以回答。

然而我决不会麻木的，我的头成天膨胀着要爆炸，它装得太多，需要呕吐。于是我写着，在白天，在夜晚，有关节炎的手臂因为放在桌子上太久而疼痛，有砂眼的眼睛因为在微小的灯光下而模糊。但幸好并没有激动，也没有感慨，我不缺乏冷静，而且很富有宽恕，我很愉快，因为我感到我身体内有东西在冲撞；它支持了我的疲倦，它使我会看到将来，它使我跨过现在，它会使我更冷静，它包括了真理和智慧，它是我生命中的力量，比少年时代的那种无愁的青春更可爱呵！

　　但我仍会想起天涯的故人的，那些死去的或是正受着难的。前天我想起了雪峰，在我的知友中他是最没有自己的了。他工作着，他一切为了党，他受埋怨过，然而他没有感伤过，他对于名誉和地位是那样的无睹，那样不会趋炎附势，培植党羽，装腔作势，投机取巧。昨天我又苦苦地想起秋白，在政治生活中过了那么久，却还不能彻底地变更自己，他那种二重的生活使他在临死时还不能免于有所申诉。我常常责怪他申诉的"多余"，然而当我去体味他内心的战斗历史时，却也不能不感动，哪怕那在整体中，是很渺小的。今天我想起了刚逝世不久的萧红，明天，我也许会想到更多的谁，人人都与这社会有关系，因为这社会，我更不能忘怀于一切了。

　　萧红和我认识的时候，是在一九三八年春初。那时山西还很冷，很久生活在军旅之中，习惯于粗犷的我，骤睹着她的苍白的脸，紧紧闭着的嘴唇，敏捷的动作和神经质的笑声，使我觉得很特别，而唤起许多回忆，但她的说话是很自然而真率的。我很奇怪作为一个作家的她，为什么会那样少于世故，大概女人都容易保有纯洁和幻想，或者也就同时显得有些稚嫩和软弱的缘故吧。但我们都很亲切，彼此并不感觉到有什么孤僻的性格。我们都尽情地在一块儿唱歌，每夜谈到很晚才睡觉。当然我们之中在思想上，在情感上，在性格上都不是没有差异，然而彼此都能理解，并不会因为不同意见或不同嗜好而争吵，而揶揄。接着是她随同我们一道去西安，我们在西安住完了一个春天，我们也痛饮过，我们也同度过风雨之夕，我们也互相倾诉。然而现在想来，我们谈的是多么的少啊！我们似乎从没有一次谈到过自己，尤其是我。然而我却以为她从没有一句话之中是失去了自己的，因为我们实在都太真实，太爱在朋友的面前赤裸自己的精神，因为我们又实在觉得是很亲近的。但我仍会觉得我们是谈得太少的，因为，像这样的能无妨嫌、无拘束、不需警惕着谈话的对手是太少了呵！

那时候很希望她能来延安，平静地住一时期之后而致全力于著作。抗战开始后，短时期的劳累奔波似乎使她感到不知在什么地方能安排生活。她或许比较我适于幽美平静。延安虽不够作为一个写作的百年长计之处，然在抗战中，的确可以使一个人少顾虑于日常琐碎，而策划于较远大的。并且这里有一种朝气，或者会使她能更健康些。但萧红却南去了。至今我还很后悔那时我对于她生活方式所参与的意见是太少了，这或许由于我们相交太浅，和我的生活方式离她太远的缘故，但徒劳的热情虽然常常于事无补，然在个人仍可得到一种心安。

我们分手后，就从没有通过一封信，端木曾来过几次信，在最后的一封信上（香港失陷约一星期前收到）告诉我，萧红因病始由皇后医院迁出。不知为什么我就有一种预感，觉得有种可怕的东西会来似的。有一次我同白朗说："萧红决不会长寿的。"当我说这话的时候，我是曾把眼睛扫遍了中国我所认识的或知道的女性朋友，而感到一种无言的寂寞，能够耐苦的，不依赖于别的力量，有才智、有气节而从事于写作的女友，是如此其寥寥呵！

不幸的是我的杞忧竟成了现实，当我昂头望着天的那边，或低头细数脚底的泥沙，我都不能压制我丧去一个真实的同伴的叹息。在这样的世界中生活下去，多一个真实的同伴，便多一份力量，我们的责任还不只于打开局面，指示光明，而还是创造光明和美丽；人的灵魂假如只能拘于个体的褊狭之中，便只能陶醉于自我的小小成就。我们要使所有的人，连仇敌也在内都能有崇高的享受，和为这享受而有伟大牺牲。

生在现在的这个世界上，活着固然能给整个事业添一份力量，而死对于自己也是莫大的损失。因为这世界上有的是戮尸的遗法，从此你的话语和文学将更被歪曲，被侮辱；听说连未死的胡风都有人证明他是汉奸，那么对于已死的人，当然更不必贿买这种无耻的人证了。鲁迅先生的"阿Q"曾被那批御用的文人歪曲地诠释，那么《生死场》的命运也就难于幸免于这种灾难。在活着的时候，你不能不被逼走到香港；死去，却还有各种污蔑在等着，而你还不会知道；那些与你一起的脱险回国的朋友们还将有被监视或被处分的前途。我完全不懂得到底要把这批人逼到什么地步才算够？猫在吃老鼠之前，必先玩弄它以娱乐自己的得意。这种残酷是比一切屠戮都更恶毒，更需要毁灭的。

只要我活着，朋友的死耗一定将陆续地压住我沉闷的呼吸。尤其是在这风雨的日子里，我会更感到我的重荷。我的工作已经够消磨我的一生，何况更加上你们的屈死和你们未完的事业，但我一定可以支持下去的。我要借这风雨，寄语你们，死去的、未死的朋友们，我将压榨我生命所有的余剩，为着你们的安慰和光荣。哪怕就仅仅为着你们也好，因为你们是受苦难的劳动者，你们的理想就是真理。

风雨已停，朦朦的月亮浮在西边的山头上，明天将有一个晴天。我为着明天的胜利而微笑，为着永生而休息。我吹熄了灯，平静地躺到床上。

【导读】

1936年底，丁玲到陕北。抗战爆发后，中央组织"第十八集团军西北战地服务团"（简称"西战团"）去前方搞文化宣传，成员多为抗大学生，丁玲为主任。从1937年秋起，西战团在山西、陕西一带访问演出，历时一年。在此期间，丁玲在临汾遇到了萧红、萧军等人，然后又与萧红等一道去了西安。当时，萧红与萧军分手，不久陷入与端木蕻良的姐弟恋，闹得沸沸扬扬，这让已习惯于军队粗犷生活的丁玲很奇怪，"作为一个作家的她，为什么会那样少于世故……显得有些稚嫩和软弱"。而在萧红看来，"丁玲有些英雄的气魄，然而她那笑，那明朗的眼睛，仍然是属于女性的柔和"。的确，也正是在那时，丁玲向西战团年轻的宣传股长陈明挑明了自己的爱慕之情。当时，丁玲希望萧红去延安，"平静地住一时期之后而致全力于著作"，但萧红却因担心在延安碰到萧军尴尬，选择南下。尽管性格相异，人生遭际不同，20世纪中国文学史上两位卓越女作家的第一次交会，却给彼此留下深刻的印象。《风雨中忆萧红》写于1942年4月25日，距萧红病逝香港刚刚三个月；两个月前，丁玲刚与陈明结婚；写这篇文章时，她正在参加文艺整风运动，担任文抗机关整风学习领导小组组长。

囚 歌

叶挺

为人进出的门紧锁着，
为狗爬走的洞敞开着，
一个声音高叫着：
爬出来呀，给你自由！

我渴望着自由，
但也深知，
人的躯体哪能由狗的洞子爬出！

我只是期待着，那一天，
地下的火冲腾，
把这活棺材和我一齐烧掉，
我应该在烈火和热血中得到永生！

【导读】

　　叶挺，1896年出生于广东惠州，青少年时先后入读多所军校。1919年，加入粤军，同年加入国民党，曾任孙中山警卫团第二营营长。1924年，赴苏联学习，先后加入共青团和共产党。1925年秋回国后，担任国民革命军第四军独立团团长；北伐时，参加了汀泗桥和贺胜桥等战役。在南昌起义中，担任代理前敌总指挥兼第十一军军长。1927年12月只身潜入广州，参加领导广州起义；起义失败后，因遭受李立三、王明的无端指责，而决定退党，流亡欧洲，后到澳门隐居。抗战爆发后，叶挺出任新四军军长。1941年，皖南事变爆发，叶挺在与国民党交涉时被扣押，入狱五年期间，被辗转囚禁多地。叶挺拒绝了蒋介石的劝降，作《囚歌》以明志，并把诗稿作为祝贺郭沫若五十寿辰的礼物传到狱外。周恩来评价它是"超越于一切苦难之上"的"真正的诗"。1946年3月4日，经中共多方努力，叶挺重获自由。出狱后第二天，叶挺便请求重新加入中国共产党，并马上获得中共中央批准。4月8日，叶挺自重庆飞延安，途中飞机失事，不幸遇难。

我用残损的手掌

戴望舒

我用残损的手掌

摸索这广大的土地：

这一角已变成灰烬，

那一角只是血和泥；

这一片湖该是我的家乡，

　（春天，堤上繁花如锦幛，

嫩柳枝折断有奇异的芬芳）

我触到荇藻和水的微凉；

这长白山的雪峰冷到彻骨，

这黄河的水夹泥沙在指间滑出；

江南的水田，你当年新生的禾草

是那么细，那么软……现在只有蓬蒿；

岭南的荔枝花寂寞地憔悴，

尽那边，我蘸着南海没有渔船的苦水……

无形的手掌掠过无限的江山，

手指沾了血和灰，手掌粘了阴暗，

只有那辽远的一角依然完整，

温暖，明朗，坚固而蓬勃生春。

在那上面，我用残损的手掌轻抚，

像恋人的柔发，婴孩手中乳。

我把全部的力量运在手掌

贴在上面，寄与爱和一切希望，

因为只有那里是太阳，是春，

将驱逐阴暗，带来苏生，

因为只有那里我们不像牲口一样活，

蝼蚁一样死……那里，永恒的中国！

一九四二年七月三日

【导读】

戴望舒，1905年出生于杭州一个职员家庭，自幼天资聪慧，好学上进。1923年中学毕业后，戴望舒到上海读大学，与施蛰存等一起参加过五卅运动，加入了共青团，同时创办《璎珞》旬刊，开始译诗、写诗。1928年8月，《雨巷》发表，戴望舒一夜成名，被誉为"雨巷诗人"。但他本人并不喜欢《雨巷》，因为他认为"诗不能借重音乐，它应该去了音乐的成分"。1932年到1935年，他到法国留学，却很少听课，主要精力放在翻译上；后因参与法国与西班牙的进步运动被学校开除。回国后，与卞之琳、冯至等人一同创办《新诗》杂志。抗战爆发后，戴望舒去了香港，积极参与"文协"香港分会的活动，担任《星岛日报》副刊《星座》编务，发表了大量进步作家宣传抗日的诗文，使副刊成为一块活跃的抗战宣传阵地。他本人的诗作"不再歌咏个人的悲欢离合，而唱出了民族的觉醒，群众的感情"。日军占领香港后，因宣传抗日，戴望舒于1942年3月被捕入狱，遭受酷刑；5月底被保释出狱；7月3日写下了这首《我用残损的手掌》。施蛰存评论说："望舒的诗的特征，是思想性的提高，非但没有妨碍他的艺术手法，反而使他的艺术手法更美好、更深刻地助成了思想性的提高。"

东 方 红

佚名

东方红，太阳升，
中国出了个毛泽东，
他为人民谋生存，
他是人民的大救星。

边区红，边区红，
边区地方没穷人，
有些穷人迁移民，
挖断穷根也翻了身。

延水长，五岳高，
毛主席治国有功劳，
边区办得呱呱叫，
老百姓颂唐尧。

生产变工搞得好，
边区地方没强盗，
夜不闭户狗不咬，
毛朱同志有功劳。

【导读】

1942年初冬，陕西葭县农民李有源用民歌《骑白马》的曲调创作了这一段《东方红》。1943年，葭县大旱，滴雨未下。为了生产自救，人民政府于次年2月组织移民队到延安开荒种地，副队长李增正是李有源的侄子。有一副天生好嗓子的他同样用《骑白马》的曲调，编了有几段新词的《移民歌》；其中第一段与《东方红》相同。随即《解放日报》于2月和3月对此进行了两次报道。同年，延安鲁迅文艺学院编印的《群众歌曲》收录了另一个版本的《东方红》。1945年，何其芳、张松如（公木）选编了一本《陕北民歌选》，收录了《移民歌》。在1950年前出版的各种版本中，绝大多数都包括"移民"的内容。这里展示的《东方红》选自1949年5月新华书店发行的《东方红诗选》，排为第一首，也包含"移民"的内容，属于早期版本。20世纪90年代以后，一些人以"创作者""知情者""见证者"的身份出面谈论《东方红》的词作者，说法各异。很明显，它最初就是一首民歌。如朱光潜所说："民歌的作者首先是个人，其次是群众；个人草创，群众完成。"诗人公木说得对："谁写的歌词不重要，重要的是人民是否真正喜爱它。"

纪念梁启超先生

梁漱溟

今天为梁任公（启超）先生逝世第十四周年，友人张旭光、周之凤诸君提议撰写纪念文。去年漱溟自香港返桂，尝应友人嘱写有蔡孑民先生逝世二周年纪念文一篇。愚往者既同受知于蔡、梁两先生，则兹于纪念梁先生之文，自不容辞。纪念蔡先生文中曾指出蔡先生之伟大处，复自道其知遇之感。今为此文，大致亦同。

一、怎样认识任公先生的伟大

欲知任公先生的伟大，须从其前后同时人物作一比较。例如蔡先生即其前后同时人物之一。两位同于近五十年的中国，有最伟大之贡献。而且其贡献同在思想学术界，特别是同一引进新思潮，冲破旧网罗，推动了整个国家大局。然而奇怪的是任公少于蔡先生八岁，论年辈应稍后，而其所发生之影响却在前。就在近五十年之始，便是他工作开始之时。在距今四十年前，在思想界已造成了整个是他的天下。在距今三十五年前后的中国政治全为立宪运动所支配，而这一运动即以他为主。当他的全盛时代，年长的蔡先生却默默无闻（蔡先生诚早露头角，但对广大社会而言则是如此）。蔡先生从"五四运动"打出来他的天下，那是距今二十四年的事。欧战以后的新思潮于此输入（特别是反资本主义潮流），国民革命于此种其因。所以他的影响到大局政治，不过是近二十年的事。

当任公先生全盛时代，广大社会俱感受他的启发，接受他的领导。其势力之普遍，为其前后同时任何人物——如康有为、严几道、章太炎、章行严、陈独秀、胡适之等等——所不及。我们简直没有看见过一个人可以发生像他那样广泛而有力的影响。康氏原为任公之师，任公原感受他的启发，接受他的领导。却是不数年间，任公的声光远出康氏之上，而掩盖了他。但须注意者，他这一段时期并不甚长。像是登台秉政之年（民国二年，即1913年；民国六年，即1917年，两年度），早已不是他的时代了。再进到"五四运动"以后，他反而要随着那时代潮流走了。民国八、九年（1919年、1920年）后，他和他的一班朋友蒋百里、林长民、蓝志先、张东荪等，放弃政治活动，组织"新学会"，出版《解放与改造》，及共学社丛书，并在南北各大学中讲学，完全是受蔡先生在北京大学开出来的新风气所影响。

因此，论到所给予社会影响之久暂比较上，任公每又不如其他的人。所以有人评论他几句话：

> 其出现如长彗烛天，如琼花照世，不旋踵而光沉响绝，
> 政治学术两界胥不发生绵续之影响。——此正任公之特异处。

《陈伯庄通讯》

（《思想与时代》，第十三期）

这是很对的。我们由是可以明白诸位先生虽都是伟大的，然而其所以伟大却各异，不可马虎混同。任公的特异处，在感应敏速，而能发皇于外，传达给人。他对各种不同的思想学术极能吸收，最善发挥。但缺乏含蓄深厚之致，因而亦不能绵历久远。像是当下不为人所了解，历时愈久而价值愈见者，就不是他所有的事了。这亦就是为何他三十岁左右便造成他的天下，而蔡先生却要待到五十多岁的理由。他给中国社会的影响，在空间上大过蔡先生，而在时间上将不及蔡先生，亦由此而定。

从前韩信和汉高祖各有卓越的天才，一个善将兵，一个善将将。蔡、梁两先生比较，正复相似。蔡先生好比汉高祖，他不必要自己东征

西讨，却能收合一班英雄，共图大事。任公无论治学和行文，正如韩信将兵，多多益善。自己冲锋陷阵，所向无前。他给予人们的影响是直接的，为蔡先生所不及。

任公为人富于热情，亦就不免多欲。有些时天真烂漫，不失其赤子之心。其可爱在此，其伟大亦在此。然而缺乏定力，不够沉着，一生遂多失败。

二、任公先生的生平得失

吾人纪念前贤，亦许应当专表彰他的功德。无奈我想念起任公先生来，总随着有替他抱憾抱悔之心。任公学术上的成就，量过于质，限于篇幅，不能悉数。今就其在政治上得失说一说。

清季政治上有排满革命和君主立宪两大派。任公一度出入其间，而大体上站在立宪一面，且为其领袖。固然最后革命派胜利，而国人政治思想之启发，仍得力于他者甚多，间接帮助了辛亥革命者甚大。国人应念其功，他自己亦可引以为慰。

民国成立，宋钝初（教仁）想实行政党内阁，正与任公夙怀符合。当时曾约定以全力助宋，可惜宋氏被刺，两派合作机会遂失。加以袁世凯方面种种笼络，国民党方面种种刺激，卒成组织进步党对抗国民党之局。更进而有熊希龄受袁命组阁，隐然由进步党执政之局。末了，就陷于副署袁氏解散国会命令之重大责任，而不能逃。国会既散，政党根据全失，熊阁当然亦站不住。政治脱轨，大局败坏，任公于此悔恨不及。这是他政治生活第一度失败。自然当日之事，由各方造成，任公不独尸其咎。却是春秋责备贤者，贤者引咎自责，不能不如此。

由任公先生之知悔，遂在袁氏帝制时，有奋起倒袁之举。在倒袁运动上，先生尽了最大力量。假如说创建民国是革命派的首功，那么这次再造共和，却不得不让他的一派居首功了。当日事实自有史家载之史乘，兹不多述。这是任公先生在政治活动对于国家第一度伟大不磨之贡献。

可惜在倒袁中忽遭父丧，袁倒后先生治丧持服，未得出而秉政。于是种下了民国六年（1917年）佐段（祺瑞）登台之事。在这里面还夹着一段反对康（有为）、张（勋）复辟。信有如任公几十年前所说"吾爱吾师，吾尤爱真理"者，可算作他第二度对于国家的贡献。

复辟既败，共和三造，段、梁携手执政，居然又有几分进步党内阁气概。此固为任公登台应有之阵容。但千不该，万不该，不肯恢复国会，而另造新国会，以致破坏法统，引起"护法之役"，陷国家于内战连年。这是他政治生活第二度严重失败。这次责任别无可诿，与前次不同。我们末学只有替他老先生惋惜，而他的政治生涯亦于此告终。

总论任公先生一生成就，不在学术，不在事功，独在他迎接新世运，开出新潮流，撼动全国人心，达成历史上中国社会应有之一段转变。这是与我纪念蔡先生文中所说"蔡先生所成就者非学术，非事功，而在其酿成一种潮流，推动大局，影响后世"正复相同的。

三、我个人对任公先生的感念

我早年是感受任公先生启发甚深之一人。论年纪，我小于先生二十岁。当他二十几岁举办《时务报》《清议报》之时，我固不能读他的文章。即在他三十岁创刊《新民丛报》亦还不行。直待我十五岁，好像《新民丛报》已停刊，我寻到壬寅、癸卯、甲辰三整年六巨册《新民丛报》和《新小说》全年一巨册（约五六百万字以上），又《立宪派与革命派之论战》一厚本（任公与汪精卫、胡汉民等往复辩难所有文章之辑合本）才得饱读。当时寝馈其中者约三四年。十八岁时，《国风报》出版，正好接着读下去。这是比我读五年中学更丰富而切实的教育。虽在今日，论时代相隔三十年以上，若使青年们读了还是非常有用的。可惜今日仅存《饮冰室文集》，而原报殆不可得。那其中还有旁人许多文章和新闻时事等记载，约占十之八，亦重要。至今想来，我还认为是我的莫大幸福。

蔡先生著作无多，我读到亦不多，在精神上却同深向往。民国五年（1916年）曾因范静生（源廉）先生介绍而拜见蔡先生。但对任公先生则未曾求见。因我先父多年敬佩任公，当他从海外返国，亲往访四次未得一见，两度投书亦无回答，我更不敢冒昧。到民国九年（1920年），任公渐渐知道我。一日忽承他偕同蒋百里、林宰平两先生移尊枉步访我于家。由此乃时常往还。民国十四年（1925年）我编印先父遗书既成，送他一部。书中有先父自记屡访不遇投书不答之事，而深致其慨叹。我写信特指出这段话，请他看。他回信痛哭流涕数百言，深自咎责。嘱我于春秋上祭时，为他昭告说"启超没齿不敢忘先生（指我父）之教"。盖先父于慨叹其慢士之余，仍以救国大任期望于他也。此事在先父若有知，当为心快。而在我为人子者，当然十分感激他（注：任公先生此一回信附后）。

十八年（1929年）春上，我在广州闻任公先生逝世之讯，心中好大难过。念相交以来，过承奖爱，时时商量学问，虚心咨访（先生著作关于佛教者恒以初稿见示征问意见），而我未有以报。第一，他奔走国事数十年，所以求中国之问题之解决者甚切，而于民族出路何在，还认不清。第二，他自谓服膺儒家，亦好谈佛学，在人生问题上诚为一个热心有志之士，而实没有弄明白。我于此两大问题渐渐若有所窥，亟思以一点心得当面请正。岂料先生竟作古人，更无从见面谈心，只有抱恨无穷而已。今为此文，虽时间又过去十多年，还是不胜其追怀与感念！

录自《漱溟最近文录》，47—51页

一九四四年五月，中华正气出版社

《扫荡报》一九四四年五月

附：任公先生十四年答漱溟信

漱溟宗兄惠鉴：

　　读报知巨川先生遗文已裒辑印布，正思驰书奉乞，顷承惠简先施，感喜不可言馨。读简后，更检《伏卵录》中一段敬读，乃知先生所以相期许者如此其厚，而启超之所以遇先生者，乃如彼其无状。今前事浑不省记，而断不敢有他辞自讳饰其罪。一言蔽之，学不鞭辟近里，不能以至诚负天下之重，以致虚情慢士，日侪于流俗人而不自觉，岂唯昔者，今犹是也。自先生殉节后，启超在报中读遗言，感涕至不可仰，深自懊恨并世有此人，而我乃不获一见（原注：后读兄著述而喜之，亦殊不知兄即先生之嗣，宰平相告，乃知之，故纳交之心益切）。岂知先生固尝辱教至四五，而我乃偃蹇自绝如此耶！《伏卵录》中相教之语虽不多，正如晦翁所谓一棒一条痕，一掴一掌血，其所以嘉惠启超者实至大。末数语，盖犹不以启超为不可教，终不忍绝之；先生德量益使我知勉矣！愿兄于春秋絜祀时，得间为我昭告，为言：启超没齿不敢忘先生之教，力求以先生之精神拯天下溺，斯即所以报先生也。《遗书》尚未全部精读，但此种种俊伟坚卓的人格感化，吾敢信其片纸只字皆关世道。其效力不见于今，亦必见于后。吾漱溟其益思所以继述而光大之，则先生固不死也！校事草创，课业颇兆。又正为亡妻营葬，益卒卒日不暇给。草草敬覆奉谢，不宣万一。

启超再拜

十月一日

【导读】

梁漱溟，原名焕鼎，祖籍广西桂林，1893年出生于北京一个"世代诗礼仁宦"的家庭。他5岁开蒙，但读过《三字经》和《百家姓》后，便入北京第一所新式学校"中西小学堂"读书；13岁考入顺天中学堂；18岁毕业于顺天高等学堂，乃其最高学历。梁漱溟自中学起即对人生问题和社会问题追索不已，最初倾向变法维新，后又转向革命；辛亥革命后，任

《民国报》记者；1913年，开始居家潜心研究佛典；1916年，发表《究元决疑论》；1917年，受蔡元培之邀，到北京大学任教；1924年，辞去北大教职，到山东、广东、上海、山西、河南等地办学和考察；1931年后，在山东邹平开展长达7年的乡村建设活动；后长期活跃于中国政坛。

年轻时，梁漱溟"倾慕的头一个"人物是比他年长20岁的梁启超。1920年，梁启超"移尊枉步"登门造访，让梁漱溟"终身铭感"。由此，二人时相过从，成为忘年交。1924年，梁漱溟离开北大，梁启超还推荐他到清华大学国学院任教。抗战期间，梁漱溟在故乡桂林住了三年（1942—1944），过着半隐居的生活，开始写作《中国文化要义》。《纪念梁启超先生》写于1943年1月。

我的母亲

老舍

母亲的娘家是在北平德胜门外，土城儿外边，通大钟寺的大路上的一个小村里。村里一共有四五家人家，都姓马。大家都种点不十分肥美的地，但是与我同辈的兄弟们，也有当兵的、做木匠的、做泥水匠的和当巡察的。他们虽然是农家，却养不起牛马，人手不够的时候，妇女便也须下地做活。

对于姥姥家，我只知道上述的一点。外公外婆是什么样子，我就不知道了，因为他们早已去世。至于更远的族系与家史，就更不晓得了；穷人只能顾眼前的衣食，没有工夫谈论什么过去的光荣；"家谱"这字眼，我在幼年就根本没有听说过。

母亲生在农家，所以勤俭诚实，身体也好。这一点事实却极重要，因为假若我没有这样的一位母亲，我之为我恐怕也就要大大地打个折扣了。

母亲出嫁大概是很早，因为我的大姐现在已是六十多岁的老太婆，而我的大外甥女还长我一岁啊。我有三个哥哥，四个姐姐，但能长大成人的，只有大姐、二姐、三姐、三哥与我。我是"老"儿子。生我的时候，母亲已有四十一岁，大姐二姐已都出了阁。

由大姐与二姐所嫁入的家庭来推断，在我生下之前，我的家里，大概还马马虎虎的过得去。那时候定婚讲究门当户对，而大姐丈是作小官的，二姐丈也开过一间酒馆，他们都是相当体面的人。

可是，我，我给家庭带来了不幸：我生下来，母亲晕过去半夜，才睁眼看见她的老儿子——感谢大姐，把我揣在怀中，致未冻死。

一岁半，我把父亲"克"死了。

兄不到十岁，三姐十二三岁，我才一岁半，全仗母亲独力抚养了。父亲的寡姐跟我们一块儿住，她吸鸦片，她喜摸纸牌，她的脾气极坏。为我们的衣食，母亲要给人家洗衣服，缝补或裁缝衣裳。在我的记忆中，她的手终年是鲜红微肿的。白天，她洗衣服，洗一两大绿瓦盆。她做事永远丝毫也不敷衍，就是屠户们送来的黑如铁的布袜，她也给洗得雪白。晚间，她与三姐抱着一盏油灯，还要缝补衣服，一直到半夜。她终年没有休息，可是在忙碌中她还把院子屋中收拾得清清爽爽。桌椅都是旧的，柜门的铜活久已残缺不全，可是她的手老使破桌面上没有尘土，残破的铜活发着光。院中，父亲遗留下的几盆石榴与夹竹桃，永远会得到应有的浇灌与爱护，年年夏天开许多花。

哥哥似乎没有同我玩耍过。有时候，他去读书；有时候，他去学徒；有时候，他也去卖花生或樱桃之类的小东西。母亲含着泪把他送走，不到两天，又含着泪接他回来。我不明白这都是什么事，而只觉得与他很生疏。与母亲相依如命的是我与三姐。因此，她们做事，我老在后面跟着。她们浇花，我也张罗着取水；她们扫地，我就撮土……从这里，我学得了爱花，爱清洁，守秩序。这些习惯至今还被我保存着。

有客人来，无论手中怎么窘，母亲也要设法弄一点东西去款待。舅父与表哥们往往是自己掏钱买酒肉食，这使她脸上羞得飞红，可是殷勤地给他们温酒做面，又给她一些喜悦。遇上亲友家中有喜丧事，母亲必把大褂洗得干干净净，亲自去贺吊——份礼也许只是两吊小钱。到如今为我的好客的习性，还未全改，尽管生活是这么清苦，因为自幼儿看惯了的事情是不易改掉的。

姑母常闹脾气。她单在鸡蛋里找骨头。她是我家中的阎王。直到我入了中学，她才死去，我可是没有看见母亲反抗过。"没受过婆婆的气，还不受大姑子的吗？命当如此！"母亲在非解释一下不足以平服别人的时候，才这样说。是的，命当如此。母亲活到老，穷到老，辛苦到老，全是命当如此。她最会吃亏。给亲友邻居帮忙，她总跑在前面；她会给婴儿洗三——穷朋友们可以因此少花一笔"请姥姥"钱——她会刮痧，她会给孩子们剃头，她会给少妇们绞脸……凡是她能做的，都有求必应。但是吵嘴打架，永远没有她。她宁吃亏，不斗气。当姑母死去的时候，母亲似乎把一世的委屈都哭了出来，一直哭到坟地。不知道哪里来的一位侄子，声称有承继权，母亲便一声不响，叫他搬走那些破桌子烂板凳，而且把姑母养的一只肥母鸡也送给他。

可是，母亲并不软弱，父亲死在庚子闹"拳"的那一年。联军入城，挨家搜索财物鸡鸭，我们被搜两次。母亲拉着哥哥与三姐坐在墙根，等着"鬼子"进门，街门是开着的。"鬼子"进门，一刺刀先把老黄狗刺死，而后入室搜索。他们走后，母亲把破衣箱搬起，才发现了我。假若箱子不空，我早就被压死了。皇上跑了，丈夫死了，鬼子来了，满城是血光火焰，可是母亲不怕，她要在刺刀下，饥荒中，保护着儿女。北平有多少变乱啊，有时候兵变了，街市整条地烧起，火团落在我们院中。有时候内战了，城门紧闭，铺店关门，昼夜响着枪炮。这惊恐，这紧张，再加上一家饮食的筹划，儿女安全的顾虑，岂是一个软弱的老寡妇所能受得起的？可是，在这种时候，母亲的心横起来，她不慌不哭，要从无办法中想出办法来。她的泪会往心中落！这点软而硬的性格，也传给了我。我对一切人与事，都取和平的态度，把吃亏看作当然的。但是，在做人上，我有一定的宗旨与基本的法则，什么事都可将就，而不能超过自己划好的界限。我怕见生人，怕办杂事，怕出头露面；但是到了非我去不可的时候，我便不敢不去，正像我的母亲。从私塾到小学，到中学，我经历过起码有二十位教师吧，其中有给我很大影响的，也有毫无影响的，但是我的真正的教师，把性格传给我的，是我的母亲。母亲并不识字，她给我的是生命的教育。

当我在小学毕了业的时候，亲友一致地愿意我去学手艺，好帮助母亲。我晓得我应当去找饭吃，以减轻母亲的勤劳困苦。可是，我也愿意升学。我偷偷地考入了师范学校——制服，饭食，书籍，宿处，都由学校供给。只有这样，我才敢对母亲说升学的话。入学，要交十元的保证金。这是一笔巨款！母亲作了半个月的难，把这巨款筹到，而后含泪把我送出门去。

她不辞劳苦，只要儿子有出息。当我由师范毕业，而被派为小学校校长，母亲与我都一夜不曾合眼。我只说了句："以后，您可以歇一歇了！"她的回答只有一串串的眼泪。我入学之后，三姐结了婚。母亲对儿女是都一样疼爱的，但是假若她也有点偏爱的话，她应当偏爱三姐，因为自父亲死后，家中一切的事情都是母亲和三姐共同撑持的。三姐是母亲的右手。但是母亲知道这右手必须割去，她不能为自己的便利而耽误了女儿的青春。当花轿来到我们的破门外的时候，母亲的手就和冰一样的凉，脸上没有血色——那是阴历四月，天气很暖。大家都怕她晕过去。可是，她挣扎着，咬着嘴唇，手扶着门框，看花轿徐徐地走去。不久，姑母死了。三姐已出嫁，哥哥不在家，我又住学校，家中只剩母亲自己。她还须自晓至晚地操作，可是终日没人和她说一句话。新年到了，正赶上政府倡用阳历，不许过旧年。除夕，我请了两小时的假，由拥挤不堪的街市回到清炉冷灶的家中。母亲笑了。及至听说我还须回校，她愣住了。半天，她才叹出一口气来。到我该走的时候，她递给我一些花生，"去吧，小子！"街上是那么热闹，我却什么也没看见，泪遮迷了我的眼。今天，泪又遮住了我的眼，又想起当日孤独地过那凄惨的除夕的慈母。可是慈母不会再候盼着我了，她已入了土！

儿女的生命是不依顺着父母所设下的轨道一直前进的，所以老人总免不了伤心。我二十三岁，母亲要我结了婚，我不要。我请来三姐给我说情，老母含泪点了头。我爱母亲，但是我给了她最大的打击。时代使我成为逆子。二十七岁，我上了英国。为了自己，我给六十多岁的老母以第二次打击。在她七十大寿的那一天，我还远在异域。那天，据姐姐们后来告诉我，老太太只喝了两口酒，很早地便睡下。她想念她的幼子，而不便说出来。

"七七"抗战后，我由济南逃出来。北平又像庚子那年似的被鬼子占据了。可是母亲日夜惦念的幼子却跑西南来。母亲怎样想念我，我可以想象得到，可是我不能回去。每逢接到家信，我总不敢马上拆看，我怕，怕，怕有那不祥的消息。人，即使活到八九十岁，有母亲便可以多少还有点孩子气。失了慈母便像花插在瓶子里，虽然还有色有香，却失去了根。有母亲的人，心里是安定的。我怕，怕，怕家信中带来不好的消息，告诉我已是失了根的花草。

去年一年，我在家信中找不到关于老母的起居情况。我疑虑，害怕。我想象得到，若有不幸，家中念我流亡孤苦，或不忍相告。母亲的生日是在九月，我在八月半写去祝寿的信，算计着会在寿日之前到达。信中嘱咐千万把寿日的详情写来，使我不再疑虑。十二月二十六日，由文化劳军的大会上回来，我接到家信。我不敢拆读。就寝前，我拆开信，母亲已去世一年了！

生命是母亲给我的。我之能长大成人，是母亲的血汗灌养的。我之能成为一个不十分坏的人，是母亲感化的。我的性格，习惯，是母亲传给的。她一世未曾享过一天福，临死还吃的是粗粮。唉！还说什么呢？心痛！心痛！

【导读】

老舍是"老儿子"，他出生时，母亲已有41岁。《老舍自传》开篇就说："生于北平，三岁失怙，可谓无父。志学之年，帝王不存，可谓无君。无父无君，特别孝爱老母。"从小，老舍就有一个心愿，要做个自食其力的人，不能再让母亲终日操劳来养活自己。成年后，母亲希望老儿子能守在近前；但当老舍打算去英国见世面时，母亲却默默地为他收拾行装，让他在外多保重。老舍在英国薪水微薄，他勒着裤腰带也要给母亲寄钱；母亲则到街上找人代写书信，寄给远在天边的儿子。1937年春，老舍从山东回北京，为母亲办八十大寿，请了戏班子办"堂会"不说，他还亲自清唱，为母亲与宾客助兴。他甚至已在谋划，回到生他养他的北京，回到母亲身边。然而，日寇的入侵打烂了他的计划。"七七事变"后，老舍告别妻儿，"由济南跑到武汉，而后跑到重庆"，母亲留在被日本鬼子占据的北平。他思念母亲，知道母亲也思念他，但母子无法见面。每逢接到家信，他总不敢马上拆看，怕有不祥的消息。1942年12月26日，老舍接到家信，得知母亲去世的噩耗，于是写下《我的母亲》，发表在1943年1月份的《时事新报》上。

三月的夜
——动员参军工作中的一个故事

方冰

月亮是多么的亮呵，

照着三月的夜，山里的夜，

照着睡了的村子。

杏花开着，

在夜里，闹哄哄地开着，

像年轻人的梦。

他们俩走着，

在散了会的路上，

肩并肩地走着，

低声地说着：

——我报了名，要走了，你想我吗？

——我想你！

——你想我？……

——你要是老守在家里，我就讨厌你了。

三月的夜，

你是多么的香呵，

你是多么健康而甜蜜地在呼吸着呵！

——子弟兵快要入伍了。

一九四三年三月

【导读】

从1938年冬起，方冰一直在华北敌后晋察冀边区打游击，直到1944年回延安，进中央党校学习。这是他诗歌创作最旺盛的时期，写作了大量诗歌，既歌颂了人民勇于牺牲的英雄精神和不屈气概，也控诉了日本侵略者的暴行。《三月的夜》创作于1943年春，诗人构建了月夜下一对青年男女漫步的情境。对于即将参军远行的恋人，姑娘自然不舍；但当青年反问"你想我"时，姑娘则明确表示：在大敌当前的情形下，如果男人留恋私情守在家里，自己便也不再爱他了。这首诗可以看作"妻子送郎上战场"的婉约版。1943年冬，方冰在平西开始创作其代表作长篇叙事诗《柴堡》，第二年在中央党校学习期间进行了加工修改；不久，这一鸿篇巨制在延安《解放日报》与读者见面。1943年可谓他的诗歌丰收年。魏巍称赞："方冰的诗，感情丰富，色彩鲜明，在诗歌艺术上，他是一个线条明朗、色彩引人的画家。"

母亲的回忆

朱德

得到母亲去世的消息，我很悲痛。我爱我母亲，特别是她勤劳一生，很多事情是值得我永远回忆的。

我家是佃农，祖籍广东韶关客籍人，在"湖广填四川"时迁移四川仪陇县马鞍场。世代为地主耕种，家境是贫苦的，和我们来往的朋友也都是老老实实的贫苦农民。

母亲一共生了十三个儿女。因为家境贫穷，无法全部养活，只留下八个，以后再生下的被迫溺死了。这在母亲心里是多么惨痛、悲哀和无可奈何的事啊！母亲把八个孩子一手养大成人。可是她的时间大半给家务和耕种占去了，没法多照顾孩子，只好让孩子们在地里爬着。

母亲是个"好劳动"。从我能记忆时起，总是天不亮就起床。全家二十口人，妇女们轮班煮饭，轮到就煮一年。母亲把饭煮了，还要种田种菜，喂猪养蚕，纺棉花。因为她身材高大结实，还能挑水挑粪。

母亲这样地整日劳碌着，我们到四五岁时就很自然地在旁边帮她的忙，到八九岁时就不单能挑能背，还会种地了。记得那时我从学堂回家，母亲总在灶上汗流满面地烧饭，我就悄悄把书本一放，挑水或放牛去了。有的季节里，我上午读书下午种地，一到农忙便整月停在地里跟着母亲劳动。这个时期母亲教给我许多生产知识。

佃农家庭的生活自然是很苦的。可是由于母亲的聪明能干，也勉强过得下去。我们把桐子榨油来点灯。吃的是豌豆饭，菜饭，红薯饭，杂粮饭，把菜籽榨出的油放在饭里做调料，这种地主富人家看也不看的饭食，

333

母亲却能做得使一家吃起来有滋味。赶上丰年，才能缝上一些新衣服，衣服也是自己生产出来的。母亲亲手纺出线，请人织成布，染了颜色，我们叫作"家织布"，有铜钱那样厚。一套衣服老大穿过了，老二老三接下来穿还穿不烂。

劳动的家庭是有规律有组织的。我的祖父是一个中国标本式的农民，到八九十岁还非耕田不可，不耕田就会害病，直到临死前不久还在地里劳动。祖母是家庭的组织者，一切生产事务由她管理分派。每年除夕，分派好一年的工作以后，天还没亮，母亲就第一个起身烧火做饭去了，接着听见祖父起来的声音，接着大家都离开床铺，喂猪的喂猪，砍柴的砍柴，挑水的挑水。母亲在家庭里极能够任劳任怨，她的和蔼的性格使她从没有打骂过我们一次，而且也没有和任何人吵过架。因此，虽在这样的大家庭里，长幼叔伯妯娌相处都很和睦。母亲同情贫苦的人——这是她朴素的阶级意识——虽然自己不富裕，还周济和照顾比自己更穷的亲戚。她自己是很节省的。父亲有时吸点旱烟，喝点酒，母亲管束着我们，不允许我们沾染上一点。母亲那种劳动俭朴的习惯，母亲那种宽厚仁慈的态度，至今还在我心中留有深刻的印象。

但是灾难不因为中国农民的和平就不降临到他们的身上。庚子（一九〇〇）年前后，四川连年旱灾，很多农民饥饿破产。农民不得不成群结队去"吃大户"。我亲眼见到六七百着得破破烂烂的农民和他们的妻子儿女，被所谓"官兵"一阵凶杀毒打，血溅四五十里，哭声动天。在这样的年月里，我家也遭受更多的困难，仅仅吃些小菜叶、高粱，通年没吃过白米。特别是乙未（一八九五）那一年，地主欺压佃户，要在租种地上加租子，因为办不到，就趁大年除夕，威胁着我家要退佃，逼着我们搬家。在悲惨的情况下，我们一家人哭泣着连夜分散。从此我家被迫分两处住下。人手少了，又遭天灾，庄稼没有收成，这是我家最悲惨的一次遭遇。母亲没有灰心，她对穷苦农民的同情，和对为富不仁者的反感却更加强烈了。母亲沉痛的三言两语的诉说，以及我亲眼见到的许多不平事实，启发了我幼年时期反抗压迫追求光明的思想，使我决心寻找新的生活。

我不久就离开母亲，因为我读了书。我是一个佃农家庭的子弟，本来是没钱读书的。那时乡间豪绅地主的欺压，衙门差役的横蛮，逼得母亲和父亲决心要节衣缩食培养出一个读书人来"支撑门户"。我念过私塾，光绪三十一年（一九〇五）考了科举，以后又到更远的顺庆和成都去读书。这个时候的学费，都是东挪西借来的，总共用了二百多块钱，直到我后来在当护国军旅长时才还清。

光绪三十四年（一九〇八）我从成都回来，在仪陇县办高等小学，一年回家两三次去看母亲。那时新旧思想冲突很厉害，我们抱了科学民主的思想想在家乡做点事情，守旧的豪绅们便出来反对我们。我下决心瞒着慈爱的母亲脱离家乡，远走云南参加了新军和同盟会。我到云南后，从家信中知道，我母亲对我这一举动不但不反对，还给我许多慰勉。

从宣统元年（一九〇九）到现在，我再没有回过家一次，只在民国八年（一九一九），我曾经把父亲和母亲接出去，但是他俩劳动惯了，离开土地就不舒服，所以还是回了家，父亲就在回家途中死了，母亲回家继续劳动一直到最后。

中国革命继续向前发展，我的思想也继续的向前进步。当我发现中国革命的正确道路时，我便加入了中国共产党。大革命失败了，我和家庭完全隔绝了。母亲就靠那三十亩地独立支持一家人生活。抗战以后，我才能和家里通信。母亲知道我们所做的事业，她期望着中国民族解放的成功。她知道我们党的困难，依然在家里过着劳苦的农妇生活。七年中间，我曾寄回几百元钱和几张自己的照片给母亲。母亲年老了，但她永远想念着我，如同我永远想念着她一样。去年收到侄儿的来信说："祖母今年已八十有五，精神不如昨年之健康，饮食起居亦不如前，甚望见你一面，聊叙别后情景。……"但我献身于民族抗战事业，竟未能报答母亲的希望。

母亲最大的特点，是一生不曾脱离过劳动。母亲生我前一分钟还在灶上煮饭。虽到老年，仍然热爱生产。去年另一封外甥的家信中说："外祖母大人因年老关系，近年不比往年健康，但仍不辍劳作，尤喜纺棉。……"

我应该感谢母亲，她教给我与困难作斗争的经验。我在家庭生活中已经饱尝艰苦，这使我在三十多年的军事生活和革命生活中，再没有感到困难和被困难吓倒。母亲又给我一个强健的身体和一个劳动的习惯，使我从来没有感到过劳累。

我应该感谢母亲，她教给了我生产的知识和革命的意志，鼓励我走上以后的革命道路。在这条路上，我一天比一天更加认识了：只有这种知识，这种意志，才是世界上最可宝贵的财产。

母亲现在离我而去了，我将永不能再见她一面了，这个哀痛是无法补救的。母亲是一个"平凡"的人，她只是中国千百万劳动人民中的一员，但是正是这千百万人创造了和创造着中国的历史。我用什么方法来报答母亲的深恩呢？我将继续尽忠于我们的民族和人民，尽忠于我们的民族和人民的希望——中国共产党，使和母亲同样生活着的人能够过一个快乐的生活。这是我所能做的和我一定做的。

愿母亲在地下安息！

【导读】

朱德有两位母亲，生母与养母。1909年，23岁的他瞒着母亲离开家乡，远走云南，参加新军和同盟会。从此，他戎马倥偬，一直找不到机会回家。忠孝不能两全成为朱德一生最大的遗憾。1944年4月，朱德在延安获知，生母钟夫人已于2月15日在老家四川仪征去世。为了表示悼念，他一个多月没剃胡须，并在悲痛中写下了《母亲的回忆》一文，发表在1944年4月5日的《解放日报》上。此篇祭文发表后，引起极大反响，延安各界强烈要求表彰这位伟大母亲。4月10日，中共中央办公厅邀请延安各界代表千余人，在杨家岭中央大礼堂共同追悼朱德母亲钟夫人，毛泽东、周恩来、林伯渠等党中央领导人出席了追悼活动。这是中国共产党历史上仅有的一次为党的领导人的母亲举行的公祭仪式。中共中央的挽联是"八路功勋大孝为国，一生劳动吾党之光"；毛泽东的挽联是"为母当学民族英雄贤母，斯人无愧劳动阶级完人"；中共中央党校的挽联为"唯有劳动人民母性，能育劳动人民领袖"；刘少奇、周恩来等同志的挽联为"教子成民族英雄，举世共钦贤母范；毕生为劳动妇女，故乡永保好家风"。"劳动"是这篇文章和这些挽联共同凸显的关键词。

为人民服务

毛泽东

我们的共产党和共产党所领导的八路军、新四军，是革命的队伍。我们这个队伍完全是为着解放人民的，是彻底地为人民的利益工作的。张思德同志就是我们这个队伍中的一个同志。

人总是要死的，但死的意义有不同。中国古时候有个文学家叫作司马迁的说过："人固有一死，或重于泰山，或轻于鸿毛。"为人民利益而死，就比泰山还重；替法西斯卖力，替剥削人民和压迫人民的人去死，就比鸿毛还轻。张思德同志是为人民利益而死的，他的死是比泰山还要重的。

因为我们是为人民服务的，所以，我们如果有缺点，就不怕别人批评指出。不管是什么人，谁向我们指出都行。只要你说得对，我们就改正。你说的办法对人民有好处，我们就照你的办。"精兵简政"这一条意见，就是党外人士李鼎铭先生提出来的；他提得好，对人民有好处，我们就采用了。只要我们为人民的利益坚持好的，为人民的利益改正错的，我们这个队伍就一定会兴旺起来。

我们都是来自五湖四海，为了一个共同的革命目标，走到一起来了。我们还要和全国大多数人民走这一条路。我们今天已经领导着有九千一百万人口的根据地，但是还不够，还要更大些，才能取得全民族的解放。我们的同志在困难的时候，要看到成绩，要看到光明，要提高我们的勇气。中国人民正在受难，我们有责任解救他们，我们要努力奋斗。要奋斗就会有牺牲，死人的事是经常发生的。但是我们想到人民的利益，想到大多数人民的痛苦，我们为人民而死，就是死得其所。不过，我们应当尽量地减少那些不必要的牺牲。我们的干部要关心每一个战士，一切革命队伍的人都要互相关心，互相爱护，互相帮助。

今后我们的队伍里，不管死了谁，不管是炊事员，是战士，只要他是做过一些有益的工作的，我们都要给他送葬，开追悼会。这要成为一个制度。这个方法也要介绍到老百姓那里去。村上的人死了，开个追悼会。用这样的方法，寄托我们的哀思，使整个人民团结起来。

一九四四年九月八日

【导读】

20世纪40年代初，国民党加强了对陕甘宁边区的包围与封锁。为了克服经济困难，减轻人民负担，延安军民开展了轰轰烈烈的大生产运动。1944年夏，中央警备团战士张思德报名到安塞县山中烧炭，不幸于9月5日因炭窑崩塌而牺牲，年仅29岁。张思德出身于四川仪陇的赤贫农家，1933年加入红军，经历长征，多次立功；不少和他一起入伍的战友，都担任了领导职务，但他始终是普通一兵。毛泽东得知张思德牺牲的消息，对身边工作人员说："像这样的同志，无论职位高低，都要开个追悼会，表示对他们的纪念。"9月8日下午，追悼大会在延安凤凰山下的枣园操场举行，中央机关与中央警备团官兵千余人参加，党的最高领袖亲笔题写挽词："向为人民的利益而牺牲的张思德同志致敬"，并即兴发表讲演。演讲内容由中央办公厅秘书处速记室主任张树德作了符号速记，之后又与其他聆听演讲的文秘人员对文稿进行了核对和整理，成文后由毛泽东的秘书胡乔木呈毛泽东审阅。9月21日《解放日报》头版发表通讯稿，引述毛泽东的演讲，构成《为人民服务》最早的文本，后被收录到《毛泽东选集》第3卷。1945年4月召开的党的七大，将"全心全意为人民服务"写进政治报告，成为共产党人的宗旨。

通货膨胀

穆旦

我们的敌人已不再可怕，
他们的残酷我们看得清，
我们以充血的心沉着地等待，
你的淫贱却把它弄昏。

长期的诱惑：意志已混乱，
你借此倾覆了社会的公平，
凡是敌人的敌人你一一谋害，
你的私生子却得到太容易的成功。

无主的命案，未曾提防的叛变，
最远的乡村都卷进，
我们的英雄还击而不见对手，
他们受辱而死：却由于你的阴影。

在你的光彩下，正义只显得可怜，
你是一面蛛网，居中的只有蛆虫，
如果我们要活，他们必须死去，
天气晴朗，你的统治先得肃清！

一九四五年七月

穆旦，诗人、翻译家，原名查良铮，祖籍浙江海宁，1918年出生于天津，在南开中学读书时便对文学有浓厚兴趣，开始写诗，16岁第一次以"穆旦"为名发表随笔《梦》。1935年考入清华大学地质系，半年后转入外文系。全面抗战爆发后辗转到西南联大读书，1940年毕业后留校任教，在香港《大公报》副刊和昆明《文聚》上发表大量诗作。他把西欧现代主义和中国诗歌传统结合起来，诗风富于象征寓意和心灵思辨，是"九叶诗派"的代表性诗人。王佐良对穆旦诗歌的评价是"他没有模仿，而且从来不借别人的声音歌唱。他的焦灼是真实的"。1948年，穆旦选编了1937—1948年诗集，是对自己之前的诗歌创作的一个总结，分为四个部分，《通货膨胀》属于第三部分，其中后两部分更多体现了对于战争、时事和社会现象的思考，与其个人主义的创作形成对比。抗战后期，通货膨胀极其严重。与其他很多人一样，穆旦"同物价作着不断的、灰心的抗争"。该诗以极具张力的拟人化手法，对吞噬正义、颠覆公平、严重影响民生的通货膨胀做了精妙的比喻，予以强烈抨击。

国立西南联合大学纪念碑碑文

冯友兰

　　中华民国三十四年九月九日，我国家受日本之降于南京。上距二十六年七月七日卢沟桥之变，为时八年；再上距二十年九月十八日沈阳之变，为时十四年；再上距清甲午之役，为时五十一年。举凡五十年间，日本所鲸吞蚕食于我国家者，至是悉备图籍献还。全胜之局，秦汉以来，所未有也。国立北京大学、国立清华大学，原设北平；私立南开大学，原设天津。自沈阳之变，我国家之威权逐渐南移，惟以文化力量，与日本争持于平津，此三校实为其中坚。二十六年，平津失守，三校奉命迁于湖南，合组为国立长沙临时大学，以三校校长蒋梦麟、梅贻琦、张伯苓为常务委员，主持校务，设法、理、工学院于长沙，文学院于南岳，于十一月一日开始上课。迨京沪失守，武汉震动，临时大学又奉命迁云南。师生徒步经贵州，于二十七年四月二十六日抵昆明。旋奉命改名为国立西南联合大学，设理、工学院于昆明，文、法学院于蒙自，于五月四日开始上课。一学期后，文、法学院亦迁昆明。二十七年，增设师范学院。二十九年，设分校于四川叙永，一学年后，并于本校。昆明本为后方名城，自日军入安南、陷缅甸，又成后方重镇。联合大学支持其间，先后毕业学生二千余人，从军旅者八百余人。河山既复，日月重光，联合大学之战时使命既成，奉命于三十五年五月四日结束。原有三校，即将返故居，复旧业。缅维八年支持之苦辛，与夫三校合作之协和，可纪念者，盖有四焉。我国家以世界之古国，居东亚之天府，本应绍汉唐之遗烈，作并世之先进，将来建国完成，必于世界历史，居独特之地位。盖并世列强，虽新而不古；

希腊、罗马，有古而无今。惟我国家，亘古亘今，亦新亦旧，斯所谓"周虽旧邦，其命维新"者也。旷代之伟业，八年之抗战已开其规模，立其基础。今日之胜利，于我国家有旋乾转坤之功，而联合大学之使命，与抗战相终始，此其可纪念者一也。文人相轻，自古而然，昔人所言，今有同慨。三校有不同之历史，各异之学风，八年之久，合作无间。同无妨异，异不害同；五色交辉，相得益彰；八音合奏，终和且平。此其可纪念者二也。万物并育而不相害，道并行而不相悖，小德川流，大德敦化，此天地之所以为大。斯虽先民之恒言，实为民主之真谛。联合大学以其兼容并包之精神，转移社会一时之风气，内树学术自由之规模，外来"民主堡垒"之称号，违千夫之诺诺，作一士之谔谔。此其可纪念者三也。稽之往史，我民族若不能立足于中原，偏安江表，称曰南渡。南渡之人，未有能北返者：晋人南渡，其例一也；宋人南渡，其例二也；明人南渡，其例三也。"风景不殊"，晋人之深悲；"还我河山"，宋人之虚愿。吾人为第四次之南渡，乃能于不十年间，收恢复之全功。庾信不哀江南，杜甫喜收蓟北。此其可纪念者四也。联合大学初定校歌，其辞始叹南迁流离之苦辛，中颂师生不屈之壮志，终寄最后胜利之期望。校以今日之成功，历历不爽，若合符契。联合大学之终始，岂非一代之盛事，旷百世而难遇者哉！爰就歌辞，勒为碑铭，铭曰：痛南渡，辞宫阙。驻衡湘，又离别。更长征，经峣嵲。望中原，遍洒血。抵绝徼，继讲说。诗书丧，犹有舌。尽笳吹，情弥切。千秋耻，终已雪。见仇寇，如烟灭。起朔北，迄南越，视金瓯，已无缺。大一统，无倾折。中兴业，继往烈。维三校，兄弟列，为一体。如胶结，同艰难，共欢悦，联合竟，使命彻，神京复，还燕碣，以此石，象坚节，纪嘉庆，告来哲。

冯友兰，字芝生，1895年底出生于河南省唐河县一个"耕读传家"的地主家庭。15岁前，他沉浸于中国古代经典中，练就一手好文章；15岁进入新学堂后接连跳级。20岁考入北京大学研究哲学，毕业后不久赴美国哥伦比亚大学，后获哲学博士学位。回国之初曾任教多间大学；1928年，33岁的冯友兰转任清华大学教授，兼校秘书长。1937年卢沟桥事变后，北京大学、清华大学和南开大学三校南迁到昆明，改称国立西南联合大学，一时名师云集，成为抗战时期中国教育和文化的中心；冯友兰出任文学院院长，并在校内兼任无数个职务，包括校歌、校训编委会主席。由于他德高望重，遂有联大"首席院长"之称。这位首席院长在1939年参与制定了联大校训，并为校歌作词。1946年，当联大师生奉命离开昆明回迁复校之际，冯友兰有感于国家救亡守土、民族弦歌存续之不易，撰写了西南联大纪念碑文。碑文一千三百余字，洗练地概况了抗战及三校联办的经过，阐述了联大值得纪念的四个方面，通篇爱国情感浓厚，气势恢宏，让人一诵难忘，被联大校友、历史学家何炳棣称作：20世纪中国的"第一篇大文章"。

倾倒苦水的大会

严文井

把长凳子都搭出来

让后面的女人有个地方站

叫小孩们不要啼哭

卖烟卷儿的不要叫喊

现在控诉那抓劳工逼死七条命的伪区长

控诉那把儿子改名叫化中旧日郎的大汉奸

乡亲们，只管往下讲

一肚子苦水尽管往外倒

这毒汁再不去掉，就会受不了

台上有县长作主

不怕那家伙向谁瞪眼

三天说不完，还有第四天

不要惊讶这些质朴的人们

突然学会了不绝的雄辩

丰富大伙语言的是长期的痛苦与灾难

一九四六年七月十日

　　严文井，原名严文锦，湖北汉川人，1915年生于武昌。就读湖北省省立高级中学时，就在报纸上发表散文。1935年春赴北平，在图书馆当职员期间，以"严文井"为名在报上发表散文。1938年5月，23岁的严文井奔赴延安，进入抗日军政大学学习，7月加入中国共产党。1943年，出版第一部童话集《南南和胡子伯伯》，之后发表大量童话、寓言，影响了一代又一代的儿童读者。抗日战争胜利后，严文井参加"东北文艺工作团"，于1945年9月到达东北，任《东北日报》副总编辑兼副刊部主任，经常以记者身份深入农村，反映翻天覆地的农村土地改革。《倾倒苦水的大会》就是在这时写作的。那些被侮辱与被损害的贫苦农民曾长期默默忍受苦难，土改带来的翻身才让他们有机会倾倒"苦水"。这首诗见证了解放区正在走向光明的前景。

最后一次的讲演

闻一多

　　这几天，大家晓得，在昆明出现了历史上最卑污，最无耻的事情！李先生究竟犯了什么罪？竟遭此毒手，他只不过用笔，用嘴，写出了说出了千万人民心中压着的话，大家有笔有嘴有理由讲啊，为什么要打，要杀，而且偷偷摸摸地杀！（鼓掌。）

　　今天，这里有没有特务？你站出来，你出来讲！凭什么要杀死李先生？（厉声，热烈的鼓掌）暗杀了人，还要污蔑人，说什么"桃色案件"，说什么共产党杀共产党，无耻啊！无耻啊！（热烈的鼓掌）这是某集团的无耻，是李先生的光荣！李先生在昆明被暗杀，是李先生的光荣！也是昆明人的光荣！

　　去年"一二·一"昆明的青年学生，为了反对内战，遭受屠杀，现在李先生为了争取民主和平，也遭遇了反动派的暗杀，这是昆明无限的光荣！（热烈的鼓掌）

　　反动派暗杀李先生的消息传出后，大家听了都摇头，这些无耻的东西，不知他们是怎么想法？他们的心是怎样长的？其实也很简单，他们这样疯狂害怕，正是他们自己在慌啊！在恐怖啊！特务们，你们想想，你们还有几天？真理是一定胜利的。反动派的无耻，就是李先生的光荣。反动派的末日，就是我们的光明！

　　现在，有人要打内战，只是利用美苏的矛盾，但是美苏不一定打呀！现在四外长会议，已经圆满闭幕了。美苏间不是没有矛盾，但是可以妥协，事情是曲折的，不是直线的，我们的新闻被封锁着，不知道美苏的开明舆论如何抬头，但是事实的反映，我们可以看出：

第一，现在司徒雷登出任美驻华大使，司徒雷登是中国人民的朋友，是教育家，他生长在中国，受的美国教育。他住在中国的时间比住在美国的时间长，他就如一个中国的留美生一样，从前在北平时也常见面，他是真正知道中国人民的要求的，不是说司徒雷登有三头六臂，而是说，美国人民的舆论抬头，美国才有这改变。

其次，反动派干得太不像样了，在四外长会议上不要中国做二十一国和平会议的召集人，这说明人民的忍耐有限度，国际的忍耐也是有限度。

李先生赔上了一条性命，我们要换来一个代价，"一二·一"四烈士倒下了，年青的战士们的血，换来了政治协商会议的开会，李先生倒下了，也要换来一个政协会议的召开，（热烈的鼓掌）我们有这信心！（鼓掌）

"一二·一"是昆明的光荣，是云南人民的光荣。云南有光荣的历史，远的如护国，近的如"一二·一"，这些都是属于云南人民的，我们要发扬！

反动派挑拨离间，卑鄙无耻，他们以为联大走了，学生放暑假了，我们便就没有人了吗？特务们，你们看，今天到会的一千多青年又握起手来了，我们昆明青年决不让你们这样横干下去！

历史赋予昆明的任务，是争取民主和平，我们昆明的青年必须完成这任务！

我们要准备像李先生一样，前足跨出大门，后脚就不准备再跨进大门。（长时间热烈的鼓掌）

【导读】

1941年以后，闻一多与李公朴都在昆明，前者是来自北京的诗人、教授，后者是来自上海的社会活动家，两人交往本来并不多。把他们联结到一起的是中国民主同盟，于1943年先后加入民盟云南地方组织，并在1945年10月召开的民盟第一次全国代表大会上同时当选为中央执行委员。他们的共同目标是，反专制、反独裁、反内战，实现和平，建立民主自由的新中国。1946年2月10日，重庆各界万余群众在较场口举行集会，国民党特务制造了"较场口血案"，当场打伤民主人士60余人，包括李公朴。5月回到昆明，面对特务的恐吓威胁，李公朴毫不畏惧地说："为了民主，我已准备好了，两只脚跨出门，就不准备再进门了。"7月11日晚，年仅44岁的他惨遭特务暗杀身亡。其时，闻一多的处境也十分危险，但他置生死于度外，7月15日义无反顾地参加了李公朴追悼会。面对混杂在听众中的国民党特务，他拍案而起，慷慨激昂地发表了《最后一次的讲演》，悲愤地表示，"要像李先生一样，前足跨出大门，后脚就不准备再跨进大门"。当天下午，闻一多在返家途中遭特务伏击，不幸遇难。7月18日，民盟秘书长梁漱溟在记者招待会上说："特务们！你们有第三颗子弹吗？我在这里等着它！"

哭一多父子

吴晗

一多，我想不到你会死！

一多，我更想不到你会父子同命，连立鹤，才在大学一年级的一个十八岁的青年，也惨遭五枪，比你迟死一天！

我想不到，无论如何想不到！

父亲是忠臣，忠于人民，忠于国家。儿子是孝子，孝于人民，孝于忠臣的父亲。父忠子孝，表现了民族的正气。一多，我要忍着眼泪告诉我所遇见的每一个人，民主同盟有这样的盟员，这样的领导人，中国民主前途是被保证了的。我也会狠着心对自己说，我有这样的朋友，这样的同志，这样的学生，作我未死以前的准绳，前进的明灯，我是被保证了的，永不会走错路！

几年来的情形，历历如在目前。

我记得清清楚楚，当你还住在昆华中学的时候，为了一件必要的事，我带了几个学生去看你。

当你作新诗人的时候，我知道你，并不尊敬你。当你埋头研究《诗经》《楚辞》的时候，我明白你，并不接近你。可是那晚上谈了三四个钟头以后，我们的思想和工作都结合在一起了，我不但了解你，接近你，而且尊敬你。

此后的三年中，我和你分享着忧患、贫困、紧张、忙乱、痛苦的日子。

我记得你洪亮的声音，激昂的神情，飘拂的长髯，炯炯的目光，在每一次群众大会中，在每一次演讲会中、座谈会中。我也记得你每次所说的话。

你像一头愤怒的狮子。去年，在云南大学广场的一次集会，正当开始，天不作美，下雨了，参加的男女移动了，想找个荫蔽之所，会场在动乱了。你掀髯作狮子吼："这是天洗兵！不怯懦的人上来，走近来，勇敢的人走拢来！"在你的号召之下，群众稳住了，大家都红着脸走近讲台，冒着雨开成了那个会。

我也记得，在四烈士下葬的那一天，你在薄暮的微晖中致词，你说："我们一定为死者报仇，要追捕凶手，追到天涯海角，今生追不到，下一代追！"

不管是阴是晴，是冷天是热天，你认为该做的事，就毫不迟疑，献出了全部的时间和精力。

宣言、通电的润色人一定是你，在深宵，在清晨，你执笔沉吟，推敲每一字，每一句，每一段。朋友们安慰你的过度辛劳，你只微笑着说："谁叫我是国文教员呢？"

从你搬进西仓坡联大教职员宿舍以后，我们恰好对门，两个窗户也正对着，你的宾客，你的工作情形，一抬头便可望见。

学生一批一批地进出，诗人、作家、木刻家、戏剧工作者，还有我们民盟的朋友，从清晨到深夜，川流不息地在走动。

你有一只破烂的藤椅，是毓棠去英国时送你的，一张整齐的方桌，是我向学校借来转给你的。你的书桌是三块长木板，像裁缝桌子，还有两把乡下搬来的描金黑漆方椅子，坐上去倒很结实，不会怪叫。此外，还有两张小板凳，两口破箱子。吃饭时一家人刚好一桌，孩子们站着吃。

终年穿一件阴丹士林长衫、布鞋、破袜子。最近的一件半新不旧的灰布夹袍是赵三姊送的，你喜欢得合不拢嘴，大热天还穿着。有一次同走过云南大学前面，公共汽车经过，我们两个都溅了一身泥点。为了这件事，你还不快了半天。

你喜欢喝茶，我为你预备一点好茶叶，三天两晚在我的小书房中边喝边谈，有时到深夜。你也喜欢喝咖啡，要多加糖。还有，菜要口味重一点，你说，在蒙自那一年，包伙吃饭，盐太少了，简直受不了，现在要补一点回去。

成天地奔走，成天地工作，看书的时间没有，连报纸都得在深夜上床的时候看，为了这个，你的太太和你吵了不少次架。

去年年底，你告诉我，要替《中原》写一篇长文章，我说我也在准备，相约在三个月之内写完。可是，一个月一个月过去了，你没有开笔，我也没有写一个字。

有一天，是傍晚吧，在我住房的前面，两个小凳子，两杯茶，两支烟，谈了许多事之后，你喟然说，太空虚了，成天吐出去，却没有新的东西补充，要好好念书了。天可怜一年两年之后，民主实现，政治走上轨道吧。只要有这么一天，我们立刻回书房，好好读十年二十年书，才对得起自己，对得起所受的教育。

为了这个，你加紧工作，忘寝废餐地工作，希望尽量提早和平民主的日子的到来，好重回书房，作新知识的学生。

可是你死了，你没有看见和平，更没有看见民主的影子，斋志长逝了，永远不能回到书房了。

你喜欢田间，喜欢马雅可夫斯基，郭沫若先生赴苏过昆的一天，邵鲁诺夫先生问你想带什么书，你希望有一部《马雅可夫斯基全集》。我昨天看到郭先生，他说书早已带来了，无法寄，现在是永远投递不到了。

你为了生活，学刻图章，成天地刻，通夜地刻，刻到右手中指起了个老大疙瘩，刻到手发抖，写字都不方便，为了一升两升米，为了明天的菜钱。你常说你是手工业者。

饶是这样，还有一些朋友责备你，说你不该干这行手艺。天啊，你在哭，我也在替你哭，吃饱的人是无法了解饿肚的人的。

立鹤，你的长子，我的学生。

去年，你刚念完联大附中二年级，暑假后你居然进了联大。你父亲喜欢，母亲高兴，为了奖励你，把仅有的一枝美国水笔，一个可敬的美国朋友送的，给了你，作为奖品。

进了大学不久，你就成为青年民主战士的一员。

在"一二·一"运动的时候，你受了伤，腿被打肿了，母亲劝你休息，你说："妈妈，我是闻一多的儿子呢，闻一多的儿子是不能休息的！"

立鹤，你才十八岁，多灾多难的中国，竟杀戮到青年！

立鹤，你为民主殉了身，为了你的父亲殉了身。我替你相信，你是求仁得仁的。有这样的父亲，才有这样的儿子。

安眠吧，我的朋友，立鹤，我的学生。

我会跟着你们走的，你们已经替中国人民铺好了道路，用你们的血。

【导读】

吴晗，1909年出生于浙江义乌，中学时已读完《史记》《汉书》《后汉书》和《三国志》；21岁出版第一部史学专著。1931年考入清华大学，毕业后留校任教；抗战初期任教于云南大学。30岁以前，他不过问政治；但"1940年以后，政治来过问我了"，因为"对蒋介石的不满日益加强……我的思想有了转变"。思想转变的同时，他受聘西南联大，与闻一多成为同事。1943年加入了民盟后，吴晗动员闻一多加入了同一组织；后来两人成为民盟云南委员会的负责人，经常一同出席各种政治活动。1945年5月，闻、吴两家同时迁入联大教员宿舍，斜对而居。从此，相差十岁但志同道合的他俩成为莫逆之交。广大进步师生赞誉这两位民主斗士一位是"鼓手"，一位是"炮手"；一位是"怒狮"，一位是"猛虎"。1946年，清华复校北归，闻一多留在昆明，吴晗到上海为妻子治病。李公朴遇刺后，吴晗在愤怒中写了《哭公朴》《死，不是结束，而是开始！》。闻一多与长子闻立鹤遇刺后，吴晗激愤难耐，数日内连续写了5篇痛悼亡友、怒斥独裁的檄文，《哭一多父子》是第一篇。由于闻立鹤经抢救摆脱了死神，该文后改名《哭一多》。

论雅俗共赏

朱自清

　　陶渊明有"奇文共欣赏，疑义相与析"的诗句，那是一些"素心人"的乐事，"素心人"当然是雅人，也就是士大夫。这两句诗后来凝结成"赏奇析疑"一个成语，"赏奇析疑"是一种雅事，俗人的小市民和农家子弟是没有份儿的。然而又出现了"雅俗共赏"这一个成语，"共赏"显然是"共欣赏"的简化，可是这是雅人和俗人或俗人跟雅人一同在欣赏，那欣赏的大概不会还是"奇文"罢。这句成语不知道起于什么时代，从语气看来，似乎雅人多少得理会到甚至迁就着俗人的样子，这大概是在宋朝或者更后罢。

　　原来唐朝的安史之乱可以说是我们社会变迁的一条分水岭。在这之后，门第迅速地垮了台，社会的等级不像先前那样固定了，"士"和"民"这两个等级的分界不像先前的严格和清楚了，彼此的分子在流通着，上下着。而上去的比下来的多，士人流落民间的究竟少，老百姓加入士流的却渐渐多起来。王侯将相就没有种了，读书人到了这时候也没有种了；只要家里能够勉强供给一些，自己有些天分，又肯用功，就是个"读书种子"；去参加那些公开的考试，考中了就有官做，至少也落个绅士。这种进展经过唐末跟五代的长期的变乱加了速度，到宋朝又加上印刷术的发达，学校多起来了，士人也多起来了，士人的地位加强，责任也加重了。这些士人多数是来自民间的新的分子，他们多少保留着民间的生活方式和生活态度。他们一面学习和享受那些雅的，一面却还不能摆脱或蜕变那些俗的。人既然很多，大家是这样，也就不觉其寒碜；不但不觉其寒碜，还要重新估定价值，至少也得调整那旧来的标准与尺度。"雅俗共赏"似乎就是新提出的尺度或标准，这里并非打倒旧标准，只是要求那些雅士理会到或迁就些俗士的趣味，好让大家打成一片。当然，所谓"提出"和"要求"，都只是不自觉地看来是自然而然的趋势。

中唐的时期，比安史之乱还早些，禅宗的和尚就开始用口语记录大师的说教。用口语为的是求真与化俗，化俗就是争取群众。安史乱后，和尚的口语记录更其流行，于是乎有了"语录"这个名称，"语录"就成为一种著述体了。到了宋朝，道学家讲学，更广泛地留下了许多语录；他们用语录，也还是为了求真与化俗，还是为了争取群众。所谓求真的"真"，一面是如实和直接的意思。禅家认为第一义是不可说的，语言文字都不能表达那无限的可能，所以是虚妄的。然而实际上语言文字究竟是不免要用的一种"方便"，记录的文字自然越近实际的、直接的说话越好。在另一面这"真"又是自然的意思，自然才亲切，才让人容易懂，也就是更能收到化俗的功效，更能获得广大的群众。道学主要的是中国的正统的思想，道学家用了语录做工具，大大地增强了这种新的文体的地位，语录就成为一种传统了。比语录体稍稍晚些，还出现了一种宋朝叫作"笔记"的东西。这种作品记述有趣味的杂事，范围很宽，一方面发表作者自己的意见，所谓议论，也就是批评，这些批评往往也很有趣味。作者写这种书，只当作对客闲谈，并非一本正经，虽然以文言为主，可是很接近说话。这也是给大家看的，看了可以当作"谈助"，增加趣味。宋朝的笔记最发达，当时盛行，流传下来的也很多。目录家将这种笔记归在"小说"项下，近代书店汇印这些笔记，更直题为"笔记小说"；中国古代所谓"小说"，原是指记述杂事的趣味作品而言的。

那里我们得特别提到唐朝的"传奇"。"传奇"据说可以见出作者的"史才、诗笔、议论"，是唐朝士子在投考进士以前用来送给一些大人先生看，介绍自己，求他们给自己宣传的。其中不外乎灵怪、艳情、剑侠三类故事，显然是以供给"谈助"，引起趣味为主。无论照传统的意念，或现代的意念，这些"传奇"无疑的是小说，一方面也和笔记的写作态度有相类之处。照陈寅恪先生的意见，这种"传奇"大概起于民间，文士是仿作，文字里多口语化的地方。陈先生并且说唐朝的古文运动就是从这儿开始。他指出古文运动的领导者韩愈的《毛颖传》，正是仿"传奇"而作。我们看韩愈的"气盛言宜"的理论和他的参差错落的文句，也正是多多少少在口语化。他的门下的"好难""好易"两派，似乎原来也都是在试验如何口语化。可是"好难"的一派过分强调了自己，过分想出奇制胜，不管一般人能够了解欣赏与否，终于被人看作"诡"和"怪"而失败，于是宋朝的欧阳修继承了"好易"的一派的努力而奠定了古文的基础。——以上说的种种，都是安史乱后几百年间自然的趋势，就是那雅俗共赏的趋势。

宋朝不但古文走上了"雅俗共赏"的路，诗也走向这条路。胡适之先生说宋诗的好处就在"作诗如说话"，一语破的指出了这条路。自然，这条路上还有许多曲折，但是就像不好懂的黄山谷，他也提出了"以俗为雅"的主张，并且点化了许多俗语成为诗句。实践上"以俗为雅"，并不从他开始，梅圣俞、苏东坡都是好手，而苏东坡更胜。据记载梅和苏都说过"以俗为雅"这句话，可是不大靠得住；黄山谷却在《再次杨明叔韵》一诗的"引"里郑重地提出"以俗为雅，以故为新"，说是"举一纲而张万目"。他将"以俗为雅"放在第一，因为这实在可以说是宋诗的一般作风，也正是"雅俗共赏"的路。但是加上"以故为新"，路就曲折起来，那是雅人自赏，黄山谷所以终于不好懂了。不过黄山谷虽然不好懂，宋诗却终于回到了"作诗如说话"的路，这"如说话"，的确是条大路。

雅化的诗还不得不回向俗化，刚刚来自民间的词，在当时不用说自然是"雅俗共赏"的。别瞧黄山谷的有些诗不好懂，他的一些小词可够俗的。柳耆卿更是个通俗的词人。词后来虽然渐渐雅化或文人化，可是始终不能雅到诗的地位，它怎么着也只是"诗余"。词变为曲，不是在文人手里变，是在民间变的；曲又变得比词俗，虽然也经过雅化或文人化，可是还雅不到词的地位，它只是"词余"。一方面从晚唐和尚的俗讲演变出来的宋朝的"说话"就是说书，乃至后来的平话以及章回小说，还有宋朝的

356

杂剧和诸宫调等等转变成功的元朝的杂剧和戏文，乃至后来的传奇，以及皮簧戏，更多半是些"不登大雅"的"俗文学"。这些除元杂剧和后来的传奇也算是"词余"以外，在过去的文学传统里简直没有地位；也就是说这些小说和戏剧在过去的文学传统里多半没有地位，有些有点地位，也不是正经地位。可是虽然俗，大体上却"俗不伤雅"，虽然没有什么地位，却总是"雅俗共赏"的玩意儿。

"雅俗共赏"是以雅为主的，从宋人的"以俗为雅"以及常语的"俗不伤雅"，更可见出这种宾主之分。起初成群俗士蜂拥而上，固然逼得原来的雅士不得不理会到甚至迁就着他们的趣味，可是这些俗士需要摆脱的更多。他们在学习，在享受，也在蜕变，这样渐渐适应那雅化的传统，于是乎新旧打成一片，传统多多少少变了质继续下去。前面说过的文体和诗风的种种改变，就是新旧双方调整的过程，结果迁就的渐渐不觉其为迁就，学习的也渐渐习惯成了自然，传统的确稍稍变了质，但是还是文言或雅言为主，就算跟民众近了一些，近得也不太多。

至于词曲，算是新起于俗间，实在以音乐为重，文辞原是无关轻重的；"雅俗共赏"，正是那音乐的作用。后来雅士们也曾分别将那些文辞雅化，但是因为音乐性太重，使他们不能完成那种雅化，所以词曲终于不能达到诗的地位。而曲一直配合着音乐，雅化更难，地位也就更低，还低于词一等。可是词曲到了雅化的时期，那"共赏"的人却就雅多而俗少了。真正"雅俗共赏"的是唐、五代、北宋的词，元朝的散曲和杂剧，还有平话和章回小说以及皮簧戏等。皮簧戏也是音乐为主，大家直到现在都还在哼着那些粗俗的戏词，所以雅化难以下手，虽然一二十年来这雅化也已经试着在开始。平话和章回小说，传统里本来没有，雅化没有合式的榜样，进行就不易。《三国演义》虽然用了文言，却是俗化的文言，接近口语的文言，后来的《水浒》《西游记》《红楼梦》等就都用白话了。不能完全雅化的作品在雅化的传统里不能有地位，至少不能有正经的地位。雅化程度的深浅，决定这种地位的高低或有没有，一方面也决定"雅俗共赏"的范围的小和大——雅化越深，"共赏"的人越少，越浅也就越多。

所谓多少，主要的是俗人，是小市民和受教育的农家子弟。在传统里没有地位或只有低地位的作品，只算是玩艺儿；然而这些才接近民众，接近民众却还能教"雅俗共赏"，雅和俗究竟有共通的地方，不是不相理会的两橛了。

单就玩艺儿而论，"雅俗共赏"虽然是以雅化的标准为主，"共赏"者却以俗人为主。固然，这在雅方得降低一些，在俗方也得提高一些，要"俗不伤雅"才成；雅方看来太俗，以至于"俗不可耐"的，是不能"共赏"的。但是在什么条件之下才会让俗人所"赏"的，雅人也能来"共赏"呢？我们想起了"有目共赏"这句话。孟子说过"不知子都之姣者，无目者也"，"有目"是反过来说，"共赏"还是陶诗"共欣赏"的意思。子都的美貌，有眼睛的都容易辨别，自然也就能"共赏"了。孟子接着说："口之于味也，有同嗜焉；耳之于声也，有同听焉；目之于色也，有同美焉。"这说的是人之常情，也就是所谓人情不相远。但是这不相远似乎只限于一些具体的、常识的、现实的事物和趣味。譬如北平罢，故宫和颐和园，包括建筑，风景和陈列的工艺品，似乎是"雅俗共赏"的，天桥在雅人的眼中似乎就有些太俗了。说到文章，俗人所能"赏"的也只是常识的，现实的。后汉的王充出身是俗人，他多多少少代表俗人说话，反对难懂而不切实用的辞赋，却赞美公文能手。公文这东西关系雅俗的现实利益，始终是不曾完全雅化了的。再说后来的小说和戏剧，有的雅人说《西厢记》诲淫，《水浒传》诲盗，这是"高论"。实际上这一部戏剧和这一部小说都是"雅俗共赏"的作品。《西厢记》无视了传统的礼教，《水浒传》无视了传统的忠德，然而"男女"是"人之大欲"之一，"官逼民反"，也是人之常情，梁山泊的英雄正是被压迫的人民所想望的。俗人固然同情这些，一部分的雅人，跟俗人相距还不太远的，也未尝不高兴这两部书说出了他们想说而不敢说的。这可以说是一种快感，一种趣味，可并不是低级趣味；这是有关系的，也未尝不是有节制的。"诲淫""诲盗"只是代表统治者的利益的说话。

19世纪20世纪之交是个新时代，新时代给我们带来了新文化，产生了我们的知识阶级。这知识阶级跟从前的读书人不大一样，包括了更多的从民间来的分子，他们渐渐跟统治者拆伙而走向民间。于是乎有了白话正宗的新文学，词曲和小说戏剧都有了正经的地位。还有种种欧化的新艺术。这种文学和艺术却并不能让小市民来"共赏"，不用说农工大众。于是乎有人指出这是新绅士也就是新雅人的欧化，不管一般人能够了解欣赏与否。他们提倡"大众语"运动。但是时机还没有成熟，结果不显著。抗战以来又有"通俗化"运动，这个运动并已经在开始转向大众化。"通俗化"还分别雅俗，还是"雅俗共赏"的路，大众化却更进一步要达到那没有雅俗之分，只有"共赏"的局面。这大概也会是所谓由量变到质变罢。

【导读】

朱自清，字佩弦，从五四时期开始白话文创作，尝试过小说、戏剧、诗歌，但成就最高、影响最大的还是他的散文创作。朱自清的散文清新隽永，细腻优雅，号称"白话文的典范"，大大推动了白话文的发展，至今影响着散文的写作。抗战胜利前后，他的文学观开始变化，放弃了"旧的标准"，采取了"新的尺度"："'人道主义'那个尺度变质成为'社会主义'的尺度。"这种转变反映在他最后两本文集的书名上：《标准与尺度》（1947）与《论雅俗共赏》（1948）。《论雅俗共赏》一文曾于1947年发表在《观察》第3卷第11期上；后被收入文集，"放在第一篇，并且用作书名"是为了强调："'雅俗共赏'的立场……也可以说是近于人民的立场。"这时，他还开始大量阅读解放区的作品，高度评价赵树理的艺术成就；表明他在思想上已经摆脱了"知识阶级的立场"，转向"人民的立场"。

人民县长上了任

曾克

　　固始城像没有经过战争一样，商店开着门，老百姓照常地生活着。特别是东关，解放军一到，就更加热闹起来。只是，人们的心里可不是那么平静，他们看见了解放军，都有一种说不出的亲切。不少人从几十里的乡下跑来，要跟解放军走。一个理发店的学徒，黑夜从一个小镇上偷跑来找到我们，无论如何要我们收留他，因为，他的哥哥是民国十九年的时候跟红军走的，走了以后，全家被反动派杀光，只剩他一个人藏在姨母家，还几次差点叫拉了壮丁。大家都知道这回来的解放军，就是从前的红军，过淮河的时候他们都听到了音信，眼巴巴地在等待着，城门楼下面，或者贴着我们布告的地方，都一层层站满了人，他们指着"鄂豫皖人民的子弟兵回来了！"的连环图，又笑又落泪。到处都听见他们带着期望的议论：

　　"怎么还不见县长的安民布告呀？"

　　"解放军是不是在咱们这常住下去呢？"

　　八月二十八日，是解放的第三天。一清早街上的人们都带着一种特别喜悦的神情，各街长在向各家各户传达出一个令人新奇而又兴奋的通知：吃过午饭到衙门府去听县长讲话！

　　就在这一天的上午，县长的安民布告也出现在人们的眼前了。

　　一天，流水似的，县政府里再没有断人。县政府并不是怎样堂皇，但是，在反动政权手里，一般老百姓是几辈子也没有机会踏进府门和登上大堂的机会的。所以，老太太们，大闺女，小媳妇，一拉一群地都走进衙门，看县长来了。他们指指点点的都说县衙门就是不小，往时，门上站着双岗，大堂上经常传出阴惨的审人的声音，有几个女孩子，喊喊喳喳地说：

"我买东西上学打这过，就吓得赶紧跑！"

一个老太太走到所谓大堂的房子里，像受到什么刺激似的哭起来，她用手去捣着县长拍惊堂木的半圆形的审判台，悲痛地说：

"解放军早来半年，我儿子也不会冤死在这里呀！"

有人劝住了她，把她带在一个安静的房间里，她除了讲因为恶霸想要她的儿媳妇，而将她儿子诬为通"匪"而害死的惨状，并且一直喊着要向县长申冤！

中午的时候，县长马力同志带着几个工作同志，开始搬往县府办公了。他们各人背着自己简单的行李。

在我们南征大军的行列中，有好几个地方工作大队，他们之中很多人都穿着太行山的土布便衣，头上包着毛巾，一路和战士们一样自己背着背包，夜行军，跑步，来到了大别山。县长县委书记都是这样以身作则。现在，来建立第一个人民民主县政府的，就是他们中极少的一部分。

当马力同志和他带的十几个同志，把背包往一个屋子里一放，他们就一齐到了大堂里，亲手在扫地，贴标语，摆凳子，搬石头，布置群众开会的会场。

老百姓看见有了动静，都高兴起来，有的就跑上来问：

"同志，县长来了吧？"

马力同志笑着点点头。他们完全没有想到和自己说话的这穿着破旧军衣的人，就是县长。

开会了，大堂里和院子中挤满了人，经过一个同志简单的报告开会意义后，老百姓最大的希望就是要看自己的县长了。掌声响了很久，因为大家的眼睛都在找，看县长从什么地方出来，虽然马力同志已立在他们前面半天，他们还以为这个扫地的人，也是在等望县长是否来了。

"老乡们，大家坐好，这就是咱们的马县长，大家好好听他讲话！"

这样，人们才静下来，互相投送着惊奇的目光。

马力同志用着他一贯的朴素诚恳的声调，向固始县的群众做初次会面的谈话。他介绍了人民解放军二十年来的发展和壮大，和这次回来的任务。由于他的话非常通俗，把群众的情绪完全抓住了。他用重复加重的语句说："我们再不会离开大别山了，我们要替大别山的群众申冤报仇！"

　　群众都被激动了。

　　他最后说：

　　"咱们人民民主的县长，不是做官，是替老百姓当差办事，谁有什么事都能来，用不着花钱托人写什么呈子。"

　　群众细心地记着马力同志的每一句话。他们初步地了解了人民解放军的各种政策。

　　黑夜，各街市民们响应县长登记人口，组织起来的号召，开会的锣声，也按时地敲起来了。

【导读】

　　曾克，原名曾佩兰，1917年4月出生于河南太康县；1935年在开封读中学时参加"一二·九"运动；1937年考入上海大夏大学后，参与抗日救亡工作。1938年发表处女作《在汤阴火线》，引起茅盾先生的关注，专门著文推荐。1940年到延安；1942年参加延安文艺座谈会；在延安期间发表了三十多篇小说、散文、特写。1947年，曾克加入刘邓大军，任新华社野战记者团记者，挺进大别山，并曾担任过工作队长。解放战争三年间，曾克发回的前线报道达二三十万字，其中详细记载了大别山一线的作战情况和军民生活。她对大别山区感情深厚，"如同生命的一大部分"。1947年8月，陈锡联率领的第三纵队解放了豫皖两省交界的固始县，随即建立起爱国民主政府，由马力任县长。这是刘邓大军进入大别山后解放的第一座县城。虽然篇幅很短，《人民县长上了任》这篇报道从一个侧面生动地描绘了固始县解放后的全新面貌。

我 的 家

牛汉

我要远行……

妻子痛苦，
她不能同我一道
离开郁闷的南方。

我们生命相连，
离别
好像一把刀子
将一颗圆润的苹果
　　　切成两半。

哎，哎，
各人坚守着各人的种子吧！
暴风雨来了，
我们同时出芽。

妻子希望
我把出世十个月的孩子带上，
她一再说：

孩子诞生在地狱，

让她到一个

自由的旷野生长去吧！

我没有带孩子，

我知道

地狱就要倒塌了，

而我，很快就回来。

一九四七年十二月，上海

【导读】

　　牛汉，原名史成汉，1923年出生于山西定襄；7岁读小学；13岁读初中时，加入共产党外围组织——牺牲救国同盟会。抗战爆发后，他离开家乡，先在西安卖报，后到天水就读为流亡学生办的初中，并于1938年15岁时加入了共产党地下组织。1939年，他开始写诗，次年向报刊投稿。1940年至1942年，牛汉在天水念高中；这个时期成为他诗歌创作的第一次高潮，写下几百首诗。1942年9月，这位19岁的高二学生在《诗创作》上发表了长达400多行的《鄂尔多斯草原》，引起诗歌界的注意。翌年7月，牛汉考入西北大学外文系俄文专业。他一边汲取俄国进步文学的滋养，一边积极参与进步诗社的活动，并与反动校长展开激烈的斗争。1946年春，被国民党抓进陕西省第二监狱关押；两个月后，经进步学生营救，牛汉出狱；当年与同为地下党员的吴平结婚，并转移到河南开封从事地下工作；次年3月，女儿出生。1947年8月，牛汉南下上海，因工作需要不得不暂时离别家人；12月，他创作了这首影响很大的《我的家》，后被收入五月文艺社1949年7月出版的《红旗升了起来》。

把牢底坐穿

何敬平

为了免除下一代的苦难，

我们愿——

　　愿把这牢底坐穿！

我们是天生的叛逆者，

我们要把这颠倒的乾坤扭转！

我们要把这不合理的一切打翻！

今天，我们坐牢了，

坐牢又有什么稀罕？

为了免除下一代的苦难，

我们愿——

　　愿把这牢底坐穿！

一九四八年夏于渣滓洞

【导读】

何敬平，1918年出生于四川巴县（今重庆市巴南区）的一个贫农家庭，父亲早逝，全靠母亲含辛茹苦地将他抚养成人，供他读书。初中毕业后，何敬平辍学就业。全面抗战爆发后，何敬平积极投身抗日救亡运动；

1938年初，曾与一批进步青年自筹路费试图奔赴延安未果。1943年初，他参加了地下党组织的"读书会"，政治觉悟大大提高；1945年加入中国共产党。何敬平爱好文艺，积极参与进步业余剧团的演出活动，宣传抗日救亡，并写作了许多揭露黑暗、追求光明的战斗诗篇。1948年4月，何敬平被捕入狱，囚禁于渣滓洞监狱。在狱中，面对刑罚折磨，他始终坚贞不屈，并坚持诗歌写作，还与狱友成立"铁窗诗社"。随着解放大军的挺进，敌人对革命志士的迫害日益加剧；在此艰难时刻，何敬平写出了气势磅礴的《把牢底坐穿》，在狱中广为流传，极大地鼓舞了难友们的斗志。1949年11月27日，即重庆解放前三天，何敬平殉难于渣滓洞监狱，年仅31岁。

给司徒雷登的公开信

叶圣陶

一九四八年六月四日，美驻华大使司徒雷登在南京招待中外新闻记者。发表狂妄而带有威吓性的对于我国各地学生"反对美国对日政策运动"的书面声明，上海若干杂志给他这封公开信。

司徒雷登大使：

读了六月四日你发表的声明，我们感到非常遗憾。你是美国驻在我国的大使，我国人民是跟美国人民处于平等地位的人民，可是你向我国说了那样一番话。如果你反省一下，一定会发觉你的话不但在礼貌上有问题，在认识和意图上问题更多。就为这一点，我们老实不客气地说，我们起了强烈的反感。

你说美国没有扶助日本恢复它的军事和经济的侵略势力的意图，我们不知道你是真的不甚了了，还是真人面前说假话。这几天里头，我们有许多朋友答复你那篇声明，列举了种种事实——美国扶助日本恢复它的军事和经济的侵略势力的事实。那些事实不假，你的话就不能叫人相信。

你虽然住在我国很久，可是就那篇声明看，你实在不怎么了解我国人民。我国人民的人生观，世界观，所爱和所憎，跟任何国家爱好自由的人民没有两样。我国人民愿意跟别国人民友好，情谊胜过弟兄，可不愿意让别国的特殊势力踩在脚底下，喘着气当奴隶。只有这么两句话，简单得很。你如果理会这两句话，你就了解我国人民了。美国的当局如果理会这两句话，他们就会发现合理的"对华政策"了。

与杨卫玉、周予同、王伯祥等诸位先生一同署名
一九四八年六月十日发表

【导读】

叶圣陶常被认为是性情温和的人，不过，在1945年发表的《四个"有所"》一文中，他清晰说出了自己为人处世的原则："有所爱，有所恶，有所为，有所不为。"由于爱憎分明，在他的笔下，时代的重大事件一一呈现：辛亥革命、"五卅"、"三一八"、"四一二"、"九一八"、"一·二八"、"七七"、"八一三"等。1948年5月至6月间，各大城市爆发声势浩大的反对美国扶植日本侵略势力复活的爱国运动。6月4日，美国驻华大使司徒雷登居然大放厥词，指责中国学生接受了美国的救济，就"无权批评美国政府的政策"。叶圣陶在当天的日记中写道："美国扶植日本，颇为积极。我国除政府外，几乎无不反对，而学生间情绪尤激昂。晚报载司徒大使发表书面谈话，谓我国人若此，此将引起不幸之后果，颇含恫吓之意。是何言欤！美国与我政府一致，与我人民为敌，即十年前之日本也。"5日，上海5000余名大中学生在外滩游行示威，反对美国干涉爱国运动；9日，叶圣陶代表上海若干杂志起草了这份公开信；12日，北平各大学教授437人发表《为反对美国扶日致司徒雷登书》；18日，清华大学教授百余人发表声明，拒绝领取美援面粉。

征　服
——为闻一多而作

臧克家

有人说：

一根白发

就是一支降旗。

生活的路子太古老了，

古老得

像一条定律：

落草是起点，坟墓是结局，

人们在上面走着，走着，

儿子接起父亲的脚迹。

你从这条道路上走来，

又舍弃了这条道路；

你从这个队伍里走来，

你又叛逆了这个队伍。

看你的背

越来挺得越直了，

你的眼神

勇敢又坚定，

你的声音

斩截而洪亮，

你的心里

像刷过一样地干干净净。

今天，大时代气流里的

知识分子

在酝酿着蜕变，

但是，往往抱着个"过去"

困死在那个壳子里；

你，征服了时间，

征服了自己，

脱掉了一个小圈子，

得到了一个大天地。

你喜欢青年，

青年，

是你的一面镜子；

你酷爱书本，

它使你永远坚持在一点上；

你拥护劳苦的人民，

他们才是人生的一支主力。

春天，

是万物的"生日"，

你今天

有了一个

蓬勃而昂扬的开始。

一九四八年春于上海

370

【导读】

《征服》是诗人臧克家为纪念闻一多而作。早在闻一多1930年夏刚到青岛大学担任国文系主任时，就因喜欢臧克家的诗句破例批准他转系进入本系就读。此后，臧克家一直将闻一多视作自己文学道路上的恩师；闻一多也非常欣赏臧克家的才情，多次将他的作品推荐给《新月》等刊物发表。1932年暑假，闻一多调任清华大学后，曾写信给臧克家说："得一知己，可以无憾，在青岛得到你一个人已经足够了。"此后，他们虽然很少见面，但一直保持书信往来。1946年，闻一多被国民党特务暗杀，震惊全国，文艺界人士纷纷撰文悼念，臧克家也写下过多篇怀念闻一多的散文、诗歌。《征服》写于1948年春，当时解放战争已进入战略反攻阶段，国统区进步与和平的呼声一浪高过一浪。该诗一洗恩师亡逝的悲悲戚戚，将闻一多塑造成了一个无畏的、前行的征服者。

回念朱佩弦先生与闻一多先生

冯友兰

闻一多先生与朱佩弦先生是一代的学人作家，也是清华中国文学系的柱石。他们二位先生文学的创作，作风不同，为人处世，风格亦异。一多宏大，佩弦精细。一多开阔，佩弦谨严。一多近乎狂，佩弦近乎狷。二位虽不同，但合在一起，有异曲同工、相得益彰之妙。清华中国文学系何幸而能有他们二位在一起十多年之久，又何不幸而于正在发展的时候，失去了他们。

佩弦自民国十四年起一直在清华。自十九年起，除中间有几年外，一直主持中国文学系的系务。一多到清华任教授以前，在别的大学担任过重要的行政职务。几次学校内部风潮，使他对于学校行政感觉厌倦。到清华以后，先七八年，拿定主意，专心致力研究工作。他的学问也就在这个时期，达到成熟阶段。在战前，有一次叶公超先生与我谈起当代文人，我们都同意，由学西洋文学而转入中国文学，一多是当时的唯一的成功者。

二十六年中日战起，北大、清华、南开，迁到湖南，那年秋季三校合组成临时大学。文学院设在南岳。我们在南岳的时间，虽不过三个多月，但是我觉得在这个短时期，中国的大学教育，有了最高的表现。那个文学院的学术空气，我敢说比三校的任何时期都浓厚。教授学生，真是打成一片。有个北大同学说，在南岳一个月所学的比在北平一个学期还多。我现在还想，那一段的生活，是又严肃，又快活。

那时候生活还便宜，教授饭团的饭，还是很好。同人们于几个钟头的工作以后，到吃饭的时候，聚在饭厅，谈笑风生。有一次菜太咸。我说：菜咸有好处，可以使人不致多吃。一多用汉人注经的口气说："咸者，闲也。所以防闲人多吃也。"

南岳有个二贤祠，据说是张南轩与朱子相会之处。其中有"嘉会堂"，榜曰"一会千秋"。我到那里，想起来晋人宋人的南渡，很有感触。回到文学院宿舍，作了几首诗。其中二首是："二贤祠里拜朱张，一会千秋嘉会堂。公所可游南岳耳，江山半壁太凄凉。""洛阳文物一尘灰，汴水纷华又草莱。非只怀公伤往迹，亲知南渡事堪哀。"佩弦很赞赏这两首。学生开了一个诗朗诵会，佩弦就拿这两首去朗诵。

随着战局的转移，三校决定于二十七年春天，迁往昆明。一多同学生步行，佩弦与我及同事十余人坐汽车从长沙到桂林，经南宁、龙州，出镇南关，再坐法国人的火车到河内转昆明。在刚要到镇南关的时候，我的左臂碰断了。幸而一出关就上火车，到了河内，佩弦及陈岱孙先生为我奔走，把我送进医院。又陪我两天，他们才走。

在昆明，三校合组为西南联合大学。在这个组织之下，学生是共同的，但是三校，还各保持自己的结构，以为将来复校的预备。佩弦于二十九年休假。清华的中国文学系主任由一多代理。一多在这个时候，就拟了许多发展系务的计划。三十四年佩弦由成都回昆明，很赏识一多的计划，就坚持将系主任让与一多。

一多的计划之一，就是发展清华文科研究所。那时昆明常受空袭，机关私人，多疏散至乡间。清华在昆明东北龙头村附近之麦地村租房一座，作为清华文科研究所。清华中国文学系的教授助教，都住在那里。每星期有三天到联合大学上课，有三天住研究所里做研究工作。佩弦也是每星期有三天住城内北门街清华教授宿舍，有三天住在研究所。

那时候我的家眷也住在龙头村，进城来往，都是步行。我很怕同佩弦一起走，因为他虽身体不高，但走路很快。同他走很觉吃力。一多走路的速度，同我差不多。有一次我同一多由城内走回龙头村，我们顺着河堤的林子，一面走一面谈论，走了两个钟头，到家了，话还没有谈完。

在抗战的末期，一多开始谈政治。有一天他在报上发表一篇文章，说，现在叫他不能不谈政治。他说谈政治的后果，他是知道的，但是他"喝出去了"。我看见这篇文章，还与他开玩笑，说："你写了一个白字，'喝'应作'豁'。"他"豁出去了"。朋友们在当时都很担心，但是没有人想到他谈政治的后果如此悲惨，也可以说是如此壮烈。

在三十五年春天，一多与我作了几次很恳切的长谈。那时候他相信政治协商会议能够成功。他说，他并不打算完全做政治活动。"不过同你们比起来，我是一脚门里一脚门外而已。等到政治上告一段落，我的门外的一只脚还是收回，不过留个窗户时常向外看看。"他又说，他已决定回北平以后的研究计划。他打算用唯物史观的观点研究中国文学史。他说，他对于中国文学史的材料知道很多，但是对于唯物史观的研究，还嫌不够。他想找个人合作。关于清华的文学院，他主张将中国文学系与西洋文学系合并为文学系，而将其中关于语言的课程分出来，另设语言系。这一个提议佩弦也很赞成，不过不能实行。因为教育部把各大学管得紧紧的，什么事都得照着刻板的部章。

一多又同我说，他的政治上的关系，必然使学校当局增加困难。因此他愿意辞去清华中国文学系主任，专任教授。主任一职仍由佩弦担任。佩弦为人，向来是不轻然诺的。我为这个事，又与佩弦长谈了许多次，梅月涵先生又亲自劝驾，才把这个担子又放在佩弦身上。

三十五年夏，西南联合大学解散，三校分批复员，我先到重庆，从此就与一多长别了。我到北平以后，接着就往美国，我在西苑上飞机，恰好碰着佩弦下飞机。匆匆一谈，直到今春我回国，才再见着他。

我回来后，中国文学系的同人在佩弦家里请我吃饭，说到有人提议，要与一多在校内立纪念碑。我说纪念碑要立在与王静安先生的纪念碑对称的地方。一多与王静安的死，都不平凡。他们所殉的理想不同，但他们的死，都有极大的意义。我记得有个宋人的笔记说："伯夷太公各为人间办一大事。"这句话可送与一多与王静安。佩弦也深以此论为然。不过立碑的事，因经费不够以及时局不定，没有实现。

我回来看见佩弦，第一个印象就是太瘦。经过几个星期，又发现他办事比从前更谨严，几乎就近于拘谨了。清华新设立一个艺术史研究委员会，办了一个文物陈列室，买了一点古物，所用的款项有一部分是从中国文学系的预算中摊出的。他还备了一个公函到艺术史研究委员会请备案。我有一次请他夫妇吃饭，他的胃病发了，不能来，还叫书记写一封信，他亲自签名，说明只有朱太太可来的缘故。我想这表示他近来神经过于紧张。

7月底我往沈阳一趟，8月初回北平。佩弦已进医院动手术了。我去看他，见他瘦得几乎不像是佩弦了。他的声音很微细，但是他还有平日的幽默。他说，他不善自己保养，"别人是少不更事，我是老不更事"。

不过几天的工夫，他就死了。一多、佩弦之死专就清华文学系说，真是有栋折榱崩之感。"江山代有才人出。"我相信，将来必定有人能继续他们二位的工作。但是就眼前说，对于中国文学的过去与将来有一套整个看法的人，实在太少了。这是我们的悲哀。

【导读】

朱自清、冯友兰、闻一多分别于1925年、1928年、1932年担任清华大学教授。抗战期间，他们又于西南联大共事：冯友兰是文学院院长，朱自清、闻一多则轮流主持中国文学系。他们相交多年，友谊深厚。1946年，47岁的闻一多遭国民党特务暗杀，朱自清在《挽一多先生》中写道："你是一团火，照见了魔鬼；烧毁了自己！余烬里爆出个新中国！"他在主持清华中文系的同时，不顾体弱多病，细心整理闻一多的遗稿；他还与冯友兰商讨，在校园里为闻一多竖立纪念碑。1948年8月12日，50岁的朱自清因病去世。9月16日，53岁的冯友兰主持了他的追悼会，并书一挽联："人间哀中国，破碎河山，又损伤《背影》作者；地下逢一多，辛酸论话，应惆怅清华文坛。"后又于10月24日参加朱自清的土葬仪式并致悼词。《回念朱佩弦先生与闻一多先生》发表于1948年10月。

沸腾了的北平城
——记人民解放军的北平入城式

刘白羽

　　一九四九年二月三日，人民解放军举行了解放北平的入城仪式。装甲部队、炮兵、坦克部队、骑兵、步兵，一路从南面永定门入城，另一路由西北面西直门入城，会合之后向南走，由西长安街转和平门，向西出广安门。这浩浩荡荡的行列，从上午十点到下午四点钟，前头已经出了和平门，后头还在向永定门拥进。

　　这天，从早晨起，人民就一群群一队队地向前门广场拥去。九时半，罗荣桓将军、聂荣臻将军、叶剑英将军等，出现在前门箭楼上。这时候，前门广场上，人民的行列像海洋，各式各样、红的白的、猎猎飘动的旗帜，就像翻腾的海浪。人们高举着自己热爱的领袖毛主席和朱总司令的巨像。工人、学生、职员、教授，各式各样的人都来了。人们向前拥，向前挤。结彩的火车头开进了东车站，载着好几千平汉铁路工人，从远远的长辛店赶得来。丰台的铁路员工也拥进了欢迎的行列。汽车厂、机械厂等等九个工厂的工人，摘去了帽子上带有国民党党徽的帽花。一个燕京同学说："我三点半天没亮就起来了。"

　　十时，四颗照明弹升上天空，庄严隆重的入城式开始了，远远地从北面，从前门那边，黑压压地一片人迎上前来，前面一面欢迎大旗迎风飘舞；从南面，人民军队的头一辆带队的装甲车，摇着一面红色指挥旗，朝着欢迎的人群开过来，随后是高悬毛主席、朱总司令肖像的四辆红色胜利卡车，满载着乐队，铜管乐器金光闪闪，吹奏着雄壮的进行曲。装甲车部队一条线似的接在后面。在珠市口一带，部队与欢迎的行列相遇了，欢迎的行列在左面，部队在右面，欢呼雷动。招手呀！呼喊呀！多少人激动得流下了眼泪。光荣呀！只有人民的军队才能得到这样的光荣！人群拥上来了，他们跑进了解放军行列里面，一下拥抱在一起，队伍都不好向前走了。欢迎的群众在装甲车上写："你们来了，我们大大快乐！""真光明呀！""同志们！加油呀！彻底消灭国民党反动派呀！"——队伍陆续向前门广场前进。

十二时，人群里起了一片欢呼声，人民的英雄炮兵出现了，绿色道奇卡车牵引着战防炮、高射炮、化学迫击炮、美式十五生的榴弹炮、日本式十五生的榴弹炮、巨大的加农炮，一辆接着一辆。这里面有从辽西、从沈阳缴获的整个美国装备的重炮团。看啊！人民是多么喜爱自己的武器：一门巨大的榴弹炮上面，骑着一个北平的小孩子，他骄傲地高举着手里的旗子笑着过去了。另外几门榴弹炮被人们写上了："瞄准蒋介石呀！""送给四大家族每人一颗呀！"十生的巨型的加农炮上，一个胸前挂了奖章的英雄炮手，和一个穿绿衣服的邮政工人抱在一起。随后驶过的另一门大炮上站着五六个女学生。还有一个商人站在炮座上招手高呼："解放军万岁！"箭楼上，检阅着这一英雄行列的将军们，庄严而亲切地注视着每一辆炮车，注视着人民的狂欢。箭楼下，庆祝解放联合会的扩音车，领导着唱起："我们的队伍来了，我们的队伍来了！"数也数不尽的炮车，从欢呼的人们身边奔驰过去，两旁锣鼓喧天，人们扭起秧歌舞来，左面是清华，右面是燕京，他们唱呀，舞呀。有的化装做蒋介石、宋子文、孔祥熙、宋美龄，在人民部队强大威力的面前，显出种种狼狈的丑态。这是历史的真实反映，人民的爱与憎在这里明白地表现出来。

一时十分，突然谁发现了前门牌楼那边冒起了青烟，喊了声："我们的坦克来了！"一阵坦克轰隆隆的声音传了过来。第一辆坦克从远而近，一个青年学生挥着两只手，站在坦克的炮塔上，狂热地喊："万岁！""万岁！"每辆坦克上飘着一面红旗。人群里激起一片欢呼，有的欢喜得流出泪，也忘了擦了。戴着无檐皮帽的坦克手，从坦克塔里露出上身，向人民招手、微笑、敬礼。坦克部队后面是摩托化警卫部队，卡车上一色绿的钢盔，雪亮的刺刀。一位白发苍苍的老人，看得高兴，笑着喘了口气说："这口气可喘过来了！"另外一位说："我们老百姓有了这样强大的武装，任何反动派也不许他再欺负我们了。"

这时，一片"东方红，太阳升……"歌声响彻天际。远远好像一片麦浪波动，近来一看，原来是戴着皮帽子的人民骑兵来到了。人们叫呀，鼓掌呀，把五彩的红旗都抛上天空。的哒的哒的马蹄踏着柏油马路，那样整齐雄壮，骑兵们手上的马刀闪着寒光。骑兵后面就是英雄的步兵。三时，作为前导的军乐队一出现，人民的欢腾达到顶点的时候到了。英雄的部队一支从永定门进城，一支从西直门进城，一个是被敌人称作"暴风雨式的军队"，一个是"塔山英雄部队"。在一九四六年冬季，那天空似乎还黑暗的时代，他们在长白山下四保临江，并肩作战。这两支英雄部队从艰难到胜利，在这里得到人民的热爱、狂爱，战士们在千万只热爱的眼光下前进。一个胸前挂着六个奖章的战斗英雄，被人们热烈地围着、拉着。一个女学生跑上去摸摸那个光荣的毛泽东奖章。这时，欢迎的人们已经站了整整一天，忘记了寒冷，忘记了饥饿，依恋地舍不得这些英雄。他们与行进的队伍汇合起来，高唱"我永远跟着你们前进"，昂然通过一向为帝国主义禁地的东交民巷。

将近下午五时的时候，夕阳照进了广安门，在高大的城门前，无数人群欢送钢铁机械部队。在驶行一整日的战车上、坦克上飘闪着无数的小红旗，战士们手上还捧着人民献给他们的一束束鲜花。这时虽然暮色苍茫，可是整个北平还到处充满愉快的欢声。北平真正沸腾了。

【导读】

刘白羽，1916年出生于北京，14岁才插班上学，1934年考入北平民国大学中文系，1936年发表处女作；全面抗战爆发后，赴上海参加抗日救亡宣传；1938年初投奔延安，同年加入中国共产党，开始从事革命的文艺工作，创作了大量中短篇小说、散文、通讯，尤以散文著称。1949年初，北平和平解放，2月3日，解放军举行入城式。当日，成千上万的民众自发上街，载歌载舞地欢迎浩浩荡荡的解放大军。用新北平第一任市长兼军管会主任叶剑英的话说，"在自由的天空，自由的城市，庆祝人民自己的伟大胜利"。作为亲历了平津战役和北平和平解放的随军记者，刘白羽在《沸腾了的北平城》将这个重大的历史时刻生动地记载了下来。

学习毛泽东（节选）

周恩来

　　毛泽东是在中国的土壤中生长出来的巨大人物。在座的朋友们向全国青年宣传的时候，或者是自己学习的时候，决不要把毛泽东看成一个偶然的、天生的、神秘的、无法学习的领袖。如果这样，我们承认我们的领袖就成了空谈。既然是谁也不能学习，那么毛泽东不就被大家孤立起来了吗？我们不就把毛泽东当成一个孤立的神了吗？那是封建社会、资产阶级社会所宣传的领袖。我们的领袖是从人民当中生长出来的，是跟中国人民血肉相联的，是跟中国的大地、中国的社会密切相关的，是从中国近百年来和"五四"以来的革命运动、多少年革命历史的经验教训中产生的人民领袖。因此，学习毛泽东必须全面地学习，从他的历史发展来学习，不要只看今天的成就伟大而不看历史的发展。

　　毛主席常说，他是从农村中生长出来的孩子，开始也是迷信的，甚至某些思想是落后的。他最不同意晋察冀一个课本描写他在十岁的时候就反对迷信，说他从小就不信神。他说恰恰相反，他在小时候也是相信神的，而且信得很厉害。当他妈妈生病的时候，他去求神拜佛。你看这样还不够迷信吗？那个课本写毛主席的故事，把事情反过来，说他从小就不迷信，打破迷信，生而知之。毛主席说，这是不合事实的。而且一般地说，在那样的封建社会里，不管农民家庭出身的也好，工人家庭出身的也好，一下打破迷信是不可能的。毛主席生长在十九世纪末的农村里，不可能没有一点迷信。为什么要说明这个问题呢？就是我们在广大青年队伍中，不要因为有的人还迷信就认为他不可教育，就排斥他。昨天迷信的孩子可以变成今天的毛主席（当然我不是说所有的孩子都可以成毛主席）。迷信是可以打破的。早两年你还不是迷信！你年轻时还不是有丑鼻涕！不要进步了对小孩时的丑事就不愿正视了。

毛主席常说，他也是读古书的人。读古书看你会读不会读。毛主席开始很喜欢读古书，现在做文章、讲话常常运用历史经验教训，运用得最熟练。读古书使他的知识更广更博，更增加了他的伟大。"五四"那天我看到范文澜同志写的一篇文章，说五四运动前后他就专门研究汉学，学习旧的东西。但是当他一旦脑子通了，对编写中国历史就有帮助，就可以运用自如。所以在我们青年中，也不要因为有一部分人喜欢读旧书、研究旧东西就认为他们不可以进步，不要因为他有旧观念就不去团结他教育他，不要因为他落后一点就不理他。只要他愿意进步，就有改造的可能。毛主席说，他自己就是这样改造过来的。

毛主席还常说，他开始研究东西也是先搞一个方面，没有通就钻进去，先把这方面搞清楚。"五四"以后，毛主席参加了革命运动，就先在城市专心致志地搞工人运动。那时陶行知先生提倡乡村运动。恽代英同志给毛主席写信说，我们也可以学习陶行知到乡村里搞一搞。毛主席说，现在城市工作还忙不过来，怎么能再去搞乡村呢？这就说明毛主席当时没有顾到另一方面。但后来毛主席很快就转到乡村，又把农民运动搞通了，使城市和乡村的革命运动结合起来。以后又搞军事，都搞通了，并且全面了。这也就告诉我们，有些青年人研究问题还没有进到全面，喜欢专心致志地搞一面，我们不要去打消他的兴趣；即使他不愿参加政治活动，我们也不要排斥他，可以慢慢地教育。

我讲这三个例子是说明：毛主席也是封建社会农民家庭出身的一个孩子，也曾经迷信过，也曾经读过古书，也曾经研究问题开始只注重一个方面。他之所以伟大，在于他能够从迷信中觉悟出来，否定旧的东西；他之所以伟大，更在于他敢于承认旧的过去。我们看到在旧社会里有这样的人，乃至在人民统治的社会里也有这样的人，一旦有了进步，就觉得自己过去什么都了不起，是"天生的圣人"，把自己说得简直什么错误都没有，什么缺点都没有。人家这样说他，他也喜欢听。那就危险之至。所以对那些有迷信的青年，落后的青年，只认识片面不认识全面的青年，我们不要抛弃他们，要去教育他们。我们青年要互相学习，要让这些人跟着我们学习，同时我们也跟着他们学习。毛主席是从几千年的历史经验教训、近百年的革命运动、近三十年来的直接奋斗中生长出来的人民领袖。我们大家要从这方面来看毛主席的历史发展。这样，同志们中有了骄气就可以压下去了。毛主席都是如此，我们还有什么可以骄傲的呢？哪一个人没有错误没有缺点？还值得骄傲？比毛主席差得远！

我们要学习毛泽东，还因为他是最能坚持原则又最能灵活运用的领袖。中国的革命自从他参加领导以后，方向就一天天地端正起来。毛主席在中国革命的四个阶段都是正确的，都是代表中国人民的正确方向的。开始的时候，党中央也好，一部分革命群众也好，常常自己弄错方向，迷失方向，但是毛主席的方向始终是正确的。大革命时期毛主席的主张是对的，但是没有被当时的领导上接受。十年内战时期他是对的，当时也有一些同志搞错了，没有完全同意他的意见。抗战时期，全党承认毛泽东同志的领导，抗战成功了。到这次解放战争，更加证明其正确。所以毛主席的方向就是中国人民正确的方向。他不断地指出真理，坚持真理。这就是我们常说的：毛主席把世界革命的真理——马克思列宁主义的普遍真理运用到中国，同中国的革命实践结合起来，成为毛泽东思想。毛泽东是这样指出真理的人，坚持真理的人，发挥真理的人。在中国革命三十年中的许多历史关键时刻，他的方向都是正确的。

毛主席坚持原则之中有两点值得我们学习：一、坚持方向；二、实现方向。方向的实现，只有一个人懂或者少数人赞成是不成的，要在群众中实现。要实现原则，就要使它具体化，使它能得到多数人的同意，多数人都来执行。坚持真理是会遇到困难的。毛主席不仅指出了原则，而且还制定具体的政策、策略来实现这个原则，每个历史时期的政策都是适合这个时期的。这一点，青年们在研究《毛泽东选集》时就可以看到。大革命时期，必须使农民运动深入发展到解决农民的土地要求。毛主席的《湖南农民运动考察报告》就说明了这个真理，拥护农民提出的办法，并加以发挥，不但有理论，而且有实践的办法。不过当时共产党的领导机关没有接受，大革命失败了。内战时期，毛主席提倡军队中的政治工作。你们去研究毛主席在红四军第九次党的代表大会上提出的决议案，今天人民解放军中所实施的政治工作就是从那时一直发展下来的。但是毛主席的主张经过多年才逐步实现，中间遇到许许多多的挫折。当时大家虽然在形式上接受了，但是要经过很长的时间，真正到实际中具体化了，大家才能懂得它的威力。抗战中要团结蒋介石的政府来抗日，明知道他动摇、消极，但是必须推动他抗日，才能动员全民族的力量。既要团结他，又要防备他，同他的反动的一面作斗争，所谓"有团结有斗争"。用这样的策略来进行抗战，使人民自己的力量壮大，这就需要说服很多人同意。在抗日民族统一战线中就有一些人说，既然要团结就不要批评。党内也有人有这样的意见。所以要使这个原则真正实施，就要经过许多曲折的斗争。解放战争比较顺利，但也还有小的挫折和错误，譬如土地改革中，也曾发生过"左"的错误，一直等到毛主席一九四七年十二月二十五日的报告出来了才得到全面的纠正。这都说明，一个原则、真理、政策在实际中实施，是要费很大的力量，做许多的具体工作的。毛主席不但能够坚持真理，指示方向，而且还拟定了许多具体政策、策略来贯彻这个真理、原则。不如此就无法使革命达到胜利。所以毛主席不是空谈真理，而是使真理和实践相结合，使它具体化。这样才能有今天的胜利。我们青年人学习毛泽东，不仅要懂得毛主席指示的方向、原则、真理，还要研究他的具体的政策、策略，才能使我们的工作深入实际。我们青年人不是要空谈，而是要实行。世界无产阶级的伟大的革命领袖列宁也说过，"少说些漂亮话，多做些日常平凡的事情"。这对于我们青年正是一个宝贵的教训。毛泽东思想的特点，就是把普遍真理具体化，运用到中国的土壤上。我们青年要在这上边来学习。

毛主席使普遍的真理具体化，实现在中国土壤上的时候，并不是说，定出办法来就算了，不管大家懂不懂，接受不接受，说做就由几个人孤立地去做。不是这样的。毛主席总是再三再四地舌敝唇焦地讲，反复地讲，使这个真理为大家接受，变成了力量。所以要想把领导者的觉悟、领导者的智慧变成群众的力量，需要经过教育的过程，说服的过程，有时需要经过等待的过程，等待群众的觉悟。毛主席当着他的意见没有被大家接受时，他就等待，有机会他就又讲，又教育，又说服。毛主席在党内也碰到过这样的情形，他的意见不为大家所接受，如我刚才说的，在十年内战的时候就是如此。我们主张打大城市，毛主席认为我们的力量小，不应该打大城市，应该集中力量建设根据地。但是毛主席的意见大多数不赞成，大家要打，他也只好跟着打。结果打败了，毛主席赶快在会议上提出：打败了证明这个办法不行，换一换吧！大家还不接受，他只好再等待，又跟着大家走。像刚才说的万里长征，就因为在江西打败了，硬拼消耗，拼到最后挡不住了，不得不退出江西。在长征路上，毛主席又提出了他的正确意见，在遵义会议上纠正了错误路线，带着红军爬雪山、过草地，冲出了危险的局面，到达了陕北。最后证明毛主席的主张是对的，多数是错的。这都说明，正确的意见不为大家所接受的时候，怎么办？就要等待，就要说服。大多数人通过的决定，组织上还要服从。当着群众被蒙蔽的时候，不容易接受真理，等他们慢慢地觉悟起来以后，就会拥护正确的意见。所以正确的意见常常是要经过许多等待、迂回才能取得胜利，为大家所接受。当然这个等待过程是痛苦的。假使那时党的领导机关很早就接受了毛主席的正确意见，革命就不会受那么大的损失，我们的力量就会更加壮大。但是我们这个落后的中国社会，反映到党内，反映到革命团体里，正确的意见常常不容易被大家立刻认识。这样就要等待、说服，就要经过痛苦的过程。不过，这种情形在今后的工作中遇见的会少了。因为今天共产党的中央不像当年了，绝大多数同志都承认毛泽东这个领袖，都心悦诚服地信服这个领袖；在人民中也拥护这个领袖。但是，这也仅仅在大的方向上。譬如说，今天要把革命进行到底，要进行新民主主义建设，在这样大的方向上大家都同意，而在具体的政策、工作上还是会有很多争论的。所以就需要学习，学习毛主席这种坚持真理，指示原则方向并将其具体化，成为人民的力量的过程。这不是急躁所能做好的，要有很大的坚持性忍耐性，不屈不挠地把革命推向前进，这样才能达到最后的胜利。我们不能认为把一个简单的口号提出来就算了，就够了；也不能行不通就失望，行得通就自满，不再前进。那就不是毛主席的好学生。毛主席坚持把马克思列宁主义的普遍真理具体化在中国土壤上，生长出来成为群众的力量，所以中国革命得到如此伟大的胜利。到今天，不仅中国共产党尊敬他，凡是得到革命胜利果实的人民，一定都会逐渐心悦诚服地信服他。

　　毛主席在坚持真理、实现真理中还有一个经验，就是他所提出的原则总是照顾大多数，为着大多数人民的利益。不错，毛主席是中国共产党的领袖，同时今天大家也都承认他是全国人民的领袖。从中国共产党的范围来说，他是代表无产阶级的。中国的无产阶级数量只有几百万，在全中国的人口中连百分之一还不到。代表这样一个阶级的共产党怎样才能取得中国革命的胜利？毛主席的根本着眼点就是把无产阶级的马克思主义思想运用到中国，争取最广大的人民大众团结在无产阶级周围来取得革命的胜利，而不是把自己缩小到最小的圈子里来空谈革命。毛主席懂得，为把最反动的敌人消灭，就需要集合一切可能集合的力量，而不是只靠先锋队办事。无产阶级是先锋队，但不能仅靠先锋队。在大革命时，毛主席就看到农民是最广大的同盟军，不依靠农民，人民革命是不能胜利的。果然，不听他的话，革命就失败。后来我们到了农村，毛主席又看到革命不但要依靠农民，而且还要争取中小资产阶级，因为当时蒋介石反革命的恶迹更加暴露，只有买办官僚地主封建阶级才拥护他。但是在共产党内有一部分人又犯了“左”倾错误，眼光狭小得很，认为中小资产阶级都不可靠。他们不听毛主席的话，致使革命又受到一次挫折，走了一个两万五千里。以后，毛主席提出团结蒋介石上层分子抗战。有人就说，要团结就不要斗争。毛主席说，这些人是我们国内的敌人，为了打民族敌人，要团结他，但他并不是可靠的合作者、同盟者，还要提防他，如果不加提防，他反过头来就会咬你。当时毛主席就防止了右，防止了无条件妥协。这一次解放战争，在乡村搞土改，工作中又犯过“左”倾错误。因为要消灭地主，就

385

不给地主土地，或者给地主坏地，使他们不能生活，或者定的封建富农、地主的数量过多。另外，在杀人问题上，本是除怙恶不悛、人人痛恨的要杀外，其他可以不杀，但是有时候在群众愤恨之下，没有加以区别，领导没有说服群众，以致杀人过多。这样就使我们阵线中的农民，首先是中农受到影响。这个错误，也是毛主席把它纠正了。从这四个革命阶段可以看出，毛主席统一战线的观点是要团结最广大的同盟军，各个击破敌人。在抗日时期，就是打倒日本帝国主义。日本帝国主义被打走后，再打倒国民党反动派，推翻中国的反动统治。在乡村中，打倒封建地主阶级——这是反动统治的根基。在国际上，反对美国帝国主义对中国的侵略。围绕着这些口号，把更广大的农民团结在一起，把百分之九十以上的人民团结在一起。所以毛主席对我们共产党的许多干部谈：你们每天写日记不要写别的，就只写一句"团结百分之九十"就行了。我想，在毛主席领导下，争取大多数，为着共同事业奋斗，消灭反动统治，这一政策的运用，是我们最大的成就。这一点我们青年要学习。要使马克思列宁主义的普遍真理在中国胜利实现，一定要结合中国的实际，做许多艰苦的具体工作，不屈不挠地前进，长期地奋斗，努力争取大多数的人民，争取大多数的青年群众跟着我们走，而不是靠着我们这个小队伍。

一九四九年五月七日

【导读】

周恩来与毛泽东于1926年在广州第一次结识；直到1935年，前者在党内的地位都高于后者；他们合作过，也有过不同意见；但在残酷的战争中，周恩来逐渐认识到，毛泽东总是比他人看得更远，想得更深；他不仅在形成以毛泽东为核心的党中央的过程中起了重要的作用，而且对毛泽东思想的形成和发展做出了巨大贡献。在党的第一代领导集体中，两人相互补充而又相互依存，不可分离。1949年5月7日，周恩来在中华全国青年第一次代表大会上做了题为《全国青年团结起来，在毛泽东的旗帜下前进》的报告，《学习毛泽东》是其第三部分。在此中国革命走向全国胜利、新中国的建设即将开始的历史关头，周恩来明确指出："我们必须有一个大家共同承认的领袖，这样的领袖能够带着我们前进"；而过往"三十年革命运动的实践"已经为中国产生出了自己的领袖，他就是毛泽东。紧接着周恩来同志提出了学习毛泽东的任务。这篇文章回答了学什么、怎么学的问题。

妇女自由歌

阮章竞

旧社会，好比是：
黑格洞洞的古井万丈深。
井底下，
压着咱们老百姓，
妇女在最底层。

看不见那太阳，
看不见天。
数不清的日月，
数不尽的年。
做不完的牛马，
受不尽的苦！
谁来搭救咱？

多少年来多少代，
盼那铁树把花开。
共产党，毛泽东，
领导全中国走向光明。
中国人民大解放，
受苦的老百姓见到太阳。

土地改革大翻身，
砸碎了封建的老铁门！

从前的妇女，
关进了阎王殿！
今天打断了铁锁链！
妇女成了自由的人，
国家大事也能管问。

自由歌儿放声唱，
翻身不能翻一半。
走在阳光半天下，
锄掉荆棘闹生产。

支援前方大进军，
彻底翻掉蒋家天。
建设出来个新中国，
歌唱自由万万年！
歌唱自由万万年！

一九四九年八月，在西伯利亚车上

【导读】

　　阮章竞，广东中山人，1914年出生，13岁当徒工，20岁失业后到上海，在那里参加了革命活动。全面抗战爆发后，阮章竞先是在太湖一带进行抗日宣传，1937年底北上太行山抗日根据地，此后在那里战斗和工作

389

了整整十二个春秋。八年全面抗战，是他写作生涯中最勤奋、最多产的时期，创作了大量的叙事诗、话剧、歌剧、活报剧和小说，在文艺大众化、民族化方面进行了大胆的探索。他1949年写作的长篇叙事诗《漳河水》描述了三位劳动妇女在新旧社会中的不同境遇，是中国现当代诗歌史上的一座高峰，问世之后，迅速传遍大江南北，好评如潮，奠定了作者在中国现代文学史中的地位。新中国成立前夕，阮章竞参加中国代表团，前往布达佩斯参加第二届世界青年与学生和平友谊联欢节。在旅途中，他按山西祁太秧歌的曲调填词写出了《妇女自由歌》，由同行的歌唱家郭兰英在联欢节上演唱，获三等奖，为新中国的成立献上了一份厚礼。这首歌一炮走红，全国传唱，鼓舞了好几代人。

我的改造

杨朔

与工农兵结合这事,说难也难,说容易也容易,基本的关键在于自己的决心。这些创造世界的人民大众并不是虚无缥缈的神仙,高不可攀,倒是顶容易接近的。可是作为一个知识分子的我,这些年转弯抹角的,直到现在还是个半瓶子醋,一瓶子不满,半瓶子晃荡,归根到底还是自己的毛病。

抗日战争初期,我在华北敌人后方乱串了几年,长年在农村里,在部队里,表面上跟战士、农民混在一起,好像"深入群众"了,骨子里却像一滴油滴到人民的大海里,总漂在浮面上,油光光的有点刺眼。当时有位同志开我的玩笑说:"你怎么滚来滚去,还是个绅士派头?"

是不是我的外貌影响了我接近群众?有一点,但不全是。真正的要害却在于我的思想。我嘴里不说,心里多少有点自大,有意无意地夸大了文艺的功能,以为这是属于高贵的思想领域的工作,不同凡响。自己搞文艺,自然也就不同凡响了。于是表现在外面的言语举动不自觉地带着一种优越感。群众对你望而生畏,你怎能接近他们呢?

但也正是敌后那几年,事实教训了我。是谁在火线上冲锋陷阵,拿性命来保卫灾难的祖国?穿了军装的农民!是谁在后方一把汗一把力地生产,支援前线?还是农民!我做了些什么呢?手不能提,肩不能挑,打起仗来,倒变成个累赘,要人家来照顾我。摇摇笔杆子写点东西,比起人民创造历史的伟大斗争,渺小得连肉眼都看不见,有什么值得夸耀的?人民对你却又那么热情。我永远记得一九四〇年夏天一个雷雨交加的黑夜,我跟着一支小队伍过一条敌人封锁的河流。四外岗楼的探照灯闪来闪去，敌情很严重。战士们搀着我的手，领我走过临时搭成的木桥。岗楼的机枪一响，赶紧把我扶上马，由几个战士保护着我先突出去，他们大部分人却留在后边，掩护着我走远了，然后才赶上来。这种同志之间的友爱，为了你，毫不计较自己的生死安全，铁石心肠的人也要受到感动。

我认识了人民的伟大，要替他们服务。找他们谈，写他们的事迹。但我却作为一个旁观者来谈来写。我不是他们当中的一个，不了解他们的思想感情，更无从体味到他们的欢乐和痛苦。我胡乱写了些东西，可笑啊，大半是概念的，缺乏生活，没有感情，我在笔下侮辱了我所尊敬的人民。

日寇投降后，我到了察哈尔宣化的龙烟铁矿去，第一次真正接近了人民。我去，是为了工作，也为了锻炼自己，改造自己。我从思想上认识了自己的毛病，决心要"放下臭架子，甘当小学生"。我的作风还是那么"文绉绉"的，但是思想一变，态度变了。说来也怪，工人们居然不嫌弃我，有些跟我都变成了好朋友。我在矿山上帮着做点事，常到他们采矿的工地去，黑夜到他们大工房或是家族房子去，谈天说地，有时一块喝上几盅，彼此毫不见外。他们知道我是写东西的，有时开玩笑叫我是师爷。这倒更好，他们就有计划地帮助我了解日寇统治时期矿山的情形。他们谈自己过去所受的痛苦，我听着听着，仿佛自己亲身遭受的一样，也感到痛苦。过去我跟他们老像隔着一层皮，现在为什么能够感染到他们的感情呢？说起来也平常。我的生活、工作，已经开始跟他们连结一起，觉得他们像自己的亲人一样。你听到自己亲人的遭际，你会不动心么？他们把心打开了，让我走进最深的底层去。但我，细细地检查自己一下，却又不能像他们那样赤裸裸的，竟怀着一种自己也不易觉察的目的性，想从他们身上得到点什么东西，好写作品。我明白我还未能忘了自己，改造得还不到家。

后来，我在矿山上动笔写《红石山》这部小说。我初步地接触了生活，熟悉了人物，感染到他们的思想感情，一拿起笔，许多形象就在我跟前跳动，自然而然跳到一起。最困难的倒是语言。我能听懂工人的每一句话，我为他们的富有形象色彩的语言所绝倒，但我不会那样说，叫我照样学说一遍，也会结结巴巴的，说走了样。有时一边听他们说话，一边心里记，一转眼可又忘了，说不出。因为语言是从生活里来的，丰富的生活产生了丰富的语言，我一下子如何容易办得到？有些工人特别热情地帮助我组织故事，配备人物，甚而纠正我的语言。前后几个月，我好歹完成了这部小说的初稿，而这部小说正是我这一段工作的最准确的鉴定。由于我与工人的结合还不到家，小说里就存在了许多缺点。

这几年解放战争中，我大半在部队里。有的同志见了我笑道："你怎么还是这样斯文？"但是只要你能在共同的事物上，与人民激起共同的反映，这就是思想感情先接近了，作风倒是其次的问题。现在我正动笔写一部军事小说，新的苦恼又缠绕了我。写《红石山》时，就在工人当中写，随时都得到他们的支持，他们的帮助。现时，部队离我远远的，拿起笔来，我竟觉得这样的信心不足。力量是从群众当中来的，离开群众，我是多么渺小、多么的孤单啊！人民改造了我（虽然改造得还很不够），我知道我是永远离不开他们了。

一九四九年

【导读】

杨朔，著名报告文学、散文作家，原名杨毓瑨，1913年生于山东蓬莱，父亲是清末秀才，5岁丧父后家道中落，16岁随舅父去东北谋生。30年代初，他开始写作并发表了一部分旧体诗词和散文，结识了萧军、萧红等进步作家。抗战初期，他全身心地投入了救亡作品的写作；1939年在太行山区加入八路军，1942年赴延安；解放战争与抗美援朝期间，以随军记者身份深入前线。杨朔一生留下小说20余部，但他写得最多也最负盛名的是散文，其散文不仅情感凝练，富有诗意，更重要的是，它们是为实现革命胜利而服务的，用杨朔自己的话说，便是"自有诗心如火烈，献身不惜作尘泥"。他到延安时，"延安文艺座谈会"已经结束，但他却能自觉贯彻毛泽东的"讲话"精神，努力让"自己的思想感情来一个变化，来一番改造"，并相信"没有这个变化，没有这个改造，什么事情都是做不好的，都是格格不入的"。这种体会与认知深刻反映在这篇写于1949年的《我的改造》中。

我的自白书

陈然

任脚下响着沉重的铁镣，

任你把皮鞭举得高高，

我不需要什么自白，

哪怕胸口对着带血的刺刀！

人，不能低下高贵的头，

只有怕死鬼才乞求"自由"；

毒刑拷打算得了什么？

死亡也无法叫我开口！

对着死亡我放声大笑，

魔鬼的宫殿在笑声中动摇；

这就是我——一个共产党员的自白，

高唱凯歌埋葬蒋家王朝。

【导读】

　　陈然，原名陈崇德，1923年出生于河北省香河县，是小说《红岩》成岗的原型。1946年，国民党单方面撕毁重庆谈判协定，全面内战爆发，位于重庆的共产党宣传机构纷纷撤回延安。1947年7月，重庆地下党决定发行《挺进报》作为机关刊物，将印刷工作安排在陈然家中，由陈然担任特别支部书记。《挺进报》在重庆地区的地下党员和进步人士手中流传，曾刊发毛泽东《目前的形势和我们的任务》《论大反攻》等解放战争时期的重要文本。1948年4月，由于叛徒出卖，重庆地下党领导人相继被捕。陈然收到组织的撤离警告后并未离开，旋即被捕，关押在臭名昭著的白公馆。牢狱期间，陈然在被要求写下忏悔的自白书时，反而借此写下了慷慨凛然的《我的自白书》一诗。诗中充满了视死如归的气概和对敌人的蔑视，字句间毫无惧色。最后以"这就是我——一个共产党员的自白"结束，展现了一个共产党员的坚毅气节。

中国人民站起来了

毛泽东

诸位代表先生们，全国人民所渴望的政治协商会现在开幕了。

我们的会议包括六百多位代表，代表着全中国所有的民主党派，人民团体，人民解放军，各地区，各民族和国外华侨。这就说明，我们的会议是一个全国人民大团结的会议。

这种全国人民大团结之所以能够成功，是因为我们战胜了美国帝国主义所援助的国民党反动政府。在三年多的时间内，英勇的世界上少有的中国人民解放军，战胜了美国援助的国民党反动政府所有的数百万军队的进攻，并使自己转入反攻和进攻。现在，数百万人民解放军的野战军已经打到接近台湾，广东，广西，贵州，四川和新疆的地区去了，中国人民的大多数已经获得了解放。在三年多的时间内，全国人民团结起来，援助人民解放军，反对了自己的敌人，取得了基本的胜利。在这个基础上，召开了今天的人民政治协商会议。

我们的会议之所以称为政治协商会议，是因为三年以前我们曾和蒋介石国民党一道开过一次政治协商会议。那次会议的结果是被蒋介石国民党及其帮凶们破坏了，但是已在人民中留下了不可磨灭的印象。那次会议证明，和帝国主义的走狗蒋介石国民党及其帮凶们一道，是不能解决任何有利于人民的任务的。即使勉强地做了决议也是无益的，一待时机成熟他们就要撕毁一切决议，并以残酷的战争反对人民。那次会议的唯一收获是给了人民以深刻的教育，使人民懂得：和帝国主义的走狗蒋介石国民党及其帮凶们决无妥协的余地，或者是推翻这些敌人，或者被这些敌人所屠杀和压迫，二者必居其一，其他的道路是没有的。中国人民在中国共产党的领导之下，在三年多的时间内，很快地觉悟起来，并且把自己组织起来，形成了全国规模的反对帝国主义、封建主义、官僚资本主义及其集中的代表者国民党反动政府的统一战线，援助人民解放战争，基本上打倒了国民党反动政府，推翻了帝国主义在中国的统治，恢复了政治协商会议。

现在的中国人民政治协商会议是在完全新的基础上召开的，它具有代表全国人民的性质，它获得全国人民的信任和拥护。因此，中国人民政治协商会议宣布自己执行全国人民代表大会的职权。中国人民政治协商会议在自己的议程中将要制定中国人民政治协商会议的组织法，制定中华人民共和国中央人民政府的组织法，制定中国人民政治协商会议的共同纲领，选举中国人民政治协商会议的全国委员会，选举中华人民共和国中央人民政府委员会，制定中华人民共和国的国旗和国徽，决定中华人民共和国国都的所在地以及采取和世界大多数国家一样的年号。

诸位代表先生们，我们有一个共同的感觉，这就是我们的工作将写在人类的历史上，它将表明：占人类总数四分之一的中国人从此站立起来了。中国人从来就是一个伟大的勇敢的勤劳的民族，只是在近代是落伍了。这种落伍，完全是被外国帝国主义和本国反动政府所压迫和剥削的结果。一百多年以来，我们的先人以不屈不挠的斗争反对内外压迫者，从来没有停止过，其中包括伟大的中国革命先行者孙中山先生所领导的辛亥革命在内。我们的先人指示我们，叫我们完成他们的遗志。我们现在是这样做了。我们团结起来，以人民解放战争和人民大革命打倒了内外压迫者，宣布中华人民共和国的成立了。我们的民族将从此列入爱好和平自由的世界各民族的大家庭，以勇敢而勤劳的姿态工作着，创造自己的文明和幸福，同时也促进世界的和平和自由。我们的民族将再也不是一个被人侮辱的民族了，我们已经站起来了。我们的革命已经获得全世界广大人民的同情和欢呼，我们的朋友遍于全世界。

我们的革命工作还没有完结，人民解放战争和人民革命运动还在向前发展，我们还要继续努力。帝国主义者和国内反动派决不甘心于他们的失败，他们还要作最后的挣扎。在全国平定以后，他们也还会以各种方式从事破坏和捣乱，他们将每日每时企图在中国复辟。这是必然的，毫无疑义的，我们务必不要松懈自己的警惕性。

我们的人民民主专政的国家制度是保障人民革命的胜利成果和反对内外敌人的复辟阴谋的有力的武器，我们必须牢牢地掌握这个武器。在国际上，我们必须和一切爱好和平自由的国家和人民团结在一起，首先是和苏联及各新民主国家团结在一起，使我们的保障人民革命胜利成果和反对内外敌人复辟阴谋的斗争不致处于孤立地位。只要我们坚持人民民主专政和团结国际友人，我们就会是永远胜利的。

人民民主专政和团结国际友人，将使我们的建设工作获得迅速的成功。全国规模的经济建设工作业已摆在我们面前。我们的极好条件是有四万万七千五百万的人口和九百六十万平方公里的国土。我们面前的困难是有的，而且是很多的，但是我们确信：一切困难都将被全国人民的英勇奋斗所战胜。中国人民已经具有战胜困难的极其丰富的经验。如果我们的先人和我们自己能够度过长期的极端艰难的岁月，战胜了强大的内外反动派，为什么不能在胜利以后建设一个繁荣昌盛的国家呢？只要我们仍然保持艰苦奋斗的作风，只要我们团结一致，只要我们坚持人民民主专政和团结国际友人，我们就能在经济战线上迅速地获得胜利。

随着经济建设的高潮的到来，不可避免地将要出现一个文化建设的高潮。中国人被人认为不文明的时代已经过去了，我们将以一个具有高度文化的民族出现于世界。

我们的国防将获得巩固，不允许任何帝国主义者再来侵略我们的国土。在英勇的经过了考验的人民解放军的基础上，我们的人民武装力量必须保存和发展起来。我们将不但有一个强大的陆军，而且有一个强大的空军和一个强大的海军。

让那些内外反动派在我们面前发抖罢，让他们去说我们这也不行那也不行罢，中国人民的不屈不挠的努力必将稳步地达到自己的目的。

在人民解放战争和人民革命中牺牲的人民英雄永垂不朽！

庆贺人民解放战争和人民革命的胜利！

庆贺中华人民共和国的成立！

庆贺中国人民政治协商会议的成功！

【导读】

　　抗战胜利后，中共中央随即发表《对目前时局的宣言》，号召"立即召开各党派和无党派代表人物的会议，商讨抗战结束后的各项重要问题"，成立民主的联合政府。国共两党经过反复商议签订的《双十协定》确定召开政治协商会议。1946年1月政协会议召开，并达成五项协议。然而，蒋介石违反这些协议，于1946年11月单方面召开了"国民大会"，遂使旧政协解体。1948年4月30日，中共中央提议迅速召开新的政治协商会议，讨论并实现召集人民代表大会，成立民主联合政府。各民主党派、各人民团体、无党派民主人士及海外华侨纷纷发表声明、宣言、通电响应。1949年6月15日，新政治协商会议筹备会在北平成立，在此后3个多月里，它经过2次全体会议、8次常务委员会议，为新政协的召开做了充分的准备。1949年9月21日，中国人民政治协商会议第一届全体会议在中南海怀仁堂隆重开幕，会议执行全国人民代表大会的职权。这篇文章就是中国共产党中央委员会主席毛泽东在开幕式上的致词，他热烈庆贺人民解放战争和人民革命的胜利，庆贺中华人民共和国的成立，并庄重宣告："占人类总数四分之一的中国人从此站立起来了。"

人民英雄纪念碑碑文

毛泽东

三年以来，在人民解放战争和人民革命中牺牲的人民英雄们永垂不朽！

三十年以来，在人民解放战争和人民革命中牺牲的人民英雄们永垂不朽！

由此上溯到一千八百四十年，从那时起，为了反对内外敌人，争取民族独立和人民自由幸福，在历次斗争中牺牲的人民英雄们永垂不朽！

【导读】

第一届全国政协会议于1949年9月21日开幕。大会一致通过以下决议：1.中华人民共和国的国都定于北平。自即日起，改名为北京。2.中华人民共和国的纪年采用公元。今年为1949年。3.在中华人民共和国的国歌正式制定前，以《义勇军进行曲》为国歌。4.中华人民共和国的国旗为红地五星旗，象征中国革命人民大团结。会议还通过了《中国人民政治协商会议共同纲领》《中华人民共和国中央人民政府组织法》《中国人民政治协商会议组织法》等重要文件，选出中央人民政府委员会与主席毛泽东。9月30日，第一届全国政协会议举行闭幕式，通过了毛泽东起草的《全体会议宣言》和建立人民英雄纪念碑的决定，朱德副主席致闭幕词。至此，大会顺利地完成了筹建新中国的历史使命。第二天中华人民共和国就要诞生了，这是100多年来无数志士仁人前仆后继、用鲜血与生命换来的。当夜幕将要降临时，出席会议的全体代表一起来到天安门广场，为人民英雄纪念碑举行隆重的奠基典礼，全体代表脱帽默哀。在庄严肃穆的气氛里，毛泽东满怀激情地高声宣读了由他撰写的碑文，并执锹铲土，埋下纪念碑的基石。这一夜，毛泽东彻夜未眠。纪念碑1952年动工兴建，1958年竣工，碑文由周恩来书写。

忆鲁迅先生

巴金

从北京图书馆出来，我迎着风走一段路。风卷起尘土打在我的脸上，我几乎睁不开眼睛。我站在一棵树下避风。我取下眼镜来，用手绢擦掉镜片上的尘垢。我又戴上眼镜，我觉得眼前突然明亮了。我在这树下站了好一会，听着风声，望着匆忙走过的行人。我的思想却回到了我刚才离开的地方：图书馆里一间小小的展览室。那地方吸引了我整个的心。我有点奇怪：那个小小的房间怎么能够容纳下一个巨人的多么光辉的一生和多么伟大的心灵？

我说的是鲁迅先生，我想的是鲁迅先生。我刚才还看到他的手稿、他的信札和他的遗照。这些对我也是很熟悉的了。这些年来我就没有忘记过他。这些年来在我困苦的时候，在我绝望的时候，在我感到疲乏的时候，我常常想到这个瘦小的老人，我常常记起他那些含着强烈的爱憎的文章，我特别记得：十三年前的两个夜里我在殡仪馆中他灵前的情景。半截玻璃的棺盖没有掩住他那沉睡似的面颜，他四周都是芬芳的鲜花，夜很静，四五个朋友在外面工作，除了轻微的谈话声外，再也听不见什么。我站在灵前，望着他那慈祥的脸，我想着我个人从他那里得过的帮助和鼓励，我想着他那充满困苦和斗争的一生，我想着他对青年的热爱，我想着他对中国人民的关切和对未来中国的期望，我想着他在日本帝国主义的铁蹄踏遍华北、阴云在中国天空扩大的时候离开我们，我不能够相信在我眼前的就是死。我暗暗地说：他睡着了，他会活起来的。我曾经这样地安慰过自己。他要是能够推开棺盖坐起来，那是多么好啊。然而我望着望着，我走开，又走回来，我仍然望着，他始终不曾动过。我知道他不会活起来了。我控制不住自己的眼泪，我像立誓愿似的对着那慈祥的面颜说："你像一个普照一切的太阳，连我这渺小的青年也受到你的光辉，你像一颗永不陨落的巨星，在暗夜里我也见到你的光芒。中国青年不会辜负你的爱和你的期望，我也不应当辜负你。你会活下去，活在我们的心里，活在中国青年的心里，活在全中国人的心里。"的确，这些年来他的慈祥的笑脸，和他在棺盖下沉睡似的面颜就始终没有离开我的记忆。在困苦中，在绝望中，我每一想到那灵前的情景，我又找到了新的力量和勇气。对我来说，他的一生便是一个鼓舞的泉源，犹如他的书是我的一个指路者一样。没有他的《呐喊》和《彷徨》，我也许不会写出小说。

又是过去的事了，那是更早的事。一九二六年八月我第一次来北京考大学，住在北河沿一家同兴公寓。我在北京患病，没有进考场，在公寓里住了半个月就走了。那时北海公园还没有开放，我也没有去过别的地方。在北京我只有两三个偶尔来闲谈的朋友，半个月中间始终陪伴我的就是一本《呐喊》。我早就读过了它，我在成都就读过在《新青年》杂志上发表的《狂人日记》和别的几篇小说。我并不是一次就读懂了它们。我是慢慢地学会了爱好它们的。这一次我更有机会熟读它们。在这苦闷寂寞的公寓生活中，正是他的小说安慰了我这个失望的孩子的心。我第一次感到了、相信了艺术的力量。以后的几年中间，我一直没有离开过《呐喊》，我带着它走过好些地方，后来我又得到了《彷徨》和散文诗集《野草》，更热爱地读熟了它们。我至今还能够背出《伤逝》中的几段文字。我有意识和无意识地学到了一点驾驭文字的方法。现在想到我曾经写过好几本小说的事，我就不得不感激这第一个使我明白应该怎样驾驭文字的人。拿我这点微小不足道的成绩来说，我实在不能称为他的学生。但是墙边一棵小草的生长，也靠着太阳的恩泽。鲁迅先生原是一个普照一切的太阳。

不，他不只是一个太阳，有时他还是一棵大树，就像眼前的树木一样，这树木给我挡住了风沙，他也曾给无数的年轻人挡住了风沙。

他，我们大家敬爱的鲁迅先生，已经去世十三年了。每个人想起他，都会立刻想到他的道德和他的文章。这是他的每个读者、每个研究者永远记住，永远敬爱的。他的作品已经成了中国人民的宝物。这些用不着我来提说了。今天看完了关于他的生平和著作的展览会出来，站在树下避风沙的时候，我想起来：

这个巨人，这个有着伟大心灵的瘦小的老人，他一生教导同胞反抗黑暗势力，追求光明，他预言着一个自由、独立的新中国的到来，他为着这个前途花尽了他的心血。他忘了自己地为着这个前途铺路。他并没有骗我们，今天他所预言的新中国果然实现了。可是在大家、在全国人民欢欣鼓舞的时候，他却不在我们中间露一下笑脸。他一生诅咒中国的暗夜，歌颂中国的光明。而他却偏偏呕尽心血，死在黑暗正浓的时候。今天光明的新中国已经到来，他这个最有资格看见它的人却永远闭上了眼睛。这的确是一件叫人痛心的事。为了这个，我们只有更加感激他。

风一直不停，阳光却更灿烂地照在街上，我已经歇了一会儿，我得往前走了。

一九四九年十月十一日

【导读】

巴金第一次见鲁迅，是在1933年4月6日。那时，鲁迅52岁，巴金29岁。此前，巴金早已读过鲁迅的小说，认定鲁迅的作品是自己的启蒙老师。鲁迅生前，他们见面不多，主要是书信往来。鲁迅希望中国能造就一批冲破传统思想和写作手法的文艺战士，曾大力扶持巴金、胡风、萧红这样富有激情的文坛新人。巴金赴日游学时，鲁迅不仅亲自参加饯行会，并留下临别赠言。因此，巴金视鲁迅为"我永远的老师"。鲁迅逝世时，巴金是为鲁迅送灵的八位抬棺者之一。巴金一生写过20余篇悼念、回忆鲁迅的文章，《忆鲁迅先生》是其中一篇，写于1949年10月11

日，即鲁迅逝世十三周年纪念日前一周。当时，鲁迅期待的"自由、独立的新中国"刚刚建立，这不禁让巴金感叹：鲁迅"这个最有资格看见它的人却永远闭上了眼睛。这的确是一件叫人痛心的事。为了这个，我们只有更加感激他"。

有 的 人

——纪念鲁迅有感

臧克家

有的人活着
他已经死了；
有的人死了
他还活着。

有的人
骑在人民头上："呵，我多伟大！"
有的人
俯下身子给人民当牛马。

有的人
把名字刻入石头想"不朽"；
有的人
情愿作野草，等着地下的火烧。

有的人
他活着别人就不能活；
有的人
他活着为了多数人更好地活。

骑在人民头上的，

人民把他摔垮；
给人民作牛马的，
人民永远记住他！

把名字刻入石头的，
名字比尸首烂得更早；
只要春风吹到的地方，
到处是青青的野草。

他活着别人就不能活的人，
他的下场可以看到；
他活着为了多数人更好地活着的人，
群众把他抬举得很高，很高。

一九四九年十一月一日于北京

【导读】

在中国当代文学家中，毛泽东对鲁迅的评价最高，称"他不但是伟大的文学家，而且是伟大的思想家和伟大的革命家"，"是中国文化革命的主将"。1949年10月19日，是鲁迅逝世十三周年，全国各地第一次举办了公开的、隆重的纪念活动。当时臧克家刚从香港回到北京，他瞻仰了鲁迅故居，目睹了人民群众纪念鲁迅的盛况，不禁百感交集，于11月1日写下了这首《有的人》。当时新中国刚刚建立，那些"骑在人民头上的"，人民已把他们"摔垮"；"他活着别人就不能活"的，下场已经可以看到。面临这样亘古未有之历史大变局，臧克家热情讴歌那些像鲁迅那样"俯下身子给人民当牛马"的人，"为了多数人更好地活着的人"。

北京之今昔

秦似

记得现在负责全国财经工作的陈云委员，在陕北的时候曾谈到过文艺工作上的问题，其中有一段话说到过去好一些作家不肯做调查研究。我手边无书，只能记那大意是：有些人住在上海亭子间写文章，天天吃饭拉矢，却不明白米从哪儿运来，粪又是怎样从上海运出去的。

所以，我想在这里谈到一些关于人民首都卫生清洁方面的事情，也不是全无意义吧。

解放前的北京平民，在拉矢问题上也有一些麻烦的。因为大粪可以卖钱，就有人抢夺。在南方这种抢夺方式是承包。广州有两位名闻遐迩的富翁，就是靠大粪发财的。北京可不一样。也许因为从前的北京比之广州更带有封建气味，根本不必投标，而是采用了割据的办法。各霸一方，互不相让，于是有了所谓"粪道"。这一道在谁的势力范围下，大粪就该谁要；别人来掏固然不行，住户人家自己的毛坑满了，也只好等到道主派人来才能清出去。界限十分森严，谁要过了界，就会引起一场大殴斗——广东人所谓"开片"的祸事。

解放以后，这陋习仍然存在，卫生工程局正在设法解决中，已经设立了四个收粪站，由政府清洁人员负责替住户清粪，但不够普遍，还需要增加。

北京的街道全长约有七百五十公里，其中只有三分之一是有下水道的。没有下水道的区域，人们把脏水随便向院子外一泼，因而影响市区卫生不浅。现在已经由卫工局设计，人民助修，完成了四百座污水池，计划于今年内要完成八百座。

北京的下水道是明代时候修筑的，约有四百年的历史，那式样跟近代建筑很不同，方形，完全用石条架成，所以十分牢固，这些建筑也正像天坛一样，说明中国几百年前的建筑工程很有一些成绩；外国专家也称赞北京原有的下水道的规模。现在修理这些水道时，常常发现它在店铺或人家楼宇里面，可见明朝时北京的街道比现在要宽，特别是东西长安大街，现在已经算是宽阔的，那时当更阔得可观。

不过也有极大的毛病，有些水沟是两头没有去路的，又有些水沟是引入北海去的。北海是风景游览区，但那里面的水实在脏得很，而且也成了北京的蚊虫孵育所。这次我到北京时正碰到北海放水，将来还准备把水沟改道流入永定河，不过这是一件大工程，今年内还完成不了。

日本人及国民党留下来的垃圾，已经清除了，计有二十三万吨，而北京市现在每天产生的垃圾是一千二百五十吨，卫生局每天动员清洁人员一千三百人，卡车三十辆，做清除垃圾的工作，预计今年可以完全清除过去积存的垃圾。

制订市政卫生计划所根据的原则，有一条是"为劳动人民服务"。举个例说，以前北京有一句老话："东城富，西城贫"；西城是劳动人民住宅区，一向都脏得很，没有下水道。现在市卫生工程局首先在这区域建筑新式下水道三公里，月底即将竣工。

又如自来水方面，北京二百万人中食用自来水的据去年统计只有五十二万人，今年由政府投资一千万斤小米，扩充三十万至四十万人可以享用自来水。自来水收费不是一律的，工商业用水每吨收费小米一斤半，居民一斤，一般劳动人民因家中没有水管水表设置而需要到附近供水站去挑用的，每吨只收费小米十二两。

一九五〇年七月二十五日

410

　　秦似，著名语言学家王力之子，原名王缉和，1917年生于广西博白，自幼博览诗书，很早就显露出文学天赋，高中开始发表诗歌、散文、小说。1937年9月考入广西大学化学系，但国难当头，热血沸腾的他已不能安坐书斋，便投身于轰轰烈烈的抗日救亡工作。1940年，在进步文人云集的抗战大后方——桂林，他参与创办了"专刊短文的杂文杂志"《野草》；同年开始以"秦似"为笔名发表作品。1947年加入中国共产党；1950年初，中共广西省委和省政府建立后，秦似被任命为省委统战部办公室主任。当年初秋，他率领一个主要由民主人士组成的广西参观团前往华北、东北等地参观，一路上耳闻目睹的新气象、新事物使他激动不已，他以"北行杂记"的总题，一连写了十多篇报道式的散文，发表在香港的《大公报》上，向海外介绍了新中国的新面貌。《北京之今昔》是其中一篇，它从一个容易被人忽略的侧面对新旧中国进行了今昔对比。

谁是最可爱的人

魏巍

在朝鲜的每一天，我都被一些东西感动着；我的思想感情的潮水，在放纵奔流着；它使我想把一切东西，都告诉给我祖国的朋友们。但我最急于告诉你们的，是我思想感情的一段重要经历，这就是：我越来越深刻地感觉到谁是我们最可爱的人！

谁是我们最可爱的人呢？我们的战士，我感到他们是最可爱的人。

也许还有人心里隐隐约约地说：你说的就是那些"兵"吗？他们看来是很平凡、很简单的哩，既看不出他们有甚么高明的知识，又看不出他们有丰盛细致的感情。可是，我要说，这是由于他跟我们的战士接触太少，还没有了解到我们的战士：他们的品质是那样的纯洁和高尚，他们的意志是那样的坚韧和刚强，他们的气质是那样的淳朴和谦逊，他们的胸怀，是那样的美丽和宽广！

让我还是来说一段故事吧。

还是在二次战役的时候，有一支志愿军部队向敌后猛插，去切断军隅里敌人的逃路。当他们赶到书堂站时，逃敌也恰恰赶到那里，眼看就要从汽车路上开过去。这支部队的先头连——三连就匆匆占领了汽车路边一个很低的光光的小山岗，阻住敌人，一场壮烈的搏斗就开始了。敌人为了逃命，用三十二架飞机、十多辆坦克配合着发起了集团冲锋，向这个连的阵地汹涌卷来。整个山顶的土都被打翻了。汽油弹的火焰把这个阵地烧红了。但勇士们在这烟与火的山岗上，高喊着口号，一次又一次把敌人打死在阵地前面。敌人的死尸像谷个子似的在山前堆满了，血也把这山岗流红了。可是敌人还是要拼死争夺，好使自己的主力不致覆灭。这场激战整整持续了八个小时，最后，勇士们的子弹打光了，蜂拥上来的敌人占领了山头，把他们压到山脚。飞机掷下的汽油弹，把他们的身上烧着了。这时候，勇士是仍然不会后退的呀，他们把枪一摔，身上、帽子上呼呼地冒着火苗，向敌人扑去，把敌人抱住，让身上的火，也要把占领阵地的敌人烧死。……据这个营的营长告诉我，战后，这个连的阵地上，枪支完全摔碎了，机枪零件扔得满山都是。烈士们的遗体，保留着各种各样的姿势，有抱住敌人腰的，有抱住敌人头的，有掐住敌人脖子，把敌人摁倒在地上的，同敌人倒在一起，烧在一起。还有一个战士，他手里还紧握着一颗手榴弹，弹体上沾满脑浆；和他死在一起的美国鬼子，脑浆崩裂，涂了一地。另有一个战士，嘴里还衔着敌人的半块耳朵。在掩埋烈士们遗体的时候，由于他们两手扣着，把敌人抱得那样紧，分都分不开，以致把有些人的手指都掰断了。……这个连虽然伤亡很大，他们却打死了三百多敌人，更重要的是，使我们部队的主力赶上来，聚歼了敌人。

这就是朝鲜战场上一个最壮烈的战斗——松骨峰战斗，或者叫书堂站战斗。假若需要立纪念碑的话，让我把带火扑敌和用刺刀跟敌拼死在一起的烈士们的名字记下吧。他们的名字是：王金传、邢玉堂、井玉琢、王文英、熊官全、王金侯、赵锡杰、隋金山、李玉安、丁振岱、张贵生、崔玉亮、李树国。还有一个战士已经不可能知道他的名字了。让我们的烈士们千载万世永垂不朽吧！

这个营的营长向我叙说了以上的情景，他的声调是缓慢的，他的感情是沉重的。他说他在阵地上掩埋烈士的时候，他掉了眼泪。但他接着说："你不要以为我是为他们伤心，我是为他们骄傲！我觉得我们的战士太伟大了，太可爱了，我不能不被他们感动得掉下泪来。"

朋友们，当你听到这段英雄事迹的时候，你的感想如何呢？你不觉得我们的战士是可爱的吗？你不以我们的祖国有着这样的英雄而值得自豪吗？

我们的战士，对敌人这样狠，而对朝鲜人民却是那样地爱，充满国际主义的深厚热情。

在汉江北岸，我遇到一个青年战士，他今年才二十一岁，名叫马玉祥，是黑龙江青冈县人。他长着一副微黑透红的脸膛，稍高的个儿，站在那儿，像秋天田野里一株红高粱那样的淳朴可爱。不过因为他才从阵地上下来，显得稍为疲劳些，眼里的红丝还没有退净。他原来是炮兵连的。有一天夜里，他被一阵哭声惊醒了，出去一看，是一个朝鲜老妈妈坐在山岗上哭。原来她的房子被炸毁了，她在山里搭了个窝棚，窝棚又被炸毁了。……回来，他马上到连部要求调到步兵连去，正好步兵连也需要人，就批准了他。我说："在炮兵连不是一样打敌人吗？""那，不同！"他说："离敌人越近，越觉着打得过瘾，越觉着打得解恨！"

在汉江南岸的日日夜夜里，有一天他从阵地上下来做饭。刚一进村，有几架敌机袭过来，打了一阵机关炮，接着就扔下了两个大燃烧弹。有几间房子着火了，火又盛，烟又大，使人不敢到跟前去。这时候，他听见烟火里有一个小孩子哇哇哭叫的声音。他马上穿过浓烟到近处一看，一个朝鲜的中年男人在院子里倒着，小孩子的哭声还在屋里。他走到屋门口，屋门口的火苗呼呼的，已经进不去人，门窗的纸已经烧着。小孩子的哭声随着那滚滚的浓烟传出来，听得真真切切。当他叙述到这里的时候，他说："我能够不进去吗？我不能！我想，要在祖国遇见这种情形，我能够进去，那么，在朝鲜我就可以不进去吗？朝鲜人民和我们祖国的人民不是一样的吗？我就踹开门，扑了进去。呀！满屋子灰洞洞的烟，只能听见小孩哭，看不见人。我的眼也睁不开，脸烫得像刀割一般。我也不知道自己的身上着了火没有，我也不管它了，只是在地上乱摸。先摸着一个大人，拉了拉没拉动，又向大人的身后摸，才摸着小孩的腿，我就一把抓着抱起来跳出门去。我一看小孩子，是挺好的一个小孩子啊！他穿着小短褂儿，光着两条小腿儿，小腿乱蹬着，哇哇地哭。我心想：'不管你哭不哭，不救活你家大人，谁养活你哩！'这时候，火更大了，屋子里的家具什物也烧着了。我就把他往地上一放，就又从那火门里钻了进去。一拉那个大人，她哼了一声，再拉又不动了。凑近一看，见她脸上流下来的血已

414

经把她胸前的白衣染红了，眼睛已经闭上。我知道她不行了，才赶忙跳出门外，扑灭身上的火苗，抱起这个无父无母的孩子。……"

朋友，当你听到这段事迹的时候，你的感觉又是如何呢？你不觉得我们的战士是最可爱的人吗？

谁都知道，朝鲜战场是艰苦些。但战士们是怎样想的呢？有一次，我见到一个战士，在防空洞里，吃一口炒面，就一口雪。我问他："你不觉得苦吗？"他把正送往嘴里的一勺雪收回来，笑了笑，说："怎么能不觉得！咱们革命军队又不是个怪物。不过咱们的光荣也就在这里。"他把小勺儿干脆放下，兴奋地说："就拿吃雪来说吧，我在这里吃雪，正是为了我们祖国的人民不吃雪。他们可以坐在挺豁亮的屋子里，泡上一壶茶，守住个小火炉子，想吃点甚么，就做点甚么。"他又指了指狭小潮湿的防空洞说："你再比如蹲防空洞吧，多憋闷得慌哩，眼看着外面好好的太阳不能晒，光光的马路不能走。可是我在这里蹲防空洞，祖国的人民就可以不蹲防空洞啊。他们就可以在马路上不慌不忙地走啊。他们想骑车子也行，想走路也行，边溜达边说话也行。只要能使人民得到幸福，就是我们最大的幸福。所以，"他又把雪放到嘴里，像总结似的说，"我在这里流点血不算甚么，吃点苦又算甚么哩！"我又问："你想不想祖国呀？"他笑起来："谁不想哩，说不想那是假话。可是我不愿意回去。如果回去，祖国的老百姓问：'我们托付给你们的任务完成得怎么样啦？'我怎么答对呢？我说'朝鲜半边红，半边黑'，这算甚么话呢？"我接着问："你们经历了这么多危险，吃了这么多苦，你们对祖国对朝鲜有甚么要求吗？"他想了一下，才回答我："我们甚么也不要，可是说心里话，我这话可不定恰当呀。我们是想要这么大的一个东西——"他笑着，用手指比个铜子儿大小，怕我不明白，又说，"一块'朝鲜解放纪念章'，我们愿意戴在胸脯上，回到咱们的祖国去。"

朋友们，用不着繁琐的举例，你已经可以了解到我们的战士是怎样一种人，这种人有甚么一种品质，他们的灵魂是多么的美丽和宽广。他们是历史上、世界上第一流的战士，第一流的人！他们是世界上一切善良人民的优秀之花！是我们值得骄傲的祖国之花！我们以我们的祖国有这样的英雄而骄傲，我们以生在这个英雄的国度而自豪！

亲爱的朋友们，当你坐上早晨第一列电车走向工厂的时候，当你扛上犁耙走向田野的时候，当你喝完一杯豆浆、提着书包走向学校的时候，当你安安静静坐到办公桌前计划这一天工作的时候，当你向孩子嘴里塞着苹果的时候，当你和爱人悠闲散步的时候，朋友，你是否意识到你是在幸福之中呢？你也许很惊讶地说："这是很平常的呀！"可是，从朝鲜归来的人，会知道你正生活在幸福中。请你意识到这是一种幸福吧，因为只有你意识到这一点，你才能更深刻了解我们的战士在朝鲜奋不顾身的原因。朋友！你是这么爱我们的祖国，爱我们的领袖，你一定会深深地爱我们的战士，他们确实是我们最可爱的人！

【导读】

魏巍，原名魏鸿杰，1920年出生于河南郑州一个贫民家庭。小学未毕业便开始向当地报刊的文学副刊投稿；15岁成为一名报刊的编辑；1937年9月，参加八路军，次年成为延安抗日军政大学第四期学员，并加入共产党。在抗日战争和解放战争期间，他始终任职于战斗部队，同时创作了许多诗歌与散文；1949年任骑兵团政委。1950年2月，魏巍调任解放军总政治部；10月随志愿军入朝，深入战斗第一线；在完成调查美军战俘情况的任务后，又进行了3个月的战地采访。1951年3月返京，担任新创刊的《解放军文艺》副总编辑，他很快发表了11篇战地通讯；其中《谁是最可爱的人》被《人民日报》破例在4月11日放在头版社论位置发表。朱总司令读后连声称赞："写得好！很好！"毛主席读后立即指示：印发全军！朝鲜前线的各部队油印小报立即在显著位置转载，指战员们争相传阅。这篇文章也极大地推动了全国人民的支前热潮。从此，"最可爱的人"这一称号响彻中华，深入人心，成为对志愿军最亲切的称呼。

到远方去

邵燕祥

收拾停当我的行装，
马上要登程去远方。
心爱的同志送我
告别天安门广场。

在我将去的铁路线上，
还没有铁路的影子。
在我将去的矿井，
还只是一片荒凉。

但是没有的都将会有，
美好的希望都不会落空。
在遥远的荒山僻壤，
将要涌起建设的喧声。

那声音将要传到北京，
跟这里的声音呼应。
广场上英雄碑正在兴建啊，
琢打石块，像清脆的鸟鸣。

心爱的同志，你想起了什么？
哦，你想起了刘胡兰。
如果刘胡兰活到今天，
她跟你正是同年。

你要唱她没唱完的歌，
你要走她没走完的路程。
我爱的正是你的雄心，
虽然我也爱你的童心。

让人们把我们叫做
母亲的最好的儿女，
在英雄辈出的祖国，
我们是年轻的接力人。

我们惯于踏上征途，
就像骑兵跨上征鞍，
青年团员走在长征的路上，
几千里路程算得甚么遥远。

我将在河西走廊送走除夕，
我将在戈壁荒滩迎来新年，
不管甚么时候，只要想起你，
就更要把艰巨的任务担在双肩。

记住，我们要坚守誓言：
谁也不许落后于时间！
那时我们在北京重逢，

或者在远方的工地再见！

一九五二年十一月二十三日

【导读】

邵燕祥，1933年生于北平，小学六年在日本占领下度过。1945年进入初中后，开始接触进步书刊；1947年参加了"五二〇"反饥饿、反内战运动，并加入了中共地下党的外围组织"民主青年联盟"。到1948年，他已把自己定位为革命队伍中的一员，写出了一首首战斗诗篇。1949年1月底，解放军进入北京城时，他平生第一次在街头向公众做口头宣传，并很快写出了《欢迎你，人民解放军》《解放之歌》《决定》《控诉》《骑兵》《这就是春天》等诗篇。开国大典后没几天，他写下100多行带说唱节律的《歌唱北京城》。此后，满怀欣喜的他写出了一首首新时代的颂歌，并于1951年出版了他的第一本诗集《歌唱北京城》。1952年下半年，邵燕祥感觉"一个开阔的诗的世界展现在我的眼前"，因为"大地上开始迈出了建设的脚步。要建设工厂矿山，铁道公路和地质勘探应该先行"。在此背景下，19岁的他诗兴勃发，接连写出了《到远方去》《桥》《在夜晚的公路上》《她们来到新城》《五月的夜》等诗。其中节奏明快的《到远方去》在《中国青年》杂志上首发后，迅速传播开来，在不少大学和中学的毕业晚会上成为朗诵节目。

佛子岭的曙光

靳以

"同志们，现在是三点整，三点整。同志们，你们辛苦了……"

水库工地的广播站开始深夜播音，这正是早晨三点钟，人们睡得最甜蜜的时候。在这里，跟祖国各地的工厂、矿山和大建设工地一样，成千的工人通夜紧张地操作着。他们每个人都记得：一定要跑在洪水的前面，不顾烈日的酷热，风雪的严寒，他们不放过一秒钟，日日夜夜地操作着。

天还是很黑，虽然已经是春天了，可是午夜后的寒冷像初冬。在工地以外，竹叶树梢的顶上，星星闪耀着；可是走进了工地，明亮的灯光夺去了星星的光辉，不但照亮了天际，连河水也映着亮光，好像一串灯火亮堂堂的一直引到河心。浓黑的夜色压不住这个世界，夺目的灯光劈开了它。通过闸门的水，像一匹匹发亮的白缎挂下来，发着吼声，发电机和其他机器的声音在山谷中撞击着，发出巨大的轰鸣。在高空，一闪一闪发着蓝光的是电焊的火焰，它轻轻地把夜抓碎了，清晰地照出了提前到顶的拱和垛上的胜利红旗，还有在垛顶上活跃的工人的身影。人们忘记了夜，忘记了寒冷，忘记了疲困，他们只是忘我地工作着。

在淠河东西两岸，灯火长廊下的轻便铁轨上，行驶着斗车。空车像飞似的滑下去，民工追赶着，跳上了车的后沿站定。不像日间，为了怕撞伤行人，他们要用压棍抵住了车轮，慢慢地走着；现在他们可以自由自在地飞驰。从沙石加工站装来了满载的细沙、小石、中石和大石，却只能一步步地从下游推上来。尽管吹着寒风，他们还要不时地抹着额间的汗珠，他们简直不是用手推，是用肩头和全身的力量顶上去的。他们一步也不敢急慢，他们知道紧走一步，就能使工程快一步完成。

把定量的沙石和洋灰倒在拌和机里，加上水，不多时，拌好的混凝土就从漏斗中下来了，落在另外的斗车中。装满的斗车，再一步步地推上去，一直到垛子的下边，再由卷扬机送到高空，转落进小车里，这些小车，在几十公尺的高空的木板上飞跑着，一车一车地倒在钢模壳和木模壳的中间，它就筑成了这连拱坝钢铁般的肌肉。

静静的山谷，静静的夜，洋溢着劳动的热情，使寒冷的夜晚也变成热烘烘的了。

广播员用热情的语言鼓动着，从喇叭口放送着"歌唱我们亲爱的祖国""我们工人有力最"……洪亮的歌声，一直送进工人的心里。忽然报告着：在×号拱，一位工人同志受伤了。工地急救站的医务工作人员，急急地背了药包和担架，跑到了现场。她们不但在深夜保持清醒，而且探身到急救站的外边全神贯注地谛听，生怕听不见广播站对她们的召唤，不能及时赶去急救，会影响了工人同志的生命安全。

当祖国人民安然睡眠的时候，当孩子紧偎在母亲身边的时候，当老年人睡了一觉翻一个身又睡着的时候，成千的人清醒着，劳动着，在佛子岭山地修筑着中国第一个连拱坝！它是千万人民的智慧、力量和血汗的结晶。

这坝，横亘在两座山头间，足有一里路长，像二十多层楼那样高。二十个坝垛和二十一个半圆形的坝拱，它使用十九万多方的混凝土，可以在祖国的土地上修筑三千里的马路。工人曾经笑着说："要是用它铺路的话，我们可以在自己造的马路上，从佛子岭到北京去见毛主席咧！"

它是建筑在最坚实的岩基上，为了抓到"山根"，上万的农民弟兄和战士，把大山生生地斩去了一段，把河心挖深了二十多公尺。他们共同移去了一百七十多万土方和石方。它向上直蠹天际，向下深入水底，像一行俯身的巨人，紧紧地站成一排，把两臂撑住地心，用后背挡住汛期中从千山万岭奔泻下来的洪水，使它从汹涌化为驯服，使下游两岸的人民再不受到水灾。它把上游的山谷变成一个大湖，经常积存着五亿立方公尺的水量，在枯水时期输送水源，使淠河随时能行驶大木船，把上游山间丰产的竹、木、茶、麻运出去。它使下游七十万亩良田受到灌溉，而且把电一直送到三百里外的合肥去。不但人民免去了灾害，受到它的恩惠；它还把光明和力量带到人间。

这伟大的工程虽然是在大别山区的深山里，可是全国人民都关心它，支援它。

从东北送来了钢轨、斗车和枕木，

从上海送来了机器和钢筋，

从南京的栖霞山送来了洋灰，

从青岛送来了钢板桩，

就是从遥远的重庆，也送来了车轨和机器。

为了它是中国第一个技术性最高的连拱坝，为了它是按九级地震的条件设计修筑起来的水库，为了它将使广大的人民的生活踏上了美满和幸福的大道。

第一批器材是由搬运工人从没有路的山上拖过来的，遇到水的时候，是扛在肩上和顶在头上过来的。黑漆的两端翘起的竹筏也顶着逆流载运着机械，第一架钻探机和钻探工人就是从竹筏上来的。他们首先在深山旷野不分日夜地工作，不是在山顶就是在水底；他们要钻到地面下一百尺，摸到土地的心脏，寻找坚固的岩层。

随着，公路修起来了。在这里，它是最好的一条公路，因为它必须驮得起沉重的载量。汽车像流水般地淌着，它运来了十万吨的机器和器材，五万吨洋灰，三千吨钢筋，五百吨钢板桩和上万的工人。路旁的居民都用欢快的眼睛望着，他们知道以后不必提防水灾了，他们也将有用拖拉机耕种的集体农场，他们也要有电灯了。

青年农民就近参加了水车工作。两淮的农民带着工具从家乡一步步赶来了。有的工人是完成了三河闸和荆江分洪的工程，怀着工作的经验和饱满的情绪赶来的。上海的，无锡的，宁波的，海门的，湖北的，安徽的工人也来了，淮河两岸的子弟兵也开过来了，结成了工农兵的大军，向

422

自然斗争。他们掌握着不同的机器和技术，抱着同一的目标和志愿向山地进攻。

深山热闹起来了，在山冲里的山坡上，在溧河的两岸上，密密麻麻地结着茅屋。开山的"巨炮"和推土机的轰响惊走了山林间的野兽，连天空的飞鸟也吓得无影无踪了。人们从各地赶来参观，来学习，从不会到会，从不能到能，在中国共产党领导下的广大群众，发挥着智慧，用成万双的手，造起这座连拱坝来。

难道是没有困难么？从勘测开始，就不断地遇到大小的困难；可是人的意志没有被困难挡住，反而大步地超越了它，站到更高的一层。去年六月突发的三千多流量的大水，冲走了三个月的时间，更可怕的是几乎把人们的信心也冲垮了；可是党给人们以力量，党鼓舞着工地上所有的人，把三个月的时间追回来，大步向前。就是几天以前，又有近两千个流量的大水来了。可是连拱坝已经屹然地挺立在那里了，它挡住大水，制服了大水，让翻滚起伏的水驯顺地流过闸门。两岸的人民再也不必震惊，就是只高出水面五六尺的木桥也还安稳地在水面上。

"这是一个考验！"工地上的人们怀着欣悦的心情说。他们的信心更增强了，证明了两年多辛勤筑成的连拱坝起了它的作用。"等到完全修好了的时候，它就只能从闸门里流过来，超过了海拔一百二十多公尺的高度，就由溢洪道流过来。它完全要听我们的话。决不能没过坝顶！再大的水，它也只好乖乖地流。"他们正像一个人用全力培育了下一代，看他一天一天地成长起来，终于有一天能和敌人搏斗而战胜了敌人那般快乐。那几天随时都有人到岸边去观看，不顾喷出的水流散着雾气和水珠，打湿了衣服和脸颊。几天后，被制服了的水，就一点力量也没有了，上游的水位降下去，过闸门的水流也就平静下来，像平常一样哗哗地淌着。

河东山顶上透出来第一线曙光，那正是四点钟的时候，漆黑的天边被洗淡了，显着青光。山和天分开了，山顶的树，傲然地露出它们的身影，恰像在一派青色的背景上，用墨笔画出来挺劲的枝干。群鸟开始鸣叫，星星逐渐一颗一颗地消失了，一只苍鹰孤单地在天顶盘旋。

天边的青光转成亮白色，天顶透出蓝色来。最后的星星也落了，晨风吹着桥上行走的稀疏的工人。桥边电线上落着三五只小鸟，它们用高低婉转的声音叫着，有的像失去耐性的孩子，只是细碎的叽叽喳喳。苍鹰更多起来，有的擦着爬在垛顶钢塔上的工人身边飞过去。乌鸦也来了，它们不断地拍着翅膀，终于还只能在沙滩上落下来。一位同志曾经和我说："先前，这些鸟都吓跑了，过了些时，它们又飞回来。它们也知道我们并不伤害它们，"随后笑着说，"或许它们也懂得我们这是和平建设。"

射着万道光芒的太阳穿过东山上的红云出来了，它用温暖的手首先抚摸着在高空操作了一夜的工人。显示着工人们的力量、骄傲和光荣的红旗高高地飘在湛蓝的天空中，格外灿烂夺目。阳光照大了工人的身影，他们迅速地上上落落，有的像生了根一样地在垛顶的边沿上工作，他们好像是这座高坝的一部分。不，这直矗入天的高坝就是由他们的双手造起来的。他们战胜了黑夜，战胜了困难，战胜了自然，为淮河两岸人民的幸福的生活，打下了巩固的基础。

六点整，这是一个真正的早晨的开始，空中震荡着洪亮的男女齐声高唱的歌音：

东方红，太阳升，
中国出了个毛泽东！
……

一九五四年春　佛子岭

【导读】

靳以，原名章方叙，1909年生于天津，在南开中学读书时，与曹禺同学。大学遵父命就读于复旦大学国际贸易系，但从大二就开始写作，处

424

女诗作1929年发表在鲁迅主编的《语丝》杂志上；同年，第一篇短篇小说发表在郑振铎主编的《小说月报》上。1932年大学一毕业便以写作为生，几年内出版多部短篇小说集。从1933年起，他与郑振铎、巴金等人创办、编辑过多种文学刊物，创作大量小说散文集，并积极参加左翼文化运动。鲁迅逝世后，他是八位抬棺者之一。抗战与解放战争期间，他一面在大学任教，一面从事创作和编辑工作，始终站在进步势力一边。如同所有进步知识分子一样，新中国的成立使他激情满怀、精神昂扬。已过不惑之年的他"张开渴望的眼睛，迈开脚步在祖国的大地上奔跑"。1954年春，他在佛子岭水库工地，"看到了中国建筑的第一座连拱坝"，在那里一住就是3个月，写出了《到佛子岭去》《佛子岭的曙光》等脍炙人口的散文。那时的佛子岭上，大画家关山月、吴作人在工地写生，名演员周信芳、严凤英在工棚演出，水库门额由郭沫若题写，竣工纪念碑文由刘海粟书就，一派生机盎然的气象。

融合起来了

叶圣陶

　　从开国到现在是五周年。这五周年间，咱们中国社会好像一直在跑步，跑步的进程相当于多少年的缓步前进，恐怕很难作准确的估计。这个人说，咱们大家在这五周年间都有不少进步。要不是全国大陆解放，要不是中华人民共和国成立，恐怕五年的光阴一眨眼过去，咱们大家依然故我，无论思想跟认识，无论态度跟作风，也许一辈子还是五年前那个老样儿。这五年对于中国社会，对于咱们大家，简直可以说是史无前例的珍奇，现在要静心回顾一下，表达那种深切的感受，真有穷于语言之感。

　　分别了好久的老朋友会了面，手握得紧紧的，一个说："您精神挺旺盛呀！"一个说："我觉得您轻了十年年纪！"这种经常听见的对话绝非寻常客套，这里头包含着无限的激动跟无上的喜悦。说出来的话虽然那么简单，可是够了，彼此心领神会了——所以精神旺盛，所以轻了十年年纪，全由于那史无前例的珍奇。

　　要是说得具体些，彼此心领神会的，大概有如下的内容。社会、国家有了确定的路向，而且是脚踏实地的、绝端正确的路向，因而咱们大家也有了确定的路向，只要脚踏实地往前走就是。这就产生一种非常安定的心情，该做些什么，该怎样做，全都清清楚楚，永远可以跟"踌躇""彷徨"之类的词儿绝缘。在那确定的路向里头，个人跟社会、国家的关系也显得挺明白。社会、国家的利益是个人最大最可靠的利益，所以个人的利益不能够跟社会、国家的利益冲突，个人的最主要的事情是争取社会、国家的利益。谁理会了这一层，谁就能够"去蔽""去私"，虽然

426

由于历史的影响跟旧来的习染，"蔽"跟"私"未必能够"去"得一干二净，但是多少"去"一部分，往后还将继续"去"，那是肯定的。

不安定的心情多么折磨人啊！前途茫茫，莫知所从，于是形容憔悴，搔首踟蹰。"蔽"跟"私"多么腐蚀人啊！心心念念脱不出个人的小圈子，绞尽脑汁光为个人的利益打算，于是丧失了作为真正的人的意义。现在咱们大家怀着非常安定的心情，逐步地在这里"去蔽""去私"，咱们成了不受折磨、免于腐蚀的自由人，怎能不精神旺盛，年纪轻了十年？历史家不妨研究一下，在过去，咱们中国人民有没有一个时期像这五年来那样不受折磨、免于腐蚀的。我没有研究过，可是我敢断定说没有。惟其没有，所以这五年是史无前例的珍奇。

史无前例的珍奇从哪儿来？由于咱们中国社会开了史无前例的局面，由于咱们中国人民占了史无前例的地位，如毛主席指出的，咱们中国人民站起来了。人民站起来了，人民对于社会、国家的大事当了家作了主，一切的表现就迥然不同，从前办不到的，现在可办得到了。这是咱们眼见为真的事实，也是跟咱们中国同一类型的社会、国家里的人民共同经验的事实。这好像有些难以理解，为什么从前办不到的现在可办得到了？其实不难理解。人民当了家作了主，就有了共同的路向跟共同的目标，虽然大家干的是各行各业，想的是各情各理，可是像百川归海那样，路向都朝东，目标都是大海。路向同，目标同，无限量的力量就融合成一股伟大的力量，千千万万颗心就融合成一颗伟大的心。这是从古以来不曾融合过的，现在可出现了全新的事儿，融合起来了；那么，一切的表现相应地出现全新的样儿，跟从前迥然不同，岂不是必然之理。

从扑灭苍蝇到抗美援朝，从商量组织农业生产互助组到讨论中华人民共和国宪法草案，就事情的大小轻重说，相差多么远。可是咱们以同样认真负责的态度对待这些事情，因为咱们知道这些事情全都是大家的事情，全都跟咱们共同的路向、共同的目标有关系，非把自己的力量、自己的心投进去不可。

我说从什么到什么，这是只提两头的说法，中间包括着许多事情。

现在不说其他事情，光就提明的四件事情来看看，全国人民共同扑灭苍蝇的结果，苍蝇在全国范围内成为"孑遗"的种类，将会有完全被消灭的一天。抗美援朝的胜利不用多说，只消说这么一句就够了：这个胜利永远铭刻在中朝人民的心头，永远铭刻在全世界爱好和平的人民的心头，也永远鞭打着美国侵略集团的神经。至于互助合作的好处，农民跟其他行业的人一样，几乎到了家喻户晓的地步，组织起来已经成为普遍的信念，互助组仿佛还不够味，最好一上手就来个合作社。最后看宪法草案的全民讨论，全国人民提出的意见多到一百多万条，什么地方要加，该怎样加，什么地方要改，该怎么改，什么地方还得斟酌考虑，该就什么方面斟酌考虑，都给详细提出，真是一个字一个标点符号也不肯含糊，为的宪法是根本大法，是全国人民各方面生活的准绳。请想一想，这四件事情得到这样的成绩，假如在从前的朝代，办得到吗？从前绝对办不到，现在可办得到，最主要的理由只有一条，就是人民站起来了，一股伟大的力量、一颗伟大的心融合起来了。

逢到庆祝的节日，国庆节呀，劳动节呀，会集在天安门前的有几十万人。那几十万人的眼神跟脸色，那几十万人的步调跟欢呼，使人发生一种直觉——这就亲眼看见了这股伟大的力量，这就亲眼看见了这颗伟大的心。在另外的情形之下，咱们也发生同样的直觉。咱们读报刊书籍，或者到各处去走走，知道各种人物在各种方面活动。姓张的劳动模范创造了机械操作的先进经验，姓王的劳动模范获得了作物栽培的丰产经验，姓赵的小学教师提高了所任功课的教学效率，姓李的合作社售货员发明了便利顾客的服务方法……咱们或是遇见他们本人，或是看见印在报刊上的他们的相片，咱们知道他们的成绩价值多大，也知道他们怎么样取得这些成绩。还有许许多多的人，咱们不知道他们姓甚名谁，也不知道他们什么样儿，可是知道他们的成绩了不起。比如今年遭到历来少有的大水患，咱们读报刊，就知道某处地方防水抢险有多少人，另外一处地方又有多少人，他们的努力也许记得很简略，可是咱们凭经验凭想象来补充，就可以断定他们干了英雄的事业。知名识姓的也好，不知道姓甚名谁的也好，他

428

们天各一方，业各一行，可同样是当家作主的老同行，同样为共同的目标而贡献他们的心血跟体力。咱们这么想的时候，他们在咱们的意念里头会集在一块儿了，像咱们在天安门前看见的队伍一样。于是咱们发生一种直觉——这就亲眼看见了这股伟大的力量，这就亲眼看见了这颗伟大的心。

我此刻独个儿坐在这里写这篇小文章，不读报刊也不开收音机，似乎跟外界完全隔绝。可是不然，我能够料知各方面的生活的情形。我知道许多勘探队分布各地，正在专心致志地勘探地下的资源。我知道兰新铁路、宝成铁路的修建工人正在使劲挥汗，争取早些日子完工，让火车早些日子在铁路上飞跑。我知道长江大桥的修建工人也不差劲，正在驱遣钢铁水泥，让它化为江面的长虹。我知道许多房屋正在全国各地修建起来。我知道全国各地的物产正在各种运输线上交流。我知道许多技术革新者正在绞脑汁，找窍门，追求生产效率的提高。我知道许多科学家正在努力钻研，理论方面跟实际应用方面，都要求迎头赶上。我知道各级学校的学生正在认真学习……这样说下去是说不完的，就此打住吧。总之，尽管记者、通讯员、著作家脑筋锐敏，笔杆勤快，他们报道的、描写的各方面的生活总赶不上实际那么丰富。这各方面的生活的进展也就是伟大的力量、伟大的心的表现。

正因为一股伟大的力量已经融合起来，一颗伟大的心已经融合起来，谁都觉得精神抖擞，勇气百倍，能够把自己的一份工作搞好。咱们都有自豪感，可是决不骄傲自满。缺点经常有，努力还很不够，咱们知道得挺清楚，惟其知道得挺清楚，缺点可以去掉，努力可以加强。咱们所以自豪，就在于能够这样脚踏实地地走向咱们的目标。

正因为一股伟大的力量已经融合起来，一颗伟大的心已经融合起来，咱们可以挺起胸膛说这样的话，就是写在咱们宪法序言的末了儿的："为世界和平和人类进步的崇高目的而努力。"

一九五四年九月六日作

【导读】

　　叶圣陶是主动拥抱新中国的。1949年初，他绕道香港北上，于3月18日抵达北京，出任华北人民政府教科书编审委员会主任。在短短几个月内，新中国大、中、小学教科书便与新中国同时诞生了。此后，他担任出版总署副署长、教科书编审委员会主任、人民教育出版社社长兼总编辑，"朝斯夕斯，无日无夜，对新中国的出版事业和教育建设，倾注了所有的力量"。1954年，年届六旬的叶圣陶依然精神抖擞，与亿万中国人民一起，全力以赴地投身于国家的伟业。刚刚完成修润中华人民共和国第一部《宪法（草案）》，他便写作了这篇《融合起来了》。作为文学家、出版家、教育家，叶圣陶终其一生都是一位循循善诱的人类灵魂工程师，非常重视"做人之道"，希望培养"合格的中国人"。早在解放前，他曾以《去私》为题写过一篇文章，强调在追求"精神独立"的同时，个人必须"爱着大群，服务大群"。在他看来，新中国建立后，个人的利益更"不能够跟社会、国家的利益冲突"。只有"去私""去蔽"，才能"路向同，目标同，无限量的力量就融合成一股伟大的力量"，让中国继续突飞猛进、日新月异。

与郭沫若

（一九五四年十二月十五日）

熊十力

力出京前，曾肃函上陈毛主席，附及哲学研究所事。略云：社会所需物质与文化，同等重要。力腐儒也，平生致力于文化学术方面。顷到暮年，所注意独在此。窃幸五年之间，国基大定，世界局面随之转变，大地、人类、心理皆仰注于中夏。发扬学术，自不容缓。科学院尚未成立哲学研究所，似宜及时创办。文化一词，包含至广，而哲学思想是其根柢。其他学问及一切制度，无不与哲学思想有关。今之综合大学只十三所，哲学系已嫌少，教学人才更觉缺乏。科学院能早成立研究所，聚多士于其间，郭院长为之领导，俾学者潜心素业，励《大易》"极深研几"之功，守《论语》"先难后获"之训，不出十年，必有可观。力所函陈只此。行期急遽，不尽欲言。今更举数事，欲就正于先生。

一事。清末迄民国，五十余年来，治哲学者皆诵法西洋，实即崇尚诸帝国主义国家之学风。今当扫除污习，注重东方。而中国文化与印度文化，实为世界文化之两大系。其高深理解，确足发扬人类智慧之光。在世界文化史上，中、印二系之重大价值，实不容否认。惟印度诸大学派能脱离出世的宗教思想者，殆难多觏。玄奘法师云："九十六道，并欲超生。"【超生者，谓超脱生死，即出世义，见《慈恩传》。】盖博通之言，非臆说也。中国自远古伏羲时代，已发明辩证法。帝尧更以"天工人其代之"之高远理想，继羲皇而弘《大易》。故宗教思想，在中国始终不曾发达。佛教来华，学人参其玄理，而于其度脱轮回之教义，盖罕有笃信。庶民建寺礼佛，亦本历圣相传"崇德敬学"与"祭如在"之旨而行之。若以印度与西洋教徒坚信与僻执之迷情，求诸中国礼佛之众庶，亦将遍索而不可得其似也。中国民族思想，未尝形成宗教，实为其富于理智之特征。颇有少数知识分子，以无宗教为中国人之短，吾甚不赞同此说。其所以不赞同之故，颇不简单。如欲论之，将所涉广远。此姑不及。

然复须知，中国本无宗教，而哲学思想界却是唯心论为主流。虽上古《易》家早启首坤唯物之绪，而自春秋时代，此派学说似已无大影响。世或以老子属唯物论，然细玩其义旨，究不可以唯物论目之也。汉以后二千数百年间，以唯物之旨著书成系统者，莫如张横渠、王船山。船山博大，益超过横渠。横渠立气为一元，船山所宗，实在乎是。【举证则太繁，姑从略。】谓二子为唯物论，诚非无据之妄判。然有不可无辨者。横渠以"清虚一大"言天，【一与大皆绝对义。清虚者，无形无象，无人格的，无作意的。】则气依天，而天涵气。气与天不一不异。此虽以气为元，实亦不纯乎气。【《太和篇》云"由太虚有天之名，由气化有道之名，合虚与气，有性之名"云云。】揆之西洋唯物论，终不似也。然气与虚相合之本体论，究未免支离。船山救其失，乃直立气为元，而云"神者气之灵，理者气之理"，则不须别立"清虚一大"之天。而气非无灵、非无理，即此而识天矣。横渠言天，空洞之天也。【虽非宗教之上帝，却是空洞的。】船山即于气之灵与理而识天，是乃生生不息之天也。灵是气之灵，理是气之理，天非别于气而另为空洞之境，更非有拟人之神可名天。船山之唯气论，实涵有泛神论之意义者也。此自西洋唯物论家视之，当不承认其为同派；而自中国哲学言之，彼立气为元，不谓之唯物论不得也。近人谈横渠、船山，犹未穷其真相。余欲辨之而未暇也。

船山之论，实由阳明派下导其先。从来谈王学者，未发现及此，可见理学家之浑沌。《明儒学案》有唐荆川及其子凝庵学案。荆川与罗念庵同私淑阳明。凝庵少承家学，从阳明转手，而以气言乾元。船山是否曾闻凝庵之说，不可知。要其以气为乾元，则遥相契耳。明儒之与凝庵同见地者犹不少，黄梨洲亦其一也。【凝庵之裔，今有唐玉虬，清贫好学，犹承先业。】又汉世易家，莫不以阴阳二气为宇宙基源。其言杂术数，不足道。

亦复当知，中国哲学思想虽不妨分别唯心唯物二派，而格以西洋之学，则中国唯心论穷至根源处，毕竟与西洋唯心家言不似，中国唯物论穷至根源处，毕竟与西洋唯物家言殊趣。此其所以之故，甚难究了。粗略而谈，则中国人确不曾以解剖术去劈裂宇宙，不好为一往之论。惟务体察于宇宙之浑全，合神质、【精神、物质，本不可分，而人或分之，故不得已而言合耳。】彻始终、【由终究始，始复为终。又更有始，终始递迁，相续而流。彻乎此者，不得谓后起者傥然而来。】通全分、【全不碍分，分不碍全。通于此者，故不执分以失全。】合内外、【内外，假立之名耳。】遗彼是，【是犹言此。彼此以相待而形耳。遗之则不滞于一方矣。】上达于圆融无碍之境。故中国虽有唯心之论，要未尝以为唯独有心而无物。西洋学人，有以物质为感觉之综合。印度佛家唯识宗以物质为心之相分。中国唯心家无此类僻见也。中国虽有唯物论，如立气为元者是。然未尝以为唯独有物而无心。诸持气一元论者，大多承认气是灵妙而有理则的物事，不以气为粗浊的物事也。若以西洋唯物论之观点相衡，必鄙为混乱至极，不堪一哂。然冥探宇宙根源，果可如西洋哲学界，直将心物劈成两片，而任取其一否？【一元唯心论者是取其一，一元唯物论者亦是取其一。】此处姑存疑，亦何伤大雅。中国哲学史上谈到万化根源，【犹云宇宙根源。】从来无唯心唯物之争，决非智不及此，亦决不是偶然之事。中国人于此盖自有一种见地。其长其短，尽可任人批判，而此一大公案，要不可忽而不究。

或复有难："中国既无唯心唯物之争，今何故效法西洋，以此二名强分学派？"【二名谓唯心唯物。】答曰：用通行之名，而变其议，此古今学术界所屡见不一见也。中国正统学派，【儒学。】其解决心物问题，大要以为心物者盖本体内涵矛盾性，即由反而成和，和故统一，乃显现为不二而有分，虽分而实不二之完整形式，是谓心物万象，是谓宇宙。【宇宙一词，即包含人生在内。《大易》首建乾坤，即阐明此理。《系辞传》曰："乾坤其易之缊耶。"此言深远至极，含蓄无尽。拙著《新唯识论》张翕辟义，亦犹乾坤也。】故克就本体而言，则本体不即是物，亦不即是心。【譬如大洋水显为众沤相。众沤相与大洋水本不二，然大洋水是浑全的，毕竟与——沤相有分。本体不即是心，不即是物，其理可由此譬而悟。】只以物成而重坠，似反其本体之自性。心则不易其本体之刚健、纯善等等德性、德用，能宰物而不随物转。是故于心可以识体，即应说心名惟。《新论》【《新唯识论》省称《新论》。他处仿此。】曰："惟者殊特义，非唯独义。"心了别物及改造物故，作用殊特，说心名惟，非谓惟心便无有物。此与西学惟心之惟，判然别天壤矣。

中土惟物诸家，其持论在根源处有大同者，即以气为元，而皆有泛神论之意义也。气之为物，灵妙而有理则，变化不屈。【不屈一词，借用《老子》，犹言无穷竭。】故自汉《易》家以来，常用气化一词。余谓此词甚妙，非深于观物者难与言。【但余所谓气化之意义，与汉《易》家不必相符。】自气之灵妙有则而其化不息以言，则与西洋旧唯物论师之所谓物，【即同于日常经验中可睹可触的物。】其精粗迥别，不止天渊之判也。自其泛神的意义以言，则与近代盛行之新唯物论，【辩证唯物论。】以为物先存而心后有，心作用只是物质发展之高级形式者，其间距离甚远，又不可以道里计。夫气，非顽然重浊之物，故船山以为气含灵而具众理。气含灵具理故，则当生物未出现时，心作用虽幽隐而未见，【见读现。】其潜因固已先在也。横渠曰："《大易》言幽明，不言有无。"其识卓矣。宇宙尚未发展至于生物层级，世或以为未有心。其实非无心也，但幽潜未见耳。《易·乾》之初爻，取潜龙之象，明万化、万物、万事，莫不由潜而之显。【之者，往也，进也。】其义深广无穷，非虚怀造微之士，难与达斯旨也。

中国哲学史上以气为元之论，汉以后，其势力极盛，而人莫之察。莫之察者，孔子之《易》亡，而汉《易》夺孔子之席。其所谓阴阳二气，实为宇宙论中之根本观念。但持论至粗芜，又原本术数。吾不欲道之。然自两汉迄清世，诸文家集部，谈及造化者，未能有外于汉《易》之二气也。【造化一词，含义极广泛。扼要言之，即明宇宙万象所由变现之理。五行亦二气之散殊。】老子之宇宙论，其于源头处，尚未大背于《易》。【此意须别为文发之。】其失在不由健动以体现本源，而惟存之于虚静之中。自此推之人生论、治化论，乃千差百错，弊不胜言矣。至庄子则杂于气化论，其学大驳。船山深好《庄子》，而为之注。其学不止承横渠，亦有资于庄也。

434

惠施曰："泛爱万物，天地一体也。"又曰："至大无外，谓之大一"，"至小无内，谓之小一"。其学当有本于《易》，容当别论。【《新论》说辟是浑全的，即融摄大一之义；翕即分化而成小一。详《功能》《成物》诸章。】

墨子，科学家也。其书亡失几尽。今之仅存者，是其政治思想之作，而逻辑亦有可征。《墨子》之《天志》《明鬼》诸篇，殆是悯昏暴者之狂迷不返，而欲假天与鬼，以起其敬畏耳。吾不信墨子为迷信神鬼之徒也。墨子在宇宙论方面的思想，是近于唯心，抑近于唯物，今无从断定矣。

中国自两汉以来，历时二千余年。孔子《大易》之真相，不可得而明。后儒在宇宙论上之见地，始终不出汉《易》二气五行之域。殷《易》首坤之学，晚周人有无著作，今不可征。吾敢断言者，汉《易》不独非孔子之《易》，亦决不是殷《易》。盖承袭术数家之统耳。汉以后之儒，真正有殷《易》首坤之意义者，濂溪开其端。【犹未尽离术数，故曰开端。太极一名，自昔有两解，一以为道之异名，一以气言太极。周子之《图说》，当作气解。此不及详。】横渠、船山之言气，确已断绝术数而纯为哲学家言。此不可不表章。

明儒虽多持以气为元之论，而其为说尚简略。要至船山上承濂溪、横渠，始粗演为理论。惜其犹未能讲求格物之术。至于政治社会方面，二君子【横渠、船山。】犹未能脱去汉学之桎梏，惟船山已倡革命思想耳。

儒家《大易》明心物同源，【源谓本体。】故克就源头处说，虽心能宰物，犹不得直说为元，而况于物乎？以气为元，【气即是物。】则是滞于现象，而昧于物之实相也。故气元之论，实非儒学本宗，当别出为惟物一派。但此云惟物之惟，亦是殊特义，而非惟独义。惟气含灵，非浊暗故，为万化源。故气殊特，而置惟言。非谓惟物，便无有心。气含灵而具理故，即有泛神的意义。故中学气元之论，不似西洋惟物论，惟独有物，而将泛神论亦排除尽净也。

中国哲学不妨以惟心、惟物分派，而惟字是殊特义、非惟独义。此万不可不辨明者。若西学惟心惟物之分，直将心物割裂，如一刀两断，不可融通，在中国哲学界中，确无是事。中国人发明辩证法最早，而毕竟归本圆融。此处大可注意。辩证法本不为偏端之执也。

哲学研究所如成立，对于中国哲学思想，自当彻底研究一番。古学还他古学，不可乱他真相。若变乱之，是使思想界长陷于浑沌。此有百害而无一利也。至于中学之为长为短，则中外学者皆可本其所见，以作批判。惟批判之业，必待中学真相大明之后，方可下手耳。余不敢自负有若何学问，不敢曰吾之所言果是中学真相，然七十年来，誓以身心奉诸先圣，确如老农挥过血汗来，故愿以其一得之愚，聊陈要略，以备研究所开办时，关于国学方面，作一参考资料而已。

研究所初办时，规模暂不必大。常任研究员暂勿求多，可设兼任研究员名义，【他所中如无此名义，亦不妨特设。】名额可放宽。如此，可酌省工资，以便多招研究生。清季，严又陵长京师大学堂，曾与友人书，谓常思造就中西融贯之材，而苦于其愿之难酬。近膺斯任，【谓京师大学堂堂长，即今北大校长职。】仔细思量，凡人聪明材力皆有限，欲其中西两通，恐其力纷于多途，智驰于杂博，将一无所成。近欲于国庠分设二部，曰中学部，曰西学部，使之各精其业，而后谋贯通。拟请陈伯严主持中学部，而伯严始终坚拒。卒莫如之何也。

又陵此段意思甚好。愚意研究所不妨酌采，而分甲乙二部。甲部马、列学，乙部古典学。青年志趣、天资，如有宜于进修国学者，可入乙部；其擅长马、列学说者，可入甲部。年限并须长。乙部研究生，于马、列学之典册，择要兼治，而不必务博；西洋大学派，亦酌涉猎。甲部研究生，于国学典册，择要兼治，而不必务博；西洋大学派，亦酌涉猎。两部教者、学者，从第二年级起，每月聚会一二次，各述其研究之心得，彼此交换知识，虚怀讨论，无涉意气。积久，自可养成新旧淹贯之才，而马列主义中国化，渐可期矣。

更有言者，马、列诸哲所以斥破惟心论，确因西洋唯心论者徒逞空理论，不务实事求是，不与劳动众庶同忧患，托于资产阶级，以苟偷逸乐，为革命之障碍物，若不肃清之，真人道之忧也。至于孔子之学，与西洋唯心论绝不相似。万恳辟汉人之窜乱与伪托，而昭明孔学真相，为吸收马列主义之基础。自中国解放以来，社会主义、共产主义之公理，已彰著

436

于普天之下。除美国贪毒之当权者最少数人而外，【英国更是少数不待言。】决无有顽抗民主之新运者。今日对中外唯心论，似宜分别去取。凡其著作，如有反人民、反革命、反科学，及存留资产阶级思想与拥护帝国主义者，仍当一律禁绝。凡唯心论派著述，若无上举诸过者，当助其流通，使万国学人释其疑虑，乐于归向新制度，岂不甚休？唯心论派在世界知识分子中，当有相当数量也。狄慈恩说，唯心论是片面的。此言颇平允。片面的，亦自有其独到处，未可全非也。若使之去其短，则将不拘于片面矣。今日一般人闻唯心两字，便视为厌物，此未免错误。学术以有相反之派而始得发展，中外学术史可考也。

去冬初，曾接惠函，提及哲学研究所在筹备中。力本欲贡其愚忱。因当时动念，欲写《原儒》，不知如何下笔。倘规模扩大，自顾精血已亏，恐难结局；设为短小册子，则此题目太大，如何能作到要而不繁，简而不漏？非有张江陵一日神游九塞的本领，又难做得来也。以故，未及函陈管见。今兹回沪，适闻汤锡予病重。渠年少于我，吾南还时，彼与冯芝生送车，见其外貌强硕，不意猝尔病困。余因有感，未知住世久暂。惟生存一日，不当坠废平生志事。又自念迂庸，虚縻学廪，无以报党国，无以报领袖，无以酬人民，无以酬故旧。惟当本其素养，竭尽心力。不管所言当否，愿效荆人献璞之忱，谨布区区，尚希赐正。并恳代陈主席赐览。迂妄之谈，倘荷导师指示谬误，是所切祷。引领北望，弥觉依依。

甲午十二月十五日

【导读】

在新中国成立之前，熊十力已成为与冯友兰、贺麟、金岳霖齐名的哲学大家。1950年，董必武、郭沫若等电请65岁的熊十力北上。到北京后，政府对他的生活起居做了周到安排，将其工资定为每月800斤小米，乃当时最高标准。他目睹了新中国蒸蒸日上的气象，曾用"惟幸暮年承新运"的诗句来表达自己的欢欣与快慰。赴京前，熊十力提出"只讲学，不做官"的要求，但对发展新中国文化事业却积极建言，多次写信给毛泽东、周恩来、董必武、林伯渠等党和国家领导人，陈述自己的意见、主张和建议。因难耐北方冬天寒冷干燥的气候，他于1954年10月底移居上海。在离京后致中国科学院院长郭沫若的这封长信中，他再次建议设立专门的哲学研究所，并说明了理据与具体设想。1955年9月，中国科学院哲学研究所正式成立。

远 望

蔡其矫

登高丘，望远海
　　——李白

啊！生命以至高无上的欢乐，

在祖国海洋上放声歌唱！

十一月的天空，载着淡淡的云彩，

有白色的海鸥鼓翼飞翔，它的影子

如一片叶子飘过水上；

分布出港的渔船，划出丝丝发皱的波纹，

如天上的星星，在蔚蓝的海面

放射着摇动不定的光芒；

上升的水气，带着淡蓝的颜色，

在寂静的水面火焰般燃烧……

看无限的生命蓬勃生长，

我的眼睛，我的心，

满怀希望向着海洋。

近处已不见往日贩卖鸦片和走私的黑色船只，

也不见悬挂各种旗帜的殖民者的兵舰，

密密布满了海港；

我们是战斗中生长起来的海上卫士，

用鹰的眼沉静地向远方监视着，

等待着出航的命令。

我们将冲破那天际灰白色的雾，

解放任何一个本来是我们的岛屿；

在我们海洋中的任何一片珊瑚礁上，

都不容一个逃窜的匪徒存身！

我们是自己海洋的主人，

是海洋的战士，是海洋的建设者。

我看见了我们海洋的明天，

我看见，我们自己的巨舰，

像和平的白鸽浮游在蔚蓝的水上，

我们的轮船也将运载中国的友爱，

越过辽阔的海洋送到全世界。

啊，海洋呀！今天你是这样明净，这样洁白，

明天你会更明净，更洁白，

你就像新娘子在婚宴上那么动人：

淡青色的云，为你制成丝绸的头巾，

而云影和岛屿，它一块深蓝，一块碧绿，

为你织成了一袭素净有如黎明的衣裳；

我们一定要在这衣裳上面，再绣上银白的花朵，

我们的轮船，我们的兵舰，

一定要把你装饰得更辉煌，更灿烂。

这样的日子正在向我走来，

它不久就要在我的面前出现。

蔡其矫，1918年出生于福建省晋江县，曾随家庭侨居印尼；1936年在上海暨南大学附中读书时参加爱国学生运动；1938年到延安入鲁迅艺术学院文学系学习；1939年随该校部分师生到达晋察冀边区，在华北联合大学文艺学院文学系任教，受惠特曼影响，创作了一批有关战争、革命和政治的抒情诗，带有英雄主义的气质。1942年写作的《肉搏》一诗被认为是"关于抗战最好的诗篇之一"；次年作词的《子弟兵歌》成为广泛传唱的军歌。解放战争期间，继续任教，后调往情报部门。50年代初，蔡其矫任教中央文学研究所，参加中国作家协会。1953年，他首次接触海军，并到浙江舟山群岛深入生活，开始写和海有关的诗；同时开始翻译、研究惠特曼的诗。50年代上半叶，他的作品大都与海岛、渔村、军港有关。在他对海的抒写中，惠特曼式的热情奔放以及对水兵的崇敬呼之欲出。《远望》被收入1955年3月出版的《解放台湾诗选》，其背景是朝鲜战争结束后，解放台湾再次被提上议程：1954年9月3日开始炮击金门；1955年1月至2月间，人民解放军发动渡海战役，一举解放了一江山岛和大陈岛。

天山景物记

碧野

　　朋友，你到过天山吗？天山是我们祖国西北边疆的一条大山脉，连绵几千里，横亘准噶尔盆地和塔里木盆地之间，把广阔的新疆分为南北两半。远望天山，美丽多姿，那长年积雪高插云霄的群峰，像集体起舞时的维吾尔族少女的珠冠，银光闪闪；那富于色彩的不断的山峦，像孔雀正在开屏，艳丽迷人。

　　天山不仅给人一种稀有美丽的感觉，而且更给人一种无限温柔的感情。它有丰饶的水草，有绿发似的森林。当它披着薄薄云纱的时候，它像少女似的含羞；当它被阳光照耀得非常明朗的时候，又像年轻母亲饱满的胸膛。人们会同时用两种甜蜜的感情交织着去爱它，既像婴儿喜爱母亲的怀抱，又像男子依偎自己的恋人。

　　如果你愿意，我陪你进天山去看一看。

雪峰·溪流·森林

　　七月间新疆的戈壁滩炎暑逼人，这时最理想是骑马上天山。新疆北部的伊犁和南部的焉耆都出产良马，不论伊犁的哈萨克马或者焉耆的蒙古马，骑上它爬山就像走平川，又快又稳。

　　进入天山，戈壁滩上的炎暑就远远地被撇在后边，迎面送来的雪山寒气，立刻会使你感到像秋天似的凉爽。蓝天衬着高耸的巨大的雪峰，在太阳下，几块白云在雪峰间投下云影，就像白缎上绣上了几朵银灰的暗花。那融化的雪水，从高悬的山涧、从峭壁断崖上飞泻下来，像千百条闪耀的银链。这飞泻下来的雪水，在山脚汇成冲激的溪流，浪花往上抛，形成千万朵盛开的白莲。可是每到水势缓慢的洄水涡，却有鱼儿在跳跃。当这个时候，饮马溪边，你坐在马鞍上，就可以俯视那阳光透射到的清澈的水底，在五彩斑斓的水石间，鱼群闪闪的鳞光映着雪水清流，给寂静的天山添上了无限生机。

再往里走，天山显得越来越优美，沿着白皑皑群峰的雪线以下，是蜿蜒无尽的翠绿的原始森林，密密的塔松像撑天的巨伞，重重叠叠的枝丫，只漏下斑斑点点细碎的日影，骑马穿行林中，只听见马溅起漫流在岩石上的水声，增添了密林的幽静。在这林海深处，连鸟雀也少飞来，只偶然能听到远处的几声鸟鸣。这时，如果你下马坐在一块岩石上吸烟休息，虽然林外是阳光灿烂，而遮去了天日的密林中却闪耀着你烟头的红火光。从偶然发现的一棵两棵烧焦的枯树看来，这里也许来过辛勤的猎人，在午夜中他们生火宿过营，烤过猎获的野味。这天山上有的是成群的野羊、草鹿、野牛和野骆驼。

如果说进到天山这里还像是秋天，那么再往里走就像是春天了。山色逐渐变得柔嫩，山形也逐渐变得柔和，很有一伸手就可以触摸到嫩脂似的感觉。这里溪流缓慢，萦绕着每一个山脚，在轻轻荡漾着的溪流两岸，满是高过马头的野花，红、黄、蓝、白、紫，五彩缤纷，像织不完的织锦那么绵延，像天边的彩霞那么耀眼，像高空的长虹那么绚烂。这密密层层成丈高的野花，朵儿赛八寸的玛瑙盘，瓣儿赛巴掌大。马走在花海中，显得格外矫健，人浮在花海上，也显得格外精神。在马上你用不着离鞍，只要稍微伸手就可以满怀捧到你最心爱的大鲜花。

虽然天山这时并不是春天，但是有哪一个春天的花园能比得过这时天山的无边繁花呢？

迷人的夏季牧场

就在雪的群峰的围绕中，一片奇丽的千里牧场展现在你的眼前。墨绿的原始森林和鲜艳的野花，给这辽阔的千里牧场镶上了双重富丽的花边。千里牧场长着一色青翠的酥油草，清清的溪水齐着两岸的草丛在漫流。草原是这样无边的平展，就像风平浪静的海洋。在太阳下，那点点水泡似的蒙古包在闪烁着白光。

当你尽情策马在这千里草原上驰骋的时候，处处都可以看见千百成群肥壮的羊群、马群和牛群。它们吃了含有乳汁的酥油草，毛色格外发亮，好像每一根毛尖都冒着油星。特别是那些被碧绿的草原衬托得十分清楚的黄牛、花牛、白羊、红羊，在太阳下就像绣在绿色缎面上的彩色图案一样美。

有的时候，风从牧群中间送过来银铃似的叮当声，那是哈萨克牧女们坠满衣角的银饰在风中击响。牧女们骑着骏马，优美的身姿映衬在蓝天、雪山和绿草之间，显得十分动人。她们欢笑着跟着嬉逐的马群驰骋，而每当停下来，就骑马轻轻地挥动着牧鞭歌唱她们的爱情。

这雪峰、绿林、繁花围绕着的天山千里牧场，虽然给人一种低平的感觉，但位置却在海拔两三千米以上。每当一片乌云飞来，云脚总是扫着草原，洒下阵雨，牧群在云雨中出没，加浓了云意，很难分辨得出哪是云头哪是牧群。而当阵雨过去，雨洗后的草原就变得更加清新碧绿，远看像块巨大的蓝宝石，近看缀满草尖上的水珠，却又像数不清的金刚钻。

特别诱人的是牧场的黄昏，周围的雪峰被落日映红，像云霞那么灿烂；雪峰的红光映射到这辽阔的牧场上，形成一个金碧辉煌的世界，蒙古包、牧群和牧女们，都镀上了一色的玫瑰红。当落日沉没，周围雪峰的红光逐渐消退，银灰色的暮霭笼罩草原的时候，你就可以看见无数点点的红火光，那是牧民们在烧起铜壶准备晚餐。

你用不着客气，任何一个蒙古包都是你的温暖的家，只要你朝火光的地方走去，不论走进哪一家蒙古包，好客的哈萨克牧民都会像对待亲兄弟似的热情地接待你。渴了你可以先喝一盆马奶，饿了有烤羊排，有酸奶疙瘩，有酥油饼，你可以一如哈萨克牧民那样豪情地狂饮大嚼。

当家家蒙古包的吊壶三脚架下的野牛粪只剩下一堆红火烬的时候，夜风就会送来东不拉的弦音和哈萨克牧女们婉转嘹亮的歌声。这是十家八家聚居在一处的牧民们齐集到一家比较大的蒙古包里，欢度一天最后的幸福时辰。

过后，整个草原沉浸在夜静中。如果这时你披上一件皮衣走出蒙古包，在月光下或者繁星下，你就可以朦胧地看见牧群在夜的草原上轻轻地游荡，夜的草原是这么宁静而安详，只有漫流的溪水声引起你对这大自然的遐思。

野马·蘑菇圈·旱獭·雪莲

夜牧中，草原在繁星的闪烁下或者在月光的披照中，该发生多少动人的情景，但人们却在安静的睡眠中疏忽过去了；只有当黎明来到这草原上，人们才会发现自己的马群里的马匹在一夜间忽然变多了，而当人们怀着惊喜的心情走拢去，马匹立刻就分为两群，其中一群会奔腾离你远去，那长长的鬣鬃在黎明淡青的天光下，就像许多飘曳的缎幅。这个时候，你才知道那是一群野马。夜间，它们混入牧群，跟牧马一块嬉戏追逐。它们机警善跑，游走无定，几匹最骠壮的公野马领群，它们对许多牧马都熟悉，相见彼此用鼻子对闻，彼此用头亲热地摩擦，然后就合群在一起吃草、嬉逐。黎明，当牧民们走出蒙古包，就是它们分群的一刻。公野马总是掩护着母野马和野马驹远离人们。当野马群远离人们站定的时候，在日出的草原上，还可以看见屹立护群的公野马的长鬣鬃，那鬣鬃一直披垂到膝下，闪着美丽的光泽。

日出后的草原千里通明，这时最便于去发现蘑菇。天山蘑菇又嫩又肥厚，又大又鲜甜。这个时候你只要立马草原上瞭望，便可以发现一些特别翠绿的圆点子，那就是蘑菇圈。你对着它朝直驰马前去，就很容易在这直径三四丈宽的一圈沁绿的酥油草丛里，发现像夏天夜空里的繁星似的蘑菇。眼看着这许许多多雪白的蘑菇隐藏在碧绿的草丛中，谁都会动心。一只手忙不过来，你自然会用双手去采，身上的口袋装不完，你自然会添上你的帽子甚至马靴去装。第一次采到这么多新鲜蘑菇，对一个远来的客人是一桩最快乐的事。你把鲜蘑菇在溪水里洗净，不要油，不要盐，光是白煮来吃就有一种特别鲜甜的滋味，如果你再加上一条野羊腿，那就又鲜甜又浓香。

天山上奇珍异品很多，我们知道水獭是生活在水滨和水里的，而天山上却生长着旱獭。在牧场边缘的山脚下，你随处都可以看见一个个洞穴，这就是旱獭居住的地方。从九十月大雪封山，到第二年四五月冰消雪化，旱獭要整整在它们的洞穴里冬眠半年。只有到了夏至后，发青的酥油草才把它们养得胖墩墩，圆滚滚。这时它们的毛色麻黄发亮，肚子拖着地面，短短的四条腿行走迟缓，正可以大量捕捉。

另一种奇珍异品是雪莲。如果你从山脚往上爬，超越天山雪线以上，就可以看见青凛凛的雪的寒光中挺立着一朵朵玉琢似的雪莲，这习惯于生长在奇寒环境中的雪莲，根部扎入岩隙间，汲取着雪水，承受着雪光，柔静多姿，洁白晶莹。这生长在人迹罕到的海拔几千米雪线以上的灵花异草，据说是稀世之宝——一种很难求得的妇女良药。

天然湖与果子沟

在天山峰峦的高处，常常出现有巨大的天然湖，就像美女晨妆时开启的明净的镜面。湖面平静，水清见底，高空的白云和四周的雪峰清晰地倒映水中，把湖山天影融为晶莹的一体。在这幽静的湖中，唯一活动的东西就是天鹅。天鹅的洁白增添了湖水的明净，天鹅的叫声增添了湖面的幽静。人家说山色多变，而事实上湖色也是多变，如果你站立高处瞭望湖面，眼前是一片爽心悦目的碧水茫茫，如果你再留意一看，接近你的视线的是鳞光闪闪，像千万条银鱼在游动，而远处平展如镜，没有一点纤尘或者没有一根游丝的侵扰。湖色越远越深，由近到远，是银白、淡蓝、深青、墨绿，界线非常分明。传说中有这么一个湖是古代一个不幸的哈萨克少女滴下的眼泪，湖色的多变正是象征着那个古代少女的万种哀愁。

就在这个湖边，传说中的少女的后代子孙们现在已在放牧着羊群。湖水滋润着湖边的青草，青草喂胖了羊群，羊奶哺育着少女的后代子孙。当然，这象征着哈萨克族不幸的湖，今天已经变为实际的幸福湖。

山高爽朗，湖边清净，日里披满阳光，夜里缀满星辰，牧民们的蒙古包随着羊群环湖周游，他们的羊群一年年繁殖，他们恋爱、生育，他们弹琴歌唱自己幸福的生活。

高山的雪水汇入湖中，又从像被一刀劈开的峡谷岩石间，泻落到千丈以下的山涧里去，水从悬崖上像条飞链似的泻下，即使站在十几里外的山头上，也能看见那飞链的白光。如果你走到悬崖跟前，脚下就会受到一种惊心动魄的震撼。俯视水链冲泻到深谷的涧石上，溅起密密的飞沫，在日中的阳光下，形成蒙蒙的瑰丽的彩色水雾。就在急湍的涧流边，绿色的深谷里也散布着一顶顶牧民的蒙古包，像水洗的玉石那么洁白。

如果你顺着弯弯曲曲的涧流走，沿途汇入千百泉流就逐渐形成溪流，然后沿途再汇入涧流和溪流，就形成河流奔腾出天山。

就在这种深山野谷的溪流边，往往有着果树夹岸的野果子沟。春天繁花开遍峡谷，秋天果实压满山腰。每当花红果熟，正是鸟雀野兽的乐园。这种野果子沟往往不为人们所发现。其中有这么一条野果子沟，沟里长满野苹果，连绵五百里。春天，五百里的苹果花开无人知，秋天，五百里成熟累累的苹果无人采。老苹果树凋枯了，更多的新苹果树苗长起来。多少年来，这条五百里长沟堆满了几丈厚的野苹果泥。

现在，已经有人发现了这条野苹果沟，开始在沟里开辟猪场，用野苹果来养育成群成群的乌克兰大白猪；而且有人已经开始计划在沟里建立酿酒厂，把野苹果酿造成大量芬芳的美酒，让这大自然的珍品化成人们的血液，增进人们的健康。

朋友，天山的丰美景物何止这些，天山绵延几千里，不论高山、深谷，不论草原、湖泊，不论森林、溪流，处处都有丰饶的物品，处处都有奇丽的美景，你要我说我可真说不完，如果哪一天你有豪情去游天山，临行前别忘了通知我一声，也许我可能给你当一个不很出色的向导。当向导在我只是一个漂亮的借口，其实我私心里也很想找个机会去重游天山。

【导读】

碧野，原名黄潮洋，1916年出生于广东大埔一个贫苦家庭。靠人资助读到高中，却因领导学潮遭通缉，逃往北平，在大学旁听和在图书馆自修。19岁时，处女作《窑工》以"碧野"为笔名发表在谷牧编辑的左翼文艺刊物《泡沫》上，好评如潮。全面抗战爆发后，他转赴华北参加抗日游击活动，后又到西安、荆门、洛阳、成都、重庆等地投身救亡运动。解放战争期间，先在上海、皖南等地教中学；1948年春进入解放区，并随军参加太原战役。新中国成立之初，在全国铁路总工会工作，后调入中央文学研究所创作组；1954年成为中国作家协会驻会作家，曾到朝鲜战场采访。1955年初，为体验生活，他到了新疆，用了将近两年的时间，走遍了天山南北，深入到牧民与军垦战士中间。回到北京，应《人民文学》副主编秦兆阳之约，碧野一口气写出了这篇《天山景物记》，它已成为新中国成立初期记游散文的经典之作。碧野后来深有感触地说，"如果我没有去过喀什的丰饶的田野，如果我没有去过苹果之乡的伊犁河谷，我是不可能写出《天山景物记》这篇散文来的……生活是创作的源泉，没有生活，就没有创作。热爱生活，以饱满的感情从生活中去汲取丰富的营养，才能写出有生命力的文章来"。

搪瓷茶缸

万全

　　每走进百货公司，看到那些洁白的、柔和的、米黄色的和花色诱人的搪瓷茶缸，总感到一种愉快。

　　上中学的时候，由于少女的洁癖，喜欢使用白色的搪瓷器皿。记得那时候要买一只瑞典货的纯白大茶缸，要花五块多光洋，得进"惠罗公司"之类外国铺子。一九三九年在重庆，某商店从滇缅路运进来一批搪瓷茶缸，价钱当然比战前更贵。我凑足了钱，托朋友进城捎了一只；我的朋友也许过于紧张，一出商店门就将茶缸掉在地上，摔脱了一块瓷。

　　以后，我带着这只有疤痕的茶缸进了抗日根据地。它的用途倒意外地多起来了——喝水、盛饭、热菜，给生病的同志煮粥，必要时还可以代行"面盆""浴缸"的职责。从此，茶缸和我有了进一步的"战斗的友情"。

　　一九四六年来到北平。很想买一只新的茶缸，代替那只为我鞠躬尽瘁的旧茶缸。可是当时的北平还不易买到这玩意。有一次，在东单小市上（亲爱的读者，现在的东单街心花园和王府井大街路旁，当年曾满布卖旧货的小摊，那是为衣食所迫的人们替那些购买力低微的人们所准备的市场），在一个只有几件售品的地摊上，我发现了一只纯白的瑞典茶缸。这正是我所需要的。可是地摊女主人的索价超过我的购买力。我希望她降低售价，她竟眼泪盈眶；这时我才发觉她是一个知识分子模样的青年妇女。她解释说家有病人等钱吃药，所卖的是自己家用的东西。我马上尽我所有付了价款。她劝说我再买一件什么，我虽然心情沉重，很想帮她的忙，但也实在没有钱了。以后，离开了北平，这只茶缸又陪伴我经历了解放战争中的几年，而且，它常常使我清晰地回忆起那位青年妇女的含泪的眼神——在穷困与内战中经受着痛苦的北平人民的眼神。

一九四九年又进入城市。我的丈夫以他的全部零用钱买了一只米黄色茶缸赠我，作为胜利的纪念。这一只是美国货，当时百货店说："这种米色搪瓷只有美国货。"可惜，它对于我并不重要了。一来因为年岁增加，已经失去对于某些生活小节的执着；二来和平的城市生活中，茶缸的用途已经回复正常。可是，至今我碰到各种搪瓷茶缸，仍不免要看它们一眼。因为像瑞典货一样纯白的也好，"只有美国货"的米黄色的也好，都已经是我们中国的出品了；而且品种花色常在增加，价钱也便宜得多了。

当年东单地摊上那位出卖了自用茶缸的主妇，想必早已添置了我国自制的新的茶缸吧。

【导读】

万全的生平不详，从文中透露的信息判断，她出身上海的殷实人家，因为英资"惠罗公司"位于最繁荣的商业街南京路上。1939年她在重庆，其后进入抗日根据地，有可能曾在周恩来领导的中共中央南方局和八路军重庆办事处工作。1946年到北平，其后返回解放区，很可能曾在叶剑英领导下的军事调处执行部中共代表团工作过。1949年，作者随解放大军再次进入城市，显然是一位久经考验的女性革命干部。这篇第一人称叙事散文最初发表在1956年11月28日的《人民日报》上，后与许多大家的作品一起被收入到《1949—1959建国十年文学创作选》散文特写卷中。文章的语言平实无华，娓娓道来，感情真挚，人情味十足，内容虽仅涉日常生活小事，但却反映出大时代的变迁，读后让人回味无穷。为此，著名翻译家张培基选编的《英译中国现代散文选》将它译为英文，推介给世界。

新湘行记
——张八寨二十分钟

沈从文

汽车停到张八寨,约有二十分钟耽搁,来去车辆才渡河完毕。溪水流到这里后,被四围群山约束成个小潭,一眼估去大小约半里样子。正当深冬水落时,边沿许多部分都露出一堆堆石头,被阳光雨露漂得白白的,中心满潭绿水,清莹澄澈,反映着一碧群峰倒影,还是异常美丽。特别是山上的松杉竹木,挺秀争绿,在冬日淡淡阳光下,更加形成一种不易形容的清寂。汽车得从一个青石砌成的新渡口用一只方舟渡过,码头如一个畚箕形,显然是后来人设计,因此和自然环境还不十分谐和。潭上游一点,还有个老渡口,尚有只老式小渡船,由一个掌渡船的拉动横贯潭中的水面竹缆索,从容来回渡人。这种摆渡画面,保留在我记忆中不下百十种。如照风景习惯,必然作成"野渡无人舟自横"的姿势,搁在靠西一边白石滩头,才像是符合自然本色。因为不知多少年来,经常都是那么搁下,无事可为,镇日长闲,和万重群山一道在冬日阳光下沉睡!但是这个沉睡时代已经过去了。大渡口终日不断有满载各种物资吼着叫着的各式货车,开上方舟过渡。此外还有载客的通车,车上坐着新闻记者、电影摄影师,音乐、歌舞、文物调查工作者,画师,医生……以及近乎挑牙虫卖膏药的,陆续来去。近来因开放农村副业物资交流,附近二十里乡村赶乡场和到州上做小买卖的人,也日益增多。小渡船就终日在潭中来回,盘载人货,没有个休息时。这个觉醒是全面的。八十二岁的探矿工程师丘老先生,带上一群年轻小伙子,还正在湘西各县爬山越岭,预备用榫子把有矿藏的山头一一敲醒。许多在地下沉睡千万年的煤、铁、磷、汞，也已经有了一部分被唤醒转来。

小船渡口东边，是一道长长的青苍崖壁，西边有个裸露着大片石头的平滩，平滩尽头到处点缀一簇簇枯树。其时几个赶乡场的男女农民，肩上背上挑负着箩箩筐筐，正沿着悬崖下脚近水小路走向渡头。渡船上有个梳双辫女孩子，攀动缆索，接送另外一批人由西往东。渡头边水草间，有大群白鸭子在水中自得其乐地游泳。悬崖罅缝间绿茸茸的，崖顶上有一列过百年的大树，大致还是照本地旧风俗当成"风水树"保留下来的。这些树木阅历多，经验足，对于本地近十年新发生的任何事情似乎全不吃惊，只静静地看着面前一切。初初来到这个溪边的我，环境给我的印象和引起的联想，不免感到十分惊奇！一切陌生一切又那么熟悉。这实在和许多年前笔下涉及的一个地方太相像了，因之对它仿佛相熟的可能还不只我一个人。正犹如千年前唐代的诗人，宋代的画家，彼此虽生不同时，却由于一时偶然曾经置身到这么一个相似自然环境中，而产生了些动人的诗歌或画幅；一首诗或者不过二十八个字，一幅画大不过一方尺，留给后人的印象，却永远是清新壮丽，增加人对于祖国大好河山的感情。至于我呢，手中的笔业已荒疏了多年，忽然又来到这么一个地方，记忆习惯中的文字不免过于陈旧了，触目景物人事却十分新。在这种情形下，只有承认手中这支拙劣笔，实在无可为力。

我为了温习温习四十年前生活经验，和二十四五年前笔下的经验，因此趁汽车待渡时，就沿了那一列青苍苍崖壁脚下走去，随同那几个乡下人一道上了小渡船。上船以后，不免有些慌张，心和渡船一样只是晃。临近身边那个船上人，像为安慰我而说话：

"慢慢的，慢慢的，站稳当点。你慌哪样！"

几个乡下人也同声说："不要忙，不要忙，稳到点！"一齐对我善意望着。显然的事，我在船中未免有点狼狈可笑，已经不像个"家边人"样子。

大渡口路旁空处和圆坎上，都堆得有许多竹木，等待外运。老南竹多锯削成扁担大小长片，三五百缚成一捆，我才明白在北行火车上，经常看到满载的竹材，原来就是从这种山窝窝里运出去，往东北西北支援祖国工矿建设的。木材也多经过加工处理，纵横架成一座座方塔，百十根作一堆，显明是为修建湘川铁路准备的。令我显得慌张的，并不尽是渡船的摇动，却是那个站在船头、嘱咐我不必慌张、自己却从从容容在那里当家作事的弄船女孩子。我们似乎相熟又十分陌生。世界上就真有这种巧事，原来她比我二十四年写到的一个小说中人翠翠，虽晚生十来岁，目前所处环境却仿佛相同，同样在这么青山绿水中摆渡，青春生命在慢慢长成。不同处是社会变化大，见世面多，虽然对人无机心，而对自己生存却充满信心。一种"从劳动中得到快乐增加幸福"成功的信心。这也正是一种新型的乡村女孩子共同的特征。目前一位有一点与众不同，只是所在背景环境。

她大约有十四五岁的样子，除了胸前那个绣有"丹凤朝阳"的挑花围裙，其余装束神气都和一般青年作家笔下描写到的相差不多。有张长年在阳光下曝晒、在寒风中冻得黑中泛红的健康圆脸，双辫子大而短，是用绿胶线缚住的，还有双真诚无邪神光清莹的眼睛。两只手大大的、粗粗的，在寒风中也冻得通红。身上穿一件花布棉袄子，似乎前不多久才从百货公司买来，稍微大了一点。这正是一种共通常见的形象，内心也必然和外表完全统一，真诚、单纯、素朴，对本人明天和社会未来都充满快乐的期待及成功信心，而对于在她面前一切变化发展的新事物，更充满亲切、好奇、热情。文化程度可能只读到普通小学三年级，认得的字还不够看完报纸上的新闻纪事，或许已经作了寨里读报组小组长。新的社会正在起着深刻变化，她也就在新的生活教育中逐渐发育成长。目前最大的野心，是另一时州上评青年劳模，有机会进省里，再到京里，看看天安门和毛主席。平时一面劳作一面想起这种未来，也会产生一种永远向前的兴奋和力量。生命形式即或如此单纯，可是却永远闪耀着诗歌艺术的光辉，同时也是诗歌艺术的源泉。两手攀援缆索操作的样子，一看就知道是个内行，摆渡船应当是她一家累代的职业。我想起合作化，问她一月收入时，她却笑了笑，告给我：

"这是我伯伯的船，不是我的。伯伯上州里去开会。我今天放假，赶场来往人多，帮他忙替半天工。"

"一天可拿多少工资分？"

"这也算钱吗？你这个人——"她于是抿嘴笑笑，扭过了头，面对汤汤流水和水中白鸭，不再答理我。像是还有话待我自己去体会，意思是："你们城里人会做生意，一开口就是钱。什么都卖钱。一心只想赚钱，别的可通通不知道！"她或许把我当成食品公司的干部了。我不免有一点儿惭愧起自心中深处。因为我还以为农村合作化后，"人情"业已去尽，一切劳力交换都必须变成工资分计算。到乡下来，才明白还有许多事事物物，人和人相互帮助关系，既无从用工资分计算，也不必如此计算；社会样样都变了，依旧有些好的风俗人情变不了。我很满意这次过渡的遇合，提起一句俗谚"同船过渡五百年所修"，聊以解嘲。同船几个人同时不由笑将起来，因为大家都明白这句话意思是"缘法凑巧"。船开动后，我于是换过口气请教，问她在乡下做什么事情还是在学校读书。

她指着丛树后一所瓦屋说："我家住在那边！"

"为什么不上学？"

"为什么？区里小学毕了业，这边办高级社，事情要人做，没有人，我就做。你看那些竹块块和木头，都是我们社里的！我们正在和那边村子比赛，看谁本领强，先做到功行圆满。一共是二百捆竹子，百五十根枕木，赶年下办齐报到州里去。村里还派我办学校，教小娃娃，先办一年级。娃娃欢喜闹，闹翻了天我也不怕。"

我随她手指点望去，第二次注意到堆积两岸竹木材料时，才发现靠村子码头边，正有六七个小顽童在竹捆边游戏，有两个已上了树，都长得团头胖脸。其中四个还穿着新棉袄子。我故意装作不明白问题："你们把这些柱头砍得不长不短，好竹子也锯成片片，有什么用处？送到州里去当柴烧，大材小用，多不合算！"

她重重盯了我一眼，似乎把我底子全估计出来了，不是商业干部是文化干部，前一种太懂生意经，后一种太不懂。"嗨，你这个人！竹子木头有什么用？毛主席说，要办社会主义，大家出把力气，事情就好办。我们湘西公路筑好了，木头、竹子、桐油、朱砂，一年不断往外运。送到好多地方去办工厂、开矿，什么都有用！……"末了只把头偏着点点，意思像是"可明白？"

我不由己地对着她翘起了大拇指，译成本地语言就是"大角色"。又问她今年十几岁，十四还是十五？不肯回答，却抿起嘴微笑。好像说"你猜罢"。我再引用"同船过渡"那句老话表示好意，说得同船乡下人都笑了。一个中年妇人解去了拘束后，便插口说："我家五毛子今年进十四岁，小学二年级，也砍了三捆竹子，要送给毛主席，办社会主义。两只手都冻破了皮，还不肯罢手歇气。"巴渡船的一位听着，笑笑的，爱娇的，把自己两只在寒风中劳作冻得通红的手掌，反复交替摊着："怕什么，比赛啰。人家苏联多远运了大机器来，在等着材料砌房子。事情不巴忙做，可好意思吃饭？自家的事不做，等谁做！"

"是嘛，自家的事情自家做；大家做，就好办。"

新来汽车在渡口嘟嘟叫着。小船到了潭中心，另一位向我提出了个新问题："同志，你是从省里来的？可见过武汉长江大铁桥？什么时候完工？"

"看见过！那里有万千人笼夜赶工，电灯亮堂堂的，老远只听到机器哗喇哗喇的响，真热闹！"

"办社会主义就是这样，好大一条桥！"

"你们难道看见过大铁桥？"

……说下去，我才知道她原来有个儿子在那边做工，年纪二十一岁，是从这边厂里调去的，一共去七个人。下乡电影队来放电影时，大家都从电影上看过大桥赶工情形，由于家有子侄辈在场，都十分兴奋自豪。我想起自治州百七十万人，共有三百四十万只勤快的手，都在同一心情下，为一个共同目的而进行生产劳动，长年手足贴近土地，再累些也不以为意。认识信念单纯而素朴，和生长在大城市中许多人的复杂头脑，及专会为自己好处作打算的种种表现，相形之下真是无从并提。

小船恰当此时，訇地碰到了浅滩边石头上，闪不知船滞住了。几个人于是又不免摇摇晃晃，而且在前仰后仆中相互笑嚷起来："慢点嘛，慢点嘛，忙哪样！又不是看戏坐前排，忙哪样！"

女孩子一声不响早已轻轻一跃跳上了石滩，用力拉着船绳，倾身向后奔，好让船中人起岸，待让另一批人上船。一种责任感和劳动的愉快结合，留给我个要忘也不能忘的印象。

我站在干涸的石滩间，远望来处一切。那个隐在丛树后的小小村落，充满诗情画意。渡口悬崖罅缝间绿茸茸的，似乎还生长有许多虎耳草。白鸭子已游到潭水出口处石坝浅滩边去了，远远地只看见一簇簇白点子在移动。我想起种种过去，也估计着种种未来，觉得事情好奇怪。自然景物的清美，和我另外一时笔下叙述到的一个地方，竟如此巧合。可是生存到这里的人，生命的发展却如此不同。这小地方和中国任何其他乡村一样，正起着深刻的变化。第一声信号还在十年前，即那个青石板砌成的畚箕形渡口边，小孩子游戏处，曾有过一辆中型客车在此待渡，有七个文武官员坐在车中，一阵枪声下同时死去。这是另外一时那个"爱惜鼻子的老友"告诉我的。这故事如今可能只有管渡船的老人还记住，其他人全不知道，因为时间晃晃快过十年了。现在这个小地方，却正不声不响，一切如随同日月交替、潜移默运地在变化着。小渡船一会儿又回到潭中心去了。四围光景分外清寂。

在一般城里知识分子面前，我常常自以为是个"乡下人"，习惯性情都属于内地乡村型，不易改变。这个时节，才明白意识到，在这个十四五岁真正乡村女孩子那双清明无邪眼睛中看来，却只是个寄生城市里的"蛀米虫"，客气点说就是个"十足的、吃白米饭长大的城里人"。对于乡下的人事，我知道的多是百八十年前的老式样。至于正在风晴雨雪里成长，起始当家作主的新人，如何当家作主，我知道的实在太少了。

一九五七年五月

456

沈从文，1902年出生于湘西凤凰县，少时聪慧，但只接受过小学教育。未满15岁，他离家出走，不久成为"湘西王"陈渠珍的书记。陈喜好读书、藏书、收集字画，这为沈从文提供了一个广泛阅读的机会，并开始接触五四新潮报刊。1922年夏，在陈的支持下，20岁的沈从文只身前往北京发展，在大学旁听、自学之余，开始练习写作。1924年发表了第一篇作品，受到郁达夫的鼓励；而后其作品不断在《语丝》《晨报副刊》《现代评论》《新月》上面世。1928年后，沈从文移居上海；他勤奋写作，其作品频频刊登在上海各大刊物上，声名鹊起，并开始在大学教书。1934年1月初，正当其代表作《边城》开始在《国闻周报》上连载时，因母亲病危，沈从文匆匆赶回老家探望。此行的见闻轶事，被收入到散文集《湘行散记》。1956年，54岁的沈从文被增补为全国政协特邀委员；当年底，他参与政协安排的视察，在湖南各地参访一个多月，顺道回到老家。有感于新社会湘西发生的深刻变化，他写下了这篇《新湘行记》，发表在1957年6月号的《旅行家》上。

金 字

赵树理

解放前，在乡村集镇上教小学，教学以外的杂事很多：赛神唱戏写通知、写神庙对联，村里人有了红白大事写请柬、谢帖、庚帖（婚约）、灵牌，年关之前替穷人写借据、卖契，替一般住户写春联……像一个全村或全镇的义务秘书。我在王店镇教小学，杂事要比一般村镇还多一半，因为镇公所的书记每天只顾上给镇长到遥远的山庄上催租逼债，镇长便经常拉我的差。在这种年头，为了不丢掉饭碗，不能随便得罪镇长，因此，我便得多吃一点苦。

一天，镇长交给我一卷缎子和一包泥金，要我替他写字。这个任务他在上一天请区长吃过大餐之后就向我说过，说区长被调升，镇上有个欢送的表示。按地方的习惯，每逢被提升的县、区长离任的时候，地方士绅便向老百姓收一笔钱，请他吃顿饭，送些礼物。礼物是用绸缎之类的料子，写上几个恭维性质的金字，名叫"帐子"，"帐"字可能是屏幛的"幛"字叫错了音，不过可以不必管它。

王店镇的学校设在一座汤帝庙里，冬天在厢房里上课，夏天常把课堂搬在正殿对面三丈见方的戏台上。这座戏台，每年只是秋收以后唱一次戏，除此之外，冬天有些大户借它存干草，到夏天一方面作课堂用，另一方面有些住家离庙近的农民在后台和角落上铺着席子，在午饭后和晚饭后到上边乘凉休息，好在和上课时间不冲突，倒也能各尽其用。这天午上，我拿着镇长交给我的缎卷子、泥金包、白芨、粗瓷碗和两枝笔到台上去，一个青年小伙子从一条席子上爬起来问我："先生！写帐子吗？我来帮你！"他这么一说，另外有几个人听了也起来看热闹。写"帐子"在这地方不算稀奇，大户人家做红白大事也有送"帐子"的。这位热心帮忙的青年有经验，并没有问我怎样做，就把泥金放在碗底，倒了一点水，用白芨研起来。

青年把金研好，我把缎卷子绽开一抖，台上闪起一道红光，引得大家吃了一惊，凡是躺着还没有闭上眼睛的人，都爬起来看。

"这是什么缎？"几个人一齐问。

"呀！跟闪电一样！"有一个人吃惊地夸赞。

我也不知道叫什么缎。既然有人提到闪电，我便顺口说："就叫它闪电缎吧！"

"给谁送？"有人问。

"给区长！"我说。

"为什么？"

"区长要走了！"

"早就该走！""就不该来！""去了是福！"……七嘴八舌议论起来。

我提起大笔在金里蘸着，就有人把缎子给我铺在桌面上问我说："先生！给他写几个什么字？"

这一问可把我问住了。原来这位区长才来了三个月，因为办了一宗县里认为"很漂亮"的事，县里报了省府，省府就马上把他提升了。他办了什么"漂亮事"呢？本年春天，省府连派了三次粮秣借款，因为地方太穷苦，前任区长收不起款来被撤了职，而这位新区长一来马上就想出了办法，办法全在于和王店镇镇长配合得紧密。这位镇长是全区的首户，全区大小村庄都有他放的债，都有押给他的地。新区长来了请他帮忙，他便出了个主意，要区长把全区欠款户挨次传来，有钱的交钱，没钱的把地押给他，他替欠户还款。区长听了他的话，用油印印了些押地字据，把欠款户一一传来，有钱的交钱，没钱的不填字据不放走，果然从四月份上任，不到五月底就把欠款全部追清。这位区长就是因为办

459

了这样一宗"漂亮的事"才被提升了的。对这样一位"漂亮区长",该恭维他几个什么大字呢?我一时想不出个主意来,便反问大家说:"你们说写什么好?"

那位研金的青年说:"写'真会要钱'吧!"

"不好!不如写'真会逼命'!"又一个人说。

"逼谁的命?不如写成'逼死祖爷'更明白些。"又一个人说。

我笑了笑说:"你们都说得对,可是不论照谁说的写上去也保准出事!"说得大家都笑起来。

有人说:"还是由你写吧!"

由我又有什么好写的呢?还不是得昧着良心说话吗?我想了一阵,想出个模棱两可的成语来,写了"有口皆碑"四个大字。

"先生!这四个字是什么意思?"

"就是说区长的好处大家常常念道着哩!"

"对!哪个人、哪一天还不骂他几遍王八蛋!"

我换了小笔去写上下款。这上下款都是镇长拟好了写在个纸条子上的。我把纸条铺好正要写,那位研金的青年指着纸条子上写的下款"王店镇镇长王静仁率全体镇民敬叩"的"全体镇民"几个字说:"怎么还要叫我们给他送帐子?"他这么一说,大家都瞪了眼;识字的念给不识字的听,不识字的也火了!

"不行!除了催款,他哪里挨得着我们?"一个人说。

"我们不捧他这催命鬼!"又一个人说。

"可是镇长要我这样写,我替人写个字,怎么好改呢?"我既然抗不过镇长,也只好当众说明不是我的意思。

还是那个青年说:"写了也不算!我不出钱!"他又向大家说:"谁也不要给他出钱!区长给镇长放了押地债,让镇长一家给他送帐子吧!"

"连名字也不愿挂,谁还给他拿钱?"

"谁拿钱谁是王八蛋!"

"谁拿钱谁是龟孙子！"

"谁拿钱谁是……"

"可惜是你们已经拿过了！"我说。

"谁拿过了？"每个人都看着别人的脸色互相追究。

我问："镇公所前天不是收过一次钱吗？"

"那天收的是'公事钱'！"有人回答。

我向他们解释说："那一笔'公事钱'，除了给区长摆了一顿筵席之外，剩下的只买了这么一块缎，花完了没有我可不知道。"

"真他妈的！又叫人家把咱们装鼓里头了！"

"执问镇长去！"

"执问王静仁去！"

"执问王八蛋去！"

大家说着都跳下台，冲出庙门。

过了一阵，街上的人声就"哇啦哇啦"越吼越大了。

一九五七年九月二十八日

【导读】

赵树理，原名赵树礼，1906年出生于山西沁水一个贫苦农民家庭，从小"放过牛驴、担过炭、拾过粪"，对底层生活有着深入体察，对民间文艺与地方戏曲有浓厚兴趣。1923年，17岁的他高小毕业后，曾在邻村小学教过一年书。1925年，考入省立第四师范学校后，受五四新思潮的影响，接触到新文学。大革命失败后，白色恐怖迫使他离开学校。为了谋生，此后十年，他"萍草一样地漂泊"，从事过各种职业，并在漂泊中与文艺结下不解之缘。抗战开始后，赵树理参加革命工作，主要担任宣传任务，他为文艺通俗化大声疾呼，创作出许多深受群众喜爱的作品。1943

年，他的《小二黑结婚》一经出版立即受到解放区大众的热烈欢迎，接着又陆续出版了《李有才板话》《李家庄的变迁》等一批杰作，被誉为贯彻毛泽东文艺思想的典范。赵树理在50年代创作成果丰硕，发表了一批描绘社会主义时期农村新貌的作品。1957年秋，赵树理到晋东南参加农村整风运动。那时，他的《三里湾》已发表，但另一个新的主要作品还未形成。于是，趁国庆节前后回京的机会，凭记忆重写了一篇1933年的旧作，即《金字》，说的是自己"在乡村集镇上教小学"的经历。

中国之变

曹聚仁

内山完造（一位可以算是中国通的日本人），他最近有一篇谈中国之变的文字，他说："'改造''改革''变革''变貌''革新'和'革命'等文字，虽然有它的各不相同的内容，然而大体上它们都有一个共通的地方，就是说明事情是在'变'或'变化'。最近去中国访问的日本人渐渐多起来了，访问的人回来后对于新中国都有着种种不同的看法。但有两点，是谁也不能否定的，那就是：新中国是一个年轻的国家，新中国的各项建设正在蓬勃发展。"他毕竟是中国通，所以一语中的；但他毕竟是日本人，所以不了解在香港的一部分中国人的看法。此间许多中国人，也说中国在变，不过他们所设想的"变"，乃是期望中共走回头路。好像说，中共已经碰了壁了，所以非走向他们所设想的圈子中去不可。此间有一家午报，他们就在讨论"中共往何处去"。他们的结论是，中共非走回头路不可。所以，日本人在北京所看到的新中国的"变"，与香港人所说的中共已"变"，几乎完全相反！

内山说日本人所共同看到的是"新中国是一个年轻的国家"；我们用冷静的对比说法："台湾的所谓自由中国，乃是一个衰老的国家。"这一种对比，该没有什么毛病了吧！记者在北京时，当局要我去看一看陶然亭公园（而且，务必要记者去看一看的）；因为陶然亭已经返老还童，已经变成年轻的园林了，不仅是焕然一新。但是，记者坐在陶然亭的前廊看西山，隔座的一位老年教授，他感慨地对他的女儿说："这又算是什么陶然亭，把原来那一点诗意一扫而光了。你们不知道：先前这儿（指那修浚得广阔的小湖）是一片芦苇，那草堆上是鸳鸯冢，还有赛金花的坟墓。这墙上（指阁中的壁）是樊樊山的彩云曲，张大千的彩云图，看看落日，喝喝酒，做做诗，多么有诗意，而今都没有了，还像个什么陶然亭！"他的女儿只诺诺连声，我看她也体会不出他的深意来。记者瞿然心惊，不错，陶然亭是年轻了，那点诗意都给"建设"掉了，要找那份诗意，自该到草山去追寻吧！所以，向往台湾的心理，正如那位老教授要追寻那份诗意，完全合拍，不足为奇。所以，说新中国变得十分年轻，和期待中共会走回头路，这都是人情之常的。

记者一向对历史比较有兴趣，所以总觉得"日光之下，并无新事"。史学家房龙叙写维也纳会议中，皇帝、亲王、贵族、特任全权大使、大臣们以及大队的秘书、听差、食客们的心理。他说："他们隐居了几乎有一代之久，现在危险可过去了。他们滔滔不绝地诉说他们遭受了不得的艰难。他们希望从前在那些说不得的雅各宾手里所损失的每个小钱都有赔偿，这些雅各宾党曾敢杀死他们抹过香膏的国王，废除假发，废除凡尔赛宫中的短裤，而换用巴黎贫民窟的褴褛长裤。"记者这回回到香港，便知道此间若干人士，正在期待第二次神圣同盟的到来。有一天，有一位朋友特地把我找了去，以那么郑重的口吻说："你说老实话，究竟大陆中国会变吗？"记者呆了老半天，说不出什么来。我说："中共是在变，并不走回头路，而且历史也绝没有回头路可走，你们所说的'变'，如果如一些妙人所幻想的'揭竿而起'，又会改变政权的主体，那是不可能的。"他于是嗒然若失了。

记者曾经提到个人读史的兴趣与心得。仲长统昌言论天下治乱，略曰："豪杰之当天命者，未始有天下之分者也，无天下之分，故战争竞起焉……角智者皆穷，角力者皆负，形不堪复侥，势不足复校，乃始羁首系颈，就我之衔继耳。及继体之时，豪杰之心既绝，士民之志已定，贵有常家，尊在一天。当此之时，虽下愚之才居之，犹能使恩同天地，威侔鬼神，周孔数千，无所复角其圣，贲育百万，无所复奋其勇矣。"这一段话，并不十分难理会的。我相信到过北京的人，都会有这样的结论的。天下才智之士，

464

可以说十之八九，都集在中共的旌旗之下了，谁说他还会有什么野心，也就太不自量了。今日的中国，真的"豪杰之心既绝，士民之志已定"了。近五十年的中国史，可以说是一部变的历史，也是一部战争的历史；到了今日，可以变得有些定型了，新中国的路向已经走定了！

内山完造曾经于二十年前，写过一本《活中国的姿态》，鲁迅在序文中说："像日本人那样的喜欢'结论'的民族，就是无论是听议论，还是读书，如果得不到结论，心里总不舒服的民族，在现今的世上，好像是颇为少有的。"他赞许内山的中国的漫谈，只是漫谈而非结论。他这回谈到"中国之变"，也只是漫谈，而非"结论"。他说到他往返于北京—东京之间，看到的变化之一，就是中国的多年传统习惯的改变。他发现捏着鼻子"呵嗤"一声，然后随手将鼻涕乱飞，这样的人已经没有了。在北京这短短的三十五天之中，只看到一个老太太在双桥农场的路边擤过鼻涕。还有一件事，就是中国人之爱嗑瓜子，是极普遍的，而且也是多年的习惯之一。这次，他看到嗑瓜子的人也没有了。这样的漫谈，记者知道在香港的若干人士看了，一定觉得不快意的，记者也可以替内山来补充一下：各地的古迹庙宇，装修清理得焕然一新，固是新气象，而最显著的题壁留名的"风雅""准风雅"作风完全绝迹了，"到此一游"的人，该是十百倍于从前了，谁也不会到壁上去留名了。（你若去留名的话，旁人真的会对你提意见，使你不敢再题下去。守公德，已经成为风气了。）

请提意见的簿子，到处都有，记者曾随手翻开来看看，其中大体是很认真很严肃的。有一回，我们在北海仿膳吃晚饭，菜饭实在来得太慢了，我的侄女儿，吵着要"提意见"。她们正在簿子上动笔，我就接过来写了句："当肚子饿的时候，孩子们都觉得菜来得太慢了。"我的妻又拿去看看，摇摇头，说："提意见，用不着幽默的；要提意见，就提意见。"这便是大陆中国社会的新风气，凡事都那么认真。要除蝇，就老老实实打苍蝇；要爱惜公物，就切切实实爱惜公物。所以，公园里不会有一个孩子采摘花朵，因为每一个小学生，都知道应该如此，而且要求大家如此。有一回，我和妻子从南京路的中段过街，我的女儿，就不答应了，她一定要我们从"人行横道"走过去。这些小的地方，显得中国真的大变了呢。

【导读】

　　曹聚仁，1900年出生于浙江浦江，1915年考入浙江第一师范学校，五四运动中任学生自治会主席。1921年毕业后到上海教书并为报刊撰稿。1922年，他整理的章太炎讲演稿《国学概论》流布坊间，一举成名。此后十余年，他先后在多所院校担任教授，并活跃于文学界与舆论界。抗战爆发后，曹聚仁奔赴战场，以战地记者的身份写作新闻报道和人物通讯，曾首次报道了台儿庄大捷和皖南事变真相。抗战胜利后，他回上海任教，并兼任报刊主笔、记者。1950年，他移居香港，活跃于报界。作为学界、文坛、报坛叱咤风云的人物，虽然自身无党无派，他与国共两党以及社会各界的名流关系密切，未曾"介入政治纷争，又从来没有远离过政治漩涡"。1956年7月，经邵力子、费彝民引介，曹聚仁回大陆采访。此后三年，他又多次往返于香港与内地之间。自称既不"反共"，也不"亲共"，力求"知共"的曹聚仁，录其所见，记其所闻，存其所思，写下了《北行小语》（1957）、《北行二语》（1960）、《北行三语》（1960）等文集。《中国之变》便是《北行小语》中的一篇。

自古成功在尝试

曹聚仁

　　记者到了北京，就在东安市场旧书摊上找到了所有胡适之博士的著作。其中有一本，是初版的《尝试集》，有着胡氏的签名。胡氏曾经写过一首《尝试篇》，那是他的宣言。开头他说："'尝试成功自古无！'放翁这话未必是。我今为下一转语：'自古成功在尝试！'莫想小试便成功，哪有这样容易事；有时试到千百回，始知前功尽抛弃。即使如此已无愧，即此失败便足记。告人'此路不通行'，可使脚力莫枉费。"这是他的实验主义的文学观。（其实陆放翁的"尝试"，和胡氏的"尝试"，字同而义不同，那是两件事。）记者有一天和几位北京大学的朋友，谈到这件事。假使胡氏回到北京，看到了新中国的现状，应当怎么说？从他的实验主义观点，应该怎么说呢？其后三日，记者又从东安市场找到了胡氏主编的《独立评论》，其中有一封胡氏写给张慰慈先生的信，恰巧替我们找到了答案。

　　胡氏在那封信中说：

　　慰慈：

　　　我这两天读了一些关于苏俄的统计材料，觉得我前日信上所说的话，不为过当。我是一个实验主义者，对于苏俄之大规模的政治试验，不能不表示佩服。凡试验与浅尝不同。试验必须有一个假定的计划（理想）作方针，还要想出种种方法来使这个计划可以见于实施。在世界政治史上，从不曾有过这样大规模的乌托邦计划，居然有实地试验的机会。本之中国史上，只有王莽与王安石做过两次的"社会主义的国家"的试验；王莽的那一次尤可佩服。他们的失败，应该使我们了解苏俄的试验的价值。

去年许多朋友要加入"反共"的讨论，我所以迟疑甚久，始终不加入者，根本上只因我的实验主义不容我否认这种政治试验的正当，更不容我以耳为目，附和传统的见解与狭窄的成见。我这回不能久住俄国，不能细细观察调查，甚是恨事。但我所见已足使我心悦诚服地承认这是一个有理想、有计划、有方法的大政治试验。我们的朋友们尤其是研究政治思想与制度的朋友们，至少应该承认苏俄有作这种政治试验的权利。我们应该承认这种试验正与我们试作白话诗，或美国试验委员会制与经理制的城市政府有同样的正当。这是最低限度的实验主义的态度。

至于这个大试验的成绩如何，这个问题须有事实的答案，决不可随便信任感情与成见。还有许多不可避免的困难，也应该撇开，如革命的时期，如一九二一年的大灾，皆不能不撇开。一九二二年以来的成绩是应该研究的。我这回如不能回俄国，将来回国之后，很想组织一个俄国考察团，邀一班政治经济学者及教育家同来作一较长期的考察。

总之，许多少年人的盲从固然不好，然而许多学者的武断也是不好的。

适之

这封信，似乎也不曾收入《胡适文存》，记者看了却觉得很好，很对。我回到香港，就写了如次一封信给胡先生：

适之先生：

我上回到北京去，朋友们抛给我的问题，其中有关于胡适思想的批判，以及胡适著作被焚被禁的实情。我所看到的实情，和所获得的结论是这样：批判胡适思想是一件事，胡适的著作并未被焚被禁，又是一件事。我在北京、上海的书店，找到你所著的各种书，各种版本都有。朋友们藏有你的著作，也不会引起别人的注意。海外那些神经过敏的传说是不值一笑的。

先生是实验主义的，我从《独立评论》上读到你写给张慰慈先生的信；这封信，我可以照样抄一份给你，当作我今日写给你的信。只要把"苏俄"换上"北京"或"中共"二字就行了。今日之事，也正如先生所说的："许多少年人的盲从固然不好，然而许多学者的武断也是不好的。"先生正该组织一个北京考察团，邀一班政治经济学者及教育家同去作一较长期的考察。我相信先生是实验主义者的大师，不容你否认这种政治试验的正当，更不容你以耳为目，附和传统的见解与狭窄的成见的。

今日在海外的文化人，就缺少一种到北京去看看中共的政治措施的勇气；先生乃是新文化运动的倡导人，喊过"自古成功在尝试"的口号，那应该和流俗有所不同，面对现实，决不可随便信任感情与成见了吧！

【导读】

《自古成功在尝试》是曹聚仁《北行小语》一书的代序，涉及胡适。曹聚仁与胡适打交道的时间很长。1923年，他整理的章太炎讲演稿

《国学概论》出版后，便给胡适寄赠一本；1925年，他自己的第一部学术著作《国故学大纲》，批判了胡适派的主张。30年代，他主办的《涛声》杂志曾两次开设"批判胡适专号"；40年代初，他曾致信胡适为报刊索稿；40年代中后期曾询问胡适对中国前途问题的看法。1956年7月底，在离别六年之后，曹聚仁第一次回到大陆访问。他在北京东安市场的旧书摊上找到了所有胡适的著作；其中一本初版的《尝试集》有胡适签名；他还在《独立评论》中看到一封胡适给张慰慈的信，信中说自己迟疑甚久不参加反共讨论，是因为他坚持实验主义，不能以耳代目。返回香港后，曹聚仁给胡适写了一封信，希望胡适秉实验主义观点，抛弃狭隘的偏见，不以耳代目，到大陆来亲眼看看蓬勃发展的新中国。而胡适收到这封信后，不仅在信上批了"不作复"三字，还派人将此信转交台湾当局相关部门，作为"匪情"研究资料存档。

我 来 了

佚名

天上没有玉皇，

地上没有龙王，

我就是玉皇！

我就是龙王！

喝令三山五岳开道，

我来了！

（陕西安康民谣）

【导读】

《我来了》是一首陕西安康民歌。从前，安康十年九旱，当地"龙王""玉皇"之类的地名，折射出人们对风调雨顺的祈盼。新中国成立之初，安康的文艺作品中，抗旱一直是主旋律，"低头""让路"等表述频繁出现。1957年冬、1958年春，全国亿万人民大搞农田水利建设，成果超过以往千年，安康也不例外。1957年12月10日，《安康报》刊登从水利工地采集来的《说在地头》和《写在墙头》两首小诗，前者豪迈地宣布"天上没有玉皇，水里没有龙王，靠天吃饭靠不住，幸福不是从天降"；后者则号召"与河争地，向水要粮，强迫恶水让路，硬逼石头搬家"，"喝令""开道"已呼之欲出。1958年1月28日，该报刊登的《诸神让位》演唱材料写道："如今凡人真厉害，发誓改造大自然，五湖四海搞建设，九江八河引上山。"2月19日，《安康报》发表由9首小诗组成的"农民诗选"，第4首便是《我来了》。两个月后，《人民日报》发表社论《大规模地搜集全国民歌》；一年半后，郭沫若、周扬主编的《红旗歌谣》将它收入其中，使它成为最著名的新民歌；再往后它被收入全国小学通用教材。与其他新民歌一样，《我来了》是劳动人民汗水的结晶，是那个时代人们精神面貌的真实写照。

重访马场村

柳青

　　每天清早起来洗脸的时候，就听见隆隆的炮声。以后在工作的时候、吃饭的时候、种菜的时候和休息的时候，直到黄昏，都若断若续地听见炮响。一片和平景象，正是桃红柳绿时候，分明没有敌情，这是做什么呢？

　　原来长安县神禾塬周围七个乡的农业社员和神禾塬之间，爆发了"战争"：要在两个月之内，在神禾塬上挖一条S形的长达二十八公里的水渠，接着修二十三个大小不等的蓄水库，使高原上的四万多亩旱地变成水田。从此，镐河将经由两条路线流入滈河：一条是盘古开辟的，另一条是农业社开辟的。雨季的洪水将受社会主义管制，不许它任性地损坏镐河两岸的农田。炮响的地方就在终南山的石砭峪山口上，给镐河开辟上塬的坚石渠道。……

　　我去马场工地。这个村在这一带过去以地主大闻名，所谓"马家的山，姚家的房，郭家的银子拿斗量"，那郭家就在这马场。在旧中国生活过来的人，谁都知道哪个村里地主大，哪个村里农民倒霉，就好像大树底下连杂草都不长一样。你在王曲街上逢集日碰见的那些卖竹子的和买编筐用的枝条的，别问，大多数是马场的，原来他们家在马场，却靠终南山过日子。"人穷衣衫烂，终南山里吃冷饭"，说的就是他们。土改后虽然分得了土地，合作化后虽然显示了优越性，但是没有水利，还有些丘陵地和梯田，增产受着很大的限制。

　　我在去马场的路上，就想起前年冬天我上次去马场的时候。

　　让我把一九五六年十二月二十四日的简短的日记抄在下面吧：

"这村人到冬天多数进山割竹子。许多人在场里和我谈起割竹子的苦处，听了令人毛骨悚然！

　　"在山里，晚上睡觉时燃起一堆火。大伙围着火蹲成一圈，把脑袋搁在膝盖上睡。有时下雪，风把松树枝叶上的积雪掀下来，落在人头上，把人埋半截……

　　"山里好冻人啊！手冻僵了，抓不住镰把了，就从腰下边衣襟底下插进去，用自己的肚皮暖一暖，再割。

　　"进一回山，需要五天。要带六斤面的锅饼。出山挣得除过吃，在旧社会只能捞买二斤玉米的钱，给屋里女人娃子熬糊糊喝。要不怎么办呢？生在这个地方哩嘛！现在好，现在出山能捞六块钱。……"

　　亲爱的读者，你看了这段日记，请你不要难受。现在马场要水利化了！镐河水将要在这个村上头的丘陵顶上绕一个半圆形。渠道是从东南的江兆村绕过一个丘陵进入马场地界的。在马场的田地上绕一个S形以后，才经过岳村和小江村的地界进入皇甫村上头的高原。不仅水利化，在马场的村南，丘陵围成一个天然的蓄水库，它的底上有三百亩麦地，到丘陵岭上，面积就要大几倍。不久以后，马场的女人们坐在炕上做针线，推开窗子，就看见明镜一般的水面了。那时候，镐河上的水鸟——白鹤、红鹤、青鹳、鹭鸶和水鸭，都将迁移到马场水库来谋生了。

　　现在，我一进马场，完全被战斗的气氛吸引了。早到的人群已经一堆一簇地在岭顶上蠕动了，新来的人群集合在各处的土场上，等待着放下行李进入工地。马场的男人们，包括前年冬天在场里给我诉苦的那些人，早已到南边的工地去了。老汉和妇女满村奔跑，作为殷勤的主人，招待从镐河和潏河两川的村庄来的乡亲们。我在村巷里向两个老汉、三个年轻妇女和一个老婆婆问过路，他们在忙碌中不假思索，清楚地、肯定地回答我皇甫村人的伙房所在的院落。

　　东樊村的一个社干部站在一个粪堆上，向土场上围着一个一个菜盆子吃饭的社员们讲话：

　　"马场的乡亲们热情招待咱们，咱们住在人家院里，一定要做到：

第一，借东西好借好还，再借不难；第二，绝对不要随地大小便；第三，在人家院里不要喧哗，惊动人家睡觉的娃子；第四，在院里闲扯，不要说混话，惹人家妇女讨厌；第五……第六……"

我站在路边上听得入神。我们这个社会人与人的关系，深深地感动了我。要知道，在那里低头吃着饭听话的是农民啊！我在这一带住的五年以来，亲眼看见农民们随着衣服一年比一年地新，精神也一年比一年地崇高了。

我来到未来的水库底上。暂时，这里还是小麦和地边上正开花的蒲公英。有两家人家，离开村庄，在这里已经住了八十多年了，现在等待着消息，准备随时拆房进村。

我问一个坐在大门外土场上的碌碡上纳鞋底的老婆婆：

"怎么样？叫你拆房，你同意吗？"

"我的天！看你问的啥话？"她大为吃惊我的落后，说，"做梦也梦不见这好的事，同志，你是做啥的？"

旁边另一家的一个年轻妇女自作聪明，说我是水利局的。

我声明我不是的；我说我是皇甫村人，到这里来看看的。

"看什么？"老婆婆很严肃地说，"你们皇甫村吃大米的人瞧不起俺马场喝糊糊的人，闺女要嫁到马场来，你看那个难啊！哪知道俺们喝糊糊的日子也有完？吃大米的日子就来了！"

老人家，你指教我吧！我不脸红。这倒并不是因为我从根儿不是皇甫村人，所以才不在乎；这是因为你老人家的神气、口气和我们这个伟大的时代的伟大的中国人民的气魄非常相称。

我发现我突然间像一个浪漫的诗人，手舞足蹈地跑过未来水库底上的一条麦地中间的道路，又跑上梯田中间的推不上去脚踏车的陡坡，来到丘陵之上。王曲川和杜曲川在南北两边碧绿地展开去，一片片火红的桃花点缀在镐河和潏河两岸。我沿着正在施工的渠道工程向北而行。这里是樊川乡的工区，人们不认识我，又有人以为我是水利局的，问我他们修得合格不合格。我的声明又遇到严肃的指教：

"那么，请你离开渠道远点走！把土丢到你裤子上不好……"

我连忙遵命。亲爱的读者，请相信我有这点起码的觉悟。我很愉快，我不脸红。但是给一个年轻人一句话，把我说羞了，他对刚才指教我的人说，我是作家，来体验生活的。

一听"体验生活"这个词儿，在这个劳动阵地上，在铁锨和镢头林中，我刷地红了脸，觉得火辣辣地发烧，好像做下屈理的事情。

既然说破了，我就爽直说我是为了给《人民日报》写一篇《跃进之歌》而来的。在这样的场合闲逛，看风景，仅仅作为一个劳动的欣赏者，是没脸的！

一九五八年四月二十一日

【导读】

柳青，原名刘蕴华，1916年生于陕西吴堡一户富裕农民家里。他从小读书刻苦，思想进步，12岁便加入了共青团。1935年"一二·九"学生运动燃及西安，他积极参与，任学生刊物《救亡线》编辑。1936年"西安事变"前后，任西安学生联合会刊物《学生呼声》主编；同年12月，加入中国共产党。1938年5月到延安从事文化工作。抗战胜利后，任大连大众书店主编。解放战争后期，又辗转回到陕北。1947年出版第一部以陕北农村解放区生活为题材的长篇小说《种谷记》；1951年，出版第二部长篇小说《铜墙铁壁》。新中国成立初期，柳青参加创办《中国青年报》，任编委和副刊主编。1952年，任陕西省长安县县委副书记，次年辞去该职务，落户于长安县皇甫村14年，一心一意书写新农村与新农民，1956年底出版散文集《皇甫村的三年》。1958年，他一面紧锣密鼓地修改其代表作《创业史》，一面进行其他作品的创作。《延河》4月号刊登了他的中篇小说《咬透铁锨》，紧接着他便写出了这篇《重访马场村》。

七律二首 送瘟神

毛泽东

　　读六月三十日《人民日报》，余江县消灭了血吸虫。浮想联翩，夜不能寐。微风拂煦，旭日临窗。遥望南天，欣然命笔。

绿水青山枉自多，华佗无奈小虫何！
千村薜荔人遗矢，万户萧疏鬼唱歌。
坐地日行八万里，巡天遥看一千河。
牛郎欲问瘟神事，一样悲欢逐逝波。

春风杨柳万千条，六亿神州尽舜尧。
红雨随心翻作浪，青山着意化为桥。
天连五岭银锄落，地动三河铁臂摇。
借问瘟君欲何往，纸船明烛照天烧。

一九五八年七月一日

新中国成立前，血吸虫病疫区遍及十余个省份，患者上千万，受感染威胁的人口达1亿以上。1955年冬，毛泽东发出"一定要消灭血吸虫病"的号召，动员全民投身于灭虫工作。江西省余江县以前河流两岸失修，生存环境恶劣，血吸虫繁衍滋生。1958年6月30日，《人民日报》刊发长篇通讯《第一面红旗：记江西余江县根本消灭血吸虫病的经过》，毛泽东读后激动不已、彻夜未眠，第二天早晨写下了这两首七律，纪念当地消灭血吸虫病的胜利。在后记中，毛泽东将消灭血吸虫与过去与帝国主义的斗争相比，认为血吸虫病危害人民生命更为严重。这说明，翻身、解放以后，进入社会主义阶段的人民渴望摆脱一穷二白的现状，早日强健与富足起来。送瘟神本是民间一种习俗，人们通过祭祀希望能够去除或远离病痛灾疾。而在1958年，人们通过"党组织、科学家、人民群众"三者的结合，消灭了危害深重的虫灾。两首七律分别是"万户萧疏鬼唱歌"的旧社会悲歌与"春风杨柳万千条"的新社会赞歌。

北京干净
——为北京解放十周年而作

老舍

北京解放十年了。十年间的变化实在无法片语道尽。所以我只想在这里说一件事。我要说说北京多么干净。是啊，北京的清洁卫生工作的确做得好，年年有进步，这是值得骄傲的。

不过，我要说的不是街道与庭院的干净，而是我们的生活如何干净。这是更值得我们骄傲的事。拿纽约、伦敦、巴黎等西方的大都市跟北京比一比，就晓得北京有多么好了。在那些大都市里，什么样的荒谬与荒淫的事情都有，而北京呢，解放前有过的坏事都一一地消灭，到今天它已成为最干净的城市。大家都知道，北京解放不久，党和政府就帮助不幸而沦落的姐妹们跳出了火坑。我们改造了妓女，使她们得到了新生。这是件了不起的事。纽约、伦敦、巴黎等城市是解决不了这问题的。我们的社会制度使女子真正得到了平等、自由与幸福。美、英、法等国总是爱把"民主"和"人道主义"挂在口边上。好，看看他们的"民主"和"人道主义"吧！难道女子比男人低一头，到处有成群卖淫的妇女也算是"民主"和"人道主义"的表现么？

在那些西方的大都市里，荒淫无耻的事情还不止表现在玩弄妓女上。他们的某些歌，他们的某些舞，他们的赌博，他们的酗酒，都是那么肮脏丑恶。

回过头来，再看看北京吧。我们不是清教徒。我们热爱艺术，我们工作完了要去娱乐。可是，我们去看电影，是干干净净的电影。我们去看戏，是干干净净的戏。我们去听音乐或看舞蹈，是干干净净的音乐和舞蹈。我们的电影、戏剧、音乐、舞蹈都有一个共同的目的，就是使人崇高，有崇高的理想与作风。难道不该如此吗？

我们集邮，但是不为居奇赚钱。我们爱去看各种球赛，但是不为赌博。我们也玩牌，可也不赌钱。难道不该如此吗？

整个的北京城是干净的，街道庭院干净，人的心里也干净。我们每天高高兴兴地去干活儿。干活儿的目的既不为个人发财，也不是为替别人致富，而是为了那个共同的、崇高的目的，多快好省地建设社会主义。这个目的不为私，而为公；不是狭小见不得人的，而是崇高的，堂堂正正的。因为有这个目的在心，所以人人的脸上才都有一种尊傲的神气，知道自己的工作的重要，必须下决心去作好。真的，在我们的社会制度下，事事都在光天化日之下摆出来，没有偷偷地藏在抽屉里的。我们的共同理想鼓舞着每一个人去力争上游，表现出英雄气概。我们既不为三个钱的油，两个钱的醋去吵嘴打架，也决不想去占别人的小便宜，更甭说去剥削别人或玩弄妇女了。我们是生了双翅，往高处飞的人民，决不甘于在泥塘里滚来滚去！

是的，我们鄙弃什么阿飞舞，与好莱坞的荒唐的电影等等。我们的崇高的理想不允许我们做伤风败俗的消遣。我们觉得连哼唧黄色歌曲都是可耻的。反之，我们都愿意提高自己的文化水平，在业余时间，我们念书、画画，练习作诗，学习歌舞。劳动完了就睡大觉，不是我们的理想。我们要尽力于技术革命，以期逐渐减轻体力上的负担，缩短操作时间。到该睡觉的时候就去睡无忧无虑的甜觉。可是，在劳动与睡眠之间，我们要求生活丰富，你打球，我种花，他学习哲学或科学。我们的生活既要像水晶那么透明，又要像玛瑙那么美丽多彩。十年来，北京人民的生活不就是这样一年好似一年，一年比一年干净吗？

二十多年前，我写过一些小说描写北京劳动人民的痛苦，像《骆驼祥子》与《月牙儿》等等。今天还有那些事吗？假若今天"祥子"还活着在干老本行，他也必然受到尊敬，不再被人呼来叱去，当牲口看待。是呀，大家心里都干净了，谁还能看不起"祥子"呢？谁还会剥削他呢？我们感谢他为我们出汗服务。

《月牙儿》里描写的是"女招待"的遭遇，非常悲惨。今天呢，妇女参加一切工作。在妇女食堂里，不但招待员，连厨师傅也是女的。西城的妇女商店完全由妇女经营，成为北京市的财贸战线上的一面红旗！有谁敢再轻视妇女，玩弄女招待员呢？那些女店员们担当起一切原来由男人干的活儿。她们剔猪、卖鱼，还蹬起三轮车去取货送货。她们在休息时间，又打球，又歌唱，又学文化，个个生龙活虎，人人欢天喜地，多么干净、崇高、快乐的生活呀！

我爱北京，我越来越爱北京，北京多干净啊！

【导读】

1949年1月，北平和平解放；当时50岁的老舍正在美国访问。年尾，从国外回来，他"首先找到了一部《毛泽东选集》"，头一篇读的是《在延安文艺座谈会上的讲话》。解放前，老舍的创作形式主要是小说与剧本；回到新中国后，他开始尝试用普通老百姓最容易接受的方式进行写作。1950年一开年，他便发表了一篇太平歌词《过新年》。此后，他创作了许多快板、相声等各类曲艺作品。另外，他还留下了大量通俗易懂的短文。老舍称自己"是个喜清洁与秩序的人"，他也拿这条标准判断一个社会。北京解放两周年时，他写下《我热爱新北京》，说"北京像一座古老美丽的雕花漆盒，落在一个勤劳的人的手里，盒子上的每一凹处都收拾得干干净净，再没有一点积垢"。北京解放五周年时，他写下《北京》，称颂不仅"紫禁城和最偏僻的小巷都是干净整洁的"，而且人也变了，呈现出"表里一致的美"。《北京干净》发于1959年1月。60岁的老舍感慨："北京解放十年了，十年的变化不比千年少！"当时的北京"街道庭院干净，人的心里也干净"，电影、戏剧、音乐、舞蹈都干干净净，使人产生"崇高的理想与作风"。

回忆"五四"

冰心

一九一九年，我是北京协和女子大学的一年生。

在"五四"的头几天，我已经告假住在东交民巷的德国医院，陪着我的二弟为杰——他得了猩红热后，耳部动了手术。"五四"那一天的下午，我家的女工来给我送换洗的衣服，告诉我说街上有好几百个学生，打着白旗游行，嘴里喊着口号，路旁看的人挤得水泄不通。黄昏时候又有一个亲戚来了，兴奋地告诉我说北京的大学生们为了阻止北洋军阀政府签订出卖青岛的条约，聚集起游行的队伍，在街上高呼口号散发传单，最后涌到卖国贼章宗祥的住处，火烧了赵家楼，有许多学生被捕了。我听了又是兴奋又是愤慨，他走了之后，我的心还在激昂地跳，那天窗外刮着大风，槐花的浓香熏得我头痛！

第二天我就同二弟从医院回家去了。到学校销了假，学生自治会里完全变了样，人人站在院子里激昂地面红耳赤地谈话，大家都投入了紧张的工作。我被选做了文书。我们学生会是北京女学界联合会之一员。出席北京女学界联合会和北京学生联合会的，多是些高班的同学，我们只参加文字宣传，鼓动罢课、罢市和对市民宣传。协和女子大学是个教会学校，向来对于当前政治潮流是阻隔着一道厚厚的堤防。学校对于学生的教育是："专心听道"，"安心读书"，其余一概不闻不问。但是这次空前的声势浩大的爱国运动的力量，终于把这道堤防冲破了。对于素来不可侵犯的道貌岸然的美籍校长教员们，我们也理直气壮地和他们斗争了。

我们坚持罢课游行，罢课宣传。为了抵制日货，我们还旷课制造些日用品，绣些手绢等出卖，受到美籍校长和某些美国、中国的教员们的反对和讥讽。但是帝国主义之间是有矛盾的，美帝国主义者对于中国学生反对日本帝国主义，还没有拿出最狞恶的面目来阻挡，于是一向修道院似的校院，也成了女学界联合会代表们开会的场所了。同时学生们个个兴奋紧张，一听到有什么紧急消息，就纷纷丢下书本涌出课堂，谁也阻挡不住！我们三五成群地挥舞着旗帜，在街头宣传，沿门沿户地进入商店，对着怀疑而又热情的脸，讲着人民必须一致起来，反对日本帝国主义的侵略压迫，反对军阀政府的卖国行为的大道理。我们也三三两两抱着大扑满，在大风扬尘之中，荒漠黯旧的天安门前，拦住过往的洋车，请求大家捐助几个铜子，帮助我们援救慰问那些被捕的爱国学生。我们大队大队地去参加北京法庭对于被捕学生的审问，我们开始用白话文写着各种形式的反帝反封建的文章，在各种报刊上发表。

五四运动的前后，新思潮空前高涨，新出的报刊杂志，像雨后春笋一样，目不暇给。我们都贪婪地争着买，争着借，彼此传阅。其中我最喜欢的是《新青年》里鲁迅先生写的小说，像《狂人日记》等篇，尖刻地抨击吃人的礼教，揭露着旧社会的黑暗与悲惨，读了使人同情而震动。

"五四"以后，在这伟大的运动里醒起的青年们，有许许多多看清了必须革反动政权的命，必须走俄国人的道路，才能救国。他们勇敢地投身到火热的革命斗争中去，走了百折不挠的艰苦的道路，终于和工农兵在一起把祖国拯救了出来。他们有的光荣地为革命而牺牲了，有的现在在新兴的祖国各个岗位上，勤勤恳恳地为人民服务。另一部分青年，包括我自己，就像一泻千里的洪流中的靠近两岸的一小股，它冲不过河岸的阻力，只挨着岸边和竹头木屑一起慢慢地挪动着……

毛主席说得好："知识分子如果不和工农兵相结合，则将一事无成。"在五四运动时期，我还根本不知道五四运动是受着十月革命的影响，是受着有共产主义思想的人们像李大钊同志等人的领导。我的资产阶级家庭出身和所受的美帝国主义奴化的教育，以及我自己软弱的本质，都使"五四"对我的影响，仅仅限于文学方面——以新的文学形式来代替旧的形式这一点。"五四"过后，我更是"闭关自守"，从简单幼稚的回忆中去找我的创作的源泉，我的脱离群众的生活，使我走了几十年的弯路，作了一个空头的文学家。但是现在我并不难过，只要一息尚存，而且和工农兵在一起的时候，我还总会感到激动与兴奋。我想，在党领导下，我还可以努力同工农兵相结合，学习他们，改造自己，使我能尽我一切的力量，在我自己的岗位上为人民服务。

【导读】

冰心，原名谢婉莹，1900年出生于福建福州，父亲是海军军官，从小随父母在上海与烟台居住，由家人开蒙，12岁回福州进入女子师范学校预科，才开始接受正规学校教育。1913年，父亲应召到海军部任职，冰心迁居北京，进入贝满女子中学；1918年就读协和女子大学；次年，五四运动爆发，19岁的冰心被选为学生自治会文书，还参加了女学界联合会宣传股的工作，坚持罢课游行，罢课宣传。在《晨报副刊》发表的宣传文字，是她最早的白话作品。同年8月，冰心发表第一篇散文和第一篇小说，从此开始写作生涯，是"五四"新文学道路的开拓者之一。1920年，协和女子大学并入燕京大学；1921年，冰心加入文学研究会；1923年，出版短诗集《繁星》和《春水》，震惊文坛。同年赴美留学，专事文学研究。1926年，冰心获得硕士学位返国，先后任教燕京大学、北平女子文理学院、清华大学；抗战期间，在大后方从事文化救亡活动；1946年，与丈夫吴文藻同往日本，后在东京大学授课；1951年回国后，除继续致力于创作外，担任文化界、妇女界多项职务，参加各种社会活动。1959年4月18日，冰心写下这篇短文，纪念五四运动40周年，发表在当年《人民文学》第五期上。

日 出

刘白羽

登高山看日出，这是从幼小时就对我有魅力的一件事。

落日有落日的妙处，古代诗人在这方面留下不少优美的诗句，如像"大漠孤烟直，长河落日圆""落日照大旗，马鸣风萧萧"，可是再好，总不免有萧瑟之感。不如攀上奇峰陡壁，或是站在大海岩头，面对着弥漫的云天，在一瞬时间内，观察那伟大诞生的景象，看火、热、生命、光明怎样一起来到人间。但很长很长时间，我却没有机缘看日出，而只能从书本上去欣赏。

海涅在《哈尔次山游记》中曾记叙从布罗肯高峰看日出的情景：

"我们一言不语地观看，那绯红的小球在天边升起，一片冬意朦胧的光照扩展开了，群山像是浮在一片白浪的海中，只有山尖分明突出，使人以为是站在一座小山丘上。在洪水泛滥的平原中间，只是这里或那里露出来一块块干的土壤。"

善于观察大自然风貌的屠格涅夫对于俄罗斯原野上的日出，却作过精辟的描绘：

"……朝阳初升时，并未卷起一天火云，它的四周是一片浅玫瑰色的晨曦。太阳，并不厉害，不像在令人窒息的干旱的日子里那么炽热，也不是在暴风雨之前的那种暗紫色，却带着一种明亮而柔和的光芒，从一片狭长的云层后面隐隐地浮起来，露了露面，然后就又躲进它周围淡淡的紫雾里去了。在舒展着云层的最高处的两边闪烁得有如一条条发亮的小蛇：亮得像擦得耀眼的银器。可是，瞧！那跳跃的光柱又向前移动了，带着一种肃穆的欢悦，向上飞似的拥出了一轮朝日……"

可是，太阳的初升，正如生活中的新事物一样，在它最初萌芽的瞬息，却不易被人看到。看到它，要登得高，望得远，要有一种敏锐的视觉。从我个人的经历来说，看日出的机会，曾经好几次降临到我的头上，而且眼看就要实现了。

一次是在印度。我们从德里经孟买、海德拉巴、帮格罗、科钦，到翠泛顿。然后，沿着椰林密布的道路，乘三小时汽车，到了印度最南端的科摩林海角。这是出名的看日出的胜地。因为从这里到南极，就是一望无际的、碧绿的海洋，中间再没有一片陆地。因此，这海角成为迎接太阳的第一位使者。人们不难想象，那雄浑的天穹，苍茫的大海，从黎明前的沉沉暗夜里，升起第一线曙光，燃起第一支火炬，这该是何等壮观。我们到这里来，就是为了看日出。可是，听了一夜海涛，凌晨起来，一层灰蒙蒙的云雾却遮住了东方。这时，拂拂的海风吹着我们的衣襟。一卷一卷的浪花拍到我们的脚下，发出柔和的音响，好像在为我们惋惜。

还有一次是登黄山。这里也确实是一个看日出的优胜之地。因为黄山狮子林，峰顶高峻。可惜人们没有那么好的目力，否则从这儿俯瞰江、浙，一直到海上，当是历历可数。这种地势，只要看看黄山泉水，怎样像一条无羁的白龙，直泄新安江、富春江，而经钱塘入海，就很显然了。我到了黄山，开始登山时，鸟语花香，天气晴朗，收听气象广播，也说二三日内无变化。谁知结果却逢到了徐霞客一样的遭遇："浓雾迷漫，抵狮子林，风愈大，雾愈厚……雨大至……"只听了一夜风声雨声，至于日出当然没有看成。

但是，我却看到了一次最雄伟、最瑰丽的日出景象。不过，那既不是在高山之巅，也不是在大海之滨，而是在"图-104"飞临的万仞高空上。现在想起，我还不能不为那奇幻的景色而惊异。是在我没有一点准备，一丝预料的时刻，宇宙便把它那无与伦比的光华、丰采，全部展现在我的眼前了。这就把我的心灵一下吸引住，一下照得通红。那是1958年8月24日，我从莫斯科搭机东飞塔什干。在机场上，黑夜沉沉，满天繁星。三点四十分钟起飞，飞到空中，向下俯视，只见在黑天鹅绒一般的夜幕之下，莫斯科大片灯火，像亿万细小的钻石熠熠放明，像河流中无数金沙在随波荡漾，像透过墨蓝色海水的一片珊瑚礁在闪光，真美极了。下面还是如此浓夜，上空却已游动着一线微明，它如同一条狭窄的暗红色长带，带子的上面露出一片清冷的淡蓝色晨曦，晨曦上面高悬着一颗明亮的启明星。飞机不断向上飞翔，愈升愈高，也不知穿过多少云层，远远抛开那黑沉沉的地面。飞机好像唯恐惊醒人们的安眠，马达声特别轻柔，两翼非常平稳。这时间，那条红带，却慢慢在扩大，像一片红云了，像一片红海了。暗红色的光发亮了，它向天穹上展开，把夜空愈抬愈远，而且把它们映红了。下面呢？却还像苍莽的大陆一样，黑色无边。这是晨光与黑夜交替的时刻。这是即将过去的世界与即将到来的世界交替的时刻。你乍看上去，黑夜还似乎强大无边，可是一转眼，清冷的晨曦变为磁蓝色的光芒。原来的红海上簇拥出一堆堆墨蓝色云霞。一个奇迹就在这时诞生了。突然间从墨蓝色云霞里蠢起一道细细的抛物线，这线红得透亮，闪着金光，如同沸腾的溶液一下抛溅上去，然后像一支火箭一直向上冲，这时我才恍然觉得这就是光明的白昼由夜空中进射出来的一刹那。然后在几条墨蓝色云霞的隙缝里闪出几个更红更亮的小片。开始我很惊奇，不知这是什么。再一看，几个小片冲破云霞，密接起来，融合起来，飞跃而出，原来是太阳出来了。它晶光耀眼，火一般鲜红，火一般强烈，不知不觉，所有暗影立刻都被它照明了。一眨眼工夫，我看见飞机的翅膀红了，窗玻璃红了，机舱座里每一个醺睡者的面孔红了。这时一切一切都宁静极了，宁静极了。整个宇宙就像刚诞生过婴儿的母亲一样温柔、安静，充满清新、幸福之感。再向下看，云层像灰色急流，在滚滚流开，好把光线投到大地上去，使整个世界大放光明。我靠在软椅上睡熟了。醒来时我们的飞机正平平稳稳，自由自在，向东方航行。黎明时刻的种种红色、灰色、黛色、蓝色，都不见了，只有上下天空，一碧万顷，空中的一些云朵，闪着银光，像小孩子的笑脸。这时，我忘掉了为这一次看到日出奇景而高兴，而喜悦，我却进入一种庄严的思索，我在体会着"我们是早上六点钟的太阳"这一句诗那最优美、最深刻的含意。

一九五九年

【导读】

1949年7月，作为"四野"的代表，刘白羽参加了中华全国文学艺术工作者代表大会，当选为理事。10月1日，作为第一届政治协商会议的代表，刘白羽站在天安门城头，亲眼看见毛主席向全世界宣布："中国人民站起来了。"1950年，他担任解放军总政治部文化部副部长。抗美援朝期间，他先后两次赴前线采访，发表《朝鲜在战火中前进》《对和平宣誓》等一系列优秀的长篇通讯报道，被誉为共和国军事文学的奠基者之一。1954年以后，刘白羽历任中国作家协会副主席、文化部副部长、《人民文学》主编等职。在担任文化领导工作的同时，他创作热情昂扬，出版多部散文集、短篇小说集。1958年以后，他的创作开始转向抒情散文，"在保持战斗风格的基础上，更加追求磅礴的气势，讲究作品完美的艺术性"；他最喜爱的题材是大江与红日。《日出》是刘白羽散文的代表作，读来让人荡气回肠。它发表在1959年8月出版的《新观察》第15期上，当年被收录到《1949—1959建国十年文学创作选》散文特写卷中。

过黄河渡口

李瑛

烟雨里，

我来过古渡口；

黄河呵，

可否借我一只羊皮舟？

我知道九曲十八弯的黄河水，

千百年岁月泻如流；

这渡口上的一支篙，

撑过多少忧和愁！

洗白了舵工的须发，

暗哑了舟子的喉头；

也许那浅滩下的烂篷布，

还系一抹古代的余晖在漂流……

……忽然间，迷蒙雨雾里，

歌声驾来了一只飞舟，

船上站着个使篙的人，

哈！原来是个小丫头！

鬓边一朵红野花，

千里黄水尽映透；

满怀深情一脸笑，

好个时代的擒龙手！

多少年惹不得的古黄河，

却见你风流岁月新开头；

听雨中截流筑坝的喧闹声，

又催绿多少嫩杨柳！

【导读】

李瑛，1926年出生于辽宁锦州一个铁路职员家庭，7岁被送回老家河北丰润农村读小学；10岁后在唐山读完小学和初中。1944年，初中毕业后，李瑛去天津谋职未果，流浪了一年，饱尝生活的苦难。抗战胜利那个秋天考入北京大学，但仍需一边读书一边当家教挣饭费。虽然此前已与诗友自费出版过诗歌合集《石城底青苗》，表达感伤与惆怅，但真正对他写诗产生重要影响的是当时任教于北大的冯至、卞之琳、沈从文等教授，以及郑敏、袁可嘉、穆旦等诗人。在北大，他一边读书，一边在学生运动的激流中度过，"最初是怀着政治上的苦闷、精神上的压抑在彷徨和思考，后来则变成了积极的反抗和对革命的追求"。1947年，李瑛加入了中国共产党。北京一解放，他便参军南下，在部队里做新闻采访工作。目睹战友的牺牲，他的第一本诗集《野战诗集》诗风为之一变。1950年后，他两次入朝。1954年至1961年间，李瑛多次深入红军当年长征路线、海防前线、边疆哨卡，并走遍了祖国的大江南北。《过黄河渡口》这一抒情短章写于1960年5月，被收入1963年出版的《红柳集》中。

荔 枝 蜜

杨朔

　　花鸟草虫，凡是上得画的，那原物往往也叫人喜爱。蜜蜂是画家的爱物，我却总不大喜欢。说起来可笑，孩子时候，有一回上树掐海棠花，不想叫蜜蜂蜇了一下，痛得我差点儿跌下来。大人告诉我说：蜜蜂轻易不蜇人，准是误以为你要伤害它，才蜇；一蜇，它自己耗尽生命，也活不久了。我听了，觉得那蜜蜂可怜，原谅它了。可是从此以后，每逢看见蜜蜂，感情上疙疙瘩瘩的，总不怎么舒服。

　　今年四月，我到广东从化温泉小住了几天。四围是山，怀里抱着一潭春水，那又浓又翠的景色，简直是一幅青绿山水画。刚去的当晚，是个阴天，偶尔倚着楼窗一望：奇怪啊，怎么楼前凭空涌起那么多黑黝黝的小山，一重一重的，起伏不断。记得楼前是一片比较平坦的园林，不是山。这到底是什么幻景呢？赶到天明一看，忍不住笑了。原来是满野的荔枝树，一棵连一棵，每棵的叶子都密得不透缝，黑夜看去，可不就像小山似的。

　　荔枝也许是世上最鲜最美的水果。苏东坡写过这样的诗句："日啖荔枝三百颗，不辞长作岭南人"，可见荔枝的妙处。偏偏我来得不是时候，满树刚开着浅黄色的小花，并不出众。新发的嫩叶，颜色淡红，比花倒还中看些。从开花到果子成熟，大约得三个月，看来我是等不及在从化温泉吃鲜荔枝了。

　　吃鲜荔枝蜜，倒是时候。有人也许没听说这稀罕物儿吧？从化的荔枝树多得像汪洋大海，开花时节，满野嘤嘤嗡嗡，忙得那蜜蜂忘记早晚，有时趁着月色还采花酿蜜。荔枝蜜的特点是成色纯，养分多。住在温泉的人多半喜欢吃这种蜜，滋养精神。热心肠的同志为我也弄到两瓶。一开瓶子塞儿，就是那么一股甜香；调上半杯一喝，甜香里带着股清气，很有点鲜荔枝味儿。喝着这样的好蜜，你会觉得生活都是甜的呢。

我不觉动了情，想去看看自己一向不大喜欢的蜜蜂。

荔枝林深处，隐隐露出一角白屋，那是温泉公社的养蜂场，却起了个有趣的名儿，叫"蜜蜂大厦"。正当十分春色，花开得正闹。一走进"大厦"，只见成群结队的蜜蜂出出进进，飞去飞来，那沸沸扬扬的情景，会使你想：说不定蜜蜂也在赶着建设什么新生活呢。

养蜂员老梁领我走进"大厦"。叫他老梁，其实是个青年人，举动很精细。大概是老梁想叫我深入一下蜜蜂的生活，小小心心揭开一个木头蜂箱，箱里隔着一排板，每块板上满是蜜蜂，蠕蠕地爬着。蜂王是黑褐色的，身量特别细长，每只蜜蜂都愿意用采来的花精供养它。

老梁叹息似的轻轻说："你瞧这群小东西，多听话。"

我就问道："像这样一窝蜂，一年能割多少蜜？"

老梁说："能割几十斤。蜜蜂这物件，最爱劳动。广东天气好，花又多，蜜蜂一年四季都不闲着。酿的蜜多，自己吃的可有限。每回割蜜，给它们留一点点糖，够它们吃的就行了。它们从来不争，也不计较什么，还是继续劳动、继续酿蜜，整日整月不辞辛苦……"

我又问道："这样好蜜，不怕什么东西来糟害么？"

老梁说："怎么不怕？你得提防虫子爬进来，还得提防大黄蜂。大黄蜂这贼最恶，常常落在蜜蜂窝洞口，专干坏事。"

我不觉笑道："噢！自然界也有侵略者。该怎么对付大黄蜂呢？"

老梁说："赶！赶不走就打死它。要让它待在那儿，会咬死蜜蜂的。"

我想起一个问题，就问："可是呢，一只蜜蜂能活多久？"

老梁回答说："蜂王可以活三年，一只工蜂最多能活六个月。"

我说："原来寿命这样短。你不是总得往蜂房外边打扫死蜜蜂么？"

老梁摇一摇头说："从来不用。蜜蜂是很懂事的，活到限数，自己

492

就悄悄死在外边，再也不回来了。"

我的心不禁一颤：多可爱的小生灵啊！对人无所求，给人的却是极好的东西。蜜蜂是在酿蜜，又是在酿造生活；不是为自己，而是在为人类酿造最甜的生活。蜜蜂是渺小的；蜜蜂却又多么高尚啊！

透过荔枝树林，我沉吟地望着远远的田野，那儿正有农民立在水田里，辛辛勤勤地分秧插秧。他们正用劳力建设自己的生活，实际也是在酿蜜——为自己，为别人，也为后世子孙酿造着生活的蜜。

这黑夜，我做了个奇怪的梦，梦见自己变成一只小蜜蜂。

【导读】

新中国成立后，杨朔任中华全国总工会文艺部部长。1950年底，以随军记者身份前往朝鲜战场，创作了长篇小说《三千里江山》，获朝鲜颁发的二级国旗勋章，是当时家喻户晓的畅销书，与魏巍的《谁是最可爱的人》齐名。因为英文流利，1954年杨朔调入中国作家协会，任外国文学委员会主任；此后又担任过中国保卫世界和平委员会副秘书长、亚非团结委员会副主席、亚非人民理事会秘书处中国书记等职务，一度被派往开罗常驻；还成为第三、第四届全国政协委员。其间，杨朔创作了大量反映亚非国家风貌和人民争取独立、自由、解放的优秀散文作品。毛泽东曾称赞他的散文《樱花雨》"好文章！"。异常繁忙的外事工作之余，杨朔还在百忙中抽暇到国内各地探访，写出了一批深受广大读者喜爱的佳作，字里行间洋溢着他对祖国山水、人民的眷恋、热爱之情。1960年春，杨朔在广东从化住了几天，写出了这篇构思精巧、极富诗意的《荔枝蜜》，借"不是为自己，而是在为人类酿造最甜的生活"的蜜蜂，歌颂"献身不惜作尘泥"（杨朔1944年的诗句）的高尚情操。这篇散文发表在1961年7月23日的《人民日报》上，后被收入当年出版的散文集《东风第一枝》。

有也上，无也上

——1960年7月在三探区经验交流会上的讲话

王进喜

　　我们井队从玉门来参加会战，在党的领导下，做出了一点点成绩，党却给了我们很大的荣誉，要说起来，我们就是听了党的话。在刚来的时候响应了余部长"有也上，无也上"的号召，克服了些困难，群众赞扬我们是"铁人"。其实，只要有党的领导，有革命干劲，大家都能当"铁人"。

　　今年三月从玉门动身来松辽，一到萨尔图，遍地是雪，没有房子，只有两间牛棚，还住满了人，我们队30多人，没向上级张口，自己去公社联系。房子是借不来，只借了一间马棚，三面墙一头空，先把四匹马牵出去，我们打扫了一下，铺了点草，就住进去了。小小的马棚，30多人一进去，不用说躺下，蹲着、坐着也是够挤的；再说行李还没运到，就披着大衣蹲着过夜。不过有地方住，大家就安心了，就这样住了三天。

　　住解决了，带的粮少，吃完了，我们又和公社联系暂借了50斤小米。粮少人多，不得不控制着吃。支部做了研究，早晚喝稀饭，一人二两，大小肚子都一样。同志们知道这是暂时的困难，喝稀饭也一样干活。

　　来到萨尔图后，我们全队最关心的是井位在哪里，钻机什么时候到。虽然住马棚，也有个别同志发牢骚说："在安达住旅馆，有铺有盖，干吗上这里蹲马棚？"可是一讨论，大家都讲："我们是来工作的，不是住旅馆的。"所以一致要求去找新井位，问了很多人，这才知道我们的井号是萨55井，在马家窑。可是马家窑在什么地方？老乡讲："顺着电道走。"好，东北的"电道"就是公路，咱们不懂，到处找电线杆子，从早两点到中午，找了七八个小时也没找到。后来老乡说跑错了，往回去，在草垛上插杆子（测井的标杆）就到了，就这样才找到萨55井。有了井位，只等钻机，我们就把全队搬到新井位附近的马家窖。村子小，只有七八户人家，房子住不上，只好和老乡商量一下住在草垛里。安下了家，留下看家的挑水烧饭，其他人都是每天一早就去车站等钻机。

为了和车站搞好关系，我们就主动帮忙卸车，不管什么木材、煤炭和行李，天天干。时间长了车站上工人反映给站长，说这伙工人也不见他们吃，天天来干活。站长让我们去吃饭，我们讲："带了馒头、饼干。"其实，没有粮票怎么敢去吃饭，不过，关系到底搞熟了。一天晚上钻机到了，可是车站弄错了，把我们的钻机拉到喇嘛甸了，我们只好帮兄弟井队卸车。孙德福队的、李景海队的、夏裕儒队的，一边卸，一边看卸车的窍门，等我们的车皮从喇嘛甸挂回来，人家三四天卸完，我们只八个小时就干完了。当时车站运输队也支援了我们，没吊车，用人拖，用汽车拉，都卸到了井场上，一切都很顺利。

钻机到了，要安装。支部又做了研究，决定没有吊车也要高速度安装。我们用人抬，手拖，用棍子，这是七手八脚。不过窍门是在实践中找到的，头一回拖十四米长的大梁，两头一起拖，费了一个多小时才搞完；第二根就改成拖一头，结果20多分钟就完成了，信心强了，热火朝天地干起来。第一天，从夜里两点摸黑干起，到傍晚，底座、泥浆泵、柴油机……都搞完了。第二天安架子，16米长的"大门边"，下头细，上头粗，最不好搞，可是我们用了一根立杆，一个滑轮，用棍子支，用绳子拉，也搞上去了。一共三天全部完成，第四天收收尾，准备开钻了。我们全队动员，用两天挖了五个水井就开钻了。

原计划十天完钻，可是头一班就打了一百七八，大家劲更大了。不碰巧，井清水供不上。我们来了个总动员，用脸盆端，用暖水瓶装，就这样，从老乡的水井里，从水泡子里，一直保证打完这口井，只用了五天零四小时，这在松辽讲，也算是快的了。首长们来祝贺，可是我们觉着等水，地层也不熟，费了不少时间，成绩也不好。

还有一条也是"有也上，无也上"。当时没有照明，来了发电机也弄坏了，我就把自己的摩托车开开，就用那一只灯打在钻台上供给夜间照明。

说起来，当时设备不齐，吃的、住的困难也很多，可是我们看到这么好的油田，一心想快打井，多打井，就坚决按照党的指示，发扬了"有也上，无也上"的精神，闯过了最初那困难的日子，现在想起来，最深切的感觉就是处处听党的话，事事听党的话，工作一定能取得胜利。

【导读】

王进喜，1923年出生于甘肃玉门一个贫困农家，6岁沿街乞讨，8岁为地主放羊，15岁到玉门油矿当童工。新中国成立后，王进喜当上了副司钻、司钻；1956年加入共产党，并担任钻井队长；同年，他领导的钻井队被石油工业部授予"钢铁钻井队"的称号；1958年，该钻井队创下月钻井进尺全国最高纪录，也打破了苏联工人创造的世界纪录；1959年，他到北京出席全国群英会。但是，当时中国绝大部分石油需要进口，且石油工业是"一五"期间唯一没有完成任务的工业部门。1959年，我国发现大庆油田；次年3月初，中央正式拉开东北松辽石油大会战的序幕，总指挥余秋里亲临萨尔图，告诉大家："我们的困难确实很多，这没有那没有，这不够那不够，有人可能会讲：这样子也叫会战？我说，这就是叫会战！越穷越要干！只许上不许下！有也上，没有也上！条件好要上，条件不好困难也要上！"这段话以后成了王进喜的豪言壮语："有条件要上，没有条件创造条件也要上！"王进喜于1960年3月25日率领钻井队到达萨尔图，克服重重困难，打出了大庆第一口油井。1960年6月1日，大庆首列原油外运。1963年底，周恩来总理庄严宣布：中国石油基本实现自给。

勤俭持家

老舍

在旧日的北京，人们清晨相遇，不互道早安，而问"您喝了茶啦？"这有个原因：那时候，绝大多数的人家每日只吃两顿饭。清晨，都只喝茶。上午九、十点钟吃早饭，下午四、五点钟吃晚饭，大家都早睡早起。

老北京里并非没有花天酒地、骄奢淫逸的生活。不过，那只限于富贵之家；一般市民是有勤俭持家的好传统的。当人们表扬一个好媳妇的时候，总夸她"会过日子"。会过日子即是会勤俭持家。

在我还是个孩子的时候，我们的小胡同里，住着赤贫的人家，也住着中等人家。即使是中等人家，对吃饭馆这件事也十分生疏。按照我们的胡同那时候的舆论说：大吃大喝是败家的征兆。

是的，我们都每日只进两餐，每餐只有一样菜——冬天主要的是白菜、萝卜；夏天是茄子、扁豆。饺子和打卤面是节日的饭食。在老京剧里，丑角往往以打卤面逗笑，足证并不常吃。至于贫苦的人家，像我家，夏天佐饭的"菜"，往往是盐拌小葱，冬天是腌白菜帮子，放点辣椒油。还有比我们更苦的，他们经常以酸豆汁度日。它是最便宜的东西，一两个铜板可以买很多。把所能找到的一点粮或菜叶子掺在里面，熬成稀粥，全家分而食之。从旧社会过来的卖苦力的朋友们都能证明，我说的一点不假！

党和毛主席不断地教导我们，叫我们勤俭持家，勤俭办一切的事。可是，我们的生活有所改善，家里参加工作的人多了，工资也多了。口袋里有了钱，就容易忘了勤俭，甚至连往日喝酸豆汁度日的苦楚也忘了！勤俭持家的好传统万万忘不得！

【导读】

　　1949年，中国是世界上最穷的国家之一，比绝大多数非洲国家还穷。当时一首歌唱道："勤俭是咱们的传家宝，社会主义离不了。不管是一寸钢、一粒米、一尺布、一分钱，咱们都要用得巧。好钢用在刀刃上，千日打柴不能一日烧。"1955年，毛泽东号召"要提倡勤俭持家，勤俭办社，勤俭建国"。1957年2月，毛泽东告诫全党，"要使全体干部和全体人民经常想到我国是一个社会主义大国，但又是一个经济落后的穷国，这是一个很大的矛盾。要使我国富强起来，需要几十年艰苦奋斗的时间，其中包括执行厉行节约、反对浪费这样一个勤俭建国的方针"。5月1日《人民日报》发表社论《勤俭建国》；9月9日，中国妇女第三次全国代表大会在北京召开，按照邓小平的建议，大会报告以"勤俭建国，勤俭持家，为建设社会主义而奋斗"为主题。12月，《人民日报》发表了朱德的文章《勤俭持家》。老舍这篇标题相同的短文载于1961年2月12日的《北京晚报》上，那天是腊月二十七。民谚称"腊月二十七，宰鸡赶大集"，是准备年货的日子。当时正值困难时期，老舍以生动活泼的语言、入情入理的文章为党的政策做宣讲，显示出其作为"人民艺术家"的功力。

红柳·沙枣·白茨
——给支援边疆建设的青年同志们

李瑛

红柳、沙枣、白茨，
是生活中真正的勇士。

它们很贫穷，
甚至没有一片丰腴的叶子；
它们很谦卑，
甚至只占空间很小的位置。

它们索取得最少，
甚至没有一点雨露的滋润；
它们献出得最多，
甚至自己的影子……

看它们踏伏万顷流沙，
肩擎住一天雷雨，
倒下去又支撑起来，
眼中瞩望的只有胜利。

对跋涉在骄阳下干渴的旅人，
它们说："向前进，不能停息！"

对大漠湮埋的城池，
它们说："站起来，不能死去！"

它们坚信总会有一天，
一练子骆驼或牛车的木轮，
定会把这接天的老黄沙，
拉到博物馆去。

呵！也许只有这样浩瀚的长空，
才容得下它们的胸襟、理想，
以及它们对生活的深沉的爱，
和对于人民的忠实。

我说，年轻的同志呵，
它们不正是你们的影子！

一九六一年八月

【导读】

《红柳·沙枣·白茨》是诗人1961年写给支援边疆建设的青年同志们的诗歌，被收入《红柳集》中。张光年称赞李瑛的诗"写得细致"，"细致而不流于纤巧"，"他能够把细致和刚健结合起来，寓刚健于细致之中"，这首诗就是一个例子。李瑛写诗不仅艺术性高，而且相当多产。从1943年开始写诗，到1949年，他已经发表了两百余首诗。解放后，这位"校园诗人"变为军旅诗人。他走遍天山内外、大江南北，新作频出，几乎每年都有诗集问世。1963年是诗人的丰收年，推出了三部诗集，除

《红柳集》外，还有《静静的哨所》和《花的原野》。《红柳集》从他在新中国成立后所写的几百首抒情短章中，精挑细选出80余首，成为李瑛最重要的代表作之一。用张光年的话说："打开《红柳集》，一页一页翻下去，我们就被引进了天南海北五光十色的各种画面中间。我们时而来到东海最前线……时而来到十分险峻的海滨观察哨……诗人时而带我们观赏舰队出海的雄姿；时而向我们讲述塞外风沙的传奇；时而把我们带到五指山中……时而带我们来到黄河渡口。"在那个火红的年代，李瑛全身心地融入了战斗生活中，放声歌唱英雄，歌唱祖国，歌唱大自然。

历史的后院

翦伯赞

假如呼伦贝尔草原在中国历史上是一个闹市，那么大兴安岭则是中国历史上的一个幽静的后院。重重叠叠的山岭和覆蔽着这些山岭的万古长青的丛密的原始森林，构成了天然的障壁，把这里和呼伦贝尔草原分开，使居住在这里的人民与世隔绝，在悠久的历史时期中，保持他们传统的古老的生活方式。一直到解放以前，居住在这个森林里的鄂伦春人和鄂温克人还停留在原始社会末期的历史阶段。但是解放以后，这里的情况已经大大改变了。现在，一条铁路已经沿着大兴安岭的溪谷远远地伸入了这个原始森林的深处，过去遮断文明的障壁在铁道面前被粉碎了。社会主义的光辉，已经照亮了整个大兴安岭。

我们这次就是沿着这条铁道进入大兴安岭的。火车首先把我们带到牙克石。牙克石是喜桂图旗的首府，也是进入大兴安岭森林地带的大门。喜桂图，蒙古语，意思是有森林的地方。这个蒙古语的地名，记录了这里的历史情况，其实在牙克石附近现在已经没有森林了。

在牙克石前往甘河的路上，我们的目光便从广阔的草原转向淹没在原始森林中的无数山峰。在铁道两旁，几乎看不到一个没有森林覆蔽的山坡，到处都丛生着各种各样的树木，其中最多的是落叶松和白桦，也有樟松、青杨和其他不知名的树木。

我们在甘河换了小火车，继续向森林地带前进。经过了几小时的行程，火车把我们带到了一个叫作第二十四的地方。应该说明一下，在这个森林中，有很多地方过去没有名字。解放以后，森林工作者替这些地方也取了一些名字，如第一站、第二站之类。但有些地方原来是有鄂伦春语的名字的，而这些鄂伦春语的地名，又往往能透露一些历史的消息。例如锡尼奇是一个鄂伦春语的地名，意思是有柳树的地方；又如乍格达奇，也是一个鄂伦春语的地名，意思是有樟松的地方。这样的地名比起数目字的地名来，当然要好得多，因此我以为最好能找到这些地方的鄂伦春语的名字。

我们在第二十四地点下了火车，走进原始森林。依照我们的想法，在原始森林里，一定可以看到万年不死的古树；实际上并没有这样长寿的树木，落叶松的寿命最多也不过一百多年。所谓原始森林，是说这个森林从太古以来，世世代代，自我更新，一直到现在，依然保持它们原始的状态。当然在我们脚下践踏的，整整有一尺多厚的像海绵一样的泥土，其中必然有一万年甚至几万年前的腐朽的树木和树叶。

我们在这里第一次看到了太阳都射不进去的丛密的森林，也第一次看到了遍山遍岭的杜鹃花和一种驯鹿爱吃的特殊的苔藓。秋天的太阳无私地普照着连绵不断的山岗，畅茂的森林在阳光中显出青铜色的深绿。在山下，河流蜿蜒地流过狭窄的河谷，河谷两岸是一片翠绿的草原和丛生的柳树。世界上哪里能找到这样美丽的花园呢？

我们的旅程，并没有停止在甘河。就在当天夜晚，火车把我们带到了这条森林铁路的终点阿里河。阿里河是鄂伦春自治旗的首府。鄂伦春，满洲语，意思是驱使驯鹿的部落。但是现在的鄂伦春族人民已经不是一个驱使驯鹿的部落，他们在阿里河边建筑了新式的住房，在这里定居下来，逐渐从狩猎生活转向驯养鹿群和农业的生活。现在在大兴安岭内驱使驯鹿的唯一的民族，也是以狩猎为生的唯一民族是鄂温克族。

从狩猎转向畜牧生活并不是一种轻而易举的事，这要求一个民族从森林地带走到草原，因为游牧的民族必须依靠草原。森林是一个比草原更为古老的人类的摇篮。恩格斯曾经说过，一直到野蛮低级阶段上的人们还是生活在森林里；但是当人们习惯于游牧生活以后，人们就再也不会想到从河谷的草原自愿地回到他们祖先所住过的森林区域里面去了。恩格斯的话说明了人类在走出森林以后再回到森林是不容易的；在我看来，人类从森林走到草原也同样是不容易的。因为这需要改变全部的生活方式。要改变一种陈旧的生活方式，那就要触犯许多传统的风俗习惯，而这种传统的风俗习惯对于一个古老的民族来说是神圣不可侵犯的。不仅改变全部生活方式会遇到困难，据一位鄂伦春的老猎人说，甚至把狩猎用的弓矢换为猎枪这样简单的事情，也曾经引起反对。反对的理由是火器有响声，打到一只野兽，惊走了一群，而弓箭就没有这种副作用。但是新的总要战胜旧的，现在不仅鄂伦春族的猎人，甚至鄂温克族的猎人也用新式的猎枪装备自己。

扎兰屯是我们最后访问的一个内蒙城市。

到了扎兰屯，原始森林的气氛就消失了。出现在我们面前的是一座美丽的山城。这座山城建筑在大兴安岭的南麓，在它的北边是一些绿色的丘陵。有一条小河从这个城市中流过，河水清浅，可以清楚地看见生长在河里的水草。郊外风景幽美，在前往秀水亭的路上，可以看到一些长满了柞树的山丘，也可以看到从峡谷中流出来的一条溪河，丛生的柳树散布在河谷的底部。到处都是果树、菜园和种植庄稼的田野，这一切告诉了我们这里已经是呼伦贝尔的农业区了。我们就在这里结束了内蒙的访问。

节选自《内蒙访古》

【导读】

翦伯赞，1898年出生于湖南桃源，先祖是元代移入湖广的维吾尔族。他自幼聪慧，5岁发蒙；12岁圈点读完《史记》《资治通鉴》；后又研读《左传》《纲鉴易知录》等经史著作。中学毕业后就读政法、商业专科；1924年赴美国加州大学攻读经济学，接触马克思主义著作；1926年初归国，9月南下广东参加北伐。大革命失败后，在吕振羽等引导下，开始潜心研究历史，至30年代后期，已成为著名马克思主义史学家。1937年入党，在上层政界和文化教育界做统战工作。新中国成立后，任北京大学历史系教授、系主任，第一、第二、第三届全国人大代表及这三届的人大民族委员会委员。除史学外，翦伯赞兼通哲学、经济、文学、艺术等，还长于诗词歌赋，其锤炼文字的功力为学界所共叹。田汉称道："先生湖海志弥奢，却敛奇才作史家。"柳亚子也感慨："翦生才调太遮奢，问是文家是质家？"1961年3月，依照国务院的指示，文化部和民族事务委员会分别设立了民族文化工作指导委员会和民族历史研究工作指导委员会。经中共中央统战部部长李维汉提议，翦伯赞与一批著名历史学家在7月23日至9月14日之间访问了内蒙古。《历史的后院》摘自发表在1961年12月13日《人民日报》上的长篇游记《内蒙访古》。

刻在北大荒的土地上

郭小川

继承下去吧，我们后代的子孙！
这是一笔永恒的财产——千秋万古长新；
耕耘下去吧，未来世界的主人！
这是一片神奇的土地——人间天上难寻。

这片土地哟，头枕边山、面向国门，
风急路又远啊，连古代的旅行家都难以问津；
这片土地哟，背靠林海、脚踏湖心，
水深雪又厚啊，连驿站的千里马都不便扬尘。

这片土地哟，一直如大梦沉沉！
几百里没有人声，但听狼嚎、熊吼、猛虎长吟；
这片土地哟，一直是荒草森森！
几十天没有人影，但见蓝天、绿水、红日如轮。

这片土地哟，过去好似被遗忘的母亲！
那清澈的湖水啊，像她的眼睛一样望尽黄昏；
这片土地哟，过去犹如被放逐的黎民！
那空静的山谷啊，像他的耳朵一样听候足音。

永远记住这个时间吧：一九五四年隆冬时分，
北风早已吹裂大地，冰雪正封闭着古老的柴门；
永远记住这些战士吧：一批转业的革命军人，
他们刚刚告别前线，心头还回荡着战斗的烟云。

野火却烧起来了！它用红色的光焰昭告世人：
从现在起，北大荒开始了第一次伟大的进军！
松明却点起来了！它向狼熊虎豹发出檄文：
从现在起，北大荒不再容忍你们这些暴君！

谁去疗治脚底的血泡呀，谁去抚摸身上的伤痕！
马上出发吧，到草原的深处去勘察土质水文；
谁去清理腮边的胡须呀，谁去涤荡眼中的红云！
继续前进吧，用满身的热气冲开弥天的雪阵。

还是吹起军号呵！横扫自然界的各色"敌人"，
放一把大火烧开通路，用雪亮的刺刀斩草除根！
还是唱起战歌呵！以注满心血的声音呼唤阳春，
节省些口粮作种籽，用扛惯枪的肩头把犁耙牵引。

哦，没有拖拉机、没有车队、没有马群……
却有几万亩土地——在温暖的春风里翻了个身！
哦，没有住宅区，没有野店、没有烟村……
却有几个国营农场——在如林的帐篷里站定了脚跟！

怎样估价这笔财产呢？我感到困难万分，
当我写这诗篇的时候，机车和建筑物已经结队成群；
怎样测量这片土地呢？我实在力不从心，

507

当我写这诗篇的时候，绿色的麦垄还在向天边延伸。

这笔永恒的财产啊，而且是生活的指针！
它那每条开阔的道路呀，都像是一个清醒的引路人；
这片神奇的土地啊，而且是真理的园林！
它那每只金黄的果实呀，都像是一颗明亮的心。

请听：战斗和幸福、革命和青春——
在这里的生活乐谱中，永远是一样美妙的强音！
请看：欢乐和劳动、收获和耕耘——
在这里的历史图案中，永远是一样富丽的花纹！

请听：燕语和风声、松涛和雷阵——
在这里的生活歌曲中，永远是一样地悦耳感人！
请看：寒流和春雨、雪地和花荫——
在这里的历史画卷中，永远是一样地醒目动心！

我们后代的子孙啊，共产主义时代的新人！
埋在这片土地里的祖先，怀着对你们最深的信任；
你们的道路，纵然每分钟都是那么一帆风顺，
也不会有一秒钟——遗失了革命的灵魂……

未来世界的主人啊，社会主义祖国的公民！
埋在这片土地里的祖先，对你们抱有无穷的信心；
你们的生活，纵然千百倍地胜过当今，
也不会有一个早上——忘记了这一代人的困苦艰辛。

是的，一切有出息的后代，历来珍视革命先辈的遗训，

而不是虚设他们的灵牌——用三炷高香侍奉晨昏；
是的，一切有出息的后代，历来尊重开拓者的苦心，
而不是只从他们的身上——挑剔微不足道的灰尘。

……继承下去吧，我们后代的子孙！
这是一笔永恒的财产——千秋万古长新；
……耕耘下去吧，未来世界的主人！
这是一片神奇的土地——人间天上难寻。

【导读】

郭小川，原名郭恩大，1919年出生于热河丰宁（现属河北省）一个教师之家。他3岁识字，5岁读《诗经》，在小学时，已经显露出对文学的兴趣；1933年，日寇侵占热河，他随全家逃难北平。少年时代，他就"过早地同我们的祖国在一起负担着巨大的忧患"。七七事变后，他参加了八路军，加入共产党，担任过120师359旅旅长王震的秘书。1941年至1945年在延安学习；解放战争期间与新中国成立初期，在河北等地从事报刊宣传工作。1955年调任中国作家协会党组副书记、书记处书记，并任《诗刊》编委。在此前后，郭小川写出很多影响巨大的好诗，在文学界声誉日隆，与贺敬之、闻捷一起成为《诗刊》最推崇的三大诗人。1959年以后，由于作协活动不多，他花大量时间深入包头、鞍山、抚顺等工业基地，又到上海、福建、广东、云南、四川、河南等地参观访问，精神豁然开朗，写作生涯进入另一个辉煌时期。1962年10月，他办好调任《人民日报》特约记者的手续。不久，应老领导、农垦部部长王震之邀，他到东北林区和北大荒垦区考察了近两个月。在回北京的列车上，他写下了《刻在北大荒的土地上》，热情歌颂北大荒创业人的精神是"一笔永恒的财产"。

我思念北京

闻捷

我是如此殷切地思念北京，
像白云眷恋着山岫，清泉向往海洋，
游子梦中依偎在慈母的膝下……
我日日夜夜思念着北京啊！

我思念北京，难道仅仅因为：
知春亭畔东风吐出了第一缕柳烟？
西苑的牡丹蓦然间绽放妩媚的笑容？
蝉声催醒了钓鱼台清流里的睡莲？
谐趣园的池水绣满斑斓的浮萍？
金风飒飒染红了十八盘上下的枫叶？
陶然亭欣然沉醉于月桂的清芬？
或是傲岸的松柏覆盖了天坛的积雪？
红梅向白塔透露早春的来临？……

我思念北京，难道仅仅因为：
太和殿凌空翘起了描金的飞檐？
万道霞光倾泻于佛香阁琉璃的伞顶？
九龙壁上的龙尾击出了浪声？
长安街林荫下漫步着幸福的情侣？

红领巾的欢笑装满北海的游艇？

或是花市的绒花丰富了生活的情趣？

厂甸的年礼渲染着春节的气氛？……

我思念北京，难道仅仅因为：

石景山的高炉奔泻着火红的铁水？

八达岭的松枝化作绿色的围屏？

北京站悠扬的钟声催动了待发的列车？

四季青人民公社的收获彩色缤纷？

百货大楼川流着欢愉的顾客？

前门饭店迎送着南来北往的旅人？

或是首都剧场演出了新生活的赞歌？

美术馆荟聚了祖国江山的美景？……

我日日夜夜思念着北京……

啊，这千条经线，万条纬线，

织成了我激情的瀑布，心灵的梦境；

但是，我的思想不是飞溅的水花，

清澈的潭水万丈深沉。

我为什么如此地思念北京？

那儿升起了辐射光与热力的恒星！

他庄严的诗句叩开世界人民的心扉，

豪迈地宣布新中国从严峻的战斗里诞生；

三山五岳抬起了刚毅的头颅，

长江大河奔腾着古老民族的欢欣；

浩渺的天宇擂动着雄浑的鼓点，

辽阔的版图更换了一片建设的风景，

那飘起第一面五星红旗的天安门广场，
回荡着中国人民胜利的笑声……

我为什么如此地思念北京？
那儿居住着我们祖国的伟大公民！
他意气风发地登上天安门城楼，
检阅人民的力量、捍卫世界和平的大军；
欢腾的广场列队走过骁勇的战士，
三面红旗引导着大步前进的工人和农民，
湛蓝的晴空飞过频频致敬的银燕，
一片彩云托着带有竹哨的鸽群，
历史博物馆那灯火辉煌的大厅内，
铭刻着中国革命战斗的历程……

我为什么如此地思念北京？
那儿挺立着我们时代的真理士兵！
他以魁梧的身躯阻挡了混浊的逆流，
指点出各种鲨鱼作浪兴波的本性；
拉丁美洲的斗士高举起炽烈的火炬，
亚洲的兄弟驱散了弥漫在眼前的乌云，
非洲的奴隶抚摸着皮鞭烙下的伤疤，
欧罗巴工人兄弟扛着战斗的红旗，
汲取着敢于斗争的力量和信心，
马克思列宁主义战无不胜的革命学说，
在革命的土壤上获得了永生……

啊，北京啊，北京！
中华民族五千年历史的精华，

六亿五千万人民顽强意志的结晶，
阶级的大脑，党的核心，
祖国建设的枢纽，人类和平的后盾，
人民觉醒时代进军旧世界的大纛，
觉醒人民心上的北斗七星……

每当我如此地思念着北京，
我胸中便响彻三支高入云霄的歌声；
一支是"东方红，太阳升……"
一支是"革命军人个个要牢记……"
一支是"满腔的热血已经沸腾，
要为真理而斗争……"
于是我就会迈开大步，踏着战斗的节奏，
为着北京，为着祖国，为着世界革命，
献出我诗人的歌喉，赤子的心，
一个战士的全部忠诚。

我是如此殷切地思念北京，
像白云眷恋着山岫，清泉向往海洋，
游子梦中依偎在慈母的膝下……
我日日夜夜思念着北京啊！

一九六三年十月二十三日于上海

闻捷，原名赵文节，1923年出生于江苏丹徒。因家贫，小学毕业后就到南京当学徒。1938年流亡武汉，参加抗日救亡运动；同年入党。1940年到延安，曾在陕北公学学习，后在文工团工作。1944年开始创作，写了许多通讯、散文、秧歌剧、小说。1945年调到《群众日报》任编辑、记者。参加解放大西北的战斗后，1949年随军到了新疆，1952年任新华通讯社新疆分社社长。在新疆写下的诗集《天山牧歌》一出版，立即赢得了人们的关注与喜爱，奠定了闻捷在诗坛的位置。1957年后，他在甘肃工作了4年，留下了几部歌唱西北的诗集。1961年，闻捷调到上海，任作协专业创作人员；但第二年秋他便回到久别的故乡体验生活。在丹徒两年，除参加会议、看材料、读书写作外，他几乎跑遍了县内大小乡村，酝酿构思长诗《万里长江行》。1963年闻捷参加丹徒县第三次人民代表大会，会上他以《我的发言》为题，用诗歌的形式表达对党和家乡人民的感情。1963年夏秋之交，受组织派遣，闻捷远赴北非和南亚访问。在万里之外的异乡，思乡之情油然而生。回到上海后，他写下了这首《我思念北京》，发表在当年12月23日的《人民日报》上。

西去列车的窗口

贺敬之

在九曲黄河的上游，
在西去列车的窗口……

是大西北一个平静的夏夜，
是高原上月在中天的时候。

一站站灯火扑来，像流萤飞走，
一重重山岭闪过，似浪涛奔流……

此刻，满车歌声已经停歇，
婴儿在母亲怀中已经睡熟。

在这样的路上，这样的时候，
在这一节车厢，这一个窗口——

你可曾看见：那些年轻人闪亮的眼睛
在遥望六盘山高耸的峰头？

你可曾想见：那些年轻人火热的胸口
在渴念人生路上第一个战斗？

你可曾听到啊，在车厢里：
仿佛响起井冈山拂晓攻击的怒吼？

你可曾望到啊，灯光下：
好像举起南泥湾披荆斩棘的镢头？

啊，大西北这个平静的夏夜，
啊，西去列车这不平静的窗口！

一群青年人的肩紧靠着一个壮年人的肩，
看多少双手久久地拉着这双手……

他们啊，打从哪里来？又往哪里走？
他们属于哪个家庭？是什么样的亲友？

他啊，塔里木垦区派出的带队人——
三五九旅的老战士、南泥湾的突击手。

他们，上海青年参加边疆建设的大队——
军垦农场即将报到的新战友。

几天前，第一次相见——
是在霓虹灯下，那红旗飘扬的街头。

几天后，并肩拉手——
在西去列车上，这不平静的窗口。

从第一天，老战士看到你们啊——

那些激动的面孔、那些高举的拳头……

从第一天，年轻人看到你啊——
旧军帽下根根白发、臂膀上道道伤口……

啊，大渡河的流水啊，流进了扬子江口，
沸腾的热血啊，汇流在几代人心头！

你讲的第一个故事："当我参加红军那天"；
你们的第一张决心书："当祖国需要的时候……"

"啊，指导员牺牲前告诉我：
'想到啊，——十年后……百年后……'"

"啊，我们对母亲说：
'我们——永远、永远跟党走！……'"

第一声汽笛响了，告别欢送的人流。
收回挥动的手臂啊，紧攀住老战士肩头。

第一个旅途之夜，你把铺位安排就。
悄悄打开针线包啊，给"新兵们"缝缀衣扣……

啊！是这样的家庭啊，这样的骨肉！
是这样的老战士啊，这样的新战友！

啊，祖国的万里江山！……
啊，革命的滚滚洪流！……

一路上，扬旗起落——
苏州……郑州……兰州……

一路上，倾心交谈——
人生……革命……战斗……

而现在，是出发的第几个夜晚了呢？
今晚的谈话又是这样久、这样久……

看飞奔的列车，已驶过古长城的垛口，
窗外明月，照耀着积雪的祁连山头……

但是，"接着讲吧，接着讲吧！
那杆血染的红旗以后怎么样啊，以后？"

"说下去吧，说下去吧！
那把汗浸的镢头开啊、开到什么时候？"

"以后，以后……那红旗啊——
红旗插上了天安门的城楼……"

"以后，以后……那南泥湾的镢头呵——
开出今天沙漠上第一块绿洲……"

啊，祖国的万里江山！……
啊，革命的滚滚洪流！……

"现在，红旗和镢头，已传到你们的手。

现在，荒原上的新战役，正把你们等候！"

看，老战士从座位上站起——
月光和灯光，照亮他展开的眉头……

看，青年们一起拥向窗前——
头一阵大漠的风尘，翻卷起他们新装的衣袖！

……但是现在，已经到必须休息的时候，
老战士命令："各小队保证，一定睡够！"

立即，车厢里平静下来……
窗帘拉紧。灯光减弱。人声顿收。

但是，年轻人的心啊，怎么能够平静？
——在这样的路上，在这样的时候！

是的，怎么能够平静啊，在老战士的心头，
——是这样的列车，是这样的窗口！

看那是谁？猛然翻身把日记本打开，
在暗中，大字默写："开始了——战斗！"

那又是谁啊？刚一入梦就连声高呼：
"我来了！我来了！——决不退后！……"

啊，老战士轻轻地走过每个铺位，
到头又回转身来，静静地站立在门后。

面对着眼前的这一切情景，

他，看了很久，听了很久，想了很久……

啊，胸中的江涛海浪！……

啊，满天的云月星斗！……

——该怎样做这次行军的总结呢？

怎样向党委汇报这一切感受？

该怎样估量这支年轻的梯队啊？

怎样预计这开始了的又一次伟大战斗？

……戈壁荒原上，你漫天的走石飞沙呵，

……革命道路上，你阵阵的雷鸣风吼！

乌云，在我们眼前……

阴风，在我们背后……

江山啊，在我们的肩！

红旗啊，在我们的手！

啊，眼前的这一切一切啊，

让我们说：胜利啊——我们能够！

…………

…………

啊！我亲爱的老同志！

我亲爱的新战友！

现在，允许我走上前来吧，
再一次、再一次拉紧你们的手！

西去列车这几个不能成眠的夜晚啊，
我已经听了很久，看了很久，想了很久……

我不能、不能抑止我眼中的热泪啊，
我怎能、怎能平息我激跳的心头？！

我们有这样的老战士啊，
是的，我们——能够！

我们有这样的新战友啊，
是的，我们——能够！

啊，祖国的万里江山、万里江山啊！……
啊，革命的滚滚洪流、滚滚洪流！……

现在，让我们把窗帘打开吧，
看车窗外，已是朝霞满天的时候！

来，让我们高声歌唱啊——
"……'鲜红的太阳照遍全球！……'"

　　　　　　一九六三年十二月十四日，新疆阿克苏

【导读】

贺敬之，1924年生于山东枣庄一个贫苦农家，1937年小学毕业后，考入不收学费的简易农村师范，但因抗战爆发、学校南迁而失学；1938年，赴大后方求学，先在湖北均县，后到四川梓潼；1940年4月到延安，考入鲁迅艺术学院文学系。在梓潼，他已开始诗文写作；到延安后，其天赋与才华很快引人瞩目，"鲁艺"文学系主任何其芳把他称作"十七岁的马雅可夫斯基"。"鲁艺"毕业后，他创作了传唱至今的歌曲《南泥湾》《翻身道情》等；1944年下半年参与创作我国第一部新歌剧《白毛女》（获1951年斯大林文学奖）时，年仅20岁。新中国成立后，任中央戏剧学院创作室副主任，《人民日报》文艺部副主任，兼职《剧本》月刊、《诗刊》编委，中国戏剧家协会书记处书记等。1956年后，创作了《回延安》《放声歌唱》《三门峡歌》《桂林山水歌》《雷锋之歌》等著名抒情诗。1963年7月，应农垦部部长王震之邀，贺敬之与诗人郭小川、柯岩一同去了新疆，到生产建设兵团进行了长达5个多月的访问，足迹遍布北疆、南疆。《西去列车的窗口》创作于阿克苏，时间为当年12月14日，最初发表在1964年1月22日的《人民日报》上，后被收入《放歌集》。

菩萨蛮（五首）

胡乔木

其一

神仙万世人间锁，英雄毕竟能偷火。霹雳一声春，风流天下闻。

风吹天下水，清浊分千里。亿众气凌云，有人愁断魂。

其二

昂昂七亿移山志，忍能久久为奴隶！双手扭乾坤，教天认主人。

浮云西北去，孔雀东南舞。情景异今宵，天风挟海潮。

其三

攀山越水寻常事，英雄不识艰难字。奇迹总人为，登高必自卑。

登临何限意，佳气盈天地。来者尽翘翘，前峰喜更高。

其四

西风残照沉昏雾，东方红处升霞柱。雾暗百妖横，霞飞四海腾。
霞旗扬四海，壮志惊千载：愿及雾偕亡，消为日月光！

其五

从来历史人魔战，魔存哪得风波晏？此日揽长缨，遥看天地清。
长缨人卅亿，垓下重围密。魔倒凯歌高，长天风也号。

一九六四年，十月十六日原子弹爆炸

【导读】

新中国成立后，胡乔木历任新闻总署署长、中共第八届中央委员、中央书记处候补书记等职务；同时继续担任毛泽东秘书、中共中央政治局秘书。1961年6月，因神经衰弱症恶化，毛泽东批准他"长期休养，不计时日，以愈为度"。1962年秋，胡乔木病情好转，决计动笔练手，以防文思生涩。他向诗友陈毅推介郭小川的《厦门风姿》，与夏丏尊交流对辛弃疾《水龙吟》的看法，与楼适夷谈普列汉诺夫著作的编辑，约何其芳、余冠英、钱锺书商谈《中国文学史》的编写……1963年春夏之交，胡乔木写了7篇杂文，以笔名在《人民日报》副刊上发表，"为国内外斗争摇旗呐喊"。1963年底，他主持编辑、注释的《毛泽东诗词》出版。1964年10月14日，赫鲁晓夫下台。两天后，我国第一颗原子弹爆炸成功，胡乔木诗兴勃发，填写《菩萨蛮》五首，连同另外11首词送毛泽东阅正，毛改动多处，并说胡"词学苏辛"。经过反复推敲，"词十六首"在1965年元旦的《人民日报》和《红旗》杂志上发表。

略谈新中国的交通

叶圣陶

中华人民共和国成立以来，十五年间，各方面的改变和进步，一天两天也谈不完。现在只有十来分钟的时间，我只能挑一个方面来谈谈。我准备谈交通方面。交通方面还是个大题目，只能缩小范围，谈谈我亲身的经历。

抗战期间，我在成都住了四年，为了接洽事务，看望朋友，每年总要去重庆一两趟，来回乘公路车，照规定，单程是两天，中途在内江歇夜。可是准两天到达的次数并不多。公路车好像全害着或轻或重的病，一会儿病发了就抛锚。抛了锚，什么时候修好是没有准儿的，这就延误了时间。单程走三天，还算是幸运，有一趟从重庆回成都，足足走了六天。一路上看见成渝铁路的路基躺在那里，河道上矗起高矮不齐的桥墩，心里总要想："盼了好多年的成渝铁路还是这个样儿！什么时候路基上铺上铁轨，河道上架起桥，就不受这个罪了！"现在成渝铁路早已修成，一九六一年五月间，一天晚上我在成都上车，一觉睡醒，就到了重庆。回忆当年的困顿情形，今昔一对比，心里的欢喜简直没法形容。

说起成渝铁路，自然联想到宝成铁路。宝成铁路翻过秦岭的一段，工程最艰巨。线路在重山叠嶂之间回环盘曲，一会儿钻进隧道，一会儿钻出隧道，我也没数清隧道有多少。到最高的处所一看，刚才经过的线路和隧道全都陷在底下，不知道有几千丈深，自己虽然是坐在车厢里上来的，仿佛也感到相当吃力。想到规划这段线路的人，想到修筑这段线路的人，他们的智慧和魄力多么值得感佩啊！还有一点必须说的，这段线路，就是

525

从宝鸡到凤州的一段，改为电气化有好几年了。电气机车力量大，拖着列车翻过秦岭，好像挺轻松的。

一九五三年秋天，我从西安到兰州。以前陇海线只到天水，宝鸡到天水一段叫宝天铁路，那是一条烂铁路。路基狭窄，路两旁山壁笔直，线路弯曲的处所半径极小，隧道大多没有加工衬砌，很多该修涵洞的地方没有修，修了涵洞的，直径又太小，不能通畅地排泄流水。总而言之，工程异乎寻常地草率。工程草率，铁路就不管用，土石时常崩塌，路基时常给流水冲毁，当时虽说通了车，实际上通车的日子很少。大陆解放的第二年，就是一九五〇年，咱们就改善这条铁路，以前工程上的种种缺点全给改正，同时新修天水到兰州的铁路。不到两年半工夫，工程全部完成，从西安就可以直通兰州了。我到兰州，就在工程全部完成的下一年。在车上听人说，修这条线路，解放军的军工和几个民族的民工，大约有十万人付出了劳力。看全线的工程真不容易，可是修得那么好又那么快，我永远忘不了这十万人的功绩。

兰州往西北，兰新铁路通到乌鲁木齐。兰州往东北，包兰铁路通到包头。这两条路我还没走过。我只从北京乘车到呼和浩特又到包头，虽然行程并不长，已经深切地体会到横穿我国北部的铁路线的伟大意义了。这样的铁路线好比人身上的大动脉，大动脉畅通，供血量充足，身体自然会越来越壮健。

我又曾经到内蒙古东部的三个盟，呼伦贝尔盟，哲里木盟，昭乌达盟。还进入大兴安岭林区。车窗外只见老林幼林，浓绿嫩绿，中间点缀着白桦树笔挺的银色树干，一点也不假，真是个"林海"。下了火车又登上林业局的小火车，在密林中间穿行，直到未经开发的原始森林。往外开的火车和小火车，一列一列的，满满地装着木材，叫人看着就兴奋。

至于东南地区，我必得说，现在福建省有了铁路，真是极大的方便。四十年前，我从福州回上海，遇到天气不好，风浪大，一上轮船就躺在铺上，糊里糊涂过了几天，什么东西也没吃，直到轮船进了黄浦口才坐起来。当时我想，再也不敢到福州了。去年我从上海到鹰潭，转鹰厦铁路又转南福铁路，不满二十九个钟头就到达福州。在四十年前，哪能料到会有这样又迅速又安适的旅程呢？从福州坐公路车往南，经过莆田泉州到达厦门，回程走了鹰厦铁路全线。鹰厦铁路大体上是南北走向，在南平的莱州往东伸出一线，大体上是东西走向，就是南福铁路。再加上支线和公路线，福建全省就贯通一气了。

还有武汉的长江大桥必得说一说。我曾经坐在车厢里经过大桥，又曾经在桥上步行，眺望武汉的形胜，欣赏大江的壮阔。"一桥飞架南北，天堑变通途。"我默诵毛主席的词句，觉得这个词句不仅是咏大桥，而且充分表达出中国人民的气魄。长江大桥建成之后，北京广州之间就每天开直达通车。在以前，这是谁也不曾梦想的。

刚才我说过，一九六一年五月间到重庆。在重庆待了几天，就乘轮船到汉口，这是我第三回走这条水路了。头一回在一九三七年年底，坐的轮船，是上水。第二回在一九四五年年底，坐的木船，是下水，一路上歇风歇雨，耽耽搁搁，走了一个月才到汉口。那两回真不是滋味，混乱，慌张，时时刻刻提心吊胆。好多处山崖上写着大字——某年某月某日，某某轮在此沉没。有些地方，还看见出事的轮船侧躺在那里，不由你不心里一沉。这一回可大不相同了。只见一路上布置着信号杆和导航标志，到夜间，那些浮在江面上的导航标志就一会儿亮一会儿灭，因而无论昼夜，可以安全通船。许多险滩给炸掉了，听说共有百把处，顶有名的险滩滟滪滩，现在没有了。轮船上收拾得干干净净，一切都安排得井井有条。你吃饭，休息，靠着栏杆看看三峡的峰峦，坐下来读几页书，全都感到非常之安适。回想以前江轮上海轮上那种乱糟糟的情景，这一回旅程真该说太舒服了。

我谈到这里为止。往后有机会，再谈别的吧。

一九六五年十二月为香港《大公报》作

　　叶圣陶在创作力最旺盛的20世纪二三十年代，其活动范围局限在江浙一带。全面抗战爆发后，叶圣陶举家入川，行踪集中在成都、重庆之间及周边地区。抗战胜利后，叶圣陶从重庆乘木船历经一个多月到汉口，再由汉口乘轮船九天后才到上海。此趟旅途之艰险，令他难以忘怀，留下《我坐了木船》《驾长》等短文。直到新中国成立初，他几乎没有到过长江以北。新中国成立后，叶圣陶住在北京，但几乎每年都外出参观访问或旅游休养，足迹遍布全国各地。新中国日新月异的变化，工农业、文教事业的蒸蒸日上，激起他的创作热情，写下了大量脍炙人口的游记，如《小记十篇》《日记三抄》等。1965年，已经71岁的叶圣陶两次外出：一次是从5月14日至6月12日赴山东各地调查教育情况；另一次是11月2日至12月13日赴四川各地及武汉参访。看到正在建设中的成昆铁路让他浮想联翩，回京后，他为香港《大公报》写下了这篇《略谈新中国的交通》，从新中国成立前行路难的亲身经历出发，生动地描述了成渝、宝成、宝天、兰新、包兰、鹰厦、南福铁路，以及武汉长江大桥在新中国交通发展史上的重大意义。

远 望

叶剑英

忧患元元忆逝翁，红旗缥缈没遥空。

昏鸦三匝迷枯树，回雁兼程溯旧踪。

赤道雕弓能射虎，椰林匕首敢屠龙。

景升父子皆豚犬，旋转还凭革命功。

一九六五年秋，在大连，棒棰岛

【导读】

　　叶剑英，1897年出生于广东梅县一个小商人家庭，7岁读私塾；11岁入小学，学业名列前茅，尤好写诗作文。15岁上中学后，他如饥似渴地阅读了大量书籍，酷爱楚辞、唐诗、宋词、元曲等古典诗词，对传统名篇与本地文人的诗词爱不释手，能背诵如流，为日后创作自己独特风格的诗词，打下了坚实的基础。18岁时，他就写出了气盖山河的诗句："放眼高歌气吐虹，也曾拔剑角群雄。我来无限兴亡感，慰祝苍生乐大同。"后来他投笔从戎，成为中国人民解放军和中华人民共和国的缔造者和领导人之一，是以毛泽东同志和邓小平同志为核心的中国共产党第一代和第二代中央领导集体重要成员。在长期革命活动中，他写下了许多诗篇，但散失颇多，一生发表的作品约200首。1965年秋，叶剑英在大连开会，有感于国际形势的动荡、苏联国情的演变，为"斥责'北极熊'蜕化变修而作"（叶剑英语）。《远望》这首诗由董必武辗转传到北京，发表在1965年10月16日《光明日报》上。毛泽东看后十分欣赏，熟记于心，曾于自己72岁寿辰时默写给毛岸青和邵华夫妇。1979年，叶剑英将其第一部诗集命名为《远望集》出版。

相信未来

食指

当蜘蛛网无情地查封了我的炉台
当灰烬的余烟叹息着贫困的悲哀
我依然固执地铺平失望的灰烬
用美丽的雪花写下：相信未来

当我的紫葡萄化为深秋的泪水
当我的鲜花依偎在别人的情怀
我依然固执地用凝露的枯藤
在凄凉的大地上写下：相信未来

我要用手指那涌向天边的排浪
我要用手掌那托起太阳的大海
摇曳着曙光那温暖漂亮的笔杆
用孩子的笔体写下：相信未来

我之所以坚定地相信未来
是我相信未来人们的眼睛——
她有拨开历史风尘的睫毛
她有看透岁月篇章的瞳孔

不管人们对我们腐烂的皮肉

那些迷途的惆怅、失败的苦痛

是寄予感动的热泪、深切的同情

还是轻蔑的微笑、辛辣的嘲讽

我坚信人们对于我们的脊骨

那无数次的探索、迷途、失败和成功

一定会给予热情、客观、公正的评定

是的，我焦急地等待着人们的评定

朋友，坚定地相信未来吧

相信不屈不挠的努力

相信战胜死亡的年轻

相信未来，热爱生命

一九六八年

【导读】

　　食指，本名郭路生，祖籍山东鱼台，1948年11月出生在行军路上，父母是具有文化修养的革命军人，自幼听母亲诵读古诗，小学开始热爱诗歌，初中受贺敬之、郭小川的影响很大。1961年，食指考入北京56中，偏好文科与天文学；1964年，初中升高中考试失利，进入补习班，结识牟敦白，并通过牟与先锋诗歌社团"太阳纵队"的诗人往来。次年考入高中后，开始尝试写诗。1966年，"文革"开始后，食指参加大串联，南至广州，西至新疆，到了韶山，还步行去延安。1967年，他因抒写关于红卫兵的作品而在北京学生中诗名大振，被称为"老兵四秀才"之一；由他编剧、姜昆主演的话剧《历史的一页》在学校、工厂、机关、公园演了十几场。通过参演的朋友何京颉，食指认识了他的父亲何其芳，经常上门请教，"对诗的韵味和诗的形式及语言的知识有了更深入更系统的了解，并开始了有意识的自觉追求，开始了真正意义上的诗歌写作"。这一年，他写下了几篇流传至今的诗作。1968年是食指创作的黄金年，留下来的作品有18首之多，代表作就是这首广为传诵的《相信未来》，当时他还不满20岁。后来有人将食指称为"'文革'中新诗歌的第一人，为现代主义诗歌开拓了道路"。

旧 上 海

丰子恺

　　所谓旧上海，是指抗日战争以前的上海。那时上海除闸北和南市之外，都是租界。洋泾浜（爱多亚路，即今延安路）以北是英租界，以南是法租界，虹口一带是日租界。租界上有好几路电车，都是外国人办的。中国人办的只有南市一路，绕城墙走，叫做华商电车。租界上乘电车，要懂得窍门，否则就被弄得莫名其妙。卖票人要揩油，其方法是这样：譬如你要乘五站路，上车时给卖票人五分钱，他收了钱，暂时不给你票。等到过了两站，才给你一张三分的票，关照你："第三站上车！"初次乘电车的人就莫名其妙，心想：我明明是第一站上车的，你怎么说我第三站上车？原来他已经揩了两分钱的油。如果你向他论理，他就堂皇地说："大家是中国人，不要让利权外溢呀！"他用此法揩油，眼睛不绝地望着车窗外，看有无查票人上来。因为一经查出，一分钱要罚一百分。他们称查票人为"赤佬"。赤佬也是中国人，但是忠于洋商的。他查出一卖票人揩油，立刻记录了他帽子上的号码，回厂去扣他的工资。有一乡亲初次到上海，有一天我陪她乘电车，买五分钱票子，只给两分钱的。正好一个赤佬上车，问这乡亲哪里上车的，她直说出来，卖票人向她眨眼睛。她又说："你在眨眼睛！"赤佬听见了，就抄了卖票人帽上的号码。

　　那时候上海没有三轮车，只有黄包车。黄包车只能坐一人，由车夫拉着步行，和从前的抬轿相似。黄包车有"大英照会"和"小照会"两种。小照会的只能在中国地界行走，不得进租界。大英照会的则可在全上海自由通行。这种工人实在是最苦的。因为略犯交通规则，就要吃路警殴打。英租界的路警都是印度人，红布包头，人都喊他们"红头阿三"。法租界的都是安南人，头戴笠子。这些都是黄包车夫的对头，常常给黄包车夫吃"外国火腿"和"五支雪茄烟"，就是踢一脚，一个耳光。外国人喝醉了酒开汽车，横冲直撞，不顾一切。最吃苦的是黄包车夫。因为他负担重，不易趋避，往往被汽车撞倒。我曾亲眼看见过外国人汽车撞杀黄包车夫，从此不敢在租界上坐黄包车。

旧上海社会生活之险恶，是到处闻名的。我没有到过上海之前，就听人说：上海"打呵欠割舌头"。就是说，你张开嘴巴来打个呵欠，舌头就被人割去。这是极言社会上坏人之多，非万分提高警惕不可。我曾经听人说：有一人在马路上走，看见一个三四岁的孩子跌了一跤，没人照管，哇哇地哭。此人良心很好，连忙扶他起来，替他揩眼泪，问他家在哪里，想送他回去。忽然一个女人走来，搂住孩子，在他手上一摸，说："你的金百锁哪里去了！"就拉住那人，咬定是他偷的，定要他赔偿。……是否真有此事，不得而知。总之，人心之险恶可想而知。

扒手是上海的名产。电车中，马路上，到处可以看到"谨防扒手"的标语。住在乡下的人大意惯了，初到上海，往往被扒。我也有一次几乎被扒：我带了两个孩子，在霞飞路阿尔培路口（即今淮海中路陕西南路口）等电车，先向烟纸店兑一块钱，钱包里有一叠钞票露了白。电车到了，我把两个孩子先推上车，自己跟着上去，忽觉一只手伸入了我的衣袋里。我用手臂夹住这只手，那人就被我拖上车子。我连忙向车子里面走，坐了下来，不敢回头去看。电车一到站，此人立刻下车，我偷眼一看，但见其人满脸横肉，迅速地挤入人丛中，不见了。我这种对付办法，是老上海的人教我的：你碰到扒手，但求避免损失，切不可注意看他。否则，他以为你要捉他，定要请你"吃生活"，即跟住你，把你打一顿，或请你吃一刀。我住在上海多年，只受过这一次虚惊，不曾损失。有一次，和一朋友坐黄包车在南京路上走，忽然弄堂里走出一个人来，把这朋友的铜盆帽抢走。这朋友喊停车捉贼，那贼早已不知去向了。这顶帽子是新买的，值好几块钱呢。又有一次，冬天，一个朋友从乡下出来，寄住在我们学校里。有一天晚上，他看戏回来，身上的皮袍子和丝绵袄都没有了，冻得要死。这叫做"剥猪猡"。那抢帽子叫做"抛顶宫"。

妓女是上海的又一名产。我不曾嫖过妓女，详情全然不知，但听说妓女有"长三""幺二""野鸡"等类。长三是高等的，野鸡是下等的。她们都集中在四马路一带。门口挂着玻璃灯，上面写着"林黛玉""薛宝钗"等字。野鸡则由鸨母伴着，到马路上来拉客。四马路西藏路一带，傍晚时光，野鸡成群而出，站在马路旁边，物色行人。她们拉住了一个客人，拉进门去，定要他住宿；如果客人不肯住，只要摸出一块钱来送她，她就放你。这叫做"两脚进门，一块出袋"。我想见识见识，有一天傍晚约了三四个朋友，成群结队，走到西藏路口，但见那些野鸡，油头粉面，奇装异服，向人撒娇卖俏，竟是一群魑魅魍魉，教人害怕。然而竟有那些逐臭之夫，愿意被拉进去度夜。这叫做"打野鸡"。有一次，我在四马路上走，耳边听见轻轻的声音："阿拉姑娘自家身体，自家房子……"回头一看，是一个男子。我快步逃避，他也不追赶。据说这种男子叫做"王八"，是替妓女服务的，但不知是哪一种妓女。总之，四马路是妓女的世界。洁身自好的人，最好不要去。但到四马路青莲阁去吃茶看妓女，倒是安全的。她们都有老鸨伴着，走上楼来，看见有女客陪着吃茶的，白她一眼，表示醋意；看见单身男子坐着吃茶，就去奉陪，同他说长道短，目的是拉生意。

上海的游戏场，又是一种乌烟瘴气的地方。当时上海有四个游戏场，大的两个：大世界、新世界；小的两个：花世界、小世界。大世界最为著名。出两角钱买一张门票，就可从正午玩到夜半。一进门就是"哈哈镜"，许多凹凸不平的镜子，照见人的身体，有时长得像丝瓜，有时扁得像螃蟹，有时头脚颠倒，有时左右分裂……没有一人不哈哈大笑。里面花样繁多：有京剧场、越剧场、沪剧场、评弹场……有放电影，变戏法，转大轮盘，坐飞船，摸彩，猜谜，还有各种饮食店，还有屋顶花园。总之，应有尽有。乡下出来的人，把游戏场看作桃源仙境。我曾经进去玩过几次，但是后来不敢再去了。为的是怕热手巾。这里面到处有拎着白围裙的人，手里托着一个大盘子，盘子里盛着许多绞紧的热手巾，逢人送一个，硬要他揩，揩过之后，收他一个铜板。有的人拿了这热手巾，先擤一下鼻涕，然后揩面孔，揩项颈，揩上身，然后挖开裤带来揩腰部，恨不得连屁股也揩到。他尽量地利用了这一个铜板。那人收回揩过的手巾，丢在一只桶里，用热水一冲，再绞起来，盛在盘子里，再去到处分送，换取铜板。这些热手巾里含有众人的鼻涕、眼污、唾沫和汗水，仿佛复合维生素。我努力避免热手巾，然而不行。因为到处都有，走廊里也有，屋顶花园里也有。不得已时，我就送他一个铜板，快步逃开。这热手巾使我不敢再进游戏场去。我由此联想到西湖上庄子里的茶盘：坐西湖船游玩，船家一定引导你去玩庄子。刘庄、宋庄、高庄、蒋庄、唐庄，里面楼台亭阁，各尽其美。然而你一进庄子，就有人拿茶盘来要你请坐喝茶。茶钱起码两角。如果你坐下来喝，他又端出糕果盘来，请用点心。如果你吃了他一粒花生米，就起码得送他四角。每个庄子如此，游客实在吃不消。如果每处吃茶，这茶钱要比船钱贵得多。于是只得看见茶盘就逃。然而那人在后面喊："客人，茶泡好了！"你逃得快，他就在后面骂人。真是大杀风景！所以我们游惯西湖的人，都怕进庄子去。最好是在白堤、苏堤上的长椅子上闲坐，看看湖光山色，或者到平湖秋月等处吃碗茶，倒很太平安乐。

且说上海的游戏场中，扒手和拐骗别开生面，与众不同。有一个冬天晚上，我偶然陪朋友到大世界游览，曾亲眼看到一幕。有一个场子里变戏法，许多人打着圈子观看。戏法变完，大家走散的时候，有一个人惊喊起来，原来他的花缎面子灰鼠皮袍子，后面已被剪去一大块。此人身躯高大，袍子又长又宽，被剪去的一块足有二三尺见方，花缎和毛皮都很值钱。这个人屁股头空荡荡地走出游戏场去，后面一片笑声送他。这景象至今还能出现在我眼前。

我的母亲从乡下来。有一天我陪她到游戏场去玩。看见有一个摸彩的摊子，前面有一长凳，我们就在凳上坐着休息一下。看见有一个人走来摸彩，出一角钱，向筒子里摸出一张牌子来："热水瓶一个。"此人就捧着一个崭新的热水瓶，笑嘻嘻地走了。随后又有一个人来，也出一角钱，摸得一只搪瓷面盆，也笑嘻嘻地走了。我母亲看得眼热，也去摸彩。第一摸，一粒糖；第二摸，一块饼干；第三摸，又是一粒糖。三角钱换得了两粒糖和一块饼干，我们就走了。后来，我们兜了一个圈子，又从这摊子面前走过。我看见刚才摸得热水瓶和面盆的那两个人，坐在里面谈笑呢。

当年的上海，外国人称之为"冒险家的乐园"，其内容可想而知。以上我所记述，真不过是皮毛的皮毛而已。我又想起了一个巧妙的骗局，用以结束我这篇记事吧：三马路广西路附近，有两家专卖梨膏的店，贴邻而居，店名都叫做"天晓得"。里面各挂着一轴大画，画着一只大乌龟。这两爿店是兄弟两人所开。他们的父亲发明梨膏，说是化痰止咳的良药，销售甚广，获利颇丰。父亲死后，兄弟两人争夺这爿老店，都说父亲的秘方是传授给我的。争执不休，向上海县告状。官不能断。兄弟二人就到城隍庙发誓："谁说谎谁是乌龟！是真是假天晓得！"于是各人各开一爿店，店名"天晓得"，里面各挂一幅乌龟。上海各报都登载此事，闹得远近闻名。全国各埠都来批发这梨膏。外路人到上海，一定要买两瓶梨膏回去。兄弟二人的生意兴旺，财源茂盛，都变成富翁了。这兄弟二人打官司，跪城隍庙，表面看来是仇敌，但实际上非常和睦。他们巧妙地想出这骗局来，推销他们的商品，果然大家发财。

一九七二年

【导读】

1927年，丰子恺住在上海。10月21日30岁（虚岁）那一天，他皈依弘一法师，并请法师为自己将来的住宅命名。法师让他"在小方纸上写了几个自己喜欢而又可以互相搭配的字"，结果，丰子恺连续两次都抓到了同样一个字"缘"。于是就取其室名叫"缘缘堂"。1931年1月，丰子恺出版了他的第一部随笔集，取名《缘缘堂随笔》，引起广泛瞩目。1937年，40岁的他出版了《缘缘堂再笔》；1957年，60岁的他出版了《缘缘堂随笔（新版）》；1962年，65岁的他编成一册《新缘缘堂随笔》（后改名为《缘缘堂新笔》）。许多人不知道的是，"文革"时期，75岁左右的他在1972年前后还编写了一本《缘缘堂续笔》（又名《往事琐记》）。"文革"初期，丰子恺受到严重冲击。1970年初，他患肺病开了3个月病假，后来不断续假，直到1972年底被"解放"。借病休在家，丰子恺翻译了《大乘起信论新释》以及日本物语系列小说；同时，他利用每日凌晨起床至吃早饭前的两三个小时写出了33篇随笔，是对往昔生活的追忆。《旧上海》就是其中一篇。这些随笔娓娓道来、质朴平和、自然清新、潇洒隽永，体现了他一以贯之的写作风格。

虎头山赞

董耀章

虎头山，
虎头峰，
金一层，
银一层；
金波银浪天上来，
万紫千红看不赢。

看梯田，梯田涌金霞，
看平原，平原大敞胸，
看果园，果园绿荫盖，
看渡槽，渡槽飞彩虹……

多美的画，
多好的景，
情景交融趣横生，
望一眼啊，
顿觉胸怀如天阔，
五湖四海能包容。

山炼大寨英雄志，

山铸大寨英雄心，

每块田，

每条坝，

刻着创业史，

凝着革命情。

青松如铁立高崖，

巍巍挺拔似巨人，

十二级台风吹不倒，

千万钧雷霆轰不动。

战鼓擂，

军号鸣，

迎来多少新愚公，

大寨村头把经取，

虎头山下借东风。

学大寨，

鼓干劲，

后浪推着前浪涌，

山山都连虎头山，

村村都有大寨人。

太行—长白—五指山，

峨眉—秦岭—莽昆仑，

肩并肩呵臂挽臂，

结成万里绿长城。

虎头山，

虎头峰，

挽起群山破浪行，

峰峦逶迤势磅礴，

山海浩瀚战旗红……

【导读】

　　董耀章，1937年出生于山西忻县，祖父是前清进士，父亲是医生，自幼读经文，练书法，背古诗，学画艺；同时母亲教会了他许多淳朴隽永、清秀明快的晋北小曲。他13岁上中学，18岁从太原第二师范毕业，先后担任过忻县师范学校教员、晋北出版社文艺编辑、山西印刷厂工会干事、《山西文化》编辑等。编辑之余，操笔写诗，1959年发表处女作《老七运粮》；其后陆续在各种报刊上发表诗作。因为在工厂结识了不少工人师傅，又曾参加工作组，较长时间深入农村，他对普通工农大众的理解有了一定的深度，创作了相当数量反映他们生活的诗篇。董耀章对民歌有深入研究，出版过这方面的专著，善于从民歌中汲取养分；在很长一段时间里，其诗作以民歌体为主，能吟能唱，韵味隽永。《虎头山赞》选自诗人1976年出版的第一本诗集《虎头山放歌》。多年后，作者说："回首往事，俯仰天地，我无愧我心，面对如磐的风雨，多娇的江山，火热的生活，崭新的时代，作为一个歌者，我自感还是努力用我这支拙笔和不大清纯的嗓子去认真地放歌时代、缩写时代、描绘时代的。"

八十书怀

叶剑英

八十毋劳论废兴，长征接力有来人。

导师创业垂千古，侪辈跟随愧望尘。

亿万愚公齐破立，五洲权霸共沉沦。

老夫喜作黄昏颂，满目青山夕照明。

一九七七年五月十四日

【导读】

1976年10月参与粉碎"四人帮"后，叶剑英、陈云、聂荣臻、王震等不少老同志一直要求72岁的邓小平出来工作。到1977年5月，他们已完成邓小平复出的铺垫。5月14日（阴历三月二十七）是叶剑英的八十寿辰（叶剑英生于清光绪二十三年三月二十七）。那天，他家高朋满座，聂荣臻、徐向前、邓小平、王震、余秋里、杨成武等都前去贺寿。聂帅赋诗一首："揭竿羊城五十年，风雨齐州步履艰。川西传讯忠心耿，京华除害一身胆。行若吕端识大事，功成绛侯有愧颜。八秩寿翁犹继志，旗展神州贺新天。"徐帅贺诗也夸叶剑英"吕端当愧公一筹，导师评论早有定"。送走客人们之后，叶剑英挥笔写下了这首七律《八十书怀》。这是一首"自寿诗"。古人的自寿诗往往偏重个人功名，带有感伤色彩。而叶剑英的

《八十书怀》与董必武的《七十自寿》《九十初度》和陈毅的《三十五岁生日寄怀》《六十三岁生日述怀》一样，展现了无产阶级革命家的磅礴气势与宽阔胸怀。两个月后，中国共产党十届三中全会通过了《关于恢复邓小平同志职务的决议》。

中国，我的钥匙丢了

梁小斌

中国，我的钥匙丢了。

那是十多年前，
我沿着红色大街疯狂地奔跑，
我跑到了郊外的荒野上欢叫，
后来，我的钥匙丢了。

心灵，苦难的心灵，
不愿再流浪了，
我想回家，
打开抽屉、翻一翻我儿童时代的画片，
还看一看那夹在书页里的
翠绿的三叶草。

而且，
我还想打开书橱，
取出一本《海涅歌谣》，
我要去约会，
我要向她举起这本书，
作为我向蓝天发出的

爱情的信号。

这一切，
这美好的一切都无法办到，
中国，我的钥匙丢了。

天，又开始下雨，
我的钥匙啊，
你躺在哪里？
我想风雨腐蚀了你，
你已经锈迹斑斑了。
不，我不那样认为，
我要顽强地寻找，
希望能把你重新找到。

太阳啊，
你看见了我的钥匙了吗？
愿你的光芒，
为它热烈地照耀。

我在这广大的田野上行走，
我沿着心灵的足迹寻找，
那一切丢失了的，
我都在认真思考。

【导读】

梁小斌，1954年生于安徽合肥一个干部家庭，在合肥工业大学的校园内长大；1972年毕业于合肥市第32中学；写作生涯是同年下乡后从写"公社开完欢迎会，一颗心飞到生产队"这样的句子开始的。1976年返城到合肥制药厂当工人。与很多注重自我的朦胧派诗人不同，梁小斌最初关注的是社会公众生活。只是在"接受思想解放运动的倡导者的点拨"之后，他才"飞快地成为自我意识的觉醒者，成为个性束缚的挣脱者，成为敢说真话的率先者"。于是，1978年工作时突发的灵感，使他写出了《中国，我的钥匙丢了》这篇作品。1979年，诗人公刘调任安徽省文联，梁小斌与其结识。经公刘介绍，梁小斌到北京参加诗刊社举办的首届"青春诗会"，在翌年10月的《诗刊》上发表这篇诗作。谢冕称它为"最能代表一代人生发于特殊年代复杂情怀的诗篇"。

祖国呵，我亲爱的祖国

舒婷

我是你河边上破旧的老水车，

数百年来纺着疲惫的歌；

我是你额上熏黑的矿灯，

照你在历史的隧洞里蜗行摸索；

我是干瘪的稻穗；是失修的路基；

是淤滩上的驳船

把纤绳深深

勒进你的肩膊，

——祖国呵！

我是贫穷，

我是悲哀。

我是你祖祖辈辈

痛苦的希望呵，

是"飞天"袖间

千百年未落到地面的花朵，

——祖国呵！

我是你簇新的理想，

刚从神话的蛛网里挣脱；

我是你雪被下古莲的胚芽；

我是你挂着眼泪的笑涡；

我是新刷出的雪白的起跑线；

是绯红的黎明

正在喷薄；

—— 祖国呵！

我是你十亿分之一，

是你九百六十万平方的总和；

你以伤痕累累的乳房

喂养了

迷惘的我、深思的我、沸腾的我；

那就从我的血肉之躯上

去取得

你的富饶、你的荣光、你的自由；

—— 祖国呵，

我亲爱的祖国！

一九七九年四月二十日

【导读】

　　舒婷，原名龚佩瑜、龚舒婷，祖籍福建泉州，1952年出生于漳州，在厦门鼓浪屿外婆家长大，自小受外公影响遍览诗书；1964年就读于厦门一中；"文革"开始后，成为逍遥派，躲在家里读中外文学作品；1969年到闽西山区插队，在乡下，大量抄写中外诗人的名作，"迷上了泰戈尔的散文诗和何其芳的《预言》"，并开始写诗；1971年，写出"第一首成形的小诗"《致杭城》。1972年返城，在铸石厂、织布厂、灯泡厂当工人，干过统计员、染纱工、挡车工、焊锡工。1974年初冬，舒婷通过工友认识当地诗人黄碧沛；一年后，黄碧沛把舒婷推荐给诗人蔡其矫。蔡其矫向舒婷介绍了许多当代有代表性的译诗，并与她分享自己的诗评，大大开阔了舒婷的文学视野，促使她写出了一批洋溢着清纯浪漫情调却也不乏深沉哲思的诗作。1977年初，蔡其矫将舒婷的诗作转抄给艾青，艾青大为赞赏，又推荐给北岛。1978年底，《今天》创刊号发表了舒婷两首作品，其中《致橡树》经《诗刊》1979年4月号转载，产生了巨大反响。同在4月，在焊灯泡时，舒婷突然产生了创作灵感，下班一到家，她就将打好的腹稿《祖国呵，我亲爱的祖国》写出，寄给蔡其矫。这首诗发表在当年《诗刊》7月号上。

纪 念 碑

江河

我常常想
生活应该有一个支点
这支点
是一座纪念碑

天安门广场
在用混凝土筑成的坚固底座上
建筑起中华民族的尊严
纪念碑
历史博物馆和人民大会堂
像一台巨大的天平
一边
是历史，是昨天的教训
另一边
是今天，是魄力和未来

纪念碑默默地站在那里
像胜利者那样站着
像经历过许多次失败的英雄
在沉思

整个民族的骨骼是他的结构
人民巨大的牺牲给了他生命
他从东方古老的黑暗中醒来
把不能忘记的一切都刻在身上
从此
他的眼睛关注着世界和革命
他的名字叫人民

我想
我就是纪念碑
我的身体里垒满了石头
中华民族的历史有多么沉重
我就有多少重量
中华民族有多少伤口
我就流出过多少血液

我就站在
昔日皇宫的对面
那金子一样的文明
有我的智慧，我的劳动
我的被掠夺的珠宝
以及太阳升起的时候
琉璃瓦下紫色的影子
——我苦难中的梦境
在这里
我无数次地被出卖
我的头颅被砍去
身上还留着锁链的痕迹

我就这样地被埋葬

生命在死亡中成为东方的秘密

但是

罪恶终究会被清算

罪行终将会被公开

当死亡不可避免的时候

流出的血液也不会凝固

当祖国的土地上只有呻吟

真理的声音才更响亮

既然希望不会灭绝

既然太阳每天从东方升起

真理就把诅咒没有完成的

留给了枪

革命把用血浸透的旗帜

留给风，留给自由的空气

那么

斗争就是我的主题

我把我的诗和我的生命

献给了纪念碑

【导读】

　　江河，原名于友泽，1949年出生于北京，在北京四十一中读书时，勤奋好学，多才多艺，除文学外，字画皆佳。1968年高中毕业后，因先天性心脏病，被分配到北京胶丸厂工作。他经常请长假去探望在白洋淀插队的女友，结识了北京知青中的一群文学爱好者，如芒克、多多、根子、林莽等，为他们带去外国诗人的诗集、内部发行的黄皮书，并把食指（郭路生）的诗作传播到白洋淀。在这个后来被称作"白洋淀诗群"里，他在70年代初已开始写诗，可能是其中最早写诗的人之一。1978年冬，他与芒克、北岛、严力等人在北京创办《今天》杂志，后成为《今天》的重要诗人。《纪念碑》最初刊登在1979年4月1日出版的《今天》第3期诗歌专号上，后来公开发表在《诗刊》1980年10月号上。《纪念碑》是江河的代表作，充满了厚重的历史感，当时产生过巨大的震撼力。后来有人说："没有北岛的《回答》，没有芒克的《天空》，没有郭路生的《相信未来》，没有江河的《纪念碑》，就没有《今天》在中国现代诗歌史中的地位。"江河本人在80年代初宣称："我的诗的主人公是人民，我和人民走在一起，我和人民有着共同的命运，共同的梦想，共同的追求。"

社会主义首先要发展生产力

（一九八〇年四月—五月）

邓小平

一

革命是要搞阶级斗争，但革命不只是搞阶级斗争。生产力方面的革命也是革命，而且是很重要的革命，从历史的发展来讲是最根本的革命。

（一九八〇年四月一日同中央负责同志的谈话）

二

中国建国三十年来，不论农业方面、工业方面，还是其他方面，都建立了社会主义的初步基础。但一个根本的问题是，我们耽误了时间，生产力的发展太慢。任何革命都是扫除生产力发展的障碍。社会主义总要比资本主义优越。社会主义国家应该使经济发展得比较快，人民生活逐渐好起来，国家也就相应地更加强盛一些。在这一方面我们经过了几次曲折。

我们现在讲的四个现代化，实际上是毛主席提出来的，是周总理在他的政府工作报告中讲出来的。而"四人帮"怎么说呢？宁肯要穷的社会主义，不要富的资本主义。其本质就是说，社会主义就是穷的。马克思主义历来认为，社会主义要优于资本主义，它的生产发展速度应该高于资本主义。所以，林彪、"四人帮"完全背离了马列主义、毛泽东思想的根本原则。

中国是一个大国，它应该起更多的作用，但现在力量有限，名不副实。归根到底是要使我们发展起来。现在说我们穷还不够，是太穷，同自己的地位完全不相称。所以，从去年起，我们就把工作着重点转到了建设上。我们要把这条路线一直贯彻下去，决不动摇。经济发展对我们来说是一个新的问题，要付学费。现在我们正在摸索比较快的发展道路，我们相信这方面是有希望的。不解放思想不行，甚至于包括什么叫社会主义这个问题也要解放思想。经济长期处于停滞状态总不能叫社会主义。人民生活长期停止在很低的水平总不能叫社会主义。

（一九八〇年四月十二日会见赞比亚总统卡翁达时的谈话）

三

要充分研究如何搞社会主义建设的问题。现在我们正在总结建国三十年的经验。总起来说，第一，不要离开现实和超越阶段采取一些"左"的办法，这样是搞不成社会主义的。我们过去就是吃"左"的亏。第二，不管你搞什么，一定要有利于发展生产力。发展生产力要讲究经济效果。只有在发展生产力的基础上才能随之逐步增加人民的收入。我们在这一方面吃的亏太大了，特别是文化大革命这十年。要研究一下，为什么好多非洲国家搞社会主义越搞越穷。不能因为有社会主义的名字就光荣，就好。

（一九八〇年四月二十一日会见阿尔及利亚民族解放阵线代表团时的谈话）

四

社会主义是一个很好的名词，但是如果搞不好，不能正确理解，不能采取正确的政策，那就体现不出社会主义的本质。我们认为社会主义道路是正确的。我们现在进行一系列改革，仍然坚持四项基本原则，其中有一条就是坚持社会主义道路。各个国家应该根据自己的特点来实行社会主义的政策。像中国这样的大国，也要考虑到国内各个不同地区的特点才行。例如我们遇到了这样一个问题，有些地区过去粮食能够自给，后来却不行了。当然，城市人口增加是一个因素，但不是主要的，主要是脱离了当地的客观经济现实，超越了经济发展水平，没有按经济规律办事。这样制订出来的政策就不能调动积极性。最近一二年来，我们强调因地制宜，在农村加强了生产组的与家庭的生产责任制，取得明显效果，生产成倍增加。

在搞社会主义方面，毛泽东主席的最大功劳是将马克思列宁主义的普遍真理同中国革命的具体实践结合起来。我们最成功的是社会主义改造。那时，在改造农业方面我们提倡建立互助组和小型合作社，规模比较小，分配也合理，所以粮食生产得到增长，农民积极性高。对资本主义工商业，我们采取赎买政策，一方面把它们改造成公有制，另一方面也没有损害国民经济的发展。我们长期允许手工业的个体经济存在，根据自愿的原则，其中大部分组织成合作社，实行集体所有制。由于我们是根据中国自己的特点采用这些方式的，所以几乎没有发生曲折，生产没有下降还不断上升，没有失业，社会产品是丰富的。后来，在一九五八年，我们犯了错误，搞大跃进，开始不尊重经济规律了，这就使生产下降了。以后经过三年的调整，发生了变化，又较好地发展起来。但接着又搞文化大革命，这是一场灾难，经济方面完全乱了。所以我们现在搞四个现代化，不得不进行几年的调整。总之，我们现在强调要按经济规律办事。

根据我们自己的经验，讲社会主义，首先就要使生产力发展，这是主要的。只有这样，才能表明社会主义的优越性。社会主义经济政策对不对，归根到底要看生产力是否发展，人民收入是否增加。这是压倒一切的标准。空讲社会主义不行，人民不相信。

（一九八〇年五月五日会见几内亚总统杜尔时的谈话）

【导读】

邓小平是中国社会主义改革开放和现代化建设的总设计师，中国特色社会主义道路的开创者，邓小平理论的主要创立者。改革开放初期，有些人迷信资本主义比社会主义好，他们鼓吹的"改革"实际上是走资本主义道路。为了防止中国走上邪路，1979年3月底，邓小平提出了四项基本原则，其中第一条就是必须坚持社会主义道路。但与此同时，当时还有人离开生产力抽象地谈论社会主义，把许多束缚生产力发展的，并不具有社会主义本质属性的东西，当作"社会主义原则"加以固守，有可能窒息社会主义的生机和活力。为了防止中国停留在老路上，邓小平对社会主义本质问题就进行了深刻的思考。1979年底，他指出："我们不要资本主义，但是我们也不要贫穷的社会主义"，"社会主义也可以搞市场经济"。在《社会主义首先要发展生产力》中，邓小平强调："不解放思想不行，甚至于包括什么叫社会主义这个问题也要解放思想。"并明确指出："社会主义，首先就要使生产力发展。"12年后，他对社会主义本质做出了完整和科学的理论概括："社会主义的本质，是解放生产力，发展生产力，消灭剥削，消除两极分化，最终达到共同富裕。"

编 后 记
——"中国精神"与《中国精神读本》

中国精神就是中华民族的精神。

说到"精神"与"民族精神",就让人不由得想到黑格尔。正是他把民族精神提到至高无上的地位。在黑格尔看来,一切历史现象都是所谓"世界精神"的展现;而在不同历史阶段,世界精神就体现为某些所谓"世界民族"(包括中国)的"民族精神"。这里,"民族精神"是指一个民族所表现出来的意志与能动性。黑格尔武断地认为,世界精神的太阳最早从东方升起,东方文明(包括中国文明以及印度、波斯、埃及文明)是人类历史的童年,属最幼稚、最低等级的文明。希腊是人类历史的青年时代;罗马是历史的壮年时代。最后,"太阳"降落在日耳曼民族身上,他们实现了世界精神的终极目的,成为历史的最高阶段。

那么,有没有一种叫作"中国精神"的东西呢?在《历史哲学》一书中,黑格尔的结论是:"凡属于'精神'的一切,一概都离他们(中国人)很远。"连"精神"都没有,哪里会有什么"中国精神"呢?黑格尔的这个说法,显然是充满偏见的无稽之谈。

最早肯定中国精神的存在、并对它大加颂扬的人恐怕是辜鸿铭。在1914年出版的《中国人的精神》这本书里,他一次也没有提到黑格尔,但实际上处处反驳黑格尔。辜鸿铭认为,中国人的性格和中国文明的特征可以用八个字概括:深沉、博大、纯朴、灵敏;作为对比,日耳曼精神却是以"强权崇拜"为特征。更重要的是,在他看来,"中国人作为一个民族虽然古老,但直到今天还是孩童似的民族";这"与其说中国人发育不良，还不如说中国人永不衰老"。辜鸿铭得出一个与黑格尔绝然相反的结论："中国精神是永葆青春的精神，是民族不朽的精神。"

钱穆则直接批判黑格尔，他说，"德国实在是一个很可怜的国家"，又指出，人类历史由东向西依次展开的说法是黑格尔的"幻想"。在钱穆看来，中国的文化精神、历史精神以道德为核心，是一种绵历数千年的"道德精神"。如果没有这种"民族精神"，就不可能孕育出世界上最悠久、最伟大的中华民族来。在承平盛世，这种民族精神往往不太彰显；反倒是在危难乱世，它"更为壮旺而健伉，坚强而有力。亦如松柏之长青，并不见异于阳春和煦之日，而更益见异于严冬大寒之天"，"必待岁寒，始为人知"。

钱穆的道德精神说也许过于宽泛，张岱年对中国精神的研究则更为持久、系统和精到。张先生对中国精神的概括是：爱国报国、自强不息、厚德载物。爱国报国是出发点，自强不息是钢铁意志，厚德载物是价值取向。习近平总书记显然赞成这种看法，他说："自强不息、厚德载物的思想，支撑着中华民族生生不息、薪火相传，今天依然是我们推进改革开放和社会主义现代化建设的强大精神力量。"

大家手中这本书，名字叫《中国精神读本》。这里的"中国精神"就是张岱年所说的爱国报国、自强不息、厚德载物；就是毛泽东所说的"人是要有一点精神的"那种精神，就是"那么一股劲，那么一股革命热情，那么一种拼命精神"。通过这个读本，大家会看到，这种精神不仅体现在毛泽东、周恩来、邓小平、孙中山、林则徐、鲁迅、茅盾、闻一多等人的作品中。在国难当头的时刻，中国精神也让"弄潮诗人"康白情在"和平的春里"看到饿绿了眼的穷人和野火；让曾沉迷于"画梦"的现代派诗人何其芳奔赴延安，写下"我把我当作一个兵士"；让在日本十年，专心学术研究，著述颇丰、成果斐然的郭沫若在"又当投笔请缨时，别妇抛雏断藕丝"，义无反顾地返回中国、投身抗战；让"雨巷诗人"戴望舒"不再歌咏个人的悲欢离合，而唱出了民族的觉醒，群众的感情"；让自知"小处敏感、大处茫然"，以"你站在桥上看风景，看风景人在楼上看你"诗句闻名的卞之琳前往延安、太行山区，写下了一批歌颂毛泽东、朱德、政治部主任、地方武装新战士、前方的神枪手、放哨的儿童、工人、农民、劳苦者、开荒者的诗歌。

当然，我们不应忘记，在这个有形的《中国精神读本》外，还有一个由千千万万目不识丁的普通工农大众所共同创作的、无形的《中国精神读本》。正如鲁迅先生指出的，"我们从古以来，就有埋头苦干的人，有拼命硬干的人，有为民请命的人，有舍身求法的人"；"他们有确信，不自欺；他们在前仆后继的战斗，不过一面总在被摧残，被抹杀，消灭于黑暗中，不能为大家所知道罢了"。他们"就是中国的脊梁"，他们才是中国精神最坚强的支柱。

王绍光

2019年9月1日

（全书完）

主编　王蒙

作家、学者，曾任中华人民共和国文化部部长、中国作协名誉主席，并任解放军艺术学院、南京大学、浙江大学等多所高校名誉教授、顾问，代表作有《组织部来了个年轻人》《青春万岁》《活动变人形》等。

执行主编　王绍光

美国康奈尔大学政治学博士，清华大学公共管理学院、苏世民书院教授，香港中文大学荣休讲座教授，主要研究领域为比较政治、政治经济学、民主制度的理论与实践，代表作有《分权的底限》《安邦之道》《民主四讲》等。

总策划　沙烨

上海交通大学教育发展基金会理事，复旦大学中国研究院高级研究员，耶鲁大学商学院全球顾问委员会委员，三思院共同创始人、教务长，尤伦斯当代艺术中心理事，也是活跃于多个领域的投资者。

中国精神读本

主编 _ 王蒙 王绍光

产品经理 _ 陆如丰 陈哲泓 产品总监 _ 何娜 技术编辑 _ 白咏明
责任印制 _ 梁拥军 出品人 _ 瞿洪斌

果麦
www.guomai.cc

以 微 小 的 力 量 推 动 文 明

图书在版编目（CIP）数据

中国精神读本 / 王蒙，王绍光主编 . -- 杭州 ：浙
江文艺出版社，2019.9（2023.1 重印）
ISBN 978-7-5339-5771-1

Ⅰ．①中… Ⅱ．①王… ②王… Ⅲ．①中国文学—作
品综合集 Ⅳ．① I211

中国版本图书馆 CIP 数据核字（2019）第 150150 号

中国精神读本

主　编　王蒙　执行主编　王绍光
总策划　沙烨

责任编辑　金荣良　罗艺　陈园

出版发行　浙江文艺出版社
地　　址　杭州市体育场路 347 号　　邮编 310006
经　　销　浙江省新华书店集团有限公司
　　　　　果麦文化传媒股份有限公司
印　　刷　河北鹏润印刷有限公司
开　　本　660 毫米 ×960 毫米　　1/16
字　　数　519 千字
印　　张　36.25
插　　页　4
印　　数　163,501-168,500
版　　次　2019 年 9 月第 1 版　　2023 年 1 月第 16 次印刷
书　　号　ISBN 978-7-5339-5771-1
定　　价　98.00 元